O enigma do
quarto 622

O enigma do quarto 622

Joël Dicker

Tradução de Carolina Selvatici e Dorothée de Bruchard

L´énigme de la chambre 622 © JDCS, 2020

TÍTULO ORIGINAL
L'énigme de la chambre 622

PREPARAÇÃO
Gabriel Demasi

REVISÃO
André Marinho
Camilla Savoia

DIAGRAMAÇÃO
Ilustrarte Design e Produção Editorial

CIP-BRASIL. CATALOGAÇÃO NA PUBLICAÇÃO
SINDICATO NACIONAL DOS EDITORES DE LIVROS, RJ

D545e

    Dicker, Joël, 1985-
       O enigma do quarto 622 / Joël Dicker ; tradução Carolina Selvatici, Dorothée de Bruchard. - 1. ed. - Rio de Janeiro : Intrínseca, 2020.
       528 p. ; 23 cm.

    Tradução de: L'énigme de la chambre 622
    ISBN 978-65-5560-088-9
    ISBN 978-85-510-0597-2 [ci]

       1. Ficção suíça (Francês). I. Selvatici, Carolina. II. Bruchard, Dorothée de. III. Título.

20-66405   CDD: S843
                                          CDU: 82-3(494)

Meri Gleice Rodrigues de Souza - Bibliotecária - CRB-7/6439

[2020]
Todos os direitos desta edição reservados à
EDITORA INTRÍNSECA LTDA.
Rua Marquês de São Vicente, 99, 3º andar
22451-041 – Gávea
Rio de Janeiro – RJ
Tel./Fax: (21) 3206-7400
www.intrinseca.com.br

*Ao meu editor, amigo e mestre
Bernard de Fallois (1926-2018).*

*Que todos os escritores do mundo possam
um dia conhecer um editor tão excepcional.*

PRÓLOGO

DIA DO ASSASSINATO

(Domingo, 16 de dezembro)

Eram seis e meia da manhã. O Palace de Verbier estava mergulhado na escuridão. Lá fora, a noite ainda estava um breu e nevava abundantemente.

No sexto andar, a porta do elevador de serviço se abriu. Um funcionário do hotel surgiu com uma bandeja de café da manhã e dirigiu-se para o quarto 622.

Chegando lá, notou que a porta estava entreaberta. A luz atravessava pela fresta. Anunciou sua presença, mas não obteve resposta. Tomou, por fim, a liberdade de entrar, supondo que a porta estivesse aberta para ele. O que viu arrancou-lhe um grito de pavor. Correu para avisar os colegas e chamar por socorro.

À medida que a notícia se espalhou pelo Palace, as luzes se acenderam em todos os andares.

Um cadáver jazia no carpete do quarto 622.

PRIMEIRA PARTE

Antes do assassinato

Capítulo 1
AMOR À PRIMEIRA VISTA

Quando, no começo do verão de 2018, me hospedei no Palace de Verbier, um prestigioso hotel dos Alpes suíços, estava longe de imaginar que passaria minhas férias elucidando um crime cometido nesse estabelecimento muitos anos antes.

Aquela estada era para ser uma bem-vinda pausa depois de dois pequenos cataclismos pessoais ocorridos na minha vida. Mas antes de contar a vocês o que aconteceu naquele verão, preciso voltar à origem de toda essa história: a morte do meu editor, Bernard de Fallois.

Bernard de Fallois era o homem a quem eu devia tudo. Meu sucesso e minha fama existiam graças a ele.

Se me chamavam de *escritor*, era graças a ele.

Se liam meus livros, era graças a ele.

Quando o conheci, eu era um autor nem sequer publicado: ele me transformara num escritor lido no mundo inteiro. Com seu jeito de patriarca elegante, Bernard já tinha sido uma das figuras centrais do mundo editorial francês. Para mim, foi um mestre e, principalmente, apesar dos sessenta anos que nos separavam, um grande amigo.

Bernard falecera em janeiro de 2018, aos 92 anos, e eu reagira à sua morte como faria qualquer escritor: comecei a escrever um livro sobre ele. Lancei-me a essa tarefa de corpo e alma, enfurnado no escritório do meu apartamento na avenida Alfred-Bertrand, nº 13, no bairro de Champel, em Genebra.

Como sempre em meus períodos de escrita, a única presença humana que eu tolerava era a de Denise, minha assistente. Denise era a fada madrinha que zelava por mim. Eternamente de bom humor, ela cuidava da minha agenda, separava e organizava a correspondência dos leitores, revisava e corrigia o que eu escrevia. Acessoriamente, enchia a minha geladeira e me abastecia de café. Por fim, ela ainda agia como uma médica de bordo, irrompendo no meu escritório como se subisse num navio recém-chegado de uma interminável travessia e me enchia de conselhos de saúde.

— Saia daqui! — ordenava gentilmente. — Vá dar uma volta no parque para arejar as ideias. Está há horas enfurnado aqui dentro!

— Eu já fui correr hoje cedo — lembrava-lhe.

— Precisa oxigenar o cérebro a intervalos regulares! — insistia ela.

Era quase que um ritual cotidiano: assentindo, eu saía para a sacada do escritório. Enchia os pulmões com algumas golfadas do ar fresco de fevereiro e logo, provocando-a com um olhar divertido, acendia um cigarro. Ela protestava e dizia, num tom consternado:

— Quer saber, Joël, não vou esvaziar seu cinzeiro. Para ver se assim se dá conta do quanto fuma.

Todos os dias, submetia-me à rotina monástica que era a minha em tempos de escrita e que se desdobrava em três etapas indispensáveis: sair da cama ao raiar do dia, fazer um jogging e escrever até de noite. De modo que, indiretamente, foi graças àquele livro que conheci Sloane. Sloane era a minha nova vizinha de porta. Desde sua recente mudança para o prédio, todos os moradores andavam comentando sobre Sloane. Quanto a mim, ainda não tivera a oportunidade de conhecê-la. Até aquela manhã em que, retornando de minha corrida diária, cruzei com ela pela primeira vez. Ela também estava voltando da corrida e entramos juntos no prédio. Compreendi imediatamente por que Sloane era unanimidade entre os vizinhos: era uma mulher de um charme desconcertante. Limitamo-nos a um cumprimento educado antes de desaparecer cada qual em seu apartamento. Fiquei parado atrás da minha porta, aturdido. Aquele breve encontro já bastara para eu ficar meio apaixonado.

Eu logo já não tinha outra ideia na cabeça que não me aproximar de Sloane.

Tentei uma primeira abordagem pela via do jogging. Ela corria quase todo dia, mas sem horários regulares. Eu passava horas vagueando pelo Parque Bertrand, já desistindo de cruzar com ela. E então a avistava, de repente, sumindo veloz por uma alameda. Em geral, era incapaz de alcançá-la e ia esperar na entrada do nosso prédio. Aguardava, impaciente, junto às caixas de correio, fingindo pegar a correspondência toda vez que um vizinho entrava ou saía, até ela finalmente aparecer. Sloane passava por mim, sorria, me deixando derretido e desnorteado: até me ocorrer algo inteligente para dizer, ela já tinha entrado em casa.

A zeladora, dona Armanda, foi quem me informou sobre Sloane: era pediatra, inglesa por parte de mãe, pai advogado, tinha sido casada por dois anos, mas não tinha dado certo. Trabalhava no Hospital Universitário de Genebra alternando horários diurnos e noturnos, o que explicava a minha dificuldade para entender sua rotina.

Depois do fracasso com o jogging, resolvi mudar de tática: incumbi Denise de vigiar o corredor pelo olho mágico e me avisar assim que a visse aparecer. Assim que ouvia os seus gritos ("Ela está saindo de casa!"), me despencava do escritório, penteado e perfumado, e surgia no patamar, como por mera coincidência. Nossa interação, porém, resumia-se a um cumprimento. Ela em geral descia de escada, o que acabava com qualquer tentativa de conversa. Eu ia atrás, mas para quê? Ela sumia assim que chegava na rua. Nas raras vezes em que pegava o elevador, eu ficava mudo e um silêncio constrangido tomava conta da cabine. Em ambos os casos, eu voltava em seguida para o meu apartamento, de mãos abanando.

— E então? — perguntava Denise.

— Então nada — eu resmungava.

— Mas Joël, quanta incompetência! Faça um esforcinho, poxa!

— É que eu sou meio tímido — explicava.

— Ah, sem essa, por favor! Você não parece nada tímido nos programas de tevê!

— Porque quem você vê na televisão é o Escritor. Já o Joël é bem diferente.

— Ora, Joël, não é assim tão complicado: você vai lá, toca a campainha, oferece flores para a moça e a convida para jantar. Está com preguiça de ir até a floricultura, é isso? Quer que eu cuide disso?

Houve então aquela noite de abril, na Ópera de Genebra, em que fui sozinho assistir a uma apresentação do *Lago dos cisnes*. E eis que no intervalo, saindo para fumar um cigarro, topei com ela. Trocamos algumas palavras, mas logo tocou o sinal chamando os espectadores e ela propôs que a gente tomasse algo depois do balé. Nos encontramos no Remor, um café a poucos passos dali. E foi assim que Sloane entrou na minha vida.

Sloane era linda, engraçada e inteligente. Sem dúvida, uma das pessoas mais fascinantes que conheci. Depois daquela noite do Remor, convidei-a para sair várias vezes. Fomos ao concerto, ao cinema. Também a arrastei para o vernissage de uma improvável exposição de arte contemporânea que nos rendeu um grande acesso de riso, e do qual fugimos para ir jantar num restaurante vietnamita que ela adorava. Passamos várias noites, na casa dela ou na minha, ouvindo ópera, conversando e reinventando o mundo. Não conseguia deixar de devorá-la com os olhos: estava fascinado por ela. O jeito como ela piscava os olhos, arrumava o cabelo, sorria timidamente quando ficava com vergonha, mexia nas unhas pintadas antes de me fazer uma pergunta. Tudo nela me agradava.

Já não conseguia pensar em nada além dela. A ponto de descuidar momentaneamente da escrita do meu livro.

— Pobre Joël, parece estar tão longe — me dizia Denise, ao constatar que eu já não escrevia uma linha sequer.

— É por causa da Sloane — eu explicava, atrás do computador desligado.

Eu só esperava a hora de encontrá-la e continuar nossas intermináveis conversas. Não me cansava de ouvi-la falar sobre sua vida, suas paixões, desejos e ambições. Ela gostava dos filmes de Elia Kazan e de ópera.

Uma noite, depois de um jantar bem regado numa cervejaria do Pâquis, acabamos na minha sala. Sloane contemplou, entretida, os bibelôs e os livros nas estantes. Fitou demoradamente um quadro de São Petersburgo herdado do meu tio-avô. Depois se deteve nas bebidas fortes do meu bar. Gostou do esturjão em alto-relevo que ornava a garrafa de vodca Beluga, nos servi dois copos com gelo. Liguei o rádio no programa de música clássica que eu costumava escutar à noite. Ela me desafiou a identificar o compositor que estava tocando. Fácil, era Wagner. De modo que foi ao som de *A Valquíria* que ela me beijou e me puxou contra si, sussurrando em meu ouvido que me desejava.

Nosso caso iria durar dois meses. Dois maravilhosos meses. Durante os quais, porém, meu livro sobre Bernard foi pouco a pouco reassumindo a precedência. De início, eu aproveitava as noites em que Sloane estava de plantão no hospital para avançar na escrita. Só que quanto mais avançava, mais envolvido ia ficando com meu romance. Uma noite ela me convidou para sair: pela primeira vez eu recusei. "Preciso escrever", expliquei. Sloane, no começo, foi extremamente compreensiva. Ela também tinha um trabalho que às vezes a prendia mais que o previsto.

Depois recusei uma segunda vez. E ela, de novo, não se ressentiu. Entenda-se: eu adorava cada momento passado com Sloane. Mas tinha o sentimento de que com Sloane ia ser para sempre, que aqueles momentos de cumplicidade iam se repetir ao infinito. Ao passo que a inspiração para um romance pode sumir do mesmo jeito que vem: era uma oportunidade que eu tinha que agarrar.

Nossa primeira briga aconteceu numa noite de meados de junho quando, depois de fazermos amor, levantei de sua cama para me vestir.

— Aonde você vai? — perguntou ela.

— Para casa — respondi, como se fosse algo absolutamente normal.

— Não vai ficar para dormir comigo?

— Não, estou querendo escrever.

— Então é assim, você vem, dá uma rapidinha e cai fora?

— Preciso avançar no meu romance — expliquei, constrangido.

— Mas não dá para você passar o tempo todo escrevendo, puxa vida! — exaltou-se ela. — É todo dia, toda noite, até fim de semana! Está passando dos limites! Você não me convida mais para nada.

Senti que a nossa relação perigava se desmantelar tão depressa como se acendera. Precisava fazer alguma coisa. Foi assim que, alguns dias depois, na véspera de partir para uma turnê de dez dias na Espanha, levei Sloane para jantar no seu restaurante predileto, o japonês do Hôtel des Bergues, cujo terraço no alto do edifício oferecia uma vista de tirar o fôlego sobre toda a baía de Genebra. Foi uma noite de sonhos. Prometi a Sloane menos escrita e mais "nós", repetindo o quanto ela era importante para mim. Chegamos a esboçar planos de férias, em agosto e na Itália, um país de que ambos gostávamos particularmente. Na Toscana, quem sabe, ou na Apúlia? Ficamos de ver isso assim que eu voltasse da Espanha.

Permanecemos à mesa até o restaurante fechar, à uma da manhã. A noite estava quente naquele início de verão. Durante todo o jantar, tive a estranha sensação de que Sloane esperava alguma coisa de mim. Até que, na hora de ir embora, quando levantei da cadeira e os funcionários já começavam a limpar o chão do terraço ao nosso redor, Sloane me disse:

— Você esqueceu, não é?

— *Esqueci* o quê? — perguntei.

— Hoje era o meu aniversário...

Ao ver meu ar consternado, compreendeu que estava certa. Foi embora, furiosa. Tentei segurá-la, me desmanchando em desculpas, mas ela entrou no único táxi disponível na frente do hotel, deixando-me ali plantado feito o idiota que eu era, sob o olhar zombeteiro dos manobristas. Até eu pegar meu carro e chegar na avenida Alfred-Bertrand, nº 13, ela já tinha entrado em casa, desligado o telefone, e se recusava abrir a porta para mim. Viajei para Madri no dia seguinte, e durante toda a minha estada por lá minhas muitas mensagens e e-mails ficaram sem resposta. Não tive nem sinal dela.

Voltei para Genebra na manhã da sexta-feira, 22 de junho, quando descobri que Sloane tinha rompido comigo.

Dona Armanda, a zeladora, é que foi a mensageira. Correu até mim assim que entrei no prédio:

— Tome, uma carta para o senhor — disse ela.

— Para mim?

— É da sua vizinha. Ela não quis deixar na caixa de correio por causa da sua assistente que abre a sua correspondência.

Abri imediatamente o envelope. Continha um bilhete com umas poucas linhas:

Joël,
Não vai dar certo.
Até mais.
Sloane

Essas palavras me atingiram em cheio. Cabisbaixo, subi para o meu apartamento. Pensei que poderia ao menos contar com Denise para me dar apoio moral nos próximos dias. Denise, a gentil mulher trocada por outra pelo marido, um ícone da solidão moderna. Nada melhor, para se sentir menos sozinho, que achar alguém ainda mais solitário! Ao entrar em casa, porém, topei com Denise que parecia estar indo embora. Não era nem meio-dia.

— Denise? Onde vai? — cumprimentei.

— Bom dia, Joël. Eu avisei que hoje ia embora mais cedo. Meu voo é às três.

— Seu voo?

— Não me diga que esqueceu! Falamos sobre isso antes de ir para a Espanha. Vou passar quinze dias em Corfu com o Rick.

Rick era um sujeito que ela tinha conhecido na internet. De fato, tínhamos falado sobre suas férias. Eu tinha esquecido completamente.

— A Sloane me deixou — anunciei.

— Eu sei. Sinto muito, de verdade.

— Como assim, *você sabe*?

— A zeladora abriu a carta que Sloane deixou para você e me contou tudo. Eu não quis lhe avisar em Madri.

— E vai viajar mesmo assim? — perguntei.

— Ora, Joël, não vou cancelar minhas férias porque sua namorada o largou! Até porque num instantinho você encontra outra pessoa. Todas as mulheres arrastam as asinhas para você. Isso logo passa, vai ver! E além disso, eu cuidei de tudo, fiz umas comprinhas. Olha só!

Denise me arrastou rapidamente até a cozinha. Avisada do meu rompimento com Sloane, já previra qual seria a minha reação: ia ficar trancado em casa. Manifestamente preocupada com que eu não me alimentasse na sua ausência, fizera um estoque impressionante. Dos armários ao congelador, havia comida por toda parte.

Com isso, ela se foi. E eu me vi sozinho em minha cozinha. Fiz um café e me instalei no comprido balcão de mármore preto junto do qual se alinhavam cadeiras altas, todas desesperadoramente vazias. Caberiam dez pessoas naquela cozinha, mas só havia eu ali. Me arrastei até o escritório, onde fiquei um bom tempo vendo fotos minhas com Sloane. Peguei então um cartão Bristol em que escrevi *Sloane*, seguido daquela data terrível em que ela me deixara, com uma anotação: *22/6: um dia a ser esquecido*. Mas era impossível tirar Sloane da cabeça. Tudo me fazia lembrar dela. Até o sofá da sala, no qual acabei me jogando, me fez lembrar que alguns meses antes, naquele mesmo lugar, sobre aquele mesmo tecido, eu dera início a um relacionamento extraordinário que eu conseguira sabotar totalmente.

Então, me segurei para não ir bater à porta do apartamento de Sloane ou telefonar para ela. Mas ao cair da noite, já não me aguentando, fui para a sacada e fiquei lá fumando um cigarro atrás do outro, na esperança de Sloane também aparecer e "toparmos" um com o outro. Mas dona Armanda, que me avistou da calçada quando foi levar o cachorro para passear, e viu que eu ainda estava ali quando voltou uma hora depois, me gritou lá de baixo: "Não adianta esperar, Joël. Ela não está. Saiu de férias."

Voltei para o meu escritório. Me deu vontade de ir embora. Vontade de me afastar de Genebra por uns tempos, de me desfazer das lembranças de Sloane. Vontade de calma e sossego. Foi então que, entre as anotações dedicadas a Bernard espalhadas sobre a minha mesa, reparei numa referência a Verbier. Ele adorava ir para lá. A ideia de passar um tempo em Verbier, aproveitar a quietude dos Alpes para me reencontrar, me seduziu de imediato. Liguei o computador e me conectei à internet: cheguei rapidamente ao site do Palace de Verbier, um hotel mítico, e umas poucas fotos que fiz desfilar na tela bastaram para me convencer — o terraço ensolarado, a piscina de hidromassagem dominando as suntuosas paisagens, o bar com clima intimista e os salões silenciosos, as suítes com lareira. Era exatamente o que eu precisava. Cliquei no ícone de reserva e me pus a digitar.

Foi assim que tudo começou.

Capítulo 2

FÉRIAS

No sábado, 23 de junho de 2018, ao amanhecer, pus minha bagagem no porta-malas do carro e tomei o rumo de Verbier. O sol despontava no horizonte, envolvendo as ruas desertas do centro de Genebra num forte halo alaranjado. Atravessei a ponte Mont-Blanc, segui ao longo dos cais floridos até o bairro das Nações Unidas, e então peguei a autoestrada em direção a Valais.

Tudo me deslumbrava naquela manhã de verão: as cores do céu me pareciam novas, as paisagens que desfilavam de lado e outro da estrada tinham um ar ainda mais bucólico que de costume, os pequenos vilarejos espalhados entre os vinhedos nas encostas do Lago Léman compunham um cenário de cartão-postal. Saí da autoestrada em Martigny e peguei a estradinha em zigue-zague que, a partir de Le Châble, sobe serpenteando até Verbier.

Após uma hora e meia de trajeto cheguei ao meu destino. A manhã mal estava começando. Subi a rua principal e atravessei o vilarejo, depois foi só seguir as placas para encontrar o caminho até o Palace. O hotel ficava próximo ao vilarejo (a uns poucos minutos a pé), mas escondido o suficiente para dar a sensação de estarmos em um lugar exclusivo. A construção, um típico hotel de montanha de luxo com suas torrezinhas e pé-direito alto, se inseria em meio ao verde, cercada pela floresta de pinheiros como por uma muralha, e com uma vista espetacular sobre o Vale do Reno.

Fui recebido no Palace por funcionários simpáticos e muito atenciosos. Me senti imediatamente à vontade naquele lugar repleto de serenidade. Enquanto me registrava na recepção, o atendente me perguntou:

— O senhor é o Escritor, não é?

— Sim.

— É uma grande honra tê-lo aqui conosco. Li todos os seus livros. Veio para escrever seu novo romance?

— De jeito nenhum! — respondi, rindo. — Vim para descansar. Férias, férias, férias!

— Creio que ficará bem aqui, está numa de nossas suítes mais bonitas, a 623.

Um funcionário me acompanhou com a minha bagagem até o sexto andar. Andando pelo corredor, fui vendo passar os números dos quartos. E qual não foi minha surpresa ao constatar que a ordem era a seguinte: 620, 621, 621 bis, 623!

— Que estranho — comentei com o funcionário. — Não tem quarto 622?

— Não — respondeu ele, sem me dar mais explicações.

O quarto 623 era absolutamente magnífico. Tinha um estilo moderno, que contrastava totalmente com o ambiente do Palace. Havia um espaço diurno, com um grande sofá, uma lareira, uma escrivaninha com vista para o vale, e uma ampla varanda. No espaço noturno, uma cama imensa e um closet que dava para um banheiro em mármore equipado com ducha italiana e uma enorme banheira.

Depois de dar uma volta pela suíte, retomei o assunto do número dos quartos que me deixara intrigado.

— Mas por que 621 bis e não 622? — perguntei ao funcionário, que estava acomodando minha bagagem.

— Certamente algum engano — respondeu ele com um ar vago.

Não consegui discernir se ele de fato não sabia ou se estava mentindo por omissão. O fato é que parecia não ter vontade nenhuma de estender a conversa.

— Precisa de mais alguma coisa, senhor? Quer que eu mande alguém vir desfazer sua mala?

— Não, muito obrigado, eu mesmo faço isso — agradeci, dando-lhe uma gorjeta.

Ele saiu prontamente. Movido pela curiosidade, fui dar uma conferida no corredor: afora a porta ao lado da minha, não havia nenhuma outra porta *bis* naquele andar. Muito estranho. Mas me obriguei a não pensar mais no assunto. Afinal, eu estava de férias.

O primeiro dia das minhas férias em Verbier foi dedicado a uma caminhada na floresta até um restaurante no alto de uma elevação, onde almocei apreciando o panorama. De volta ao hotel, desfrutei da piscina termal, para em seguida conceder-me um longo momento de leitura.

À noite, antes de ir jantar no restaurante do Palace, fui tomar um uísque no bar. Sentado ao balcão, fiquei conversando com o barman, a quem não faltavam histórias saborosas sobre os outros clientes presentes. Foi então que a vi pela primeira vez: uma mulher da minha idade, muito bonita, visivelmente sozinha, que sentou na outra extremidade do balcão e pediu um Dry Martini.

— Quem é ela? — perguntei ao barman depois que ele a serviu.

— Scarlett Leonas. Uma cliente do hotel. Chegou ontem de Londres. Muito simpática. É filha de um nobre inglês, lorde Leonas, conhece? Fala um francês perfeito, seu nível de educação é notável. Parece que deixou o marido para vir se refugiar aqui.

Eu tornaria a cruzar com ela duas vezes nas horas seguintes.

Primeiro no restaurante do hotel, onde jantamos a poucas mesas um do outro. Depois, de forma totalmente inesperada quando, ao sair na varanda do meu quarto para fumar, por volta da meia-noite, descobri que ela ocupava o quarto vizinho. De início julguei estar sozinho na noite azulada. Tinha nas mãos uma foto de Bernard que trouxera de Genebra. Debruçado no parapeito, acendi um cigarro e fiquei, melancólico, contemplando o retrato. Uma voz, de súbito, me tirou da minha contemplação.

— Boa noite — escutei.

Tive um sobressalto. Era ela, na varanda contígua à minha, discretamente aninhada numa espreguiçadeira.

— Desculpe se o assustei — disse ela.

— Não esperava ter companhia a essa hora — respondi.

Ela se apresentou:

— Me chamo Scarlett.

— Joël.

— Sei quem você é. O Escritor. Todo mundo fala de você aqui.

— Isso nunca é um bom sinal — observei.

Ela sorriu. Querendo prolongar aquele momento, ofereci-lhe um cigarro. Ela aceitou. Estendi o maço para ela e acendi o isqueiro.

— O que o traz aqui, escritor? — perguntou, depois de uma primeira baforada.

— Precisava de um respiro — respondi, evasivo. — E você?

— Eu também. Deixei minha vida em Londres, meu trabalho, meu marido. Precisava mudar de ares. Quem é, na foto?

— Meu editor, Bernard de Fallois. Faleceu seis meses atrás. Era alguém muito importante para mim.

— Sinto muito.

— Obrigado. Estou me dando conta de que está difícil virar a página.

— Isso é meio chato, para um escritor.

Eu forcei um sorriso, mas ela notou a tristeza em meu semblante.

— Me perdoe — desculpou-se. — Quis ser engraçada, não deu certo.

— Não se preocupe. Bernard estava com 92 anos, tinha todo o direito de partir. Vou ter que me conformar.

— A dor não conhece regras.

Ela tinha razão.

— Bernard era um grande editor — disse eu. — Mas também era muito mais que isso. Era um grande homem, dotado de todas as superioridades, que teve muitas vidas ao longo de sua carreira no mundo editorial. Além de homem de letras e grande erudito, era também um talentoso homem de negócios, dono de um carisma e de uma capacidade de persuasão fora de série: se tivesse sido advogado, a Ordem parisiense inteira estaria desempregada. Houve uma época em que Bernard foi o diretor, temido e respeitado, dos maiores grupos editoriais franceses, ao mesmo tempo em que era próximo tanto dos grandes filósofos e intelectuais do momento quanto dos políticos no poder. Na última parte de sua vida, depois de ter reinado sobre Paris, Bernard se retirou, sem perder um milímetro de sua aura: fundou uma pequena editora à sua imagem: modesta, discreta, prestigiosa. Foi este o Bernard que conheci, que me colocou debaixo de suas asas. Genial, curioso, alegre, solar: era o mestre que eu sempre sonhara em ter. Sua conversa era brilhante, espirituosa, vívida e profunda. Sua risada era uma lição permanente de sabedoria. Conhecia a comédia humana em todos os seus meandros. Era uma inspiração de vida, uma estrela na Noite.

— Bernard parece ter sido uma pessoa fora do comum — disse Scarlett.

— E era — assegurei.

— O ofício de escritor é mesmo fascinante...

— É o que achava a minha última namorada antes de ficarmos juntos.

Scarlett caiu na risada.

— Eu realmente acho isso — disse ela. — Quero dizer: todo mundo sonha em escrever um romance.

— Não tenho certeza.

— Bom, eu sonho.

— Então vá em frente! — sugeri. — Basta um lápis e um bloco de papel, e um mundo maravilhoso se abrirá à sua frente.

— Eu não saberia por onde começar. Não saberia encontrar a ideia do romance.

Meu cigarro tinha terminado. Estava para retornar ao meu quarto quando ela me deteve, o que não achei nada ruim.

— Como lhe vem a ideia para os seus romances? — perguntou.

Refleti por um instante antes de responder:

— As pessoas costumam achar que a escrita de um romance começa com uma ideia. Mas um romance começa, antes de mais nada, com uma vontade: vontade de escrever. Uma vontade que dá e que nada é capaz de impedir, uma vontade que apaga todo o resto. Esse incessante desejo de escrever é o que eu chamo de doença dos escritores. Você pode ter a melhor das tramas para um romance, mas se não tiver vontade de escrevê-la, nada acontece.

— E como se cria uma trama? — perguntou Scarlett.

— Excelente pergunta, doutor Watson. É um erro muito comum entre escritores principiantes: achar que uma trama se constrói juntando fatos uns com os outros. Imaginando uma personagem, inserindo-a num contexto, e assim por diante.

— É verdade — confessou Scarlett. — Eu até tive, aliás, uma ideia para um romance: uma jovem se casa e, na noite de núpcias, mata o marido no quarto do hotel. Mas nunca consegui desenvolvê-la.

— Porque você está juntando fatos, como eu acabei de dizer. Acontece que uma intriga, como o próprio nome indica, precisa ser construída a partir de perguntas. O primeiro passo é formular a trama em modo interrogativo: *Por que uma jovem noiva mata o marido na sua noite de núpcias? Quem é esta jovem? Quem é o seu marido? Qual é a história desses dois? Por que se casaram? Onde se casaram?*

Scarlett respondeu de pronto:

— O marido era extremamente rico, mas de uma mesquinhez sórdida. Ela queria um casamento de princesa, com cisnes brancos e fogos de artifício, e no fim das contas o que teve foi uma festa barata numa pousada chinfrim. Enfurecida, acaba assassinando o marido. Se o juiz que a julgar for uma mulher, terá direito a circunstâncias atenuantes, porque não há nada pior que um marido sovina.

Caí na risada.

— Está vendo? — disse — Só o fato de pôr a trama inicial em forma de perguntas já abre um infinito leque de possibilidades. À medida que responde a essas perguntas, as personagens, os lugares e as ações vão surgindo por si sós. Você já começou a esboçar alguns traços da personagem da mulher e do marido. E até avançou na trama pensando no processo. Qual é o mote? O assassinato, ou o julgamento da mulher? Ela será absolvida? A magia do romance é que um simples fato, qualquer um, traduzido em forma de pergunta, abre as portas para um romance.

— Qualquer tipo de fato? — repetiu Scarlett, num tom meio incrédulo, como se me lançasse um desafio.

— Qualquer um. Para dar um exemplo bem concreto: se não me engano, você está hospedada no quarto 621 bis, não é?

— Isso mesmo — confirmou Scarlett.

— E eu, no 623. Sendo que o quarto antes do seu é o 621. Percorri o andar inteiro para conferir: não existe quarto 622. Isto é um fato. Por que, no Palace de Verbier, há um quarto 621 *bis* em vez de um 622? Isto é uma intriga. E o começo de um romance.

Scarlett exibiu um largo sorriso: ela tinha entrado no jogo..

— Mas, calma — ponderou ela em seguida — pode haver uma explicação racional. É comum que alguns hotéis desistam do quarto número 13 para agradar aos clientes supersticiosos.

— Se há uma explicação racional imediata — disse eu — acaba a intriga e não há romance. E é aí que o romancista entra em ação: para que um romance exista, ele tem que recuar um pouco os limites da racionalidade, desprender-se do real e, principalmente, inventar um mote ali onde não existe nenhum.

— O que você faria no caso desse quarto do hotel? — perguntou Scarlett, que não estava certa de ter entendido.

— No romance, o escritor, em busca de uma explicação, vai interrogar o concierge do hotel.

— Vamos lá! — sugeriu ela.

— Agora?

— Sim, claro, agora!

— O quarto 621 bis é emblemático do hotel — explicou o concierge, achando graça de nos ver ir até lá àquela hora para fazer essa pergunta. — Durante a construção do hotel, puseram uma placa 621 na porta de dois quartos, por engano. Era só trocar um dos 621 por um 622 e estava resolvido o problema. Mas o proprietário da época, o senhor Edmond Rose, que era um homem de negócios atilado, optou por acrescentar um bis num dos 621, e o quarto ficou sendo 621 bis. Obviamente, isso só fez atiçar a curiosidade dos clientes, que passaram a dar preferência para esse quarto, certos de que ele tinha algo de especial. Um truque que funciona até hoje, ou vocês não estariam aqui, no meio da noite, me perguntando sobre o famoso quarto.

De volta ao sexto andar, Scarlett me disse:

— Então esse quarto 621 bis é apenas um erro de construção.

— Não para o romancista — lembrei —, senão a história acaba aqui. No romance, para reavivar a intriga, o concierge está mentindo. Por que o concierge está mentindo? Qual é a verdade sobre esse misterioso quarto 621 bis? O que aconteceu ali que os funcionários do hotel querem esconder? É assim que se desenvolve uma ideia a partir de uma simples situação.

— E agora? — perguntou Scarlett.

— Agora é com você — brinquei. — Eu vou dormir.

Estava longe de imaginar que acabava de acabar com as minhas férias.

No dia seguinte, fui arrancado do meu sono às nove da manhã por batidas à porta do quarto. Fui abrir, era Scarlett. Ficou surpresa ao ver meu ar ensonado.

— Estava dormindo, escritor?

— Sim, estou de férias. Aquele período de descanso em que as pessoas deixam a gente em paz, sabe?

— Pois bem, suas férias acabaram — anunciou ela, entrando na minha suíte com um pesado livro debaixo do braço. — Porque tenho a resposta para a sua pretensa intriga: *por que, no Palace de Verbier, há um quarto 621 bis em vez de 622?* Porque houve um assassinato! A realidade supera a ficção!

— Quê? Como sabe disso?

— Fui bem cedinho a um café do centro do vilarejo para interrogar os moradores. Vários deles me contaram. Posso tomar um café, por favor?

— Como?

— Um café, *please*! Há uma cafeteira de cápsulas ao lado do minibar. É só inserir a cápsula, apertar o botão e o café cai dentro da xícara. É mágico, você vai ver!

Eu estava totalmente seduzido por Scarlett. Assentindo prontamente, preparei dois expressos.

— Nada indica que exista uma relação entre o assassinato e essa esquisitice de quarto 621 bis — observei, entregando-lhe uma xícara.

— Espere até ver o que eu descobri — disse ela, abrindo o livro que trouxera consigo.

Sentei-me ao seu lado.

— O que é isso? — indaguei.

— Um livro sobre a história do Palace — explicou ela, passando as páginas. — Encontrei na livraria do vilarejo.

Deteve-se na foto de uma planta arquitetônica do hotel e pôs o dedo sobre ela.

— É o sexto andar — disse. — Estamos com sorte! Aqui é o corredor, está vendo? E aqui, cada suíte com seu respectivo número. Repare que eles seguem uma ordem lógica! E aqui está a 622, entre a 621 e 623.

Constatei, estupefato, que Scarlett estava certa.

— Em que está pensando? — perguntei, certo de que ela tinha um palpite em mente.

— Que o assassinato ocorreu no quarto 622 e a direção do hotel quis apagar a lembrança.

— É apenas uma hipótese.

— Que nós vamos verificar. Você tem carro?

— Sim, por quê?

— Então pé na estrada, escritor!

— Como assim, *pé na estrada*? Onde está querendo ir agora?

— Ao arquivo do *Nouvelliste*, o maior jornal da região.

— Hoje é domingo — observei.

— Eu liguei para a redação. Eles abrem aos domingos.

Eu gostava de Scarlett. Por isso fui com ela até Sion, a cerca de uma hora de estrada, onde ficava a sede do *Nouvelliste*.

Na recepção, fomos informados de que o acesso ao arquivo era reservado aos assinantes.

Você vai ter que fazer a assinatura — declarou Scarlett, cutucando-me com o cotovelo.

— Por que eu, ué? — protestei.

— Vamos, escritor, não há tempo para ficar discutindo. Faça a assinatura, por favor!

Obedeci e puxei o cartão de crédito, o que nos outorgou o direito de acessar a sala do arquivo. Eu tinha imaginado um porão poeirento com milhares de jornais velhos empilhados: na realidade, era um pequeno cômodo equipado com quatro computadores. Estava tudo digitalizado, o que nos facilitou a vida. Sentando-se frente a um aparelho, Scarlett só precisou digitar umas poucas palavras-chave para encontrar uma série de artigos. Clicou no primeiro e soltou uma exclamação de triunfo. O caso era a matéria de capa do jornal. Via-se a foto do Palace de Verbier, com carros da polícia estacionados na frente, e a seguinte manchete:

ASSASSINATO NO PALACE

Ontem, domingo 16 de dezembro, um homem foi encontrado assassinado no quarto 622 do Palace de Verbier. Um funcionário do hotel encontrou o corpo da vítima ao levar-lhe o café da manhã.

Capítulo 3

O COMEÇO DO CASO

Domingo, 9 de dezembro, sete dias antes do assassinato

O avião estava parado na pista do aeroporto de Madri. O comandante de bordo informara aos passageiros pelo alto-falante que uma forte nevasca obrigara o aeroporto de Genebra a fechar momentaneamente, o tempo de desobstruir a pista. Coisa de meia hora, no máximo, e a aeronave poderia decolar.

O que para a maioria dos passageiros a bordo não passava de um incômodo sem mais consequências parecia contrariar particularmente Macaire Ebezner, passageiro da classe executiva, sentado na primeira fileira. Olhos pregados na janela, esvaziou em dois goles a taça de champanhe que a comissária lhe servira enquanto aguardavam. Estava nervoso. Alguma coisa estava errada. Tinha certeza de que a retenção do avião não era por causa da neve: ele fora descoberto. Iam vir prendê-lo a bordo daquele avião. Podia pressentir. Estava encurralado feito um rato. Sem ter por onde escapar. Espreitando a pista pela janela, de repente avistou um carro de polícia vindo em alta velocidade na direção da aeronave, luz giratória acesa. Sentiu seu ritmo cardíaco acelerar. Estava ferrado.

*

Na véspera, meio da tarde, bairro de Salamanca, no centro de Madri.

Macaire e Perez estavam saindo da estação Serrano do metrô. Tinham acabado de identificar o informante e apanhado os documentos no seu apartamento, fugindo em seguida de metrô para serem mais discretos. Mas ao descer do vagão, Perez teve a impressão de que estavam sendo seguidos. Ao subir as escadas em direção à rua, teve a confirmação.

— Não olhe ainda — ordenou a Macaire. — Há dois sujeitos na nossa cola desde agora há pouco.

Pelo tom de sua voz, Macaire compreendeu que era o fim. Isso porque eles tinham aprendido a prestar atenção aos sinais: aquela falta de vigilância ia lhes custar muito caro.

Macaire teve um pico de adrenalina.

— Vá pela direita — disse Perez então. — Eu vou pela esquerda. Te vejo mais tarde no apartamento.

— Não vou te deixar sozinho!

— Agora! — ordenou Perez. — Faça o que eu estou dizendo! É você quem está com a lista!

Separaram-se. Macaire foi para a direita, subindo a rua a passos rápidos. Viu um táxi encostado no meio fio, acabando de deixar um passageiro, e subiu rapidamente a bordo. O motorista arrancou, Macaire se virou: Perez tinha sumido.

Macaire pediu ao taxista que o deixasse na Puerta del Sol, onde se embrenhou na multidão de turistas. Entrou numa loja de roupas, da qual saiu inteiramente mudado, caso tivessem divulgado sua descrição. Sem saber o que fazer, acabou por chamar o número de emergência. Em doze anos, era a primeira vez que o utilizava. Encontrou uma cabine telefônica nas proximidades do Retiro e digitou o número que sabia de cor. Identificou-se para o telefonista que atendeu, este o transferiu para Wagner, que lhe deu a má notícia:

— O Perez foi detido pela polícia espanhola. Vão soltá-lo, não têm nada contra ele. De qualquer forma, ele tem um passaporte diplomático.

— A lista está comigo — informou Macaire. — Era mesmo o nosso homem.

— Perfeito. Queime essa lista e siga o protocolo. Volte para o seu apartamento e retorne a Genebra amanhã, como planejado. Não se preocupe. Vai ficar tudo bem.

— Está certo — assentiu Macaire.

Antes de desligar, Wagner comentou, com uma voz quase divertida que destoava da gravidade da situação:

— Ah, aproveitando que está aí na linha: você saiu no jornal. É oficial.

— Eu sei — respondeu Macaire, quase irritado com a tranquilidade do seu interlocutor.

— Meus parabéns!

A ligação se encerrou bruscamente.

Seguindo as instruções recebidas, Macaire voltou para o apartamento tomando todas as precauções e queimou a lista. Lamentava terrivelmente ter aceitado aquela viagem, que era para ser a última. Temia que isso fosse a gota d'água. Ele tinha tanto a perder: sua mulher, sua vida dos sonhos, a promoção que o aguardava. Dali uma semana seria o presidente do banco familiar, um dos maiores bancos privados da Suíça. Tinha vazado na edição de fim de semana da *Tribune de Genève*, que saíra naquele mesmo dia. Recebera mensagens de felicitações de todo mundo. Menos da sua mulher, Anastasia, que ficara na Suíça. Como sempre, em viagens daquele tipo, dera um jeito para que ela não o acompanhasse.

*

Na pista do aeroporto de Madri, o carro da polícia passou na frente do avião e seguiu sem se deter pela via de serviço. Alarme falso. Macaire relaxou na poltrona, aliviado. Súbito, o avião se moveu e pôs-se a andar lentamente em direção à pista de decolagem.

Quando, alguns minutos mais tarde, a aeronave finalmente se ergueu no ar, Macaire, sentindo-se fora de perigo, soltou um longo suspiro. Pediu que lhe servissem uma vodca e amendoins, e então abriu o exemplar da *Tribune de Genève*, pinçado em meio à seleção de jornais oferecidos a bordo. Deu com sua foto na primeira página do caderno de economia:

MACAIRE EBEZNER SERÁ NOMEADO PRESIDENTE
DO BANCO EBEZNER NO PRÓXIMO SÁBADO

> *Já não há dúvida: é mesmo Macaire Ebezner, 41 anos, quem vai assumir as rédeas do maior banco privado da Suíça, de que é o único herdeiro. A notícia foi confirmada em termos velados por um membro influente do banco, que preferiu manter o anonimato. "Somente um Ebezner pode dirigir o Banco Ebezner", afirmou.*

Pediu mais uma vodca, que o derrubou. Caiu no sono.

Pensou só ter cochilado alguns instantes, mas quando deu por si o avião já estava em aproximação final sobre Genebra. Viu o contorno recortado do Lago Léman, as luzes da cidade. Nevava forte, flocos turbilhonavam no ar. O inverno chegara mais cedo, deixando a Suíça coberta de branco. O voo de Madri era um dos primeiros a pousar no aeroporto de Genebra após uma longa interrupção do tráfego aéreo por conta das condições meteorológicas.

Eram 21h30 quando a aeronave tocou a pista recém-desobstruída. Ao descer, Macaire percorreu rapidamente, maleta na mão, os corredores do aeroporto que conhecia de cor. Saiu do desembarque com um ar desenvolto. Os aduaneiros pelos quais passou não fizeram nenhuma pergunta.

Depois da neve que perturbou o tráfego aéreo naquela última hora, uma comprida fila de táxis aguardava uns raríssimos clientes na saída do aeroporto. Atrás do volante, o motorista largou imediatamente o jornal que terminava de ler.

— Chemin de Ruth, em Cologny — indicou Macaire.

Fitando atentamente seu cliente pelo retrovisor, o motorista perguntou-lhe, mostrando seu exemplar da *Tribune de Genève*:

— É o senhor no jornal, não é?

Macaire sorriu, envaidecido por ser reconhecido.

— Sim, eu mesmo.

— É uma honra, senhor Ebezner — disse o motorista, o olhar cheio de admiração. — Não é todo dia que transporto uma celebridade das finanças.

Observando o próprio rosto refletido no vidro da janela, Macaire não conteve um largo sorriso. Estava no auge da sua carreira de banqueiro. A tensão de Madri ficara para trás: estava fora de perigo e seu futuro era brilhante. Estava ansioso para chegar ao banco amanhã. Ansioso para ver a cara deles todos! Mesmo que, no fundo, sua ascensão à presidência já estivesse dada como certa havia vários meses, aquela matéria ia dar no que falar. A partir de amanhã, todos viriam lamber suas botas. Só mais alguns dias de paciência: sábado à noite, durante o Grand Week-End anual do banco em Verbier, ele seria eleito à frente do prestigioso estabelecimento.

O táxi desceu a rue de la Servette, seguiu pela avenue de Chantepoulet e cruzou a ponte Mont-Blanc. As margens do Lago Léman cintilavam. O grande chafariz, símbolo da cidade, erguia-se majestosamente entre os flocos que caíam. Com a neve e as luzes de Natal, Genebra estava feérica. Tudo parecia tão calmo e sereno.

O veículo então subiu o quai du Général-Guisan e seguiu em direção a Cologny, uma das regiões sofisticadas de Genebra, onde Macaire vivia com sua esposa, Anastasia, numa magnífica mansão nas encostas do Lago Léman.

Na cozinha dos Ebezner, naquele momento, Arma, a empregada, provava o assado de vitela que vinha cozinhando com amor havia horas: estava perfeito. Olhou uma vez mais, cheia de admiração, para o jornal que deixara sobre a bancada para lhe fazer companhia. Era oficial: o senhor ia ser eleito presidente do banco no próximo sábado! Estava tão orgulhosa. Nunca trabalhava aos fins de semana, mas quando, no dia anterior, lera a notícia no café que costumava frequentar, decidira imediatamente vir recebê-lo quando chegasse de Madri. Sabia que estaria sozinho, já que sua mulher estava passando o fim de semana na casa de uma amiga (Madame Anastasia não gostava de ficar sozinha naquele casarão quando o marido viajava a negócios). Arma achava uma tristeza não haver ninguém esperando por ele em casa para comemorar uma notícia tão boa.

Ao ver os faróis do táxi que entrava na propriedade, correu lá fora para receber o patrão, sem nem se dar ao tempo de vestir o casaco, apesar da neve que caía.

— O senhor saiu no jornal! — exclamou, orgulhosa, brandindo a matéria diante de Macaire, que descia do táxi.

— Arma! — espantou-se ele. — O que está fazendo aqui num domingo?

— Eu não queria que o senhor chegasse numa casa escura e sem um bom jantar.

Ele sorriu afetuosamente para ela.

— *Presidente*. Quer dizer que agora é oficial! — alegrou-se Arma.

Ela pegou a maleta que o motorista tirou do porta-malas e seguiu o patrão, que entrou na casa, enquanto o táxi ia embora. O carro mal cruzara o portão da mansão dos Ebezner e um homem surgiu na luz dos faróis. O motorista parou e baixou o vidro.

— Fiz tudo como o senhor mandou — declarou ao homem, que parecia não se importar com a neve que caía.

— Mostrou a matéria para ele? — perguntou o homem.

— Sim, segui suas instruções à risca — jurou solenemente o taxista, que aguardava sua retribuição. — Fingi que o reconhecia, do jeito que o senhor mandou.

O homem fez uma cara de satisfeito e entregou um maço de notas de cem francos ao taxista, que partiu em seguida.

* * *

Em casa, sentado à mesa da cozinha, Macaire pediu que Arma lhe servisse uma bela fatia de carne assada. Estava preocupado. Por causa de Anastasia, essencialmente. Mandara-lhe uma mensagem para dizer que tinha chegado bem em Genebra. A resposta fora lacônica:

Feliz que sua viagem tenha corrido bem.
Parabéns pela matéria na Tribune.
Volto amanhã, é mais prudente não dirigir com essa neve toda.

Relendo a mensagem, Macaire perguntou-se quem estava mentindo para quem. Ele próprio vinha mentindo para ela havia doze anos. Doze anos que seu segredo lhe queimava os lábios.

Arma o arrancou de seus pensamentos.

— Estou tão feliz pelo senhor — disse ela. — Quase chorei quando li a notícia. *Presidente do banco!* O senhor estava em Madri a trabalho?

— Sim — mentiu Macaire.

Ele parecia estar longe, não prestava a menor atenção em Arma. Ela acabou indo lavar as panelas, furiosa consigo mesma. Que tonta tinha sido em vir recebê-lo! Achando que ele iria gostar. Seria uma boa oportunidade de passarem um bom momento juntos. Mas ele não estava nem aí. Nem notou que ela tinha ido ao cabeleireiro, que tinha pintado as unhas. Resolveu ir embora.

— Se não precisa mais de mim, senhor, eu já vou indo.

— Claro, Arma, pode ir, e obrigado por esse jantar delicioso. Não fosse você, eu teria ido dormir de barriga vazia. Você é uma pérola. A propósito, está lembrada que preciso de você aqui no fim de semana que vem?

— Fim de semana que vem? — engasgou-se Arma.

— Sim, você sabe, vai ser o Grand Week-End do banco, que é proibido para as esposas. Eu não ficaria tranquilo em deixar Anastasia sozinha de novo. Dois fins de semana seguidos é muita coisa... Você sabe que ela tem horror de ficar sozinha nesse casarão. Você podia inclusive dormir num dos quartos de hóspedes... ela se sentiria bem mais segura.

— Mas o senhor tinha me dado folga já a partir de sexta — lembrou Arma. — Eu pretendia não vir trabalhar até segunda.

— Puxa vida, esqueci completamente! Você pode alterar seus planos? Por favor, é muito importante para mim saber que alguém vai ficar aqui com a Anastasia. Sem contar que ela talvez queira convidar umas amigas, seria ótimo você estar aqui para cozinhar e cuidar da casa. Vou pagar em dobro as horas que ficar aqui entre sexta-feira e domingo à noite.

Ela não teria aceitado nem por todo o ouro do mundo. Aquele fim de semana era muito importante para ela. Mas como era incapaz de negar o que quer que fosse ao patrão, aceitou a contragosto.

Depois que Arma saiu, Macaire se trancou na saleta no térreo que lhe servia de escritório. Tirou da parede um quadro (uma aquarela representando Genebra) que escondia um pequeno cofre cujo segredo só ele sabia. Abriu-o. Continha um único objeto: um caderno. De umas semanas para cá, começara a registrar seu segredo por escrito. Só por precaução. Para que alguém soubesse. Recentemente, vinha se sentindo observado. Vigiado. E os acontecimentos de Madri pareciam lhe dar razão. Assumira muitos riscos nos últimos doze anos. Escrever a verdade em algum lugar talvez viesse a ser útil.

Deu uma folheada no caderno: as primeiras páginas exibiam colunas de números e quantias de dinheiro, como se se tratasse de um documento contábil. Vai ver é dinheiro não declarado, poderiam deduzir, caso o caderno caísse nas mãos erradas. Era um engodo. As páginas seguintes pareciam estar todas virgens, quando na verdade estavam repletas de suas confissões. Para mais segurança, Macaire escrevia com tinta invisível. Um truque velho como o mundo, mas que ainda funcionava: graças a uma caneta-tinteiro propositalmente sem tinta, e cuja ponta ele molhava numa mistura a base de água e suco de limão, tudo o que escrevia era instantaneamente absorvido pelas páginas. As quais, embora preenchidas, permaneciam em branco. Se Macaire algum dia quisesse recuperar seu texto invisível, bastaria aproximar as páginas de uma fonte de luz e calor para todo o seu relato aparecer.

De início, a tarefa se revelara trabalhosa, mas sua mão ganhara agilidade com a prática: mesmo sem ver o texto, Macaire escrevia de forma perfeitamente legível. Abriu o caderno, identificando a última página escrita por estar com a ponta dobrada, e molhou a caneta-tinteiro na tigela de suco de limão. Não reparou na sombra dissimulada no escuro, a poucos metros dali: um homem o espiava pela janela da saleta.

Imóvel, o homem ficou olhando Macaire por mais de uma hora. Observou-o escrever, depois guardar o caderno no cofre atrás do quadro antes de deixar o cômodo, decerto para ir deitar, pois já era tarde.

O homem então desapareceu noite adentro e, silencioso e invisível, esgueirou-se para fora da propriedade pulando o muro que a cercava. A neve que continuava a cair cuidaria de encobrir seu rastro. Chegando no chemin de Ruth, o homem entrou num carro estacionado no meio-fio. Tudo em volta estava deserto. Deu a partida e rodou por alguns minutos, até se afastar o suficiente, e então parou para telefonar.

— Ele chegou em casa e não desconfia de nada — garantiu ao seu interlocutor. — Até dei um jeito de um motorista de táxi comentar com ele sobre a matéria.

— Excelente ideia, parabéns!

— Como conseguiu que publicassem uma notícia dessas? E com foto, ainda por cima!

— Tenho os meus contatos. Coitado, vai cair do cavalo amanhã!

A um quilômetro dali, a fachada da casa dos Ebezner logo ficou totalmente no escuro. Macaire, em sua grande cama, adormeceu rapidamente com o sono dos justos, com a matéria sobre si mesmo do seu lado. Nunca se sentira tão feliz.

Mal podia imaginar que seus problemas estavam só começando.

Capítulo 4

AGITAÇÕES

Segunda-feira, 10 de dezembro, seis dias antes do assassinato

Seis e meia da manhã. Arrancado de seu sono pelo toque do despertador, Macaire precisou de alguns instantes para lembrar que estava em casa. Logo ao abrir os olhos, sobressaltou-se à lembrança do que acontecera em Madri. E então, percebendo que estava em casa, a salvo, deixou-se tomar por uma sensação de paz. Estava tudo indo muitíssimo bem.

Não tinha fechado as persianas: constatou pela janela que ainda estava escuro lá fora e nevava abundantemente. Não estava com a menor vontade de enfrentar temperaturas gélidas. Aconchegado debaixo do edredom, resolveu conceder-se uns minutos mais de descanso e tornou a fechar os olhos.

Naquele mesmo momento, na rue de la Corraterie, centro de Genebra, Cristina, sua secretária, cruzava a entrada do imponente prédio do Banco Ebezner com a pontualidade costumeira. Desde que ingressara no banco, seis meses antes, chegava todo dia às seis e meia, hora em que os porteiros abriam o local. Em parte para demonstrar sua seriedade aos patrões, mas principalmente porque assim podia examinar os diversos dossiês sem ser perturbada e sem que ninguém lhe fizesse perguntas.

Naquele dia de neve, para não correr o risco de atrasar por causa de vias ainda não desobstruídas, tinha vindo a pé. Calçando botas, um par de escarpins dentro da bolsa, viera andando pela cidade ainda adormecida desde seu apartamento em Champel.

Atravessou o vasto hall de entrada do banco, elegante em seu casaco acinturado. Os porteiros, alinhados atrás do balcão, todos meio caídos por ela, maravilharam-se ao ver que nada podia mitigar o zelo daquela jovem funcionária tão linda quanto dedicada.

— Saudações matinais, Cristina — cumprimentaram a uma só voz.

— Bom dia, rapazes — disse ela e sorriu, estendendo um pacote de croissants comprados especialmente para eles numa padaria ali perto.

Tocados por seu gesto, desmancharam-se em agradecimentos.

— Viu o jornal do fim de semana? — perguntou um deles, engolindo metade de um croissant. — Vai ser secretária do presidente!

— Fico feliz pelo senhor Ebezner — disse Cristina. — Ele merece.

Seguiu em direção aos elevadores e então subiu para o quinto andar, onde ficava a gestão financeira. No final de um longo corredor de paredes atapetadas, chegou na antessala que lhe servia como local de trabalho e dava para as salas de seus dois chefes: Macaire Ebezner e Lev Levovitch.

A antessala não era muito espaçosa, nem muito prática. Uma ampla mesa que atravancava a passagem, um armário em um dos cantos e uma imponente fotocopiadora. Foi Cristina quem pediu para se instalar ali. Em todos os departamentos, inclusive o da gestão financeira, as secretárias ficavam reunidas em grandes escritórios confortáveis. Mas ela preferia estar em contato direto com seus chefes.

Cristina tornara-se rapidamente indispensável no banco: trabalhava arduamente sem nunca resmungar. Inteligente, perspicaz, encantadora. Sempre de bom humor, sempre prestativa. Filtrava as chamadas, separava cuidadosamente a correspondência, controlava agendas e compromissos.

Desde seu primeiro dia no banco, Cristina se impressionara muitíssimo com Lev Levovitch. Era um dos banqueiros mais admirados de Genebra. O mais apreciado por sua competência nos negócios, e também o mais temido. Tinha em torno de quarenta anos, uma beleza insolente, aura de ator e um porte de rei. Carismático, cheio de talentos, fluente em dez idiomas, era irritantemente perfeito, não deixava ninguém indiferente e despertava todas as invejas. Ele conhecia seus dossiês nos mínimos detalhes. Compreendia os mercados como ninguém e sabia antecipar seus movimentos. Mesmo quando as Bolsas caíam, seus clientes lucravam.

Uma das particularidades de Levovitch era não ter nascido em berço de ouro: ele não vinha de uma tradicional família genebrina. Partindo do zero, tinha trabalhado muito para chegar aonde estava, o que lhe valia tanto o respeito da elite da qual fazia parte quanto a simpatia dos pequenos funcionários, que se identificavam com suas origens modestas.

Ao mesmo tempo reservado e discreto, afeito ao mistério, nunca se gabava de suas atividades, deixando que falassem por ele os fatos relatados pelos jornalistas — e pelas comadres. Era o conselheiro dos mais ricos, o íntimo dos poderosos, o amigo dos presidentes, mas, não se esquecendo de onde viera, mostrava-se sempre disponível para os necessitados, caridoso com os desfavorecidos e generoso com aqueles que precisavam.

Era, em Genebra, aquele de quem todos falavam, que todos sonhavam em frequentar. Apesar disto, era um homem solitário e sem vínculos. Morava numa imensa suíte no quinto andar do luxuoso Hôtel des Bergues, à beira do Lago Léman. Nada se sabia sobre sua vida privada, não constava que tivesse amigos, seu único confidente sendo o seu motorista e mordomo, Alfred Agostinelli, de uma discrição a toda prova. Solteiro cobiçado, seu nome estava na boca de todas as jovens da alta sociedade genebrina, e as grandes famílias da Europa esperavam que pousasse os olhos em uma de suas filhas. Levovitch, contudo, parecia totalmente alheio a isso tudo. Seu coração era uma fortaleza intocável: dizia-se que nunca se apaixonara por ninguém.

Lev Levovitch chegava toda manhã no escritório às sete em ponto. Naquele dia, porém, eram sete e quarenta e ainda não havia ninguém. Sendo que morava a apenas dez minutos a pé do banco: não podia ser a neve o motivo de tanto atraso. Buscando uma explicação plausível para a sua ausência, Cristina pensou num eventual compromisso externo. Ao consultar a agenda do chefe, porém, constatou que a página daquele dia estava em branco até a faixa das 16 horas, em que ele próprio fizera — reconheceu sua letra — uma anotação enigmática, em letras maiúsculas: REUNIÃO MUITO IMPORTANTE. Ficou surpresa: era ela que, em geral, apontava todos os compromissos. Esse tinha sido acrescentado de última hora. Cristina ficou intrigada: o que significava tudo aquilo?

De repente, percebeu uma voz no corredor. Sabia que àquela hora o andar estava sempre deserto. Esticou o ouvido e, para escutar melhor, avançou silenciosamente. Avistou então, na escadaria, Sinior Tarnogol, um dos membros do Conselho do banco que, subindo os degraus até a sua sala no sexto andar, visivelmente fazia uma parada para recobrar o fôlego. Falava ao telefone e, certo de estar, àquela hora da manhã, longe de ouvidos indiscretos, permitia-se certas confidências.

Cristina, sem ser vista, escutou toda a conversa.

E ficou estupefata.

Aquela notícia teria o efeito de uma bomba.

Capítulo 5

ADEUS ÀS FÉRIAS

Na redação do *Nouvelliste*, Scarlett imprimira todos os artigos dedicados ao assassinato do quarto 622. Descobrira, assim, que o crime nunca fora elucidado. E no carro que nos levava de volta a Verbier, só tinha uma coisa em mente: me convencer a escrever um romance sobre o assunto.

— Houve um assassinato no Palace, escritor! Olha que loucura! Dá até para imaginar o ambiente discreto, todos os hóspedes sob suspeita, o policial interrogando as testemunhas ao pé da lareira.

— Ora, Scarlett, o que está pretendendo? Reabrir a investigação? Solucionar esse caso, algo que nem a polícia conseguiu fazer?

— Exatamente! Você é melhor que um policial, é um escritor! A gente investiga juntos e depois você escreve um romance!

— Não vou escrever romance nenhum sobre isso — fui logo avisando.

— Ora, escritor... Tenho certeza de que Bernard ia querer que você escrevesse um romance sobre esse caso.

— Não, meu próximo romance não vai ser uma história policial barata!

— Ah, deixe de ser rabugento! Tem até um romance dentro do romance: o modo como descobrimos que o número do quarto 622 foi alterado depois que um assassinato foi cometido. Não está curioso para saber por que o concierge mentiu para a gente ontem à noite?

— Nem tanto.

— Por favor! E outra, eu vou ajudar.

— Me ajudar? Você nunca escreveu um livro na vida.

— Serei sua assistente.

— Já tenho uma assistente, e, acredite, você não ia querer se parecer com ela.

— Então a partir de agora você tem duas assistentes.

— Eu deveria estar de férias e descansar.

— Você vai descansar quando morrer.

— De qualquer forma, não estou disponível. Tenho outros compromissos.

— Ah, é? Quais?

— Hoje à tarde, por exemplo, tenho uma massagem marcada, depois vou para o spa tomar um banho de hidromassagem e entrar num estado de relaxamento absoluto.

— Você está certo, escritor! Cuide bem de si mesmo, junte suas forças! Quanto mais descansado estiver, melhor será o seu livro! Só me diga o que eu devo fazer para ajudar.

Deixei pairar um longo silêncio antes de dizer, por fim:

— Você precisa encontrar elementos que nos permitam remontar todo o fio dessa história.

O rosto de Scarlett se iluminou:

— Isso quer dizer que aceita!

Sorri. É claro que aceitava, era só para passar algum tempo com ela.

Naquela tarde, enquanto Scarlett deveria estar buscando material para a nossa investigação, desfrutei longamente dos serviços de balneoterapia do hotel. Ao voltar para a minha suíte, descobri que Scarlett tinha se apossado do local. Ela havia enchido as paredes com todas as notícias que encontrara sobre o caso.

— Como entrou aqui? — perguntei.

— Pedi na recepção que abrissem a porta para mim.

— E eles abriram?

— Falei que era a sua assistente. A assistente do grande escritor, você pode imaginar: foi um frisson! Mas vem ver o que eu encontrei!

Sentei numa das poltronas e ela apontou o dedo para uma folha em que tinha escrito: *Banco Ebezner*.

— Você conhece o Banco Ebezner, em Genebra? — perguntou Scarlett.

— Sim, claro, é um dos maiores bancos privados da Suíça. A sede fica na rue de la Corraterie.

— E o nome Macaire Ebezner lhe diz alguma coisa?

— Não, mas, pelo sobrenome, imagino que tenha alguma relação com o banco.

— Muito bem, Sherlock!

Ela me passou uma matéria da *Tribune de Genève* datada de uma semana antes do assassinato, desenterrada graças à internet. Li a manchete:

MACAIRE EBEZNER SERÁ NOMEADO PRESIDENTE
DO BANCO EBEZNER NO PRÓXIMO SÁBADO

— Macaire Ebezner deveria se tornar o presidente do banco — explicou Scarlett. — Ia suceder o pai, Abel Ebezner, falecido um ano antes. Só que, contrariamente ao que diz esta matéria — é bom sempre desconfiar da imprensa — sua nomeação não estava nada certa.

— Como sabe disso?

— Não foi fácil. Mas consegui finalmente ter uma conversa com o concierge de ontem à noite: ele me explicou que, caso os clientes perguntem, a orientação da direção é contar essa história de erro na numeração dos quartos. É que um assassinato num hotel não pega bem. Pedi para falar com o diretor mas, por coincidência, ele não se encontra por esses dias. Acho que eles não estão muito a fim de que a gente fuce nessa história. Enfim, o fato é que o concierge já trabalhava no Palace na época do assassinato. Ele primeiro disse que não se lembrava de nada, mas algumas notas de dinheiro curaram sua amnésia com sucesso. Ele então me contou que Macaire Ebezner tinha um sério concorrente: Lev Levovitch, outro banqueiro, um sujeito de bastante prestígio, conhecido no hotel, que tinha sido o braço direito de Abel Ebezner.

— O pai de Macaire Ebezner, certo?

— Isso mesmo — confirmou Scarlett. — O concierge ouviu as confidências do então diretor do Palace, Edmond Rose, que aparentemente era muito próximo de Lev Levovitch. No fim de semana do assassinato, houve uma movimentação rara no Palace.

— Espere um pouco, Scarlett — interrompi. — Não estou acompanhando. Qual é a relação entre o Palace de Verbier e o banco?

— O Grand Week-End.

— *Grand Week-End*? O que é isso?

— O Grand Week-End foi uma tradição do Banco Ebezner durante várias décadas. Era o passeio anual da empresa. Todo ano, em dezembro, todos os funcionários do banco eram convidados a passar dois dias em Verbier. Ficavam todos hospedados aqui, no Palace de Verbier. Durante o dia, podiam esquiar, passear ou jogar *curling*. Na noite de sábado, havia um jantar de gala no salão de baile do Palace. Era o momento de todas as solenidades, quando eram feitos os grandes comunicados oficiais do banco, como promoções internas, transmissões de poder, aposentadorias, coisas assim.

— Então o fim de semana do assassinato foi num desses famosos Grands Week-Ends do banco?

— Sim. E não em um qualquer! Veja!

Scarlett me mostrou outra matéria, também da *Tribune de Genève*. Esta datava de quase um ano antes do assassinato. Era sobre o funeral de Abel Ebezner, no início de janeiro, realizado na catedral Saint-Pierre de Genebra. Numa foto, viam-se três homens, descritos como os membros do Conselho do banco: Jean-Bénédict Hansen, Horace Hansen e Sinior Tarnogol.

— Conselho do banco? O que é isso? — perguntei, reparando que Scarlett escrevera essas mesmas palavras numa das folhas coladas na parede, como se se tratasse de um elemento importante.

Ela deu um sorrisinho vitorioso:

— Eu também me fiz essa pergunta. Então fiz algumas pesquisas. Na época, a pirâmide hierárquica do banco era composta da seguinte forma: na base, os simples funcionários; acima deles, os chefes de departamento; acima deles, os mandatários; acima deles, os subdiretores; acima deles, os diretores; e acima deles, no topo, dominando essa gente toda, o Conselho do Banco, composto por quatro pessoas: dois simples membros, um vice-presidente e um presidente. De acordo com a *Tribune de Genève*, a presidência do Banco Ebezner sempre se transmitiu de pai para filho. O que significa que os presidentes e vice-presidentes do Conselho são sempre um pai e um filho Ebezner sucedendo-se de geração em geração.

— Ou seja, pela lógica, Macaire Ebezner deveria ter sido nomeado presidente depois do seu pai.

— Pela lógica, sim. Só que veja essa foto, na matéria sobre o enterro de Abel Ebezner, em que aparecem os outros três membros do Conselho do banco: Macaire Ebezner não se encontra entre eles.

— Por quê?

— Não sei. Mas, conforme também descobri na internet, Abel Ebezner mudou as regras antes de morrer. Incumbiu o Conselho de eleger seu sucessor, dando-lhe cerca de um ano para fazer sua escolha. Isso significa que o anúncio do novo presidente deveria ocorrer no Grand Week-End seguinte à sua morte, ou seja, no fim de semana do assassinato.

Capítulo 6

A DISPUTA PELA PRESIDÊNCIA

Nos meses que antecederam o assassinato, a sucessão da presidência do Banco Ebezner constituíra uma pequena novela que tinha fascinado Genebra.

Tudo começou em janeiro, nos primeiros dias do ano, quando Abel Ebezner, o emblemático presidente do banco nos últimos quinze anos, faleceu, numa idade avançada, vítima de um câncer. Ao anúncio de sua morte, todo mundo considerava que a presidência caberia por direito a Macaire, único filho de Abel. Os Ebezner vinham transmitindo as rédeas da empresa de pai para filho desde a fundação do banco familiar, trezentos anos antes. "Somente um Ebezner pode dirigir o Banco Ebezner", repetia-se aos funcionários e clientes, como se isso fosse garantia de uma excepcional qualidade. Mas eis que Abel Ebezner, antes de morrer, fizera constar em seu testamento que essa tradição de sucessão filial seria enterrada com ele, e que o próximo presidente do prestigiosíssimo banco seria nomeado não por seu sobrenome, mas por seu mérito.

Supervisionado por um tabelião, Ebezner pai deixara tudo previsto nos mínimos detalhes. A eleição do presidente do banco deveria atender a três regras: 1) incumbia aos três membros restantes do Conselho do banco a tarefa de nomear aquele que passaria a ser o seu quarto membro e, mais que nada, seu presidente, 2) era vedado ao Conselho eleger um de seus próprios integrantes, devendo necessariamente nomear um novo membro, e, por último, 3) a fim de evitar qualquer precipitação, a decisão só seria anunciada durante o tradicional Grand Week-End de fim de ano, o novo presidente só sendo efetivado no cargo no dia 1º de janeiro do ano seguinte.

O último desejo de Abel Ebezner teve sobre o banco o efeito de um raio. Longe de desestabilizar o estabelecimento, ele o reenergizou. Dos porteiros aos diretores, todos sentiam repentinamente que tinham uma chance de ascender ao cargo supremo. Em todos os escalões, os funcionários redobraram o zelo a fim de granjear as boas graças dos membros do Conselho. O banco nunca fora tão produtivo: ninguém mais apresentava um atestado médico sequer e a maior parte da equipe abriu mão de tirar férias.

O frenesi em torno da sucessão foi tanto que se espalhou pela cidade. O Banco Ebezner era uma das grandes instituições de Genebra, e seu presidente figurava entre suas personalidades mais observadas. O fato de, pela primeira vez, a sucessão à presidência do estabelecimento não se dar por via hereditária afetou todo mundo.

Com o passar das semanas, a excitação foi subindo num crescendo. Chegou, enfim, o mês de dezembro. Todo mundo estava ansioso para saber quem se juntaria a Jean-Bénédict Hansen, Horace Hansen e Sinior Tarnogol no Conselho e presidiria os destinos do Banco Ebezner.

Assim, quando às dez e meia daquela segunda-feira, 10 de dezembro, Macaire Ebezner deu finalmente o ar da graça na calçada da rue de la Corraterie, exultou ao ver o imponente prédio do banco que se erguia à sua frente. Contemplou orgulhosamente a fachada:

Banco Ebezner & Filhos, desde 1702

Ele seria recebido como celebridade. Sabia disso. Ele seria, nos próximos dias, o assunto de todas as conversas e todas as atenções. Era fundamental manter a cabeça fria e demonstrar modéstia. Insistir que até sábado todas as opções permaneciam abertas para o Conselho. Não dizer, evidentemente, que havia tempos já sabia que seria o novo presidente. Não via a hora de chegar finalmente o sábado. Só mais seis diazinhos e seria oficial. Ele precisava se mostrar paciente.

Admirou mais uma vez o frontão do seu banco e respirou a plenos pulmões o ar restaurador daquela manhã de inverno. O sol cintilava na neve, o céu estava agora de um azul resplandecente.

Ele lamentava não ter saído da cama logo ao acordar: na intenção de fechar os olhos só mais uns instantes, tornara a adormecer profundamente. E como estavam todos à sua espera, todos notariam sua chegada tardia. Não era digno do futuro presidente do maior banco privado da Suíça chegar ao trabalho a uma hora daquelas. Ele normalmente já não era de chegar cedo, mas agora ele tinha se superado! Desta vez, daria a desculpa da neve, mas — resolução de ano novo — assim que fosse oficialmente eleito seria um dos primeiros a chegar ao banco toda manhã.

Cruzando a pesada porta do estabelecimento, toda em dourados e arabescos, Macaire Ebezner entrou pelo hall com um ar de importância. Sentiu todos os olhares voltados para ele. Detrás do balcão, os porteiros cumprimentaram-no com deferência. "Saudações matinais, senhor Ebezner!", repetiu o pequeno coro inclinando levemente a cabeça.

Macaire logo percebeu que o olhar deles tinha mudado. Sentiu-se, de súbito, mais importante que um papa. Todos com quem cruzou o parabenizaram, dirigiram-lhe cumprimentos obsequiosos e piscadelas de cumplicidade. Em breve seria o chefe de todas aquelas pessoas e tinha direito a todas as bajulações. Os mais afoitos chegaram a brindá-lo com um "Bom dia, senhor presidente".

Entrou no elevador junto com um bando de puxa-sacos que ficou se desmanchando em cumprimentos exagerados para ele. Gente mais servil!, pensou, contemplando seus trejeitos. Mas nessa ele não caía: sabia que alguns de seus cortesãos tinham virado a casaca no último minuto, achando, até então, que ele seria preterido pelo Conselho. Ele tinha consciência de que nem sempre fora levado a sério, especialmente naquele último ano, com a decisão tomada por seu pai pouco antes de morrer. A vontade de seu *daddy* de que ele fosse eleito pelo Conselho do banco em vez de nomeá-lo diretamente para a presidência o entristecera de início. Teria preferido que o pai fizesse como haviam feito todos os seus antecessores nos últimos trezentos anos e simplesmente lhe passasse a tocha. Ora, ser o chefe de uma vez! Sem ter de sujeitar-se às formalidades de uma eleição. Mas acabara por entender o porquê da última vontade paterna: conferir-lhe mais legitimidade. Seria nomeado presidente por seu talento, não por seu sobrenome! Sairia fortalecido. Seu pai tinha pensado em tudo.

Chegando ao quinto andar, Macaire entrou se pavoneando na antessala de Cristina, sua secretária. Que festa ela não ia fazer para ele! Mas Cristina o recebeu com uma expressão desolada.

— Até que enfim chegou, senhor Macaire! — exclamou.

— O que houve, Cristina? — indagou Macaire com ar de brincadeira. — Parece que viu uma assombração!

— Nem sei como lhe avisar...

— Avisar o quê? — perguntou Macaire, todo sorrisos. — Se for sobre minha nomeação para a presidência do banco, o jornal do fim de semana já tratou de me informar.

Macaire deu um sorriso divertido e entrou na sua sala, tirando o pesado casaco de inverno. Cristina foi atrás dele e, como ela continuava desconcertada, ele franziu o cenho:

— Está me deixando preocupado, Cristina. Você está pálida. Não é nada com a sua saúde, espero?

Ela hesitou um instante, e então disse:

— Não é o senhor quem vai ser eleito presidente do banco, senhor Ebezner.

— Que história é essa? Você não viu o jornal do fim de semana?

— A matéria é falsa! — exclamou Cristina. — Quem vai ser eleito é Lev Levovitch!

A frase soou no ar feito um tiro. Macaire ficou um instante atordoado.

— O que está dizendo?

— O Levovitch vai ser eleito para a presidência — repetiu ela. — Sinto muitíssimo.

— Ah, safado! — murmurou Macaire.

Fez menção de correr para a sala de Levovitch pedir explicações, mas Cristina o deteve.

— O senhor Levovitch ainda não apareceu no banco hoje — disse ela. — Tentei localizá-lo de todas as formas, sem sucesso. Estou bem preocupada, preciso urgentemente falar com ele. O senhor sabe onde ele está?

Macaire, recompondo-se, adotou um ar distanciado:

— Nem vale a pena dar falsas expectativas para o coitado do Levovitch. Não existe a menor chance de ele se tornar presidente do banco. O que deu em você para ficar espalhando boatos tão tolos? Para o seu governo, conheço a fonte do jornal: é um membro do Conselho de quem sou muito próximo, e que já me garantiu há meses que...

— Seu primo, Jean-Bénédict Hansen? — interrompeu Cristina.

— Perdão? — irritou-se Macaire, que tinha horror que subalternos lhe interrompessem.

— O membro do Conselho de quem é muito próximo é o senhor Hansen, não é? — perguntou Cristina.

— Sim, o Jean-Béné — confirmou Macaire. — Algum problema com isso?

— Escutei o senhor Tarnogol falando ao telefone com o senhor Jean-Bénédict hoje cedo. Dizia que não podiam eleger o senhor de jeito nenhum, que isso seria contra a vontade do seu pai. Por causa do que aconteceu em Verbier quinze anos atrás. Disse que o seu pai nunca lhe perdoou, que se quisesse que o senhor fosse o presidente ele o teria nomeado diretamente. Pelo que entendi da conversa, o Conselho se reuniu na sexta-feira e chegou ao acordo de escolher Levovitch.

— Não, não, não — retorquiu Macaire. — Jean-Béné não faria uma coisa dessas comigo.

— Foi o que eu pensei também — condoeu-se Cristina. — De modo que fui esperar o senhor Jean-Bénédict na frente da sala dele para lhe perguntar, e infelizmente, eu tinha escutado certo. Lamento sinceramente, senhor Macaire. Acho terrivelmente injusto.

Recusando-se a acreditar que aquilo era verdade, Macaire precipitou-se para o andar de cima para ele mesmo interrogar seu primo Jean-Bénédict.

As salas dos membros do Conselho ficavam todas no sexto andar. No final de um impressionante corredor, quatro portas se sucediam. Havia primeiro a sala do presidente (vaga desde a morte de Abel Ebezner). Depois a do vice-presidente, que podia ter sido de Macaire Ebezner nos últimos quinze anos, mas que, devido a fatos ocorridos quinze anos antes, era ocupada por Sinior Tarnogol, um homem impenetrável, misterioso, que passava a maior parte do tempo viajando entre a Suíça e a Europa do Leste. Depois, as salas dos outros dois membros do Conselho, a saber: Horace Hansen, primo distante dos Ebezner, de um ramo cadete da família, e seu filho, Jean-Bénédict Hansen, um homem de uns quarenta anos, tal como Macaire.

Jean-Bénédict Hansen estava justamente andando em círculos na sua sala, encarando fixamente a porta, temendo uma irrupção enfurecida de seu primo Macaire tão logo fosse alertado por Cristina.

— Fulaninha mais enxerida! — insultou Jean-Bénédict em voz alta.

Ao chegar ao banco, duas horas antes, dera com ela na frente da sua sala. Assim que o vira, correra para cima dele.

— É verdade? — perguntara. — Vocês não vão eleger o senhor Macaire para a presidência?

Ele empalidecera.

— Como sabe? — balbuciara. — Não me diga que anda espionando o Conselho, Cristina. Isso é inaceitável!

— Não seja ridículo — defendera-se Cristina. — Se não quer que seus segredos se espalhem por aí, devia pedir para o Tarnogol ser um pouco mais discreto. Como pôde fazer uma coisa dessas com o seu primo?

— Isso não lhe diz respeito, Cristina, — retrucou secamente Jean-Bénédict, escandindo as palavras. — Está extrapolando totalmente as suas funções. Então me faça o favor de ser discreta e não comentar nada com o Macaire.

— Quer que eu não diga nada? E deixe que ele fique sabendo no sábado à noite, na frente de todos os funcionários do banco? Que humilhação seria para ele!

— É mais complicado do que isso.

— Mas não posso simplesmente fingir que não sei de nada!

— Não há motivo para contar o que quer que seja! Está se deixando levar pelo afeto que tem por ele, está saindo completamente do âmbito profissional! Pelo amor de Deus, Cristina, segure a sua língua! Ou sofrerá sérias consequências, acredite.

— Cada um que faça o que achar melhor! — concluíra Cristina.

Ela saíra com um ar desafiador, e ele a acompanhara com um olhar furioso até ela chegar ao elevador. Ela era mesmo a rainha das pentelhas. Ah, como se arrependia de tê-la contratado! Só para ser prestativo. Primeiro, tinha achado para ela um cargo sob medida. Aí ela pediu para ficar na antessala, argumentando que não conseguiria fazer seu trabalho direito numa sala coletiva com todas as secretárias. E depois de ele dizer amém a tudo só para ser educado, era assim que ela agradecia.

De repente, a porta da sala de Jean-Bénédict se abriu brutalmente, e Macaire apareceu:

— Jean-Béné, diga que não é verdade! Diga que o Conselho não vai eleger o Levovitch para a presidência do banco!

— Eu realmente sinto muito — lamentou Jean-Bénédict, olhando para o chão.

Um silêncio glacial tomou conta da sala. Macaire, em choque, deixou-se cair numa poltrona e cerrou os olhos, como querendo se desligar da insustentável realidade. Estava sendo descartado da presidência do banco familiar! Que vergonha! Que humilhação! O que as pessoas diriam? O que a sua mulher diria? Se ele era até hoje uma figura importante em Genebra, era na qualidade de herdeiro do Banco Ebezner. Mas agora, preterido por seu pai, preterido por seus pares, seria motivo de chacota para toda a cidade. Seu mundo inteiro estava desmoronando. Não ia haver nem honras nem bajulações. Vislumbrou a grande sala do Conselho, lugar sagrado, onde imaginara seu retrato reinando ao lado do de seu antepassado, Antiochus Ebezner. E perguntou-se o que Antiochus Ebezner teria achado disso tudo.

Antiochus Ebezner fundara o Banco Ebezner em Genebra, em 1702. Para tanto, pedira um financiamento a um ramo cadete da família, os Hansen, uns primos terrivelmente muquiranas que tinham fugido da França para a Suíça após a Noite de Saint-Barthélémy e que, na opinião de Ebezner, deveriam ter ficado por lá e sido massacrados, já que, em vez de conceder um empréstimo, tinham exigido uma participação no banco em troca do dinheiro.

Assim, Antiochus não tivera outra escolha senão ceder parte das cotas ao primo Hansen, ainda que preservando o controle acionário. Por desconfiar do primo, porém, e para se precaver de um golpe dentro de seu próprio banco, Antiochus resolveu instituir um Conselho de proprietários. E então, cedendo quase metade de suas cotas ao filho Melchior, fez com que este integrasse o Conselho na legítima qualidade de vice-presidente, de modo a formá-lo e habilitá-lo a assumir as rédeas do estabelecimento após sua morte. Ainda que sócio minoritário, mas para não se ver em situação de dois contra um, o primo Wilfried exigira o direito de fazer o mesmo e cedera metade de suas cotas ao filho mais velho, que entrou, por sua vez, no Conselho.

Depois disso, e para pôr um fim à guerra interna que já começava a prejudicar a reputação do banco, ficou acertado entre Antiochus e Wilfried que o Conselho do banco seria composto por apenas quatro membros, detentores da totalidade das ações: dois Ebezner (pai e filho) que constituiriam a maioria; dois Hansen que permaneceriam minoritários, sua posição subalterna sendo compensada por copiosos dividendos. Isso permitiu aos Ebezner manter o total controle do seu banco, transmitindo suas ações de pai para filho e de geração em geração, ao passo que os Hansen, tidos como um ramo inferior da família, ficaram fadados a permanecer em segundo plano.

Durante dez gerações, a boa fertilidade familiar permitira que os Ebezner nunca vissem se interromper o andamento instituído por Antiochus em 1702, tendo todos os presidentes tido pelo menos um descendente varão (como manda o patriarcado). E assim fora até o advento de Auguste, o avô de Macaire, que ao se tornar presidente do banco cedera a vice-presidência ao seu filho Abel, pai de Macaire. E quando o avô Auguste faleceu, Abel muito naturalmente entregou sua cadeira de vice-presidente do Conselho ao seu único filho, Macaire, então com 26 anos de idade.

Isso acontecera quinze anos atrás, Macaire lembrava como se fosse ontem. O tradicional Grand Week-End anual no Palace Verbier já existia então desde muito tempo, e fora nessa ocasião, durante o baile da noite de sábado, o ponto alto do fim de semana, que, diante de todos, ele recebera das mãos de seu pai a cota de ações que lhe cabia, alçando-o assim, segundo a regra estabelecida trezentos anos antes por Antiochus Ebezner e Wilfried Hansen, à posição de vice-presidente do Conselho.

Mas Macaire Ebezner nunca teve a oportunidade de ocupar seu lugar no Conselho, uma vez que, por motivos que ninguém nunca entendera, teve a má ideia de ceder suas ações a um certo Sinior Tarnogol, um inescrupuloso empresário originário de São Petersburgo interessado em investir dinheiro na Suíça. É claro que Abel Ebezner, ao saber disto, movera mundos e fundos para recuperar as ações do filho. Num primeiro momento recorrera à justiça — sem sucesso, já que a venda era legalmente válida. Tentara então negociar, disposto a oferecer uma quantia astronômica para recuperar as preciosas ações, mas Sinior Tarnogol recusara. Este se tornou, assim, membro do Conselho no lugar de Macaire, na qualidade de vice-presidente ainda por cima, abalando a ordem estabelecida havia trezentos anos por Antiochus Ebezner, que tinha pensado em tudo para garantir a perenidade de seu nome à frente do banco, exceto na possibilidade de que um Ebezner pudesse um dia vender suas ações.

A voz do primo Jean-Bénédict trouxe Macaire de volta à sua triste realidade.

— Levovitch é o mais capacitado para dirigir esse banco — disse ele. — Não podemos negar as evidências: ele tem resultados excepcionais e é venerado pelos clientes.

— Tive um ano ruim, é verdade — admitiu Macaire. — Mas você sabe muito bem o motivo: a morte do meu pai em janeiro, a decisão dele de não me nomear diretamente para sucedê-lo...

— Ou de não te nomear de jeito nenhum — lançou Jean-Bénédict.

— O que você está insinuando?

— Acho que seu pai nunca o perdoou pelo que você fez quinze anos atrás. O que você tinha na cabeça naquele dia, afinal?

— Deixa para lá, você não entenderia.

— Mas você vai me contar algum dia? Caramba, você tem noção do que fez? Rompeu o pacto dos Ebezner, cedeu suas ações!

— E você, você passou esse ano inteiro mentindo para mim — acusou Macaire —, me garantindo que eu seria o presidente eleito pelo Conselho. Para no fim me apunhalar pelas costas! Pensei que éramos amigos!

— Eu não te traí, Macaire! — assegurou Jean-Bénédict. — Eu nunca menti para você! Você é meu primo e meu amigo, poxa! Em janeiro, o Conselho decidiu que você é quem iria suceder o seu pai. Estávamos todos de acordo. Você seria o presidente, não havia dúvida quanto a isso. Para manter a tradição, mas também para passar uma mensagem de estabilidade aos clientes. Acontece, Macaire, que seus resultados não pararam de cair. Ao longo do ano inteiro. E fiz o possível para te ajudar, te defendi com unhas e dentes! Em junho, quando o Conselho ficou preocupado com seus maus resultados parciais, mandei contratar uma assistente extra só para você!

— Para mim e para o Levovitch! — frisou Macaire.

— Ora, você sabia muito bem que ela estava sendo contratada para você, para ajudá-lo a se reerguer. Foi só para te poupar de uma humilhação que dissemos que ela era um apoio extra para você e para o Levovitch, considerando os muitos clientes dos dois.

— Mas quem usa mais os serviços dela é o Levovitch!

— Nossa, você é um panaca! — exasperou-se Jean-Bénédict. — Você não sabe usar seus recursos, mais um motivo para não deixar o banco inteiro nas suas mãos!

A brusca mudança de tom de Jean-Bénédict desestabilizou Macaire. Ele então disse, com a voz embargada:

— Mas, semana passada, depois da reunião do Conselho, você me garantiu que eu seria o escolhido.

— Na quarta passada você era, de fato, a escolha do Conselho — confirmou Jean-Bénédict. — Eu não estava mentindo.

— Então, o que houve?

— Na sexta de manhã, Sinior Tarnogol pediu para falar comigo e com meu pai. Disse que era "urgente". E aí nos mostrou um dossiê completo que tinha montado sobre você.

— Um dossiê? O que tinha nele?

— Seus resultados do ano: catastróficos. E cartas de clientes insatisfeitos. Muitos dos seus clientes mudaram de consultor, Macaire, ou então mudaram de banco! Nós não tínhamos ideia disso!

— Escute, Jean-Béné, é verdade que eu pisei na bola, tive um ano ruim. Mas até então eu tinha uma carreira irretocável! Sou o maior consultor financeiro deste banco.

— Levovitch e você são os maiores consultores financeiros deste banco — retificou Jean-Bénédict. — Mas mesmo no seus melhores anos, você nunca esteve no nível dele. Enfim, o fato é que Tarnogol nos mostrou os números, disse que tinha refletido bastante e achava que estávamos cometendo um grave erro ao querer nomeá-lo presidente a todo custo, sendo que todos os alarmes estavam tocando. Ele disse que sempre concordamos em escolher você por respeito às nossas tradições, mas sem levar em conta os interesses do banco. Nesse ponto, ressaltou que, se seu pai optou por não te entregar as rédeas do banco, devia haver um bom motivo. Por isso tínhamos que eleger Lev Levovitch para a presidência.

— E você não me defendeu?

— É claro que defendi — garantiu Jean-Bénédict.

— Então por que não me avisou do que estava acontecendo? Por que só fiquei sabendo hoje de manhã por meio da minha secretária?

— Eu tentei te avisar — justificou-se Jean-Bénédict. — Na sexta-feira, você não apareceu no banco o dia inteiro, e também não atendia o telefone.

— Eu estava viajando a trabalho — explicou Macaire.

— Onde?

Temendo uma armadilha, Macaire achou melhor não mentir:

— Madri.

— Você não tem nenhum cliente na Espanha, Macaire. Este, aliás, é o principal ponto do dossiê que o Tarnogol elaborou contra você: ele descobriu que faz anos que você viaja às custas do banco para países onde não tem clientes.

*

Três dias antes

Na sala do Conselho, Horace e Jean-Bénédict olhavam, atônitos, para os documentos que Tarnogol pusera sobre a mesa: dezenas de páginas obtidas junto ao departamento de contabilidade.

— Não queria falar com vocês antes de reunir todos os elementos — explicou Tarnogol. — Não queria que achassem que eu estava orquestrando uma campanha de difamação contra o Macaire. Mas o assunto é sério. Há anos que o homem que vocês querem nomear para a presidência rouba o banco para fazer dispendiosas viagens por toda a Europa sem qualquer justificativa.

— Você falou com o Macaire sobre isso? — perguntou Jean-Bénédict.

— Gostaria que ele estivesse aqui com a gente, para se explicar. Mas ele não veio ao banco hoje. Está em Madri. Sei disso porque, como podem verificar nesse extrato, o banco pagou passagens aéreas em classe executiva e a locação de um apartamento para o fim de semana. Mas Macaire nunca teve nenhum cliente em Madri. Não fala uma palavra de espanhol. E podem ver que isso vem de vários anos: Londres, Milão, Viena, Lisboa, Moscou, Copenhague, e por aí vai. Estamos falando de gastos astronômicos sem a menor justificativa.

Horace e Jean-Bénédict examinaram demoradamente os documentos, tomando ciência do tamanho das despesas.

— Vejam esse sujeito, reserva suítes no Hotel Grande Bretagne em Atenas, no Bayerischer Hof em Munique, no Plaza Athénée em Paris, tudo por conta do banco — disse Horace, num tom desgostoso.

— Sempre nos fins de semana, sempre os melhores hotéis, os melhores restaurantes — acrescentou Tarnogol. — O Macaire pega dinheiro do caixa para ficar no bem-bom!

— Como se explica ninguém ter percebido nada esse tempo todo? — perguntou Horace.

—Você acha que o pessoal da contabilidade ia criar caso com o futuro presidente do banco para ver se os recibos de despesa dele eram justificados? — respondeu Tarnogol. — Os caras não são loucos! Acredite, todos eles notaram que havia algo errado nessa história, mas acharam melhor empurrar para debaixo do tapete.

— Será que o Macaire tem uma vida dupla? — perguntou Jean-Bénédict.
— Será que ele trai a Anastasia?

— Pouco importa — objetou Horace. — O Macaire pode fazer o que quiser com a sua vida pessoal, mas não com o dinheiro do banco. Foi nosso dinheiro que ele roubou.

— Devo entender que estão voltando atrás na sua decisão? — perguntou Tarnogol.

— Mas é claro! — assentiu Horace. — Meu voto vai para Lev Levovitch! Está na hora de os Ebezner pararem de se comportar como se fosse tudo deles!

*

Ao ouvir o relato do seu primo, Macaire sentiu-se tomado por um suor frio. Tinha sido um erro grosseiro pôr as viagens na conta do banco.

— Mas e aí, Macaire, o que deu em você, afinal?

— Eu vou reembolsar tudo — garantiu. — Até o último centavo. Marque uma reunião com Tarnogol e o seu pai, vou explicar tudo para eles.

— Se fosse você, eu esperaria um pouco. Falei com os dois por telefone essa manhã: como pode imaginar, não gostaram nem um pouco da matéria da *Tribune* sobre a sua nomeação. Precisava ir se exibir para os jornalistas quando o jogo ainda não estava decidido?

— Eu? — exclamou Macaire, estupefato. — Mas não fui eu que avisei a *Tribune*! Por que eu faria uma coisa dessas?

— Sei lá. Seja como for, sua eleição está bem comprometida.

— Mas pelo amor de Deus, eu sou um Ebezner! — exclamou Macaire. — É meu sobrenome que está gravado na fachada desse banco.

— Se não tivesse vendido suas ações para o Tarnogol quinze anos atrás, você seria o presidente desse banco hoje! Só pode culpar a si mesmo!

Macaire lançou ao primo um olhar furioso: esse puxa-sacozinho de merda do Jean-Bénédict querendo dar lições de moral! E pensar que, quando Jean-Bénédict ingressara no banco, ele o tomara sob sua proteção. Sempre estivera ali para ele, sempre pronto a ajudá-lo, sempre pronto a tirá-lo de apuros com os clientes quando os números não estavam muito bons e tinham de ser levemente maquiados. Até que um belo dia morre o Hansen avô, e eis que o primo Jean-Bénédict corre ao último andar para ocupar a segunda cadeira dos Hansen no Conselho. E de repente sai posando de importante e se pavoneando pelos corredores do banco!

Embora vontade não lhe faltasse, Macaire achou melhor se abster de qualquer comentário belicoso. Preferiu arriscar um blefe:

— Está pensando o que, Jean-Béné? Que eu vou deixar por isso mesmo? Você não me conhece! Vou invalidar essa eleição. Acha mesmo que fiquei esse ano todo esperando, bem-comportado, para ver se o Conselho ia me nomear presidente? Acha que me contentei em entregar meu destino nas mãos do Tarnogol, do seu pai, e nas suas? Faz um ano que estou preparando minha retaguarda.

— Como assim, *preparando sua retaguarda*? — perguntou Jean-Bénédict, a preocupação transparecendo em sua voz.

Encarando desafiadoramente o primo, Macaire deixou pairar um silêncio misterioso. Tanto para refletir sobre o que ia dizer quanto para saborear a ascendência que sempre tivera sobre Jean-Bénédict.

— Não seria prudente falar com você sobre isso — disse finalmente. — Bem, vou indo. Tenha um bom dia!

Fez que ia embora e, como esperava, o primo o deteve:

— Espera, Macaire. Para mim você pode dizer tudo. Nunca te dei motivo para não confiar em mim. Eu tinha a intenção de te contar tudo isso hoje. Tenho te defendido com unhas e dentes nas reuniões do Conselho desde o início do ano.

Macaire aquiesceu como se acabasse de ser convencido por Jean-Bénédict. E então soltou:

—Vai haver uma limpa dentro do banco.

— Uma limpa? Não gosto nem um pouco desta palavra — preocupou-se Jean-Bénédict.

— Com razão — respondeu Macaire, afundando um pouco mais na sua mentira. — Pois saiba que faz um ano que vários advogados meus montaram uma força-tarefa. Estudaram o dossiê em sigilo, com afinco, até descobrir um jeito de neutralizar as últimas vontades do meu pai. E veja só, eles encontraram a brecha: o testamento dele não tem o menor valor jurídico! Independentemente do que esse Conselho de araque venha a decidir, é só eu levar o caso à justiça para a votação ser anulada. Quem vai se tornar o acionista majoritário do banco e, portanto, seu presidente, sou eu.

— E por que não disse isso antes?

Macaire deu um sorriso meio anjo, meio diabo.

— Primeiro, porque tinha a esperança de que o Conselho seria fiel a mim, o que permitiria uma transição suave, no próprio interesse do banco. Não quis causar, de saída, turbulências desnecessárias. Depois, foi uma oportunidade de ver quem me seria fiel e quem me cravaria um punhal pelas costas. Seu pai e Tarnogol podem escarnecer à vontade, assim que eu assumir o poder vou expulsá-los do banco e, com eles, todos esses cretinos que, depois da morte do meu pai, não acreditaram em mim e me faltaram com respeito. Uma verdadeira limpa!

— Eu sempre te apoiei — lembrou Jean-Bénédict, ansioso por tirar o corpo fora.

— Sei disso, primo. Não me esqueci. Mas você vai ter que fazer mais alguns esforços para eu chegar no topo.

Jean-Bénédict então disse, após refletir um instante:

— Os dados ainda não estão lançados. A presidência está entre você e o Levovitch. Verdade que com uma nítida vantagem para ele, mas isso ainda pode ser revertido. O Conselho só vai tomar a decisão definitiva no final da tarde de sábado, numa sala do Palace de Verbier. Até lá, tudo é possível.

Com essas palavras, Macaire sentiu voltar seu otimismo e vislumbrou um clarão de esperança:

— Se eu entendi bem — disse —, tenho cinco dias para convencer Sinior Tarnogol a votar em mim!

— Se conseguir convencer Tarnogol — incentivou Jean-Bénédict —, você ganha o jogo. Meu pai vai seguir o voto dele. O meu você sabe que já tem.

Para Macaire, o céu se desanuviou de repente: bastava convencer um único homem para ser eleito por unanimidade.

— Agradeço o seu apoio, caro Jean-Béné — disse Macaire, num tom repentinamente magnânimo, antes de retornar à sua sala para pensar com calma numa maneira de convencer Tarnogol.

Chegando na antessala, viu Cristina vestindo o casaco para sair.

— Está indo embora, Cristina?

— Vou até o Hôtel des Bergues — avisou ela. — O senhor Levovitch ainda não deu notícias. Isso não é do estilo dele. Continua sem atender o telefone. Até falei com o concierge do Hôtel des Bergues, que disse que na suíte ninguém responde e não o viu sair hoje de manhã. É como se ele tivesse sumido. O concierge se recusa a ir lá em cima verificar, diz que é a "política do hotel". Pode ter acontecido algo grave...

Com aquela menção a *algo grave*, o semblante de Macaire se iluminou. Se Levovitch tivesse tido um ataque fulminante no banheiro, ele se tornaria presidente sem precisar convencer Tarnogol. A vida realmente fazia as coisas certas. Teve vontade de correr até o Hôtel des Bergues e encontrar pessoalmente o corpo contorcido no piso de mármore. Mas, calma: o outro tinha que, no mínimo, ficar paralítico pelo resto da vida. Seria besteira a ambulância chegar a tempo. Vendo no relógio que ainda eram apenas onze e quinze, Macaire decretou que Levovitch merecia ficar estirado no chão por mais uns bons três quartos de hora.

— Não vai a lugar nenhum, Cristina — decretou então Macaire. — Preciso de você aqui, não é um momento nada bom para ir dar uma volta.

Ela tirou o casaco a contragosto. Devia ter mentido, inventado uma consulta médica. Erro de principiante. Pensou em avisar um colega que pudesse ir em seu lugar ver o que estava acontecendo no Hôtel des Bergues, mas desistiu: se alguém descobrisse, sua iniciativa podia se voltar contra ela. Precisava se ater ao seu papel de secretária.

Macaire, percebendo a aflição de Cristina, disse então:

— Prometo que se até o meio-dia não tivermos notícia do Levovitch, vou eu mesmo ao Hôtel des Bergues e mando o concierge abrir a suíte. E agora, ao trabalho!

Cristina assentiu. Mesmo porque não tinha outra escolha senão obedecer. Separou a correspondência do dia, começando por empilhar os diferentes jornais que Levovitch recebia e lia diariamente: o *Financial Times*, *Le Figaro*, o *Neue Freie Presse*, o *Corriere della Sera* e a *Tribune de Genève*. Pela primeira página deste último soube que estava havendo, naquele mesmo dia, uma grande conferência nas Nações Unidas acerca da situação dos refugiados no mundo, com a participação de presidentes e primeiros-ministros do mundo inteiro.

Em seguida abriu as cartas, verificando seu conteúdo antes de carimbar a data de recebimento para controle administrativo.

Levou a correspondência para Macaire, o qual contemplou, desorientado, as duas pilhas de cartas que se amontoavam na sua frente e que Cristina fazia diariamente crescer mais um pouco. Refletiu que Jean-Bénédict estava certo: tinha sido negligente com seu trabalho naquele último ano. Tinha perdido totalmente o pé da situação. Estava na hora de se recompor. Precisava tratar disso com urgência. Se Tarnogol descobrisse que ele não respondia à sua correspondência, ou, pior ainda, se passasse na sua sala e visse aqueles montes de cartas pendentes, seria seguramente um ponto contra.

Pela porta aberta da sala, Cristina observou seu patrão com carinho. Tinha uma profunda simpatia por Macaire Ebezner. Dedicado e cheio de boa vontade, mas com aquele lado vagamente *blasé* de quem não precisou lutar para chegar ao topo. Nunca tivera que realizar nada por si mesmo: por seu simples sobrenome, entrara no banco pela porta da frente e se vira rapidamente promovido a consultor financeiro, sem ter que provar coisa alguma, ainda menos numa época em que o essencial do trabalho era feito pelas Bolsas.

Cristina estava com pena de Macaire. Ele não merecia aquilo. Não merecia, principalmente, ser afastado da presidência do banco. Era um homem doce, afável. Sempre gentil, sempre com um elogio na ponta da língua, encantado com tudo. Gostava dele.

Quando começara a trabalhar no banco, estava longe de imaginar que tanto Lev quanto Macaire iriam cativá-la, cada qual ao seu modo. Precisava se conter, às vezes. Jean-Bénédict mandara contratá-la por um motivo muito específico e ela não podia se esquecer disso. Precisava se manter profissional. Não se arriscar a comprometer seu trabalho.

Meio-dia em ponto. Macaire saiu de sua sala com seu longo casaco de inverno.

— Estou indo — anunciou, como se estivesse partindo para uma missão perigosa.

— Eu vou com o senhor — decretou Cristina, levantando da cadeira.

— Não — disse Macaire firmemente, para dissuadi-la. — Você fica aqui a postos, para o caso de Levovitch telefonar. Ligo assim que souber de alguma coisa.

Saindo do banco, Macaire desceu a rue de la Corraterie em direção à place Bel-Air, pegando em seguida o quai Bezanson-Hugues até a ponte de pedestres des Bergues. Parou para apreciar a paisagem nevada: o lago refletindo o azul do céu, as montanhas que dominavam a cidade, a ilha Rousseau e, em segundo plano, o jato do Chafariz se erguendo feito um estandarte. No outro extremo da ponte avistava-se o Hôtel des Bergues. Macaire admirou a majestade do prédio. Sem suspeitar nem por um segundo do que estava se passando lá dentro.

Capítulo 7
A SERVIÇO DA CONFEDERAÇÃO

No quinto andar do Hôtel des Bergues, na suíte 515 que ele ocupava o ano todo, Lev Levovitch, dando o nó da gravata, contemplava pela janela a vista do Lago Léman.

Estava sonhador. Pensando nela. Ele só conseguia pensar nela. Perguntava-se se ela tinha vindo passar o fim de semana com ele porque realmente o amava ou por simples tédio.

Ajeitando o paletó do seu terno de três peças, conferiu o nó Windsor no espelho e aproveitou para observar sua insolente beleza. Numa bandeja de prata, estava um bule de café coado. Lev Levovitch serviu-se de uma xícara, mas não tomou mais que um gole: tinha que sair, já estava muito atrasado. Pegou o cesto de croissants que havia pedido pouco antes e foi em direção ao banheiro.

Numa imensa banheira com vista para a cidade, uma mulher descansava, perdida em seus pensamentos. Tomara a sua decisão. Era perdidamente apaixonada por ele, mas precisava romper antes que isso fosse longe demais. Não podia se dar ao luxo de manter esse relacionamento adúltero. Se descobrissem, seu marido ficaria terrivelmente humilhado, e Lev teria problemas no banco. Ele tinha trabalhado muito para chegar aonde estava. Era melhor terminar tudo, e logo. Antes que três vidas fossem destruídas. Partia-lhe o coração, mas era o melhor para todos.

Nesse momento, Lev apareceu no banheiro, vestido como um príncipe. Não pôde deixar de admirá-lo. Trazia nas mãos uma bandeja com café e croissants, que deixou na borda da banheira.

— Seu café da manhã está servido, senhora — disse, sorrindo. — Mas como já está tarde, posso pedir um almoço, se preferir. Eu infelizmente preciso ir, já estou atrasadíssimo. Mas fique o tempo que quiser. A casa é sua.

Ela pousou seus olhos azuis sobre ele e disse, num tom que se esforçava em parecer seco:

— Acabou, Lev.

Ele fez um ar muito surpreso:

— O que está dizendo, Anastasia?

— Que estou terminando com você. Acabou.

Levovitch recebeu essas palavras com uma risada radiante.

— Não pode fazer isso — disse, achando graça.

— E por que não? — perguntou ela, espantada.

— Porque nós nos amamos — respondeu ele, como se fosse uma evidência. — Nos amamos desde sempre. Nos amamos como nunca amamos ninguém. O amor que nos une é o único sentido que temos na vida.

Sem negar, ela afastou o argumento com um gesto irritado:

— Eu tenho marido, Lev! E não tenho nenhuma intenção de fazer mal a ele. Não posso passar o fim de semana no seu hotel, quando você bem quer! Alguém vai acabar nos vendo e toda a cidade vai ficar sabendo. Você sabe como as fofocas correm rápido por aqui! E isso te traria sérios problemas.

Ele fez um muxoxo de desdém:

— Não estou nem aí para os problemas. Não vou colocar a minha carreira na frente dos nossos sentimentos!

Ela sentiu que ele estava reassumindo o controle, que iria acabar convencendo-a. Então se obrigou a ser cortante.

— Que sentimentos? — retrucou. — Eu não te amo — mentiu. — Se te amasse, teria ficado noiva de você quinze anos atrás.

Ele ficou calado um instante, assimilando o golpe. Depois disse, com uma voz muito tranquila:

— Proponho jantarmos juntos hoje à noite para conversarmos com calma.

— Não, não! A gente não vai mais se ver! Eu não quero continuar! Está entendendo o que estou dizendo? Não quero mais!

— Eu não estava perguntando, estava afirmando. Ficarei feliz em te encontrar daqui a pouco. Aqui, às oito?

— Lev, eu disse não! — gritou Anastasia.

Saiu da banheira, revelando um corpo perfeito, e se cobriu com um roupão. Pegou o celular em cima da penteadeira e digitou o número do marido, que atendeu ao primeiro toque. Esforçou-se em falar com uma voz terna e amorosa.

"Como você está? — perguntou. — Também senti muito a sua falta... Meu fim de semana?... Não, não foi bom. Não quero ver essa amiga nunca mais... Deixa para lá, depois te conto. Escute, estava querendo sair para jantar hoje à noite, só nós dois… Você escolhe o restaurante, te deixo me fazer surpresa… Eu também… Fico feliz. Até daqui a pouco."

Anastasia desligou, endereçando ao seu amante um olhar satisfeito.

— Você vai jantar sozinho hoje, Lev — disse ela. — Como você acabou de ouvir, vou sair com meu marido.

Lev permaneceu impassível.

— Até hoje à noite, Anastasia. Aqui, às oito. Saber que vou te rever em algumas horas me deixa tão feliz!

Com essas palavras, saiu e desceu ao saguão do hotel, onde o aguardava Alfred Agostinelli, seu motorista.

— Bom dia, Alfred — Lev cumprimentou cordialmente. — Como está, neste lindo dia?

— Muito bem, senhor, obrigado — respondeu Agostinelli, escoltando--o até o seu carro. — E o senhor?

— Estou nas nuvens, Alfred. Perdidamente apaixonado.

— O senhor? — brincou Agostinelli. — Sempre me jurou que o amor não existia e nunca iria se apaixonar!

— Ela é tão maravilhosa, Alfred!

O motorista deu a partida e o carro enveredou pelo cais no exato momento em que Macaire chegava no Hôtel des Bergues, por pouco não cruzando com eles. No interior do veículo, Agostinelli perguntou:

— Para o banco, senhor?

— Não, meu caro Alfred, para o Palácio das Nações. Está acontecendo a conferência geral sobre os refugiados nas Nações Unidas. Mas antes preciso ligar para a Cristina. Esqueci completamente de avisá-la que não ia ao escritório pela manhã. Deve estar preocupada, coitada.

*

— Conferência geral sobre os refugiados nas Nações Unidas — repetiu Cristina em voz alta, como se fosse algo evidente, ao pôr o fone no gancho.

Levovitch acabava de ligar: na correria, tinha esquecido de avisá-la. Sentiu-se idiota por ter se preocupado. Ela tinha até visto na *Tribune de Genève* que haveria essa conferência nas Nações Unidas, podia ter imaginado que Levovitch iria assistir.

Ligou imediatamente para o celular de Macaire, justo quando este chegava ao quinto andar do hotel, escoltado pelo concierge, a quem convencera a abrir a suíte de Levovitch.

— Alarme falso — disse Cristina —, está tudo bem. Acabei de falar com o senhor Levovitch, ele está nas Nações Unidas.

— Ah, está vendo, não havia motivo para se preocupar! — respondeu Macaire com voz tranquila. — Estava aqui justamente a caminho da suíte dele.

Macaire fez sinal para o concierge de que o mistério estava resolvido e os dois fizeram o caminho de volta.

— Parece mais animado, senhor Macaire — reparou Cristina.

— Tenho um jantar romântico com Anastasia hoje à noite — explicou ele num tom satisfeito. —Você poderia reservar para mim uma mesa no Lion d'Or de Cologny? Mesa para dois com vista para o lago!

Macaire e o concierge entraram no elevador. A porta fechou-se no momento em que, a poucos metros dali, a porta da suíte de Levovitch se abria e por ela saía Anastasia.

No elevador, Macaire fitou o concierge com uma benevolência fingida que mal disfarçava seu sentimento de superioridade. Estava se sentindo importante. Era o futuro presidente do Banco Ebezner, que levava a esposa para jantar no Lion d'Or, um dos melhores restaurantes de Genebra. Mesa com vista deslumbrante para o Lago Léman. Era certo, quando entrassem no restaurante todo o mundo ia olhar para eles.

Ele sentiu-se eufórico e já se imaginou convencendo Tarnogol a nomeá-lo presidente. Como era a hora do almoço, encaminhou-se para o bar do hotel para comer. Ele entrou no exato momento em que Anastasia aparecia no lobby e saía rapidamente do hotel.

Macaire pediu uma mesa mais afastada: precisava refletir com calma, determinado a pensar numa estratégia para convencer Tarnogol a nomeá-lo presidente. Então se lembrou do tanto que tinha realizado nos últimos doze anos no mais absoluto segredo, e se deu conta que o Banco Ebezner mais uma vez o deixava sem chão. Tudo isso era culpa do seu pai. Por causa dele, fazia psicanálise duas vezes por semana. Seu pai sempre o vira como um incapaz. No seu leito de morte, um ano antes, Macaire quase lhe revelara seu segredo. Só para lhe mostrar quem ele era de verdade. Mas fraquejou na última hora. Por medo de o pai não acreditar, sem dúvida.

Desde então, lamentava e revivia mentalmente aquela cena que nunca acontecera. Dizia para ele: "Sabe, pai, faz doze anos que não sou apenas um banqueiro. Levo uma vida dupla, e ninguém sabe isso que vou revelar agora." Imaginava o semblante estupefato do pai ao descobrir seu segredo.

Com essa imagem em mente, observou os demais clientes do restaurante e divertiu-se ao pensar que nenhum deles podia sequer imaginar que, por trás de seu ar de banqueiro plácido e elegante, ele trabalhava para o serviço de inteligência suíço. Isso tudo tinha um quê de romance de espionagem. Ocorreu-lhe que as anotações registradas em seu caderno poderiam, aliás, ser uma excelente base para eventuais memórias. A serem publicadas quando estivesse em idade avançada e já aposentado da presidência do banco, mas antes de sua morte para que pudesse apreciar a onda de choque produzida por seu livro. Já podia até ver as manchetes dos jornais: *Macaire Ebezner, presidente do Banco Ebezner e membro do serviço de inteligência.*

Macaire, mais que depressa, espantou esses devaneios. Jamais permitiriam que ele revelasse coisa alguma.

Fazia doze anos que, sob o disfarce de seus negócios no exterior, cumpria missões de inteligência para o governo suíço. Mais precisamente, trabalhava para a P-30, um serviço vinculado ao Departamento da Defesa, financiado por caixa dois, ignorado por todos — da poderosa comissão parlamentar da inteligência, inclusive — e diretamente vinculado ao Conselho Federal.

A P-30 tinha suas origens num programa secreto que fora implementado pela OTAN durante a Guerra Fria. Temendo uma invasão da Europa Ocidental pelos exércitos do Pacto de Varsóvia, cada país da Aliança instituíra, por conta própria, redes clandestinas de civis treinados para resistir a uma ocupação por parte do Bloco Oriental. De Portugal até a Suécia, células dormentes foram ativadas em toda parte: havia o LOK grego, o Gladio italiano, o Plan Parsifal francês, o Comitê P na Bélgica, enquanto que a Suíça, por sua vez, tinha a P-26.

O governo suíço, fortemente inspirado por este modelo, tivera a ideia de replicá-lo para defender seus próprios interesses no estrangeiro. E assim fora criada a P-30, cuja missão era enviar civis para realizar missões de inteligência governamentais.

Enquanto um agente dos serviços de inteligência precisava forjar para si uma identidade fictícia, com todas as dificuldades e armadilhas que isso implica, os cidadãos comuns que compunham o efetivo da P-30 podiam conduzir operações bem debaixo do nariz de todo mundo sem ter que inventar um codinome nem mentir, uma vez que seu disfarce era a sua própria vida real.

Macaire, na sua qualidade de banqueiro e a pretexto de reuniões de negócios, podia viajar sem levantar suspeitas.

Desde seu recrutamento, tinha atuado na divisão econômica da P-30, coletando preciosas informações sobre as intenções de países europeus que andavam fartos de ver seus contribuintes fugirem dos impostos escondendo seu dinheiro nos cofres dos bancos suíços. Esse dossiê espinhoso fora confiado à P-30 pelo fato de envolver essencialmente países vizinhos e aliados com os quais a Suíça não tinha nenhuma intenção de se indispor enviando membros de seus serviços de inteligência oficiais.

Macaire assistira então Europa afora a colóquios de todo tipo e conferências oficiais sobre as novas regulamentações bancárias, os paraísos fiscais ou ainda a cooperação internacional em matéria de sistema tributário. Escutara, anotara, gravara. Entre uma intervenção e outra, estabelecera contatos com altos funcionários, embaixadores, advogados empresariais, funcionários dos fiscos locais. Essas práticas não expunham Macaire a nenhum tipo de risco: caso levantasse suspeitas, caso a polícia o interrogasse, poderia passar por um banqueiro atrevido buscando incrementar sua clientela. Nada de escândalo de Estado, nada de incidente diplomático que pudesse queimar a imagem da Suíça, país de gente polida e bem-educada, guardião das convenções internacionais, mãe-pátria dos madrugadores e dos trabalhadores.

Mesmo no caso de uma investigação mais aprofundada, não haveria como estabelecer um vínculo entre Macaire e qualquer órgão governamental: por questões de segurança e anonimato, seu único elo com a P-30 era seu oficial de contato, um bernês de sotaque duro chamado Wagner, com quem se encontrava em algum local público. Afora isso, não sabia absolutamente nada sobre o funcionamento da P-30, nem mesmo o endereço do seu quartel-general em Berna. Era uma estrutura totalmente impermeável e indetectável.

Para Macaire, a aventura da P-30 tivera início no segredo de uma sala privativa do Banco Ebezner onde Wagner, fazendo-se passar por um novo cliente, viera conversar com ele e recrutá-lo. Fora a única vez que Wagner estivera no banco. Naquele dia, assim que ficaram a sós, Wagner esclareceu que não estava ali para abrir uma conta, mas sim a mando do governo suíço.

— A Suíça precisa de você — dissera ele a Macaire. — Será preciso que você nos faça um favorzinho.

Limitou-se a falar num favor, obviamente sem mencionar a P-30, nem qualquer outra coisa. Explicou então que um pequeno conflito diplomático vinha se gestando entre o Reino Unido e a Suíça.

Um diamantista indiano radicado em Londres, Ranjit Singh, era suspeito pela Scotland Yard de lavar, com a fachada de seu comércio, dinheiro oriundo de tráfico de armas. Os ingleses desconfiavam de que o dinheiro transitava por uma conta aberta no Banco Ebezner e, nos bastidores, vinham pressionando a Suíça não só para que confirmasse suas suspeitas, mas principalmente para que lhes desse acesso às diferentes transferências.

Berna se negava a pressionar oficialmente um banco a fornecer informações sobre um cliente: isso seria pôr em jogo a credibilidade de toda a instituição bancária suíça. Mas não cooperar com uma investigação internacional sobre lavagem de dinheiro poderia manchar a boa reputação da praça financeira suíça. Nada impedia, no entanto, que os ingleses obtivessem essas informações por meio de um terceiro, anônimo, o que resolveria a questão.

Compreendendo as insinuações de seu interlocutor e disposto a colaborar com seu governo, Macaire se encarregou de vasculhar os arquivos do banco e entregar a Wagner cópias dos extratos da conta do diamantista.

A Operação Bodas de Diamante, como fora batizada, foi um absoluto sucesso. Dias depois, Macaire veria a primeira página da *Tribune de Genève*:

TRÁFICO INTERNACIONAL DE ARMAS
TINHA RAMIFICAÇÕES EM GENEBRA

> *A Scotland Yard prendeu ontem em Londres um importante traficante de armas internacional. Acobertado por sua atividade de diamantista, o homem fazia o dinheiro transitar por um banco privado genebrino. Suas contas foram congeladas.*

No dia em que saíra a matéria, Jean-Bénédict aparecera na sala de Macaire com um exemplar do jornal.

— Você leu isso? — perguntou Jean-Bénédict ao primo.
— Li.
— Pois saiba que o tal banco privado era o nosso!
— Sério? — espantara-se Macaire.
— Isso mesmo! A polícia federal informou a situação ao Conselho há algumas semanas. Eu obviamente não podia te contar, era *top secret*.
— *Top secret*, obviamente — repetira Macaire, continuando a se fazer de bobo.

Nesse mesmo dia, ele acabara de se acomodar no seu café de sempre quando teve a surpresa de ver Wagner sentar-se à mesa vizinha.

— A operação Bodas de Diamante foi um sucesso graças a você — disse Wagner, sem erguer os olhos do cardápio. — Aliás, você tem exatamente o perfil que buscamos. Estaria interessado?

Macaire aceitara. Sem saber no que estava se metendo, mas ciente do impacto que essa decisão teria em sua vida.

Recebera então uma formação básica, oferecida durante uma semana em Flims, nos Alpes dos Grisões. Para a mulher e os colegas, estava fazendo caminhadas nas montanhas, sozinho, para dar uma recarregada nas baterias. E, de fato, tinha uma reserva de meia-pensão no hotel Schweizherof, onde jantava e passava as noites. Saía todas as manhãs, de botas com trava e bastões na mão, para disfarçar. Mas em vez de passar o dia fazendo trilha, ia para um chalé isolado encontrar-se com Wagner, o qual lhe ensinara, entre outras coisas, técnicas para seguir alguém sem ser notado, como se comportar num eventual interrogatório policial, como instalar um dispositivo secreto de escuta (DSE) ou ainda como fazer uma cópia de chave com uma lata de conserva.

Terminado o seu estágio, na manhã de sua partida pedira ao hotel que lhe providenciasse um traslado para a estação de Coire. Ao subir na van que iria levá-lo, deparou-se com Wagner ao volante.

Durante o trajeto, Wagner explicara a Macaire tudo o que ele precisava saber sobre a P-30. E dissera por fim, ao deixá-lo em frente à estação:

— Muito em breve irei informá-lo de sua primeira missão.
— Como vai me contatar?
— Por meio da música. Não é à toa que me chamo Wagner.

Quando surgia uma missão, Macaire recebia pelo correio um ingresso para uma apresentação de ópera no Grand Théâtre de Genebra. Era o sinal de

Wagner. Macaire ia sozinho, naturalmente, e no intervalo se encontrava com seu oficial de contato no *foyer*. Os dois homens então se isolavam num canto ao abrigo de ouvidos indiscretos, e durante toda a segunda parte da apresentação Wagner lhe dava as ordens e instruções.

Com o passar das missões e por força da experiência, Macaire fora crescendo dentro da P-30. De uns anos para cá, incumbiam-no inclusive de apresentar relatórios de análise que, segundo soube, eram muito apreciados. Com base naquilo que observava, redigia notas de síntese na forma de uma longa carta, que enviava diretamente ao Conselho federal, via correio, com uma fórmula sóbria que tornava o documento totalmente inofensivo.

Prezados conselheiros e conselheiras federais,
Com base em minhas atividades de banqueiro e em conversas que tenho tido com meus clientes, permito-me por meio desta chamar sua atenção para a atual situação e as intenções dos países vizinhos e amigos. (...)

Segundo as recomendações de Wagner, não devia colocar por escrito nada que não pudesse ser lido por qualquer pessoa. Se alguém topasse com aquelas cartas, acharia apenas que Macaire era um banqueiro preocupado com o futuro de sua profissão e ansioso por expressar seus receios e percepções aos dirigentes de seu país.

Macaire, assim, avisara as autoridades suíças: *Os franceses querem recuperar seus exilados fiscais, os italianos estão de olho no dinheiro escondido no Ticino, os alemães devem ser vigiados de perto, os gregos estão tentando impedir a fuga de capitais.* Para o seu imenso prazer, o Conselho federal nunca deixava de acusar o recebimento de seus relatórios por meio de uma carta elegante e agradecida, embora tão discreta no emprego das palavras quanto as suas próprias.

Macaire tinha gostado dos seus anos de P-30. Para além da satisfação de servir ao seu país, tinha se sentido vivo. As missões lhe propiciavam uma sensação inebriante. Com a perspectiva próxima de sua acessão à presidência do banco, que ele até então dava como certa, Wagner lhe informara que, uma vez eleito, não seria mais chamado para nenhuma missão — ficaria muito exposto. Sua carreira na P-30 estava chegando ao fim.

Para essa que seria a sua última missão, fora enviado a Madri. Um analista de sistemas aposentado do Banco Ebezner, hoje estabelecido por lá, era suspeito de querer vender às autoridades fiscais espanholas os nomes dos clientes que escondiam dinheiro na Suíça. Delatores desse tipo eram o pesadelo dos bancos suíços, e uma peste que o governo queria erradicar. Cabia a Macaire confirmar se o tal analista de sistemas era de fato o traidor, como acreditavam os serviços de inteligência suíços, e, principalmente, interceptar a lista dos clientes antes da transação com o fisco espanhol.

Essa última operação estava sendo conduzida em colaboração com os serviços de inteligência da Confederação e extrapolava o quadro habitual das missões da P-30. Em Madri, Macaire se encontrara com um certo Perez, agente infiltrado na Espanha sob o disfarce de funcionário da embaixada suíça.

As instruções eram simples: Macaire avisara seu antigo colega de sua ida a Madri e propusera lhe fazer uma visita. O analista de sistemas aceitara com prazer o reencontro, parecendo feliz por rever Macaire, de quem dizia ter excelentes lembranças.

Na véspera da visita, Macaire se encontrou com Perez no Museu do Prado, em frente ao quadro *Tres de Mayo*, de Goya. Feito esse contato inicial, Perez seguiu Macaire a distância até o apartamento que este alugara para o fim de semana (mais discreto que os hotéis repletos de câmeras e em que se fotocopiavam sistematicamente os passaportes dos clientes na hora do check-in). No segredo deste simpático mobiliado no bairro de Salamanca é que Perez detalhou a operação.

— Quando estiver na casa do sujeito, peça licença para usar o banheiro e aproveite para fuçar no apartamento — orientou Perez.

— E o que devo procurar, exatamente? — quis saber Macaire.

— Uma lista de nomes, cartas, anotações, qualquer coisa que permita estabelecer com segurança que o sujeito é mesmo o espião. Não se esqueça de verificar a caixa de descarga da privada.

No dia seguinte, ao chegar em frente ao prédio do analista de sistemas, Macaire avistou Perez sentado num banco lendo o jornal, de tocaia. Como se temesse alguma coisa.

Os dois homens, naturalmente, fingiram que não se conheciam, e Macaire subiu para o apartamento do analista, no quarto andar. Foi calorosamente recebido por seu antigo colaborador e a esposa, que guardavam de Genebra uma lembrança emocionada. O clima estava tão amigável que Macaire teve quase certeza de que aquele homem não era o espião. Seguiu, contudo, as instruções: com o pretexto de uma necessidade urgente, afastou-se de seus anfitriões. Deu uma volta rápida pelo apartamento. O primeiro lugar que visitou foi o dormitório, onde vasculhou rapidamente os guarda-roupas e uma pequena cômoda. Não encontrou nada. Quis inspecionar o cômodo seguinte, utilizado como escritório, mas quando estava para cruzar a porta foi surpreendido pela voz do analista de sistemas:

— O banheiro fica no fim do corredor à direita — disse ele.

Macaire sobressaltou-se.

— Obrigado — balbuciou —, não tinha entendido onde era.

Foi ao abrir a caixa de descarga que Macaire encontrou, num saco plástico devidamente vedado, uma extensa lista de clientes espanhóis do Banco Ebezner. Ele não pode acreditar: aquele homem era um traidor.

Jogou o plástico na privada, prendeu a lista com o elástico da cueca, e voltou para a sala, esforçando-se para não deixar transparecer seu nervosismo. Tomado o café, despediram-se em seguida.

Saiu do prédio a passos apressados. Perez o alcançou quando descia as escadas da estação de metrô próxima.

— E então? — perguntou Perez.

— É ele mesmo — confirmou Macaire. — Encontrei a lista de clientes.

Pegaram o metrô juntos, o que foi um erro. Foi ao descer do vagão que Perez se deu conta de que estavam sendo seguidos.

Sentado no restaurante do Hôtel des Bergues, repensando naquele episódio madrilenho de que se saíra admiravelmente bem, Macaire persuadiu-se de que tinha todos os recursos necessários para convencer Tarnogol a elegê-lo presidente do banco. Só precisava agir como se fosse uma operação da P-30. Que instruções Wagner lhe daria nesse caso? Pôs-se a refletir profundamente. Perguntou-se se não existiria algum manual de persuasão que pudesse ajudá-lo. De repente, teve uma ideia.

*

Às três da tarde, Macaire surgiu na sala de seu primo Jean-Bénédict e lhe jogou um dos quatro exemplares do livro que acabava de comprar numa livraria do centro da cidade.

— Eu tenho a solução! — exclamou Macaire, excitadíssimo.

— Que solução? — perguntou Jean-Bénédict.
— Encontrei o método perfeito para convencer Tarnogol.
Jean-Bénédict pegou o livro: *Doze homens e uma sentença*.
— É a história do julgamento de um garoto, acusado do assassinato do pai — explicou Macaire num tom sabido. — Os doze membros de um júri popular estão prestes a declará-lo culpado e mandá-lo para a cadeira elétrica. Mas, embora onze jurados estejam convictos quanto ao veredito, um deles, por benefício da dúvida, consegue virar o voto dos outros todos. Pois bem, vou me inspirar neste caso: vou revirar Tarnogol como um crepe, você e seu pai irão no embalo, e o resultado vai guinar do Levovitch para mim.
— Você leu o livro? — perguntou então Jean-Bénédict.
— Em parte — respondeu Macaire, meio sem jeito.
— Ou será que viu o filme baseado nele? Passou na tevê esses dias, se não me engano.
— Está bem, é verdade, vi o filme na semana passada — confessou Macaire, meio sem graça por ter sido desmascarado. — Mas eu sabia que era baseado num livro!
— Numa peça de teatro — frisou Jean-Bénédict, reparando no formato ao abrir o volume.
— Ah, tanto faz! — retrucou Macaire. — Aliás, para sem bem sincero, dormi metade do filme e não faço ideia do que se trata. Então temos urgentemente que ler esse troço para buscar uma inspiração. Tomar nota dos argumentos, fazer listas, et cetera, et cetera.
— Vou pegar o trem para Zurique às quatro — informou Jean-Bénédict, consultando o relógio. — Vou aproveitar para ler durante a viagem.
— Mas você e Charlotte vão jantar lá em casa amanhã à noite, não é? — perguntou Macaire.
Uma vez por mês, os casais Hansen e Ebezner se encontravam para jantar, ora na casa de um, ora de outro.
— Claro que sim — confirmou Jean-Bénédict. — Só estou indo a Zurique para jantar com uns clientes, volto amanhã no primeiro trem.
— Pois então, caro primo, fichamento da leitura para amanhã à noite! — decretou Macaire.
— Às suas ordens, caro futuro presidente! — respondeu Jean-Bénédict batendo continência, antes de pegar uma mala de rodinhas e deixar o banco para ir à estação, enquanto Macaire voltava para a sua sala inflado de

energia presidencial, e certo de que encontraria argumentos em seu favor que fariam Tarnogol mudar de ideia.

Na sua mesa, a correspondência atrasada continuava à sua espera. Mas em vez de enfrentá-la, Macaire preferiu começar a leitura de *Doze homens e uma sentença* e já ir buscando argumentos em seu favor, para caso cruzasse com Tarnogol nos corredores. Até que, quinze para as quatro, Cristina irrompeu na sala feito um furacão.

— O que foi agora? — perguntou Macaire, levemente irritado — Estou super ocupado!

— Me desculpe, senhor Macaire, é que há uma "REUNIÃO MUITO IMPORTANTE" marcada para as quatro horas na agenda do senhor Levovitch. Acontece que já são quase quatro e o senhor Levovitch ainda não chegou e não atende o telefone. Deve estar preso no Palácio das Nações. O que eu devo fazer?

— Pois ele que administrasse melhor sua agenda! — exasperou-se Macaire, já percebendo onde Cristina queria chegar e sem nenhuma intenção de ajudar.

— O senhor não poderia ir a essa reunião no lugar dele? — insistiu ela.

— Não — recusou Macaire. — Estou muito atarefado!

— Sem dúvida é um cliente importante — pleiteou Cristina. — Vai ficar furioso ao ver que foi esquecido. É só dizer que Levovitch teve um imprevisto e pediu para o senhor substituí-lo.

— Era só o que faltava, eu livrar a cara do Levovitch para depois ele ser eleito presidente em meu lugar! — retrucou Macaire. — Se for um cliente importante, é até bom que fique furioso e vá se queixar do Levovitch para o Conselho. Assim o Tarnogol fica sabendo que Levovitch está longe de ser perfeito.

Com isso, Macaire dispensou a secretária, que voltou para a sua mesa.

Quando, quinze minutos mais tarde, a "reunião importante" se apresentou na antessala, Cristina ficou estupefata. Podia esperar qualquer coisa, menos isso.

Capítulo 8

PEQUENOS ARRANJOS ENTRE AMIGOS

Diante de Cristina estava um imponente senhor que ela conhecia muito bem: o rosto tão singular, as asperezas da pele, a eterna cara feia, o nariz torto, as sobrancelhas hirsutas. Tinha na mão uma bengala com pomo cravejado de diamantes cintilantes, estimada, segundo os boatos, em vários milhões de francos. Era Sinior Tarnogol.

— O Levovitch está? — perguntou Tarnogol, que apesar de ter um francês perfeito, não conseguia se livrar de um pesado sotaque do Leste.

Como Cristina continuou estupefata, fitou-a com um olhar raivoso. Ela resolveu se fazer de boba:

— O senhor tinha uma reunião com ele? Não estou vendo nada na agenda.

— Tinha, uma reunião na minha sala — explicou ele. — Como ele não apareceu, vim ver o que estava acontecendo. É realmente lamentável deixar as pessoas esperando desse jeito!

— Senhor Tarnogol — disse Cristina com sua voz mais amável —, permite que o convide a aguardar um instante na sala rosa?

Instantes depois, Cristina entrava precipitadamente na sala de Macaire.

— E agora, o que foi? — Ele se irritou, largando seu exemplar de *Doze homens e uma sentença*. — Já disse que estou ocupado.

— A reunião das quatro horas: é com o Tarnogol!

Macaire arregalou os olhos, preocupado.

— Tarnogol!? E o que disse a ele?

— Que o Levovitch não estava, mas que o senhor iria recebê-lo. Ele pareceu satisfeito. Lamento se desacatei suas ordens, senhor Macaire, mas também não podia mandá-lo embora!

— Fez bem, querida Cristina, fez mui-to-bem! — elogiou Macaire, percebendo que era uma oportunidade de ouro para falar com Tarnogol sobre a presidência e derrubar Levovitch. — Em que sala pediu que ele aguardasse?

— Na sala rosa.

— Na sala rosa! Muito bem! — elogiou Macaire, pois era a sala mais elegante daquele andar. — Diga a Tarnogol que já estou indo.

Cristina saiu imediatamente, e Macaire aproveitou para pegar a pilha de correspondência pendente e transferi-la para a mesa de Levovitch. Depois seguiu lepidamente para a sala rosa, feito um cão farejando a caça. Entrou com ar contente e voz doce, e se curvou diante de Tarnogol como que diante do Bezerro de Ouro:

— Meu caro Sinior, que prazer em vê-lo! Preciso urgentemente lhe explicar o mal-entendido sobre as minhas viagens, e sobre a matéria na *Tribune* que...

— Estou sem tempo para isso agora — interrompeu Tarnogol. — Preciso urgentemente falar com o Levovitch! É muito importante.

— O Levovitch não está — explicou Macaire.

— E onde ele está?

— Não faço ideia. Ele não fica muito no escritório.

— Como assim? — espantou-se Tarnogol. — Achei que chegasse todo dia de manhã bem cedo e trabalhasse o dia inteiro sem parar.

— Que nada, meu caro Tarnogol, isso é lenda. Trabalhar sem parar? Ele? — Deu uma risada forçada para acentuar a ironia da situação. — Preguiça é o seu primeiro nome! Já ficamos satisfeitos quando ele aparece antes das onze. E com frequência não tornamos a vê-lo depois do almoço. Veja só, quatro horas e o danado já foi para casa. Convenhamos, isso não é lá muito sério.

— Não é nem um pouco sério! — indignou-se Tarnogol.

Satisfeito com o efeito causado, Macaire pôs mais lenha na fogueira:

— Eu não devia lhe dizer isso, pois não quero prejudicar o Lev, mas sou eu quem faz tudo por aqui. Aliás, ele não toma nenhuma decisão sem me consultar. Esse sujeito não tem o menor senso de iniciativa. O senhor viu a mesa dele recentemente? Está abarrotada de correspondência pendente. Os clientes devem estar umas feras. Que vergonha! Nunca vi tamanha preguiça!

— Mas por que você não avisou o Conselho do banco? — perguntou Tarnogol.

— Porque não desejo nenhum mal a ele — explicou Macaire num tom meloso. — Não passa de um pobre coitado. Além de que meu pai gostava muito dele, então me dá certa pena. Quero dizer, no fundo, ele não prejudica ninguém: diferente de como seria se ele fosse o próximo presidente do banco.

— O que estou descobrindo sobre Levovitch é escandaloso — disse Tarnogol, com ar consternado.

— Escandaloso — repetiu Macaire, movimentando pesarosamente a cabeça.

— Imagine você: eu estava prestes a nomear Levovitch para a presidência do banco!

— É mesmo? — Macaire fingiu surpreender-se. — Levovitch, presidente? Ele ia afundar esse banco num piscar de olhos! Mas bem, o acionista é o senhor, não eu.

— Mas ele sempre me causou tão boa impressão — retorquiu Tarnogol.

— Ah, meu caro Sinior, sabe, isso é muito comum com os grandes impostores.

Tarnogol se levantou e andou alguns passos pela sala. Parecia perplexo.

— Está tudo bem, senhor Tarnogol? — preocupou-se então Macaire.

— Não, não está nada bem! Eu marquei com o Levovitch hoje porque tinha um favor muito importante para lhe pedir! Eu até frisei: "reunião muito importante". E ele não está! Estou terrivelmente decepcionado!

— Quem sabe eu possa ajudá-lo? — sugeriu Macaire, se deliciando com a situação.

Tarnogol fitou Macaire um instante.

— Não tenho certeza — disse. — É um assunto extremamente sensível.

— Bem, quinze anos atrás nós confiamos um no outro — argumentou Macaire. — E é por isso que o senhor é hoje o vice-presidente do banco.

— Eu respeitei o pacto — lembrou Tarnogol. — Você teve o que queria em troca das suas ações.

— Pois justamente, meu caro amigo — ousou Macaire. — Isso significa que podemos ter total confiança um no outro. Façamos um novo pacto.

Após um interminável momento de reflexão, Tarnogol disse afinal:

— Está certo. Vou lhe propor um trato, Macaire. Vou encarregá-lo do favor que eu ia pedir ao Levovitch. E, em troca, vou nomeá-lo presidente do banco.

— Trato feito! — aceitou Macaire, precipitando-se sobre a mão de Tarnogol para apertá-la vigorosamente. — O que posso fazer pelo senhor?

— É simples, basta receber um envelope para mim — explicou Tarnogol. — Nada de ilegal, nada perigoso.

— Só isso? — espantou-se Macaire.

— Só — afirmou Tarnogol. — É muito fácil.

— Muito fácil — repetiu Macaire feito um papagaio. — E depois?
— Depois você me traz o envelope na minha casa — explicou Tarnogol.
— Só isso?
— Só isso.
— Muito fácil!
— Muito fácil.

Os dois homens deixaram a sala rosa satisfeitos. Enquanto acompanhava Tarnogol até o elevador, e notando ao passar que Cristina tinha se ausentado, Macaire propôs a Tarnogol que dessem uma olhada na sala de Levovitch. Mostrou-lhe, da porta, a mesa repleta de correspondência.

— Veja quantas cartas deixadas sem resposta — indicou Macaire, em tom depreciativo. — É revoltante!

— É escandaloso! — indignou-se Tarnogol, distante demais para ver que as cartas eram endereçadas a Macaire. — Como pude pensar em Levovitch como presidente deste banco?

— Todo mundo se engana, meu caro Sinior — disse Macaire. — Errar é humano.

Assim que Tarnogol se foi, Macaire correu para recolher a correspondência da mesa de Levovitch e voltou a empilhá-la sobre a sua. Então se atirou na cadeira e se deixou, devagar, tomar pela euforia. Nunca tinha se sentido tão feliz: a presidência do Banco Ebezner era sua. Conseguira infletir o curso de seu destino sem nem ter que usar de artimanhas. Pegou seu exemplar de *Doze homens e uma sentença* e o fitou com desprezo: não precisava mais ler aquilo. Ia prestar um ínfimo favor a Tarnogol e a presidência estaria garantida. A vida era bela. Reclinando na cadeira, consultou o relógio. Quatro e meia. Já podia ir para casa. " Que dia, caramba!"

Nesse mesmo momento, em Cologny, na esplêndida mansão dos Ebezner, Arma, a empregada, estava com o ouvido grudado na porta do quarto de seus patrões. Anastasia acabava de receber um misterioso telefonema.

Arma é que atendera, como sempre. "Rrresidência dos Ebeznerrr, bom dia", dissera educadamente, como a tinham instruído. Do outro lado da linha, uma voz de homem pedira para falar com a Médème sem se identificar. Médème estava do seu lado e Arma lhe passara o fone, mas Médème, ao ouvir a voz de seu interlocutor, transferira imediatamente a ligação para o seu quarto, onde se trancara em seguida. Muito estranho.

Médème nunca fazia isso. Intrigada, Arma resolvera ir escutar o que estava acontecendo.

— Você está completamente maluco de me ligar aqui, Lev! — irritou-se Anastasia no que julgava ser a privacidade do seu quarto.

— Imaginei que não me atenderia no celular — justificou-se Lev do outro lado da linha.

— Imaginou perfeitamente certo — retrucou Anastasia. — Porque não quero mais te ver, e nem falar com você.

— Pois eu me alegro em te ver esta noite, meu amor.

— Não me chame de *meu amor*! Não me chame de coisa nenhuma! Eu já disse que acabou!

— Só queria te avisar que vou mandar te buscarem às quinze para as oito e te levarem ao Hôtel des Bergues. Até mais tarde.

— Você está escutando o que estou dizendo? Não vai ter jantar nenhum hoje à noite. Muito menos no Hôtel des Bergues! Foi um erro te encontrar lá no fim de semana. Eu sou casada, caramba! Genebra inteira podia ter visto a gente!

— Não se preocupe com isso.

— Aí é que está, eu me preocupo.

— Até hoje à noite!

— Até nunca!

Anastasia desligou na cara de Levovitch. No que ouviu bater o telefone, Arma voltou correndo para o andar de baixo, para a sala de estar onde deveria estar passando o espanador. Estava em choque: Médème traía Moussieu.

*

Às sete da noite, Macaire Ebezner estacionou orgulhosamente seu carro no estacionamento do Lion d'Or, em Cologny, torcendo para ser visto ao volante do seu bólido, que valia uma pequena fortuna. Entrou no restaurante com um ar afetado, desfilando de braço dado com a esposa, sentindo que Anastasia atraía todos os olhares. Foram conduzidos a uma mesa de frente para o lago, como ele pedira, e se maravilharam com a vista. Genebra, cintilando na noite, se estendia diante deles como um tesouro.

— Hoje vai ser champanhe! — Macaire logo avisou ao sommelier. — Traga-me um Pol Roger *millésimé*. O champanhe de Winston Churchill! O champanhe da vitória!

Anastasia achou graça, seu marido parecia de excelente humor.

— O que estamos comemorando? — perguntou.

— *Chouchou*, hoje você vai jantar com o futuro presidente do banco — ele anunciou, com um sorriso de cumplicidade.

Ela fingiu se alegrar:

— Isso é maravilhoso! O Jean-Bénédict te confirmou?

— Não, até sábado não será oficial. Queria esperar até lá para te contar, aliás, mas estou excitado demais para me segurar: está garantido!

— Não se deve cantar vitória antes da hora — ponderou Anastasia.

— Pois justamente, meu bem, imagine você que quando cheguei no banco esta manhã descobri que o Conselho, na verdade, estava prestes a nomear o Levovitch.

— O Levovitch? — engasgou-se Anastasia.

— Entendo seu susto, *chouchou*, eu também fiquei totalmente desnorteado. Dá para imaginar? Um "Levovitch" à frente do Banco Ebezner? Ebezner é Ebezner, ora essa! Foi uma maluquice do Tarnogol. Ah, esses estrangeiros! Querendo ou não, são sempre os primeiros a vir com ideias bizarras.

— E então o Tarnogol mudou de ideia? — perguntou Anastasia.

— Praticamente. Digamos que eu e ele fizemos um acordo. Resta um pequeníssimo ponto a resolver. Mas já dá para considerar como certo.

— Como assim?

— Depois eu explico. Meu pai, no fundo, queria que eu fosse o presidente, você sabe. Essa história de eleição era só para me dar uma legitimidade incontestável.

Anastasia não soube o que responder: para ela, era justamente o contrário. Abel Ebezner passara a vida inteira desqualificando o filho. Se quisesse que Macaire fosse presidente do banco depois dele, bastava simplesmente lhe deixar suas ações. Mas ela achou melhor não falar nada e limitou-se a erguer, à saúde do marido, a taça de champanhe que acabavam de lhe servir.

Estava perturbada: por causa de Levovitch, por causa da eleição à presidência do banco. Perdera o apetite, queria ir para casa. Mas não queria estragar a noite do marido, que parecia de excelente humor e faminto. Ele pediu tagliatelle com trufas brancas, seguido por costeleta de cordeiro. Ela optou por um *tartare* de atum e um lagostim. Ele mandou pôr mais uma garrafa de Pol Roger no balde de gelo. "Champanhe para acompanhar, que esteja bem gelado!" pediu ao sommelier.

Às sete e meia, porém, quando acabavam de servir as entradas, o *maître* interrompeu Macaire:

— Com licença, senhor Ebezner, mas é uma ligação para o senhor.

— Para mim? — espantou-se Macaire. — Mas ninguém sabe que estou aqui!

Intrigado, seguiu o funcionário até o vestiário e pediu que passassem o fone. Para disfarçar o nervosismo, atendeu com uma voz autoritária de comandante do exército:

— Alô! Macaire Ebezner na linha.

Escutou atentamente seu interlocutor, que lhe passou extensas instruções, e a seguir exclamou no telefone, qual soldado em posição de sentido:

— Estou indo agora mesmo!

Correu em seguida até a mulher e, sem se dar nem sequer o tempo de sentar de novo, anunciou:

— Sinto muito, *chouchou*, mas preciso ir. Urgência máxima. Tem a ver com o que eu te disse antes. Termine de comer tranquilamente, e depois pegue um táxi para ir para casa, se não for incômodo. Não posso correr o risco de me atrasar. Depois eu explico.

E saiu, sem esperar pela resposta da esposa.

Ela ficou sozinha à mesa, desnorteada, fitando o Lago Léman que brilhava à luz da lua. Cutucou o *tartare* com a ponta do garfo. Os outros clientes não conseguiam parar de olhar para ela. Tudo naquela mulher transpirava beleza, e uma beleza ainda mais comovente por ser matizada de melancolia.

Terminou sua taça de champanhe sem tocar na comida. Que graça tem jantar sozinha?, pensou. Ela detestava jantar sozinha. Detestava ficar sozinha. Pegou o celular dentro da bolsa e hesitou longamente em ligar para Lev. Não se atreveu. Resolveu ir para casa. Pediu que lhe chamassem um táxi e foi esperar do lado de fora. Um pouco de ar puro ia lhe fazer bem. Eram quinze para as oito. Quando saiu do Lion d'Or, avistou no estacionamento uma limusine preta que a aguardava. Segurando aberta a porta do passageiro estava o motorista de Levovitch, Alfred Agostinelli, estendendo-lhe um imenso buquê de rosas brancas.

— Boa noite, senhora Anastasia — disse Agostinelli sorrindo. — Como vai?

— Estou bem, Alfred — respondeu Anastasia, confusa.

Sentou-se no banco traseiro sem nem refletir. Depois, fitando o afável motorista que se acomodava ao volante, perguntou-lhe: "Como ele consegue?"

Capítulo 9
INÍCIO DE INVESTIGAÇÃO

Se o enigma do quarto 622 tinha suas raízes em Genebra, como nos parecia ser o caso, então era para lá que tínhamos de ir. Foi assim que, na manhã da quarta-feira, 27 de junho de 2018, Scarlett e eu pegamos a estrada para a cidade do extremo do Lago Léman.

No caminho, Scarlett me disse:

— Encontrei, na sua suíte, umas anotações referentes a Bernard.

— Você mexeu nas minhas coisas?

— Não, estavam sobre a escrivaninha. Achei que fosse algo sobre o livro, quis dar uma arrumada...

— Você leu essas anotações?

— Li. Achei a relação de vocês comovente. Deu vontade de saber mais.

— O que quer saber?

— Tudo! Me conte um pouco sobre quem era Bernard.

— Eu nem saberia por onde começar — disse eu.

— Comece pelo começo — sugeriu ela. — Costuma ser o jeito mais simples. Conte como conheceu Bernard. Como foi que um jovem autor desconhecido se tornou amigo de um velho editor.

— É uma longa história — respondi.

— Não estou com pressa. Mesmo porque temos um bom trecho pela frente.

Eu sorri.

— Bernard e eu nos conhecemos sete anos atrás. Lembro daquele dia quentíssimo de verão, num final de julho, quando tudo começou. Paris estava sufocante. Eu tinha chegado de Genebra naquela manhã. Fizera para a ocasião um esforço de vestimenta: camisa e blazer, como se eu estivesse indo para uma entrevista de emprego. Queria convencê-lo de minha seriedade. Ele marcara o encontro na livraria L'Âge d'Homme, na rue Férou, hoje uma sorveteria. Cheguei todo suado, morto de calor. Ele já estava à minha espera, sentado na salinha de reuniões que ficava no subsolo.

Nessa época, eu tinha 26 anos, havia acabado de concluir a duras penas o curso de direito, que passara escrevendo romances. Todo dia, em vez de ir para a universidade, ia para a casa da minha avó, que cedera um cômodo do seu apartamento para eu fazer de escritório. Minha avó foi a primeira pessoa que acreditou em mim e me levou a sério. Graças a ela, durante os cinco anos de faculdade, escrevi cinco romances, um atrás do outro, e os enviei sucessivamente a todas as editoras possíveis e imagináveis e foram todos rejeitados. Era desanimador. Até que em janeiro de 2011, o meu quinto livro, um romance histórico sobre o Special Operations Executive, um ramo dos serviços secretos britânicos que operou com sucesso durante a Segunda Guerra Mundial, foi repescado por Vladimir Dimitrijević, o fundador da editora L'Âge d'Homme, de Lausanne, que decidiu publicá-lo. Mas antes que isso acontecesse, Vladimir Dimitrijević morreu num acidente de carro. No enterro, conheci Lydwine Helly, uma amiga parisiense de Dimitrijević, que me contou que ele tinha falado no meu romance com Bernard de Fallois, propondo que fizessem uma coedição. "Deveria procurar o Bernard de Fallois", disse Lydwine após a cerimônia fúnebre, "ele talvez se interesse em publicar o seu livro".

Lydwine virou minha benfeitora. Tomou-me sob sua proteção e arranjou um encontro com Bernard de Fallois. Foi assim que fui encontrar com ele em Paris, naquele quente mês de julho. E, como costuma acontecer com as grandes amizades, começamos muito mal.

*

Paris, sete anos antes

— Creio que não vou publicar o seu romance.

O homem que estava diante de mim e pronunciara esta frase tinha o porte de um general: elegante, senhorial, olhos alertas. A lenda do mundo editorial francês: Bernard de Fallois. Infelizmente, sentia que havia um abismo geracional entre ele, 85 anos, e eu, jovem autor não publicado de 26.

— Por que não? — atrevi-me a perguntar.

— Você apresenta o seu livro como um romance histórico, mas não acredito o que você conta seja verdade. Os ingleses não podem ter feito tudo isso.

— Eu lhe garanto que é a mais pura verdade.

— Além disso, por que esse seu interesse pela guerra? — interrogou Bernard com um tom suspeitoso. — Você não a viveu.

— E daí?

Ele fez uma expressão pouco convencida.

— Está querendo me fazer acreditar que foi graças aos ingleses que a Resistência francesa conseguiu combater os alemães?

— Eu posso provar — argumentei. — É um assunto pouco conhecido, daí o interesse deste romance.

— Sinto muito, mas creio que não vou publicar o seu romance.

Ao sair do encontro, perambulei por Saint-Germain, abatido e deprimido. Tinha chegado ao fim da linha. Era melhor parar de escrever: meus livros jamais seriam publicados. Eu jamais seria um escritor. Era o fim de todas as minhas esperanças. Minha vontade era me jogar no Sena, mas em vez disso fui flanar na livraria Gibert Joseph, no boulevard Saint-Michel, e dei uma conferida na seção de livros de História. Achei vários títulos relacionados à atuação dos serviços secretos britânicos entre 1939 e 1945. Anotei as referências e montei uma breve bibliografia, à qual somei as fontes que usara para o meu romance, e em seguida enviei para Bernard.

Não recebi nenhum retorno. Até a sexta-feira, 26 de agosto de 2011. No final do dia, recebi um telefonema de Lydwine Helly. "O Bernard vai publicar o seu livro!", ela anunciou. Lydwine acabara convencendo Bernard. E foi assim que finalmente saiu o meu primeiro romance, em janeiro de 2012.

— E foi um enorme sucesso! — interrompeu Scarlett, num arroubo de entusiasmo.

— Que nada! Foi um desastre.

Ela caiu na risada.

— Mesmo?

— Mesmo. Bernard era antipático comigo, eu não o suportava, e vice--versa. O romance vendeu pouquíssimo. Algumas centenas de exemplares. Jurei para mim mesmo que nunca mais trabalharia com ele.

— E o que aconteceu depois?

— A continuação fica para outra vez — decretei —, estamos quase chegando em Genebra.

Tínhamos acabado de sair da autoestrada e nos dirigíamos para o centro da cidade, passando, no caminho, pelos diversos prédios das organizações internacionais. Não demorou e avistamos o lago e o chafariz em segundo plano. Observei para Scarlett:

— Você sabia, não é, que fiz esse mesmo trajeto há precisamente três dias, só que em sentido contrário?

— Não seja estraga-prazeres, escritor, não lhe cai nada bem! E outra, vai poder passar em casa para buscar umas meias, se estiver precisando.

— Eu poderia simplesmente voltar para casa e colocá-la num trem para Verbier.

Ela caiu na risada.

— Não vai fazer isso. Você quer estar em Verbier, comigo.

Contive um sorriso, ela percebeu:

— Não tente parecer sempre tão sério, escritor. Você não engana ninguém.

Atravessamos a ponte Mont-Blanc. Estávamos indo na direção de Cologny, dos belos bairros que se erguiam ao redor Genebra. Era lá que Macaire Ebezner morava à época do assassinato. Devo admitir que estava muito impressionado com Scarlett: ela tinha vasculhado a internet nos lugares mais remotos e desenterrado uma quantidade impressionante de informações. Por exemplo, esta matéria do *L'Illustré*, um dos maiores semanários da Suíça francófona, dedicada a Macaire Ebezner e publicada alguns meses antes do assassinato. O texto era ilustrado por uma foto de Macaire e Anastasia, sua esposa, posando na frente de sua residência.

Não sabíamos o endereço exato, mas a matéria citava o nome da rua: chemin de Ruth. É para lá que nós fomos. Fui rodando devagar enquanto examinávamos as casas dos dois lados da estrada. De repente, Scarlett exclamou:

— É aqui!

À nossa frente, um grande portão de ferro deixava entrever uma casa parecida com a da foto da revista: uma magnífica mansão de pedras brancas de frente para o lago, cercada de um vasto parque.

Capítulo 10

UM HOMEM FURIOSO

Terça-feira, 11 de dezembro, cinco dias antes do assassinato

Na residência dos Ebezner, em Cologny, uma magnífica mansão de pedras brancas de frente para o lago, cercada de um vasto parque coberto de neve.

Sozinha à mesa do café da manhã servido na cozinha, Anastasia, de roupão, brincava com um pedaço de pão sem comê-lo, ocupada que estava em rememorar os acontecimentos da véspera. Uma noite maravilhosa que a levara até a suíte do Hôtel des Bergues que Lev Levovitch ocupava. Ele a aguardava, magnífico em seu smoking. Uma mesa posta para dois, coberta de pratos refinados acompanhados de um *grand cru*.

Eles jantaram à luz de velas, mais apaixonados que nunca. Sentia-se tão viva ao lado dele. Depois se jogaram um sobre o outro e fizeram amor com paixão.

Até que, por volta da meia-noite, o telefone do quarto tocara. Anastasia entrara em pânico: com certeza era Macaire! Tinha mandado segui-la, sabia de tudo e vinha fazer um escândalo. Alívio imediato: não era Macaire, era o presidente da República Francesa, que estava em Genebra para a Assembleia Geral das Nações Unidas. O presidente, padecendo de insônia, estava com vontade de conversar. Queria que Lev fosse encontrá-lo na Missão Francesa junto às Nações Unidas, sediada numa imensa mansão em Chambésy, onde estava hospedado.

Lev, de início, educadamente mandara-o pastar por motivo de encontro galante, mas Anastasia, sentindo-se culpada, lhe dissera: "Afinal, é o presidente da República!"

Lev então ligara de volta para o grande comandante dos franceses para dizer que iria. Tinham se vestido, e ele a levara junto consigo, a bordo de sua Ferrari preta modelo exclusivo. Viram-se então sob o teto dourado de um vasto salão, em intimidade com o presidente da República, que os recebera de roupão. Tomando chá, fumando um charuto e conversando como que entre amigos, o presidente aproveitava para pedir uns conselhos a Lev sobre o discurso do dia seguinte nas Nações Unidas.

Às duas da manhã, Lev levara Anastasia em casa. Deixara-a na entrada da propriedade, no chemin de Ruth, e, no segredo da noite, lhe beijara de novo, um longo beijo apaixonado, antes de deixá-la ir embora.

Ao cruzar o portão, tivera um breve instante de angústia: o que Macaire ia dizer ao vê-la chegar uma hora dessas? Devia estar morto de preocupação. Será que tinha avisado a polícia? Ou então, desconfiado de alguma coisa, estava sorrateiramente esperando na sala? Ia exigir explicações. O importante era agir naturalmente. Diria que terminara saindo com umas amigas, tinham ido tomar um drinque no Hôtel des Bergues e ela não vira o tempo passar, só isso. Tinha todo o direito de se divertir, não tinha? Mesmo porque foi ele quem a tinha deixado sozinha no restaurante! Chegando à frente da casa, porém, viu que o carro de Macaire não estava ali. Ele ainda não tinha voltado do seu misterioso compromisso. Por onde será que ele andava? Deitara-se rapidamente, sem se fazer muitas perguntas, aliviada por não ter de prestar contas e, mais ainda, extasiada pelas horas passadas com Lev. Ainda podia sentir seu corpo contra o seu, seus dedos sobre sua pele, o prazer que ele lhe dava. Cerrando os olhos um instante, ainda o via deitado sobre ela, beijando-a e sussurrando: "Mais um pouco de suco de laranja, Médéme?" Ah não, que droga, isso era Arma vindo importuná-la.

— Mais um pouco de suco de laranja, Médéme? — perguntou Arma à patroa, mostrando uma jarra de suco de laranja recém-espremido.

Anastasia se obrigou a sorrir para a inoportuna.

— A senhora parece bem — disse Arma, enchendo o seu copo.

Anastasia não respondeu, pensando que seria melhor não parecer muito radiante, ou isso deixaria seu marido com a pulga atrás da orelha. E foi nesse instante que Macaire fez sua entrada na cozinha esbravejando furiosamente:

— Ah, maldito Levovitch!

Anastasia achou que ia desmaiar: pronto, o marido sabia de tudo!

— Maldito Levovitch! — repetiu Macaire.

— Quê... Como? — balbuciou Anastasia.

Macaire tinha nas mãos a edição do dia da *Tribune de Genève*, que colocou diante da mulher.

— Veja isso, *chouchou*! — esgoelou-se, num tom que oscilava entre irritação e admiração.

Na primeira página do jornal, que anunciava uma longa entrevista com o presidente da República Francesa, via-se uma foto do presidente ao lado de Levovitch, tirada na véspera, enquanto passeavam à beira do Lago Léman, nas proximidades das Nações Unidas. Macaire leu um trecho da matéria:

— "Dirigentes do mundo inteiro estão reunidos desde ontem, nas Nações Unidas, para a grande conferência sobre os refugiados. Hoje, o presidente da República Francesa deverá pronunciar um discurso muito esperado. Os frequentadores do Parc de la Perle tiveram ontem, aliás, a surpresa de cruzar com ele enquanto, seguido de perto por seus guarda-costas, passeava em companhia do banqueiro Lev Levovitch, bem conhecido em Genebra..."

Arma interrompeu sua leitura:

— Suco de laranja, Moussieu?

— Sim, por favor.

Ele largou o jornal e pegou uma fatia de pão torrado, na qual passou bastante manteiga.

— Esse Levovitch, vou te contar! — retomou. — E dá-lhe passear de braços dados com o presidente da República, e dá-lhe aparecer na primeira página do jornal! E sabe o que é pior? Não é nem um pouco pretensioso. Ele ontem não apareceu no escritório, mas não disse para ninguém que estava ocupado nas Nações Unidas. Precisou a Cristina correr atrás dele para a gente descobrir o que ele estava aprontando.

Anastasia fitou, desapontada, aquele marido que nutria uma admiração sem limites pelo homem que lhe punha chifres: no fundo, os dois estavam apaixonados pela mesma pessoa. Desconfortável, tentou mudar de assunto.

— E sua noite? Você chegou tarde, não foi? — perguntou num tom de falsa inocência.

— Cheguei às três e meia da manhã — respondeu ele. — Estou exausto.

— E ficou fazendo o que, até às três e meia da manhã?

— Não posso te contar. Bem, para você eu posso dizer: acontece que ontem Sinior Tarnogol me pediu para fazer um favor para ele. Um negócio muito importante. O tal ponto que faltava resolver que comentei no restaurante.

— Que tipo de favor? — perguntou Anastasia, preocupada com o que o marido não teria feito para reverter a decisão de Tarnogol.

— Nada, uma bobagem: era para eu buscar uma carta e entregar para ele.

— Uma carta? Você não é carteiro, que eu saiba!

Macaire lançou-lhe um olhar furibundo:

— Você não entende nada. Está vendo, era melhor eu não ter te contado! Era uma carta importantíssima, que o Tarnogol não podia receber diretamente. Precisava de um homem de confiança.

— Precisava de um carteiro! — repetiu Anastasia.

— Um homem de confiança — irritou-se Macaire. — Para ir buscar o envelope em Basileia, se quiser saber.

— Você foi e voltou de Basileia ontem à noite? Agora entendo porque chegou em casa tão tarde.

— Ah, não é tão longe assim para quem sabe rodar. Peguei o tal envelope num grande hotel da Basileia por volta das onze horas. Foi só o tempo de tomar um cafezinho e voltar, entreguei em mãos ao Tarnogol às duas e meia. E pasme, ele me convidou para entrar. Ele, que nunca recebe ninguém em casa! Um magnífico palacete na rue Saint-Léger, frente ao Parc des Bastions. O suprassumo da sofisticação. Me tratou com o respeito que eu mereço. Me recebeu como a um rei, aos gritos de "meu irmão!". Me chamou de *meu irmão*. Você está entendendo? Tinha mandado preparar um lanche para mim. Enfim, lanche é modo de dizer, precisava ver: daria para alimentar uma vila inteira de famintos! Caviar do Irã excepcional, salmão selvagem defumado do Alasca como você nunca provou, um brioche tostado que derretia na boca, uma tábua de queijos, tortas finas de frutas, docinhos. Queria que você tivesse visto. Coisa de louco! E então ele abriu uma garrafa de vodca Beluga para comemorar "uma grande ocasião". E disse, com aquele sotaque horrível dele: "Beluga, a vodca da vitória!" Ficamos um bom tempo batendo papo, rindo. Cumplicidade absoluta. E quando fui embora, ele me disse, em inglês: "*Thank you, Mister President.*"

— *Mister President*?

— Pois é! Sou mesmo eu quem vai ser nomeado no sábado! Essa noite rendeu, hehe!

Macaire contemplou a esposa com amor. De uns tempos para cá, algo nela havia mudado. Seu rosto estava mais luminoso. Ela andava mais alegre. De repente a flagrava de ótimo humor. Enfim, diferente! Feliz, diria ele. Sim, ele a fazia feliz. Tinha havido altos e baixos, mas ele agora tinha a manha. Bastava olhar para ela: resplandecente.

Macaire, que em geral dedicava um bom tempo ao café da manhã, nesse dia engoliu rapidamente as torradas, visivelmente com pressa.

— Preciso ir — declarou, levantando-se da mesa.
— Já vai para o banco? — espantou-se Anastasia.
— Não — respondeu, em tom misterioso. — Para a saleta. Estou trabalhando num projeto.

Ela pareceu intrigada. Ele ficou satisfeito com isso. Ela o tratara como um imbecil com aquela história de carteiro, pois ia ver quem ele era quando descobrisse a verdade. Refletiu que as pessoas o subestimavam demais. Já sofrera com isso algumas vezes, até se dar conta de que, no fundo, essa era justamente a sua força: águas paradas são as mais profundas. Anotou mentalmente que esse ditado poderia ser um bom título para as suas memórias.

Trancado em sua saleta, Macaire começou por admirar o objeto que trouxera de sua visita a Sinior Tarnogol: um lenço de seda com *Sinior Tarnogol, membro do Conselho* escrito em letras bordadas. Vira-o sobre um aparador e não resistira em surrupiá-lo. Via naquele acessório um toque de alto requinte: mandaria fazer, no mesmo modelo, lenços em que se leria *Macaire Ebezner, Presidente*.

Guardou o pedaço de pano no fundo de uma gaveta, da qual tirou uma garrafa de suco de limão. Verteu um tanto numa tigela de cobre e acrescentou água para obter a tinta invisível. Depois pegou o caderno no cofre e, sentando-se à escrivaninha repleta de bibelôs, retomou o fio de seu relato.

> *Meus diversos relatórios enviados ao Conselho Federal acertaram na mosca: a praça financeira suíça, nosso pulmão econômico, estava ameaçada, e era imperativo protegê-la. Se os países europeus estavam planejando ações, não só para impedir a fuga de capitais para a Suíça, mas também para localizar as contas suíças de alguns de seus evasores, era então preciso, segundo a expressão consagrada, preparar-se para a guerra a fim de assegurar a paz.*
>
> *Assim, o governo suíço incumbiu os serviços de inteligência de implementar, em larga escala, uma operação de vigilância dos ministérios da Economia dos países europeus, de modo a poder antecipar eventuais medidas de retaliação contra a Suíça.*
>
> *Uma vez que enviar agentes de inteligência para países amigos e aliados é sempre uma atividade temerária em termos de imagem e diplomacia, a P-30 foi enviada em primeira linha para preparar o terreno. A divisão eco-*

nômica, da qual eu fazia parte, redobrou suas atividades. Londres, Paris, Lisboa, Viena, Atenas, Munique, Milão, Madri, Estocolmo: todas as grandes cidades da Europa tornaram-se nossos alvos. Em cada uma delas, era preciso localizar os diferentes prédios administrativos envolvidos, como edifícios ministeriais ou sedes de autoridades fiscais, e coletar sobre cada um deles o maior número de informações possível: acesso, disposição dos locais, presença de câmeras, eventual controle na portaria. Também podia ser necessário levantar a placa de todo carro que entrasse ou saísse dos estacionamentos reservados aos funcionários, a fim de criar uma base de dados. Ou identificar os restaurantes de bairro frequentados pelos funcionários. Esse trabalho de formiguinha, embora fastidioso e ingrato, era imprescindível para abrir caminho aos agentes de inteligência que seriam posteriormente enviados in loco para instalar dispositivos de escuta, subtrair ou destruir documentos ou, ainda, entrar em contato com empregados eventualmente dispostos, por venalidade, a fornecer informações.

Ao voltar de cada missão, eu recebia um convite para a ópera, onde ia me encontrar com Wagner para entregar os relatórios de síntese de minhas observações.

Todos esses esforços, infelizmente, se revelariam inúteis: nosso pior inimigo não estava fora de nossas fronteiras, mas no âmago de nosso país. Íamos ser atacados desde dentro, como bem mostra um acontecimento que iria traumatizar nossa instituição bancária inteira: o funcionário de um grande banco de Zurique levou, para se vingar de sua demissão, uma lista de clientes estrangeiros que detinham contas ocultas na Suíça, lista essa que depois vendeu aos fiscos alemão e francês.

No seio dos bancos, conhecidos por sua discrição e observância do princípio de sigilo bancário em torno da identidade de seus clientes, foi uma verdadeira bomba. Para os serviços de inteligência, foi estado de alerta máximo: aquela traição sem precedentes podia fazer escola. Era imperativo reagir energicamente, garantir que não passasse de um caso isolado e dissuadir quem quer que fosse de querer seguir esse exemplo.

A P-30 foi incumbida de investigar se as administrações fiscais dos grandes países europeus estavam tentando ativamente comprar informações junto aos banqueiros suíços. Foi assim que, após a morte de meu pai, fazendo valer meu ressentimento de legítimo herdeiro desapossado da presidência, Wagner me enviou em diversas cidades da Europa com a missão de me infiltrar nos recônditos do fisco. Durante todo esse ano, foram inú-

meras idas e vindas a Paris, Londres, Munique, Milão, Atenas. O protocolo era simples: em cada uma dessas cidades, Wagner me apresentava para um advogado que trabalhava para nós. Este me punha em contato com um responsável local da administração fiscal, com o qual eu me encontrava num lugar discreto e a quem me apresentava como um arrependido. Desfiava sempre a mesma história: "Meu pai não me nomeou para a presidência, quero me vingar e estou disposto a colaborar com vocês." Podiam verificar: tudo era verdade e endossado pela imprensa. O que eles geralmente faziam, e em seguida marcavam outro encontro, sempre por meio do advogado, por preocupação de discrição absoluta. Iniciava-se então uma negociação que me permitia arrancar-lhes preciosas informações sobre seus métodos: quanto estavam dispostos a pagar por uma lista de clientes? O que fariam com ela? Quais eram as garantias de proteção? Estavam dispostos a me conceder um visto permanente, uma vez que eu não poderia mais permanecer na Suíça? Quando já dispunha de informações suficientes, eu normalmente exigia da parte deles um compromisso por escrito, o que eles sempre recusavam, e eu podia assim romper as negociações sem levantar suspeitas.

Chegado o momento de encerrar minha carreira na P-30, quero aqui deixar registrado: foi com orgulho e alegria que servi o meu país. Tenho a sensação de ter vivido.

O único vestígio que me resta daqueles anos fascinantes é uma carta, transmitida por Wagner alguns anos atrás, assinada de próprio punho pelo presidente da Confederação Suíça. Três linhas manuscritas, que anexo a este texto.

> Caro Macaire,
> Que essas poucas palavras possam expressar-lhe nossa eterna gratidão por seu comprometimento sem falha em prol de nosso país.
> Cordialmente,
> Beat Wunder,
> presidente da Confederação Helvética

— Eterna gratidão — pensou Macaire em voz alta, ao reler a carta que guardava entre as folhas do caderno.

Ah, se seu pai tivesse sabido do que ele realmente era feito! Macaire contemplou nostalgicamente a foto do pai emoldurada à sua frente, sobre a escrivaninha. "Seu filho não é qualquer um, papai", disse ao seu pai em papel brilhante.

Da sua saleta, Macaire escutou tocar o telefone da casa e os passos precipitados de Arma correndo para atender. ("Rrresidência dos Ebeznerrr, bom dia"). E de novo os passos precipitados, só que agora vindo em direção à saleta e, súbito, batidas na porta.

— Moussieu — exclamou Arma do lado de fora. — Desculpe incomodar, mas ligaçon urgente!

Macaire só abriu a porta para Arma depois de guardar cautelosamente o caderno no cofre.

— Quem é? — indagou.

— É do banco!

Foi atender no aparelho do hall de entrada. Do outro lado da linha estava Cristina, sua secretária.

— Senhor Macaire — disse ela, logo se desculpando —, o seu celular não atendia, então tomei a liberdade de ligar para a sua casa.

Percebendo o pânico na voz de sua colaboradora, Macaire apressou-se em tranquilizá-la:

— Fez muito bem, Cristina. O que houve?

— O senhor precisa vir para o banco imediatamente — disse Cristina.

— Mas o que está acontecendo, afinal?

— Venha logo! — suplicou ela. — O senhor Tarnogol está na sua sala. Está fora de si, chamando o senhor de tudo quanto é nome! Não sei do que se trata, mas parece bastante sério.

Capítulo 11

UM FAVOR

No Banco Ebezner, Cristina tentava escutar atrás da porta fechada da sala de Macaire, que viera correndo assim que ela o avisara. Mas ela não conseguir a distinguir nada além de gritos.

Tarnogol, lá dentro, não se acalmava.

— Você ousou me fazer de idiota! — gritou para Macaire. — Ousou mentir para mim!

— Mentir para o senhor? Eu?

— Ontem você me disse que o Levovitch era um preguiçoso, que nunca aparecia no banco. Só que o Levovitch estava nas Nações Unidas! Com o presidente da França!

— Co... como sabe? — perguntou Macaire, mordendo os dentes.

— Porque saiu no jornal! — exclamou Tarnogol, brandindo um exemplar da *Tribune de Genève*.

— Foi um mal-entendido! — implorou Macaire, tremendo igual vara verde.

— Ah, é? — esbravejou Tarnogol. — Você também disse que Levovitch nunca respondia à correspondência, isso também foi um mal-entendido? Essa correspondência era sua!

— Co... como sabe? — balbuciou Macaire, sentindo-se desfalecer.

— Porque está aqui na sua mesa e endereçada a você! — respondeu Tarnogol, agarrando um punhado de cartas que estavam na mesa com um gesto raivoso e jogando-as para cima. — Acabou, Macaire! Pode esquecer a presidência!

— Ora, Sinior, — disse Macaire tentando apaziguar — nos entendemos tão bem ontem à noite... Até me chamou de *meu irmão*...

— Isso foi antes de eu descobrir que você me enganou e mentiu para mim! O próximo presidente do banco será o Levovitch!

Com essas palavras, Tarnogol saiu da sala batendo a porta com toda a força, sob o olhar apavorado de Cristina. Macaire desabou na sua poltrona, literalmente arrasado.

Longos minutos depois, bateram na porta de leve: o rosto de Lev Levovitch apareceu pela fresta.

— Está tudo bem, Macaire? — preocupou-se Levovitch. — Parece que o tempo fechou com o Tarnogol.

— Está tudo péssimo — gemeu Macaire, quase chorando.

— O que aconteceu? — perguntou Levovitch, por fim se atrevendo a entrar na sala, timidamente seguido por Cristina.

— Algo muito grave — respondeu Macaire.

— Mas o que foi? — indagou Cristina, transtornada. — Fale, senhor Macaire, o senhor está pálido.

Levovitch e Cristina fitaram Macaire com compaixão. Este estava louco para desabafar, mas não podia decentemente contar para eles suas mentiras sobre Levovitch e a história da correspondência.

— Eu ando muito estressado ultimamente — limitou-se a explicar.

— *Estressado* por quê? — insistiu Cristina. — Por causa dessa história da presidência?

— Não, nada a ver — mentiu Macaire, torcendo para Cristina não ter contado a Levovitch sobre a conversa que escutara no dia anterior, e querendo mudar de assunto. — Deve ser uma depressãozinha invernal, só isso.

— Você continua indo naquele psicanalista que te indiquei? — perguntou Levovitch — Ele é realmente muito bom.

— Sim, o doutor Kazan. Toda terça às doze e trinta, justamente. Hoje não poderia vir mais a calhar. — Deu uma risadinha sarcástica para manter o aprumo. — E às quintas também, aliás.

— Não sabia que o senhor fazia psicanálise — disse Cristina.

— Bom, deixa para lá! — decretou Macaire, meio sem graça e ansioso por mudar de assunto. — Que tal irmos tomar um café? É por minha conta.

*

Neste dia, às doze e trinta, Macaire entrou no consultório do doutor Kazan, situado na place Claparède, nº 2.

— Estou péssimo, doutor — foi logo anunciando, atirando-se no divã.

Fazia quase quinze anos que Macaire se consultava com Kazan. Desde a história das ações do banco. Seu pai, nessa época, ficara tão furioso ao descobrir que ele tinha cedido suas ações a Tarnogol que deixara de lhe dirigir a palavra durante algum tempo. Macaire procurara o doutor Kazan por indicação de Levovitch, o qual lhe garantira que ele era o homem certo para a situação. Levovitch estava certo: graças ao doutor Kazan, Macaire conseguira reatar com o pai. Desde a morte deste último, porém, vinha tendo momentos de forte depressão, e sentira necessidade de passar para duas sessões semanais para conseguir segurar a barra. Gostava do doutor Kazan, que o ajudara a ganhar confiança em si mesmo. Gostava da sua serenidade, do seu olhar doce e do jeito como mordiscava a haste dos óculos enquanto o escutava.

— Eu estava dizendo, doutor — confia Macaire —, que eu achava que estava certo que eu seria o próximo presidente do banco.

— Sim, me parece ter visto algo a respeito na mídia — disse Kazan. — Ia mesmo parabenizá-lo.

— Pois bem, aconteceu uma pequena tragédia.

— É mesmo?

Macaire contou em detalhes para o psicanalista suas desventuras das últimas vinte e quatro horas.

— Ou seja, se entendi bem, esse Tarnogol não quer mais nem ouvir falar no seu nome? — resumiu Kazan, depois que ouviu o relato do seu paciente.

— Tudo isso por um deslize de minha parte! — lamentou-se Macaire. — Por favor, doutor, me ajude a pensar num jeito de convencer o Tarnogol! Preciso a todo custo fazer com que ele mude de ideia. Se não for nomeado presidente do banco, eu me suicido!

— Não diga uma coisa dessas! — apavorou-se o doutor Kazan. — Seria péssimo para a minha reputação.

— Falando em reputação — prosseguiu Macaire —, um certo Jean--Bénédict Hansen andou entrando em contato com você. É o meu primo Jean-Bené, está buscando um terapeuta para a esposa, que é meio ciclotímica. Fui eu que sugeri que ele o procurasse. Disse que era o melhor. Mas, segundo o Jean-Béné, parece que não está aceitando novos pacientes.

— É verdade, não aceito ninguém há muitos anos. Abri uma exceção para você, na época, porque era indicado por Lev Levovitch.

— Ah, como eu odeio esse Levovitch! — irritou-se Macaire. — Tão perfeito! Tão extraordinário! Eu queria ser ele!

— Odeia ou admira?

— É possível odiar uma pessoa por admirá-la demais? — perguntou Macaire.

— Sim — assentiu o doutor Kazan. — Isso se chama inveja.

— Então o que eu sinto é inveja?

— Eu diria até, para ser mais preciso, que sofre de *invidia maxima*, um distúrbio identificado pelo doutor Freud em seu célebre caso de Lucien K.

— O que é o caso Lucien K.?

— Lucien K. era o filho de um rico industrial vienense que sempre tinha buscado a aprovação do pai. Mas o pai sempre o enchera de críticas, e por fim o preteriu por outro garoto, que considerava como um filho e a quem entregou as rédeas de seu império.

— Isso é exatamente o que eu sinto em relação ao Levovitch! — exclamou Macaire, que sentiu um alívio ao saber da existência de um precedente famoso. — E o que aconteceu com Lucien K?

— Ele matou o pai, a mãe, a esposa, o cachorro, todo mundo. E terminou internado. Foi assim que Freud pôde estudar o seu caso.

— Caramba! — murmurou Macaire. — Acha que vou acabar que nem ele?

— Não — tranquilizou-o o doutor Kazan. — O seu caso tem essa particularidade que, quinze anos atrás, você tinha tudo nas mãos. Seu pai tinha lhe passado a tocha, tinha-o reconhecido como seu sucessor ao lhe entregar, diante de todos, as ações que lhe garantiam que se tornaria presidente do banco. Ações essas que, por motivos que ainda me escapam, você entregou para esse Sinior Tarnogol. Mas não foi por dinheiro, foi?

— Eu fiz uma troca — assentiu Macaire.

— Mas pelo quê? — perguntou o doutor Kazan. — Confesso que tenho curiosidade em saber o que poderia valer a presidência do banco.

— Algo que todo mundo quer, mas ninguém pode comprar.

— O que é?

— O senhor não acreditaria.

— Tente explicar.

— O senhor não acreditaria — repetiu Macaire.

Sem insistir, Kazan perguntou então:

— O que vai fazer com esse Tarnogol?

— Não faço ideia — suspirou Macaire. — O que faria no meu lugar, doutor?

— Macaire — disse o psicanalista —, estamos há quase um ano trabalhando para prepará-lo para o Grand Week-End. Está lembrado do que esse Grand Week-End significa para você?

— A separação em relação ao meu pai — respondeu Macaire.

— Exato. Você vai finalmente cortar o cordão umbilical em relação ao seu falecido pai. Lembre-se do que conversamos em nossas sessões: não é mais o seu pai que decide sobre a sua vida, Macaire, o senhor do seu destino agora é você.

Macaire ficou perplexo.

— O que eu estou tentando explicar — prosseguiu o doutor Kazan —, é que a intenção do Tarnogol de indicar o Levovitch é sua chance de revelar-se a si mesmo.

— Não sei se estou acompanhando, doutor.

— Veja bem, se você fosse eleito sem precisar lutar por isso, talvez acabasse se sentindo sem mérito nenhum. Só que agora terá que convencer o Tarnogol. E eu sei que vai convencê-lo. Sei que é capaz disso. Vai provar para si mesmo a força que tem, e será eleito presidente do Banco Ebezner. E depois dessa eleição, será um novo homem, enfim emancipado do seu pai, já que irá dever seu cargo de presidente somente a si mesmo. Durante as nossas sessões, você foi trazendo à luz sua verdadeira identidade: a de um lutador, de um vencedor. Está na hora de mostrá-la a todo o mundo, a começar por Tarnogol.

— Tem toda razão, doutor! — exclamou Macaire, subitamente animado. — Só não me disse como convencer Tarnogol. Sendo psicanalista, deve ser craque em manipulação mental, não é?

— A princípio, não é meu papel dar ideias, cabe a você encontrá-las — lembrou o doutor Kazan. — Esse é o princípio básico da psicanálise.

— Por favor, doutor, só uma mãozinha... — suplicou Macaire. — Eu sinto que tem uma ideia.

Face ao desespero de seu paciente, o gentil doutor Kazan então sugeriu:

— Dê um jeito de o Tarnogol lhe dever um imenso favor. Assim ele será obrigado a indicá-lo para a presidência do banco. Está na hora de encerrar a sessão. Até quinta.

Capítulo 12

ADULTÉRIO

Naquela quarta-feira, 27 de junho de 2018, Scarlett e eu ficamos um bom tempo parados no chemin de Ruth, em frente ao portão da residência de Macaire Ebezner. Tocamos a campainha, ninguém atendeu. Scarlett queria ficar ali de plantão até que chegasse alguém.

Foi finalmente uma vizinha que, ao ver nossa movimentação, veio até nós.

— Posso ajudar? — perguntou num tom inquisitivo que nos fez ver que ela certamente nos tomava por gente mal-intencionada.

Mas ela então me reconheceu, e seu semblante relaxou de imediato.

— Ora, o senhor é...

— O Escritor — disse Scarlett. — E eu sou Scalett Leonas, sua assistente.

— Muito prazer — cumprimentou a vizinha, julgando, num primeiro momento, que eu estava à procura de um imóvel. — A casa não está mais à venda, foi finalmente adquirida há quase um ano. O novo proprietário saiu de férias.

— Essa era a casa de Macaire Ebezner, correto? — perguntou Scarlett.

— Sim. Ficou à venda durante anos. Depois do ocorrido... Vocês sabem o que aconteceu, não é?

— Sim — respondi. — Quer dizer, em parte. Por isso estamos aqui.

A vizinha era muito simpática e conversadeira. Convidou-nos para tomar um refresco na sua casa. Viúva desde alguns anos, toda ocasião de se distrair era sempre bem-vinda.

— Lembro bem da época em que tudo aconteceu. Tivemos nevascas excepcionais naquele ano. Quer que eu mostre umas fotos?

— Não, obrigado — disse eu.

— Com prazer! — Scarlett se apressou em corrigir.

A vizinha foi até uma estante repleta de álbuns classificados por ano. Mostrou fotos do seu jardim coberto de neve, do chemin de Ruth coberto de neve, do centro do vilarejo coberto de neve, das margens do Lago Léman cobertas de neve.

— Fascinante! — extasiei-me em tom sarcástico.

— Não ligue para o Escritor — disse Scarlett para a vizinha. — Ele tem esse jeito meio ranzinza, mas é muito bonzinho. A senhora conhece bem Anastasia e Macaire Ebezner?

— Não muito. Não éramos muito próximos, mas tínhamos uma boa relação de vizinhança. Eles eram muito gentis. Nessa época eu tinha um cachorro que vivia fugindo. Um braco húngaro macho. É melhor ter fêmeas, é mais fácil. Os machos escapam o tempo todo. Bastou se atraírem por um cheiro qualquer e logo dão um jeito de pular a cerca. Eles sempre me traziam o Kiko quando o achavam na rua..

— Kiko era o cachorro?

— Sim. Ele era magnífico. Posso mostrar umas fotos, se quiserem.

— Não, obrigado! — recusei.

— Seria um prazer! — aceitou Scarlett.

A vizinha levantou-se e foi buscar um álbum de fotos dedicado a Kiko. Enquanto virava as páginas, Scarlett perguntou:

— O que poderia nos dizer sobre Anastasia e Macaire Ebezner?

— Na época dos acontecimentos, o casamento deles ia visivelmente mal das pernas. Para ser mais precisa: ela traía ele.

— Como sabe?

— Um dia, Anastasia recebeu flores. Ela se explicou para o marido dizendo que eu é que as tinha mandado em agradecimento por terem trazido o meu Kiko. Sei disso porque o Macaire veio em seguida me agradecer pelas rosas que eu supostamente tinha mandado. Entendi na hora que Anastasia tinha um amante. Quando uma mulher mente para o marido sobre a origem de um buquê de flores, a explicação costuma ser muito simples.

— Faz ideia de quem era o amante? — perguntei.

— Não, mas acho que Arma, a empregada, sabia. Ela comentou vagamente comigo, uma vez.

Anotei o nome.

— Arma *do quê*? — perguntei.

— Não lembro, mas posso lhe dar o número do celular dela. Uma mulher adorável. Coitada, depois do acontecido, acabou ficando sem emprego. Cheguei a contratá-la para uns serviços avulsos, mas ela precisava de algo mais estável. Hoje trabalha para uma empresa de limpeza. Mas ainda a chamo quando dou uma festa e preciso de gente. Liguem para ela, com certeza poderá ajudá-los.

Capítulo 13

O LIVRO DE ESTER

Terça-feira, 11 de dezembro, cinco dias antes do assassinato

— Um favor — repetia Macaire, ruminando o conselho que lhe dera o doutor Kazan horas mais cedo.

Eram seis e quarenta e Macaire estava na cozinha andando para lá e para cá, rodando feito um pião em volta de Arma, que preparava o jantar. "Como fazer com que alguém fique devendo um favor para a gente?" — repetia sem parar.

Tinha na mão o exemplar de *Doze homens e uma sentença*, que sacudia no ar como se, com isso, pudesse milagrosamente tomar conhecimento de seu conteúdo. Na peça, até onde sabia, o jurado que fazia todo mundo mudar de voto não precisava do favor de ninguém para atingir seu objetivo. Então, como é que ele fazia? Ah, desgraça!, desesperou-se Macaire, que tinha dormido no meio do filme e estava sem paciência para ler o texto inteiro. Anastasia com certeza tinha lido a peça, ela, que conhecia tudo. Precisava urgentemente falar com ela, mas fazia quase duas horas que estava fechada no banheiro. O que estaria aprontando? Ele até tentara dividir seus problemas com a esposa pela porta trancada, gritando a plenos pulmões para sobrepor o barulho da água do banho correndo: "Como se colocar em situação de receber um favor?" Mas ela o rechaçara: "Sem tempo para as suas adivinhações." Ele então tinha apelado para Arma.

— *Como conseguir um favor?* — Arma respondeu por fim, erguendo os olhos para o céu enquanto regava o pernil — quem dera eu soubesse...

— O que está insinuando? — perguntou Macaire, deduzindo, pelo tom, que era uma indireta para ele.

— Eu pedi para tirar folga agora na sexta e o senhor me negou.

— Sim, mas puxa, eu te expliquei que para mim ficava ruim porque, justo nesta sexta, eu viajo cedo para Verbier, para o Grand Week-End do banco, e a Anastasia vai ficar sozinha. Você há de convir que é a primeira vez que lhe nego uma folga, acho um tanto indelicado da sua parte vir se queixar.

— Perrdom, doutorr, mas foi o senhor quem perguntou — justificou-se Arma.

— Perrdom, perrdom... É muito fácil pedir perrdom a torto e a direito. Tudo bem, tire a sexta, então! Vou lhe dar a sua folga, pronto! Espero que fique satisfeita. Está vendo, me deixei enrolar de novo. Eu sou mole demais! Um trouxa, é isso que eu sou. E agora, chega de conversa, termine de preparar o jantar, os convidados devem chegar daqui a quinze minutos.

Profundamente irritado com a situação, Macaire ficou procurando uma desculpa para descontar em Arma. Então notou que as luzes de Natal estavam acesas lá fora, iluminando as árvores nevadas.

— Falando em convidados, minha querida Arma, faça-me o favor de apagar essas luzes enquanto eles não chegarem, sim? Já falei mil vezes que não precisa deixar tudo aceso quando não há ninguém para impressionar. Que mania de desperdiçar luz elétrica a torto e a direito!

— É para ficarrr bonito — explicou Arma.

— É bonito, mas essas gracinhas custam dinheiro! Bem se vê que não é você quem paga! Vamos, chispa, desligue isso!

Arma correu para obedecer. Macaire sentiu-se imediatamente culpado por ter levantado a voz. Arma era ótima. Honesta e leal, estava com eles havia dez anos. Correta e tudo mais. Nunca adoecia, estava sempre disponível. E nem pedia tantas folgas assim. Quase nunca tirava férias, aliás. Para se retratar da bronca que lhe dera, e aproveitando que Arma estava ocupada com as luzes lá fora, Macaire entrou discretamente na pequena despensa junto à cozinha, onde a empregada se trocava e deixava suas coisas, e enfiou uma nota de cem francos na sua bolsa. Quando retornou à cozinha, Arma, já de volta ao fogão, estava pondo batatas *rôtis* para assar.

— O senhorrr está com algum problema? — perguntou ela com uma voz doce.

— Se estou! Problema é pouco!

— O que está havendo? O senhorrr saiu às pressas hoje de manhã, parecia tão estressado!

— Umas complicações — respondeu Macaire, evasivo. — Nossa, você não sabe a sorte que tem de levar uma vida simples, sem aporrinhação, sem preocupações!

Deixou-se cair numa cadeira com um longo suspiro, mas logo se levantou, num estado de extrema agitação. Saiu da cozinha para ir conferir a sala de jantar, de onde retornou em seguida:

— O que é esse buquê enorme de rosas brancas na sala, Arma?

— Entregaram para a Madame.

— Ah é? E quem mandou um buquê desse tamanho?

Arma queria revelar tudo ao patrão. Já não tinha nenhuma dúvida sobre essa história da Madame: ontem, o telefonema. Hoje, esse enorme buquê de rosas. Mas como contar para o doutor? Além disso, precisaria de provas, porque Médèmè com certeza ia negar. Ia afirmar com ar de ofendida que a ligação era fantasiosa, ia inventar uma proveniência para as flores. "Por que está mentindo desse jeito, Arma? Sempre te tratamos tão bem", ela ia dizer. Macaire também ficaria furioso, e ela seria demitida.

Pensando nisso, Arma achou melhor ficar quieta. Nesse exato momento entrou Anastasia, mais linda que nunca, num vestido de musseline azul como a noite que Macaire nunca a tinha visto usar.

— Uauuu! — entusiasmou-se, pensando que a esposa se vestira assim para ele.

— Estou indo jantar com umas amigas — disse então Anastasia.

— Como assim? Jean-Béné e Charlotte estão vindo jantar com a gente.

— Ah, sinto muito! Eu tinha anotado que era terça que vem!

— Ué, mas nosso jantar com eles é sempre na segunda terça-feira do mês! Está cansada de saber.

— Devíamos marcar na primeira terça-feira do mês, não na segunda. A segunda só dá confusão. Está aí a prova. E outra, por que você não me lembrou hoje de manhã? Estava com tanta pressa de ir se trancar na saleta.

— Quer dizer que agora a culpa é minha?

— Em parte. Não posso desmarcar meu jantar de última hora.

— Não diga que vai me deixar na mão.

— A gente janta com o Jean-Béné e a Charlotte todo mês, não tem problema eu me ausentar uma vez. Faz tanto tempo que eu não saio.

— Vai perder um jantar muito interessante, sabia? Vamos falar de literatura. *Doze homens e uma sentença*, conhece?

— Claro!

— Está vendo, você é ótima, conhece tudo! Então já leu esse livro?

— É uma peça de teatro — corrigiu Anastasia. — Eu assisti, sim, mas já faz tempo. Por quê?

— Você por acaso lembra de como o cara consegue convencer todos os outros de que ele está certo?

— Não é uma questão de quem está certo ou errado. Ele coloca os outros jurados frente a frente consigo mesmos. Instila a dúvida dentro deles, e assim vai desmontando pouco a pouco todas as suas certezas.

— Foi exatamente o que tentei com o Tarnogol — explicou Macaire. — Tentei desmontar as certezas dele. Mas não funcionou. Você não teria um conselho para me dar? Você sempre tem bons conselhos, e estou precisando...

— Mais tarde — interrompeu Anastasia. — Eu agora tenho que ir, senão vou me atrasar.

Ela encaminhou-se para o vasto hall de entrada. Macaire a seguiu feito um cachorrinho.

— Tive um dia horrível no escritório, sabe? — gemeu ele. — Ia gostar de conversar com você.

Sem uma palavra, ela pegou no cabideiro um casaco elegante e o vestiu. Macaire continuou:

— Você podia deixar para sair outro dia. Suas amigas entenderiam.

Ela pensou consigo mesma que devia ter saído sem avisar, para evitar que ele desse uma de vítima ou a enchesse de perguntas. Não deu outra. Já estava com a mão na maçaneta quando ele falou nas flores, que naturalmente tinha visto.

— Me diz uma coisa, quem foi que te mandou essas rosas?

— A vizinha — respondeu Anastasia de bate-pronto.

— A vizinha? Mas por que a vizinha te mandou um buquê desses?

— É que esses dias eu vi o cachorro dela na rua e levei para ela. Você sabe como ela ama esse cachorro.

— Você não tinha me contado. Por que não contou? Eu te conto tudo.

— Achei que tivesse contado.

— Enfim, que simpática essa vizinha. Depois vou lá agradecer.

— Não precisa, eu já fiz isso.

— Ah. Você não me disse aonde vai.

— Primeiro vamos nos encontrar no bar do Hôtel du Rhône para tomar um drinque — mentiu ela. — E depois vamos jantar em algum lugar no centro da cidade.

— Posso te levar, se quiser...

— Não, que bobagem, você ia acabar se atrasando para receber seus convidados. Divirtam-se. Eu talvez chegue tarde. Mande oi ao Jean-Béné e à Charlotte.

— Eles vão ficar bem decepcionados por não te ver — lamentou Macaire, numa última tentativa de segurar a esposa fazendo-a se sentir culpada.

— Eles vão entender perfeitamente — respondeu Anastasia, cruzando a porta.

Frustrado, Macaire deixou-se cair numa das grandes poltronas do hall, abanando-se com o exemplar de *Doze homens e uma sentença* que ainda não tinha soltado, e observou pela janela sua mulher entrar no carro esportivo e fugir para longe de casa.

Passando o portão da propriedade, Anastasia enveredou pelo chemin de Ruth. Assim que se achou fora de vista, estacionou no meio-fio da rua residencial deserta, tirou rapidamente as luvas de couro para liberar as mãos e pegou na bolsa o cartão que viera junto com o imenso buquê de rosas que Agostinelli, o motorista de Lev, lhe trouxera naquela tarde.

Hoje à noite, sete horas, estacionamento do passeio Byron.
Estarei te esperando.
Lev

O passeio Byron ficava a poucos minutos de carro da casa dos Ebezner. Era o lugar romântico por excelência, o ponto de encontro dos casais apaixonados, numa abertura da colina de Coligny, com uma vista extraordinária para o Lago Léman e a cidade de Genebra.

Quando Anastasia chegou, o estacionamento estava deserto. Eram dez para as sete. Em sua impaciência, chegara dez minutos adiantada. Sabia que devia se fazer desejar, chegar bastante atrasada ou, melhor ainda, lhe dar um bolo. Deixá-lo esperando, cozinhando. Mas desde a hora em que recebera as flores e o bilhete, não conseguia parar quieta. Passara a tarde se preparando, se arrumando, se enfeitando. Tinha experimentado uns dez vestidos, uns quinze pares de sapatos. Queria estar perfeita.

Olhou o relógio pela terceira vez. Arrumou o cabelo no retrovisor. Só faltavam alguns minutos para revê-lo.

Às sete em ponto, Jean-Bénédict chegou, sem a mulher, na casa dos Ebezner.

— Meu caro primo! — cumprimentou Macaire. — Charlotte não veio?

— Ela não está bem. Aquelas oscilações de humor, de novo. Estranho, ela parecia estar ótima nos últimos dias. Mas quando cheguei do banco, agora há pouco, dei com ela trancada no escuro. Diz que precisa descansar. Falei que era falta de educação desmarcar na última hora.

— Pois olha, a Anastasia também fez o mesmo: diz ela que confundiu o dia do nosso jantar, e saiu para jantar com umas amigas.

— Quer saber? Sorte a nossa e azar o delas — decretou Jean-Bénédict. — Assim vamos poder tratar tranquilamente dos nossos assuntos.

Macaire levou Jean-Bénédict até a sala, onde lhe serviu um aperitivo. Contou-lhe então tudo o que havia acontecido entre ele e Tarnogol desde o dia anterior, e o modo como, depois de tê-lo convencido a nomeá-lo presidente em troca de ir buscar uma carta na Basileia, tinha posto tudo a perder por causa de um lamentável equívoco.

— Que equívoco? — quis saber Jean-Bénédict.

— Nada importante — descartou Macaire, com um gesto. — Uma história de correspondência pendente. O que precisamos agora é achar um jeito de fazer o Tarnogol mudar de ideia! Temos essa noite para isso.

No mesmo momento, ainda dentro do seu carro estacionado no passeio Byron, Anastasia esperava tranquilamente. Já passavam quinze minutos da hora marcada e Levovitch não aparecera. Um pequeno atraso, coisas que acontecem.

Às oito horas, na grande sala de jantar dos Ebezner, Macaire e Jean-Bénédict se deliciavam com o pernil e as batatas *rôtis* com alho e sal grosso preparados por Arma, enquanto discutiam a estratégia a adotar para reverter a decisão de Tarnogol.

— Li *Doze homens e uma sentença*, como me pediu — informou Jean-Bénédict. — Mas não sei se consigo fazer uma relação com o seu caso.

— A ideia seria instilar a dúvida em Tarnogol e, aos poucos, ir desmontando suas certezas sobre Levovitch — explicou Macaire, repetindo palavra por palavra o que sua mulher tinha dito sobre a peça. — Mas já fiz tudo igual ao livro e não funcionou. Temos que pensar em outra coisa. E rápido! O tempo está contra nós: a votação é daqui a quatro dias!

— Você tem alguma pista? — perguntou Jean-Bénédict.

— Eu hoje toquei no assunto com o doutor Kazan, e ele me deu uma ideia genial: eu preciso fazer com que o Tarnogol fique me devendo um grande favor.

— E esse favor seria a presidência? — compreendeu Jean-Bénédict.

— Exatamente.

— Queria tanto que Kazan aceitasse Charlotte como paciente! — ansiou Jean-Bénédict ao escutar o nome do terapeuta.

Enchendo a taça do primo com Cheval Blanc, Macaire declarou em tom de confidência:

— Não adianta, meu caro Jean-Béné. Ele me disse que só está aceitando clientes importantes. Mas, me ajude que eu te ajudo. Temos que encontrar rápido uma solução! Como é que se obtém um grande favor?

— Fazendo um grande favor? — sugeriu Jean-Bénédict.

— Já fiz um grande favor para ele dando uma de entregador noturno até Basileia — lembrou Macaire. — Temos que pensar em outra coisa.

No passeio Byron, no interior frio do carro, Anastasia continuava esperando. Lev agora estava com uma hora de atraso. Devia estar retido em algum lugar. Pelo presidente da República, quem sabe. Ele com certeza teria uma boa explicação. Resolveu esperar mais um pouco.

Nove horas, na sala de jantar dos Ebezner.

Jean-Bénédict e Macaire tinham comido quase toda a famosa torta de maçã de Arma — sempre um sucesso entre os convidados —, bem como tomado uma segunda garrafa de Cheval Blanc, quando, de repente, Jean-Bénédict teve uma iluminação:

— Uns quinze dias atrás, o pastor Berger foi tomar chá lá em casa. Ele nos falou sobre o *Livro de Ester*.

— Quem é mais pentelha? — irritou-se Macaire, sem entender o que isso tinha a ver com a conversa, a não ser que a tal Ester tivesse escrito um livro sobre manipulação mental.

— O *Livro de Ester* é parte do Antigo Testamento — explicou Jean-Bénédict num tom devoto. — Conta que, quinhentos anos antes de Cristo, o rei Assuero toma como nova esposa Ester, uma das mais belas mulheres do reino, mas que, por azar, é judia. Mardoqueu, tio de Ester, aconselha a sobrinha a não revelar que é judia para evitar problemas. Ester então se torna rainha, e seu tio Mardoqueu a visita regularmente, de modo que circula bastante pelo palácio. Um dia, Mardoqueu flagra dois soldados urdindo um complô contra Assuero: ele os denuncia e, com isso, salva a vida do rei. Paralelamente, Haman, o malvado vizir do rei, se irrita com a presença de

Mardoqueu, de quem não vai com a cara. Quando descobre que, ainda por cima, Mardoqueu é judeu, Haman resolve mandar massacrar todos os judeus do reino e consegue convencer o rei Assuero — que não sabe que sua esposa Ester é judia — a assinar um decreto neste sentido. Ao saber da terrível notícia, Mardoqueu explica a Ester que ela é a única pessoa capaz de persuadir Assuero a voltar atrás de sua decisão.

— A Grande Virada! — exclamou Macaire, de repente fascinado pela história. — Mas e aí, o que faz essa brava Ester?

Jean-Bénédict prosseguiu:

— Ester convida Assuero e seu vizir Haman para dois grandes banquetes. Depois do segundo jantar, Assuero, que comeu feito um ogro e se sente muitíssimo satisfeito, pergunta à esposa: "O que posso fazer por você, minha querida?" Ester então lhe conta tudo: que é judia, que Haman quer mandar matar todo o seu povo, inclusive ela. Assuero cai das nuvens ("Ester, você é judia? E o seu tio Mardoqueu é judeu também?"). Assuero, naturalmente, manda anular o decreto do massacre. Os judeus da Pérsia são salvos, e o malvado Haman, executado!

— Que história mais sem pé nem cabeça! — indignou-se Macaire, nem um pouco convencido.

— Está na Bíblia Sagrada! — lembrou Jean-Bénédict.

— Mesmo assim: então a mulher chama o cara para jantar duas vezes e, pimba!, ele muda de ideia? Quanta baboseira! Só me diga: no que essa história furada pode me ajudar a virar o voto do Tarnogol?

— Não se esqueça de que Mardoqueu salvou a vida do rei — salientou Jean-Bénédict. — Isso com certeza deve ter pesado na balança.

— O que quer dizer? — perguntou Macaire.

— Se você salvar a vida do Tarnogol, ele te nomeia presidente.

— Salvar a vida dele? — exclamou Macaire. — Daqui até sábado? Mas como?

Houve um longo silêncio na sala. Macaire pôs-se a matutar. Andando em círculos ao redor da mesa, tentou imaginar que sugestão Wagner lhe daria se aquilo fosse uma operação da P-30. De repente, num estalo de iluminação, ele exclamou:

— Tive uma ideia! A Ideia do Século! Vamos tentar matá-lo e salvá-lo ao mesmo tempo.

Capítulo 14

UM SEGREDO

Eram dez horas da noite. Na residência dos Ebezner um segredo estava latente.

Arma havia sido dispensada, embora não tivesse terminado de lavar a louça e a mesa do jantar ainda estivesse por tirar. Macaire dissera que ela podia deixar aquilo para o dia seguinte, que já tinha trabalhado o suficiente por hoje. Isso não era nada habitual, e Arma deduzira que algo muito sério devia estar acontecendo para que o seu patrão se comportasse daquela maneira. Na hora de sair, detendo-se junto à porta da sala de jantar, tinha ouvido, lá dentro, Macaire exclamar: "Não vou deixar Lev Levovitch roubar meu lugar na presidência!" Quer dizer, então, que *Moussieu* já não tinha certeza se seria eleito presidente do banco? Por isso andava tão preocupado nos últimos dias? Ela então resolvera espionar.

Na sala de jantar, Macaire e Jean-Bénédict haviam planejado minuciosamente o que eles batizaram de Operação Virada, essencialmente elaborada por Macaire, segundo um roteiro digno da P-30.

Depois de longos debates, para ter certeza de que tudo funcionaria perfeitamente, Macaire e Jean-Bénédict ensaiaram cuidadosamente o seu duo.

A Operação Virada aconteceria dali a dois dias, na noite de quinta-feira, 13 de dezembro, durante o jantar de gala anual da Associação dos Banqueiros de Genebra no salão de baile do Hôtel des Bergues. Era uma noite de alto nível, que reunia os membros dos Conselhos e os associados dos bancos privados da praça. *Crème de la crème*. Jean-Bénédict devia comparecer, acompanhado de Charlotte. Horace Hansen tinha declinado o convite, mas Tarnogol também estaria presente.

— Bem, então eu e Anastasia vamos a este jantar no lugar de vocês — recapitulou Macaire.

— Sim, a Charlotte vai adorar se a gente não for, porque ela está com ingressos para ir a um concerto de órgão no Victoria Hall com a irmã.

— E tem certeza de que eu e Anastasia vamos ficar na mesma mesa que Tarnogol?

— Absoluta — garantiu Jean-Bénédict. — É sempre assim neste jantar. Os banqueiros de uma mesma instituição sempre são colocados na mesma mesa.

— Então vou aproveitar o jantar para causar boa impressão no Tarnogol — explicou Macaire. — E aí, pouco antes de a festa terminar, digo a ele que gostaria de ter uma conversa a sós e o convido a ir lá fora, dar uma volta na beira do lago, em frente ao hotel.

— A festa termina às dez — especificou Jean-Bénédict —, está escrito no convite. Leve o Tarnogol lá para fora por volta das nove e meia, na hora do café. Os convidados vão estar todos no salão de baile, e os arredores do hotel estarão totalmente desertos.

— Então eu e o Tarnogol vamos dar uma volta — prosseguiu Macaire. — Conversa muito séria, digo a ele que acho que eu que devo ser o presidente do banco. Caminhamos bem no meio do quai des Bergues, beirando o Rhône. A essa hora não passa uma viva alma por ali, muito menos em pleno mês de dezembro. Estaremos só nós dois na margem deserta e escura.

— Sim, com a má iluminação e a névoa que sobe do Rhône, mal vai dar para ver — afirmou Jean-Bénédict, que passava frequentemente pelo quai des Bergues quando voltava a pé para casa, vindo da margem direita da cidade. — Eu vou estar de tocaia no meu carro. Dê um jeito de vocês caminharem bem no meio do cais. Estão distraídos com a conversa, não reparam no carro que chega por trás de vocês, e o motorista se esqueceu de acender os faróis.

— Assim que estiver posicionado atrás de nós — continuou Macaire —, você acende os faróis e dá uma buzinada forte. É o sinal para mim. Então eu agarro o Tarnogol pelo braço e o puxo para o meu lado com toda força. Acabamos os dois no chão, numa queda espetacular. Você, Jean-Béné, acelera em seguida e passa por nós à toda velocidade, como se não tivesse nos visto, e segue em frente feito um foguete. Tarnogol então vai entender que acabo de lhe salvar a vida. Ele vai ter de reconhecer que tipo de pessoa sou eu. Não vejo como ele, depois de um episódio desses, poderia não me indicar para a presidência.

Depois de um longo silêncio, Jean-Bénédict expressou uma ressalva:

— E se eu errar a manobra e atropelar o Tarnogol? — preocupou-se.

— Impossível. Não se esqueça do combinado: você vem bem devagarinho na nossa direção. Inclusive para a gente não te ouvir. Só vai acelerar depois de dar a buzinada, que é quando eu puxo o Tarnogol. Na hora em que você acelerar, nós já não vamos estar na mesma reta. Você passa rente a nós, o que até vai dar uma impressão de velocidade, mas é só ilusão. Não tem como acontecer nada com a gente.

— E se alguém anotar a minha placa?

— Estacione longe o bastante do hotel para os funcionários não poderem te ver. E antes de passar para a ação, certifique-se de que não há ninguém passando na rua. A margem do lago é longa o bastante para eu poder esticar nossa caminhada até você ter certeza de que não há testemunhas Quanto ao Tarnogol, ele vai rolar comigo no chão, não vai ter tempo de ver nada. Até ele levantar, você já estará longe. Seu carro, além disso, é de um modelo comum. Ninguém vai ligar os pontos. E bem, sempre dá para colocar um pouco de neve na placa, se é que me entende!

— E se o Tarnogol preferir andar pela calçada? — perguntou ainda Jean-Bénédict.

— Eu vou ter que fazer com que ele esteja no lugar certo. Essa é a minha parte. A sua é se certificar de que não haverá testemunhas. Reunidos esses dois elementos, você buzina para dar o sinal, eu agarro bruscamente o Tarnogol e você desaparece. É muito simples.

Jean-Bénédict não estava confiante. Acabou confessando:

— Não sei se quero fazer isto. Pode acabar dando errado. Acho que você está indo meio longe demais.

— Ora, é só uma encenaçãozinha — disse Macaire para convencer o primo.

— É mais que uma encenação — retorquiu Jean-Bénédict.

Macaire fez um ar de irritação:

— Quer saber? Se quiser me deixar na mão, fique à vontade. Achei que nossa amizade era maior que isso. Ontem você disse que faria qualquer coisa para me ajudar. Pelo visto mudou de ideia. Só não espere que eu te trate bem quando eu for presidente do banco.

Essa ameaça terminou de convencer Jean-Bénédict.

— É claro que nossa pequena operação deve ficar em sigilo absoluto — acrescentou Macaire —, e isso inclui nossas esposas. Ninguém pode saber de nada.

Sem querer, Macaire, pronunciou esta frase num tom de extrema gravidade. Se forçou imediatamente a dar uma alegre risada para relaxar o clima. Não queria admitir na frente de Jean-Bénédict para não assustá-lo ainda mais, mas estava ciente de que aquela operação comportava sérios riscos. Mas era também a operação da última chance.

Arma acabava de chegar ao seu pequeno apartamento no bairro de Eaux-Vives. Morava sozinha naquele quarto e sala na esquina da rue de Montchoisy com a rue des Vollandes. Escapulira discretamente da casa dos Ebezner depois de escutar todo o plano de Macaire e Jean-Bénédict. Estava preocupada. Perguntava-se como aquilo tudo ia terminar.

Fez um chá e foi se acomodar na sala para ler o exemplar da *Tribune de Genève* que trouxera da casa dos patrões. Os Ebezner deixavam que ela levasse o jornal, no fim do expediente.

Examinou atentamente a grande foto na primeira página, que deixara *Moussieu* um tanto alvoroçado no café da manhã. Na imagem, dois homens andavam lado a lado no Parc de la Perle du Lac, cercados de guarda-costas, sorrindo um para o outro como dois compadres, diante do olhar abismado das outras pessoas que passeavam por ali. Arma reconheceu facilmente um dos homens: era o presidente da República Francesa. O outro, um homem muito bonito, elegante, que se chamava Lev Levovitch, segundo a reportagem.

Ao ler este nome, Arma ergueu os olhos do jornal, assustada: todas as peças do quebra-cabeça acabavam de se encaixar na sua mente.

Se esse sujeito do jornal, esse Levovitch, tanto fizera *Moussieu* gritar naquela manhã, era porque queria tomar seu lugar na presidência do banco. E era esse mesmo nome que Macaire pronunciara, meia hora atrás, na sala de jantar: "Não vou deixar Lev Levovitch roubar meu lugar na presidência!" Lev Levovitch, com um nome desses, não poderia haver outro em Genebra! Isso queria dizer que o tal Lev Levovitch do jornal também era o amante de *Médéme*. Sem sombra de dúvida. No dia anterior, naquele misterioso telefonema para a casa dos Ebezner, *Médéme* dissera ao seu interlocutor — Arma se lembrava perfeitamente: "Lev, você está completamente louco de ligar para cá!" E foi o mesmo Lev que mandou aquele enorme buquê de rosas brancas hoje. Quando abrira a porta, havia pouco, *Médéme* dera a impressão de conhecer o homem que estava trazendo as flores, que parecia ser um motorista. "É da parte de Lev", ele dissera. *Médéme* achava que Arma não tinha visto, mas Arma tinha, sim, visto tudinho! Havia um cartão junto com o buquê, e *Médéme*, assim que leu o que estava escrito, fora se trancar no banheiro, e depois escapara, decerto para se encontrar com ele.

Lev Levovitch era, ao mesmo tempo, o amante de *Médéme* e o homem que queria roubar a presidência do banco de *Moussieu*!

Arma estava furiosa. Pegou uma caneta e, num gesto raivoso, cobriu o rosto de Lev de riscos pretos, antes de rasgar a foto para fazê-lo sumir. Ah, que ódio ela tinha daquele destruidor de lares que estava arruinando a vida do seu patrão!

Então, desamparada, pegou a foto de Macaire que ficava sobre a mesa da sala num bonito porta-retrato prateado. Contemplou demoradamente o retrato. Devia datar de alguns anos: Macaire tinha um ar tão sereno. Elegante, de smoking, decerto numa noite de gala. Tinha achado esta fotografia na casa dos Ebezner, numa caixa relegada ao fundo de um armário, transbordando de fotos que estavam ali havia anos esperando para ser organizadas. Macaire, tão bonito nesse retrato, e ninguém para admirá-lo! Era uma pena. Dera a si mesma permissão para pegar a foto, que desde então conservava religiosamente.

Arma acariciou e em seguida beijou o rosto de papel. O *seu* Macaire, um homem tão excepcional. Sorriu para ele, depois sussurrou o apelido carinhoso que ele tanto gostava: "Bebê." Refletiu que era a única pessoa que amava Macaire de verdade.

Pegou um álbum de capa dura que estava sobre a mesa da sala, no qual guardava preciosamente todos os artigos de jornal que reconstituíam a sucessão do velho Ebezner e o que ela julgava ser o advento de Macaire. Como costumava fazer quase toda noite, passou-os em revista.

MORRE O BANQUEIRO ABEL EBEZNER

O presidente do Banco Ebezner faleceu na noite deste domingo, aos oitenta e dois anos. Ele deixa sua marca no mundo bancário de Genebra.

ABEL EBEZNER:
MORRE UM GRANDE BANQUEIRO

Carismático e brilhante, mas também irascível: era o que se dizia de Abel Ebezner, um homem à frente do seu tempo, porém respeitoso das tradições. Sob sua direção, o banco familiar Ebezner transformou-se na joia maior do banco privado helvético, tomando uma clara dianteira sobre os costumeiros carros-chefes das praças de Genebra e Zurique. Como reza a tradição do Banco Ebezner desde sua fundação, seu filho Macaire, que já atua na instituição como consultor financeiro, é quem deverá, a princípio, assumir sua sucessão.

QUEM IRÁ SUCEDER ABEL EBEZNER?

Corre um rumor de que Abel Ebezner deliberadamente não teria nomeado seu filho Macaire para a presidência do Banco Ebezner, deixando ao Conselho do banco a tarefa de eleger seu sucessor.

BANCO EBEZNER EM CHOQUE

O doutor Peterson, advogado da família Ebezner, confirmou numa coletiva de imprensa as disposições decididas por Abel Ebezner. Caberá efetivamente ao Conselho do banco a incumbência de indicar o novo presidente daquela instituição bancária. "Abel Ebezner segue sendo um visionário mesmo após seu falecimento", explicou o advogado com sua verve habitual. "Quis ele, para o bem do banco, romper com tradições obsoletas e nepotistas e optar por uma eleição que irá de agora em diante assentar o cargo de presidente não mais na hereditariedade, e sim na competência em dirigir um banco desta envergadura."

MACAIRE EBEZNER SERÁ NOMEADO PRESIDENTE
DO BANCO EBEZNER NO PRÓXIMO SÁBADO

A notícia foi confirmada em sigilo por um membro influente do banco, que declarou a um grupo de jornalistas: "Somente um Ebezner pode dirigir o Banco Ebezner." Já não resta, portanto, dúvida alguma: é mesmo Macaire Ebezner, 41 anos, quem vai assumir as rédeas do maior banco privado da Suíça, de que é o único herdeiro. Para alguns, essa indicação por parte do Conselho constitui um golpe de mestre do falecido Abel Ebezner. Sem romper com a tradição, garante desta forma maior legitimidade ao seu filho. Para outros, trata-se, mais que nada, de um gigantesco golpe de marketing por parte do Banco Ebezner, que assim conseguiu chamar para si todas as atenções.

Arma fechou o álbum com um gesto furioso.

Como é que *Médéme* podia fazer uma coisa dessas com *Moussieu*? Não só o enganava, como ainda o enganava com o sujeito que queria tomar seu lugar de presidente do banco! Como é que *Médéme* podia traí-lo desse jeito? Nesses dez anos em que trabalhava para os Ebezner, Arma sentira tanto orgulho de partilhar o cotidiano deste que era, aos seus olhos, um casal perfeito, que refletia as suas próprias aspirações. Mas agora *Médéme* tinha acabado de estragar tudo. E a decepção de Arma era proporcional à admiração que sempre tivera por *Médéme*. Considerava-a, até então, uma mulher fora do comum: bonita, vívida, inteligente, engraçada, prendada. Aquela que era imediatamente notada nas festas e coquetéis. Exatamente o que era preciso para seduzir um homem tão extraordinário como *Moussieu*. E era exatamente por isso que, apesar dos sentimentos que nutria pelo patrão, Arma nunca fora capaz de sentir nem um pingo de ciúmes de *Médéme*. Ela era superior demais, inatingível demais. Quem era ela diante daquela princesa russa, ela, a empregada albanesa, o dia inteiro de avental?

Mas *Médéme* claramente não percebia a sorte que tinha em ser casada com Macaire Ebezner. Já não o merecia. *Moussieu* tinha que saber a verdade.

Arma agora se arrependia de não ter ousado dizer nada para Macaire, durante o dia. Fora fraca. Fora covarde. Mas agora chega!

Amanhã ela alertaria *Moussieu*.

Amanhã contaria tudo para ele!

*

Às onze e meia, naquela noite, quando Anastasia finalmente chegou em casa, já fazia um tempo que Jean-Bénédict tinha ido embora. Macaire estava na sala esperando a esposa chegar: precisava falar com ela sobre o jantar de quinta-feira. Ao escutá-la entrar no hall, correu para recebê-la:

— Oi, Benzinho, como foi seu jantar?

Como resposta, Anastasia, com a cara amarrada, bateu a porta de entrada e deu um resmungo. Estava visivelmente de péssimo humor.

— Vou deitar — disse, indo diretamente para escada.

Até Macaire apagar as luzes da sala e subir também para o quarto, ela já tinha se trancado no banheiro. Bateu de levinho na porta:

— Eu só queria escovar os dentes — disse, para ela abrir.

Anastasia, lá dentro, fingiu que não ouviu. Abriu a torneira ao máximo e sentou-se na tampa da privada. Lev lhe dera um bolo. Tinha ficado horas esperando feito boba. Tinha ligado para o seu celular, para o hotel, tinha deixado recados. Nada. Nem sinal dele. Odiava a si mesma por ter acreditado, por ter se alegrado tanto. Já nem sabia se estava triste ou furiosa. E agora ainda vinha o Macaire querendo conversar.

Só saiu do banheiro depois de estar pronta para deitar. Macaire entrou correndo para escovar rapidamente os dentes e poder em seguida falar com a mulher. Ela, porém, se jogou na cama e se encolheu sobre si mesma, fingindo dormir para não ter que conversar com o marido.

Quando Macaire reapareceu, de pijama, encontrou a mulher virada de lado, em posição fetal.

— Já está dormindo, Benzinho? — perguntou, se enfiando embaixo das cobertas.

Ela não respondeu. Ele, na dúvida, resolveu falar com as costas dela:

— Houve um probleminha no banco hoje, sabe. O Tarnogol me passou a perna. Disse que não vai me dar a presidência do banco. Mas enfim, ainda tenho alguns dias para convencê-lo de que sou o homem certo para a situação. A propósito, você poderia reservar a noite de quinta? Para o jantar da Associação dos Banqueiros de Genebra, no Hôtel des Bergues. O Jean-Béné e a Charlotte nos cederam o lugar deles. Enfim, era isso, vai ter esse jantar, e é muito importante.

Que saco, ela pensou, cuidando para permanecer totalmente imóvel, mais um desses ridículos jantares de banqueiros. Macaire então perguntou:

— Me diz uma coisa, Benzinho, se eu por acaso não for o presidente do banco você vai me amar mesmo assim?

Ela não se mexeu. Já devia estar no sétimo sono. Azar, ia ficar sem resposta. Ele estava triste: bem percebia que a esposa não ligava mais para ele. Tomou um comprimido para dormir e caiu rapidamente no sono.

Ela ainda não estava dormindo quando os roncos do marido preencheram o quarto. Virou-se para ele e contemplou seu gentil dorminhoco. Achou-se má: estava brava com Lev e quem pagava o pato era Macaire. Iria no tal jantar na quinta-feira e o ajudaria a causar boa impressão em Tarnogol. Se ela ainda o amaria caso não fosse eleito presidente do banco? Presidente ou não, fazia tempo que não se sentia apaixonada por ele. Aliás, será que algum dia já se sentira? O que a seduzira fora a sua gentileza: por trás de aparências por vezes toscas, Macaire era um homem essencialmente bom, de espírito direito e coração generoso. Ela era tão jovem quando aceitara o pedido de casamento de Macaire, e estava tão perdida. Precisando de gentileza como uma força vital. De que alguém cuidasse dela. Precisando curar as feridas da sua vida. Precisando fugir para longe da sua mãe. Macaire era um homem que jamais lhe faria mal algum. Sempre atencioso com ela. Fazendo de tudo para agradá-la. Mas homens que fazem de tudo para agradar são homens já conquistados, e a paixão não sobrevive à conquista.

Ela hoje precisava de paixão. Tinha trinta e sete anos, a vida inteira ainda pela frente. Uma vida que já não se imaginava dividindo com Macaire. Queria ter filhos, mas não com ele. Disso ela atualmente se dava conta. Nesses anos todos, tinha tomado a pílula escondida, achando que era por causa de sua mãe que não queria ter filhos. Macaire tinha consultado todos os especialistas da cidade, certo de que o problema era com ele! E eis que ela agora se flagrava sonhando em ter um filho com Lev.

Por que diabos Lev a deixara esperando esta noite? Estaria brincando com ela? E se ela deixasse Macaire e depois não desse certo com Lev? Ela ficaria sem nada. A pobreza era o seu maior medo. Tentou se tranquilizar pensando que conseguiria um emprego, se viraria. Viveria uma vida modesta. Sem mentiras. Aquilo tudo não passava, no fundo, de uma grande mentira. Por causa da mãe dela. Talvez devesse consultar esse doutor Kazan, que Macaire tanto vivia elogiando. Ele certamente poderia ajudá-la a ver as coisas com mais clareza.

Esses pensamentos todos alimentavam a sua insônia. Enquanto que Macaire, a julgar pelos seus roncos, dormia profundamente. Resolveu ir até a cozinha fazer um chá. Antes de sair do quarto, pegou a pequena pistola dourada que guardava no fundo da gaveta da cômoda. Sentia medo, à noite, naquele casarão. Já tinha havido assaltos no bairro. Fora Macaire quem comprara a arma para ela, dois ou três anos antes, depois que a casa dos vizinhos foi invadida enquanto dormiam. Queria que ela se sentisse segura quando se ausentava para as viagens de trabalho. Até mandara gravar *Anastasia* na coronha. Era um bonito objeto.

Enfiou a arma no bolso da camisola e desceu até a cozinha.

Se ainda o amaria caso ele não fosse eleito presidente do banco? Ora, desde a véspera da morte do velho Ebezner ela sabia que ele não seria o presidente. Relembrava frequentemente a última noite de Abel Ebezner.

*

Cerca de um ano antes
Início de janeiro

O médico chamara Macaire e Anastasia junto ao leito de Abel, a quem não prognosticava mais que poucas horas de vida. Assim que entrou no aristocrático casarão de Collonge-Bellerive, Anastasia foi atingida em cheio pelo cheiro de morte que tomara conta do local.

Abel estava na cama, seco e rígido, mas a mente ainda alerta. Ela o beijou na testa, segurou sua mão e, como sempre, lhe fez um elogio. Sorriram afetuosamente um para o outro. Ela sempre se dera muito bem com o sogro. Depois de beijar Abel na testa mais uma vez, saiu do quarto para dar um momento de privacidade a Macaire e ao pai, mas, tendo ficado atrás da porta entreaberta, escutou toda a última conversa dos dois.

Adotando o tom desagradável que costumava usar com o filho, Abel Ebezner lhe disse:

— Cheguei ao fim da minha vida. Se eu for fazer um balanço humano, tive apenas um filho, que foi você. Se eu soubesse, teria tentado ter pelo menos dois. Você deu muito desgosto para a sua mãe, sabe. Que ela descanse em paz!

— Fiz o melhor que pude, pai.

— Pois devia ter se esforçado mais!

— Sinto muito, pai.

— É fácil sentir muito, mas não resolve nada. Enfim, antes de partir para umas longas férias, queria te falar sobre a presidência do banco.

— Sou todo ouvidos, pai! — disse Macaire, deixando um quê de excitação transparecer em sua voz.

— Você tem razão de pensar que não vou deixar que Tarnogol assuma as rédeas! Então previ, nos meus últimos desejos, interromper a forma de transmissão da presidência que sempre vigorou no banco desde Antiochius Ebezner e, pela primeira vez em trezentos anos de existência, eu mesmo decidir sobre minha sucessão, como me permite meu poder enquanto presidente..

— Excelente ideia, pai — elogiou Macaire, com uma voz de cachorrinho que espera sua recompensa.

— Não adianta me bajular, Macaire, não vou te nomear para a presidência! Você me humilhou como nunca quinze anos atrás, quando entregou ao Tarnogol as ações que eu tinha te legado! Você desonrou seu sobrenome e sua família ao deixar esse maluco entrar no Conselho, esse sujeito sem modos e sem vergonha, que fede a dinheiro sujo. Vou te fazer pagar por isso pelo resto da sua vida. E, obviamente, está fora de questão que o Tarnogol, ou o idiota do seu primo Jean-Béné, e muito menos o arrogante do pai dele, seja o presidente! De modo que resolvi que o Conselho do banco é que irá nomear meu sucessor, mas que este não poderá ser nenhum dos seus membros. Assim, posso partir em paz. Quanto a você, já te dei muito dinheiro, paguei aquela sua casa gigantesca, você recebeu a herança da sua mãe, vai herdar tudo o que tenho, está garantido pelo resto dos seus dias, e por algumas gerações, inclusive, se você e Anastasia um dia tiverem filhos. Sem contar a dinheirama que ganhou ao vender suas ações para o traste do Tarnogol. Sabe, no fundo, foi isso o que mais me decepcionou em você. Você ser tão venal. Eu mal tinha acabado de te dar minhas ações e você já foi revendendo a quem desse mais.

— Eu não vendi minhas ações, pai. Eu já te disse mil vezes! Jamais faria uma coisa dessas! Nunca foi uma questão de dinheiro.

— É difícil acreditar nisso, Macaire — observou o pai. — Já que você nunca quis me explicar por quê, e em que condições, se não foi por dinheiro, entregou suas ações a Sinior Tarnogol!

— Você ia me achar um louco, pai — respondeu Macaire com voz triste.

Ele então levantara da cadeira e beijara a testa do pai num último adeus.

*

O assobio da chaleira arrancou Anastasia de seus pensamentos. Ela verteu a água num bule e em seguida deixou o chá em infusão.

Pensava sempre naquela última cena entre Macaire e seu pai. Em troca de que será que ele cedera as ações do banco? Isso ele nunca tinha contado para ninguém, nem mesmo para ela.

Abel falecera pouco depois que eles deixaram a casa. Como se tivesse esperado para morrer sozinho. Anastasia refletiu que Abel sempre fora um homem rodeado de muita gente, muito solicitado, mas, no fundo, muito solitário. Seu funeral não tinha fugido à regra. A cerimônia fora realizada na catedral Saint Pierre numa manhã gelada: o local estava apinhado de gente. Curiosos, amigos, autoridades da cidade e da região, membros da alta sociedade de Genebra, representantes dos diversos bancos do país. Ninguém queria perder.

Depois, e de acordo com a vontade de Abel, o enterro se dera na mais estrita intimidade. Apenas três pessoas acompanharam o defunto ao cemitério Saint-Georges: Macaire, Anastasia e Lev. Anastasia nunca esqueceria aquele momento: estavam os três, lado a lado, assistindo ao sepultamento do caixão no mais absoluto silêncio. De repente, sem que Macaire percebesse, Lev pegara na sua mão. Ela se sentira estremecer: fazia quinze anos que eles não se falavam.

Naquele dia, quando sua pele tocara na dele, sentira-se mais viva que nunca.

Naquele dia, eles finalmente se reencontraram. Depois de quinze longos anos.

De pé na cozinha, ela tomava o seu chá, o olhar perdido na direção da janela. Perguntava-se onde estaria Lev. Tentou convencer a si mesma de que ele tinha um motivo muito bom para tê-la deixado esperando. Um compromisso muito importante. Algo muito sério. Nas Nações Unidas, quem sabe? Ele não tinha tido como telefonar. Sim, certamente haveria um bom motivo.

Ela não conseguia ver, no limite da propriedade, montado num galho de um cedro imenso, o homem que espiava a cozinha iluminada de longe, um par de binóculos grudado nos olhos.

— Ela parece triste — sussurrou Lev lá de cima, para Agostinelli, que estava vigiando do outro lado do muro.

— Agora seria melhor descer daí — respondeu o motorista, que não parecia muito confiante. — O senhor pode se machucar! E além disso, com que cara vai ficar se nos pegarem aqui?

Lev assentiu e deixou seu posto de observação do mesmo jeito como tinha subido: sempre sentado no galho para maior estabilidade, deslocou-se devagar, com a força dos braços, sem ligar para o estrago nas suas calças, até chegar ao tronco da árvore, que quase encostava no muro. Segurando-se no tronco, pôs-se de pé e pulou para o muro, do qual desceu facilmente se apoiando no teto do seu carro, estacionado rente a ele.

Agostinelli então perguntou:

— Se me permite, senhor, por que deu um bolo em Anastasia para depois passar a noite a observá-la de longe? Era evidente que vocês dois queriam se ver...

— Era preciso, Alfred — respondeu Lev. — Sabe por que o amor é um jogo tão complicado?

— Não, senhor.

— Porque o amor não existe. É uma miragem, uma criação da mente. Ou, se preferir, o amor só existe potencialmente quando não se concretiza. É uma emanação do espírito, feita de esperança, expectativa e projeções. Como teria sido se eu tivesse me encontrado com a Anastasia? Ela talvez tivesse se entediado, achado minha conversa sem graça. Ou talvez eu tivesse ficado com alface grudado no dente e ela teria outra imagem de mim.

— Ou talvez não, senhor — objetou Agostinelli.

— Você sabe tão bem quanto eu, Alfred: esta noite foi perfeita porque não aconteceu.

— Mas por que faz tanta questão de que ela seja perfeita?

— Porque faz quinze anos que estou esperando este momento, Alfred. Quinze longos anos...

— O que aconteceu quinze anos atrás?

— Quinze anos atrás eu cometi o maior erro da minha vida. Assim como o pobre do Macaire. Eu e ele, no mesmo dia, tomamos uma decisão que estragou nossas vidas.

Capítulo 15

PASSO EM FALSO

Quarta-feira, 27 de junho de 2018, em Genebra. Depois da nossa visita à vizinha, em Cologny, Scarlett tentou ligar para Arma, a antiga empregada dos Ebezner, mas sem sucesso. Deixou um recado pedindo que ela retornasse o quanto antes. Feito isso, aproveitamos que estávamos em Genebra para ir ao Banco Ebezner, na rue de la Corraterie. No imenso saguão de entrada, fomos atendidos por um porteiro.

— Em que posso ajudá-los? — perguntou.

— Gostaríamos de falar com o presidente do banco — Scarlett foi logo dizendo.

— Vocês têm hora marcada? — indagou o porteiro.

— Não.

— Lamento, senhora, mas sem hora marcada, temo que seja impossível. Seria sobre o quê?

— O assassinato ocorrido no quarto 622 do Palace de Verbier. Imagino que saiba a que me refiro...

O porteiro não manifestou qualquer surpresa. Isolou-se para dar um telefonema. Só peguei o final da conversa: "Vou mandá-los subir agora mesmo."

Alguns minutos mais tarde, éramos recebidos numa sala privada pelo presidente do banco, que não parecia muito contente em nos ver.

— Que falta de modos — insurgiu-se. — Chegam assim, sem avisar, e exigem falar comigo.

— Não exigimos nada — Scarlett esclareceu imediatamente. — Nós simplesmente estávamos aqui por perto e pensamos em dar uma passada para ver se o senhor estava disponível. É claro, se não for uma boa hora e preferir marcar para outro dia, podemos voltar depois, sem nenhum problema.

— Vocês não vão voltar! — decretou o presidente num tom categórico. — Interrompi uma reunião importante para lhes dizer o seguinte: esse caso está arquivado, e não vou permitir que criem confusão em torno deste estabelecimento.

— Quem falou em confusão? — observei.

— Se veio aqui é para escrever um livro, não é? O que aconteceu: estava sem inspiração e teve a ideia de reabrir um caso antigo, é isso? Isso é indigno do senhor! E eu que gostava dos seus livros! Nunca mais vou ler nenhum.

— O caso não foi arquivado — ponderou Scarlett. — Nunca descobriram o culpado.

— Está arquivado na cabeça das pessoas, e para mim é isso que conta. Todo mundo esqueceu essa história, e é melhor assim para o banco. Vocês não se dão conta, mas depois desse assassinato tivemos que dar a volta por cima. Os clientes estavam preocupados, o banco, desestabilizado, passamos maus bocados. E agora que está tudo bem, querem reabrir essa velha ferida e prejudicar o estabelecimento? Nem pensar! Vou falar imediatamente com meus advogados, e fiquem avisados: se persistirem com isso, mando proibir o seu livro. E, acredite, tenho poder para isso!

Estávamos saindo do banco quando o porteiro que tinha nos atendido nos deteve no saguão.

— Espero que a reunião tenha sido proveitosa — disse, em tom de confidência.

— Não muito — respondeu Scarlett.

O porteiro então colocou discretamente um pedaço de papel na mão dela. Em seguida deu meia-volta e retornou ao balcão da recepção.

*

— Não sei se entendi bem o que acabou de acontecer — eu disse para Scarlett enquanto nos afastávamos do banco a passos rápidos, descendo a rue de la Corraterie.

— Nem eu, mas logo vamos saber.

Ela então me mostrou o bilhete do porteiro:

Me encontrem em uma hora, salão de chá, rue de la Cité.

A rue de la Cité era uma rua de pedestres situada na cidade velha de Genebra, logo atrás do Banco Ebezner. Havia ali diversas lojas, alguns restaurantes, mas um único salão de chá. Não havia como errar. Sentamo-nos e aproveitamos para almoçar enquanto esperávamos pelo porteiro.

Ao fim de uma hora, vimos se abrir uma porta dos fundos do prédio em frente, que deduzimos ser a sede do banco. O porteiro apareceu e, a passos apressados, atravessou a ruazinha em nossa direção.

— Alguns clientes usam essa porta para sair do banco sem serem notados — explicou o porteiro.

— E alguns funcionários também, pelo visto — observou Scarlett.

Ele achou graça.

— Por que vocês estão interessados pelo último Encontro Anual e pelo assassinato que aconteceu por lá? — perguntou ele.

— É que o Escritor está elaborando um livro sobre o assunto — disse Scarlett, apontando o queixo para mim.

— É que, principalmente, você se apaixonou por essa história — retifiquei.

— Mas o assassinato nunca foi resolvido — lembrou o porteiro.

— Justamente — disse Scarlett. — Queríamos entender o que aconteceu.

— Confesso que também tenho muita curiosidade em saber. Essa história tem me assombrado esses anos todos. Estou a seis meses de me aposentar e fico com a impressão de que algo me escapou... Queria tanto entender como foi que chegamos a este ponto. Mas enfim, não é de bom-tom um funcionário sair contando essas coisas. Então, por favor, não ponha o meu nome no seu livro, isso poderia me trazer problemas!

— Posso mencioná-lo apenas como "porteiro", se concordar — sugeri, enquanto pegava meu caderno de anotações para transcrever seu relato.

— Perfeito — disse o porteiro.

— Você conhecia a vítima? — perguntou Scarlett.

— Conhecer não é bem a palavra. Cruzava com ela sempre que entrava e saía do banco. Ninguém repara muitos nos porteiros, sabem como é. Agora, poucos dias antes do assassinato, aconteceu algo estranho no banco. Lembro muito bem. Um homem se apresentou na recepção do banco. Lembro bem porque ele estava vestido de um jeito surpreendente. Deixou um envelope e foi embora sem querer deixar o nome.

— Para quem era o envelope? — perguntou Scarlett.

— Para Macaire Ebezner. E estava escrito que era muito urgente. De modo que mandei imediatamente alguém levar para o senhor Ebezner. Ele ficou muito abalado.

Capítulo 16
UMA CARTA ANÔNIMA

Quarta-feira, 12 de dezembro — quatro dias antes do assassinato

Eram sete e meia da manhã quando Macaire Ebezner, decidido a adotar um comportamento exemplar e provar a Tarnogol que seria um bom presidente, chegou ao banco. Cristina ficou espantadíssima ao ver seu chefe aparecer tão cedo.

— Está tudo bem, seu Macaire? — perguntou.
— E por que não estaria? — retrucou Macaire.
— Bem, é que nunca vemos o senhor por aqui a essa hora.
— Este é o novo eu, cara Cristina — disse então Macaire, sentando-se em sua sala. — De agora em diante, pode me chamar de Stakhanov!

Sentia-se confiante. Acordara com um bom pressentimento: a Operação Virada ia dar certo. Ele seria eleito presidente no próximo sábado.

Depois de Cristina, foi a vez de Levovitch passar na sala de Macaire, convidando-o para um café. Mas Macaire recusou: "Estou com muito trabalho. Semana decisiva." Julgando estar mais que na hora de finalmente enfrentar a pilha de correspondência pendente, pegou uma primeira carta. Nesse exato momento, porém, Cristina irrompeu na sala. "Seu Macaire," disse ela, "isso acabou de chegar para o senhor." E lhe estendeu um envelope em que se via escrito, em letras maiúsculas e com hidrográfica vermelha:

A/C MACAIRE EBEZNER
URGENTÍSSIMO
— PESSOAL E CONFIDENCIAL —

Não havia endereço, nem selo. Nenhuma menção ao remetente. Intrigado, Macaire abriu rapidamente o envelope. Dentro, encontrou um bilhete anônimo:

Encontro hoje às 23h30, no Parc Bertrand, na frente do grande lago.
Se quer ser o presidente do banco, não falte a esse encontro.
Seu futuro depende disto! Não comente com ninguém!

Macaire correu até Cristina:
— Que carta é essa? Quem lhe entregou?
— Um funcionário da correspondência trouxe agorinha. Por quê? Está pálido, seu Macaire, tudo bem com o senhor?

Sem responder, Macaire desceu prontamente ao primeiro andar, onde ficava o setor de correspondência.
— Sim, fui eu que levei essa carta para o senhor ainda há pouco — disse um dos funcionários da correspondência a Macaire.
— E quem a passou para você? — perguntou Macaire, nervoso.
— Foi um dos porteiros. Quando alguém deixa uma correspondência diretamente na portaria, um porteiro traz para a gente e nós encaminhamos para o destinatário. Por quê? Algum problema?

Sem responder, Macaire foi até a portaria do banco.
— Saudações matinais, senhor Ebezner! — entoaram os porteiros, em coro.
— Quem recebeu esta carta? — perguntou Macaire, brandindo o envelope escrito em vermelho.
— Fui eu — informou um dos porteiros.
— E quem a trouxe?
— Um sujeito esquisito — respondeu o porteiro. — Estava de boné e óculos escuros. Achei meio estranho, em pleno mês de dezembro, mas o senhor sabe, aqui a gente vê realmente de tudo. O homem não disse uma palavra. Apenas entregou a carta. Perguntei em nome de quem seria, mas ele balançou a cabeça e foi embora. Eu então repassei a carta para o setor de correspondência, como manda o protocolo. Não fiz bem?

Alguns minutos depois, na sala do chefe da segurança do banco, Macaire assistia aos vídeos das câmeras de segurança da entrada do prédio. Dava para ver, de fato, uma estranha figura penetrando no banco, vestindo um longo sobretudo com a gola erguida, um boné enterrado na cabeça e óculos aviador que escondiam seu rosto. As câmeras o mostravam entrando rapidamente no saguão, deixando uma carta com os porteiros e tornando a sair a passos rápidos.

— É um profissional, com certeza — disse o chefe da segurança, que estava assistindo às gravações com Macaire.

— Profissional do quê? — perguntou Macaire.

— Sei lá, mas veja como ele evita ficar no ângulo direto das câmeras. É impossível ter uma imagem decente dele.

Para provar o que estava dizendo, o responsável pela segurança pausou algumas vezes a imagem para dar zoom no rosto do visitante:

— Está vendo, senhor Ebezner, é como eu disse. O cara é um profissional. Um detetive particular, quem sabe? O que havia nesta carta? Talvez fosse bom o senhor avisar a polícia?

— Nada de importante — garantiu Macaire, que não pretendia contar coisa alguma para aquele fofoqueiro do chefe da segurança.

Aflito, Macaire voltou para a sua sala. Passou a manhã inteira pensativo, com o nariz na janela. Estava preocupado. Releu o bilhete várias vezes. *Se quer ser o presidente do banco, não falte a esse encontro.* Será que devia ir? E se fosse uma cilada? E se alguém estivesse querendo sua morte? Estava ansioso, sentindo um imenso nó no estômago.

Só foi interrompido em suas reflexões por Cristina, que veio várias vezes conferir como ele estava. "Tem certeza de que está tudo bem, seu Macaire? O senhor está meio estranho desde aquela hora. Quer conversar sobre aquela carta? Eram ameaças? O senhor não quer um chazinho?" Ao meio-dia, preocupou-se por ele não sair para o seu costumeiro e interminável intervalo do almoço. "Estou sem cabeça para isso", disse Macaire.

Por fim, quando deu meio-dia e quinze, foi a vez de Levovitch vir falar com ele:

— Tudo bem com você, cara? A Cristina comentou que você estava todo esquisito.

— Que nada, Lev, estou ótimo.

— Vou almoçar no Lipp com uns colegas. Não quer vir com a gente? Assim você dá uma espairecida.

— Não, te agradeço, mas estou sem cabeça para isso. Acho que estou precisando ficar um pouco sozinho.

— Tem certeza?

— Absoluta. Vou tentar tirar um cochilo.

Levovitch não insistiu mais, e saiu. Macaire se acomodou na cadeira e sentiu imediatamente suas pálpebras ficando pesadas. Pôs os pés sobre a mesa e se reclinou para trás. Uma pequena sesta lhe faria bem.

Não demorou a adormecer. Teve uns minutinhos de sossego. Até Tarnogol irromper sua sala.

*

— De pé, cacete! Dormindo no trabalho?

Macaire teve um sobressalto e arregalou os olhos. Tarnogol estava em pé na sua frente. Ergueu-se de um pulo.

— Ora essa! Meu caro Sinior, que surpresa! — gaguejou, enxugando o canto da boca que sentia estar babado.

— Vim ver se estava trabalhando, mas você está é dormindo!

— Não, que é isso, estou trabalhando direto desde cedo — garantiu Macaire, ajeitando as cartas na sua frente.

— Ainda essa correspondência? — zangou-se Tarnogol. — Você não fez coisa nenhuma de ontem para hoje!

— Fiz, sim, garanto que fiz. É só que agora de manhã, quando eu já estava bem embalado, surgiu um pequeno contratempo…

— Sempre dando desculpas! — explodiu Tarnogol. — Chega! Chega!

Sem dar a Macaire o tempo de se explicar, Tarnogol saiu, tomando o cuidado de bater a porta com toda força, o que parecia estar se tornando um hábito seu.

Macaire desabou na cadeira com um gemido. Precisava de um conforto urgente e ligou para a esposa.

Anastasia estava atravessando o cruzamento de Rive quando recebeu a chamada do marido no celular. Logo notou, pela voz dele, que algo não estava bem.

— Está tudo certo, bebê? — perguntou Anastasia. Sabia que "bebê" sempre o confortava.

— Está, sim, só queria te dar um oizinho — respondeu Macaire. — O que está fazendo de bom?

— Estou chegando no Roberto, para almoçar com minha mãe e minha irmã.

— Ah, é verdade, o almoço das quartas-feiras. Tinha esquecido. Mande um abraço para elas. Bom apetite.

— Obrigada, bebê. Me ligue se precisar de alguma coisa.

— Sim, não se preocupe.

— Tinha mais alguma coisa que você queria me dizer? — insistiu Anastasia, percebendo que havia outro motivo para ele estar ligando.

Houve um instante de silêncio. Macaire pensou consigo que depois dessa última reação de Tarnogol não lhe restava outra escolha senão ir ao misterioso encontro noturno no Parc Bertrand.

— Eu... Eu não vou jantar em casa — disse, por fim, à esposa. — Vou chegar tarde.

— Tarde?

— É, eu... tenho que encontrar com uma pessoa... (Macaire cogitou um momento em falar na carta anônima, mas achou melhor não). Um cliente que está vindo de Londres agora à noite, e quer porque quer falar comigo antes de uma reunião de investimentos amanhã de manhã.

— Certo. Então até mais tarde, bebê.

Antes de cruzar a porta do Roberto — o elegante restaurante italiano no centro de Genebra onde almoçava toda quarta-feira com sua mãe, Olga, e sua irmã, Irina —, Anastasia conferiu rapidamente sua aparência num espelho de bolso. Elas não podiam ver que tinha estado chorando a manhã toda. Desde a hora em que acordara, ficara esperando um sinal de Lev, mas nada. Nenhuma notícia. Tinha a impressão de que ele estava brincando com ela, e se perguntou se era porque falara em terminar com ele na segunda-feira, embora isso fosse tudo que ela não queria. Respirou fundo e entrou no restaurante.

Como sempre, Olga e Irina von Lacht já estavam lá, adiantadas e sentadas a uma mesa bem à vista, cheias de peles e joias, bebericando champanhe. Anastasia foi recebida com um seco "ah, finalmente!" de sua mãe, salientando que estava atrasada, e um sorriso frio da irmã, Irina, que a examinou dos pés à cabeça para ver se tinha feito alguma compra desde a semana anterior.

— Essa pulseira é nova? — perguntou imediatamente a irmã ao reparar, no pulso de Anastasia, numa joia que não conhecia.

— Uma bobagem — defendeu-se Anastasia, sentando-se à mesa.

— Uma bobagem de ouro! — escarneceu a irmã.

— Foi um presente — disse então Anastasia, fingindo se concentrar no cardápio para mudar de assunto.

— Presente de quem? — quis saber a irmã. — Do seu marido?

— Vá cuidar das suas coisas! — retrucou Anastasia.

— Sosseguem, vocês duas! — pediu a mãe, como se estivesse falando com duas meninas. — Não esqueçam que somos von Lacht! Descendentes dos Habsburgo não batem boca em público.

— Nós não somos Habsburgo! — irritou-se Anastasia. — Não somos coisa nenhuma!

— Тишина! — ordenou a mãe, fulminando a filha com o olhar.

Um silêncio mortal pairou instantaneamente em torno da velha Olga, que deu um sorriso forçado para disfarçar. As duas filhas emudeceram e se concentraram nos cardápios: sabiam, desde a mais tenra idade, que quando a mãe erguia a voz em russo era bom tomar cuidado.

Olga ajeitou o colar de diamantes e, agitando as mãos cobertas de joias escurecidas pelo tempo, fez sinal para servirem mais champanhe. Um garçom acorreu e, tendo enchido as três taças, pôs-se a anotar o pedido. Olga e Anastasia escolheram ambas um linguado grelhado. Irina, por sua vez, optou por massa com trufas de Alba.

— Você não vai comer massa de forma alguma, querida! — decretou a mãe. — Não é se empanturrando que você vai encontrar outro marido.

— Mas, *mamuchka* — gemeu Irina —, está na época das trufas brancas!

— Deixe para comer trufas depois que encontrar um marido — determinou Olga, num tom que não admitia réplica. — Até lá, peixe grelhado para você — e virou-se para o garçom. — Três linguados, por favor!

— Por favor, *mamuchka*, não precisa me humilhar em público! — murmurou Irina, semblante fechado.

— Não estou te humilhando, estou te ajudando a manter a classe. Somos Habsburgo, nunca se esqueça disso!

Sentada frente à mãe e à irmã, Anastasia olhava para as duas se perguntando por que se sujeitava àqueles encontros semanais.

Elas não eram verdadeiras Habsburgo. Eram só de uma família de aristocratas decadentes. Sua mãe era uma russa branca cujo bisavô, um riquíssimo mercador de armas, fora enobrecido pelo czar, antes de ser desapossado pela revolução. De modo que Olga nascera numa família pobre, mas fora educada num eterno saudosismo do que havia sido seu sobrenome nos tempos do Império. Era natural, portanto, que sua única obsessão fosse resgatar as glórias do passado, e encantou-se, durante uma estada em Viena, por Stefan von Lacht, o homem que se tornaria seu marido por dois motivos que ela achava absolutamente válidos: era nobre (remontando sua genealogia em vários séculos, os von Lacht eram aristocratas austríacos descendentes de uma linhagem colateral dos Habsburgo) e era rico (seu pai, que tivera a excelente ideia de morrer pouco antes de ele e Olga se conhecerem, legara-lhe uma fortuna colossal, fruto do negócio petrolífero e imobiliário).

Stefan e Olga se casaram com grande pompa na igreja de São Carlos Borromeu, em Viena, instalando-se em seguida num imenso e luxuosíssimo apartamento do Innere Stadt, o centro histórico da capital austríaca. Stefan não trabalhava, vivia da renda da fortuna de seu pai. Ele e Olga passavam o tempo percorrendo lojas de grife e frequentando festas grã-finas, nas quais Olga aparecia a cada vez com vestidos e joias diferentes, declarando a quem quisesse ouvir que os Habsburgo nunca usavam duas vezes uma mesma roupa. Irina nasceu após alguns anos de casamento, seguida por Anastasia, dois anos mais moça. "Vamos casá-las em famílias reais europeias", predizia Olga nos salões das altas rodas vienenses. O que Olga não sabia era que seu marido, que na época em que se conheceram já estava perdendo a esperança de casar e não recusava nada à esposa, tinha ligeiramente exagerado a extensão de suas riquezas. E que, principalmente, uma vez que não trabalhava e se entediava para valer, passava a maior parte do tempo no cassino. O padrão de vida deles era alto demais, em especial os gastos estratosféricos com roupas e joias, as dívidas de jogo acumuladas, um severo reajuste fiscal, a que veio somar-se uma má conjuntura econômica que abalou a empresa familiar, deram cabo dos últimos xelins da jovem família von Lacht.

Endividado até o pescoço, Stefan von Lacht sumiu no mundo da noite para o dia, abandonando a família. Olga, ao tomar ciência da situação, saiu fugida de Viena com as duas filhas, então com nove e onze anos, para ir refazer a vida em Genebra. Foram morar num minúsculo apartamento do bairro de Pâquis. De sua vida de antes só sobraram as peles e joias, que trouxeram consigo, e um gosto amargo na boca de Olga. Ela não tinha fugido de Viena por medo dos credores, como fizera o covarde do seu marido, mas porque não suportava a ideia de ficar de fora da alta sociedade. "Não existe maldição, o que existe são resignações", decretou então. E arregaçou as mangas: conseguiu um emprego de vendedora na Bongénie, o grande nome em lojas de luxo de Genebra. Administrava o orçamento familiar com mão de ferro. O padrão de vida se reduzia ao estritamente necessário: nada de compras nem passeios, enlatados em todas as refeições. Pois cada franco era economizado para frequentarem os locais prestigiosos de Genebra nos fins de semana.

Aos sábados, Olga e as filhas almoçavam num restaurante badalado (uma tradição que se perpetuaria às quartas-feiras depois de casadas as filhas).

Aos domingos, tomavam chá nos bares dos grandes hotéis.

Nessas ocasiões, caprichavam no visual. Olga envergava seus mais lindos trajes e suas joias. Quanto às filhas, usavam criações da mãe, a qual sempre tivera um talento nato para a costura e, inspirando-se nos catálogos da última moda parisiense, confeccionava vestidos em tecidos garimpados a bom preço em armarinhos.

Quando estavam prestes a entrar, todas emperiquitadas, nos grandes hotéis da cidade, acontecia de uma das filhas — normalmente Anastasia — ter um momento de apreensão.

— Não fica meio ridículo as três indo tomar chá no Beau-Rivage usando roupas de gala? — perguntava para a mãe.

— Ridículo é ser rica e ficar pobre — explicava Olga. — E agora, as duas, *Kopf hoch*!

"De cabeça erguida", dizia em alemão. "O que conta são as aparências." Adentravam, altivas, os salões de hotéis e restaurantes, a passos firmes e falando alto. Todos olhavam para as três mulheres de aspecto opulento que, como não se tardaria a comentar, eram descendentes dos Habsburgo, mesmo que ninguém soubesse o que isso significava exatamente.

Olga, para seu grande orgulho, não custou a se inserir na alta sociedade de Genebra. Se juntou às pessoas relevantes e não demorou a ser uma presença assídua em todos os eventos sociais: Baile da Primavera, Baile da Cruz Vermelha, festas relojoeiras, vernissages em galerias. Para não ter que revelar seu endereço em Pâquis, que poderia denunciá-la, mandava enviar os convites para o Beau-Rivage, onde dizia residir numa suíte gigantesca. "Morar em hotel soa bastante como Nabokov, explicava às filhas. Além de que o Beau-Rivage impressiona de imediato: é onde Sissi, a imperatriz, costumava se hospedar." Gratificava o concierge-chefe com gordas gorjetas para ele guardar a correspondência e manter as aparências. Mas quem iria conferir? Ninguém imaginaria que a deslumbrante Olga de Habsburgo fosse uma impostora. Já acontecera de ela precisar se esconder quando seus novos conhecidos vinham fazer compras na Bongénie, mas nunca tinha sido desmascarada.

Quando Anastasia e Irina completaram dezesseis e dezoito anos, respectivamente, a ambição da mãe passou a ser uma só: selar seu destino de grande dama por meio das filhas e permitir que fossem bem-sucedidas no que ela própria fracassara, fazendo-as desposar homens ricos e importantes. Já não fazia tanta questão do título de nobreza: a prioridade era o dinheiro.

Assim, foi decretado que todos os fins de semana do inverno seriam dedicados a percorrer os locais de passeio da juventude dourada na Suíça. Os filhos das maiores famílias europeias passavam a temporada de esqui em Gstaad, Klosters ou Saint-Moritz, onde chegavam em jatinhos particulares e gastavam sem pensar. Herdeiros das famílias reais e dos chefões da indústria — estavam todos lá, como carpas num viveiro em que bastava jogar a rede. Ainda mais em se tratando de moças tão bonitas e educadas como Irina e Anastasia.

As parcas economias familiares, acrescidas da venda de algumas joias, serviram para financiar estadas nas montanhas, para onde as três von Lacht viajavam de trem e ônibus a partir de Genebra. Lá chegando, a família se amontoava num quartinho de pousada obtido a um preço acessível, que lhes servia para dormir e se arrumar para as festas grã-finas para as quais Olga de Habsburgo, que às vezes parecia saída direto de um romance de Tolstói, conseguia convites pela simples menção de seu nome artístico.

Para Irina e Anastasia, aquelas não eram temporadas de férias. "Vocês não estão aqui para passear nem descansar", sua mãe não cessava de lembrar-lhes. "Estão aqui para encontrar um rapaz e ficar noivas rapidamente." Assim, sob a vigilância da mãe, passavam as festas à caça de jovens de boa família, mentindo sobre seu verdadeiro status social.

Se as filhas emitissem a mínima queixa, sua mãe começava imediatamente seu número teatral de culpabilização. "Com tudo que eu faço por vocês, e é assim que me agradecem?", melindrava-se. "Eu luto por vocês, abro mão de minha própria vida para construir a de vocês, me desdobro por vocês. Já virei sua criada, mas ainda não é suficiente? O que mais vocês querem?"

Se essas recriminações deixassem as filhas indiferentes, Olga engatava a próxima marcha, adotando um tom lacrimoso: "Vejam só os meus dedos, furados pela agulha de tanto costurar seus vestidos, os meus olhos gastos de passar a noite em claro, só para vocês ficarem bonitas e serem escolhidas! Pois então joguem sua *mamuchka* no lixo, se é isso mesmo que vocês querem!" Olga então simulava uma tosse de moribunda, levando as filhas a pensar que estava se exaurindo por elas. Essas artimanhas costumavam bastar para comover as garotas, que logo se jogavam na mãe e a cobriam de carinhos e beijos. E Olga, ao abraçar as filhas, que então a chamavam de "*Mamuchka* querida", sentia-se realizada, quase feliz. Ou, pelo menos, viva.

Também acontecia de Olga perder as estribeiras. Algo que a pobre Irina sentiu dolorosamente na pele em Gstaad, quando foi flagrada pela mãe flertando com o garçom de um café da moda, o que lhe valeu um par de bofetadas bem dadas ao chegar na pousada. "Tanto dinheiro gasto para te tirar da sarjeta, e você se agarrando com um lixeiro!" gritara a mãe, louca de raiva.

Nos anos que se seguiram, as filhas von Lacht tiveram alguns namoricos forçados mas, para grande frustração de sua mãe, nada de conclusivo. Aos vinte e um e vinte três anos, respectivamente, Anastasia e Irina ainda não estavam noivas. Foi então que Olga ouviu falar no Encontro Anual do Banco Ebezner em Verbier. Vislumbrou imediatamente a oportunidade perfeita para casar as filhas com figurões do maior banco privado da Suíça. Uma iniciativa pela qual iria se parabenizar por muito tempo, já que o resultado superou as expectativas: no ano seguinte, Irina aceitaria o pedido de casamento de um consultor financeiro doze anos mais velho e, no outro, Anastasia ficaria noiva de Macaire Ebezner, o herdeiro do banco.

Passados dezesseis anos, porém, Irina, aos trinta e nove, era mãe de duas meninas e estava divorciada sem nem sequer um centavo de pensão alimentícia. Seu marido consultor financeiro fora detido por desvio de fundos, o que lhe rendera uma pena de prisão e uma multa que o deixara arruinado. Irina, que nunca tinha trabalhado na vida, tivera que aceitar um emprego de caixa num supermercado. Por puro orgulho descabido, recusara um cargo no setor de correspondência do Banco Ebezner que o gentil Macaire havia conseguido para ela. Mas sempre dava um jeito de se liberar nas quartas-feiras entre meio-dia e duas para almoçar no Roberto às custas de Anastasia. Vinha tão arrumada quanto desesperada, para se embebedar de champanhe, oferecendo sorrisos já rendidos a todo bonitão de bolsos recheados que cruzasse o olhar com o seu, rezando para que a tirasse do seu miserável destino.

Os linguados grelhados foram servidos, as taças de champanhe enchidas novamente.

— Você bem que podia ajudar sua irmã a encontrar outro marido, Anastasia! — disse Olga, que não conseguia passar mais de cinco minutos sem recriminar uma das filhas. — Você conhece tanta gente!

— Mas mãe, já apresentei metade da cidade para ela! — defendeu-se Anastasia.

— Era um mais feio que o outro — choramingou Irina. —Você gosta de me ver na pindaíba...

— Você se acha importante demais! — disse Anastasia para a irmã. — Acha que eu só penso em você? Fique sabendo que também tenho os meus problemas.

— Ricos não têm problemas! — decretou Olga.

— A vida não é só dinheiro! — disse Anastasia, rebelde.

— É bem coisa de rico dizer isso! — retorquiu Irina, não sem uma pitada de amargura.

Anastasia, sentindo o sangue ferver nas veias, perdeu a compostura e anunciou de um fôlego só:

— Eu não amo mais o meu marido, quero deixá-lo!

O anúncio foi recebido por sua mãe e sua irmã com um silêncio estupefato.

— Como assim? — murmurou sua irmã por fim.

— Assim: quero deixar meu marido — repetiu Anastasia, sentindo um súbito alívio por ter contado o que a afligia.

— Está tendo um casinho — escarneceu sua mãe. — Você está lendo romances demais, minha filha! Está fora de cogitação você deixar seu marido! Assunto encerrado.

Anastasia, pelo menos uma vez, resolveu enfrentar sua mãe:

— Não é um casinho — disse calmamente. — Não amo mais o Macaire, eu amo Lev Levovitch. Foi ele quem me deu esta pulseira.

A mãe fez um ar horrorizado:

— O Levovitch? — engasgou-se. — Aquele saltimbanco de Verbier, quinze anos atrás?

Irina forçou um riso de deboche.

— Não é um saltimbanco, mãe — disse Anastasia. — Ele virou um grande banqueiro. Fala com chefes de Estado do mundo todo. Genebra inteira só tem olhos para ele. Só você para não saber quem ele é!

— Pois Genebra enjudiou!

— Pare com isso, mãe! — suplicou Anastasia.

— Pare você, sua insolente! Como se atreve a falar assim com sua mãe? Deixe de besteira e fique com o Macaire. É um homem encantador, gentil, e um excelente partido. Ou você quer acabar igual à sua irmã? Eu te proíbo de ver esse Levovitch de novo, está me ouvindo? E te proíbo de usar esses presentes adúlteros em público, são dignos de uma prostituta!

— Mas eu sou feliz com o Lev, me sinto bem com ele...

Olga, com os olhos faiscando de raiva, ergueu um dedo ameaçador para a filha:

— Eu nunca mais quero ouvir esse nome, está entendendo? Ele não é como nós.

— Ele é russo como nós!

— É judeu, e nós não frequentamos essa gente. Será que errei tanto assim na sua educação? Prometa que não vai vê-lo nunca mais! Está querendo me matar? Eu sacrifiquei tudo, me alimentei de enlatados a vida inteira para vocês encontrarem um marido. E agora vamos calar a boca e comer, já ouvi demais de vocês por hoje.

Anastasia, lutando para conter as lágrimas, terminou seu peixe a duras penas. Não trocaram mais uma palavra até o final do almoço. Ela então pagou a conta. As três mulheres se despediram com frieza e seguiram cada qual para o seu lado. "Até a semana que vem", disse a mãe.

Capítulo 17

LEMBRANÇAS

Nessa quarta-feira, 12 de dezembro, depois de almoçar com a mãe e a irmã, Anastasia voltou direto para casa. Costumava passar as tardes de quarta flanando pelo centro de Genebra. Mas, entre as recriminações de sua mãe e o silêncio de Lev, estava sem ânimo para passear. Sentindo-se profundamente abatida, passou o resto do dia trancada no quarto. Sua vontade era ligar para Lev, ouvir sua voz, ser tranquilizada. Mas queria que ele tomasse a iniciativa de telefonar. Era ele quem tinha lhe dado o bolo na noite anterior. Com os nervos em frangalhos, desatou a chorar, antes de afundar num sono profundo.

Caía a noite sobre Cologny quando Arma, preocupada com o silêncio da patroa, acabou indo até o seu quarto.

O dia de Arma não tinha saído nem um pouco como planejado. Naquela manhã, depois de uma noite de insônia e aflição, viera para a casa dos Ebezner determinada a contar a Macaire tudo sobre Lev Levovitch.

Mas quando chegara na casa dos patrões Macaire já tinha ido para o banco. Tinha escolhido logo aquele dia para mostrar serviço!

Ela então resolvera fazer cara feia para *Médéme*. Sentia-se impressionada demais por Anastasia para confrontá-la diretamente, mas queria que ela entendesse sua profunda reprovação.

Mas quando Anastasia descera para a cozinha para tomar o café da manhã, Arma a encontrara muito infeliz. Tinha um ar abatido, e seus olhos vermelhos entregavam que tinha chorado. Arma se perguntava se a tristeza de *Médéme* tinha algo a ver com Lev, quando a evidência lhe saltou aos olhos. Que tola tinha sido, recriminou-se, em tirar conclusões tão precipitadas! Não pregara os olhos a noite inteira. Só tinha esquecido um detalhe essencial: se Lev tinha ligado aqui para a casa na segunda-feira, era porque *Médéme* não queria atender no celular. Ela queria terminar! Pois se até tinha dito, durante o telefonema, que não queria mais saber dele! Arma não se perdoava: com tão pouca cabeça, bem que merecia sua condição de criada! Como é que tinha deixado passar esse detalhe? Por causa do buquê de rosas brancas, sem dúvida. Mas ora, se ele tinha mandado flores era para tentar reconquistar *Médéme* depois de ela o dispensar tão secamente no dia anterior.

Verdade que ela tinha tomado aquele banho logo depois que recebeu as flores, mas banhos ela vivia tomando, e sempre duravam horas. Isso não queria dizer nada. Se *Médéme* tinha ido encontrar Lev na noite anterior, tinha sido para pôr um fim naquele caso! Ela tinha, sim, se deixado levar pela paixão, mas logo recobrara o juízo e fizera o que tinha que ser feito. Tinha terminado com ele, e agora estava sofrendo um pouco. No fundo, era um sofrimento bonito. Era a prova de que a história deles tinha sido importante, que havia sentimento entre eles.

Anastasia nem tocara no café da manhã. Quando voltara para o seu quarto, Arma admirara sua tristeza: era forte, digna, corajosa. Não tinha se enganado a seu respeito, ela era mesmo uma grande dama!

Como toda quarta-feira, *Médéme* saíra de casa no final da manhã. Agora, inabitual era *Moussieu* ter aparecido em casa no horário do almoço. Tinha entrado igual a um furacão, com um ar muito preocupado. Tinha-se trancado uns instantes no quarto, e ido embora em seguida do jeito que chegara. Para Arma ele só dissera, quando estava para cruzar a porta: "Você não me viu."

Médéme voltara no início da tarde, parecendo ainda mais infeliz do que quando acordou. Fora de novo trancar-se no quarto. Escutando atrás da porta, Arma a ouvira soluçar. Sentira muita pena dela. *Médéme* não saíra mais de lá pelo resto da tarde. Arma agora estava preocupada.

Anastasia ouviu baterem de levinho na porta. Ergueu-se na cama e viu o rosto de Arma na fresta. Um fio de luz do corredor penetrou no quarto mergulhado no escuro.

— Está tudo bem, *Médéme*? — perguntou Arma com voz miudinha.

— Não muito — respondeu Anastasia.

Arma tomou a liberdade de entrar e ir sentar-se na beira da cama. Num gesto afetuoso, afagou a perna de Anastasia para confortá-la.

— Há algo que eu possa fazer, *Médéme*?

— Não, obrigada. Você é um amor.

— Eu fiz uma sopa. Quer que traga um pouco?

— Te agradeço muito, mas estou sem fome.
— A senhora não vai jantar?
Anastasia fez que não com a cabeça.
— E *Moussieu*? — perguntou Arma. — Ele ainda não chegou em casa...
— Ele tinha um encontro com um cliente.
— *Moussieu* também não me parece estar muito bem...
— Andam acontecendo umas coisas esquisitas, Arma.
— Queria muito poder ajudar.
— Você já faz muito, Arma. Vá tranquila para casa, deve estar cansada.
— Tem certeeeeza? Não quer um pouco de companhia?
— Não se preocupe comigo. Pode ir. Obrigada por tudo.

Arma, obedecendo, foi embora com o coração apertado: as coisas não andavam bem na casa dos seus patrões, e ela ficava triste por eles. E também se sentia culpada por ter pensado tão mal de *Médéme* no dia anterior. *Médéme* sempre tinha sido boa com ela. Generosa, atenciosa, preocupada com seu bem-estar. No seu aniversário, ela lhe dava folga e a levava para almoçar na cidade. "Você é quase da família, Arma", costumava dizer.

Pouco depois que Arma saiu, a campainha tocou na residência dos Ebezner, o que obrigou Anastasia a sair do quarto para atender. Qual não foi sua surpresa ao deparar-se com Alfred Agostinelli, o motorista de Lev!

— Desculpe aparecer assim, senhora, mas como o carro do seu marido não estava, tomei a liberdade de...

— Fez bem — disse Anastasia, ansiosa por ter notícias de Lev.

— O senhor Levovitch pediu que eu viesse lhe apresentar suas desculpas. Ele ficou retido a noite toda com um assunto de Estado. Está até agora nas Nações Unidas, aliás, resolvendo uma questão de sanções econômicas com o Secretário-Geral... Não posso dizer mais, infelizmente, mas pode imaginar que se trata de um assunto da mais alta importância.

A essas explicações, Anastasia sentiu-se ridícula por ter ficado naquele estado. De tão feliz e aliviada, recobrou o colorido do rosto. Zombou, por dentro, de seu comportamento adolescente, e então, com ar afetado, disse ao motorista:

— Informe ao senhor Levovitch que fiquei muito triste por não vê-lo ontem à noite.

— O senhor Levovitch também pediu que lhe entregasse esta mensagem.

Agostinelli estendeu um envelope a Anastasia. Sem conseguir conter um sorriso radiante, ela apertou a missiva junto ao peito.

— Obrigada, Alfred — murmurou.

Agostinelli fez uma mesura para despedir-se e desapareceu na escura noite de inverno. Mais que depressa, ela abriu o envelope.

Anastasia tinha recobrado sua alegria. Imersa num banho quentíssimo e transbordante de espuma, lia e relia o bilhete de Lev, cuidando para não o molhar:

Vamos embora juntos, para longe de Genebra.
Deixar tudo para trás.
Te amo
Lev

Sua cabeça fervilhava com mil interrogações. Para onde iriam? E quando? Se iam mesmo abandonar tudo, não seria o caso de aproveitar o Encontro Anual do banco para fugir? Macaire ia sozinho, como todo ano: os cônjuges nunca eram convidados. Conhecendo Lev, ele certamente já tinha pensado em tudo.

Antes de seu casamento com Macaire, Anastasia participara duas vezes do Encontro Anual no Palace de Verbier, para onde fora arrastada pela mãe.

A primeira vez tinha sido dezesseis anos antes. Tinha vinte e um anos na época, era estudante de literatura. No Palace, conhecera Klaus, de quem por pouco não ficara noiva. Tinha calafrios só de pensar nele.

*

Dezesseis anos antes
Primeira participação de Irina e Anastasia no Encontro Anual

— De pé, meninas! — gritou Olga, irrompendo o quartinho apertado que as filhas dividiam no apartamento familiar de Pâquis. — Vocês não adivinham que boa notícia: consegui um quarto no Auberge des Chamois, em Verbier. Estava tudo lotadíssimo, mas não é que o dono acaba de me ligar? Desistência de última hora! Olha que sorte!

— Hoje é sexta-feira, *mamuchka* — observou Irina. — Temos aula na universidade.

— Não é na universidade que vocês vão achar um marido, minha filha, acredite. É em Verbier, e neste fim de semana.

— O que está acontecendo em Verbier?

— O Encontro Anual do Banco Ebezner! — respondeu Olga, toda faceira. — A oportunidade dos sonhos para achar um marido! Então não marquem bobeira. Chega dos rapazes bobocas de Klosters ou Saint-Moritz, vocês precisam de um homem de verdade, com uma carreira e ambições familiares. Vocês precisam é de um banqueiro!

— Não sei se quero casar com um banqueiro — disse Irina.

— Você vai casar com quem eu mandar, minha filha! E não use esse tom ingrato para falar comigo! Como diz muito bem a rainha da Inglaterra: *Never explain, never complain*! Vão se vestir, depressa, enquanto eu arrumo as suas malas. Há um trem para Martigny dentro de uma hora. Vocês ainda vão me agradecer quando estiverem ricas e nunca mais precisarem se preocupar com nada.

Foi assim que, algumas horas depois, ao fim de um trajeto Genebra-Martigny-Le Châble de trem, e de ônibus de Le Châble a Verbier, Olga, Irina e Anastasia ocupavam um quartinho desconfortável no Auberge des Chamois.

— Há um coquetel de boas-vindas para os funcionários do banco às quatro horas, no Palace — informou Olga, que estava a par de tudo. — Ponham seus vestidos azuis e os seus lindos sapatos de salto pretos. Vamos arrasar.

— Mas vamos ser barradas! — preocupou-se Irina.

— Não se tiverem atitude. Vão entrar no salão como se fossem as donas do lugar. Se um garçom fizer alguma pergunta, olhem altivamente para ele e peçam uma taça de champanhe.

Quando Olga e as filhas fizeram sua entrada no salão de recepção do Palace, todos os olhares se voltaram para as duas jovens, lindas, elegantes, principescas. Olga estava radiante, ciente de que Irina e Anastasia eram alvo de todas as atenções.

— Olhem ali! — exclamou, designando um grupo de homens que davam risada — é a nata do banco! O velho é Auguste Ebezner, o presidente do banco. E aquele homem alto ao seu lado, que parece um ator americano, é o filho dele, Abel Ebezner, o vice-presidente do banco. Dizem que é um financista temível, que já toma todas as decisões no lugar do pai. E ali, aquele jovem de gravata escura, é Macaire Ebezner, filho único de Abel. O herdeiro do banco! Tem vinte e cinco anos e vai se tornar vice-presidente assim que o avô passar dessa para melhor. Coisa de um ano, dois no máximo, a julgar pelo aspecto do velhote. Vice-presidente de um banco aos vinte e seis anos, isso é que é ter classe!

As três von Lacht pediram uma taça de champanhe e ficaram examinando a pequena aglomeração de banqueiros. Olga, de repente, ficou toda alvoroçada.

— Acho que estão com as graças do bom Deus, minhas queridas! Estão vendo, ali, aquele sujeito alto, bonito, meio sombrio? É o Klaus Van Der Brouck. Está fazendo um estágio no banco. Tem laços diretos com a família real belga, e é rico como Creso! O pai é um importante industrial de Bruxelas. Vão lá se apresentar!

Como as filhas resistiam, Olga as arrastou consigo e foi cumprimentar Klaus Van Der Brouck, usando todo o seu talento para o truque.

— Meu caro Klaus Van Der Brouck! — exclamou, precipitando-se em sua direção.

O Klaus em questão não tinha a menor ideia de quem se tratava, mas enfim, talvez já tivessem se visto em algum lugar.

— Olga von Lacht. — Olga achou por bem mencionar, ao ver que seu interlocutor não estava conseguindo situá-la.

— Sim, claro, minha senhora — mentiu Klaus, tendo a cortesia de fingir reconhecê-la. — É um prazer revê-la!

— Soube que está fazendo um estágio em Genebra? — inquiriu Olga.

Essa observação levou Klaus a pensar que já tinha, de fato, cruzado com aquela pessoa. Ficou constrangido por não se lembrar.

— Sim — disse ele —, meu pai é muito amigo de Abel Ebezner. E queria que eu ganhasse experiência em finanças para poder administrar o dinheiro da família.

— Que interessante! Permita que lhe apresente minhas filhas, Irina e Anastasia.

As duas irmãs ficaram um bom tempo conversando com Klaus, que só tinha olhos para Anastasia e flertava abertamente com ela, para imensa satisfação de Olga. Quando o coquetel chegou ao fim, Klaus arrancou de Anastasia a promessa de encontrar com ele após o jantar: haveria música ao vivo no bar do Palace. Diversão garantida. Olga, exultante, aceitou em nome da filha. Anastasia, por sua vez, tinha a impressão de sufocar. Deu uma desculpa qualquer e escapuliu por uma porta de serviço. Acabou saindo. O ar puro lhe fez bem. Abrigada sob uma marquise, contemplou a neve que caía em flocos graúdos. Sonhava em fugir do mundo, e principalmente, de sua mãe. Estava com vontade de fumar, mas não se atrevia a andar com cigarros. Se Olga a pegasse, estava fadada a uma chuva de tapas.

Anastasia reparou então num homem, sentado de costas para ela num caixote de madeira, fumando em silêncio. Mesmo sem ver seu rosto, soube que era bonito. Com seu casaco de tweed preto, tinha muita presença. Até seu jeito de fumar parecia elegante. Supôs que fosse um príncipe em férias ou, mais provavelmente, um rico banqueiro de Genebra.

— Você teria um cigarro? — perguntou.

O homem se virou. Ela notou que ele devia ter a sua idade, ou um pouco mais. Mas notou, principalmente, que usava um crachá no paletó. Era um funcionário do hotel. Ele sorriu para ela e levantou para lhe dar um cigarro. Anastasia ficou subjugada pelo magnetismo do jovem. Leu o nome no crachá: *Lev*.

— Você trabalha no Banco Ebezner? — perguntou Lev.

— Não, estou só de passagem. Meu nome é Anastasia, sou uma Habsburgo.

Na mesma hora mordeu a língua, xingando a si mesma de tonta. Por que tinha dito aquilo? Para impressioná-lo?

Lev dirigiu-lhe um sorriso radiante.

— O meu é Lev Levovitch — respondeu ele. — Sou carregador.

Ela o devorou com os olhos.

Foi como um raio.

*

Anastasia, na banheira, refletia profundamente. Estava tão feliz por ter reencontrado Lev, mas se sentia culpada pelo mal que ia causar a Macaire. Repetiu a si mesma, para acalmar sua consciência, que tinha que pensar nela própria em primeiro lugar. Quando finalmente foi deitar, eram onze horas. Estava sem notícias de Macaire desde que ele ligara, na hora do almoço. Parecera muito estranho ao telefone. Ela deveria ter ligado de volta, para ver como ele estava. Pela primeira vez, sentiu sua falta.

* * *

Onze e meia da noite, no meio do Parc Bertrand.

Macaire, petrificado de frio, andava para lá e para cá em frente ao grande açude. Um vento gelado machucava o seu rosto e fazia as árvores estalarem. O lugar estava deserto e imerso na escuridão. Só uns poucos postes esparsos iluminavam um pouco aqui e ali. Esse encontro misterioso não lhe inspirava nada de bom. Mas não tinha escolha. Para se tranquilizar, enfiou a mão no bolso do casaco e afagou a coronha do revólver. Aproveitando que Anastasia estava no Roberto com a mãe e a irmã, tinha passado sorrateiramente em casa no horário do almoço para pegar aquela arma. Sua esposa nem desconfiava daquela aquisição, feita legalmente alguns anos antes. Optara por uma Glock 26, uma pistola semiautomática de fabricação austríaca, compacta, robusta, leve, confiável, com munição de calibre 9mm. Guardava-a no cofre da saleta, cuja senha só ele conhecia. Com o passar das missões da P-30, sentira necessidade de estar pronto para proteger o seu lar. Caso algo desse errado. Esta noite, particularmente, estava orgulhoso desta iniciativa.

Uma silhueta surgiu, de repente, num halo de luz. Macaire sentiu se acelerar o seu ritmo cardíaco.

— Quem está aí? — perguntou à sombra que se aproximava.

O vulto permaneceu calado, Macaire sacou a pistola e apontou para o que podia ser uma ameaça.

E então reconheceu, à luz de um poste, o rosto do homem que vinha em sua direção.

— Você... — murmurou.

Capítulo 18

UMA NOITE EM GENEBRA

Scarlett e eu estávamos prontos para ir embora de Genebra e retornar a Verbier quando Arma telefonou. Ela fazia faxina em escritórios até tarde da noite, e combinamos de nos encontrar no dia seguinte num café do bairro Champel onde eu sabia que poderíamos conversar tranquilamente.

— Acho que não vamos mais para Verbier hoje à noite — disse Scarlett.
— Está achando certo.

Aproveitando que não vinha nenhum carro em sentido contrário, dei meia-volta no meio da estrada e peguei a direção do meu apartamento.

— Para onde estamos indo? — perguntou Scarlett.
— Para a minha casa — respondi.
— Se puder me indicar um hotel nas redondezas...
— Não vou largar você num hotel. Se o meu quarto de hóspedes estiver bom para você, é todo seu. Tem um banheiro e tudo o mais.
— Muita bondade sua, Escritor.
— Quer parar no centro para comprar uma escova de dentes, um pijama?

Ela apontou com o polegar para a sacola que deixara no porta-malas do carro naquela manhã.

— Pensei em tudo — disse ela. — Trouxe uma muda de roupa e uma escova de dentes. Pijama eu não preciso, durmo sem roupa.
— Entendo.

Ela sorriu para mim. Não pude evitar de sorrir de volta. Estacionei em frente ao meu prédio. Scarlett se encantou com a ruazinha de mão única, charmosa e verdejante, que levava o nome de avenida, margeada por edifícios antigos de um lado e, de outro, pelo Parc Bertrand.

Não cruzamos com ninguém no prédio. Chegando ao meu apartamento, fiz um café que tomamos no balcão da cozinha. De repente, me senti especialmente bem com ela. Estávamos sentados um ao lado do outro, sentia o seu corpo encostando no meu. Tinha vontade de tomá-la em meus braços, de que acontecesse alguma coisa, agora. Ela estava ao alcance dos lábios. Eu a desejava terrivelmente, e ao mesmo tempo, só tinha um medo: que Sloane tocasse a campainha. Só não sabia se era uma apreensão ou uma imensa vontade de revê-la. Scarlett me atraía da mesma forma que Sloane me fazia falta. Interrompi este momento convidando-a para conhecer o apartamento.

— Posso mostrar a casa? — propus.

— É claro.

Mostrei-lhe seu quarto, em seguida a levei até o meu escritório.

— Ah, é aqui que você escreve os seus livros! — disse ela, interessada.

Deu uma volta pelo cômodo, observando os quadros e as anotações fixadas na parede.

— Fascinante — disse. — Absolutamente fascinante.

— O quê? Esse escritório?

— Você — respondeu ela, cravando os olhos nos meus.

Pousou um dedo no meu peito.

— Estou destruída, escritor. Vou tirar uma sesta. Jantamos juntos?

— Com prazer. Há um restaurante excelente aqui perto.

— Maravilha, escritor! Até mais tarde. Descanse um pouco. O dia foi longo.

Ela me deixou sozinho no escritório.

Sentei à minha mesa. Tirei da pasta as minhas anotações, o notebook, e voltei ao trabalho.

Capítulo 19

O INÍCIO DOS PROBLEMAS

— Você? — murmurou Macaire ao descobrir que o encontro misterioso era com ninguém menos que Wagner, seu oficial de contato da P-30. — Que susto você me deu!

— Boa noite, Macaire — cumprimentou Wagner. — Me desculpe por contatá-lo desta forma, e por este encontro tão tardio, mas tinha certeza de que a esta hora só haveria nós aqui.

— Por pouco não atiro em você, cara!

— Você está armado?

— Só por precaução — respondeu Macaire, vagamente irritado. — Com aquela mensagem e essa encenação, achei que fosse uma cilada. Pode me explicar este circo? Por que não me contatou da maneira habitual?

— Eu fiz isso! Mandei três convites para a ópera, mas você não apareceu. Não abre mais sua correspondência?

— Desculpe, minha correspondência anda mesmo um bocado atrasada ultimamente.

— Pois a sua desorganização me obrigou a aturar três vezes *O barbeiro de Sevilha*.

— Puxa, sinto muito. O que há de tão urgente para você precisar falar comigo a essa hora da noite? É por causa do que aconteceu em Madri? O Perez falou?

— Não tem nada a ver com Madri. É sobre o Banco Ebezner. A situação está crítica. A presidência está escapando das suas mãos, e isso é realmente um problema.

— No que isso interessa à P-30? — perguntou Macaire, sem entender direito por que Wagner, de repente, estava se metendo nesse assunto.

— É a preocupação de todo mundo em Berna neste momento — explicou Wagner num tom muito sério. — Até na cúpula do governo. O Conselho Federal está exigindo dos serviços de inteligência um relatório diário da situação.

— Mas por quê?

— Ora, Macaire! Sinior Tarnogol está prestes a se tornar o presidente do maior banco privado da Suíça! Dá para imaginar que isso seria um problema para nós!

— Tarnogol, presidente do Banco Ebezner? De jeito nenhum, vocês estão enganados, o candidato de peso é o Levovitch...

— E quem quer colocar o Lev Levovitch lá? O Tarnogol, justamente — retrucou Wagner. — Você não acha estranho o Conselho já estar desde fevereiro fechado com o seu nome e, de repente, a poucos dias da eleição, Tarnogol resolver que é o Levovitch quem deve ser eleito?

Macaire ficou chocado ao ver que Wagner já estava ao par de tudo.

— Uma vez eleito — prosseguiu Wagner —, Levovitch vai renunciar em favor do vice-presidente, ou seja, de Tarnogol.

— E por que o Levovitch faria isso?

— Por dinheiro. O Tarnogol vai dar a ele uma montanha de dinheiro. O Tarnogol tem uma rede imensa, é poderosíssimo. Tarnogol é o diabo. É capaz de tudo. Mas isso você já sabe, Macaire, considerando-se o pequeno acordo que vocês fizeram quinze anos atrás.

Macaire achou melhor não responder.

— Apesar do esforço do seu pai — continuou Wagner —, não conseguimos barrar o Tarnogol. Então está na hora de sermos mais radicais.

— Meu pai? — espantou-se Macaire.

— O seu pai fez muito por nós.

— Meu pai era membro da P-30?

— Um agente excepcional! — disse Wagner, com admiração.

Macaire ficou ao mesmo tempo estupefato e comovido com essa notícia: seu pai e ele tinham tido o mesmo destino.

— A única razão de o seu pai não o indicar diretamente para a presidência, Macaire, foi para poder se livrar do Tarnogol.

— Meu pai pretendia me nomear presidente?

— É claro. Ele me falava muito sobre você, sabe. Ele era meio grosseiro com você em público, mas a verdade é que ele te admirava. Sua intenção, naturalmente, era que você fosse seu sucessor, mas nós o dissuadimos. Caso o nomeasse para a presidência, você acabaria com o Tarnogol como vice-presidente, e, acredite, ele faria de tudo para derrubá-lo e tomar o seu lugar. Tivemos então que achar um jeito de romper discretamente com trezentos anos de funcionamento do banco.

— Quer dizer que essa confusão toda com a sucessão era uma operação da P-30... — murmurou Macaire, que acabava de entender.

Wagner assentiu com um lento meneio da cabeça.

— Era o único jeito de se livrar da ascendência do Tarnogol. Com a decisão de incumbir o Conselho de eleger o presidente, mas excluindo a possibilidade de seus próprios membros se candidatarem, seu pai, por um lado, inviabilizou o acesso de Tarnogol, e, por outro, também abriu uma brecha para uma eventual reconfiguração do Conselho. Como vê, Macaire, era um plano perfeito. Sabíamos que você seria escolhido pelo Conselho, e sabíamos que em seguida estaria em posição de mudar as regras do jogo e indicar alguém de confiança para a vice-presidência. Tarnogol seria deixado de escanteio. Continuaria sendo acionista do banco, é verdade, mas perderia todo o seu poder.

— E o que foi que deu errado, então?

— O Tarnogol foi mais esperto que esperávamos. Nos derrotou no nosso próprio jogo. Conseguiu virar o voto de Horace Hansen e convencê-lo a eleger o Levovitch. Estamos a três dias da eleição, a situação é grave.

— Mas você tem uma ideia em mente — concluiu Macaire. — Ou não teria me convocado.

— Muito perspicaz — sorriu Wagner friamente. — Não esperava menos de você. Veja bem, Macaire, nós logo entendemos que estava acontecendo algo errado no banco. Em janeiro, o Tarnogol não tinha argumento para impor o nome de Levovitch, seu protegido, a Horace e Jean-Bénédict Hansen. Os dois se agarravam à tradição da firma, ficavam repetindo que "somente um Ebezner pode dirigir o Banco Ebezner". E de repente, a poucos dias da eleição, esses senhores mudam de ideia. Foi aí que entendemos que tinha caroço nesse angu. Há um traidor dentro do banco, jogando a favor de Tarnogol e contra nós.

— Um traidor! Droga! Vocês o identificaram?

— Sim, Macaire — Wagner limitou-se a responder, misterioso.

— Fale logo, caramba! De quem se trata? Não me diga que é o Jean-Béné, não vou acreditar. Nem consigo imaginar ele sendo desleal ao banco.

— Não é o Jean-Bénédict — assegurou Wagner, lacônico.

— Chega de adivinhas, cara! — disse Macaire, impaciente. — Abra logo o jogo, ok?

Wagner então encarou Macaire com seu olhar glacial. Após um instante de silêncio, disse com voz cortante:

— Não se faça de idiota, Macaire, não lhe cai nada bem! Já sabemos de tudo.

— Mas do que está falando, afinal?

— O traidor é você, Macaire!

— Quê? Mas isso é ridículo!

— Ridículo? Seus resultados anuais estão um desastre! Nunca estiveram tão ruins em toda a sua carreira no banco! Todos os seus clientes perderam dinheiro! Você chega para trabalhar num horário indecente! Não responde a correspondência! Você se boicotou! Não foi nada difícil para o Tarnogol, mostrando o seu balanço, convencer os dois Hansen a não indicarem você para a presidência.

— Mas isso é totalmente absurdo! Meu Deus do céu, por que eu faria uma coisa dessas?

— Por dinheiro, Macaire! Só Deus sabe o quanto o Tarnogol lhe prometeu. Com certeza o suficiente para comprar uma ilha nas Bahamas e passar o resto da vida por lá. Você está pouco se lixando para a presidência do banco, já provou isso quinze anos atrás quando entregou suas ações ao Tarnogol. E está prestes a recomeçar, deixando que ele chegue à presidência. Você e o Tarnogol estão mancomunados! E você também é amigão do Levovitch. Fecha-se o círculo. Vocês três, juntos, são o triângulo das Bermudas.

— Isso tudo que está dizendo é totalmente ridículo! — insurgiu-se Macaire. — Como podem duvidar da minha lealdade depois de tudo o que eu fiz pela P-30? Tive, sim, um ano ruim, eu admito! Mas isso se explica pelas circunstâncias. Meus resultados sempre foram excelentes, até essa decisão do meu pai de não me nomear para a presidência, que me derrubou emocionalmente!

— Pode parar com essa cena, Macaire! Sabemos tudo da sua ligação com o Tarnogol. Sabemos que você é a única pessoa em quem ele confia.

— *Minha ligação*? Não, só posso estar sonhando! Você enlouqueceu, Wagner! O Tarnogol me odeia, vive me insultando!

— Você está nos achando mesmo com cara de idiotas? — explodiu Wagner, tirando do casaco um envelope que estendeu para Macaire.

Este o abriu e encontrou fotos, tiradas na antevéspera, em que ele aparecia entrando tarde da noite no palacete de Tarnogol, na rue Saint-Léger, nº 10.

— Não escondo nossa surpresa, Macaire, quando, graças à vigilância da residência de Tarnogol pelos serviços de contraespionagem, descobrimos suas visitas noturnas ao seu grande amigo.

— Vocês estão completamente enganados — garantiu Macaire. — O Tarnogol me pediu para fazer um pequeno favor em troca da presidência do banco.

— Que tipo de favor? — perguntou Wagner.

— Pois então, justamente: na segunda à noite, um homem ligou para o restaurante onde eu estava jantando e me deu as seguintes instruções: "Há um envelope para ir buscar. Pegue o carro e vá até Basileia, e lá, no bar do grande hotel Les Trois Rois, peça para falar com Ivan, um dos garçons. Peça a ele um café bem forte *e tudo que tem direito*. Ele vai entender." Eu segui as instruções. O tal Ivan me entregou um envelope em que estava escrito para levar o envelope na rue Saint-Léger, nº 10, em Genebra, na casa do Tarnogol.

— E aí você foi entregar o envelope na casa dele, e então, deixe eu adivinhar: ele o recebeu como a um rei. Vodca caríssima, caviar iraniano e tudo mais. Depois mostrou o quadro de São Petersburgo na parede e contou a triste história da família dele, que lhe deu vontade de chorar. E no fim o chamou de "meu irmão". Não foi isso?

— Foi isso mesmo... Como sabe...?

— Porque você não é o primeiro a cair na conversa do Tarnogol, Macaire. Faz anos que a contraespionagem suspeita que ele trabalha para os serviços de inteligência russos. Ele tem o dom de usar as pessoas. Nesse tempo todo que estamos de olho nele, montamos um dossiê com depoimentos de toda essa gente da qual ele se aproveitou. Ah, posso até ver sua alegria quando ele o chamou de "meu irmão"! —Wagner deu uma gargalhada. — Ele sempre acha pessoas boazinhas, para explorar à vontade, e maleáveis feito argila. Que ele usa e depois joga fora. Há grandes chances de, neste envelope, você ter transportado segredos que serão entregues para a Rússia. Tecnicamente, Macaire, você colaborou com um Estado estrangeiro. Isso é alta traição!

— Eu só fiz isso para me tornar presidente do banco!

— Então como se explica que o Tarnogol não tenha a intenção de indicá-lo para a presidência?

— É por causa da bagunça na minha mesa — confessou Macaire.

— E você acha que eu vou acreditar nisso?

— Mas é a mais pura verdade!

Wagner deu de ombros, como se a verdade não importasse muito.

— Macaire — disse ele —, vou lhe dar uma chance de provar sua lealdade ao banco e à pátria.

— Me dê as instruções e o farei.

— É muito simples: você vai matar o Tarnogol.

Macaire esbugalhou os olhos, apavorado:

— Quê? Um assassinato? Você só pode estar louco!

— Você não tem escolha, Macaire. Está na hora de acabar com essa zona no banco, e é você quem vai fazer isso. Será a sua última operação para a P-30. Aquela para a qual o preparamos esses anos todos.

A essas palavras, de repente, Macaire compreendeu a cruel verdade: não tinha sido recrutado pela P-30 por acaso.

— Vocês tinham tudo planejado desde o primeiro dia, não é? Aquela primeira missão, a Operação Bodas de Diamante, podiam ter pedido para qualquer funcionário do banco. Podiam ter simplesmente pedido para o meu pai, já que ele era membro da P-30.

— Mas como era uma missão extremamente simples, era a oportunidade ideal de testar você e recrutá-lo — disse Wagner. — Você acha o quê? Que íamos deixar a joia rara do banco suíço passar tranquilamente para mãos estrangeiras? Você se revelou um ótimo agente. Preciso lhe dar esse crédito: você surpreendeu todo mundo na P-30. Mas a verdade é que o destinávamos de fato para uma única operação, caso se revelasse necessária: eliminar o Tarnogol. E é exatamente isso que você vai fazer.

Macaire ficou totalmente lívido. Tinha-se deixado enganar feito um tolo durante aqueles anos todos. A arapuca acabava de cair sobre ele.

— Ora, Wagner, você perdeu o juízo! Serviço de inteligência é uma coisa. Mas nunca falamos em matar ninguém!

— Já imaginava que fosse fazer uma cena — disse Wagner, antes de estender a Macaire um segundo envelope.

Dentro havia uma foto que revirou o estômago de Macaire: o analista de sistemas de Madri e sua esposa, mortos na sala de seu apartamento, executados com uma bala na cabeça.

— Sua última obra-prima — sorriu Wagner cinicamente.

— Vocês mataram esses coitados? — murmurou Macaire, estarrecido.

— Eles constituíam uma ameaça para o nosso sistema bancário. Não tínhamos outra escolha senão eliminá-los...

— Vocês me usaram para assassiná-los! Foi por isso que aquele Perez me acompanhou! Ele jamais foi detido pelos espanhóis, foi pura encenação! Você deu um jeito de eu ficar quieto no meu apartamento enquanto ele ia tranquilamente executar esses dois infelizes!

— Ora, deixe de drama, Macaire! Você é o autor deste duplo assassinato.

— Não, eu não tenho nada a ver com esse horror, e você sabe muito bem disso!

Wagner deu um sorriso maldoso. E então disse:

— Pois adivinhe só, Macaire, a arma usada neste duplo assassinato foi uma Glock 26, de um modelo similar a esse que você tem no bolso. Não é uma incrível coincidência? Acho que está muito mais envolvido nesse assassinato do que supõe. A polícia espanhola, por enquanto, acha que foi um assalto que acabou mal. Mas é só nós colocarmos a Interpol na sua cola.

— Então vocês sabiam que eu tinha uma arma... — murmurou Macaire, totalmente desconcertado.

— Nós somos a P-30, pode imaginar que gostamos de nos manter informados sobre tudo o que fazem os nossos colaboradores.

Macaire estava horrorizado. Parecia que seu mundo estava desmoronando. A P-30, a que ele servira com tanta dedicação, tinha se voltado contra ele.

Um longo silêncio se fez enquanto os dois homens se encaravam. Então, de repente, começou a chover forte.

— Preste atenção no que vou dizer... — disse Wagner, que parecia não ser atingido pela chuva

Um som repetido ecoou de repente, interrompendo-o no meio da frase. Houve um breve silêncio, e logo os sons recomeçaram.

Scarlett estava batendo na porta do meu escritório.

Ergui os olhos do computador e, assim que interrompi meu romance, a chuva cessou, o chão nevado do Parc Bertrand voltou a ser carpete, as árvores peladas e assustadoras sumiram, e o cenário da sala voltou ao normal.

Fui abrir. Scarlett estava diante de mim, deslumbrante, toda arrumada para sair para jantar, usando um bonito vestido curto. Tinha penteado o cabelo para um lado dos ombros nus, deixando à mostra os diamantes em suas orelhas.

Ao ver meu ar meio zonzo de ter passado as últimas horas absorto em meu texto, desfez seu sorriso radiante e pareceu muito decepcionada.

— Esqueceu que vamos jantar?

— De jeito nenhum — menti —, só estava terminando um capítulo...

— Você não parece pronto para sair — observou ela.

— Não vi que já eram oito horas — admiti.

— Não faz mal, Escritor, deixe o jantar para lá. Dá para ver que não está nem um pouco afim. Desculpe ter interrompido o seu trabalho, boa noite!

Ela já ia dando as costas, eu segurei sua mão para detê-la.

— Espere, Scarlett, me dê dez minutinhos pra eu me arrumar e a gente vai.

Capítulo 20

BERNARD E EU

Naquele início de noite da quarta-feira, 27 de junho de 2018, reinava em Genebra uma atmosfera das mais agradáveis. Eu e Scarlett seguimos pela rue de Contamines até o Museu de História Natural, depois descemos a rue des Glacis-de-Rive. O ar estava ameno e com um cheiro gostoso de verão.

Logo chegamos a um pequeno restaurante francês de que eu gostava muito. O dono nos acomodou numa mesinha lá fora iluminada por velas. Scarlett disse, depois de ver o cardápio:

— Acho que vou pedir um filé de Saint Peter.

— Era o peixe preferido de Bernard. Sempre que me levava para almoçar no Dôme, em Paris, ele declarava em tom solene: "O Saint Peter é o rei dos peixes". Que momentos maravilhosos passamos juntos naquele restaurante! Sempre fazíamos mil planos para o futuro.

Pedi uma garrafa de Borgonha (Bernard de novo, que achava que peixe podia perfeitamente ser acompanhado por um tinto leve) e água mineral com gás. Trouxeram uma garrafa de Châteldon e achei graça da coincidência.

— Era a água preferida de Bernard — disse. — Essa é a noite dele, pelo visto. Ele gostava de água com gás, mas não demais. Achava a Châteldon perfeita. Dizia que era a água do rei, referindo-se a Luís XVI.

— E dos colaboracionistas também — observou Scarlett. — Não foi o Pierre Laval que comprou a Châteldon?

— O Bernard também dizia isso — respondi, dando risada.

Ela sorriu docemente.

— Me fale sobre Bernard, você me deixou com gosto de quero mais hoje de manhã.

— Onde eu parei?

— Você estava contando do seu primeiro romance, que não fez sucesso nenhum...

— Ah, sim. Em janeiro de 2012, saiu então meu primeiro romance, e foi um fracasso comercial. Um ou dois meses depois, a Lydwine Helly me liga...

— Lydwine Helly era a sua benfeitora, não é? A que te pôs em contato com o Bernard?

— Isso mesmo. Você tem boa memória. Ela sabia que eu tinha um manuscrito pronto e, como estava saindo de férias, queria levá-lo para ler. Mandei para ela e, ao voltar, duas semanas depois, ela me disse: "É um ótimo romance, o Bernard precisa ler isso." O Bernard leu, e logo se convenceu. "Esse romance tem que sair logo", decretou, "vamos lançá-lo até setembro". O único que não estava convencido era eu. Depois do que eu julgava ser o fracasso do meu primeiro romance, não via como o segundo, apenas alguns meses depois, poderia ter um destino diferente. Então eu recusei.

— Você recusou? — espantou-se Scarlett.

— Sim, achei que era muito pouco tempo para preparar o lançamento. Em geral, os editores planejam sua programação um ano antes.

— E o que aconteceu?

— Descobri o incrível poder de persuasão de Bernard.

*

Paris, 29 de junho de 2012

Eu estava de passagem por Paris e Bernard me convidou para almoçar com ele. Sugeriu que eu passasse antes na editora, por volta das onze horas. Tínhamos falado várias vezes por telefone, mas era a primeira vez que nos víamos desde janeiro.

Ao chegar na Éditions de Fallois, na rue La Boétie, 22, fiquei impressionado com o aspecto de Bernard. Parecia mais jovem, mais bem disposto, com outra energia.

E então, assim que entrei na sua sala, vi sobre sua mesa provas impressas do meu romance, em diferentes formatos.

— Como o seu romance é bastante volumoso — me explicou Bernard — queria estudar qual seria o formato mais prático. Papel mais fino e mais pesado, ou mais grosso e mais leve.

— Mas, Bernard, eu disse que não queria publicar esse romance agora!

— Eu sei, Joël, meu caro — apressou-se em explicar. — Só queria fazer uns testes, por curiosidade. Se eu pedi para te ver, foi para agradecer.

— Agradecer pelo quê?

— Pela excitação que este seu livro me proporcionou. Uma sensação extraordinária.

Durante uma hora, ele ficou me falando sobre o meu romance. Então me explicou por que aquele livro podia ter feito um enorme sucesso. Depois fomos almoçar no Divelec, um dos restaurantes de peixes mais prestigiados de Paris. Fiquei bastante surpreso de ele me levar a um lugar assim, como se estivesse comemorando alguma coisa. Pediu imediatamente um champanhe — o que não era um hábito seu — e, erguendo a taça, me disse: "Meu caro Joël, um brinde a este romance que não vou publicar, mas que me proporcionou uma excitação de editor como há muito eu não sentia. Graças a você, lembrei por que exerço essa profissão."

Foi o suficiente para me convencer. Esse era Bernard em todo o seu esplendor: o carisma, a voz, o olhar, essa capacidade que têm os grandes políticos de fazer com que a gente se sinta único. Além de que havia algo de louco e estimulante naquele lançamento repentino e precipitado. Aquele homem de oitenta e seis anos sonhava com mais força do que eu.

No dia seguinte, após uma noite de reflexão, fui me encontrar com Bernard para dizer que concordava em lançar o romance no mês de setembro.

— Tem certeza de que não é meio precipitado? — perguntei mais uma vez. — Decidir em 30 de junho o lançamento de um livro para o início de setembro...

— Quem decide a publicação de um livro não é nem o autor, nem o editor. É o próprio livro quem decide quando deve ser publicado.

Ele então me garantiu que esse livro seria um imenso sucesso.

— Como pode ter certeza que esse livro fará sucesso? — perguntei.

— O sucesso de um livro não se mede pelo número de exemplares vendidos — ele respondeu —, e sim pela alegria e prazer que se sente ao editá-lo.

Mais uma vez, Bernard tinha razão. Nos dois meses que se seguiram, trabalhamos com uma alegria e uma excitação indescritíveis na revisão do texto, na escolha da capa e no envio de provas a jornalistas e livreiros. A editora inteira estava em ebulição.

Meus poucos conhecidos no meio literário parisiense previam, todos, que meu livro seria um fracasso. Afirmavam, com tom de entendidos:

"Ninguém faz isso, não dá para incluir um livro, em junho, na programação da *rentrée littéraire** em setembro. Os jornalistas já estão de férias, os livreiros já fizeram sua seleção." Esse, de fato, era um ponto importante: como fazer com que os livreiros, entre os seiscentos títulos previstos para serem lançados na *rentrée*, dessem destaque ao livro de um jovem autor totalmente desconhecido?

Bernard, quando lhe fiz essa pergunta, respondeu sem pestanejar:

— Eu vou telefonar.

— Telefonar? Para quem?

— Para os livreiros. Vou ligar para todas as livrarias da França.

E foi o que ele fez. Bernard passou dias inteiros telefonando para centenas de livreiros. Para cada um, foram várias ligações. A primeira para informar que estava mandando um livro de que tinha gostado muito e queria muito saber sua opinião enquanto livreiro. A segunda para estreitar o contato feito dois dias antes e garantir que ele tinha localizado, em meio a uma centena de pacotes idênticos, o livro enviado por expresso pela Éditions de Fallois. "Amanhã eu ligo de novo para saber o que você achou", dizia Bernard. E ligava. E ligava outra vez. Foi assim que ele fez com que meu romance fosse lido por livreiros de toda a França, curiosos para ver o livro que lhes valia um telefonema do Grande Bernard de Fallois.

Meu livro saiu junto com o novo romance da J. K. Rowling, que era, ainda por cima, seu primeiro livro fora da série Harry Potter, e todo mundo estava curioso para ver como seria esse romance. O mercado estava inundado de exemplares da J. K. Rowling, só se falava nisso. A expectativa dos leitores estava no auge com esse lançamento, e era ainda mais exacerbada por toda uma aura de sigilo imposta pela editora francesa, a qual tinha, aliás, desembolsado uma quantia fabulosa pelos direitos de publicação. Ninguém pôde ler o livro em primeira mão, e os exemplares foram entregues nas livrarias em caixotes selados, transportados por agentes de segurança, como se fossem pedras preciosas. Eu me perguntava, preocupado, como eu não seria engolido de uma vez por um mastodonte daqueles.

---

* Típico da cultura francesa, a *rentrée littéraire* é um fenômeno que a cada ano mobiliza o mundo editorial inteiro, no início de setembro — momento que corresponde à volta das férias de verão e início do ano letivo (*rentrée scolaire*). Centenas de novos títulos são simultaneamente lançados pelas diferentes editoras, num movimento preparado com meses de antecedência e que culmina, em novembro, com o anúncio dos vencedores dos diversos prêmios literários. (N. da T.)

Acontece que os leitores, quando chegavam às livrarias para comprar seu exemplar da J. K. Rowling, perguntavam aos livreiros — num reflexo habitual de cliente de livraria: "Que tal, é bom?" Ao que os livreiros respondiam: "Não sei, não fui autorizado a ler. Mas li esse romance aqui, de um jovem autor desconhecido, e gostei muito…"

Bernard tinha o faro e o talento dos grandes editores. De uma tiragem inicial de seis mil exemplares, chegamos, três meses depois, a meio milhão de livros vendidos. Os direitos foram adquiridos em seguida por editores do mundo inteiro. Meu romance iria vender milhões de exemplares em quarenta línguas.

Bernard era um desses grandes homens de outro século, talhados numa madeira que não existe mais hoje em dia. Na floresta dos seres humanos, era uma árvore mais bela, mais forte, maior. Uma essência única, que não tornará a brotar.

Naquela noite, em Genebra, passei horas contando sobre Bernard a Scarlett. Ela não se cansou das minhas histórias, que redesenharam os seis anos de alegria de escritor que vivi com meu editor, que para mim pareceram vinte. Tinha até a impressão de não ter tido vida sem Bernard. Como se ele sempre tivesse estado ao meu lado.

Contei dos nossos almoços no Dôme, o restaurante em que fizemos tantos planos.

Contei do carro de Bernard, uma Mercedes 230e azul que datava dos anos 1980, e do qual ele dizia, brincando: "Meu carro é mais velho que você, Joël." Quando não achava vaga para estacionar ao chegar no escritório, deixava-o simplesmente na rue Miromesnil, em frente ao restaurante Le Mesnil, cuja gerente ligava avisando caso o guincho chegasse para levá-lo.

Contei da sua erudição.

Contei da sua paixão pelos palhaços.

Contei da sua paixão pelo cinema.

Contei da sua paixão por Proust, cuja importância fora um dos primeiros a compreender, e de que tinha descoberto textos inéditos.

Contei da sua gentileza, curiosidade, generosidade, da sua grandeza de alma.

Contei que várias vezes viera me encontrar nas minhas turnês em Milão, Madri — que ele visitava regularmente —, em Roma. E que esperava um dia ainda ir comigo para Buenos Aires, cidade natal da sua mãe.

Contei o quanto tínhamos sido felizes, Bernard e eu. Ele que foi meu editor, meu mestre e meu amigo.

* * *

Depois do jantar, levei Scarlett para dar uma volta na beira do lago Léman. Genebra me parecia mais bonita que nunca. Paramos num bar para tomar um drinque, depois em outro, e assim prosseguimos nosso pequeno tour pela cidade. Já era tarde quando chegamos, por fim, na avenue Alfred-Bertrand.

— Aceita uma saideira? — propus a Scarlett ao chegar ao apartamento.

— Nunca recuso uma saideira — disse ela. — Mas acho que esta é a terceira saideira que você me propõe.

— Você conhece o ditado: nunca três sem quatro!

Ela deu uma risada e sentou no sofá da sala. Separei umas garrafas no bar. Foi só o tempo de ir à cozinha buscar gelo, quando voltei Scarlett já tinha pegado no sono. Estendi um cobertor sobre suas pernas, dei um beijo em seu rosto, depois fiquei um bom tempo olhando para ela.

Saí para fumar na sacada da sala. Não pude me impedir de fitar a sacada vizinha, a de Sloane. Seu apartamento estava apagado. Pensei onde será que ela andava. O que andava fazendo. Olhei então para o Parc Bertrand à minha frente. Notei que o ar, de repente, estava pesado. A noite, ainda havia pouco salpicada de estrelas, se enchera de nuvens tumultuosas. Um estrondo lacerou o céu. Então, de repente, começou a chover forte.

*

Então, de repente, começou a chover forte.

— Preste atenção no que vou dizer... — disse Wagner, que parecia não ser atingido pela chuva — Você vai impedir Tarnogol de tomar o poder.

— Espere — disse então Macaire, aflito para sair daquele vespeiro —, eu talvez tenha um jeito de afastar Tarnogol sem precisar eliminá-lo fisicamente.

— Como assim?

— Eu montei uma pequena operação junto com meu primo, o Jean-Bénédict Hansen. Demos o nome de Operação Virada. Eu e minha esposa vamos ao jantar da Associação dos Banqueiros de Genebra amanhã à noite, no lugar do Jean-Béné. É no Hôtel des Bergues, e o Tarnogol vai estar presente. Depois do jantar, invento uma desculpa para levar o Tarnogol até o lago. Nós conversamos. Nisso, meu primo joga o carro para cima de nós, eu salvo o Tarnogol e ele, como me deve a vida, é obrigado a me dar a presidência. Está vendo, vai ficar tudo em ordem, sem precisar das suas tramoias.

Nervoso, Macaire esperou a reação de Wagner, que não se fez esperar:

— Enlouqueceu de vez? — reclamou Wagner. — Um atropelamento vai chamar a atenção para você, vão acabar te pegando! Principalmente se o seu primo estiver envolvido! Ele vai arriar já no primeiro interrogatório da polícia.

— Não, aí é que está, porque não vamos atropelá-lo.

— Mas você tem que matar o Tarnogol!

— Mate você! Eu não sou um assassino.

— Você não está entendendo, Macaire: você não tem escolha. Se não me obedecer, eu acabo com a sua vida! Se não me obedecer, vai acontecer o seguinte: o Tarnogol vai morrer mesmo assim, só que por bala. A arma do crime? Uma Glock igual a essa sua. Testemunhas oculares vão reconhecê-lo formalmente. Vai ficar sem saída, Macaire. Ao investigar sobre você, a polícia vai chegar ao duplo assassinato de Madri. Pode contar a história que quiser, ninguém vai acreditar. Acho meio difícil você escapar da prisão perpétua. Por crimes que não terá cometido. A vida é injusta, não é? Para evitar essa desgraça toda, basta fazer uma coisinha só: eliminar o Tarnogol de forma limpa. Com um método que não vai deixar rastro nenhum, testado e comprovado pelos serviços secretos do mundo inteiro. — Então ele tirou do bolso um frasco contendo um líquido transparente e o estendeu para Macaire. — Amanhã, no tal jantar da Associação dos Banqueiros de Genebra, você vai despejar o conteúdo deste frasco na bebida do Tarnogol. É só isso que precisa fazer. Na hora, não vai acontecer nada. Depois, durante a noite, o Tarnogol será levado por um ataque cardíaco. É um crime perfeito. Ninguém vai desconfiar de nada. Ninguém nunca vai saber que Tarnogol foi assassinado.

Capítulo 21
ARMA (1/2)

Quinta-feira, 28 de junho de 2018. Abri um olho. Precisei de alguns instantes para perceber que estava em casa, na minha cama, em Genebra. Minha cabeça ainda pesava da noite anterior. Uma voz, de repente, me fez sobressaltar:

— Bom dia, Escritor. Dormiu bem?

No vão da porta estava Scarlett, uma xícara de café na mão. Tinha o cabelo ainda molhado do chuveiro e estava incrivelmente cheirosa. Olhava para mim com um ar divertido.

— Você tem o costume de ficar olhando as pessoas dormirem? — perguntei.

— Achei que estivesse morto, então vim ver o que estava acontecendo.

Ela me deu a xícara.

— Obrigado — eu disse.

Tomei um gole do café. Depois perguntei, com um sorriso no canto da boca:

— Scarlett, por que você está tão cheirosa?

— Porque tomei banho. Você devia levantar e fazer o mesmo, o nosso encontro com Arma é daqui a meia hora.

Tínhamos marcado com Arma no café da esquina da avenue Alfred-Bertrand com a avenue Peschier, ou seja, a poucos minutos a pé do apartamento. Ela era a única cliente nas mesas da calçada quando chegamos. Era uma mulher de rosto suave e que se cuidava.

Percebi imediatamente que Arma não estava à vontade.

— Por que a vizinha falou de mim para vocês? — preocupou-se de cara.

— Ela disse que você viveu os acontecimentos internamente — explicou Scarlett. — Você foi uma testemunha privilegiada, sua ajuda pode ser preciosa.

— Ajudá-los com o quê?

— Estamos curiosos para saber o que aconteceu no quarto 622 — expliquei.

Arma, de repente, ficou triste:

— Essa história foi muito difícil. Bem que eu queria tirar tudo isso da memória... Eu gostava muito do Macaire Ebezner, sabe?

— A vizinha disse só que você o amava — me permiti especificar.

— É verdade — respondeu Arma, baixando a cabeça. — Foi muito difícil perdê-lo. No fundo, eu também fui um pouco vítima desses acontecimentos. Não há só um dia em que eu não pense nele. Depois de tudo aquilo, tive que recomeçar do zero. Procurar um emprego. Eu agora faço faxina em escritórios, à noite.

Ela se interrompeu. Scarlett, gentilmente, a incentivou a reviver suas lembranças:

— Você poderia nos falar sobre os dias que antecederam o assassinato?

Como que respondendo, Arma tirou da bolsa um álbum de capa dura no qual guardava recortes de jornais da época. E então murmurou, quase sem graça:

— Eu vivo um pouco no passado...

— Todos nós fazemos isso — tranquilizei-a. — É um bom jeito de sobreviver.

Ela assentiu. E aí nos contou:

— Foi completamente doido. Uma semana antes do famoso Encontro Anual, saiu no jornal que Macaire Ebezner ia ser eleito presidente do banco, mas, na verdade, dava para ver que em casa as coisas iam muito mal. O Macaire estava muito estressado. Falava num tal de *Moussieu* Tarnogol que estava azucrinando a vida dele.

— Macaire Ebezner falava sempre nesse Tarnogol?

— Esse nome apareceu várias vezes na semana antes do assassinato. Naquele momento, eu nem desconfiava de nada. Fiquei sabendo depois, como todo mundo, pelos jornais.

Eu então comentei:

— A vizinha nos disse que Anastasia, a esposa de Macaire, tinha um amante nessa época.

— Sim, é verdade — confirmou Arma.

— Quem era ele?

— Lev Levovitch. Eu inclusive acabei descobrindo que eles planejavam fugir juntos.

— Você chegou a comentar isso com alguém?

— Eu pretendia contar tudo para o Macaire. Mas tinha que esperar o momento certo. Como disse, era um período particularmente estressante para ele. E, principalmente, escutei uma conversa dele com o primo, o Jean-Bénédict Hansen. Estavam planejando dar um susto no tal do seu Tarnogol para obrigá-lo a indicar o Macaire para a presidência.

— Dar um susto como?

— O Jean-Bénédict Hansen ia fingir jogar o carro em cima do seu Tarnogol. É claro que nada aconteceu como planejado. Isso foi na quinta-feira, 13 de dezembro, nunca vou me esquecer.

Capítulo 22

O DIA DA OPERAÇÃO VIRADA

Quinta-feira, 13 de dezembro — três dias antes do assassinato

A porta do consultório do doutor Kazan se abriu.

— Olá, Macaire — disse Kazan ao paciente que aguardava no corredor, convidando-o para entrar.

Macaire cumprimentou o terapeuta com um aperto de mãos formal e adentrou a sala.

— Depois da nossa sessão de terça, alguma coisa destravou dentro de mim — anunciou Macaire tão logo se instalou na poltrona frente à de Kazan.

— Fico feliz em ouvir isso — alegrou-se o psicanalista. — Saberia dizer que coisa é essa?

— Estou pronto para mostrar a *eles* quem é Macaire Ebezner. Hoje à noite *eles* todos vão descobrir minha verdadeira face.

— O que vai haver hoje à noite? Quem são esses "eles"?

Macaire pôs a mão no bolso e ficou mexendo no frasco de veneno. Tinha matutado um bocado na noite anterior, depois de seu encontro com Wagner no Parc Bertrand. Chegara à conclusão de que ele não era um brinquedo de Tarnogol, e nem da P-30. Decidira que hoje conduziria sua Operação Virada, tal como planejara. Ia se dar uma chance de dobrar o Tarnogol e cumprir desta forma, mas sem violência, a missão confiada pela P-30. Agora, se a Operação Virada não lograsse trazer Tarnogol a melhores sentimentos, se este insistisse em bancar o cabeça dura, então ele recorreria ao frasco de veneno. Ele o mataria. Era isso que tinha decidido.

— Vou conversar com o Tarnogol hoje à noite — explicou Macaire simplesmente ao doutor Kazan. — O Jean-Béné me cedeu o lugar dele no jantar da Associação dos Banqueiros de Genebra. Tenho o pressentimento de que vai dar tudo certo.

— Que bom.

— Também andei preparando umas fichas — prosseguiu Macaire, para justificar seu otimismo. — Para brilhar à mesa hoje à noite. Algumas piadas finas para seduzir e, para convencer, uma lista dos assuntos quentes do momento e dos acontecimentos mais importantes no mundo das finanças nos últimos meses. Chega de ser aquele Macaire calado nos grandes jantares. Terça que vem, o homem sentado na sua frente neste consultório será Macaire Ebezner, o novo presidente do Banco Ebezner.

— Fico muito feliz de ouvir isso — disse Kazan.

— Pensei em contar uma anedota no início do jantar para chamar a atenção dos meus colegas de mesa. Dizem que é fundamental começar um discurso divertindo a plateia. Quer ouvi-la?

— Com prazer.

— Bem, eu li outro dia na *Tribune de Genève*, numa matéria grande sobre o Picasso. É uma história engraçada sobre o valor das coisas, o que parece interessante para um jantar de banqueiros, não acha?

— Isso eu lhe digo depois que me contar a piada.

— Certo. Lá vai — Tomou uma profunda inspiração nervosa. — Picasso está jantando num restaurante. Quando termina, vem o dono e lhe diz: "Mestre, o jantar é por minha conta." Picasso, agradecido, pega uma caneta e faz um pequeno desenho na toalha de papel. Só que ele não assina. O dono do restaurante então pede: "Mestre, poderia assiná-lo?" E Picasso responde: "Você me deu de presente o jantar, e não o seu restaurante."

Kazan deu uma gargalhada:

— É muito boa mesmo.

— E soa um pouco sofisticada. Meio intelectual. Não é uma história escabrosa.

— Fará muito sucesso — prometeu Kazan.

Animado com a reação do psicanalista, Macaire então pediu que testasse seus conhecimentos sobre temas da atualidade:

— Vamos, me faça uma pergunta! Sobre qualquer assunto.

— Não creio que seja necessário — garantiu o doutor Kazan. — Estou certo de que está afiadíssimo.

— Vamos, por favor! — insistiu Macaire. — Só uma pergunta!

— Está bem. — Kazan pensou por um instante antes de perguntar. — Qual foi a resolução tomada pelas Nações Unidas na grande conferência sobre os refugiados ocorrida no início desta semana?

A pergunta do psicanalista foi seguida por um longo silêncio.

— Putz — disse Macaire afinal —, por essa eu não esperava! Pergunte outra coisa!

— Não precisa — declinou o doutor Kazan. — Tenho certeza de que está perfeitamente preparado.

— Vamos, doutor! — implorou Macaire. — Desta vez uma pergunta sobre finanças, que é meu ponto forte.

— Certo, muito bem — consentiu o doutor Kazan. — Qual foi a reação das bolsas de valores asiáticas ontem, quando o presidente americano anunciou um novo acordo de livre comércio com o Canadá?

— Ah, droga, ontem passei o dia todo distraído por conta de um problema que precisei resolver e tomou toda a minha atenção! Mas bem, ainda tenho um tempinho antes do jantar. Vou dizer no banco que não estou me sentindo bem e recapitular minhas fichas agora à tarde.

Em Cologny, trancada em seu quarto, Anastasia separava o que ia levar. Além de algumas roupas, pegou suas joias mais preciosas, seu passaporte, algum dinheiro que guardava escondido numa gaveta, e sua pistola dourada. Por via das dúvidas. Enfiou tudo numa bolsa de viagem de lona.

Meia hora antes, Alfred tinha trazido outro buquê de rosas brancas. E, escondido entre as flores, um bilhete escrito a mão por Lev:

Prepare suas coisas.
Apenas o necessário.
Partiremos em breve.
Lev

Por que só o necessário?, perguntou-se Anastasia. O que ele estava planejando? Não tinha dito, no bilhete anterior, que iriam embora para sempre? E por que não estava atendendo às suas ligações?

Ouviu um rangido de passos no assoalho do corredor. Seria Macaire já chegando do trabalho? Não, ainda era cedo demais. Na dúvida, escondeu depressa a bolsa num armário e foi dar uma olhada no corredor. Não havia ninguém. Muito estranho. Teve a sensação de estar sendo vigiada.

Ia voltando para o quarto quando Arma surgiu na sua frente gritando, o rosto deformado de raiva:

— Como ousa fazer isso com *Moussieu*?

— Fazer o que, Arma? — balbuciou Anastasia.

— Eu sei de tudo, *Médéme*!

— Hã? Mas do que está falando? — chocou-se Anastasia, tentando disfarçar sua perturbação.

— Eu sei que a senhora tem um caso com Lev Levovitch! Ele quer ficar com a senhora e quer ficar com o cargo de presidente do banco! Ele quer destruir *Moussieu*!

Anastasia retrucou asperamente:

— Que asneiras são essas? O que deu em você? Ora, recomponha-se!

— Eu não sou idiota, *Médéme*. Flores ontem, flores hoje de novo! E esse bilhete dele escondido na sua mesa de cabeceira: "*Vamos embora juntos, para longe de Genebra. Deixar tudo para trás.*" Esse tal Levovitch quer fugir com a senhora!

Perdendo a paciência, Anastasia começou a gritar:

— Você ousou mexer nas minhas coisas!

Pela reação da patroa, Arma entendeu que sua intuição estava certa.

— A senhora me dá vergonha! Não merece *Moussieu*!

— Cale-se agora, Arma, ou serei obrigada a despedi-la agora mesmo!

— Pode me mandar embora, se quiser! Eu vou contar tudo para *Moussieu*!

Arma desceu a escada num embalo só, Anastasia logo atrás.

— Arma, espere! Não faça isso!

— Tarde demais! — berrou Arma, trancando-se no lavabo social.

— Não conte nada, eu lhe imploro! Lhe darei dinheiro! Muito dinheiro!

— Para o diabo o seu dinheiro! Vocês, ricos, acham que o dinheiro compra tudo.

Anastasia bateu na porta.

— Arma, por favor, não faça isso! Abra a porta, por favor, precisamos conversar.

— E ainda por cima é covarde, *Médéme*. Eu vou contar tudo para *Moussieu*. Vou contar tudo assim que ele chegar!

Anastasia fez uma voz desesperada:

— Vai estragar a noite dele, é isso que você vai fazer! Temos um jantar muito importante para o futuro da carreira dele. Se o deixar transtornado, ele nunca vai conseguir convencer o Tarnogol a nomeá-lo para a presidência.

Arma, no lavabo, estacou de repente. Obcecada pela história do amante, tinha esquecido que hoje à noite *Moussieu* e o primo Jean-Bénédict iam executar o seu plano da última chance. Se ela deixasse *Moussieu* transtornado antes do jantar, contando que Anastasia o traía, ele talvez não conseguisse levar a cabo seu estratagema. E aí não seria eleito presidente do banco, e seria por sua culpa.

Fez-se um longo silêncio de ambos os lados da porta do lavabo. E de repente, Macaire apareceu no hall de entrada, carregando todos os jornais que encontrara no caminho.

— Olá, todo mundo! — cumprimentou, cheio de ânimo.

— Querido! — engasgou-se Anastasia — O que faz em casa tão cedo?

— Preciso dar mais uma estudada se quiser impressionar o Tarnogol hoje à noite. Estou indo para a saleta e não quero ser incomodado!

Com essas palavras, foi trancar-se para mergulhar em suas leituras.

Arma, tendo escutado Macaire, saiu do lavabo.

— Arma — cochichou Anastasia, com as mãos unidas em sinal de súplica — eu lhe...

— Não diga mais nada, *Médéme* — interrompeu Arma secamente, também sussurrando. — Vou esperar vocês voltarem do jantar. Não vou arredar pé desta casa, está me ouvindo? Assim que vocês chegarem, vou contar toda a verdade para *Moussieu*. Vou contar tudo o que está havendo entre a senhora e o Levovitch.

A porta da saleta se abriu. As duas mulheres se calaram e ficaram olhando Macaire fazer uma rápida ida e volta à cozinha em busca de algo para comer.

— Se estiver com fome, é só dizer, *Moussieu*, estou aqui para isso — disse Arma, ao vê-lo voltar com um prato de queijo.

Como resposta, Macaire fez pose de importante.

— Bom trabalho, bebê! — incentivou Anastasia, antes de ele fechar a porta da saleta. — E não se preocupe com o Tarnogol, bebê, você vai arrasar!

— Pare de chamá-lo de *bebê* — intimou Arma em voz baixa. — Sabe como ele se sente amado quando fala assim!

— Eu quero o bem dele! — afirmou Anastasia.

— Quem quer o bem do marido não sai se deitando por aí com o primeiro que aparece!

— Ah, você é fiscal dos casais? Nunca foi casada!

— E a senhora é uma esposa indigna! Hoje à noite, vou contar tudo para *Moussieu*, e ele vai enxotá-la daqui.

Arma voltou para a cozinha e Anastasia, arrasada, fugiu para o seu quarto. Desatou a chorar. Já não sabia o que fazer.

* * *

Dezesseis anos antes
Primeiro Encontro Anual de Anastasia em Verbier

Às dez horas da noite, naquela sexta-feira do Encontro Anual, o bar do Palace de Verbier estava cheio de funcionários do Banco Ebezner.

Cumprindo o prometido a Klaus, Olga viera com as filhas. Estavam reunidos numa mesa alta em que tronava um balde de champanhe. Klaus estava acompanhado de Macaire Ebezner, de quem não conseguia se livrar, e os dois homens empenhavam todo o esforço possível em cortejar Anastasia. Falavam da Bolsa e dos negócios, ostentando complacentemente suas altas responsabilidades e entornando champanhe como se fosse água.

Klaus era bonito e forte, elegante, mas passava uma impressão de maldade. Tinha um olhar sombrio, um tom por vezes brusco, entrecortado. Agressivo. Era, sobretudo, muito pretensioso. Cheio de si, ostentava sua posição e fortuna, algo que incomodava Anastasia mas não desagradava a sua mãe.

Já Macaire era um jovem razoavelmente bonito, bem cuidado, afável, que parecia simpático e gentil, porém inseguro e meio grudento. Dava para ver que ele se sentia ao mesmo tempo atraído e intimidado por Anastasia. Não foi difícil para Olga, que sabia como ninguém tirar vantagem das pessoas, induzi-lo a conseguir, para ela e para as filhas, acesso ao grande baile do banco que aconteceria no dia seguinte.

Irina, ofuscada pela irmã, fazia mil esforços para participar da conversa, enquanto que Anastasia mal prestava atenção nos dois homens. Parecia nervosa. Tinha os olhos grudados no grande relógio de parede. Já eram dez e meia. Só mais meia-hora. Não queria desencontrar-se dele.

Quanto à Olga, estava nas nuvens: suas duas filhas queridas cercadas por um riquíssimo aristocrata e pelo herdeiro de um banco! Quando Klaus se afastou para ir pedir mais uma garrafa de champanhe no bar, e Macaire, "para aliviar uma necessidade", Olga deixou extravasar sua alegria:

— Vejam se não são protegidas por Deus, minhas filhas! — disse em russo, para ninguém mais entender. — Olhem só para esses dois homens ardendo de desejo por vocês!

— Por Anastasia, principalmente — gemeu Irina. — Estão os dois babando por ela. Já eu, é como se não existisse. Ninguém repara em mim.

— Todo mundo está olhando para você, querida — garantiu sua mãe. — Está vendo aquele homem, ali? Já faz um tempinho que está te observando de soslaio.

— É um velho! — disse Irina, rebelde.

— Claro que não, deve ter uns quarenta anos, no máximo. Ora, filha, a cavalo dado não se olha os dentes.

Próximo às três mulheres, um homem que tinha se misturado aos banqueiros escutava a sua conversa. Fingindo brincar, distraído, com seu copo de vodca vazio, não perdia uma vírgula do que diziam, já que falavam na sua língua materna. Era um dos clientes mais importantes do Palace. Desses que não se pode correr o risco de desagradar. Também era um dos únicos autorizados a se hospedar no hotel durante o Encontro Anual do Banco Ebezner. Para ele, a inteira equipe de funcionários ficava de prontidão.

Um garçom aproximou-se do homem.

— Mais uma taça, senhor Tarnogol? — ofereceu. — Vodca Beluga *on the rocks*, correto?

Tarnogol recusou com um gesto irritado da mão, e o empregado imediatamente deu meia-volta.

Às onze horas, o milagre aconteceu. Olga, tendo descoberto que o homem que olhava Irina com cobiça era um conhecido consultor financeiro que obtivera os melhores resultados do ano no Banco Ebezner, resolveu tomar as rédeas da situação e ir lhe apresentar sua filha.

Nesse mesmo momento, Klaus sugeriu que deixassem o Palace e fossem para um clube de Verbier. Macaire achou que era uma ótima ideia. Anastasia, vendo a oportunidade de se livrar dos dois, garantiu que os encontraria lá caso sua mãe permitisse. Eles saíram, e Anastasia foi falar com sua mãe.

— Mãe, o Klaus está querendo sair!

— Então vá, corra! O que ainda está fazendo aqui?

— Pode ser que eu volte tarde, queria a sua permissão para...

— Vá, vá — exaltou-se Olga. — Divirta-se! E se cuide. Amanhã você me conta tudo. Vamos, chispa!

O semblante de Anastasia se iluminou. Deu um beijo na mãe e escapuliu a passos rápidos. Em sua afobação, não reparou na figura que a observava.

Correu pelo corredor onde passara havia pouco e empurrou a porta de serviço. E então o viu. Ainda usava um simples uniforme de trabalho, mas persistia o mesmo porte de príncipe. Não pôde impedir a si mesma de gritar seu nome. Seu lindo, seu magnífico nome:

— Lev!

Ele se virou e lhe deu um sorriso com seus dentes perfeitos.

— Onze horas em ponto! — sorriu Lev, que acabava de encerrar o expediente.

Ela correu até ele e o beijou longamente. Um longo beijo de tirar o fôlego. O que ela sentia era indescritível. Era como uma explosão interna. Como um formigamento que a atravessava. Como milhares de borboletas coloridas saindo do seu peito.

Ele a puxou para um elevador de serviço que os conduziu até o sótão do Palace, onde ficavam os quartinhos dos empregados. Ele a levou para o seu. Bem arrumado, transbordando de livros, lindamente iluminado com velas que ele espalhara por todo canto prevendo aquele momento. Despiram-se devagar, sem deixar de trocar longos beijos, como que unidos pela boca. E no abrigo do quarto, ao abrigo do mundo, ao abrigo do frio, face à paisagem do Vale do Rhône que se avistava pela lucarna, fizeram amor.

Ela não era virgem. Tinha se entregado bastante. Aconselhada pela mãe, deixara-se tomar por insignificantes fantoches pertencentes à juventude dourada de Klosters, Saint-Moritz e Gstaad. "Os homens têm suas necessidades, sua mãe sempre repetia, precisa satisfazê-las ou nunca irão te escolher."

Mas o que ela viveu naquela noite com Lev ela nunca tinha vivido antes. Quando a aurora levou embora a escuridão, eles ainda não tinham dormido. Assistiram, abraçados, ao sol nascer devagar por trás do topo das montanhas, colorindo o céu de magníficas luzes. Lev a abraçava com seus braços musculosos, deslizando a ponta do dedo em suas costas nuas, e cada carícia a deixava arrepiada. Ela o amava. Tinha descoberto, nessas últimas horas, o que significava amar.

Por fim caiu no sono. Quando tornou a abrir os olhos ele já não estava na cama. Deu com ele sentado do seu lado. Vestindo seu uniforme de funcionário. Estendeu-lhe uma xícara de café fumegante e um cesto repleto de croissants ainda quentes.

— Tenho que ir trabalhar — disse ele. — Pode ficar o quanto quiser. Use o elevador para descer. Você conhece o caminho.

— Quando nos vemos de novo? — perguntou Anastasia.

Lev pareceu surpreso com a pergunta.

— Nos ver de novo? Você quer me ver de novo?

— É claro que quero te ver de novo. Por que você pensaria o contrário?

— Você realmente consegue se imaginar com um cara como eu?

— O que é *um cara como você*? — perguntou ela, achando graça na observação.

— Quero dizer, sou um funcionariozinho de hotel sem futuro. Moro num quartinho no sótão de um hotel onde trabalho em tarefas menores. Dependo das gorjetas que os clientes se dignam me dar. Sou pobre, Anastasia! Não tenho nada. Sou um mísero funcionariozinho de hotel!

— E o que você acha que eu sou?

— Uma princesa russa cheia da grana, que passa o inverno na Suíça, o verão na Côte d'Azur, e tem domicílio fiscal em Londres ou Mônaco.

Ela deu risada e o beijou.

— Não sou nada disso — disse, radiante por, pelo menos uma vez, não precisar mentir e se sentir livre para viver. — Divido com minha irmã um quartinho igual a esse. Minha mãe é vendedora numa loja de departamentos de Genebra. Não temos um tostão, nada. Estamos amontoadas esse fim de semana num quarto horroroso do Auberge des Chamois. Minha mãe quer porque quer nos fazer frequentar a alta sociedade e nos casar com um príncipe, ou um barão, ou sei lá. Pobres, Lev, é isso que nós somos! Então, sim, quero muito te ver de novo! Aliás, não queria nunca mais me separar de você.

Ele respondeu com um sorriso luminoso:

— O que estou sentindo por você agora, Anastasia, eu nunca senti por ninguém.

*

— Anastasia?

Macaire parou o carro na frente do Hôtel des Bergues, onde estava reunida a nata dos banqueiros privados de Genebra. Eram sete e vinte e cinco.

— Está tudo bem, Anastasia? — perguntou novamente.

Ela enxugou uma lágrima que escorria em seu rosto.

— Tudo bem — afirmou.

— Está chorando?

— Não, é só um cisco no meu olho.

— Isso é resposta de romance — observou ele. — Cisco no olho nunca fez ninguém chorar.

— Mas ciscos de lembrança, sim.

Ele não entendeu. Dois manobristas abriram as portas do veículo e eles foram engolidos pela multidão que se amontoava no hotel. No hall de mármore branco, uma profusão de triunfantes banqueiros de braços dados com as esposas convergia para o grande salão de baile do primeiro andar. Cumprimentavam-se, falavam alto, davam-se ares de importância, felizes por serem da alta sociedade, a *crème de la crème* dos banqueiros, animados com o fim do ano chegando e os bônus anuais que logo receberiam.

Anastasia e Macaire penetraram no hall por sua vez. Estavam bonitos, ela no seu vestido longo de cetim preto, ele de smoking. Em seu bolso, o frasquinho de veneno que remexia nervosamente.

De repente, Macaire viu Tarnogol descendo apressado as escadas, no contrafluxo da multidão. Julgando que viesse ao seu encontro, Macaire parou e lhe abriu um sorriso de madona.

— Olá, meu caro Sinior! — disse Macaire com voz de bobo.

Mas Tarnogol passou na sua frente sem nem olhar para ele, deixou depressa o hotel e se enfiou dentro de um táxi. Vindo atrás dele, no meio da escadaria, Macaire de repente avistou Levovitch, infernalmente bonito num terno de três peças.

— Droga! — sussurrou para Anastasia — Lá vem o Levovitch! O que esse cara está fazendo aqui?

Anastasia ergueu os olhos para o seu amante e não pôde evitar que um imenso sorriso iluminasse seu rosto. Sentiu seu coração bater mais forte que nunca. Sentiu-se mais apaixonada. Admirou-o, mais bonito, mais altivo, mais poderoso que todos os homens à sua volta, dos quais destoava. Sentia-se viva em sua presença. Viu-o de repente tal como ele era, dezesseis anos antes, no fim de semana em que se conheceram.

* * *

Dezesseis anos antes
Primeiro Encontro Anual de Anastasia em Verbier.
Sábado à noite

No Palace de Verbier, Anastasia, sua irmã e sua mãe estavam sozinhas no elevador que as levava ao primeiro andar, onde ficava o salão de baile.

— A noite de gala do banco é o suprassumo do suprassumo! — vibrava Olga, revirando os olhos de alegria. — Meninas, vocês têm noção da sorte que têm de estar aqui?

— Graças a você, *mamuchka*! — adulou Irina, estremecendo de alegria ao pensar em rever o consultor financeiro.

— Graças ao Ebezner filho, isso sim. Ele é mesmo muito bonzinho. Não é tudo isso, mas daria um bom marido. Não é Nastya?

Quando estava especialmente bem-humorada, Olga chamava Anastasia de *Nastya*.

— Se você está dizendo, mãe — respondeu Anastasia, tratando de demonstrar entusiasmo para não atiçar a ira de sua genitora.

Ela só pensava em Lev.

— Consegui dar um jeito de ficarmos na mesa de Klaus e Macaire — anunciou Olga, orgulhosa. — É um ótimo rapaz, esse Klaus. Boa família e tudo mais.

— E eu, *mamuchka*? — indagou Irina, com medo de ficar de mãos abanando.

— Não se preocupe, assim que as pessoas se levantarem para dançar, você corre para o seu gentil consultor financeiro. Está tudo planejado, minhas filhas, tu-do-pla-ne-ja-do. Acho que, esta noite, seus destinos finalmente serão selados como se deve.

— Bravo, *mamuchka*! — exclamou Irina, toda animada com a ideia da nova vida que a aguardava com o consultor financeiro.

Sim, ele era mais velho do que ela imaginara. E não tão bonito como gostaria. Mas tinha uma mansão com piscina em Vésenaz.

A porta do elevador se abriu no primeiro andar tocando a campainha característica. As três mulheres então se depararam com um jovem esplêndido, indisfarçadamente vestido como um príncipe, que parecia estar à sua espera.

— Lev? — Anastasia não pôde evitar de murmurar, com um sorriso radiante.

— Conhece este rapaz? — perguntou Olga, impressionada pela aparência do jovem.

Lev inclinou-se diante de Olga para cumprimentá-la.

— Boa noite, senhora — disse, brindando-a com um beija-mão real que fez a megera arrepiar. — Permita que me apresente: Lev Roussipov, conde Romanov — mentiu o jovem com aprumo.

Olga, a essas palavras, quase desmaiou de alegria. Um Romanov! Deus seja louvado, um Romanov! A Casa Imperial da Rússia! Para se precaver de uma falsa alegria, perguntou-lhe em russo:

— Você quer dizer Romanov *Romanov*?

Lev respondeu num russo refinado, inclinando-se mais um pouco, mão no peito:

— Czares e imperadores da Rússia, Czares de Cazã, de Astracã, da Sibéria, de Kiev, de Vladimir e Novgorod, Reis da Polônia e Grão-duques da Finlândia, ao seu dispor, minha senhora.

Olga ofereceu a Lev um sorriso rendido. Anastasia segurou um ataque de riso.

— Minha filha Anastasia, que aqui está, foi assim batizada em homenagem à Casa Imperial! — explicou Olga, ainda em russo.

— Louvada seja, senhora, por perpetuar a grandeza de minha família!

Eles então voltaram ao francês.

— Não tinha conhecimento de que havia um Romanov trabalhando no Banco Ebezner — admitiu Olga, que, no entanto, fizera suas pesquisas com muito zelo.

— Trabalhar? — disse Lev em tom de brincadeira. — Acha que preciso trabalhar? É hora dos insultos, pelo visto.

Olga riu por sua vez, seduzida pelo jovem aristocrata de humor ácido.

— Estou descansando em Verbier — explicou Lev. — O senhor Ebezner pai me convidou para participar do jantar desta noite. Talvez por amizade, ou talvez por eu ser um dos maiores clientes do banco.

A velha Olga ficou sem palavras.

— Lev — murmurou, deslumbrada pelo carisma do jovem.

Nunca tinha escutado esse nome antes. Prova de que era um nome de rei.

A poucos metros dali, movendo-se entre a multidão de banqueiros à qual não pertencia, Sinior Tarnogol observava, achando graça e ao mesmo tempo com curiosidade, a atuação daquele jovem que, ele sabia, não passava de um funcionário do hotel.

Capítulo 23
OPERAÇÃO VIRADA (1/2)

No saguão do Hôtel des Bergues, na noite do jantar da Associação dos Banqueiros de Genebra, Macaire e Anastasia alcançaram Lev na grande escadaria de pedra.

— Oi, Lev — disse Macaire num tom desagradável. — O que está fazendo aqui?

Lev inclinou-se de maneira cortês diante de Anastasia, que vinha logo atrás do marido.

— Parece que o Tarnogol está passando muito mal. — Ao ouvir isso, Macaire pensou se a P-30 já não teria se antecipado e envenenado ele. — Me disse que não tinha condições de ficar para o jantar e queria alguém para substituí-lo e representar os interesses do banco.

— E por que você? — disse Macaire, contrariado pela presença de Levovitch no jantar. — Ele podia ter pedido para mim.

— Acho que era mais prático, já que eu moro aqui. Mandou me chamar na minha suíte e eu desci em seguida. Não sabia que vocês também vinham. Que boa surpresa.

Anastasia se segurou para não lhe dar outro sorriso.

— É que viemos no lugar de Jean-Béné e Charlotte. Eles tiveram um contratempo — explicou Macaire.

Estava agora de um humor execrável: mais prático ou não, Tarnogol ter chamado Levovitch para substituí-lo no jantar era um péssimo sinal.

Subiram os três até o primeiro andar. Ao chegarem à entrada do salão de baile, Levovitch puxou Macaire para o lado, pedindo licença a Anastasia para um breve aparte profissional.

— Macaire — disse Lev, assim que ficaram fora do alcance de ouvidos indiscretos —, tenho algo muito importante a dizer.

Macaire fez sua expressão mais séria para mostrar a Levovitch que tinha toda a sua atenção mas, nesse momento, foram interrompidos por um funcionário do hotel que vinha com a bengala de Tarnogol na mão.

— Lamento incomodá-lo, senhor Levovitch — desculpou-se o funcionário —, mas o homem que estava com o senhor agora há pouco esqueceu a bengala na chapelaria.

— Obrigado — disse Levovitch, tomando para si a bengala de pomo cravejado com vistosos diamantes —, pode deixar que eu entrego para ele.

— Quer que eu mande alguém levá-la na sua suíte?

— Não, obrigado, vou ficar com ela. É mais seguro.

O funcionário do hotel foi embora e Levovitch ficou brincando com a bengala.

— Quer que eu vá levá-la? — sugeriu Macaire, vendo aí uma oportunidade de se reconciliar com Tarnogol.

— Não, não se incomode com isso — desconversou Levovitch.

— Garanto que não é incômodo nenhum — insistiu Macaire, tentando pegar a bengala.

— Longe de mim fazer você perder seu tempo — disse Levovitch segurando firmemente a bengala —, você não é do achados e perdidos! Mas voltemos ao nosso assunto.

— Sou todo ouvidos — garantiu Macaire, soltando a bengala e adotando uma expressão de Primeiro-Ministro.

— É meio constrangedor — avisou Levovitch.

— Fale sem receio.

— Bem, antes de ir para casa, o Tarnogol me falou uma coisa. Tem a ver com a presidência do banco.

— Vamos, desembuche! — pressionou Macaire. — O que está acontecendo?

Depois de hesitar um instante, Lev anunciou:

— O Tarnogol quer me indicar para o cargo. E disse que eu também tenho o voto de Horace Hansen.

— Ah, é? — soltou Macaire, sentindo seu estômago embrulhar.

Fingindo surpresa com a notícia e lutando para disfarçar o pânico, Macaire enfiou a mão do bolso e segurou o frasco de veneno. Passou-lhe pela cabeça a ideia de o despejar, naquela noite, na bebida de Levovitch. Bastava um gesto e Levovitch seria eliminado de uma vez por todas. Mas Levovitch garantiu a própria salvação ao acrescentar:

— E eu recusei, é claro.

— Ah, é? — repetiu Macaire, largando o frasco.

— Sim, claro, esse cargo é seu. Fico até surpreso de o Tarnogol ter pensado em mim.

— Pois eu fico lisonjeado por você pensar que sou a pessoa certa.

— Isso me parece claro. Somente um Ebezner pode dirigir o Banco Ebezner. Então eu disse ao Tarnogol que você é quem devia ser nomeado.

O rosto de Macaire se iluminou.

— Obrigado, meu caro Lev. E o Tarnogol concordou?

— Não. Disse que estava fora de questão. É por isso que eu estou chateado.

Macaire ficou pálido na mesma hora.

— Ah, é mesmo?

— Ele disse que se eu recusasse iria nomear outra pessoa. O Jandard, talvez. Parece que ele era a segunda opção de Jean-Béné e do pai desde o começo.

— Jandard, o diretor de recursos humanos?

— Sim, parece que é o que tem mais tempo de casa.

Macaire sentiu-se invadir pelo pânico. Estava perdendo o controle da situação. Um funcionário do hotel tocou um sininho, convidando os presentes a se dirigirem para o salão de baile e tomarem seu lugar à mesa. Macaire, deixando Levovitch juntar-se ao fluxo dos presentes, afastou-se para telefonar a Jean-Bénédict. Queria avisá-lo da defecção de Tarnogol e do cancelamento da operação. Mas o celular de Jean-Bénédict não atendeu. Tentou então a casa dos Hansen: nada. Em seguida ligou para o celular de Charlotte, na esperança de que ela ainda estivesse com o marido, mas esta informou que tinha saído com a irmã.

— O Jean-Béné estava bem ruinzinho quando saí, coitado — disse ela. — Estava enfiado na cama. Você ligou para o celular dele? Ou lá para casa, mas não acho que ele vá levantar para atender.

— Puta que pariu! — vociferou Macaire depois de desligar.

Jean-Bénédict devia ter amarelado. Sentindo-se desnorteado com os rumos que a noite estava tomando, Macaire foi se refugiar no banheiro em busca de um pouco de sossego. Releu as fichas que trazia preciosamente no bolso do paletó. Mas as piadas que tinha anotado de repente lhe pareciam insossas, e estava se confundindo com os assuntos da atualidade. Ele, que uma hora atrás tinha aquelas anotações na ponta da língua, agora estava trocando as bolas, confundindo Irã com Iraque. Passou água no rosto para se recompor, mas com isso molhou a gravata, que então precisou secar deixando-a por um bom tempo embaixo do secador de mãos.

Quando Macaire finalmente apareceu no salão de baile, o presidente da Associação dos Banqueiros de Genebra já tinha concluído o discurso de abertura. Estavam servindo as entradas e a conversa, nas mesas, já estava animada.

Tinha se esquecido completamente de consultar o mapa das mesas na entrada do salão, e, como não conseguia avistar Anastasia em meio aos muitos convidados, Macaire teve que voltar ao saguão e esquadrinhar a lista alfabética em que não encontrou seu nome, examinou-a outra vez, mas continuou não encontrando, pediu ajuda a um funcionário, que também não encontrou, até finalmente lembrar que seu lugar estava em nome de *Jean-Bénédict Hansen*. O funcionário indicou-lhe a mesa 18, bem ao fundo do salão de baile, onde estaria em companhia dos dois acionistas majoritários do Banco Pittout e suas esposas, bem como da presidente do Banco Bärne.

Quando finalmente chegou ao seu lugar, Macaire teve a péssima surpresa de descobrir que todos na mesa prestavam atenção nas palavras de Levovitch, que, depois de brindá-los com alguns ditos espirituosos dos quais só ele sabia a resposta, estava contando uma piada. Macaire só pegou o final:

— O dono do restaurante pede então a Picasso: "Mestre, poderia assiná-lo?" Mas o pintor responde: "Você me deu de presente o jantar, e não o seu restaurante."

A mesa inteira caiu na gargalhada.

— Eu já conhecia, saiu no jornal na semana passada — resmungou Macaire, sentando-se ao lado de Anastasia.

O jantar foi um inferno para Macaire.

Levovitch, régio e mais brilhante que nunca, capturava toda a atenção. Admirado e admirável, deslumbrante, superior em todos os aspectos. Todos queriam a sua opinião. O que ele achava disso, o que achava daquilo? Nem bem terminava de responder, já lhe faziam outra pergunta. E suas respostas esclarecidas recebiam "ohs" e "ahs" maravilhados, todos elogiando sua presença de espírito, acolhendo suas palavras com meneios de admiração, impressionados com aquele homem que esbanjava, com tanta modéstia, um saber inesgotável.

Passando de um assunto para outro com total desenvoltura, destilava seus conhecimentos com insolente maestria, de maneira ora séria, ora burlesca, o que lhe dava o poder de nunca perder a atenção de seus ouvintes.

Quanto a Macaire, não conseguiu dizer uma palavra. Em parte por causa de Levovitch, mas também porque, sendo sua vizinha de mesa surda como uma porta, precisava intermediar-lhe a conversa tal qual um intérprete das Nações Unidas.

Falou-se sobre as Nações Unidas, aliás, durante o prato principal, e sobre a conferência que haviam sediado recentemente sobre a questão dos refugiados. Macaire, que estava perfeitamente a par do assunto graças ao seu estudo durante a tarde, já ia abrindo a boca para impressionar a plateia quando sua vizinha com deficiência auditiva lhe perguntou:

— De que estão falando? Não estou ouvindo nada!

— Da conferência sobre os refugiados nas Nações Unidas — soprou-lhe Macaire.

— *A quê?*

— A conferência sobre os refugiados — repetiu Macaire, irritado.

Ao ouvir Macaire pronunciar a palavra refugiado, Levovitch pegou o gancho.

— O que é um refugiado? — questionou.

Todos coçaram a cabeça.

— Os refugiados são uns ladrões e uns encrenqueiros — declarou então a surda que, desta vez, tinha ouvido perfeitamente.

— Chagall, Nabokov, Einstein e Freud eram refugiados — observou Levovitch.

Houve alguns comovidos sinais de aprovação.

— Meu pai era refugiado — disse a presidente do Banco Bärne, endossando a intenção de Levovitch. — Fugiu de Teerã depois da queda do Xá e veio para a Suíça.

A conversa então enveredou para o Irã.

Droga, pensou Macaire, não tinha tido tempo de dizer nada sobre a conferência dos refugiados, e agora estavam falando do Irã, um país do qual não sabia absolutamente nada. Ele até sabia uma piada com xá e chá, mas achou melhor se abster. Rápido, dizer alguma coisa. Mas o quê? Espiou discretamente suas fichas, lembrando ter anotado uma série de estatísticas da OPEP. Mas a conversa já estava mudando de rumo, com a presidente do Banco Bärne perguntando:

— Qual é a origem do sobrenome Levovitch?

— Russa. Meus avós paternos eram originários de São Petersburgo.

— Então fala russo fluentemente? — perguntou um dos convidados.

— Sim — respondeu Levovitch —, embora meus avós quase sempre falassem comigo em iídiche.

— E sua mãe, também é russa?

— Não, ela era de Trieste.

— Italiana, portanto — concluiu a presidente do Banco Bärne.

— Não, ela nasceu em Trieste, mas de mãe francesa e pai húngaro. O pai dela era oftalmologista, deixou a Hungria a pé para ir estudar medicina em Viena, depois se estabeleceu com a esposa em Trieste, onde minha mãe nasceu. Mais tarde eles se mudaram para Esmirna, que era grega na época, e estava sendo assolada por uma rara doença ocular.

— Esmirna, que virou Izmir depois que foi anexada pela Turquia? — perguntou um dos acionistas majoritários do Banco Pittout, querendo aparecer um pouquinho.

— Exato — confirmou Lev.

Turquia, lá vamos nós!, alegrou-se Macaire, que tirou do bolso, sem vergonha alguma, uma ficha sobre a desvalorização da libra turca para poder declamá-la. Mas antes que uma só palavra pudesse sair de sua boca, alguém perguntou a Levovitch:

— Então você também fala italiano?

E Levovitch retomou o embalo:

— Sim, minha mãe só falava italiano comigo. Já os meus avós maternos costumavam falar grego. Não sei por quê. Enfim, respondendo à sua pergunta sobre minhas origens — recapitulou Levovitch, sentindo que seu público estava perdendo o fio da meada —, meu pai era russo, e minha mãe, francesa.

— Mas e você, onde nasceu, então? — perguntou a presidente do Banco Bärne.

— Em Genebra, é claro! Foi aqui que meus pais se conheceram e passei a minha infância.

— É claro! — repetiu Macaire que, sem conseguir falar, estava disposto a qualquer coisa para escutarem o som de sua voz.

— Ah, então você é suíço? — espantou-se um dos sócios do Pittout, como se isso não tivesse cabimento.

— Certamente — disse Lev.

— Certamente — repetiu Macaire só para dizer mais alguma coisa, pensando consigo mesmo que os judeus tinham mesmo histórias familiares sem pé nem cabeça.

— Não deve ser fácil ter um nome e um sobrenome desses sendo suíço — lamentou a surdinha depois de Macaire repetir o diálogo para ela. — Todo mundo deve confundi-lo com um estrangeiro!

— Bem, todos nós somos estrangeiros para alguém, não é? — observou Lev.

— E você sempre morou em Genebra? — perguntou um dos acionistas do Pittout.

— Até os quatorze anos. Em seguida fomos para Zurique, depois Basileia, até que nos estabelecemos em Verbier. Voltei para Genebra quinze anos atrás.

— Quantos idiomas você fala? — indagou a surda, admirada. — Seis, pelo menos!

— Dez, na verdade — confessou Levovitch —, contando o inglês, o espanhol e o português, que aprendi na escola, em viagens ou com pessoas que frequentei.

— Pessoas que frequentei — repetiu Macaire, frustrado, já sem esperança de que alguém lhe desse atenção.

— E há também o hebraico, que aprendi me preparando para o meu *bar mitzvah*.

— *Bar mitzvah!* — exclamou Macaire, o papagaio.

— Além do persa, que aprendi com uns clientes — acrescentou ainda Levovitch.

— Parsa por aqui... parsa por ali! — encadeou Macaire, sem que ninguém atentasse para a brincadeira.

— Você fala persa? — admirou-se, em persa, a presidente do Banco Bärne, dirigindo a Lev um olhar langoroso.

O maldito do Levovitch respondeu em persa, e os dois conversaram alguns instantes nesta língua, diante do olhar atônito dos demais.

— Onde aprendeu persa? — perguntou então a presidente do Banco Bärne.

— Estive algumas temporadas a serviço de uma grande família iraniana, em Verbier, justamente.

— Quer dizer que era o consultor financeiro deles? — indagou um dos banqueiros do Pittout, que não estava certo de ter entendido.

— Não — respondeu Levovitch, sem corar — era mordomo deles, no Palace de Verbier.

— Mordomo? — espantou-se o marido da surda.

— Sim. Os ingleses chamam de *butler*, soa mais chique. O termo mais correto seria faz-tudo, na verdade. Trabalhei por dez anos no Palace de Verbier.

— Isso foi antes da faculdade, então? — perguntou o outro acionista majoritário do Banco Pittout.

— Na verdade, não fiz faculdade. Aprendi o essencial por meio de minhas leituras e de pessoas que conheci.

Essa última declaração atiçou a curiosidade e o entusiasmo da mesa em relação a Lev. Atendendo aos pedidos de todos, ele então começou a contar uma pequena parte da sua história de vida.

Capítulo 24

JUVENTUDE DE LEV LEVOVITCH

Trinta e cinco anos antes, em Genebra

— Lev! Lev!

Ao ouvir seu nome, o garotinho que estava saindo da escola se virou e viu sua mãe. Correu para os seus braços.

— Como está meu pequeno príncipe? — perguntou ela em italiano.

— Estou bem, mamãe — respondeu ele abraçando-a com força.

Todos os dias, sua mãe o levava para a escola de manhã e vinha buscá-lo à tarde. Esses dois trajetos cotidianos a pé com sua mãe eram seus momentos preferidos do dia.

Caminhavam de mãos dadas. O apartamento em que moravam, na route de Florissant, nº 55, ficava a apenas alguns minutos a pé. Atravessavam o Parc Bertrand subindo a grande alameda ladeada de árvores centenárias, e pronto, estavam em casa.

Chegando ao pequeno apartamento do sexto andar, Dora, a mãe de Lev, colocava leite para esquentar, pegava um pãozinho de brioche, cortava-o ao meio, passava uma generosa camada de manteiga e acrescentava uma fileira de pedaços de chocolate. Para Lev, o pão e o chocolate ficariam para sempre associados à lembrança de sua mãe.

Dora trabalhava no consulado da Itália em Genebra, situado na rue Charles-Galland. Dez anos antes, ainda solteira, morava no bairro de Eaux-Vives. Ia todo dia a pé para o trabalho e, no caminho, sempre parava no Café Léo, no cruzamento de Rive, para tomar um cappuccino e comer um croissant de amêndoas. Foi assim que conheceu Sol Levovitch, que trabalhava ali de garçom, e se tornaria seu marido e o pai de Lev.

Quando lhe perguntavam sobre sua profissão, Sol Levovitch respondia que era um ator tentando decolar como humorista. Enquanto isso, tinha conseguido um emprego no Café Léo, que lhe servia de ganha-pão e graças ao qual tinha conhecido Dora.

Dez anos antes, Dora sucumbira rapidamente aos encantos daquele jovem garçom culto e dono de um humor sutil. De manhã, no café, ele a fazia rir tanto que tinha de pedir que ele parasse um pouco para que ela conseguisse tomar seu cappuccino sem se engasgar.

— O homem que sabe fazer rir também sabe fazer viver, pois não existe sentimento mais belo — dissera Sol um dia.

— Por quê? — Ela achara graça.

— Porque o riso é mais forte que tudo, mais forte até que o amor e as paixões. O riso é uma forma inalterável de perfeição. É algo de que nunca nos arrependemos, que sempre vivemos plenamente. Quando termina estamos sempre satisfeitos, gostaríamos de mais, mas não exigimos. Até a lembrança do riso é sempre agradável.

Eles logo se tornaram um casal. Dora sabia que ia gostar de viver com Sol. Nunca iriam nadar em dinheiro, mas seriam felizes. Com ele, ela ria de manhã à noite. À tarde, depois do expediente no Café Léo, ele trabalhava com afinco nos seus espetáculos, aperfeiçoava seus textos, suas mímicas, suas maquiagens. As personagens absurdas e burlescas que encenava eram de uma comicidade irresistível. À noite e nos finais de semana, se apresentava nos cabarés da região, o que lhe rendeu certa fama, mas não muito dinheiro.

Quando caminhavam de mãos dadas pela chiquérrima rue du Rhône, vendo as vitrines das butiques de alta costura parisienses, Sol prometia a Dora:

— Um dia ainda vou fazer muito sucesso e dar tudo isso para você.

— Eu não ligo — afirmava Dora. — Não se preenche uma vida com pedaços de pano.

— Mas esses pedaços de pano são liiindos! — exclamava Sol, fazendo a voz esganiçada de uma de suas personagens, e ela caía na risada.

Então Lev nasceu. Seu único filho.

Alguns anos se passaram.

Os problemas do cotidiano e as contas atrasadas foram se acumulando. Sol andava cada vez mais preocupado com seus espetáculos, que vinham dando cada vez menos certo, porque ele não se renovava e o público ficava com uma desagradável sensação de *déjà vu*. Convenceu Dora a investir as poucas economias do casal numa pequena turnê pela França que supostamente faria sua carreira decolar, mas que se revelou um fiasco completo.

Dora sentia cada vez menos vontade de rir. Sempre que queria conversar sobre algum assunto sério que dizia respeito a eles dois, Sol respondia com uma gracinha.

Lev viveu uma infância feliz até os onze anos, porque seus pais o pouparam das brigas. Quando, ao final do dia, crescia a tensão na pequena cozinha, Dora e Sol, que não queriam acertar as contas na frente do filho, diziam: "Papai e mamãe vão jantar fora." Saíam, deixando Lev com a simpática vizinha de porta, e iam para o Parc Bertrand criticar um ao outro por horas a fio.
No começo, não iam sempre "jantar fora".
Depois mais frequentemente
Depois, quase toda noite.
E enquanto Lev imaginava seus pais, apaixonados, num luxuoso restaurante igual aos dos filmes americanos que a simpática vizinha lhe deixava assistir, Dora e Sol, no escuro do parque, brigavam sem parar.
— Talvez esteja na hora de parar com a sua carreira de ator, pelo menos por um tempo — dizia Dora — e dedicar mais tempo ao trabalho e pôr algum dinheiro em casa.
— Essa carreira é a minha vida! — protestava Sol.
— Não, Sol, a sua vida é sua mulher e seu filho, e não se trancar fins de semana inteiros ensaiando papéis que você depois apresenta em salas vazias alugadas às nossas custas. Sem falar no tanto que você gasta com os figurinos, a maquiagem e tudo mais!
— Mas é o meu sonho! — exclamava ele.
— Só que a gente não tem mais como bancar os seus sonhos!
— Uma vida sem sonho não é vida!
— Bom, eu, pelo menos, não quero mais essa vida, Sol — avisava Dora. — Uma vida correndo atrás de contas a pagar, sem nunca sair de férias, sempre apertados. Eu quero viver! Quero existir!
— Ah, a madame agora tem vontades! — zombava Sol. — Ah, que saudade do tempo em que você vivia de amor e água fresca!
— Sabe qual é o seu problema, Sol? Você ama as suas personagens cômicas mais do que a mim, mais do que a você mesmo. Você esquece a realidade.

Ao pouparem-no de suas brigas, os pais de Lev acabaram não conseguindo poupá-lo de uma total incompreensão quando se separaram. Seus pais, apaixonados como nos filmes, que viviam "jantando fora", de repente, de um dia para o outro, se desuniam. Foi Dora quem foi embora. Deixando Lev com o pai.

Ela precisava espairecer. Se reencontrar. Pediu férias no trabalho e foi viajar pela Itália.

— Vou voltar para te buscar — prometeu a Lev —, vou voltar para ir te buscar na escola como antes. A mamãe só está precisando de um tempinho para si mesma.

Na escola, a professora e os outros pais declararam que era muito incomum a mãe ir embora e deixar o filho com o pai. "Em geral é o pai que conhece outra mulher", cochichavam as outras mães, observando Sol de soslaio enquanto ele esperava o filho na saída da escola. Quando o menino saía, seu pai lhe entregava um saquinho da padaria da avenue Alfred-Bertrand.

— O que é isso? — perguntava o menino.
— Um pão de chocolate.
— Não, a mamãe faz um pão com chocolate dentro.
— Pois então, pão de chocolate. É a mesma coisa.
— Não, a mamãe faz pão com chocolate, e não pão de chocolate. Não é a mesma coisa — dizia Lev, dando uma mordida assim mesmo.

E repetia, a cada mordida:

— O da mamãe é diferente. O que ela faz é melhor.
— Logo, logo ela vai fazer o seu lanche de novo. Do jeito que você gosta.
— Quando é que ela volta?
— Logo.

Mas Dora nunca mais voltou para buscar Lev na Escola Bertrand.

Ela pensava que viajaria somente por algumas semanas. Estava precisando daquela aventura. Com um banqueiro milanês que tinha conhecido no consulado e que a levou para passear pela Toscana. Nas duas primeiras semanas, sentiu-se terrivelmente culpada e sozinha sem Lev. Depois a sensação de liberdade acabou prevalecendo. Acordava de manhã em hotéis de luxo, tomava café contemplando o sol nascer sobre uma das mais belas paisagens campestres do mundo. Ela se sentia viva. Tinha a impressão de estar finalmente vivendo. Queria que aquela sensação durasse mais, e a viagem se estendeu num tour pela Apúlia, depois pela Sicília. Queria tanto ver o Etna! O banqueiro, para impressionar Dora, alugou um helicóptero. Mas a máquina terminou seu voo no fundo do Mediterrâneo. A marinha italiana resgatou três corpos: o do piloto, o do banqueiro e o de Dora.

No anular de Dora, encontraram seu anel de noivado, presente de Sol, seu marido, que ela ainda tinha no dedo, como se nada estivesse terminado. Sol entregou o anel ao filho. Foi a única lembrança que ele guardou da mãe.

*

Quando Lev completou quatorze anos, seu pai resolveu dar um novo impulso à sua carreira de comediante mudando-se para Zurique — onde seus espetáculos não fizeram mais sucesso — e em seguida para Basileia, onde Sol conseguiu um emprego razoavelmente bem pago no bar do hotel Les Trois Rois.

Em Basileia, Lev concluiu, dois anos adiantado, o ensino médio. Apesar do incentivo de seus professores, todos fascinados por seus talentos, seu pai convenceu-o a não perder tempo com estudos inúteis.

— Os professores falam que eu posso me tornar alguém importante e ganhar muito dinheiro — explicou Lev.

— Se o dinheiro tivesse alguma utilidade, filho, a gente já saberia. Os ricos são ricos porque são ladrões, nunca se esqueça disso.

— Sim, pai.

— Eles nos roubaram a sua mãe, nosso bem mais precioso.

— Sim, pai.

— Vou te ensinar a ser um comediante, isso sim. Vamos montar um belo espetáculo juntos. Sua mãe ia se orgulhar muito de nós.

Naquele verão, na esperança de que o filho se tornasse o grande comediante que ele não tinha sido, Sol ensinou a Lev tudo o que sabia da arte do teatro, desde a postura até a dicção, da confecção de figurinos à maquiagem. Até que certa noite, enquanto estava a serviço no bar do hotel Les Trois Rois, Sol Levovitch conheceu o senhor Rose, o proprietário do Palace de Verbier, que estava de passagem por Basileia para tratar de alguns negócios. O bar estava deserto naquela noite e o senhor Rose, de personalidade tagarela, puxou assunto com Sol. Conversa vai, conversa vem, Sol inevitavelmente acabou comentando sobre seu ofício de comediante. Foi o suficiente para o senhor Rose ter certeza de que Sol era o homem que procurava. Disse-lhe então:

— Senhor Levovitch, você é a pérola rara que venho buscando há muito tempo. Tenho um emprego excepcional a lhe propor. Estaria disposto a ir morar em Verbier?

No dia seguinte à sua conversa com o senhor Rose, Sol contou para Lev que uma grande oportunidade estava aparecendo para ele.

— Não posso te contar qual vai ser o meu papel neste hotel, prometi que guardaria segredo. Mas é um papel muito importante. O papel da minha vida.

— Quer dizer que você gostaria de ir para Verbier? — perguntou Lev.

— Muito.

— E eu, vou fazer o quê em Verbier?

— O senhor Rose diz que pode contratar você como carregador e, se você gostar de lá, poderá ir subindo de cargo. Eu vou ter bastante tempo livre, você também, certamente, e eu poderia continuar te ensinando tudo o que sei. Transmissão, filho, a transmissão é muito importante. É assim que as pessoas nunca morrem realmente: seu corpo pode até ser comido pelas minhocas, mas seu espírito sobrevive por outra pessoa. E assim vai. Quando eu já estiver meio gasto, você poderá assumir meu cargo no Palace. E o seu filho, mais tarde, assumirá o seu lugar. Só sei dizer que seremos uma grande linhagem de comediantes. Seremos os novos Pitoëff!

Lev, sem entender totalmente as elucubrações do pai, achou muito boa a ideia de ir morar nas montanhas. E foi assim que os Levovitch se mudaram para a estação de esqui valaisiana, onde foram ambos contratados pelo Palace de Verbier.

A verdadeira atribuição de Sol no Palace foi por muito tempo mantida em sigilo. Oficialmente, tinha sido contratado para ajudar o senhor Rose a manter o padrão do Palace. Suas tarefas, de início, não ficaram muito claras para os demais funcionários: estava ora trancado na sua salinha, situada nos bastidores do hotel, ora viajando. Mas, por conta de uma indiscrição, descobriu-se afinal que Sol, cuja experiência em hotelaria e em se virar na vida tinham agradado o senhor Rose, era enviado por ele por toda a Suíça e Europa para visitar estabelecimentos de luxo fazendo-se passar por um cliente, e em seguida produzir relatórios sobre os trunfos e inovações da concorrência, bem como ideias para melhorar a qualidade do serviço no Palace. Dizia o senhor Rose, sobre seu novo colaborador, que ele "tinha o olho e o rigor" necessários. E Sol, felicíssimo pela confiança de seu patrão, parecia feliz e realizado com suas funções. Era muito bem pago, ainda por cima, e se instalou num simpático apartamentinho no centro de Verbier.

Quanto a Lev, estava encantado com sua nova vida em Verbier. Contratado pelo Palace como carregador e mensageiro, descobrira as alegrias da independência. Todos os empregados do seu nível tinham direito a um simpático quartinho no sótão do hotel, e Sol permitira que o filho morasse ali: afinal, seu apartamento ficava a poucos minutos a pé e eles se viam constantemente no hotel. De modo que Lev passava a maior parte do tempo no Palace, onde tinha casa, comida e roupa lavada. Apesar daquela vida um tanto enclausurada, experimentava uma inédita sensação de liberdade. Os dias nunca eram iguais, conhecia um monte de gente, simpatizava com clientes do mundo inteiro, passava o inverno esquiando. Sentia-se muito bem em Verbier. Era feliz, como nunca mais tinha sido desde a abençoada época de seu pai e sua mãe juntos na route de Florissant. E também havia o senhor Rose, que era particularmente bom com ele. O senhor Rose sentira um afeto imediato por aquele rapaz trabalhador, determinado, elegante, educado, que suscitava elogios unânimes da clientela. Descobrira que o garoto, além disso, era dono de um saber enciclopédico e falava um número inacreditável de idiomas.

Não demorou para que Lev conquistasse a clientela cativa do hotel. Todos queriam ser atendidos por ele. Famílias ricas que vinham passar o verão ou o inverno descansando no Palace solicitavam sua presença e sua companhia. Muitos propuseram contratá-lo como secretário particular por polpudos salários, mas ele sempre recusou.

O senhor Rose, persuadido de que o lugar de Lev não era o de um funcionário de hotel, tentou convencê-lo a cursar uma faculdade. Mas Lev recusou.

Você poderia escolher a área que quisesse! Eu tenho contatos em várias universidades.

— Não quero deixar meu pai sozinho aqui — explicou Lev.

— Você pode vir visitá-lo.

— As pessoas que prometem voltar não voltam nunca, senhor Rose. Elas não iriam embora se tivessem a intenção de voltar.

— A vida, às vezes, é mais complicada do que parece, meu rapaz. Você poderia ter uma carreira extraordinária.

— Para que serve uma carreira? — questionou Lev, escarnecendo. — Para ser rico? Os ricos são uns ladrões, eles roubaram a minha mãe de mim.

— Para se sentir realizado, acho — respondeu o senhor Rose, meio desconcertado.

— Eu me sinto muito realizado carregando malas e ajudando os clientes — afirmou Lev.

— Você poderia se tornar um homem importante.

— A importância não é algo tangível. Tem a ver com os outros, não com a gente mesmo.

— Pare de filosofar um pouco, Lev, por favor! Você só tem uma vida, e não vai querer gastá-la carregando malas, poxa! Precisa ter uma formação.

— Eu tenho uma formação de comediante. Meu pai está me ensinando tudo o que sabe.

— Escute, Lev, se seu pai fosse um grande ator, estaria na Comédie-Française, e não no Palace de Verbier!

— Não seja desagradável, senhor Rose. Meu pai gosta muito do senhor.

— E é recíproco. Só que eu me preocupo com o seu futuro. Quase fico com vontade de te despedir só para te obrigar a dar um rumo na vida.

— Por que quer me mandar embora? Eu trabalho duro, os clientes gostam de mim.

— Escute, meu rapaz, vou propor o seguinte: você fica aqui no hotel e eu te ensino tudo o que sei.

— Tudo o que sabe sobre o quê? — perguntou Lev.

— Sobre gestão de hotel. Sempre pode ser útil.

Lev aceitou. Não só para manter seu emprego no Palace, mas porque sabia que poderia ser útil. E como dizia a sua mãe, "aprender nunca é demais". Foi assim que, nos anos seguintes, no maior sigilo para não despertar a inveja dos demais funcionários, o senhor Rose ensinou a Lev as regras de etiqueta e boas maneiras, e lhe inculcou a arte do requinte, do bom gosto, da elegância, do vinho, da comida.

O senhor Rose nunca se casara e nunca tivera filhos, mas se tivesse um filho, gostaria que ele fosse como Lev. Chegaria o dia em que já não teria energia para dirigir aquele estabelecimento e achava que Lev seria um substituto formidável. "Um dia, quem sabe, você ainda venha a dirigir esse hotel", disse ele a Lev com um orgulho quase paternal, numa noite em que degustavam *grands crus* às cegas. "Com certeza o transformaria no palace mais prestigiado da Europa."

Por um instante, Lev imaginou a si mesmo à frente do estabelecimento. A ideia lhe agradou. Gostava daquele lugar.

* * *

Toda semana, Lev passava longas horas no apartamento do pai. Este abria no meio da sala um imponente baú no qual guardava todo o material de seus espetáculos passados. Alguns figurinos, maltratados pelo tempo e pelas traças, precisavam ser remendados. Os dois homens se dedicavam juntos a esses trabalhos de costura.

— Você não sente muita falta do teatro? — perguntou Lev um dia.

— A vida é um grande teatro — respondeu Sol. — Um dia eu ainda volto aos palcos.

Apontou com a cabeça para um caderno grande, encadernado em couro, que estava sobre uma mesa, e prosseguiu:

— Tenho um monte de personagens na cabeça. Anoto tudo neste caderno para não esquecer nada.

— Posso olhar? — perguntou Lev.

— Outra hora — desconversou o pai.

— Quer dizer que é para um espetáculo que você guarda essas velharias todas?

— Não, é para dar para você um dia.

— Mas o que quer que eu faça com isso?

— Você vai dar para os seus filhos.

— E o que eles vão fazer com isso?

— Dar para os filhos deles.

— E daí? — questionou Lev.

— Daí eles vão se lembrar de mim.

Os Levovitch eram felizes no Palace. Mas desde a chegada deles, na opinião dos outros funcionários, alguma coisa tinha mudado. O senhor Rose, de repente, tinha olhos por toda parte. Ele agora notava as mínimas falhas de seus funcionários. Não podia ser delação por parte dos dois novos contratados, já que alguns fatos tinham ocorrido nos quartos, e outros, principalmente no bar, na piscina ou no restaurante, na ausência dos Levovitch.

O mistério ficou intacto por anos.

Capítulo 25
OPERAÇÃO VIRADA (2/2)

No salão de baile do Hôtel des Bergues, na noite da reunião anual da Associação dos Banqueiros de Genebra, todos da mesa escutaram o relato de Lev religiosamente em silêncio.

— Então estava se destinando a dirigir aquele hotel? — perguntou a presidente do Banco Bärne a Levovitch.

— Talvez. Eu teria gostado de dirigir o Palace de Verbier. Mas a vida decidiu de outro modo. Fiquei lá até meus vinte e seis anos, quando conheci Abel Ebezner, o pai de Macaire. Foi ele quem me introduziu no Banco Ebezner. Depois fui subindo na hierarquia.

— E que ascensão! — ressaltou um dos banqueiros do Pittout.

Os demais, terminando a sobremesa em absoluto silêncio, fitaram Levovitch com admiração. Ele havia falado durante todo o jantar: bem que tinha tentado ser breve, mas toda vez que dissera "resumindo" provocara protestos entre os ouvintes, que queriam mais.

— Em todo caso, sua mãe estaria orgulhosa de você — disse uma mulher sentada em outra mesa, enxugando os olhos.

— E o seu pai? Ainda mora em Verbier?

— Meu pai morreu. Por minha causa.

Um silêncio constrangido pairou sobre a mesa. Nisso, o presidente da Associação dos Banqueiros de Genebra pegou o microfone para anunciar que o chá e o café estavam sendo servidos no salão Léman, contíguo ao salão de baile, para um momento de confraternização entre todos os membros. Os convidados se levantaram e se dirigiram ruidosamente para a grande sala ao lado. Lev se deixou levar pelo fluxo. No salão Léman, pediu um expresso e saiu para tomá-lo na varanda. Estava sozinho no ar gelado. Contemplou o lago Léman e a margem esquerda de Genebra que se erguia à sua frente. Achou sua cidade mais bela que nunca.

* * *

De repente, paro o meu romance. Sozinho em minha sala, no sossego da noite, penso em Genebra, minha cidade querida, e lhe agradeço.
Cidade da paz e dos gentis,
Que acolheu aos meus e nos deu uma pátria.

Na varanda, Levovitch ergueu a bengala de Tarnogol para o alto como se fosse o cajado de Moisés, e a lua fez cintilar seus diamantes. Sentiu-se abastecido de uma força que nunca antes experimentara. E então, lembrando-se de repente dos últimos dezesseis anos, deixou-se invadir pela nostalgia.

*

Dezesseis anos antes
Primeiro Encontro Anual de Anastasia em Verbier.
Sábado à noite

No salão de baile do Palace de Verbier, em meio aos participantes do Encontro Anual do Banco Ebezner, eles dançavam, esplêndidos.
Dois magníficos impostores.
Anastasia, agarrando-se ao corpo de Lev, fechou os olhos um instante. Estava nos braços do homem da sua vida, sabia disso.
Observando a multidão de banqueiros à sua volta, Lev sussurrou ao ouvido de sua prometida:
— Eu vou ser rico e poderoso por você, Anastasia.
Pela primeira vez, ele não estava satisfeito com sua condição.
— Quero você — sussurrou então Anastasia.
— Me encontre daqui a quinze minutos na frente da escada de serviço — disse Lev.
Anastasia, com os olhos brilhando de amor, o coração aos pulos, assentiu. A música chegou ao fim e eles se separaram para melhor se reencontrarem. Anastasia voltou para a sua mesa, onde sua mãe a recebeu com um sorriso, enquanto Lev saía discretamente do salão. Quando ia cruzar a porta, uma mão o alcançou e o puxou à parte. Era o senhor Bisnard, o diretor de banquetes, grande como um armário. Estava fora de si.

— Que história é essa de dançar com os convidados, seu malandro? — exclamou.

Sinior Tarnogol apareceu nesse instante, um sorriso maldoso.

— É ele mesmo — disse ao senhor Bisnard. — É um dos seus funcionários, não é? Pode me explicar por que estava dançando com os clientes?

— Peço-lhe mil desculpas, senhor Tarnogol — disse Bisnard, sem soltar Lev. — Esse desavergonhado é, de fato, um empregado do Palace. Não se preocupe, isso não vai ficar assim.

Lev não ousou fazer um escândalo e deixou que Bisnard o arrastasse pela escada de serviço até uma sala de lavagem com pias transbordando de louça suja.

— Quem você pensa que é? — trovejou Bisnard. — Só porque é o queridinho do senhor Rose acha que pode tudo? Sempre bancando o espertinho, sempre levando as gorjetas gordas! Quero só ver a reação do senhor Rose quando eu contar que você entrou de penetra no baile Ebezner! Dançando na frente de todo mundo! O bicho vai pegar, acredite! Acho até que eu devia ligar para ele agora mesmo.

Lev sabia que tinha transgredido as regras de ouro do hotel.

— Escute, senhor Bisnard — implorou —, eu faço o que o senhor quiser, mas não conte para o senhor Rose. Por favor! Ele ficaria tremendamente chateado com o meu comportamento.

— Devia ter pensado nisso antes!

— Por favor! — suplicou Lev. — Pago o quanto for preciso. Eu lhe dou meu salário inteiro de dezembro, mais o bônus de Natal, se não contar para o senhor Rose.

— Quero três meses de salário mais o bônus! — exigiu Bisnard.

— Combinado.

Bisnard deu um sorriso satisfeito.

— Posso ir, agora? — perguntou Lev, que só pensava em ir encontrar com Anastasia.

— Só depois que lavar essa louça — decretou Bisnard, saindo da sala de lavagem e trancando a porta atrás de si.

Anastasia esperou em vão na escada de serviço durante uma hora e meia. Entendeu que ele não viria e foi procurar sua mãe, antes que ela ficasse impaciente.

— Ah, aí está você! — disse Olga quando Anastasia apareceu no salão. — Vem, já está tarde, temos que ir! Voltamos para Genebra amanhã na primeira hora. Onde está o conde Romanov? Eu gostaria de ter me despedido.

— Ele sumiu...
— Você tem o endereço dele? O telefone?
— Não...
— Tsc, azar o dele! Menos um ponto para ele. Bem que eu o achava metido, no fundo. Diferente do Klaus, educado e elegante. Finíssimo. Ele te procurou por todo canto. Queria se despedir direito. Eu disse que te daria o recado, e acabamos combinando de almoçar juntos em Genebra quarta-feira que vem. No restaurante Beau-Rivage. Ele que sugeriu. O Beau-Rivage, apenas! Só você, eu e ele. A convite dele. Elegante, esse Klaus.

Anastasia seguiu docilmente sua mãe. Pegaram seus casacos de pele na chapelaria e deixaram o Palace. Ela estava muito triste. Como que vazia. Por que ele a deixara esperando? Pensou que ele não a amava tanto quanto ela o amava.

Lev levou horas lavando a louça. Quando finalmente terminou e pôde voltar para o salão de baile, fazia tempo que a festa tinha acabado. O local estava deserto, as luzes todas apagadas. O Palace já dormia.

Anastasia se esvanecera.

Eles tinham se perdido um do outro.

*

Lev expulsou essa lembrança da memória. De repente, a porta da varanda se abriu e ele viu surgir Anastasia. Ela veio para perto dele: não encostaram um no outro por medo de que alguém visse, mas pareciam se abraçar. Lev mergulhou os olhos nos dela.

— Você nunca me contou o que aconteceu com seu pai — disse ela.
— O que vai acontecer com todos nós: morreu.

Ela pousou de leve a mão no coração dele.

— Eu queria curar suas feridas, Lev.

Lev tirou do bolso um maço de cigarros. Ofereceu um para Anastasia. Fumaram em silêncio. Eles estavam bem.

— Quando vamos embora? — perguntou Anastasia a meia voz.

Ele se inclinou e sussurrou a resposta em seu ouvido.

Anastasia deu um sorriso radiante. Pegou na mão dele. Estavam sozinhos no mundo. Mas, de repente, a porta da varanda se abriu bruscamente e Macaire irrompeu na varanda, com seu casaco sobre os ombros e trazendo o de Anastasia no braço.

— Ah, você está aí! — disse para a esposa num tom impaciente. — Deu para fumar? Mas que beleza! Vem, vamos embora!

Ele estava de péssimo humor. Nada tinha saído como planejado. Fez um rápido aceno para Lev e deu meia-volta, puxando a esposa consigo.

O casal Ebezner ia descendo a grande escadaria de mármore quando Lev os alcançou, sacudindo a bengala de Tarnogol no ar como que para sinalizar sua presença.

— Espere, Macaire — disse — preciso falar com você!

— O que foi agora? — perguntou Macaire, irritado.

— Queria conversar sobre aquela história da presidência, mas em algum lugar reservado.

— Vamos para o salão Dufour — sugeriu Macaire, indicando com o olhar os confortáveis sofás da sala a poucos passos dali.

— Não, aqui tem muito entra e sai. Vamos dar uma volta lá fora.

Os dois homens saíram na noite gelada. Afastando-se do hotel, caminharam ao longo do Rhône. Macaire, apesar do pesado casaco, tremia feito um pobre coitado. Quanto a Lev, ergueu a gola do paletó e escondeu o pescoço para se proteger um pouco do frio.

— Pode falar — disse Macaire, enquanto andavam pela margem deserta.

— Não se preocupe com o Tarnogol — tranquilizou-o Lev. — Eu vou falar com ele.

— E se ele não der ouvidos? — perguntou Macaire.

— Dou na cabeça dele com a sua própria bengala — brincou Lev.

Para reforçar a piada, Lev se curvou e sacudiu nervosamente a bengala, como Tarnogol costumava fazer com frequência.

— Eu sou Tarnogol! — zombou, imitando canhestramente o sotaque do velho.

Não reparou no carro que, estacionado no cais desde horas, acabava de arrancar à sua passagem e estava prestes a surgir atrás dele, com os faróis apagados.

* * *

Na frente do Hôtel des Bergues, os manobristas ouviram um repentino barulho de freada, e logo gritos vindos do cais a poucos passos dali. Correram para ver.

Um pedestre acabava de ser atropelado.

Capítulo 26

ULTIMA RATIO

Arma, preocupada, não tirava os olhos do relógio da sala. Uma hora da manhã. Onde eles estavam? Por que *Moussieu* e *Médéme* ainda não tinham chegado do jantar no Hôtel des Bergues?

A porta da casa se abriu de repente em meio a um alvoroço. Arma correu para o hall.

— Ah, minha Arminha! — exclamou Macaire, sem nem sequer se espantar com a presença da empregada a uma hora daquelas. — Deus seja louvado, você ainda está aí!

— O que houve, *Moussieu*?

— Anastasia... Uma tragédia!

Arma arregalou os olhos, apavorada. Será que, aflita com o que Arma pretendia revelar ao seu marido, *Médéme* tinha cometido uma besteira? Será que tinha se suicidado?

Mas eis que Anastasia veio entrando também, mancando ligeiramente, amparada pelo primo Jean-Bénédict e sua esposa Charlotte, eles próprios seguidos por um terceiro homem, em quem Arma não prestou atenção, aflita que estava imaginando o que teria acontecido.

— Anastasia foi atropelada por um carro — contou Macaire para Arma, enquanto conduzia todos até a sala. — E quem estava dirigindo era o Jean-Béné, imagine só!

— Felizmente, o susto foi maior do que o dano — disse Charlotte Hansen, que sempre gostava de poder citar uma frase oportuna.

Recebera a ligação do marido quando estava saindo do concerto no Victoria Hall e fora imediatamente encontrá-lo no hospital. Jean-Bénédict ainda parecia em choque. Rosto pálido como a morte, balbuciava repetidamente a mentira que tinha contado para a esposa quando ligara para avisá-la:

— ... Tava em casa... meio indisposto... época das gripes, né... aí me senti melhor... deu vontade de passar no Bergues para o digestivo... dar um olá... sempre bom para a agenda de contatos... aí percebi que não, pensando bem, não estava afim... indo embora, liguei de novo o carro, esqueci de acender os faróis... que idiota... vou te contar...

Algumas horas mais cedo, no entanto, a Operação Virada parecia que começava com o pé direito. Ao chegar em casa depois do banco, Jean-Bénédict se queixara à mulher de que se sentia febril. Quando Charlotte saíra, lá pelas quinze para as sete, para jantar com a irmã antes de irem ao concerto, o marido estava de cama. Assim que ela cruzara a porta do palacete, Jean-Bénédict saíra de baixo do edredom. Tinha bastante tempo: o concerto terminava às dez e quinze, e depois Charlotte e a irmã com certeza iriam tomar um chá de verbena no Remor. Sua esposa não chegaria em casa antes das onze, e encontraria o marido dormindo profundamente, como se não tivesse saído da cama. Não suspeitaria nem por um segundo o que tinha acontecido naquela noite. Jean-Bénédict refletira que este seria o melhor álibi. Porque, se por azar a Operação Virada desse errado, se a polícia o interrogasse, ele juraria que tinha ficado de cama. Sua esposa poderia confirmar. E para corroborar sua declaração, tomara o cuidado de deixar o celular em casa. Tinha lido num artigo que a polícia conseguia rastrear o movimento dos celulares graças aos sinais captados pelas antenas de telefonia.

Por volta das oito horas, Jean-Bénédict estava no quai des Bergues de tocaia no seu carro, como planejado. Tinha achado um lugar perfeito para estacionar e o clima estava a seu favor: a noite estava escura e uma densa névoa subia das águas do Rhône. Não se enxergava nada a dez metros. Ninguém conseguiria anotar sua placa, que ele tinha, ainda por cima, coberto com neve compacta.

Finalmente, pouco antes das nove e meia, avistou duas silhuetas andando pelo cais. Não dava para enxergar direito, mas conseguiu reconhecer Macaire, e a pessoa ao seu lado, de bengala na mão, só podia ser Tarnogol. Sentiu um pico de adrenalina: era hora de passar para a ação. Deu partida sem acender os faróis, e sem tirar os olhos das duas silhuetas meio imersas na neblina. Quando julgou ser o momento propício, arrancou bruscamente. Anastasia surgiu de repente; quando a viu já era tarde demais e acabou colidindo com ela.

— Você não teve culpa, Jean-Béné — garantiu Anastasia, que haviam acomodado no sofá da sala. — Eu queria alcançar o Macaire e o Lev, que tinham ido dar uma volta, e atravessei o cais sem prestar atenção. Eu é que devia ter prestado mais atenção. O erro foi todo meu.

Anastasia forçou um sorriso para descontrair o clima, e para melhor disfarçar que o que ela estava contando não era exatamente verdade. Quando, na hora de ir embora, Lev pedira para falar com Macaire, ela tomara um susto. Lev já o tinha chamado à parte antes do jantar. Estava preocupada com o que estava se tramando. Será que ele ia contar tudo sobre eles dois?

Ao ver que saíam do hotel, foi atrás deles, mas quando chegou na calçada eles já tinham sumido. Um manobrista lhe apontou a direção em que tinham ido, mas ela não conseguia ver nada. Seguiu pela calçada e, de repente, teve a impressão de avistar, pela névoa, duas silhuetas no meio do cais. Correu para alcançá-los mas, naquele instante, um carro que ela achava que estava estacionado surgira no cais com os faróis desligados e a derrubara.

— Seja como for — disse Macaire —, escapamos por pouco de uma tragédia!
— Também não é para tanto! — ponderou Anastasia.
— Como não! — exclamou ele. — Podia ter sido muito sério!

Macaire subiu a voz, feliz com um incidente que lhe devolvia importância depois de ele ter sido tão insosso frente aos seus pares durante todo o jantar. Agora era ele que estava sob os holofotes. Pena que Tarnogol não estava vendo isso!

Logo após o acidente, Anastasia tinha se levantado sozinha, garantindo que não era nada e não havia por que chamar uma ambulância. Mas Macaire percebera que não estava tudo tão bem assim, que sua perna estava inchada no local da batida. O grupinho então retornara ao Hôtel des Bergues, para sair do frio: acomodaram Anastasia no salão Dufour, deitada no sofá, a perna erguida sobre uma pilha de almofadas, enquanto Macaire tratava de ligar para o hospital. Falava alto ao telefone, semblante sério, enquanto os funcionários se agitavam nervosamente. Como justo naquela hora os convidados estavam começando a ir embora, não demorou a formar-se um ajuntamento na entrada do salão, à medida que as pessoas passavam por ali. "O que está acontecendo?", perguntavam. E os funcionários do hotel relatavam com expressões apavoradas: "Um acidente, quase em frente ao hotel... um milagre não ter sido nada mais sério... uma hora dessas, ainda acaba em morte, esses cais são muito mal iluminados."

Macaire, relembrando a cena, ficou feliz por todos os banqueiros presentes terem testemunhado sua autoridade. Ah, agora tinham visto quem ele era realmente, como tinha tomado as rédeas da situação. Ligara para o diretor do Hospital Universitário de Genebra, de quem era próximo, e exigira ser atendido imediatamente por um eminente professor! Nem atentara para o avançado da hora. Era uma emergência, ora! "Tire esse professor da cama, se for o caso!", vociferara ao telefone. O diretor imediatamente avisara seus subordinados. Eles deviam ter tremido, porque quando era o diretor do hospital quem dava as ordens, a coisa era séria! Os Ebezner estão vindo aí, atendimento de primeira! Quando chegaram ao hospital, já estavam sendo aguardados. Foram recebidos com tapete vermelho. Eram figuras importantes em Genebra, ora bolas! Nada de ficar mofando horas e horas numa sala lotada de feridos esperando para serem atendidos, nada disso! Foram direto fazer os exames com os maiores especialistas! E mais alguns exames complementares porque nunca se sabe. Mas benzinho era forte!

— Arma, gelo para o joelho da Madame — ordenou Macaire em tom de general —, e gelo no copo para todo o mundo, porque vamos tomar um uisquinho.

— Nossa, sim! — aprovou Charlotte. — Algo bem forte! Porque vou te contar, que susto!

Macaire deixou um beijo molhado na testa da esposa, enquanto Arma voltava trotando da cozinha trazendo o gelo. Esta aplicou uma bolsa gelada no joelho de *Médéme* sem se atrever a encará-la. Depois, como *Moussieu* tinha ordenado, serviu uísque para os convidados. Só quando se aproximou do terceiro homem é que, de repente, o reconheceu. Era o homem do jornal. Era Lev Levovitch!

— Boa noite, senhora — cumprimentou ele, com uma gentileza e uma consideração que nenhum convidado dos Ebezner jamais demonstrara por ela nos dez anos que trabalhava naquela casa.

A foto que tinha visto no jornal não lhe fazia jus. Ele era de uma beleza absoluta. Seus olhos... Os traços do rosto... Aquela elegância... Aquele ar altivo... Arma ficou extasiada. E não é que ele começou a puxar assunto? Se interessava por ela! Perguntou de onde ela vinha. "Sou albanesa", disse ela. E ele, de repente, se pôs a falar em albanês.

Arma arregalou os olhos, maravilhada: fora conquistada.

— Lev! Você fala a língua dela! — extasiou-se Macaire, sem conseguir, mais uma vez, disfarçar sua admiração.

— Meu albanês é rudimentar — lamentou Lev.

— Seu albanês é muito bom, *Moussieu* Levovitch — garantiu Arma. *E é modesto, ainda por cima!*, pensou ela.

— Onde aprendeu a falar essa algaravia? — perguntou Macaire.

— Fui noivo de uma albanesa alguns anos atrás, uma sobrinha do antigo rei da Albânia. Não durou muito. Fui várias vezes à costa adriática albanesa, vindo de Corfu, geralmente. É simplesmente magnífica! O mar é cor de turquesa, e as pessoas, de uma bondade infinita.

O semblante de Arma se iluminou, emocionada que estava pelo súbito interesse demonstrado por ela e por sua terra natal.

— Sou louco por *trileçe* — confessou Lev a Arma.

— Pelo quê? — perguntou Macaire.

— É um bolo feito com três leites — explicou Arma. — Adoraria fazer um para vocês, mas a massa precisa descansar várias horas. Em compensação, dá para fazer *ravani*. Tem todos os ingredientes na cozinha.

— Fazer o quê? — indagou Macaire outra vez.

— *Ravani* — explicou Lev desta vez —, um bolo à base de iogurte. Macio que só vendo. Mas é mais otomano que albanês, não é?

Arma sorriu, pois Lev tinha razão. Estava fascinada. Embora devesse odiar aquele homem. Como era possível? Desconcertada, anunciou que ia fazer o *ravani*, e desapareceu na cozinha. Estava perturbada. Compreendia a paixão de *Médéme*. *Moussieu*, sem dúvida, era uma pessoa fantástica, mas Lev era desses que só se encontram uma vez na vida. O que não dava era para imaginar esse homem, que parecia ser tão bom, querendo tomar o lugar de *Moussieu* no banco. Assim, quando instantes depois Lev apareceu na cozinha para buscar água, aproveitou a oportunidade para tocar no assunto:

— Queria lhe perguntar uma coisa, *Moussieu* Levovitch...

— Pois não.

— É meio delicado...

— Não precisa ter cerimônia comigo, Arma.

Ela se atreveu:

— É verdade que quer roubar de *Moussieu* a presidência do banco?

— Não! — respondeu Lev, arregalando os olhos, chocado. — Claro que não! Quem disse um absurdo desses?

— Foi o que eu ouvi dizer.

— Sinior Tarnogol, o vice-presidente do banco, está querendo me indicar para a presidência. Mas eu disse que de jeito nenhum. Acho que consegui convencê-lo. O presidente será Macaire.

* * *

Uma hora depois, estavam todos reunidos na cozinha, maravilhando-se à vista do lindo bolo redondo que acabara de sair do forno e que Arma partiu em pedaços e com o qual todos se deliciaram.

Eram duas e meia da manhã quando Jean-Bénédict, Charlotte e Lev finalmente se foram, celebrando a Albânia, agradecendo a Arma efusivamente, prometendo voltar outro dia para comer *ravani*.

Quanto a Macaire, estava seriamente abalado. Acabava de se dar conta que Levovitch tinha conquistado absolutamente todo mundo. Dos donos dos bancos a Arma, todos o adoravam. Ele era irresistível. Ele era feito para ser o presidente do banco. Era evidente. Era a melhor escolha para o banco. Macaire estava resignado. Tinha que desistir. Nisso, sentiu o celular vibrando em seu bolso. Quem podia estar ligando a uma hora dessas? Ao ver o nome que aparecia na tela, ficou um instante aturdido. Então se afastou para atender.

Aproveitando que estavam sozinhas na cozinha, Arma sussurrou para a patroa:

— *Médéme*, esse *Moussieu* Lev é extraordinário... Nunca conheci ninguém assim.

— Você precisa entender, Arma — confidenciou Anastasia —, que o que existe entre mim e Lev não é um casinho, nem uma inconsequência qualquer. Nós fomos feitos para ficar juntos. Era para estarmos juntos desde o primeiro dia. Só que nada saiu como o planejado.

*

Genebra, quinze anos antes.
Abril, três meses depois do Encontro Anual

— Ah, meu Deus! — extasiou-se Olga, como se estivesse tendo um orgasmo, ao ver o anel no dedo de Anastasia. — Que diamante enorme!

Ao ouvir a palavra *diamante*, Irina veio correndo.

— Klaus já te pediu em casamento? — engasgou-se. — Faz só poucos meses que vocês estão juntos.

— Não se preocupe — tranquilizou Anastasia —, não é um anel de noivado.

Irina deu um suspiro de alívio. O consultor financeiro a tinha pedido em casamento duas semanas antes, e não queria que a irmã lhe roubasse os holofotes. Não esperava que ele fizesse o pedido tão cedo, é verdade, mas como ele mesmo dizia, ele já não era tão jovem. O casamento estava previsto para o outono. A princípio, no Hotel Beau-Rivage. Nada menos!

— Esse Klaus, vou te contar! — maravilhou-se Olga. — Primeiro os brincos, depois o colar, agora um anel. Dá diamantes assim! Só para agradar sua amada! Cuide muito bem dele, por favor! Não o deixe escapar!

Anastasia forçou um sorriso. Tinha vontade de explicar para a mãe que quanto mais ele a machucava, maiores eram os presentes. Tinha vontade de desabotoar a blusa e mostrar os hematomas no seu corpo. Mas não se atreveu. Tinha vergonha. Tinha medo de não ser levada a sério. E bem, ele tinha prometido que isso não ia se repetir, tinha prometido que ia procurar ajuda para lidar com seus acessos de raiva. Sempre que se descontrolava, se arrependia em seguida, pedia perdão, ficava de joelhos, chamava-a de princesa. Ela já não sabia o que pensar.

— Foi realmente um achado, esse Klaus! — disse Olga. — Fico feliz por você, Nastya, e não digo isso por causa dos presentes. É um sujeito bacana, dá para perceber. Sorridente, generoso. E além disso, vocês formam um lindo casal.

— Temos alguns problemas — confessou Anastasia.

— Mas isso todo casal tem, minha filha! Problemas são um bom sinal: significa que o relacionamento está vivo, se firmando. Um relacionamento é algo que se constrói. E nunca esqueça: não há problema que não tenha solução.

— O Klaus tem que voltar de vez para Bruxelas daqui a um mês, e quer que eu me mude para lá com ele.

— Que maravilha! Vocês vão morar juntos! Quer dizer que é sério.

— Eu nem terminei a faculdade.

— Você pode terminar em Bruxelas, não pode? E francamente, você acha mesmo que é com um diploma de literatura que vai se dar bem na vida? Sendo que tem esse rapaz adorável, de excelente família e caidinho por você, querendo te levar com ele. Já vi dilemas piores!

Com Klaus, tudo fora muito rápido. Anastasia já não sabia bem como nem por quê.

Depois que Lev lhe dera o bolo na noite do baile, ela tinha refletido bastante. Será mesmo que conseguia se imaginar morando num quartinho de empregada pelo resto da vida? Não queria terminar amarga como sua mãe. Convencera a si mesma de que sua história com Lev acabaria dando errado. Ela então tinha se reencontrado com Klaus, deixara-se seduzir. Ele lhe oferecia a promessa de uma vida diferente, longe de todos os problemas que já tinha enfrentado. Mas ele não suportava ser contrariado. Não suportava a frustração. Tornava-se facilmente brutal. Ela se sentia muito sozinha.

Seu único e verdadeiro amigo era Macaire Ebezner. Não fazia muito tempo que o conhecia, mas era tão gentil e atencioso com ela. Desde o Encontro Anual, ela o encontrava regularmente para tomar chá no Remor, o café de aura intelectual da place du Cirque, onde chegavam a ficar por horas a fio. Aos domingos, ele a convidava para a casa dos seus pais, que moravam numa magnífica propriedade em Collonge-Bellerive.

Anastasia não sentia atração por Macaire, mas se sentia bem com ele. Podia ser ela mesma e se abrir. Ele sabia tudo: sua história familiar, o apartamentinho de Pâquis, sua mãe vendedora da Bongénie.

Quando Anastasia comunicou a Macaire sua partida iminente para Bruxelas, ele disse que sentiria muito a sua falta. Que iria visitá-la na Bélgica. Que trocariam correspondência. Na frente do Remor, na hora de se despedir, ela estalou um beijo no rosto dele. No fundo, pensou consigo naquele dia, o único homem que já amara com paixão era Lev. O empregadinho de hotel.

Tinham mantido contato depois do Encontro Anual. Todo domingo, ela ia até uma cabine telefônica e ligava para o restaurante do Palace. Pedia para falar com Lev. O pessoal agora já a conhecia. O *maître* ia chamar Lev e ele logo aparecia do outro lado da linha. Ficava tão feliz ao ouvir o som de sua voz, era indescritível a excitação que sentia. Mas por que ele a deixara plantada naquele sábado, na noite do baile Ebezner? Ele nunca tinha efetivamente explicado o motivo, limitara-se a dizer que teve um impedimento. Além disso, tinha prometido várias vezes que pegaria o trem para vir vê-la em Genebra, mas nunca vinha, sempre dava uma desculpa. Se realmente gostasse dela, teria cumprido a sua palavra. Ela deduzia deste comportamento que Lev não gostava realmente dela, enquanto ela pensava nele o tempo todo. Em nenhum dos vários telefonemas ela se atrevera a lhe contar sobre o seu relacionamento com Klaus. Prova, talvez, de que o amava?

Anastasia partiu para Bruxelas no primeiro domingo de abril. Somente neste dia, de uma cabine do aeroporto de Genève-Cointrin, teve coragem de ligar para Lev para anunciar sua partida.

— Anastasia? — disse Lev quando atendeu, todo animado.

— Eu conheci alguém — ela foi logo dizendo. — O nome dele é Klaus.

Lev, atingido em cheio, tratou de disfarçar sua dor.

— Você é livre para fazer o que quiser — respondeu secamente. — De qualquer forma não estamos realmente juntos. Foi para isso que ligou?

— Estou indo morar com ele em Bruxelas.

— Quando?

— Hoje.

Segunda punhalada. Houve um longo silêncio, ela sentiu que precisava se justificar:

— Onde você estava no sábado, na noite do baile? Te esperei desesperadamente.

Ele ficou mudo: como confessar que tinha sido humilhado por Bisnard, que ficara de castigo esfregando panelas?

— Deixe para lá — disse por fim. — Quem é esse Karl?

— Klaus — corrigiu Anastasia. — O pai dele tem uma indústria.

— Ele é rico? — perguntou Lev.

— Muito, mas...

Ela se interrompeu, antes de continuar:

— Não é porque ele é rico, Lev. Não tem nada a ver. Aliás, que diferença isso faz para você? Você não liga para mim.

— Não é verdade! — protestou Lev.

— Se ligasse, teria vindo me ver em Genebra como prometeu tantas vezes!

Lev ficou mudo. Segurava o telefone com uma das mãos e, com a outra, brincava com o anel que trazia no bolso. O anel de Dora, sua mãe, o único objeto que lhe restara dela. Aquele anel era para Anastasia, sabia disso desde a primeira noite. Desde dezembro, só tinha uma ideia fixa: ir se encontrar com Anastasia em Genebra e lhe dar aquela joia. No momento, porém, não tinha um franco furado para pagar a passagem de trem: entregara seus três últimos salários mais o bônus de Natal ao senhor Bisnard, em troca de seu silêncio. O que, aliás, não tinha adiantado de nada, pois embora Bisnard tivesse ficado quieto, os demais funcionários se encarregaram de denunciá-lo ao senhor Rose. O qual ficara furioso. Para não ter que demitir

Lev, fora obrigado a lhe infligir uma punição exemplar: um mês de retenção de salário, bem como uma repreensão por falta grave somada à última advertência antes da demissão.

Para Lev, isso significara ficar sem dinheiro nenhum até maio. Depois dessa reprimenda, nem pensar em pedir um adiantamento ao senhor Rose. Quanto ao seu pai, tinha se negado a lhe emprestar um tostão que fosse. "Era só você ter guardado algum dinheiro", disse Sol, querendo dar uma lição no filho. Lev tinha até tentado pegar o trem sem pagar, mas fora pego pelos fiscais em Montreux. Tinha sido colocado para fora à força e levara uma multa ainda por cima. E, claro era orgulhoso demais para contar essas coisas para Anastasia. O que ela iria pensar dele? Que ele era um vagabundo, um mau partido.

— Adeus, Lev — sussurrou Anastasia, dando-lhe o golpe final.

Uma lágrima de raiva escorreu pelo rosto de Lev.

— Adeus, Anastasia — disse ele, desligando abruptamente.

Uma hora depois, enquanto o avião decolava e ela via a Suíça e Lev ficando para trás, Anastasia, rosto colado na janela, aos prantos, teve a exata noção do erro que acabava de cometer.

*

Na cozinha dos Ebezner, Anastasia confessou para Arma:

— Desde o primeiro dia, Lev e eu sabemos que fomos feitos um para o outro. Mas a vida não para de nos separar.

Arma, transtornada, disse então à patroa:

— Não vou contar nada para *Moussieu*, prometo. Vá embora com Lev. Este é o seu destino.

Nesse mesmo momento, Macaire, seguindo as orientações que recebera ao telefone, caminhava pela noite no chemin de Ruth. De repente, Sinior Tarnogol surgiu da escuridão diante dele. Parecia muito nervoso.

— Estou em perigo, Macaire — foi logo dizendo. — A contraespionagem suíça está na minha cola. A situação é grave.

Macaire fingiu se espantar com a notícia. Pensou que seria o momento de propor sua ideia a Tarnogol: simular sua morte em troca do cargo de presidente e das suas ações. Mas Tarnogol continuou:

— O governo suíço quer me impedir de dar um golpe de Estado dentro do banco.

— É essa a sua intenção? — indagou Macaire.

Tarnogol respondeu com um sorriso maldoso:

— Você nunca teve estofo para ser presidente, Macaire. Então não espere que eu vá elegê-lo e renunciar a tudo só para aplacar a fúria dos meus inimigos. Sou mais corajoso que isso!

— O senhor é o diabo! — exclamou Macaire.

— Mas disso, já faz quinze anos que você sabe — lembrou Tarnogol com cinismo.

— O que quer de mim?

— Eu lhe proponho um novo pacto. Os dois saem ganhando.

— Ou seja?

— Anulamos nosso acordo de quinze anos atrás. Eu lhe devolvo suas ações e você pode ser presidente. Em contrapartida, você me devolve o que eu te dei na época.

— Como assim? — gritou Macaire.

— Estou disposto a voltar atrás! — rugiu Tarnogol. — Você abre mão da contrapartida de quinze anos atrás e vira presidente dessa porcaria desse banco.

— Está querendo dizer que... — murmurou Macaire, sem ousar terminar a frase.

— Estou querendo dizer que você perde Anastasia! — exclamou Tarnogol com uma expressão diabólica. — Esta é a minha condição!

— Você está proibido de encostar num único fio de cabelo de Anastasia! — ameaçou Macaire.

— Você vai perder Anastasia — repetiu Tarnogol. — Vai ser o presidente do banco, mas vai ficar sozinho.

SEGUNDA PARTE

O fim de semana do assassinato
De sexta-feira, 14, a domingo, 16 de dezembro

Capítulo 27

PRIMEIRAS PISTAS

Sexta-feira, 29 de junho de 2018, início da manhã, no meu quarto no Palace de Verbier.

Scarlett e eu tínhamos voltado de Genebra na noite anterior. Devo admitir que tinha gostado muito da nossa escapada. Principalmente porque nos permitira uns bons avanços na investigação. De modo que, desde o raiar do dia, eu retomara as minhas anotações, que estava comparando com os diferentes artigos que Scarlett tinha desenterrado e afixado na parede da minha suíte.

O que nós sabíamos?

Que a vítima era uma figura bem quista e não tinha nenhum inimigo em especial.

Que o atual presidente do banco, nomeado após o assassinato, já não era o mesmo homem de antes dos acontecimentos, segundo o porteiro.

Que a vizinha dos Ebezner sabia de muita coisa. Ela era presidente da Fundação Suíça de Auxílio aos Órfãos, uma instituição de caridade muito prestigiada em Genebra. Por muitos anos, seu presidente de honra fora Horace Hansen, que abraçara esta causa com unhas e dentes. A Fundação promovia anualmente, num grande hotel de Genebra, uma noite de gala para arrecadar fundos, para a qual Horace Hansen sempre convidava personalidades do banco: fora assim que, com o tempo, ela conhecera Abel Ebezner, Sinior Tarnogol, Jean-Bénédict Hansen, Macaire Ebezner, bem como Lev Levovitch. A vizinha nos dissera:

— Dava para perceber que Abel Ebezner guardava mágoa do filho, por causa da história das ações. Ele comentava abertamente. Dava até pena do Macaire. Mas quando ele se mudou com a esposa para a casa ao lado da minha, vi que ele não era nem um pouco como o pai dizia.

— E Lev Levovitch? — perguntei.

— Um homem extraordinário. Quando entrava num lugar, todo mundo só tinha olhos para ele. Dava para perceber muito bem que Abel Ebezner era apegado a Lev Levovitch. Diziam que ele era um pouco como seu braço direito.

Scarlett e eu descobrimos que a vizinha tinha um lado meio enxerido que não nos desagradava e poderia nos ser útil. Depois dos acontecimentos do Encontro Anual, tinha se aproximado de Arma, a empregada dos Ebezner, para tentar saber mais. "Arma dizia que era horrível ver aquela casa vazia. Que tinha visto tudo aquilo se armando. Que sabia que Anastasia estava planejando fugir com o amante."

Batidas na porta da suíte me tiraram da minha leitura. Fui abrir: era Scarlett.

— Já trabalhando, Escritor? — perguntou, ao ver os papéis espalhados na minha mesa.

— Estava revendo minhas anotações.

— Me acompanha no café da manhã?

— Com prazer.

Descemos para o terraço do hotel e nos sentamos a uma mesa ao sol.

— Como está indo o seu livro? — perguntou Scarlett.

— Até que bem — respondi. — Estou juntando todos os elementos que descobrimos.

— Quando vou poder ler o que você já escreveu?

— Logo, logo — prometi.

Um garçom trouxe uma cafeteira e um cesto de pães. Ela pegou delicadamente um croissant e comeu um pedaço. Depois indagou:

— Você tem alguma pista?

— Sobre o assassino? Não, ainda não. Ainda estou na nossa conversa com a vizinha dos Ebezner.

— E...?

— Estou achando que o que aconteceu na casa dos Ebezner na manhã da sexta-feira do Encontro Anual não foi mera coincidência. Tem a ver com o que aconteceu depois.

Enquanto falava, passei geleia numa torrada e, num gesto automático, mergulhei-a no café. Achei graça nesse gesto. Era um costume de Bernard. Toda manhã, antes de entrar na editora, na rue La Boétie, parava no Mesnil, o restaurante perto do prédio. Pedia torradas com geleia, que mergulhava no café.

— Como tem a ver? — indagou Scarlett.

— É o que precisamos descobrir.

Terminados minha torrada e meu café, levantei-me da mesa.

— Já vai? — espantou-se Scarlett.

— Preciso voltar ao trabalho. Comecei esse livro por sua causa, lembra?

Ela sorriu.

— Já que não vou vê-lo o dia inteiro, Escritor, podíamos jantar juntos. Parece que o restaurante italiano do Palace é maravilhoso.

— *Italiano* é sempre uma boa pedida — aceitei.

— Até a noite. Bom trabalho!

Voltei para o meu quarto. Sentei-me à minha mesa e retomei o depoimento da vizinha. Graças a ela, sabíamos o que tinha acontecido na sexta-feira, 14 de dezembro, na casa dos Ebezner.

Capítulo 28

FALSAS PARTIDAS (1/2)

Sexta-feira, 14 de dezembro — dois dias antes do assassinato

Despontava a aurora.

Na noite de inverno, a fachada da mansão dos Ebezner estava com todas as janelas apagadas, com exceção de uma: a da saleta. Trancado no pequeno cômodo, vestindo um roupão, Macaire escrevia, debruçado sobre seu caderno:

> *Minha última missão se dará no Encontro Anual do Banco Ebezner, em Verbier.*
>
> *A P-30 pediu que eu impedisse Sinior Tarnogol de assumir o controle do Banco Ebezner.*
>
> *Minha margem de manobra é muito limitada: ou convenço Tarnogol a me nomear para a presidência, ou terei de matá-lo. Já sei que, se fracassar, a P-30 irá jogar nas minhas costas aquele duplo assassinato do qual participei indiretamente.*
>
> *Jamais pensei que um dia teria que chegar a esse ponto. Mas não posso me lamentar pelo meu destino, pois sou o único responsável por esta situação. De fato, fui eu quem permitiu que Tarnogol chegasse aonde chegou ao lhe ceder minha parte do banco.*
>
> *E já que este texto é minha confissão, há mais um segredo que devo contar aqui. Devo revelar o que Sinior Tarnogol me deu em troca de minhas ações do banco.*

E foi assim que, pela primeira vez, Macaire contou em detalhes tudo que acontecera quinze anos antes no Palace de Verbier.

Quando terminou seu relato, eram quase sete horas da manhã. O dia raiava de mansinho. Ao fechar seu caderno, contemplou aquele conjunto de folhas que continha todos os seus segredos. Decidiu então não guardá-lo, como sempre fazia, no cofre cuja senha só ele sabia. Em vez disso, escondeu-o numa prateleira da estante, atrás de uma fileira de livros. Para caso aconteça alguma coisa neste fim de semana, pensou. Para que toda a verdade pudesse vir à tona.

Tomou um rápido café da manhã na cozinha deserta. Arma estava de folga até segunda-feira. De repente, sentiu falta da sua presença reconfortante junto ao fogão. Gostava de vê-la ali quando levantava de manhã, e ao chegar em casa no final do dia. *Bom dia, Moussieu*, murmurou Macaire para si mesmo.

Estava quase na hora de pegar a estrada para Verbier. Voltou para o quarto, onde Anastasia ainda dormia, atravessou o cômodo a passos de veludo e entrou no banheiro sem fazer barulho. Tomou uma ducha, vestiu-se com esmero, barbeou-se cuidadosamente. Sua bagagem estava pronta desde o dia anterior e já guardada no porta-malas do carro.

Pronto para sair, beijou a mulher delicadamente no rosto, cuidando para não acordá-la. Fazia tempo que Anastasia não estava dormindo, mas mantinha os olhos fechados: estava sem coragem de encarar o marido.

— Tchau, benzinho — murmurou Macaire, soprando em seu ouvido de um jeito desagradável. — Ela teve que se segurar para continuar imóvel. — Estou indo para Verbier, no domingo eu volto para você presidente. Vai dar tudo certo, você vai ver. Não esqueça que Arma está de folga hoje, espero que não fique chateada por eu te deixar aqui sozinha.

Benzinho, mantendo seu semblante de madona adormecida, pensou que a ausência de Arma vinha bem a calhar. Macaire a beijou mais uma vez, e então saiu.

Assim que ouviu a porta da casa se fechar, Anastasia pulou da cama. Sentia-se mal por ir embora assim, covardemente. Mas não havia outro jeito.

Tirou do armário a bolsa que tinha escondido. Na noite anterior, na varanda do Hôtel des Bergues, quando perguntara a Lev que dia iriam fugir, ele cochichara em seu ouvido: "Amanhã de manhã. Nos encontramos às onze horas na frente dos guichês da estação Cornavin."

Não queria esperar nem mais um segundo para escapar daquela casa. Pouco importava que ainda fosse muito cedo. Ia tomar um café em algum lugar esperando dar onze horas.

Macaire, ao volante de seu carro, cruzou o portão de sua propriedade. Mal tinha enveredado pelo chemin de Ruth quando um vulto se levantou no banco de trás, lançando um sonoro "Olá, Macaire!".

Quase enfartando, pisou fundo no freio e se virou: era Wagner.

— Você é completamente doido! — exclamou Macaire.

— E você não é nada prudente deixando o carro aberto — retrucou Wagner.

— O que está fazendo aqui?

— Hoje é um grande dia para você, Macaire. Queria ter certeza de que está bem preparado.

— Em doze anos de P-30, nunca falhei em nenhuma missão. Fique tranquilo.

— Fico feliz em ouvir isso. Quer dizer que está decidido a eliminar o Tarnogol?

— Estou determinado a não deixar meu banco cair nas garras dele. O *modus operandi* é comigo. Você nunca interferiu na minha forma de agir. E os resultados sempre estiveram presentes.

— Faça como achar melhor, Macaire. Mas é bom você ser eleito presidente do banco amanhã à noite! Ou as consequências serão desastrosas para todo mundo, a começar por você.

— Vai dar tudo certo, Wagner, não se preocupe. Só acho lamentável você achar que precisa me ameaçar, logo eu, que servi este país durante doze anos sem nunca falhar.

— Tudo o que eu mais quero, Macaire, é que você encerre sua carreira na P-30 com chave de ouro. Está levando o frasco de veneno, caso necessário?

Em resposta, Macaire tirou o frasco do bolso e o sacudiu diante de Wagner, que mostrou um ar satisfeito.

— Não esqueça que o veneno leva de oito a doze horas para fazer efeito — lembrou-lhe, ao descer do carro.

Macaire arrancou imediatamente e seguiu veloz pelo chemin de Ruth. Destino: Verbier.

Às onze horas da manhã, Anastasia atravessou o grande hall da estação Cornavin, com sua pequena bagagem na mão.

Tinha sido muito difícil deixar a casa de Cologny. Deixara-se tomar pela nostalgia. Fizera uma derradeira peregrinação pelos vários cômodos, sufocada de emoção. Tinha chorado muito. Estava deixando uma vida de que ela tinha gostado, apesar de tudo. Estava deixando um homem que sempre tinha sido bom para ela. Macaire, no fundo, era a única pessoa que nunca lhe fizera nenhum mal, e ela estava prestes a traí-lo e partir seu coração. Tinha deixado um bilhete em cima da cama, umas poucas linhas dizendo que o estava deixando, que estava indo embora para sempre e que ele não devia tentar encontrá-la. Para marcar o rompimento, chegara a pensar em deixar o anel de noivado junto com o bilhete. Um safira que Macaire tinha lhe dado ao pedi-la em casamento. Não o usara muito tempo: a safira fora rapidamente substituída por um imenso solitário. Mas na hora de deixar o anel, tinha fitado a pedra azul e, afinal, sem saber por quê, decidiu levá-la. Talvez para ficar com uma lembrança daquela vida que estava prestes a deixar para trás. Pusera o anel no bolso e saíra para a estação. Perguntava-se para onde Lev planejava fugir. Quem sabe era o trem para Milão? Ou Veneza? Sempre sonhara em viver na Itália.

Chegando à altura dos guichês, ela o viu. Jogou-se nos seus braços.

— Lev! Pensei que esse dia nunca ia chegar!

— Anastasia... — murmurou ele, com uma voz incerta que prenunciava problemas.

Ela compreendeu que alguma coisa estava errada. Notou que ele não trouxera nenhuma bagagem.

— O que está acontecendo, Lev?

— Tenho que ir para Verbier, Anastasia.

— Para o Encontro Anual? Mas por quê?

— É melhor que você não saiba de nada. Confie em mim, vai dar tudo certo. Vamos adiar nossa partida por dois dias, só isso.

— Quero saber o que está acontecendo — exigiu Anastasia.

Lev deu um suspiro antes de soltar:

— É o Macaire...

— O que tem o *Macaire*?

— Ele não vai ser eleito para a presidência do banco.

Anastasia fez uma expressão catastrófica: se Macaire não fosse eleito para a presidência e ela o deixasse, ele não ia aguentar. Era capaz de dar fim à própria vida, ela sabia.

— Eu não devia te envolver nessa história toda — prosseguiu Lev. — Jean-Bénédict Hansen me ligou: parece que o Tarnogol está disposto a eleger qualquer um em vez do Macaire. Acho que está fazendo disso uma questão pessoal, quer acuar o Macaire ou fazer pressão para cima dele, só não entendo por quê. Esse Encontro Anual está esquisito. Meu medo é que isso tudo acabe tomando rumos trágicos.

Anastasia estava em pânico:

— Não posso deixá-lo... — murmurou — Não posso deixar o Macaire se ele não for eleito presidente...

De repente, sentiu-se prisioneira. Prisioneira daquele homem, prisioneira daquela vida. Uma lágrima resvalou no seu rosto. Lev a enxugou com o polegar, e abraçou Anastasia para confortá-la.

— Vou resolver tudo — disse ele. — Prometo que até o final do Encontro vai estar tudo resolvido. Domingo a gente vai embora para valer, para longe de Genebra, para longe de tudo. Domingo, estaremos livres, enfim! Eu prometo.

Anastasia voltou para Cologny com o coração apertado. Agora lamentava que Arma não tivesse podido ficar no fim de semana. Estava sem vontade nenhuma de ficar dois dias sozinha naquela casa imensa. Quando o táxi a deixou em frente ao portão, sentiu que uma imensa frustração a invadia. Não podia evitar de pensar no que aconteceria caso Macaire não fosse eleito para a presidência. Só de imaginar, sentiu um nó no estômago.

Girando a chave para destrancar a pesada porta de entrada, se esforçou para se convencer de que daria tudo certo e decidiu olhar para a metade cheia do copo: agora, ao menos, teria tempo de pensar com calma no que queria levar, e trocar sua pequena bagagem por uma mala mais consistente. Pegar mais umas roupas e, sobretudo, alguns objetos que eram importantes para ela. Isso. Duas malas, até. Também poderia pegar alguns livros.

Ao entrar no hall, Anastasia escutou um barulho vindo da saleta. Pensou automaticamente que fosse Arma, e foi naquela direção. Mas parou de repente, atinando que, primeiro, Arma estava de folga e, segundo, se fosse Arma a porta da frente não estaria trancada. Anastasia, de repente, sentiu-se tomar pelo medo. Quis fugir, mas já era tarde: a porta da saleta se abriu brutalmente e apareceu um homem vestido de preto, mãos enluvadas e rosto coberto por uma balaclava, prestes a vir para cima dela.

Capítulo 29
FALSAS PARTIDAS (2/2)

Quinze anos antes
Abril, três semanas após a ida de Anastasia para Bruxelas com Klaus

Às nove horas da manhã, um sedã preto parou na frente do Palace de Verbier. Empregados do hotel aguardavam, em posição de sentido, o cliente de prestígio que ali se hospedava regularmente.

O motorista apressou-se em abrir a porta e, com todo um cerimonial, Sinior Tarnogol desceu do veículo.

Sinior Tarnogol era um dos clientes mais exigentes do Palace. E, sem dúvida, o mais temido: dizia o senhor Rose que, pela influência que tinha, Tarnogol seria capaz de arruinar a reputação do hotel. Assim, instruções tinham sido dadas à toda a equipe para servi-lo com atenção especial.

Um por um, os empregados enfileirados cumprimentaram o recém-chegado: "Bom dia, senhor Tarnogol." "Bem-vindo ao Palace de Verbier, senhor Tarnogol." Em resposta, Tarnogol os fitou com indiferença e subiu os degraus que levavam à grande porta de entrada onde o aguardava o senhor Rose, o qual, como a cada vez que ele vinha, parecia especialmente nervoso. Deu uma rápida olhada no pedaço de papel que tinha na mão, no qual Lev havia anotado, em símbolos fonéticos, uma frase em russo.

— Seja muito bem-vindo — articulou o senhor Rose com dificuldade.

Tarnogol o encarou com um olhar intrigado antes de responder em francês, visivelmente de mau humor:

— O seu russo é deplorável, meu caro. Parece que está tentando adestrar um macaco.

O senhor Rose, tratando de manter o aprumo, encadeou:

— Fez boa viagem?

— Horrorosa.

— Lamento muito. O seu quarto está pronto, se desejar descansar.

— Estou com fome. Me leve ao restaurante. Mesa afastada. Com vista para as montanhas. E vá buscar o diretor de banquetes, só quero ser servido por ele.

— Pois não, senhor Tarnogol — gaguejou o senhor Rose. — Com um estalar de dedos, fez levantar uma revoada de empregados que se alvoroçaram à sua volta, abrindo as portas para eles passarem, cheios de deferência, enquanto o senhor Bisnard, o diretor de banquetes, era chamado com a maior urgência.

Instantes depois, Tarnogol estava acomodado numa mesa do restaurante onde, apaziguado pela deslumbrante vista sobre os Alpes e, sobretudo, pelos movimentos perfeitamente afinados daquele corpo de baile, mandou que o senhor Bisnard lhe servisse dois ovos quentes e um monte de caviar, acompanhados, apesar da hora matinal, de uma tacinha de vodca Beluga.

— Obrigado, Bisnard — disse Tarnogol, que chamava o diretor de banquetes pelo sobrenome como se fora um apelido.

Os demais funcionários apreciaram muitíssimo a cena do temido senhor Bisnard sendo tratado com desdém pelo poderoso cliente.

— Deseja mais alguma coisa, senhor? — perguntou o senhor Bisnard.

— Um chá preto, com uma nuvem de leite.

Bisnard se aprumou e retornou pouco depois com uma bandeja contendo um bule fumegante e uma xícara de porcelana chinesa. Com um gesto cerimonioso, ergueu a tampa do bule e retirou o infusor de chá que estava imerso lá dentro.

— Gosta do chá bem concentrado, senhor Tarnogol? — perguntou Bisnard.

Tarnogol fez uma expressão de nojo, como se fosse vomitar:

— Você infusiona o chá numa esfera de metal? — perguntou Tarnogol que tratava todos os empregados por você, com exceção do senhor Rose.

— Desculpe, senhor, não entendi.

— Não se deve jamais infusionar o chá nem numa bola, e nem em metal!

— Não sabia, senhor Tarnogol. Peço desculpas.

— Como quer que as folhas de chá liberem seu aroma comprimidas desse jeito? E num metal que mata o seu sabor? E a água? Quão quente está?

— Fervente — balbuciou Bisnard.

— O chá preto deve ser infusionado a 90 graus! Se estamos, aqui, a cerca de dois mil metros de altitude, a água ferve a...?

— Pouco menos de cem graus? — supôs Bisnard.

Tarnogol tirou uma caneta do bolso e rabiscou uns cálculos na própria toalha de tecido.

— Cerca de 93 graus — informou. — Então a temperatura está mais ou menos certa — decretou Tarnogol com ar satisfeito. — Muito bem, Bisnard!

Bisnard pareceu aliviado e enxugou umas gotas de suor que brotavam no alto de sua testa.

— Agora, sirva o chá e acrescente o leite.

Bisnard aquiesceu com um meneio de cabeça. Encheu a xícara de chá. Depois pegou o bule de leite e despejou um pouco na bebida.

— Eu disse uma nuvem, não uma névoa — disse Tarnogol observando o conteúdo da xícara, dando a entender que não havia leite suficiente.

Bisnard acrescentou mais um pouco.

— Isso é um *cumulus* — decretou Tarnogol. — Está havendo escassez de leite? Será o caso de eu comprar e mandar entregar no hotel? Devo apresentar meu ticket de racionamento?

Bisnard, entendendo que precisava verter um pouco mais, derramou metade do bule na xícara. Tarnogol pôs-se a gritar:

— A gente diz "nuvem" e esse aí põe um *cumulonimbus*! Agora tem mais leite que chá!

Tarnogol empurrou a xícara, que virou sobre a mesa. Bisnard apressou-se em limpar. Os outros empregados riam por dentro.

— Vá falar com o senhor Rose e peça para ele me mandar aquele russozinho — exigiu então Tarnogol. — É o único que sabe me servir de forma mais ou menos decente.

O *russozinho* era Lev.

Instantes depois, Lev entrou no restaurante. Parecia mais magro e preocupado. Tinha um olhar triste.

— Bom dia, senhor Tarnogol — disse ele, em russo.

— Bom dia, jovem Levovitch.

— Como posso servi-lo? — perguntou Lev.

— Um chá preto com uma nuvem de leite.

Lev assentiu e retornou com um bule em cujo gargalo pusera folhas de chá para infundir dentro de um filtro de papel. Serviu uma xícara e acrescentou um pouco de leite. Fez isso sem pestanejar, como se fosse algo totalmente óbvio. Tarnogol ficou observando, encantado. Em seguida provou o chá e o achou perfeito. Disse então para Lev, ainda em russo:

— Sabe, meu rapaz, você fica melhor aqui do que fazendo charme no salão de baile.

— Tive problemas tremendos por sua causa: retenção de salário e última advertência antes da demissão.

— O senhor Rose está certíssimo — considerou Tarnogol. — É preciso saber punir a criadagem. Você não tinha nada que estar no salão de baile.

— O senhor também não tinha nada que estar lá — observou Lev.

Tarnogol fitou, entretido, o jovem impertinente, muito seguro de si, que falava um russo refinado de outros tempos, herdado de seus ancestrais. A língua de Tolstói.

— Pois saiba que fui convidado por Abel Ebezner. Acho que ele ia gostar de ter a mim como cliente do banco. Só lamento que o Bisnard tenha aproveitado para te extorquir. Isso é indigno de um diretor.

— Como sabe que...?

— Todos os funcionários do hotel comentaram. Tenho ouvidos em todos os cantos. Tenho horror a pessoas covardes. O Bisnard é um covarde, deixe isso comigo.

— Soube que lhe fez passar maus bocados ainda há pouco — disse Lev.

Tarnogol esboçou um sorriso.

— Sabe por que gosto de você, Lev? Porque é o único aqui que me enfrenta.

— Permita-me dizer que não simpatizo muito com o senhor.

Tarnogol deu uma gargalhada:

— Isso mesmo que eu estava dizendo! Mas esse ar tão mal-humorado é por minha causa? Está com uma cara horrorosa. Com um ar triste e deprimido. Parece um coitadinho.

— Não, não tem nada a ver com isso.

— Qual é o problema, então?

— Coração.

— O quê, a moça com quem estava dançando?

Lev assentiu, olhando ao longe. Fazia três semanas, desde que Anastasia se fora para Bruxelas, que estava sofrendo um martírio. Ficava imaginando ela lá, feliz com Klaus, os dois passeando, apaixonados, pelas ruas da capital belga, beijando-se, fazendo amor. Quanto mais sofria, mais pensava nisso, e quanto mais pensava, mais sofria. Parecia que a dor não ia passar nunca.

— Ora — disse Tarnogol —, olhe só para você: deve chover na sua horta.

— Não é a mesma coisa. Amor é amor.

— Ora, meu rapaz, na sua idade a gente ama as garotas como ama pizza. Uma fatia aqui, outra ali!

— Eu a perdi por sua culpa.

— Por sua culpa! — objetou Tarnogol. — Eu ouvi você sujando o nome dos Romanov, se fazendo passar por um deles.

— O senhor nunca mentiu para agradar a uma mulher?

— Eu nunca traí minha identidade. Me diga, quem é você?

— Sou Lev.

Tarnogol esboçou um sorriso.

— Isso eu sei, seu tonto. Estou perguntando quem você é realmente. O que vai fazer hoje à noite?

— Vou estar de serviço.

— Então vai estar a meu serviço e quero jantar com você.

— Com todo o respeito, senhor Tarnogol, não posso aceitar seu convite: os outros funcionários do hotel iam me levar muito a mal se me vissem jantando aqui com o senhor. E o senhor Rose me intimou a ficar quieto na minha. Os meus colegas não apreciaram meu deslize no baile do Banco Ebezner.

— Pois então vamos jantar fora — decretou Tarnogol. — O senhor Rose não pode me negar isso. Senão eu compro o hotel dele, derrubo e faço um estacionamento no lugar! Vou te levar no L'Alpina, um dos melhores restaurantes de Verbier e, na minha opinião, um dos melhores do país. Já esteve lá?

— Não senhor. Não é para o meu bico. Muito menos agora.

— Perfeito, já que será por minha conta. Nos vemos lá às oito, vou avisar o senhor Rose.

Naquela noite, Lev ia saindo para o encontro com Tarnogol quando topou com seu pai no saguão do Palace. Este ficou surpreso ao vê-lo sem uniforme.

— Não vai trabalhar? Achei que estivesse de serviço.

— E estou. Serviço Especial: vou jantar com o Tarnogol.

Ao ouvir este nome, Sol Levovitch estremeceu:

— Tarnogol? O que esse sujeito quer com você?

— Não sei.

— Cuidado com ele.

— Ele não me assusta.

— É justamente isso que me preocupa.

Lev seguiu seu caminho, mas, ao passar pela recepção, um funcionário avisou que o senhor Rose queria falar com ele. Lev prontamente se dirigiu para a sua sala. Encontrou-o com o rosto colado na janela, contemplando a noite. Parecia preocupado.

— Queria falar comigo, senhor Rose?

— Entre um instante, meu rapaz.

— Vou me atrasar para o encontro com Tarnogol.

O senhor Rose sorriu. A pontualidade era uma das primeiras lições que tinha ensinado a Lev. "A exatidão é a polidez dos reis", gostava de repetir.

— O Tarnogol aguenta esperar uns minutos. Queria te dizer que não tive outra saída senão autorizar este jantar. Não se pode negar nada ao Tarnogol. Mas fique atento. Esse homem é uma cobra. Se enrola nas pessoas igual jiboia e não solta mais. Até sufocá-las.

— Vou ficar atento — prometeu Lev.

— Ele não é quem você pensa — disse então o senhor Rose num tom sério. — Cuidado. Não acredite em nada do que ele disser, seja lá o que for.

O alerta ficou ressoando na cabeça de Lev por todo o caminho até a rua principal de Verbier onde ficava o L'Alpina. Perguntava-se o que o senhor Rose tinha querido dizer com: "Não acredite em nada do que ele disser, seja lá o que for."

Quando Lev entrou no restaurante, Tarnogol estava esperando em uma mesa. Fez um esforço para sorrir, mas Lev notou que isso em nada diminuía seu ar dissimulado: sempre dava a impressão de estar tramando alguma coisa.

O jantar foi surpreendentemente agradável, e a conversa, muito animada. Qualquer que fosse o assunto, Lev nunca era pego desprevenido. Tarnogol se espantou com a extensão e solidez de seus conhecimentos. À mesa, portava-se como um príncipe, e até foi capaz de identificar às cegas os vinhos que eram servidos.

— Quem te ensinou isso? — perguntou Tarnogol, estupefato. — É surpreendente para...

Interrompeu-se no meio da frase. Lev concluiu por ele:

— Para um funcionário de hotel?

Tarnogol sorriu. Lev então respondeu:

— Foi o senhor Rose quem me ensinou enologia. Entre outras coisas. Desde que vim para cá, ele tem me ensinado a etiqueta e as artes da mesa.

Tarnogol disse então:

— Jovem Levovitch, seu lugar não é entre os serviçais.

Lev deu de ombros.

— Estou bem no Palace.

— Fazendo o quê lá? Remoendo a lembrança dessa moça?

— Essa moça é única — defendeu-se Lev.

— É única porque você vive preso nesse hotel de montanha. Posso te garantir que as grandes cidades estão repletas de gente supostamente única. Quer um conselho? Vá embora daqui! Vá construir sua vida em outro lugar. Não há futuro para você em Verbier.

— Me sinto bem aqui. Os clientes gostam muito de mim.

— Você nasceu em Verbier? — perguntou Tarnogol então.

— Em Genebra.

— E não sente falta de Genebra?

— Sinto.

— E do que, em Genebra, você mais sente falta?

— Da minha mãe.

— Onde ela está?

— Está morta. Morreu quando eu era pequeno. Tenho uma lembrança dela de criança. Uma lembrança de vida eterna. A sensação de que nada de ruim pode acontecer. E essa sensação tem o gosto do pão com chocolate que ela fazia todo dia para mim quando eu chegava da escola.

— Descreva esse gosto.

— Um gosto de manteiga e de carinho. Cada pedaço era um pedaço de vida e felicidade.

Tarnogol fitou seu jovem interlocutor, e confidenciou, de repente, com uma voz quase doce:

— Conheci exatamente o mesmo gosto. Muito tempo atrás. Com a minha esposa.

— Ela morreu? — perguntou Lev.

Tarnogol assentiu.

— Sou um viúvo solitário e infeliz. Não fui sempre assim tão sombrio, tão cáustico, sabe? Houve um tempo em que eu era luz. Mas desde a morte da minha esposa, tenho vivido nas trevas. A morte do outro é como se lhe arrancassem o coração fora e depois lhe mandassem seguir vivendo. Desde então, tenho vagado por aí feito sombra. Eu faço de conta para sobreviver, venho para esse Palace tapando o nariz, grito com todo mundo, mas isso é tudo cena. É só uma maneira de esquecer quem eu sou.

Ele ficou um instante em silêncio.
— Posso lhe dar um conselho, jovem Levovitch?
— Pois não.
— Vá embora, se tiver vontade. Vá viver a sua vida! E se eu puder ajudá-lo, conte comigo.
— Por que o senhor faria isso?
— Essa fama que me dão não é merecida, sabe? Eu sou duro, é verdade. Mas sou justo. O seu lugar não é neste hotel, assim como não era naquele salão de baile.

No dia seguinte, um domingo, Lev e seu pai tomaram café da manhã num café de Verbier, como faziam regularmente. Estava uma manhã ensolarada, de céu azul anil.

A conversa da noite anterior com Tarnogol ainda ecoava na cabeça de Lev. Ele então disse ao seu pai, olhando para as montanhas:
— Gosto de Verbier. Gosto de como as pessoas me tratam. Sinto que me querem bem.
— Que bom — respondeu Sol.
— Mas, às vezes — acrescentou Lev —, tenho a impressão de que já vi tudo deste hotel, desses clientes que são sempre os mesmos, deste vilarejo que conheço inteirinho. Às vezes me dá vontade de ir embora.
— Ir embora? — engasgou-se Sol. — Ir embora por quê? Você acabou de dizer que se sente bem aqui.
— É, mas a gente tem que saber sair da bolha. Fico pensando que se eu tivesse ido para Genebra no começo do ano, hoje eu talvez estivesse com Anastasia.
— Ah, filho, pare de se atormentar por causa dessa moça! É só um casinho. Você está fazendo drama! Nisso você puxou a mim. O que prova que minhas aulas de teatro não te são inúteis. Mas me conte do seu jantar com o Tarnogol. O que esse bandido queria com você?
— Só queria conversar. No fundo, ele é quase simpático. É um homem sozinho. Meio amargurado pela vida.
— Ele é o diabo.
— A esposa dele morreu — disse Lev para despertar um pouco de compaixão no pai.
— Você está defendendo ele? — espantou-se Sol. — A minha esposa também morreu e nem por isso eu virei o irmão de Belzebu.

— Nós falamos sobre a mamãe — contou Lev.

Àquela menção a Dora, Sol deu um sorriso apaixonado.

— Amei tanto a sua mãe, Lev. Ainda amo. A morte impede o reencontro, mas não pode interromper o amor. Ela está comigo. Para sempre. O anel dela está com você, não está? Que eu te dei depois que ela morreu.

— Sim, claro.

— Não o perca. Um dia você o dará à mulher que irá amar como eu amei sua mãe.

— Como a gente sabe que está amando?

— O amor é o sentimento do sentido da vida.

— Acho que é isso que eu sinto pela Anastasia.

— Ora, Lev, deixe de ser coração mole! Era uma sedutorazinha, que foi embora com o primeiro que apareceu. E um rico, ainda por cima. Os ricos levam tudo!

— Mas parecia sincero o que havia entre nós.

— Se fosse sincero, vocês estariam juntos.

Lev não encontrou nada como resposta.

Nessa noite, no Palace, Sol Levovitch trabalhou até tarde, trancado na sua sala. Não estava com vontade de ir para casa. Não estava com vontade de ficar sozinho no seu apartamento. Terminou perambulando pelo hotel. Seus pensamentos perturbavam sua mente. Seus passos o levaram até o bar. O local estava deserto: além do funcionário atrás do balcão, só havia ali o senhor Rose, numa poltrona, tomando chá.

Sol o cumprimentou. O senhor Rose o convidou a se sentar ali com ele.

— Pensei que já tinha ido para casa — disse Sol, surpreso por encontrá-lo ali.

— Também pensei que você já tinha ido — respondeu o senhor Rose.

— Minhas malditas insônias — confidenciou Sol. — De que adianta ir deitar se sei que não vou conseguir dormir?

O senhor Rose tomou um gole de chá, depois perguntou num tom sério:

— Você falou com o Lev?

— Ainda não.

— Sol, você precisa falar...

— Não sei como dizer isso a ele. E olhe que sou um homem de teatro, mas não sei como pronunciar essas palavras. E também não quero estragar os momentos que ainda me restam com ele. Que garoto maravilhoso! Estou ensinando para ele os segredos da minha arte, sabe, para isso não se perder. Mesmo que ele não queira ser ator, de algum modo vai ficar dentro dele. Mas que seria um desperdício ele não ser comediante, isso seria. Ele tem tanto talento! Podia ser um ator excepcional, o ator que eu nunca fui.

O senhor Rose, ao ouvir essas palavras, não pôde conter um riso manso.

— Por que está rindo? — perguntou Sol.

— Preciso lhe confessar uma coisa: desde que vocês chegaram em Verbier, venho ensinando Lev a dirigir um hotel. Espero que não fique chateado comigo.

— De jeito nenhum — garantiu Sol. — O Lev já tinha me contado, aliás.

— Mas temos que deixar que ele mesmo encontre o seu caminho.

— Sei disso. É uma fórmula difícil de aplicar quando se é pai: viver e deixar viver.

— Viver e deixar viver — assentiu o senhor Rose.

E pensou consigo: *o filho que eu não tive*.

E o pai pensou consigo: *o meu único filho*.

Depois de um longo silêncio, o senhor Rose disse:

— Precisa contar para ele, Sol. Precisa absolutamente falar com Lev, antes que seja tarde demais.

— Ele está querendo ir embora de Verbier. Tenho medo de que isso atrapalhe os planos dele.

— Você já não tem muito tempo de vida, Sol — insistiu o senhor Rose.

— Um ano — disse Sol. — O médico disse que eu poderia aguentar um ano. Isso nos dá algum tempo.

*

Dois meses depois

Era fim de junho. Caía a noite sobre Verbier, o tempo estava ameno e o ar tinha um cheiro bom de verão. O céu suavemente ia ficando azul-escuro e, nas pastagens, os insetos noturnos já tinham começado a cantar.

O bar do Palace de Verbier estava deserto. Aquele início de temporada estava bastante tranquilo. O telefone do balcão tocou de repente e o funcionário apressou-se em atender, ansioso por finalmente receber um pedido. Frustrou-se ao ouvir que não era um cliente.

— Um momento, por favor — pediu educadamente à sua interlocutora antes de deixar o seu posto para ir chamar Lev, que estava como porteiro na entrada do hotel.

— Telefone para você — disse o empregado do bar.

— Para mim? — espantou-se o rapaz.

Seguiu docilmente seu colega até o bar e pegou o fone deixado sobre o balcão.

— Alô?

Como resposta, ouviu um choro abafado.

— Alô? — perguntou de novo. — Quem está falando?

Uma voz, que ele imediatamente reconheceu, murmurou:

— Vem me buscar, eu suplico. Vem me buscar.

— Anastasia?

— Lev, você precisa me salvar. Ele vai acabar me matando.

— O que está acontecendo, Anastasia?

— Eu te suplico, vem! Não tenho mais ninguém além de você.

— Onde você está?

— Em Bruxelas.

Sem entender exatamente do que se tratava, Lev percebeu que a situação era séria. Estimou rapidamente a distância que o separava da capital belga e disse então:

— Posso conseguir um carro e partir imediatamente. Rodando bem, devo estar aí ao amanhecer.

Combinaram de se encontrar às seis da manhã na frente do prédio onde Klaus morava. Não mais tarde que isso. Precisavam estar longe quando Klaus acordasse.

— Fuja agora — intimou Lev. — Esconda-se em algum lugar, encontro você lá.

— Fugir para onde? Não tenho nada, não tenho dinheiro. Não tenho como pagar nem o quarto de hotel mais barato!

— Estou indo — prometeu Lev. — Não se preocupe, estou indo.

Anotou o endereço, uma rua em Ixelles. Assim que desligou, correu até a sala do senhor Rose, que estava fazendo serão para conferir os livros contábeis. Lev explicou rapidamente a situação: Amiga em grande perigo. Necessidade de um carro para ir buscá-la.

— É a garota do baile? — indagou o senhor Rose.

— Sim, senhor.

— Onde ela está?

— Em Bruxelas.

— Se entendi bem, você quer que eu lhe empreste um carro e lhe dê um dia de folga para ir até a Bélgica no meio da noite?

— É isso mesmo, senhor Rose.

O diretor achou graça da petulância de Lev. Esforçou-se, contudo, para manter um tom severo:

— Você há de entender que não posso te fazer um favor desses, Lev. Principalmente depois do seu deslize no baile do Banco Ebezner.

Lev baixou a cabeça.

— Eu sei que não estou com a ficha muito limpa — insistiu —, mas a situação é muito grave.

O senhor Rose abriu a gaveta do meio da sua mesa. Tirou um papel timbrado, no qual pôs-se a rabiscar alguma coisa.

— Estou deixando esse bilhete para o diretor de pessoal, ele vai ver de manhã quando chegar. Expliquei para ele que, já que não estamos com muitos clientes, te requisitei por quarenta e oito horas para me prestar um favor importante.

Quando terminou de escrever, o senhor Rose levantou-se da cadeira, segurando o papel na mão. Pegou sua pasta e apagou a luz da sala. E então acrescentou:

— Quanto a mim, estou indo embora. Esquecendo a chave do meu carro na gaveta da minha mesa. Daqui a quarenta e oito horas, ou seja, depois de amanhã à noite, meu carro vai estar aqui de volta, com você junto, Lev. Não quero confusão, nada de namorada no seu quarto. Você conhece o regulamento.

— Obrigado, senhor Rose — murmurou Lev, os olhos cheios de gratidão. — Nem sei como agradecer...

— Se quer me agradecer, pense na minha proposta de te formar para um dia você poder assumir a direção deste hotel. O tempo passa, e vai chegar o dia em que terei que designar um sucessor. Eu gostaria de repassar o Palace, e não vendê-lo ao primeiro que aparecer para depois transformá-lo num hotel qualquer. Com você, sei que o espírito deste lugar ficará preservado.

— Vou pensar nisso — prometeu Lev.

* * *

Antes de partir para Bruxelas, Lev parou na casa do pai, no centro de Verbier, para avisá-lo.

— Vá, meu filho corajoso — disse Sol com orgulho. — Se cuide e seja prudente.

— Não se preocupe. Vou estar de volta em quarenta e oito horas no máximo. Ligo quando chegar em Bruxelas.

Sol fitou o filho com admiração.

— O que foi? — perguntou Lev, detectando um brilho estranho nos olhos do pai.

— Nada, filho. Só estava pensando, vendo seu rosto, seu carisma, seu porte, que você tem tudo para ser um grande ator. Um artista bem maior do que eu jamais serei. Já te ensinei tudo o que sabia, por que você não entra em uma trupe de comediantes?

Após uma hesitação, Lev disse:

— O senhor Rose disse que eu poderia me tornar o diretor do hotel, fazer carreira.

Sol franziu o cenho:

— Tsc, *diretor*! Que ideia ridícula!

— Eu queria passar para o lado de lá da barreira — pleiteou Lev. — Eu gostaria de estar do lado de quem é servido, e não mais no de quem serve.

— Tsc, *diretor*, tsc! — continuou se indignando o pai. — Nós somos artistas! Uma grande linhagem de artistas!

— Não é bem uma grande linhagem, pai! — ousou Lev.

— *Não é uma grande linhagem*? — engasgou-se o pai.

— Você nem atua mais! Você me ensinou tudo o que sabe, é verdade. Mas não faz mais espetáculos! Nem você mais é artista!

— Quando se é artista, se é artista para sempre! Está no sangue. E você tem isso no sangue, querendo ou não! E agora, vá! Espero que quando voltar você tenha mudado de tom. Primeiro é sua mãe que vai embora, agora é você que quer me dar as costas, o que eu fiz nessa vida para merecer esse castigo? Tsc, *diretor*! Que ideia, francamente! Não se deixe impressionar por essa gente.

Lev rodou a noite toda e chegou a Bruxelas às seis da manhã.

Não foi difícil encontrar o endereço indicado por Anastasia. Ela estava esperando na frente do prédio com sua bagagem, que se resumia a uma modesta bolsa de lona. Estava deixando tudo para trás. Ele desceu do carro, ela se jogou nos seus braços. Agarrou-se nele. Estava muito mais magra.

— O que está acontecendo?

— Vamos embora! — respondeu apenas, implorando.

— Quero saber o que está acontecendo.

— Ele me bate, Lev! — murmurou Anastasia. — O tempo todo. O Klaus me bate por qualquer motivo. Não aguento mais!

Lev contemplou aquela magnífica pequena mulher de olhos tristes. Decidiu que Klaus não ia se safar assim.

— Me espere aqui! — ordenou a Anastasia. — Eu já volto!

— Não, Lev, não faça isso!

Mas Lev não deu ouvidos e se precipitou para dentro do prédio. Ela o seguiu até a escada.

— Não faça isso, Lev, eu te imploro! — exclamou. — O Klaus vai acabar com você.

Lev não deu ouvidos e foi subindo a escada, conferindo o nome indicado em cada porta e finalmente achou o que buscava: Klaus Van Der Brouck. Socou furiosamente a porta até Klaus vir abrir, de cueca, olhos ainda semicerrados, tirado do sono. Ele nem reconheceu o visitante que prontamente lhe desfechou um formidável soco no rosto. Klaus voou pelo hall do apartamento até estatelar-se no chão. Lev se aproximou e apontou para ele um dedo ameaçador:

— Te excita bater em mulher, Klaus? Pois vou te dar um bom conselho: se quiser continuar vivo, fique longe de Anastasia para sempre. Nunca mais a procure, apague-a da sua memória. Se eu voltar a ver você, vai ser para te matar.

Naquela manhã, ao raiar do dia, Anastasia e Lev se reencontraram. Ele a levou para tomar o desjejum em um pequeno café no centro de Bruxelas. Ficou olhando ela devorar grossas fatias de pão com manteiga e aos poucos ir recobrando a vida.

Ela contou sobre os meses de inferno passados com Klaus, as crises de ciúmes, os maus-tratos, a violência. Klaus, sempre tão gentil em público, atencioso e sorridente na frente dos outros, e tão cruel e mau na intimidade. Ele a proibira de trabalhar, ditava a sua conduta. Até o ponto de a controlar totalmente. "Prisioneira com a porta escancarada", Anastasia explicou para Lev, soluçando. "A gente quer tanto fugir, mas não sabe como ir embora."

Ela primeiro tinha tentado falar com Irina, mas sua irmã andava muito ocupada com a sua nova vida: o casamento, a mansão. Duas semanas num palace da Sardenha agora no verão. Ter filhos, rápido. Sem tempo para bater papo.

Tentou então se abrir com a mãe quando esta foi convidada a passar o feriado de Pentecostes na propriedade da família de Klaus, no interior da Valônia.

— Quero voltar com você para Genebra, mãe — dissera-lhe Anastasia durante um passeio.

Olga se escandalizara:

— Mas você não pode abandonar o Klaus!

— Não me sinto bem com ele! Me sinto presa em Bruxelas! Não é nem um pouco a vida que eu queria!

— *Não é a vida que você queria*? Mas o que mais você quer, afinal?

— Ser amada.

— Ora, filha, o Klaus te ama muito! Lute por seu relacionamento. Já imaginou, largar tudo assim, sem mais nem menos? Não me diga que vai me envergonhar perante os pais do Klaus! Vamos! *Kopf hoch*! Dê-se o verão para ajeitar as coisas.

No pequeno café deserto de Bruxelas, depois de ouvir as confidências de Anastasia, Lev concluiu:

— No fundo, você só me ligou porque ninguém mais queria te ajudar.

— Eu te liguei porque você é a única pessoa com quem eu quero estar, Lev. Nós fomos feitos um para o outro.

Ao ouvi-la pronunciar estas palavras, seus olhos se iluminaram um instante. Mas ele logo fechou o rosto:

— Se você realmente achasse isso, não tinha ido embora com o Klaus — disse ele friamente.

— Eu errei — ela admitiu. — Eu precisava sair de casa. Fiquei atraída pela ideia de liberdade.

— O que te atrai mesmo é o dinheiro.

— Como pode dizer uma coisa dessas? No fundo, você não me conhece. Tudo o que eu quero é estar com você.

— Não tenho nada para te oferecer, Anastasia. Não passo de um empregado de hotel.

— Me leve para Verbier! Seremos felizes lá.

— Impossível, prometi para o diretor que não ia te abrigar no meu quartinho do hotel. O que, aliás, é proibido pelo regulamento.

— Então que ele me contrate como camareira!

— Você não seria feliz.

— Seria, e muito! — garantiu ela. — É com você que quero passar o resto da minha vida. Com você, eu vou ser muito feliz. O resto não tem importância nenhuma.

Após uma hesitação, Lev contou para Anastasia:

— O senhor Rose, o diretor do Palace de Verbier, disse que eu poderia ser o sucessor dele. Você poderia ser diretora ao meu lado.

O rosto de Anastasia se iluminou:

— Ah, Lev, seria maravilhoso! Posso até nos ver, juntos, dirigindo esse hotel! Me prometa que é isso que vamos fazer. É exatamente essa a vida dos meus sonhos. Prometa, Lev!

— Prometo.

Na mesa daquele pequeno café de Bruxelas, eles sonharam com sua vida futura. Imaginando as novas orientações que dariam para o Palace e projetando uma vida sossegada na montanha, protegidos de tudo, num cenário de fabulosas paisagens, verdejantes no verão e nevadas no inverno.

Julgando seus destinos selados, deixaram Bruxelas com a cabeça cheia de planos para o amanhã. Pegaram a estrada em direção a Genebra. Anastasia não queria voltar para a casa da mãe e resolveu passar um tempo com os Ebezner. "Você vai ver", disse ela a Lev, "Macaire, o filho, é realmente muito bonzinho. A casa dos pais dele é imensa, e ele já me disse várias vezes que eu podia ficar lá se precisasse." Avisariam Macaire no caminho. Depois Lev voltaria para Verbier e comunicaria ao senhor Rose que aceitava sua proposta de tornar-se seu sucessor. E pediria para ele contratar Anastasia. Ela aprenderia todas as funções: ajudante de cozinha, garçonete, *maître*, concierge, camareira, governanta. "A melhor escola é a prática", afirmava o senhor Rose.

Era fim de tarde quando Lev e Anastasia chegaram a Collonge-Bellerive, na zona rural de Genebra, onde moravam os Ebezner. Lev, até então, só conhecia os Ebezner por tê-los servido no Palace de Verbier. Ao cruzar o portão de sua propriedade à beira do lago Léman, num primeiro momento sentiu-se intimidado. Uma longa alameda de tílias centenárias conduzia a uma mansão cercada por um parque com gramado perfeitamente aparado que terminava numa prainha particular.

Macaire os acolheu com gentileza e Lev sentiu uma simpatia imediata por aquele jovem afável, a quem confiou Anastasia. Lev estava pronto para partir em seguida para Verbier, mas Macaire o deteve.

— Você parece exausto, Lev — disse ele.

— Não durmo há trinta e seis horas.

— Não pegue a estrada agora, fique aqui esta noite.

Lev aceitou. E foi assim que naquela noite conheceu Abel e Marianne Ebezner, os pais de Macaire. Jantaram todos juntos no amplo terraço na frente da casa.

Lev descobriu um Abel Ebezner menos severo e mais afável que a imagem que tinha dele por suas estadas no Palace. Anastasia parecia bastante à vontade com o casal Ebezner. Contou para eles o que tinha acontecido em Bruxelas. Abel se enfureceu por ela ter sido maltratada daquela forma.

— Conheço bem o pai de Klaus — disse. — Vou contar tudo para ele!

— Não, seu Abel, por favor! Eu só quero esquecer, deixar tudo isso para trás.

— De qualquer forma, foi uma sorte o Lev ter ido socorrê-la. Você devia ter chamado a polícia e caído fora no primeiro tapa.

— No começo, Klaus jurava que não ia acontecer de novo — explicou Anastasia. — Vivia dizendo que me amava.

— Quem ama não bate — objetou Abel.

— Minha mãe me ama e já me bateu — observou Anastasia.

Marianne Ebezner ficou chocada ao ouvir isso.

— Seja como for, pode ficar aqui o tempo que quiser, querida — disse ela. — Não se preocupe com isso.

— Obrigada — falou Anastasia, sorrindo com tristeza e gratidão.

Abel Ebezner, já impressionado pelo fato de Lev ter ido de carro arrancar Anastasia das garras de Klaus, ficou abismado com a inteligência do rapaz. Estava habituado com as conversas insossas com seu filho, Macaire, que trabalhava no banco sem entusiasmo, ou as insuportáveis tagarelices daquele tonto do primo Jean-Bénédict, que vivia enfurnado na casa deles, e cujo acesso ao Conselho do banco, mais cedo ou mais tarde, por direito hereditário, ele via com maus olhos. Também convivia com os jovens executivos do banco, ambiciosos que só eles, sempre puxando o saco e sempre prontos a apunhalar pelas costas. Lev era diferente de tudo o que conhecera. Brilhante e desenvolto, possuía uma verdadeira cultura, com a fibra de um financista. Disso Abel teve a confirmação quando precisou sair da mesa para dar um telefonema.

— Me deem licença um instante — disse, levantando-se. — O Mercado fecha daqui a pouco, e quero ver como está a cotação do dólar.

— Não venda os seus dólares — Lev ousou sugerir. — É provável que a cotação tenha subido contra todas as divisas. A Reserva Federal americana não deve ter injetado novas liquidezes no mercado.

— Pelo contrário — interveio Macaire —, era mais que provável que eles fizessem isso. Aconselhamos nossos clientes a vender seus dólares antes de a cotação cair.

— Certamente não foi uma má operação para eles — considerou Lev. — Mas teriam ganhado dinheiro mantendo o investimento em dólares.

— Mas se estou dizendo que a cotação caiu — repetiu Macaire, levemente irritado. — Esta é a opinião unânime dos nossos analistas. E eles não nasceram ontem, acredite!

Lev deu de ombros:

— Se você está dizendo. Afinal, o banqueiro aqui é você.

Quando retornou do seu telefonema, Abel fitou Lev com estupefação.

— Como você sabia o que ia acontecer? — perguntou.

— Me pareceu lógico. Uns clientes do hotel pediram minha opinião sobre o assunto. Eu então analisei os indicadores econômicos dos Estados Unidos quando houve a última injeção de liquidez da Reserva Federal: na época, os dados macroeconômicos eram totalmente outros. Deduzi que era muito improvável o Banco Central resolver intervir no atual contexto.

— Você aconselha os clientes do hotel? — espantou-se Abel Ebezner.

— Sim. Digamos que eles pedem minha opinião para os seus investimentos. E muitas vezes me ouvem.

— Você disse que seu sobrenome é Levovitch, correto? Você fala russo?

— Sim.

— E um pouco de inglês?

— Ele fala fluentemente uns dez idiomas, pelo menos — interveio Anastasia.

Abel Ebezner fitou Lev com admiração.

— É de alguém como você que eu precisava no banco — disse.

— Obrigado, senhor Abel, mas não sei se quero trabalhar num banco.

Teve vontade de contar sobre Verbier e o Palace, falar dos planos que tinha com Anastasia, mas achou melhor ficar quieto. Depois do jantar, ele e Anastasia foram dar um passeio pela propriedade. Já era tarde, mas a noite parecia relutar em cair. O céu continuava azul retinto. O ar estava ameno.

— Esse lugar é extraordinário — maravilhou-se Anastasia. — Nunca vi nada igual. Veja essa casa, esse parque, esse píer particular... isso é o paraíso!

— Mas o nosso paraíso é Verbier, não é? — respondeu Lev.

— É, mas podia ser Genebra. E até, quem sabe, numa casa igual a essa! Você impressionou muito o Abel Ebezner, poderia fazer uma grande carreira no banco.

Ela continuou andando, sem reparar na expressão decepcionada de Lev. Quando estavam voltando para a casa, ele alegou que estava com vontade de fumar para ficar uns instantes sozinho lá fora.

Fumou um cigarro no terraço, sua presença no escuro só sinalizada pela brasa avermelhada. Foi então que apareceu Abel Ebezner, com um copo de uísque em cada mão. Estendeu um deles para Lev.

— À sua saúde, Lev — disse Abel —, e ao prazer de conhecê-lo.

— Obrigado, senhor Abel.

— Me chame apenas de Abel.

Lev aquiesceu e tomou um gole do uísque. Abel Ebezner prosseguiu:

— Que profissão você quer seguir, Lev? Você não vai carregar malas pelo resto da vida, vai?

— Eu queria impressionar a Anastasia — respondeu Lev.

— E o que a impressiona?

— Não faço ideia. O dinheiro, acho. Ela sonha em morar numa casa como a sua. E estou disposto a fazer o que for preciso para realizar os sonhos dela.

Abel sorriu:

— Você tem potencial para ser um grande banqueiro, Lev. Acredite, muitos passam por mim todo dia, mas não lembro de ter conhecido alguém como você. Tenho uma ideia: por que não vem fazer um estágio no banco? Para você ver se gosta.

— Eu teria que falar com meu pai — respondeu Lev, após uma hesitação.

— Eu mesmo posso falar com ele, se quiser.

— Melhor não, Abel. Meu pai não gosta muito dos banqueiros. A minha mãe foi embora com um banqueiro, morreu num acidente de helicóptero enquanto passeavam pela Itália.

— Lamento saber disso. Seu pai é um homem bom. Ele trabalha com quê?

— Ele era comediante. Agora trabalha no Palace de Verbier. Ele gostaria que eu fosse ator também. Ele diz que somos uma linhagem. Nunca vi linhagem mais chinfrim.

Abel caiu na gargalhada.

— Fale com o seu pai — sugeriu ele a Lev. — Convença-o a deixá-lo vir trabalhar em Genebra.

Capítulo 30

O CADERNO SECRETO

Em Cologny, naquela manhã de sexta, havia umas dez viaturas policiais estacionadas ao longo da propriedade dos Ebezner. Alertados pelas sirenes, muitos vizinhos tinham saído para a rua e se aglomeravam na frente do portão aberto — tomando o cuidado de não ultrapassá-lo, como exigem as regras de boa vizinhança. Fascinados, observavam o vaivém dos policiais que, com a ajuda de dois cães, passavam um pente fino no jardim, enquanto comentavam gravemente o caso que vinha agitar o seu dia: Anastasia Ebezner, ao chegar em casa, se vira cara a cara com um ladrão.

— Parece que ela está bem — informou uma vizinha, que sabia disso por outra curiosa, que tinha perguntado para um policial. — O ladrão fugiu assim que a viu.

— Minha nossa, um assalto em plena luz do dia! — lamentou um dos espectadores.

— Um assalto em plena luz do dia — um aposentado informou por telefone à esposa, a quem repetia minuciosamente tudo que escutava (a coitada se arrependia amargamente de ter ido fazer compras na cidade e estar perdendo o espetáculo). — Mas parece que a Anastasia está bem, o ladrão fugiu assim que ela chegou.

— Era só o que faltava, o ladrão não fugir — retrucou outro vizinho, que tinha trazido seu cachorro. — Aqui é nossa área, afinal de contas!

Pequenos flocos de neve caíam do céu devagar e vinham pousar no cabelo dos curiosos que estavam ali assistindo à movimentação dos policiais que entravam e saíam da casa.

Lá dentro, na sala dos Ebezner, Anastasia, ainda sob o choque de sua desagradável experiência, relatava o acontecido ao inspetor Philippe Sagamore, tenente da Brigada Criminal da Polícia Judiciária de Genebra.

— Como disse aos seus colegas, entrei pela porta principal. Escutei um barulho e, de repente, um homem surgiu da saleta. Mascarado e vestido de preto. Luvas nas mãos. Me encarou muito calmamente. Soltei um grito, ele pôs um dedo sobre a boca para mandar eu ficar quieta. Obedeci. Ele então voltou para a saleta correndo feito uma flecha e fugiu pela janela. Desapareceu no parque.

— E depois? — perguntou o tenente Sagamore.

— Depois eu liguei para a polícia.

O tenente Sagamore levantou da poltrona em que estava sentado e foi examinar o jardim. Ficou um instante pensativo. Sua reflexão foi interrompida por um membro da Brigada Científica que entrou na sala.

— Encontraram alguma coisa? — perguntou Sagamore.

— Identificamos umas pegadas na neve, mas desaparecem nos arbustos que cercam a propriedade. O muro, nesse ponto, não é muito alto. O assaltante deve ter pulado e fugido pelo chemin de Ruth. Os cães até farejaram uma pista, mas ela acabava em seguida. Ele provavelmente entrou num carro. Infelizmente, com o tráfego, os transeuntes, mais a vizinhança inteira que veio investigar com a gente, os eventuais indícios exploráveis já foram borrados.

Sagamore fez uma careta. Não tinha tirado os olhos do jardim. Parecia intrigado. Por fim, abriu a porta e saiu da casa, como um rastreador. Perscrutou a neve imaculada e examinou as pegadas junto à janela da saleta, que tinha sido quebrada. Voltou em seguida para a sala, onde seu colega logo comentou:

— Você notou alguma coisa...

— As pegadas vêm direto para a janela da saleta — observou Sagamore.

— E daí? — indagou seu colega.

— Os assaltantes, em geral, costumam dar uma volta em redor da casa que planejam visitar. Pelo menos para ter certeza de que não tem ninguém. E aí entram, mais por uma porta do que por uma simples janela. É mais fácil para eles. Mas este, a julgar pelas pegadas, já veio diretamente para essa janela. Sabia que a casa estava vazia e visava especificamente essa saleta.

— Como ele podia saber que não havia ninguém em casa? — perguntou Anastasia.

— Ficou um bom tempo espreitando. Logo ali, no chemin de Ruth, próximo ao portão. A senhora disse que seu marido saiu cedo de manhã?

— Sim, por volta das sete — disse Anastasia. — E eu, lá pelas oito.

— Ele deve ter visto vocês dois saindo. E em seguida partiu para a ação.

Sagamore tirou um caderno do bolso e fez umas anotações.

— Senhora Ebezner, a senhora saiu de casa às oito da manhã e retornou às onze e trinta.

— Sim, isso mesmo.

— Eu queria muito saber o que o nosso homem ficou fazendo na sua casa por mais de três horas. Até porque ele não parece ter ido além da sala em que foi surpreendido.

— Ao que tudo indica, ele não esteve no restante da casa — confirmou seu colega da Brigada Científica. — Não há nada revirado, nenhuma gaveta aberta. E principalmente, não há sinal de pegadas pela casa. O assaltante estava com os calçados molhados de neve, era para haver poças de água no piso ou sujeira nos tapetes. Mas isso só acontece na saleta.

— E nada sumiu — confirmou Anastasia, que tinha dado uma volta pela casa com os policiais. — Temos muitos objetos de valor, herdados pelo meu marido. Quadros, principalmente. Está tudo aqui.

— Isso confirma a minha hipótese — disse o tenente Sagamore. — Nosso homem visava especificamente a saleta. Vamos dar mais uma olhada nela.

Além da vidraça quebrada e do cofre aberto, a saleta parecia intacta.

— O cofre não parece ter sido arrombado — explicou o colega da Brigada Científica.

— Está querendo dizer que nosso homem sabia a senha? — perguntou Sagamore.

— Se ele passou três horas nesta sala, acho que é porque estava descobrindo a combinação. *Modus operandi* à antiga, tipo o truque do estetoscópio. É uma fechadura com combinação mecânica, seria perfeitamente viável.

— Por que quebrar a vidraça para entrar na casa e depois levar três horas para descobrir a combinação de um cofre? — perguntou Anastasia.

— Ele quebrou a vidraça para entrar rapidamente — concluiu o tenente Sagamore. — Era dia claro e, pelo visto, os vizinhos aqui têm olhos para tudo. Sem tempo a perder arrombando uma fechadura, correndo o risco de ser visto. Agora, uma vez dentro da casa, queria agir sem fazer barulho. Para não chamar a atenção, certamente. O que havia nesse cofre?

— Não faço a menor ideia — admitiu Anastasia.

— Onde guarda as suas joias? — espantou-se Sagamore.

— No cofre do quarto. Essa saleta serve de escritório para o meu marido. Acho que ele usava o cofre para guardar documentos bancários.

— E os relógios? — sugeriu Sagamore, buscando um motivo para aquele assalto.

— Não, os relógios dele também estão no cofre do quarto.

— Recebeu alguma ameaça recentemente, senhora Ebezner? — perguntou então o tenente Sagamore.

— Ameaça? — espantou-se Anastasia. — Não, por quê?

— Porque tenho a impressão de que não se trata de um simples assalto. Permita que eu lhe conte uma experiência de policial: sabe por que algumas pessoas têm dois cofres em casa? Um é para as joias, e o outro para os seus segredos. Eu realmente preciso falar com o seu marido, senhora Ebezner.

— Eu também queria muito falar com ele — disse Anastasia. — Mas ele não está atendendo o celular, nem no quarto do hotel. Deve estar em reunião, sem dúvida. Como disse, ele está em Verbier para um encontro muito importante do banco.

— Eu vi no jornal. Seu marido vai ser eleito para a presidência do banco neste fim de semana, correto?

— Sim.

Sagamore deu mais uma examinada na sala.

— A senhora afirma que era um homem — disse, de repente, a Anastasia. — Mas o rosto estava coberto. Acha que poderia ser uma mulher?

— A estatura era mais de um homem — respondeu ela. — Não tive a impressão de estar diante de uma mulher. E os olhos... havia algo estranho com os olhos.

— Como assim, *estranho*? — indagou Sagamore, pegando seu caderno de anotações.

— Por uma fração de segundo, tive a impressão de reconhecê-lo, e ele também. Nossos olhares se cruzaram, e alguma coisa aconteceu. Como se já tivéssemos nos visto antes. Não sei explicar. Foi tudo pelos olhos. Os olhos, tenente, os olhos não enganam.

— Vocês têm funcionários aqui na casa?

— Temos uma empregada. Ela está de folga hoje.

— Anote o nome dela para mim, por favor — pediu Sagamore, estendendo a caderneta para Anastasia.

Ela fez o que ele pedia.

— Mais alguém? Um jardineiro, talvez? — insistiu Sagamore.

— É uma empresa que cuida da propriedade. Mas, em geral, vêm sempre as mesmas pessoas.

— Também vou precisar do nome dessa empresa.

No mesmo momento, em Verbier.

Os funcionários do Banco Ebezner estavam chegando ao Palace em pequenos grupos. Alguns vinham de carro, outros de trem e funicular. Estavam todos de excelente humor, excitados pelas promessas de fartura do Encontro Anual. Como todo ano, depois de se identificarem na recepção e ocuparem os seus quartos, a maioria corria para a van do hotel que os levava ao sopé das pistas de esqui. Uma pequena minoria preferia ficar desfrutando do luxo do Palace e relaxar na piscina aquecida ao ar livre, fumegante em meio à neve, ou em banheiras de hidromassagem.

O Palace estava em efervescência. A equipe do hotel se desdobrava em atenções. Para a maioria dos funcionários do Banco Ebezner, o Encontro Anual era o acontecimento do ano. Mas para Cristina, que estava vindo pela primeira vez, esse fim de semana tinha todo um outro significado. Sabia que não haveria outro depois deste. Sabia também que o tempo estava contra ela. Para começar, tinha que descobrir em que sala o Conselho do banco ia se reunir. Depois agiria conforme os meios disponíveis. Cruzou ao acaso uma porta de serviço e se esgueirou pelos bastidores do hotel. Chegou à cozinha, ninguém reparou nela. Viu então, fixada na parede, um circular interno relativo ao Encontro Anual. Aproximou-se para ler. Sentiu, de repente, uma mão pesada no seu ombro.

— Posso ajudar, senhorita?

Era o senhor Bisnard, o diretor de banquetes.

Naquele mesmo instante, no sofisticado conforto de sua sala no térreo, o senhor Rose tomava um café com Lev.

— Então no fim você veio para o Encontro Anual? — espantou-se o senhor Rose. — Nunca tinha participado, pelo que eu me lembre.

— Nunca — respondeu Lev. — Muitas lembranças ruins.

— Reservei o quarto de sempre para você, como me pediu.

— Obrigado, senhor Rose.

— Será que um dia você vai parar de me chamar de senhor Rose, Lev? Me chame de Edmond, puxa.

— Para mim, o senhor sempre foi o senhor Rose.

Lev contemplou o quadro pendurado acima da lareira, que mostrava o senhor Rose com o uniforme de coronel da reserva do Exército suíço. E então acrescentou:

— Sempre admirei o senhor. Mais que ao meu próprio pai.

— Não diga isso.

Lev observou afetuosamente o velho homem sentado à sua frente. O senhor Rose devia estar perto dos oitenta anos. Embora seu corpo trouxesse as marcas do tempo, seu espírito mantinha a mesma vivacidade.

— Não tem vontade de se aposentar? — perguntou Lev.

— Não encontrei um sucessor. Os únicos que querem comprar o Palace são grupos hoteleiros sem alma. Não quero que esse estabelecimento acabe nas mãos de uma grande rede. A independência é a marca mais bonita.

Lev sorriu, sem conseguir dissimular uma ponta de nostalgia:

— Lamento tê-lo deixado na mão quinze anos atrás, senhor Rose.

— Ora, Lev, chega de remoer essa história! Você fez muito bem em aceitar a proposta de Abel Ebezner, veja que carreira extraordinária você fez!

— Eu nunca gostei do banco, senhor Rose. No fundo, teria preferido ficar no Palace, trabalhar lado a lado com o senhor.

— Ainda dá tempo — respondeu o senhor Rose em tom de brincadeira.

— Infelizmente, não.

O senhor Rose ficou sério:

— O que você tem, Lev? Você está estranho. Seu pai ficaria tão orgulhoso de você. Quem dera ele pudesse ver tudo que você conquistou!

Lev levantou da poltrona em que estava sentado e foi até a janela. Ficou vendo a neve cair sobre os pinheiros.

— Meu pai morreu por minha causa — murmurou Lev.

— Pare, Lev, você sabe muito bem que isso não é verdade!

Lev pareceu não ouvir. Disse então com um tom sério:

— Senhor Rose, eu vou sumir. Se eu vim aqui este fim de semana foi para me despedir do senhor. Eu lhe devo tanto!

— Sumir? Como assim, *sumir*? Do que você está falando, Lev?

— Senhor Rose, é possível que escute falar coisas estranhas a meu respeito. O senhor sabe quem eu sou realmente. Sabe que não sou um mau sujeito. Sabe por que eu fiz o que fiz.

No sexto andar do hotel, Macaire estava de plantão na frente da suíte de Tarnogol. Precisava urgentemente falar com ele. Desde que chegara ao Palace vinha procurando por ele em todo canto, sem sucesso. Não estava no saguão, nem nas salas comuns, nem no bar. Já fazia meia hora que estava andando para lá e para cá em frente à porta como se isso fosse fazê-lo aparecer.

Tarnogol finalmente apareceu no corredor, pisando o carpete a passos enérgicos. Macaire o achou, como na véspera, com uma expressão preocupada.

— Macaire? — espantou-se Tarnogol ao dar com ele na frente da sua suíte.

— Precisamos conversar, Sinior.

Tarnogol olhou em volta, como um animal acuado, e então abriu a porta. A suíte estava imersa no escuro: todas as persianas estavam fechadas. Tarnogol, depois de acender a luz, abriu todos os armários e deu uma volta pela sala para conferir se não havia ninguém.

— Dadas as circunstâncias, sou obrigado a tomar certas precauções — explicou para Macaire, a quem indicou uma poltrona.

Macaire se sentou, e Tarnogol, depois de se acomodar frente a ele, prosseguiu:

— Nós dois sabemos que este é meu último Encontro Anual, Macaire. A questão é saber se será o último para você também.

— Por que seria o meu último Encontro Anual? — perguntou Macaire, sem conseguir disfarçar o nervosismo.

— Porque a P-30 está na minha cola, e na sua também.

Macaire ficou pálido:

— Quem... quem lhe contou sobre a P-30?

— Ora, Macaire, os serviços especiais russos estão na jogada há muito tempo... Você é tão vigiado quanto eu. Sabe, ao contrário de muita gente, nunca te achei idiota. Muito pelo contrário. Você, no fundo, só cometeu um erro: desconfiar do estrangeiro, sendo que o perigo vem de seus irmãos.

— Perigo? O que quer dizer?

— Está tudo bem com a Anastasia? — indagou Tarnogol em tom de ironia.

— Minha esposa? O que minha esposa tem a ver com isso? — exclamou Macaire, vasculhando os bolsos num gesto automático à procura do celular.

Percebeu que o tinha esquecido no quarto havia pouco. Saltando da poltrona, correu até a sua suíte e pegou depressa o aparelho deixado em cima da cômoda, no corredor de entrada. A tela mostrava umas dez chamadas perdidas da esposa. Compreendeu que algo de grave tinha acontecido. Sentiu o coração explodir no peito. Ligou imediatamente para Anastasia.

— Macaire, até que enfim! — disse ela ao atender.

Estava no hall de entrada da sua casa com o tenente Sagamore.

— O que aconteceu, benzinho? — balbuciou Macaire, em pânico.

— Um homem, em casa. Arrombou... a janela da saleta. Eu saí para fazer umas compras e o surpreendi quando cheguei.

— Você está bem?

— Sim, ele fugiu em seguida. Ele abriu o cofre da saleta. Está vazio. A polícia quer saber o que tinha dentro.

Macaire ficou em silêncio. Estava em pânico. Tarnogol estava armando a troca: o cargo de presidente por Anastasia. Tinha urgentemente que deixar Anastasia protegida.

Ela repetiu a pergunta:

— O que tinha dentro do cofre? A polícia está aqui comigo, eles querem saber.

— Um... um... uns... um... uns... documentos — gaguejou Macaire, completamente desnorteado. — Documentos bancários importantes, mas eu trouxe comigo. O cofre estava vazio.

Anastasia percebeu o medo na voz do marido. Ficou pálida, o que deixou o tenente Sagamore, que não tirava os olhos dela, com a pulga atrás da orelha. Ele pediu para falar com Macaire e pegou o telefone.

— Senhor Ebezner? Aqui é o tenente Sagamore, da Brigada Criminal.

— Brigada Criminal? Mas não era um assalto?

— Acho que é bem mais sério que um assalto. Sua esposa por pouco não foi agredida. O que havia no seu cofre do térreo?

— Só uns documentos — garantiu Macaire ao policial. — Documentos do banco que eu trouxe comigo.

— Que tipo de documento? — interrogou o tenente Sagamore.

— Ah, nada demais — respondeu Macaire num tom ligeiro —, papelada administrativa. Nada que possa interessar a ninguém. O assaltante provavelmente imaginava encontrar sabe Deus que tipo de joias.

— Quando voltar de Verbier, o senhor poderia vir falar comigo, por favor? — pediu o tenente Sagamore. — Teria umas perguntas de rotina a lhe fazer.

— Mas é claro, tenente. E obrigado ao senhor e aos seus homens pela pronta intervenção. Posso falar com a minha esposa?

O tenente Sagamore entregou o aparelho a Anastasia, que se afastou alguns passos antes de atender.

— Benzinho, você está em perigo... — sussurrou então Macaire com voz engasgada. — Na estante da saleta, na segunda prateleira, escondido atrás de uma fileira de livros, você vai encontrar um caderninho. Destrua-o! Queime-o na lareira, até não sobrar nada. Entendeu?

Enquanto escutava as instruções de Macaire, Anastasia ostentou um grande sorriso para enganar o tenente Sagamore, que continuava olhando para ela, e em seguida adotou sua voz mais relaxada para responder ao marido:

— Perfeitamente, querido. E olhe, não precisa se preocupar. Está tudo bem.

Ela desligou.

Macaire, fora de si, abriu o pequeno cofre do quarto e tirou de dentro o revólver que trouxera consigo. Precipitou-se para a suíte de Tarnogol, cuja porta permanecera aberta. Este nem sequer se movera no sofá. Macaire então apontou a arma para ele.

— Eu vou matar você, Tarnogol, e acabar logo com isso! — berrou.

— Calma! — disse Tarnogol, que parecia não se assustar com o fato de estar na mira do revólver.

— Acha que eu não seria capaz? — exclamou Macaire.

— Pelo contrário, sei muito bem que seria. Eu sei o que aconteceu em Madri.

— O que...

— Abaixe essa arma, Macaire.

Ele obedeceu, mas sem por isso deixar de pressionar Tarnogol.

— Estou avisando, Sinior, se encostar num único fio de cabelo da minha esposa...

— Não sou eu, Macaire! — interrompeu Tarnogol num tom irritado. — Não sou eu, é a P-30!

— Quê? Por que eles fariam isso?

— Porque querem te pressionar a me matar.

Macaire fitou Tarnogol, sem saber mais o que pensar. Este prosseguiu:

— Está preocupado com a sua esposa, agora? Mas eram essas as regras do jogo, não eram? Eu lhe dou a presidência, você me devolve Anastasia.

— Mudei de ideia! — disse Macaire. — Quero a minha esposa e a presidência. Basta eu executá-lo aqui e agora e tudo estará resolvido.

— Só que você não pode me matar — explicou Tarnogol, ainda muito calmo.

— Por que não?

Como resposta, Tarnogol tirou um envelope do bolso de dentro do paletó. Estendeu-o para Macaire, que o reconheceu de cara.

— É o envelope que eu lhe trouxe de Basileia segunda à noite — disse.

— Exatamente. E tenho certeza de que está curioso para saber o que havia dentro. Anda, pode abrir.

Macaire obedeceu: era uma série de fotos. Ficou aterrorizado. Suas mãos começaram a tremer. Ele estava acabado.

— Essas fotos — disse então Tarnogol — são meu seguro de vida.

Em Genebra, no hall de entrada da casa dos Ebezner, o tenente Sagamore continuava interrogando Anastasia.

— Senhora Ebezner, eu reparei numa bolsa de viagem ao lado da porta de entrada. A senhora planejava viajar?

O coração dela bateu mais forte, mas seu semblante permaneceu totalmente impassível.

— Não, essa bolsa já está aí no hall faz alguns dias esperando eu desfazê-la. Desculpe a bagunça.

O tenente Sagamore prosseguiu:

— A senhora disse para o seu marido que tinha saído de manhã para fazer umas compras. Mas não estou vendo nenhuma sacola de compras no hall de entrada.

— É que eu não achei o que eu queria. Estava procurando um chapéu de inverno, foi isso que eu saí para comprar. Mas não achei.

— Em que loja? — perguntou o tenente Sagamore de supetão.

Anastasia foi pega de surpresa.

— Eu... eu... dei uma volta pelo centro. Fui dar uma olhada na Bongénie e algumas lojas ali perto.

— Senhora Ebezner — disse então Sagamore com uma voz repleta de empatia —, meus colegas encontraram um bilhete no quarto. Não creio que tenha qualquer relação com o caso, por isso o devolvo para a senhora.

Entregou-lhe a mensagem que ela deixara para Macaire ao sair, dizendo que estava indo embora. Ela a amassou e guardou no bolso, constrangida. Sentiu-se na obrigação de se justificar:

— Eu... Eu quero deixar o meu marido...

— Isso não me diz respeito, senhora — disse Sagamore de pronto, antes de se dirigir para a porta da rua.

Despediu-se educadamente, mas, antes de sair, acrescentou:

— É estranho — acrescentou —, o seu marido não perguntou o que o assaltante tinha levado do resto da casa. Em geral, quando avisamos uma pessoa que sua residência foi assaltada, ela se preocupa em saber o que foi roubado, se a casa foi saqueada pelos intrusos. Seu marido não perguntou nada disso. Como se não ficasse surpreso que alguém se interessasse somente pela saleta dele e, principalmente, pelo cofre.

Anastasia deu de ombros.

— Em choque com a notícia, sem dúvida. O que ele queria mesmo saber era se eu estava bem. Nem tudo na vida é dinheiro, tenente!

No Palace de Verbier, na suíte de Tarnogol mergulhada na penumbra, Macaire não conseguia tirar os olhos das fotos. Eram fotos dele em Madri, na semana anterior. Eram sequências de imagens, tiradas de diferentes ângulos, que o mostravam na saída do aeroporto, na rua com Perez, na frente do prédio do analista de dados, e depois deixando o local com pressa.

— Eu não te quero mal nenhum, Macaire — garantiu Tarnogol. — Mas sou obrigado a me proteger. Então tomei minhas precauções: se você tiver a má ideia de aprontar comigo, se algo de mal acontecer comigo neste fim de semana, o seu nome e essas fotos serão entregues para a imprensa e para a polícia espanholas.

— Você é o diabo! — exclamou Macaire.

— Sou pior que o diabo, porque eu sim, existo.

Os dois homens se encararam feito dois leões prestes a se enfrentar. Tarnogol então disse:

— Não há nenhum motivo para sermos inimigos. Lembrando que, na origem de tudo, eu obtive suas ações de maneira legal. Nós fizemos uma troca. Se quiser que eu as devolva, então também terá que me devolver o que é meu.

— Anastasia não é sua!

— Nem sua. Ora, você sabia muito bem, na época, que ela amava o Lev! Ela tinha te contado, não tinha? Então por que milagre ela teria se apaixonado por você, se não fosse graças a minha intervenção?

— Me dê a presidência e desapareça para sempre! — sugeriu Macaire. — Todo mundo o deixará em paz.

— Sei que minha situação não é nada boa: se você não me matar, outra pessoa o fará. Sei que estou condenado a morrer. Ou a desaparecer. Mas eu ainda posso impedir a sua eleição. A menos que..

— A menos que o quê? — perguntou Macaire.

— A menos que você troque Anastasia pela presidência. Está na hora de resolver de qual das duas você vai abrir mão.

* * *

Em Cologny, depois que todos os policiais foram embora, Anastasia correu para a saleta. Encontrou o caderno no lugar indicado por Macaire. Era um caderno em branco, exceto por umas anotações contábeis na primeira página. Dentro, havia uma carta. Estava aflita demais para ver seu conteúdo naquele momento. Enfiou tudo na bolsa de viagem e ligou para Lev para avisá-lo sobre a situação. Menos de vinte minutos depois do telefonema, a limusine preta dirigida por Alfred cruzou o portão da propriedade. Anastasia saiu da casa, com a bolsa na mão, e entrou rapidamente no carro, que arrancou em seguida, enveredando pelo chemin de Ruth em direção ao centro da cidade.

A limusine entrou em Genebra pelo quai du Général-Guisan e atravessou a pont du Mont-Blanc para chegar ao Hôtel des Bergues. Alfred usou a entrada dos fundos do prédio, reservada aos caminhões de entrega, para que ninguém visse Anastasia.

— O patrão me pediu para tomar todas as precauções necessárias — explicou Alfred, ao adentrar o estacionamento subterrâneo. — Aqui estará em segurança.

— Obrigada, Alfred. Senti tanto medo, você nem imagina! Estou tremendo até agora.

— Lamento que tenha passado por uma experiência tão desagradável, senhora.

— O que me assusta não é tanto o assalto em si, e sim o contexto, sabe. Meu marido parecia muito preocupado. Comentou sobre uns documentos bancários. — Achou melhor não mencionar a existência do caderno. — E apesar de o homem estar usando uma balaclava, tive a impressão de reconhecê-lo.

— Será que era alguém do banco? — perguntou Alfred.

— Não sei. Ele, aliás, não parecia muito à vontade. Foi realmente muito bizarro.

Quando se viu no cenário familiar da suíte de Levovitch, Anastasia sentiu-se imediatamente melhor. Fechou a porta à chave, serviu-se uma taça de vinho para se recompor do susto e a tomou contemplando a vista espetacular sobre o lago Léman. Depois acendeu um bom fogo na lareira e pegou o caderno encontrado na saleta. Leu a carta e descobriu, espantada, que fora assinada pelo presidente da Confederação Helvética, o qual agradecia a Macaire pelos serviços prestados. Que serviços? O que significava aquilo? Resolveu seguir as instruções do seu marido. Jogou a carta no fogo e ficou olhando ela se consumir. Ia fazer o mesmo com o caderno mas, no momento em que ia jogá-lo às chamas, reparou numas inscrições em filigrana das páginas que julgava estarem em branco.

Anastasia, febril, expôs o papel ao calor: um texto surgiu nele de repente. Ela começou a ler, coração aos pulos, o relato de Macaire.

A Suíça, esse calmo refúgio de verdes pastagens e lagos azulados, é também um país que protege seus bancos feito uma mãe ursa: ferozmente.

Não convém eu dizer mais. Mesmo porque nem eu sei muito além disso. Ordem e simetria são nosso lema. Silêncio e prudência são nossos filhos.

Há doze anos, fui recrutado por um ramo especial dos serviços de inteligência suíços. Essa unidade clandestina se chama P-30, é financiada por um caixa dois do governo e atua fora do comando da Comissão Parlamentar de Inteligência.

Estupefata, Anastasia descobriu a vida dupla levada por seu marido naqueles anos todos. Leu, febrilmente, o relatório das missões que tinha realizado para a P-30. Macaire, seu gentil Macaire, seu marido meio lerdo e desajeitado, tinha sido um agente dos serviços de inteligência!

Teria achado quase impressionante e divertido caso o relato não tomasse um rumo trágico em seguida.

Preciso confessar aqui: carrego mortos na consciência.

Participei indiretamente, à minha revelia, da eliminação de um ex-analista de dados do banco e sua esposa, que pretendiam entregar listas com nomes de clientes para o fisco espanhol.

[...]

Lamento profundamente pelo sangue derramado por minha culpa. Eu nunca quis isso. Se alguém está lendo essas linhas, é porque a situação degringolou. Amigo leitor, eu lhe imploro, acredite em mim: nunca quis a morte de ninguém. Não tinha conhecimento das funestas intenções da P-30. Fui educado no amor cristão e espero poder um dia lavar-me desses pecados. Que Deus me perdoe!

Anastasia interrompeu sua leitura. Estava apavorada. Tremia. Fez a relação com a carta do presidente da Confederação agradecendo Macaire pelos serviços prestados à pátria.

Leu, então, a última parte do relato:

Minha última missão se dará no Encontro Anual do Banco Ebezner, em Verbier.
   A P-30 pediu que eu impedisse Sinior Tarnogol de assumir o controle do Banco Ebezner.
   Minha margem de manobra é muito limitada: ou convenço Tarnogol a me nomear para a presidência, ou terei de matá-lo. Já sei que, se fracassar, a P-30 irá jogar nas minhas costas aquele duplo assassinato do qual participei indiretamente.
   Jamais pensei que um dia teria que chegar a esse ponto. Mas não posso me lamentar pelo meu destino, pois sou o único responsável por esta situação. De fato, fui eu quem permitiu que Tarnogol chegasse aonde chegou ao lhe ceder minha parte do banco.
   E já que este texto é minha confissão, há mais um segredo que devo contar aqui. Devo revelar o que Sinior Tarnogol me deu em troca de minhas ações do banco.

Ela pôs as mãos na boca, como para se impedir de gritar. Não era possível. O que estava lendo não podia ser verdade! Tarnogol não podia ter feito isso! Sentiu as lágrimas brotando. Tentou recordar como tinha sido, como tinha rompido com Lev quinze anos atrás, mas suas lembranças, de repente, estavam confusas.
   Leu outra vez o que Macaire tinha escrito no caderno. Como Tarnogol podia ter feito aquilo? Aquele homem era o mal absoluto.
   Pegou o celular e digitou o número de Macaire.
   — Alô, benzinho? Está tudo bem?
   — Macaire, eu... eu...
   Ela estava chorando. Ele entendeu que ela tinha lido o caderno.
   — Não diga nada — implorou ele. — Estamos certamente sendo grampeados.
   — E agora, Macaire, o que vai acontecer?
   — Não posso te dizer. Mas o que eu vou fazer, vou fazer por você. Por amor. Agora desligue, não quero que *eles* consigam te localizar.
   Ela desligou e desatou a chorar.
   Pressentia uma tragédia.

Capítulo 31

A ESTRELA-GUIA

No sábado, 30 de junho de 2018, às onze horas da manhã, eu dormia profundamente na minha suíte do Palace, me recuperando de uma noite passada inteira a escrever, quando fui acordado por uma sequência de batidas na porta. Primeiro pensei que fossem as camareiras, e resolvi não levantar. Mas como o visitante insistia, acabei indo abrir, ainda meio dormindo. Era Scarlett.

— Está tudo bem? — perguntou ela num tom visivelmente mais irritado que preocupado.

— Muito bem, obrigado. Por quê?

— Combinamos de jantar juntos ontem à noite. Mas você com certeza tinha coisa melhor para fazer.

— Putz, esqueci completamente! Sinto muito, mesmo.

— Eu também sinto muito. Fiquei uma hora esperando no restaurante feito uma idiota.

— Por que não ligou para o meu quarto? Eu teria descido na hora.

— Pois é, foi exatamente o que eu fiz! Deu ocupado. Segundo o pessoal da recepção, você provavelmente tinha tirado o fone do gancho. Então vim até aqui, bati na porta. Ninguém abriu. Devia estar se divertindo em outro lugar!

— Não, juro que estava aqui, no meu quarto, ontem à noite...

— Pare com isso! — interrompeu Scarlett. — Passe suas noites como bem entender, só não me faça de idiota!

— Juro que não furei com você de propósito. Estava aqui escrevendo o meu livro, acabei me deixando levar.

— A ponto de não ouvir bater na porta?

— É que quando eu vivo a história, fico totalmente envolvido, sabe? É como se eu mesmo estivesse dentro do romance, do cenário. E todas essas personagens à minha volta...

— Mas que conversa é essa? — desesperou-se ela.

— É a mais pura verdade — afirmei. — É como se eu estivesse num outro mundo. Escute, deixe eu me redimir: vamos jantar juntos hoje. Por favor!

Ela pareceu hesitar. Eu insisti:

— Por favor! Eu adoraria.

— Tudo bem — cedeu ela, por fim. — Mas estou avisando: a desculpa do livro até pode colar uma vez, mas não duas.

— Combinado.

Naquela noite, após um dia de escrita, encontrei com Scarlett no restaurante italiano do hotel.

— Obrigado por ter vindo — eu disse.

— Achou que eu fosse furar?

— Seria merecido.

Ela então me disse:

— Parece que quanto mais seu livro avança, menos eu te vejo.

— É que eu me deixo levar pelo romance.

— Isso acontece sempre?

— A cada romance — confessei.

— É desagradável essa sensação de estar perdendo a batalha para o seu livro.

— Me perdoe.

Para mudar de assunto, entreguei-lhe um pacotinho. Tinha passado na livraria do vilarejo para comprar um presente para ela.

— Falando em livro — disse —, trouxe algo para você ler.

Ela abriu o embrulho: era um exemplar de *E o vento levou*.

— Era um dos livros preferidos de Bernard — expliquei. — Ele me contou que o leu na época da guerra. Devia ter uns treze, catorze anos e, fugindo de carro com a mãe e o irmão, leu *E o vento levou* no banco de trás do carro. Havia boatos de que a aviação italiana estava bombardeando os comboios de civis, e Bernard, mergulhado em sua leitura, torcia para a aviação não o matar antes de ele terminar. Dizia que era um grande romance.

— O que é um grande romance? — perguntou Scarlett.

— Segundo Bernard, um "grande romance" é um quadro. Um mundo que se oferece ao leitor, o qual se deixa fisgar por essa imensa ilusão construída a pinceladas. O quadro mostra a chuva: o leitor se sente molhado. Uma paisagem gélida e nevada? Quando vê, está tremendo. E ele dizia:

"Sabe o que é um grande escritor? É um pintor, justamente. No museu dos grandes escritores, de que todos os livreiros possuem a chave, há milhares de telas esperando por você. Se você entra uma vez, vira freguês."

Ela sorriu.

— Eu falo um pouco sobre o Bernard no livro — contei.

— O que ele acharia disso?

— Ficaria envaidecido e constrangido ao mesmo tempo. Diria: "Tudo bem, se isso te deixa feliz." Como todos os grandes, ele era modesto. Não gostava de ser o centro das atenções. Por exemplo, não gostava que comemorassem seu aniversário. Era dia 9 de maio. É claro que eu ligava mesmo assim, para lhe dar os parabéns. Acho que, no fundo, ele não gostava do aniversário porque lhe fazia lembrar da sua idade. Isso o lembrava que tinha nascido em 1926. Quando os jornais se referiam a ele como "velho editor", ficava louco da vida. Um dia, ao se sentar num avião que iria trazê-lo a Paris, saindo de Milão, onde tinha me acompanhado na comemoração da edição italiana de um dos meus romances, o comissário pediu para ele trocar de lugar com uma moça. "Por que motivo?", ele perguntara. "Porque o senhor está sentado junto a uma saída de emergência e é velho demais. O regulamento proíbe. É preciso ter força para abrir a porta de emergência." "Tenho mais força que essa moça", garantiu Bernard. "Tem que mudar de lugar, senhor", insistiu o comissário. "Proponho fazer uma queda de braço com essa moça, Bernard exigiu então. Quem ganhar fica com este lugar." O comissário obviamente recusou e obrigou Bernard a mudar de poltrona. Isso o deixou furioso uma semana inteira. "Puxa vida, ele me disse, dá para imaginar?" Mas eu não queria imaginar. Queria acreditar que Bernard viveria para sempre. Queria acreditar que ele era invencível.

Fez-se um silêncio. Depois continuei:

— Lembro do último aniversário dele — acrescentei. — Em maio do ano passado. Oito meses antes de sua morte. Liguei para lhe dar os parabéns e, desta vez, ele não ficou bravo. Pelo contrário, respondeu num tom brincalhão: "Sabe, Joël, fico pensando que se um policial pedir minha identidade na rua, vai se espantar com a minha data de nascimento e me perguntar: "*O que o senhor ainda está fazendo aqui?*"

— E o que você respondia quando ele dizia isso? — perguntou Scarlett.

— Eu ria. Dizia que ele ainda ia enterrar todos nós. Não para confortá-lo, mas porque eu realmente achava isso. Apesar dos nossos sessenta anos de diferença, apesar da sua idade, eu tinha a impressão de que ele era eterno. E como tinha certeza de que Bernard estaria ali para sempre, sempre prometi a mim mesmo que ele seria o meu único editor.

— O que quer dizer?

— A edição é como o amor. Só se ama de verdade uma vez. Depois de Bernard, não haverá mais ninguém. Depois do sucesso do meu segundo romance, todo mundo achou que eu iria trocar a Éditions de Fallois por uma editora mais prestigiosa. "O que vai fazer agora?" viviam me perguntando. "Deve ter recebido propostas dos maiores nomes do mercado editorial francês." Mas quem me perguntava isso não tinha entendido que o maior nome do mercado editorial francês era Bernard.

*

Paris, mês de maio. Oito meses depois do imenso sucesso do meu segundo romance.

Um jornalista tinha vindo entrevistar Bernard na sede da Éditions de Fallois, na rue La Boétie, 22. Bernard não gostava muito de entrevistas, mas às vezes, quando eu pedia, ele aceitava entrar no jogo. Eu estava presente também.

Depois de algumas perguntas de uma banalidade aflitiva, o jornalista fez um tom de ironia e perguntou a Bernard, dando a entender que eu fatalmente me deixaria seduzir pelos grandes nomes de Saint-Germain--des-Prés:

— O senhor acredita que irá editar o próximo romance do Joël?

Fiquei roxo de raiva e precisei me segurar para não expulsar o jornalista a pontapés no traseiro. Mas Bernard, por sua vez, sorriu com um olhar cheio de malícia e respondeu:

— Se o próximo livro do Joël não for bom, não vou publicá-lo.

Nunca vou esquecer esta frase, que resume, por si só, a relação que tive com Bernard nesses anos todos.

Bernard sempre fazia um contrato novo a cada livro, sem me prender a ele no seguinte.

— Um livro de cada vez. Se não quiser trabalhar comigo, não quero forçá-lo.

Ao que eu respondia:

— E eu não lhe peço nenhum adiantamento. Você me paga pelo que eu vender. Se o livro fizer sucesso, melhor para todos nós, se não fizer, pelo menos teremos nos divertido.

— O sucesso é o prazer de trabalhar juntos! — Bernard me lembrava então, num tom de entusiasmo.

Nossos contratos, aliás, eram assinados em cima da hora, muitas vezes quando o novo romance já estava na gráfica, de tanto que isso não nos preocupava.

Mais do que criar meu sucesso, Bernard soube me ensinar a administrar esse sucesso, principalmente com o constante lembrete de que tudo ainda estava por fazer. Um pouco como um treinador de boxe passando sermão em seu pupilo depois de um primeiro round bem-sucedido: "Foi só o primeiro round, ainda restam onze pela frente."

Foi assim que por um ano, dia após dia, após o lançamento do meu segundo romance, ele me mandava um e-mail:

Caro Joël,

Hoje é um dia de aniversário. Em 19 de setembro de 2012, **Harry Quebert** *estreava em todas as livrarias da França, da Bélgica e da Suíça.*

Não sou muito fã de aniversários, mas este é interessante, porque mostra muito bem o quanto tudo na vida está ligado, conectado, e assume um significado maior.

Naquele dia, 19 de setembro, me lembro de ter ido à livraria Fontaine, para ver se o livro estava na vitrine. E estava. Claro que não devia estar em tudo que é vitrine, mesmo porque tínhamos infringido todas as regras e costumes na preparação deste lançamento, mas naquela livraria, de amigos nossos, que avisamos, ele estava.

Enquanto o contemplava, com prazer, me veio à memória aquele belo trecho de Proust em que ele narra a morte de Bergotte:

"Enterraram-no. Mas durante toda a noite fúnebre, nas vitrines iluminadas, seus livros, dispostos de três em três, velavam como anjos de asas desfraldadas, e pareciam, para aquele que já não era, o símbolo da ressurreição."

Que lição tirar disso tudo? A de que você publicou somente dois livros, e para poder um dia olhar para eles dispostos de três em três na vitrine de uma livraria, ainda precisa escrever muitos mais.

Espero que olhemos para eles juntos, lembrando deste certíssimo alerta de Proust.

Meu caro Joël, tenho certeza de que, como eu, você acha que nunca se deve ficar seguro rápido demais, nem descansar sobre sucessos efêmeros, mas mesmo assim, pensando nesse ano que passou, acho que não foi nada mau.

Bernard

*

Ergui os olhos da tela do celular, em cuja memória tinha ido buscar o e-mail de Bernard para mostrar a Scarlett.

— Bernard vai viver para sempre em mim — murmurei.

— O que você lhe diria se ele estivesse aqui agora, nesta mesa, na sua frente? — perguntou Scarlett.

— Eu diria: "Sinto sua falta, Bernard. Paris não é mais a mesma depois que você se foi. Você mudou minha vida, Bernard. Eu nunca pude lhe agradecer por isso." Ele daria uma risada e responderia com sua voz calorosa: "Você agradeceu, Joël. Não se preocupe." E eu: "Sabe, acho que quero publicar mais romances sem você aqui." Ele daria outra risada e concluiria: "Mas você escrevia antes de mim, e vai escrever depois. Aliás, veja, já está no meio de um romance."

Fiquei pensando que é difícil homenagear pessoas extraordinárias. Pois não sabemos nem por onde começar. Bernard tinha dado sentido à minha vida. Tinha zelado por mim, sempre. Tinha sido minha estrela-guia. Mas as estrelas, afinal, precisam seguir seu caminho.

Eu estava emocionado, sentia que Scarlett também estava. Ela pôs a mão sobre a minha, mergulhou os olhos nos meus. Cada um de um lado da mesa, nossos rostos se aproximaram e nossos lábios também. De repente, uma voz nos interrompeu:

— Senhora Leonas?

Nos viramos. Um homenzinho de terno sorria para nós.

— Desculpe incomodar, senhora, sou o diretor-adjunto do hotel. Disseram-me que queria falar com alguém da diretoria, então vim me certificar de que está satisfeita com sua estadia. Disseram-me que o assunto tinha a ver com o seu quarto.

Scarlett tranquilizou o diretor-adjunto, explicando que só queria fazer-lhe umas perguntas sobre os acontecimentos do quarto 622.

— Se não for incômodo — disse então o diretor-adjunto — e embora não se trate de nenhum segredo, preferiria falar sobre isso num local mais discreto. Que tal nos encontrarmos daqui a pouco na minha sala para conversarmos tranquilamente?

Depois do jantar (um macarrão absolutamente delicioso, com molho de tomate e manjericão fresco para Scarlett, e molho de manteiga e sálvia para mim), o diretor-adjunto nos convidou para tomar um digestivo protegidos de ouvidos indiscretos. Nos recebeu no escritório do diretor, uma sala elegante mobiliada à moda antiga. Junto à lareira, quatro poltronas dispostas frente a frente compunham um cenário propício à conversa.

— Soube que questionaram o concierge sobre o quarto 622 — informou o diretor-adjunto. — Fazemos o possível para esquecer esse episódio trágico da história do Palace. Como disse, esse assassinato não é nenhum segredo, mas, de modo geral, preferimos recorrer a uma mentira inofensiva para não assustar a clientela.

— Agora que estamos falando francamente, o que teria a nos dizer sobre o assassinato? — perguntou Scarlett.

— Infelizmente, não posso ajudar em nada: ainda não trabalhava no hotel à época do assassinato.

— Quem era o diretor naquela época? — perguntou Scarlett.

— Edmond Rose — respondeu o diretor-adjunto. — O proprietário histórico do Palace. Foi ele quem mandou construir este hotel. Depois foi seu diretor e sua alma durante décadas.

Enquanto falava, apontou para um quadro pendurado acima da lareira, que representava um homem de uniforme militar.

— É um retrato do senhor Rose? — perguntou Scarlett.

— Exatamente. Pelo que me disseram, o senhor Rose era um homem fora do comum. Tenente-coronel da reserva do Exército suíço, era dono de um carisma inato e sabia fazer-se obedecer, mas também era um homem de extraordinária doçura.

— Saberia nos dizer como podemos entrar em contato com ele? — perguntei.

— Ele infelizmente faleceu já faz alguns anos.

— Nós realmente precisaríamos falar com algum funcionário que estava no Palace no fim de semana do assassinato — disse Scarlett então.

O diretor-adjunto pensou um instante antes de responder:

— O problema é que nossa equipe se renova com frequência. Mas creio que o senhor Bisnard deve poder informá-los. É o nosso antigo diretor de banquetes, fez toda a sua carreira aqui. Ele se aposentou no ano passado, mas ainda mora em Verbier. Cruzo sempre com ele, pela manhã, no café que fica ao lado do Correio. Com certeza vão encontrá-lo por lá.

Capítulo 32

ÚLTIMA CHANCE

Sábado, 15 de dezembro, véspera do assassinato

Amanhecia o grande dia.

Seis horas da manhã no Palace de Verbier. Cristina saiu do quarto e se esgueirou pelo corredor, os passos abafados pelo carpete grosso. O sexto andar tinha a particularidade de ser constituído apenas por suítes, e elas eram sempre atribuídas às *personalidades* do banco. Mas Cristina tinha combinado com Jean-Bénédict Hansen para ficar naquele que os outros funcionários do banco chamavam de "andar dos eleitos". Ou melhor, ela não tinha lhe dado escolha.

Para chegar ao elevador, ela teve que percorrer todo o corredor, passando diante das portas das suítes. Todas ficavam do mesmo lado. A parede em frente a elas era a da fachada do hotel e, nela, grandes janelas e painéis de veludo pesado se revezavam. Primeiro, havia as suítes dos vários diretores de departamentos, e depois, nesta ordem, as de Horace Hansen, Jean-Bénédict Hansen, Sinior Tarnogol, Lev Levovitch e Macaire Ebezner.

Cristina desceu até o térreo. Tudo estava silencioso e deserto. O hotel ainda parecia dormir. A maioria dos funcionários do banco aproveitava o conforto de seus quartos — e do fato de terem deixado suas famílias em casa — para dormir até tarde e descansar um pouco.

Mas a quietude que parecia reinar no local era apenas fachada: nas cozinhas e nos bastidores, a equipe do Palace já estava a todo vapor. Faltavam apenas algumas horas para que tudo estivesse pronto. A partir das seis da tarde, os funcionários do banco seriam recebidos no salão de baile para o coquetel. Depois, às sete, todos seriam convidados a se aproximar do grande palco. O conselho do banco, então, entraria em cena e abriria oficialmente a festa anunciando o nome do novo presidente. Em seguida, os convivas seriam convidados a passar à mesa. O jantar seria servido logo depois disso e o baile começaria às dez.

* * *

Àquela hora da manhã, no bar do Palace, ainda fechado para os clientes, o senhor Bisnard, chefe dos banquetes, andava de um lado para o outro. Estava muito nervoso. De repente, batidas na porta de vidro do bar deram um susto nele. Era Cristina. Ele correu para abrir.

— Não estou gostando nem um pouco dessa situação — disse ele quando a moça entrou no bar.

Ela fechou a porta e respondeu:

— Não sei se isso ajuda, mas eu também não.

— Posso me ferrar por causa disso! — protestou Bisnard.

— Eu também — garantiu Cristina.

Ela estava se arriscando muito. E se Bisnard contasse a alguém? Sabia que estava ultrapassando um limite, mas paciência: ela precisava saber. Desde segunda-feira, quando ouvira a conversa entre Tarnogol e Jean-Bénédict Hansen, sentia que havia algo de errado na eleição. Desconfiava de que Macaire quisesse tomar a presidência a qualquer custo. Estava decidida a descobrir a verdade.

— Esta é a lista com todos os funcionários do banco presentes este fim de semana, e o número do quarto de cada um.

— Quem cuidou da distribuição dos quartos? — perguntou Cristina.

— Jean-Bénédict Hansen nos deu as instruções gerais.

— E Macaire Ebezner se envolveu nisso também? Ele o procurou de última hora, essa semana, para pedir mudanças na distribuição?

— Não, absolutamente. Por quê?

Cristina, sem responder à pergunta, continuou:

— Então, para o senhor, está tudo normal?

— Perfeitamente normal. Aliás, falei com o responsável pela segurança do hotel ontem à noite e tudo parece estar correndo muito tranquilamente. Acho que a senhora está preocupada demais.

— Talvez — admitiu Cristina.

— A senhora deveria simplesmente aproveitar o fim de semana — aconselhou Bisnard, já se virando, com pressa de ir embora.

Depois de sair do bar, Cristina foi até o restaurante do Palace, onde o café da manhã já estava servido. O lugar estava deserto, como ela esperava. Ela se sentou a uma mesa, pediu um café e abriu o jornal para esperar.

* * *

Às sete, Macaire chegou ao restaurante. Cristina notou que ele não estava com uma cara boa e parecia estressado. Ao ver a secretária, ele se esforçou para parecer bem disposto.

— Bom dia, bom dia, Cristina! — cumprimentou ele, com uma voz falsamente animada.

— Bom dia, senhor Ebezner. Tudo certo? O senhor não parece bem.

— Realmente, não posso esconder que estou preocupado — disse Macaire. — Umas chateações, como se diz por aí.

— Por causa da presidência? — perguntou Cristina.

— Não. Enfim, é. Não vou mentir para você, estou muito nervoso. Quase não dormi esta noite.

— Fique tranquilo, senhor Ebezner. Não contei a ninguém o que ouvi aquele dia no banco.

— Foi um mal-entendido — garantiu Macaire. — Lev não vai se tornar presidente de jeito nenhum. Sou eu que vou ser eleito.

— Se o senhor está dizendo...

Macaire foi se sentar em outra mesa, sozinho. A atitude era estranha: normalmente, ele teria ficado com Cristina para bater papo. Algo de diferente estava acontecendo.

Seis andares acima deles, em seu quarto, Lev andava de um lado para o outro com o celular na mão. Desde a noite anterior, ele não tinha nenhuma notícia de Anastasia. Ela não havia respondido nem às mensagens nem às ligações dele. Até o telefone de sua suíte no Hôtel des Bergues chamava e ninguém atendia. Ele estava começando a ficar preocupado. Apesar da hora imprópria, decidiu ligar para Alfred, embora soubesse que ia acordá-lo. Alguém tinha que ter notícias. Talvez fosse algo sério.

Às sete e quinze, Tarnogol chegou ao restaurante. Ele se instalou em uma mesa afastada, reservada para os membros do Conselho. Pediu ovos cozidos, caviar, uma pequena dose de vodca Beluga e chá preto com um pouco de leite. Macaire não conseguia parar de olhar para ele. Faltavam menos de doze horas para a eleição. Ele estava perdendo o controle da situação.

Quando terminou o café, Tarnogol foi embora. Depois, perto das oito e quinze, foi Jean-Bénédict quem apareceu, como se procurasse alguém. Assim que o viu, grudou em Macaire.

— Você está aqui! — disse. — Preciso muito falar com você. Venha comigo.

Os dois foram para o saguão do hotel.

— O que está acontecendo? — perguntou Macaire ao primo.

O outro sem responder o arrastou até uma sala privada. Nela, Horace Hansen os esperava, sentado em uma poltrona como se fosse um trono. Ele lançou para Macaire um olhar de superioridade, como César se preparando para premiar um gladiador.

— Vou fazer com que você seja eleito presidente. Tive uma longa conversa com Jean-Bénédict e nós chegamos a um acordo: é com você, e só com você, que a presidência deve ficar.

Os olhos de Macaire se iluminaram.

— Obrigado, Horace — respondeu ele. — Eu agradeço seu apoio.

— Meu apoio tem um preço — explicou então Horace. — E estas são as minhas condições.

Em Genebra, no Hôtel des Bergues, Alfred Agostinelli andava em círculos pela suíte de Lev Levovitch. Anastasia tinha desaparecido.

Ele havia batido na porta por muito tempo, sem resposta. Ele finalmente entrara, usando sua cópia da chave: o lugar estava deserto. A cama estava desfeita. As poucas coisas dela não estavam mais lá. Na lareira, havia cinzas de um fogo apagado. Ele as vasculhara, junto com a chaminé. Encontrara, colado à parede de pedra, um grande pedaço de um documento que havia voado da lareira antes de ser totalmente consumido. No papel, era possível identificar algo escrito à mão, mas não decifrar o conteúdo.

Ele ligara para o patrão na hora.

Lev recebeu o telefonema de Alfred enquanto se preparava para sair do quarto. Ele escutou, preocupado, o relato do seu motorista.

— Se a cama está desfeita, ela dormiu no quarto — concluiu Levovitch. — Não há nenhum vestígio de briga?

— Não, senhor. Não havia nada fora do lugar. Acho que ela fugiu. Levou as coisas dela. Ninguém pega a escova de dentes quando está sendo sequestrado.

A ideia tranquilizou Lev.

— Vá interrogar o pessoal do hotel — sugeriu ele. — Talvez alguém a tenha visto passar.

— Boa ideia, senhor. Eu vou dando notícias.

Lev desligou. O desaparecimento de Anastasia o preocupava, e ele precisava pensar com calma. Decidiu tomar um café no bar, onde teria paz.

Na sala privativa do Palace onde estavam reunidos, Macaire ouviu atentamente as reivindicações de Horace Hansen:

— Quero que você nomeie Jean-Bénédict vice-presidente do banco. A empresa também vai passar a se chamar Ebezner-Hansen. Também quero que você se comprometa a se aposentar daqui a quinze anos e ceder seu cargo ao meu filho. Você vai ter uma bela carreira, vai poder aproveitar uma aposentadoria bem merecida. E Jean-Bénédict ainda vai ter alguns bons anos pela frente para tomar as rédeas do banco.

Depois de um momento de silêncio, Macaire assentiu. Aquilo tudo lhe convinha perfeitamente. Quinze anos de reinado. Ao final, ele sairia no auge. Todos no banco sentiriam falta dele. Nas semanas anteriores à sua partida, todo mundo se lamentaria: "Como faremos sem o Macaire?". Quinze anos sendo um chefe maravilhoso. Adorado por seus funcionários, admirado pela profissão, ele iria embora. Faria um discurso de despedida emocionante. Ninguém conseguiria segurar as lágrimas. E então ele seria substituído por aquele incapaz do Jean-Bénédict, que viraria motivo de piadas de todos. Ah, que bela vingança seria contra aquele sapo que queria ser grande como um boi! Ninguém conseguiria se impedir de comparar os dois, e o presidente Jean-Bénédict seria reduzido a uma sombra da grandeza de seu primo e predecessor. Macaire imaginou que seu pai e seu avô deviam ter feito o mesmo: deixado o cargo no auge e deixado, assim, uma marca nas pessoas, em vez de se agarrar ao posto apesar da velhice e da doença.

— Combinado — aceitou Macaire. — Te dou a minha palavra.

Jean-Bénédict, deixando sua alegria explodir, deu um abraço no primo.

— Eu estava com medo de você recusar — confessou.

— Como eu poderia recusar? Sei o quanto devo a você, Jean-Bénédict. Você sempre foi fiel a mim. Além disso, nós somos da mesma família. Somos como irmãos.

Sentado ao balcão do bar do Palace, Levovitch pediu um café curto. O bar tinha acabado de abrir e, como ele esperava, não tinha nenhum outro cliente além dele. Levovitch observou as poltronas de veludo vermelho e as mesas baixas de ébano com uma pitada de nostalgia. Deixou-se invadir pela emoção: quinze anos depois, nada havia mudado.

*

Quinze anos antes

Era uma tarde do início de agosto. Um mês depois de Lev ter trazido Anastasia de Bruxelas para Genebra.

O verão era tórrido na parte baixa do país, e muitos clientes tinham vindo aproveitar o frescor das montanhas. O Palace estava absolutamente lotado e, sobretudo, vários clientes muito importantes e exigentes, como Sinior Tarnogol, tinham ido tomar um ar em Verbier. Como a temporada tinha começado tranquila, o senhor Rose não havia previsto aquele fluxo repentino de clientes e a equipe estava reduzida.

Sol dava uma força na recepção e ajudava a receber os recém-chegados. Naquela manhã, ele estava atrás do balcão com Lev. Nos últimos tempos, vinha notando que Lev estava com um humor irritadiço.

— Está tudo bem, meu filho? — perguntou ele entre dois clientes.

— Tudo bem, pai — respondeu Lev, lacônico.

— Você parece preocupado.

— Trabalho demais no hotel. Estamos atolados.

Mas a razão do desconforto de Lev era outra. Quando, um mês antes, ao voltar de Genebra, ele havia contado a seu pai sobre a proposta de Abel Ebezner, ele não gostara nada da ideia.

— Genebra? Credo! — reagira Sol, fazendo cara de nojo. — Nós só temos lembranças ruins de lá.

— Não — protestara Lev —, eu tenho boas lembranças. Com a mamãe, quando ela ia me buscar na escola, os passeios à beira do lago.

— Genebra tirou sua mãe da gente! Genebra e os banqueiros! E você agora vem me dizer que quer trabalhar em um banco em Genebra! Que traição! Nunca pensei que seria tratado assim, especialmente pelo meu filho.

— Mas também não podemos ficar o resto da vida em Verbier! — gritara Lev.

— E por que não? Nossa carreira de atores agora está estabelecida aqui! E não venha me dizer que você não é ator. Tem um talento extraordinário. Esse é o seu problema, na verdade. Você tem talento para tudo. Não estou acreditando que você quer ir embora! E ainda me anuncia isso assim! É por causa daquela moça, aquela Kamouraska?

— Anastasia — corrigira Lev.

— Está bem, Anastasia. Pfft! Tanto faz. Você sempre disse que estava feliz aqui e agora conheceu essa menina e pronto! Vai para Bruxelas no meio da noite e agora quer ir morar em Genebra. Olhe, Lev, as moças vão e vêm.

— Ela é diferente. Pai, eu quero me casar com a Anastasia.

Sol riu.

— Se casar! Dá para ver que você tem muito talento para a comédia, meu filho. No fundo, você é um grande romântico. Como a sua mãe era. Por que se prender à primeira moça que conhece? Bom, pode ir se é isso que você quer. Pode me trair, me abandonar como uma meia velha, eu entendo. Você tem vergonha das suas origens, é isso? Quer se tornar um Ebezner, como todos esses caras chiques que desfilam por aqui durante o Encontro Anual?

— Não é isso, pai.

— Então o que é? Já que você vai embora, então pelo menos me dê um bom motivo.

— Calma, pai, o banco era só uma ideia. Ainda não está decidido.

— Então decida não ir embora. Simples assim.

E foi o que Lev fizera. Ele ligara para Abel Ebezner para recusar sua oferta. Mas, ao desligar o telefone, prometera a si mesmo sair de Verbier em breve. Ir para longe de seu pai.

Por isso, também deveria desistir de se tornar diretor do Palace. Nunca conseguiria dirigir o hotel sob a supervisão do pai. Tinha que ir embora de lá para sempre.

Anastasia ficara muito decepcionada com o fato de nem o projeto de Verbier nem o de Genebra terem se concretizado. Mas Lev lhe prometera que nada estava resolvido, era apenas questão de alguns meses a mais. Enquanto isso, ela havia voltado a morar na casa da mãe. Graças a Macaire, conseguira um cargo de secretária no Banco Ebezner. Isso permitia que ganhasse a vida — ela guardava todo o dinheiro para um projeto com Lev. Apesar de não adorar o que fazia, Anastasia trabalhava com Macaire, com quem ela sempre gostava de conversar.

Toda noite, Anastasia e Lev se falavam por telefone.

— Quando vamos ficar juntos? — perguntava sempre ela.
— Logo, logo.
— E quando é *logo, logo*? — queria saber, impaciente.
— Estou esperando um sinal — respondia Lev. — A vida é feita de sinais.

E, enquanto esperava um sinal do destino que não chegava, ele tinha retomado sua rotina no Palace.

Atrás do balcão da recepção, a voz de Sol arrancou Lev de suas reflexões:
— Meu filho, tenho que contar uma coisa para você.
— Pode falar, pai — respondeu Lev, em um tom voz cansado.
— Se pedi para você não ir para Genebra e ficar aqui, foi por um bom motivo.
— Eu sei, os banqueiros mataram a mamãe.
— Não, não, não tem nada a ver com isso. É verdade que eu te encho o saco com isso, mas não esqueça que sou ator e, às vezes, exagero. Não, tem uma coisa muito importante que eu preciso falar. Já devia ter falado há algum tempo.

Sol tinha a voz trêmula e um ar sério.
— Estou ouvindo — disse Lev, repentinamente preocupado. — O que está acontecendo?

Sol hesitou. No mesmo instante, um funcionário apareceu na porta que dava para a ala privada do Palace.
— Lev — anunciou ele —, o senhor Rose quer falar com você na sala dele.
— Vai lá, filho — disse o pai. — Não deixe o senhor Rose esperando. O que tenho para contar não é tão importante assim.

Lev assentiu e foi falar com o senhor Rose.

— O que está acontecendo, Lev? — perguntou o senhor Rose depois de pedir que o jovem se sentasse em uma poltrona diante da sua. — Há um mês, desde que você voltou de Bruxelas, você parece fora do ar.
— Sinto muito, senhor Rose.
— Não estou nem aí se você sente muito. Quero saber o que está te perturbando.
— Nada.
— Nada?
— Nada.

O senhor Rose se irritou com o silêncio de Lev.

— Olhe — disse. — Eu não sei se tem a ver com aquela moça que mexe com você, mas preciso ter certeza de que todos os meus funcionários estão com a cabeça no lugar. Temos clientes muito importantes no Palace neste momento e quero ter certeza de que posso contar com você para todas as suas tarefas.

— Claro, senhor Rose. Conte comigo. Não vou decepcionar o senhor.

— Então vá para o bar. Os clientes vão começar a chegar. Quero um serviço exemplar.

Lev obedeceu e foi para o bar. Mal entrou e deu de cara com Tarnogol, sentado em uma poltrona. Ele o chamou:

— Jovem Levovitch, você chegou na hora certa. Eu queria um chá preto com um pouco de leite e só você faz direito.

Lev assentiu e preparou o chá como sempre fazia. Mas, dessa vez, Tarnogol não achou que estava a seu gosto.

— Não está bom — disse. — Está amargo demais. Faça de novo.

Lev o preparou. Mas o chá seguinte foi considerado quente demais.

— Quero tomá-lo agora — gemeu Tarnogol —, e não esperar horas até ele esfriar. Faça de novo.

Lev preparou uma nova xícara de chá, acrescentando água para esfriá-lo. Mas, dessa vez, estava frio demais.

— Um chá quente tem que ser quente! Nem morno nem frio. Senão eu teria pedido um chá morno ou frio! Ora, o que você tem?

Aquilo bastou para Lev, já à flor da pele naquele dia, perder a paciência.

— Escute, senhor Tarnogol, se não está satisfeito, faça o chá o senhor mesmo, em vez de me fazer perder meu tempo.

Tarnogol arregalou os olhos. Um breve momento de silêncio se fez, tempo suficiente para o banqueiro se dar conta da insolência de Lev, antes que ele começasse a gritar:

— O que foi que você disse? Seu moleque impertinente! Como ousa falar comigo nesse tom?

Todos os clientes do bar pararam o que estavam fazendo. Lev se arrependeu do erro momentâneo, mas já era tarde demais.

— Quero falar com o diretor! — exclamou Tarnogol, espumando de raiva. Quero falar com o diretor agora mesmo!

Alguns minutos depois, Lev foi convocado à sala do senhor Rose.

— Eu não acredito! — gritou ele. — Como você pôde fazer uma coisa dessas?

— Me deixe explicar — disse Lev, tentando se defender.

— Não quero ouvir explicação nenhuma — disse o senhor Rose, demonstrando o quanto estava abalado com a situação. — Você sempre tem uma boa explicação! Caramba, Lev, eu tinha avisado você! Tinha pedido para você não sair da linha!

— Estou arrependido.

— É tarde demais para se arrepender, Lev. Infelizmente, não vejo nenhuma outra saída para essa história: tenho que demitir você.

— O quê? Mas por quê? O senhor sabe que o Tarnogol é insuportável!

— Por quê? Porque você não pode perder o sangue-frio na frente de um cliente nunca! Foi uma das regras básicas que eu te ensinei! Salvei você de tudo e de todos depois do problema do baile, mas ninguém vai entender se eu ficar com você depois de um segundo incidente. Não tenho escolha, Lev. Está na hora de você ir embora daqui. Inclusive acho que demitir você é o melhor favor que te faço.

Chocado, sentindo as lágrimas de raiva encherem seus olhos, Lev foi embora sem dizer mais nada. Ele atravessou o grande saguão para chegar ao hall de entrada do hotel. Arrancou o crachá da lapela e o jogou no chão. Queria ir embora naquele instante e para sempre. Enquanto descia os degraus do Palace, um táxi chegou. A porta de trás do carro se abriu e Lev ouviu alguém chamar seu nome. Ele se deteve: era Anastasia.

Lev, sem conseguir acreditar no que via, correu até ela. Anastasia se jogou nos braços dele.

— Mas o que você está fazendo aqui? — perguntou Lev.

— A vida é curta demais para esperar — disse ela. — Vamos para Genebra, Lev. Vamos finalmente ser felizes juntos.

Ele a abraçou com toda a força que tinha e deu um longo beijo nela. Sentiu o coração se animar de uma sensação de felicidade incrível.

— Está bem — disse.

No mesmo dia, Lev partiu de Verbier com seus poucos pertences e foi morar em Genebra.

Pela janela de seu escritório, o senhor Rose, observando Lev se afastar do pórtico do hotel de malas na mão, murmurou: "Adeus, meu menino." Uma lágrima escorreu por sua bochecha.

* * *

Vinte anos antes

Verbier estava efervescente. Todos os políticos e personalidades da região tinham corrido para participar da inauguração do majestoso edifício que tinha acabado de ser construído na estação de esqui. O estabelecimento ainda não estava aberto, mas todos diziam que seria uma das joias da hotelaria suíça. Todos só tinham olhos para o promotor do projeto, Edmond Rose, um empresário de menos de quarenta anos que, vindo do nada, construíra uma imensa fortuna imobiliária. Um jornalista da rádio perguntou a ele: "Senhor Rose, quando realizamos um projeto tão ambicioso quanto este hotel, será que podemos considerar que vencemos na vida?".

A pergunta ecoou por muito tempo na alma de Edmond Rose. Tudo que ele havia empreendido fora coroado com sucesso. Durante seus estudos, ele havia se superado. Depois, cumprira o serviço militar obrigatório e terminara como coronel da reserva do Exército suíço. Se lançara nos negócios e estava hoje à frente de um pequeno império. Mas estava sozinho. Por ter percorrido demais o mundo durante anos para ganhar dinheiro, ele nunca tivera um relacionamento sério. Naquele momento, só queria começar uma família. Por isso que construíra o Palace. Queria se estabelecer em Verbier, desistir dos negócios e assumir a direção do hotel. Conhecer uma mulher, começar uma família. Ter uma vida normal.

*

Vinte anos depois, o senhor Rose, da janela do escritório, viu a silhueta de Lev se afastar até desaparecer. Ele faria muita falta. Sua presença tinha sido uma alegria diária desde o dia de sua chegada. Mas era hora de Lev alçar voo. Pois o Palace, por mais imenso que fosse, tinha ficado pequeno demais para uma pessoa da envergadura dele.

Para se consolar, o senhor Rose disse a si mesmo que, enfim, ele havia feito a coisa certa. Nunca encontrara um amor. Nunca tivera filhos. Mas tivera Lev. Tinha amado e sido amado.

Um dia Lev teria filhos. E ele seria como um avô para eles. O senhor Rose, olhando para seu reflexo no vidro, sorriu para si mesmo. Ele deixaria uma pequena marca no mundo.

Capítulo 33
TRAIÇÕES

Sábado, 15 de dezembro, véspera do assassinato

Em Verbier, naquele dia de Encontro Anual, eram três da tarde quando Macaire, que tinha saído para almoçar, voltou para o Palace. Em duas horas, o Conselho se reuniria para a votação final.

Macaire tinha deixado o hotel no fim da manhã. Sentira necessidade de arejar a cabeça e se acalmar um pouco. Não aguentava mais encontrar, nos salões do Palace, funcionários do banco, que puxavam seu saco e o chamavam de "senhor presidente", estampando sorrisos cúmplices. Tudo aquilo o deixava nervoso demais. Ele precisava de um pouco de tranquilidade e tinha ido ao Dany, um pequeno restaurante de que gostava, situado na base das pistas de esqui, aonde ele podia chegar à pé, e tinha almoçado — a caminhada abrira seu apetite — uma *croûte au fromage* seguida por um fondue.

Enquanto passava pela recepção do Palace, um funcionário que o reconheceu o chamou.

— Senhor Ebezner, eu queria informar que a sua esposa chegou.

— Minha esposa?

— É, eu ainda não havia tido o prazer de conhecê-la. Anastasia Ebezner é sua esposa, não?

— Sim, claro — confirmou Macaire, cujo rosto se iluminava.

— A senhora pediu uma cópia da chave do seu quarto e, como o senhor não estava, tomei a liberdade de entregar uma a ela.

— Você fez bem.

Macaire subiu até seu quarto com pressa. Mas, chegando lá, se decepcionou: Anastasia não estava lá. No entanto, ela havia deixado, no espelho do banheiro, um recado escrito com batom:

Estou aqui, gatinho.
A.

O batom estava em cima da pia. Macaire o pegou e o beijou. Aquele batom que só era vendido em uma pequena loja de Paris e do qual ele reclamara muitas vezes porque, em viagem a serviço da P-30 na capital francesa, tivera que atravessar a cidade engarrafada para comprar para ela. Naquele momento, ele adorava aquele batom. Ele o venerava. Anastasia tinha vindo! Tinha vindo apoiá-lo! Os dois passariam por aquele desafio juntos e sairiam dele mais unidos e apaixonados do que nunca. Macaire se sentiu invadir por uma sensação poderosa de alegria. Aquele pequeno tubo de cosmético, por tudo que simbolizava, o tornou repentinamente forte e feliz. Pronto para enfrentar Tarnogol e recuperar a presidência que era sua por direito. Ele teve vontade de vê-la, abraçá-la. Onde ela estava?

Ela estava dentro do armário, bem ali, a alguns metros dele, observando-o pelas frestas das portas, sem coragem de se revelar. Primeiro ela tinha hesitado em vir para Verbier. Depois, ao chegar à estação, ela havia hesitado em aparecer no Palace. Como ele ia reagir ao vê-la? O que ia acontecer entre os dois? No entanto, tinha preparado minuciosamente aquele momento, mas se sentia tão nervosa que não sabia mais o que devia fazer. Nem sabia mais por que viera. Para apoiá-lo e ficar ao lado dele no dia mais importante de sua carreira? Ou para anunciar a terrível notícia: que tudo estava acabado e ele encontraria a casa vazia ao voltar a Genebra? Talvez fosse melhor não falar nada ainda, para não estragar seu grande momento. E principalmente, esperar para ver como ele reagiria ao vê-la ali.

No instante em que se preparava para revelar sua presença, ela ouviu de repente uma sucessão de golpes surdos. Como se alguém batesse contra um vidro.

Macaire levou um susto e se virou na direção da porta da varanda.

— Wagner! — gritou ele ao ver seu oficial de contato na varanda.

Ela continuou escondida. Wagner? Quem era aquele? Ela ouviu Macaire abrir a porta e sair para a varanda, fechando-a para não deixar o ar gelado entrar no cômodo. Não conseguiu ouvir o que os dois estavam dizendo.

— Wagner — repetiu Macaire depois de se juntar a ele na varanda. — Meu Deus do céu, o que você está fazendo aqui? Você me deu um baita susto!

— Faz horas que estou congelando aqui, esperando você — reclamou Wagner, em vez de cumprimentá-lo. — Aonde você estava?

— Fui arejar um pouco as ideias, se não for um problema.

— Acha que isso é hora de arejar as ideias? Faltam poucas horas para o anúncio. Pode me explicar por que Tarnogol ainda está vivo?

— Não se preocupe, está tudo sob controle! Horace e Jean-Bénédict Hansen vão votar em mim. Tenho certeza de que vou me tornar presidente.

— Como pode ter tanta certeza assim, de repente?

— Fiz um trato com eles. Em troca dos votos dos dois, vou mudar o nome do banco para Ebezner-Hansen e, daqui a quinze anos, vou passar o cargo para Jean-Bénédict. A eleição está no papo.

Wagner fez uma careta.

— Não entendo toda essa enrolação, Macaire, teria sido muito mais simples eliminar o canalha do Tarnogol. Bom, se vire como quiser, desde que chegue à presidência do banco. Eu apenas não acho muito prudente da sua parte deixar seu destino nas mãos dos Hansen: basta o Tarnogol mudar a opinião deles e...

— Se o Tarnogol bancar o idiota, vou matá-lo! — interrompeu Macaire, tirando do bolso o frasco de veneno.

Ao ouvir aquelas palavras, Wagner o encarou como se ele fosse o maior imbecil do mundo.

— Você não passa de um amador, Macaire! É tarde demais. O veneno demora doze horas para agir! Não foi por falta de aviso. Tinha que ter envenenado Tarnogol ontem à noite. Vão culpar você se ele morrer depois de nomear Lev presidente.

— Merda! — xingou Macaire.

— Mas não é possível! Você não para de desobedecer minhas ordens! Se tivesse seguido o plano desde o início, não estaríamos nesta situação. Às vezes não há escolha, Macaire. Esta é a lição que você pode tirar dos seus doze anos na P-30!

— Então o que eu faço se tenho que me livrar de Tarnogol? — perguntou Macaire, sentindo-se desamparado por não ter um plano B.

Wagner tinha um pacote de papel a seus pés. Tirou dele uma garrafa de vodca Beluga.

— Esta garrafa será sua última chance, Macaire. O conteúdo dela está envenenado. Se Tarnogol beber um copo dela, vai morrer em quinze minutos. Convulsão, parada cardíaca e o trabalho está feito. Em princípio, é invisível na autópsia.

— Em princípio?

— Não é indetectável, ao contrário do outro veneno, que age mais lentamente. Mas a chance de um médico legista fazer os testes necessários para notar a presença desse produto no corpo de Tarnogol é pequena. Só evite que vejam você andando com essa garrafa e entregando-a a Tarnogol antes de ele cair duro no carpete do Palace. Isso pode causar suspeitas, se é que me entende.

— Mas se houver uma investigação — disse Macaire em pânico —, se fizerem os exames, se...

— Calma, Macaire. Vai ficar tudo bem. Faça com que ele tome um copo desta garrafa e tudo será resolvido.

— E como você quer que eu o faça tomar um copo desta vodca?

— Segundo minhas informações, o Conselho do banco vai fazer a deliberação final às cinco da tarde. Sei disso porque o salão dos Alpes, no qual eles já se reuniram ontem à noite, está reservado para eles a partir dessa hora. O Conselho vai ficar no salão até as sete, quando eles seguirão diretamente para o salão de baile para anunciar o nome do novo presidente. Então nós sabemos que Tarnogol vai pedir uma vodca no salão, por volta das seis e meia. É um velho ritual que ele aprecia: todos os dias, de manhã e no fim da tarde, ele pede uma dose de vodca. E ele só bebe Beluga.

— E daí? Eu tenho que levar para ele, e ele morre logo depois?

— Me deixe terminar, Macaire, e escute as ordens com atenção, inferno! Você acha que a P-30 faz serviços de amador? Os pedidos feitos nos salões não são servidos pelo bar do Palace, e sim diretamente pelo funcionário encarregado dessas salas. Ele tem um pequeno espaço de trabalho, bem ao lado do salão dos Alpes. Você vai ver que há uma alcova com um pequeno balcão e, atrás dele, um armário de ébano, dentro do qual há uma série de garrafas. É nesse armário que o funcionário vai preparar o pedido de Tarnogol. Vá trocar a garrafa de Beluga que está lá por esta aqui. Vai encontrar luvas de plástico no saco, coloque-as para não deixar rastros. Para evitar qualquer confusão, na garrafa envenenada há uma cruz vermelha no rótulo de trás. Deixe esta garrafa no bar. É tudo que você tem que fazer.

— E se outra pessoa pedir uma vodca?

— Só o Conselho vai estar nos salões. E não há nenhum risco de Jean--Bénédict Hansen ou seu pai beberem porque eles detestam vodca.

Macaire murmurou, olhando para o nada:

— Eu preferia resolver as coisas do meu jeito, não ter que chegar a esse ponto... Não sou um assassino.

— Você está agindo pelo bem do seu país, Macaire. Não é um assassinato, é um gesto patriótico. A Suíça será sempre grata por isso. Agora vá logo pôr esta garrafa de vodca no bar dos salões do primeiro andar. É a sua última chance. Não tem mais direito a erro, espero que tenha consciência disso.

Escondida no armário, ela ouviu a porta da varanda se abrir. Pelas frestas das portas, viu Macaire e um outro homem — sem dúvida o tal Wagner — atravessarem o cômodo. Macaire segurava um pacote de papel na mão. Antes que os dois saíssem juntos do quarto, ela conseguiu ouvir o tal Wagner dizer: "Sua aversão ao assassinato demonstra seu caráter, Macaire. Mas está na hora de se livrar de Tarnogol. Mate-o antes que ele estrague seu fim de semana e destrua sua vida!".

A porta se fechou. Eles tinham saído. Ela ficou paralisada de medo.

No corredor, Wagner escoltou Macaire até o elevador. Quando as portas se abriram, disse a ele:

— Boa sorte, Macaire! Essa é provavelmente a última vez que nos vemos. Termine sua missão. É melhor eu não ficar por aqui. Uma vez eleito presidente, vai parecer que nada disso existiu. Nem a P-30, nem as suas missões, nem mais nada. Então, eu me despeço aqui. E obrigado pelos doze anos de serviço impecável.

Macaire, por um instante, cogitou falar das fotos que Tarnogol tinha. Mas desistiu — era melhor não jogar mais lenha na fogueira. Wagner desapareceu por uma porta de serviço e Macaire desceu até o primeiro andar. Ele seguiu um corredor que dava em uma série de salões particulares. Viu o salão dos Alpes. E, bem ao lado dele, uma alcova, como Wagner havia descrito, com um balcão e um armário de ébano contendo um bar.

Depois de se certificar de que não havia ninguém por perto, ele pôs as luvas de plástico e colocou a garrafa de Beluga marcada com uma cruz entre os destilados, no lugar de outra garrafa da mesma marca, e correu para se livrar dela no banheiro próximo dali. Ansioso com a ideia de deixar uma garrafa cheia de veneno ao alcance de todos, ele decidiu ficar perto do bar, de olho nele. Viu uma poltrona e se sentou nela. Era o posto de observação perfeito: ele podia, ao mesmo tempo, vigiar o armário que continha as bebidas e a porta do salão dos Alpes, onde, dali a uma hora e meia, o Conselho do banco se reuniria para a deliberação final. Só restava esperar. Se fosse eleito presidente, Macaire recuperaria a garrafa de vodca envenenada antes que um funcionário do hotel servisse uma dose para Tarnogol. Mas se, por acaso, os Hansen não mantivessem o acordo, então ele deixaria as coisas seguirem seu curso. Tarnogol seria corroído pelo veneno. Ele morreria quase imediatamente, tomado por convulsões. Os Hansen entenderiam o recado. Naquele instante, Macaire percebeu que não teria como saber o resultado da eleição antes que o anúncio fosse feito para todo o banco. Tarnogol tinha que ser neutralizado no salão dos Alpes. Ele precisava de um cúmplice. Pegou o celular e ligou para Jean-Bénédict, que descansava no quarto, cinco andares acima. Ele pediu que o primo o encontrasse na frente do salão dos Alpes e Jean-Bénédict respondeu na hora.

— Está tudo bem, primo? — perguntou Jean-Bénédict, preocupado.

— Tudo bem — respondeu Macaire. — Mas vou precisar da sua ajuda.

— Claro. O que posso fazer por você?

— Assim que o Conselho definir minha eleição, mande uma mensagem para meu celular para me avisar.

— É proibido usar celular durante o Conselho — explicou Jean-Bénédict. — É a regra.

— Então finja ter uma emergência e saia da sala. Não vou sair daqui.

— Mas por que quer que eu te avise? Você vai ser o presidente, pronto, já está avisado.

— Só faça isso! — insistiu Macaire. — Não me faça perguntas, só faça isso. É muito importante.

Capítulo 34

VOTAÇÃO FINAL

Sábado, 15 de dezembro, véspera do assassinato

Eram quatro e meia da tarde. Lev, depois de passear pelo vilarejo, tinha acabado de subir até o sexto andar do Palace. Ele andava pelo vasto corredor decorado por tapeçarias, voltando para o quarto, quando, de repente, uma mão o pegou pelo ombro, surgindo por entre os tecidos espessos.

Ele se virou, assustado.

— Anastasia? — gritou ele. — Mas...

Ela o beijou e colou o corpo no dele.

— Anastasia, onde você estava? Eu estava morrendo de preocupação! O que você está fazendo em Verbier?

— Eu tinha que vir falar com o Macaire. Ele está correndo um grande perigo, ele...

Lev colocou um dedo sobre seus lábios para que ela não dissesse mais nenhuma palavra, depois a arrastou para sua suíte, antes que alguém os visse.

— O Macaire vai fazer uma besteira horrível — disse Anastasia depois de Lev fechar a porta do quarto.

— Que tipo de besteira?

— Acho que ele quer matar Tarnogol.

— O quê?

— Lev, isso é muito sério. O Macaire trabalha como espião para o governo suíço.

Lev caiu na gargalhada.

— Isso é algum tipo de piada? — perguntou ele.

— De jeito nenhum. Ele participou de várias operações criadas para proteger os interesses do centro financeiro suíço. Ele pode até estar indiretamente ligado ao assassinato de duas pessoas, um antigo técnico de informática do banco e a mulher dele, que queriam entregar os nomes de clientes ao fisco espanhol.

— O Alfred achou um resto de caderno na lareira da minha suíte no Bergues, mas o conteúdo estava ilegível.
— Eram as confissões do Macaire. Eu queimei tudo, para protegê-lo. Ah, Lev, se você soubesse...

Ela não conseguiu terminar a frase, era difícil demais. Lev, ao senti-la desabar, a abraçou.

— Preciso muito falar com o Macaire — disse ela, depois de soltar um longo gemido. — Eu o vi há pouco. Estava escondida, mas ele não estava sozinho.

— É melhor que você não o veja — aconselhou Lev.

— Por quê?

— Porque estou com medo de você desistir de ir embora comigo para ficar com ele. Estou com medo de perder você, igual a quinze anos atrás.

— Não, Lev. É com você que quero ficar. Mas não quero que nada de mal aconteça com o Macaire. Quero o bem dele!

Lev fez uma cara séria.

— Vou cuidar disso, eu prometo! Macaire vai ser o presidente. Vai ficar tudo bem com ele. Confie em mim. Só não saia deste quarto, por nenhum motivo!

Pouco depois das cinco da tarde, no salão dos Alpes, a sessão do Conselho acabara de começar.

Enquanto decano do Conselho, era Horace Hansen quem presidia os debates desde a morte de Abel Ebezner. Ele decidiu não se enrolar com longas falas.

— Faz quase um ano que conversamos sobre nossos pontos de vista sobre os candidatos — lembrou ele. — Acho que tudo já foi dito e que todos tiveram tempo para fazer sua escolha. Podemos passar direto para os votos. Eu dou meu voto para Macaire Ebezner.

Tarnogol se esforçou para esconder sua surpresa.

— Eu também voto em Macaire Ebezner — anunciou Jean-Bénédict em seguida.

— Dois votos para Macaire — contou Horace, com pressa de acabar. — Está decidido.

Tarnogol, pegando sua pasta de couro, de onde tirou um computador, então disse:

— Tenho uma informação muito grave para compartilhar com vocês. Recebi isto anonimamente por e-mail há uma hora.

* * *

Seis e quinze. Macaire esperava ansiosamente no corredor, em frente ao salão dos Alpes, por um sinal do primo. Através da porta, ele podia ouvir uma discussão acalorada, porém sem distinguir o que era dito.

De repente, a porta foi aberta brutalmente e Jean-Bénédict apareceu. Ele parecia em pânico.

— E aí? — perguntou Macaire.

— E aí que você perdeu! — disse Jean-Bénédict, sem fôlego, devastado.

— Levovitch ganhou.

— O quê?

— Não pude fazer nada. Nós já votamos. Acabou. Levovitch foi eleito.

Capítulo 35

DIAS FELIZES

Quinze anos antes

Era início de setembro. Genebra lentamente se cobria com as cores do outono.

Olga von Lacht, de cabeça erguida, chapéu e vestido elegantes, entrou no hotel Beau-Rivage, no quai du Mont-Blanc, seguida por Anastasia.

Como todo domingo, elas iam tomar chá no hotel à beira do lago Léman. Como todo domingo, elas se sentaram nas mesmas cadeiras e, como todo domingo, Olga fez o pedido: "Um samovar de chá preto", pediu ela, "e um pedaço de bolo de cenoura que nós vamos dividir". Ela dizia *samovar* para parecer distinta. Anastasia agora era a única obrigada a participar da cerimônia do chá: sua irmã Irina estava liberada das obrigações familiares desde o casamento com o gerente das fortunas do Banco Ebezner. Sua mãe tinha passado a exigir que ela se dedicasse à frutificação do casal. "E agora, grávida, rápido!", exigia ela.

Olga estava muito decepcionada por Anastasia ter terminado com Klaus. Ela não conhecia as minúcias da história, já que Klaus havia evitado contar que tinha sido espancado dentro do próprio apartamento. Oficialmente, eles tinham terminado. Olga telefonara para os pais de Klaus para pedir desculpas: "Saibam que considero o comportamento da minha filha deplorável. O seu filho é uma joia." A mãe de Klaus fora mais filosófica: "Eles são jovens. Às vezes as coisas podem não dar certo. É melhor que eles percebam agora e evitem um casamento infeliz." Olga não concordava nem um pouco, mas tinha evitado dizer isso.

Naquele domingo, no salão do Beau-Rivage, Olga disse à filha:

— Você tinha a chance de ter o casamento dos seus sonhos e ficou com seus caprichos.

— Estou mais feliz sem ele — lembrou Anastasia.

Olga a imitou usando uma voz aguda e idiota:

— *Estou mais feliz sem ele!* Olhe como a sua irmã está bem! Devia aprender com ela!

— Ela se casou com um cara gordo e careca — ousou dizer Anastasia.

— Segure essa língua, minha filha! Ele é careca, mas é rico! E agora sua irmã mora em uma *villa* com piscina! E você voltou várias casas, está de novo no ponto de partida. E ainda trabalha como secretária, tss! Secretária! Este não é o sonho de ninguém!

— Pelo menos, eu me sustento — lembrou Anastasia. — É o início da independência.

— Que independência, que nada! Minha filha, enquanto eu estiver viva, você só vai sair do meu apartamento quando estiver casada, e bem casada. Agora, está ouvindo? Não quero mais ouvir você reclamar.

Anastasia baixou a cabeça e Olga controlou a infusão da chaleira que tinham acabado de trazer à mesa. De repente, ela ouviu um funcionário falar com um cliente sentado atrás delas:

— Aqui está, conde Romanov.

Olga, arregalando os olhos como bolas de gude, se virou discretamente: era ele! Mas que coisa! Que coincidência extraordinária! Ela se inclinou na direção da filha para ser mais discreta e murmurou no ouvido dela:

— O conde Romanov está aqui!

— Quem? — perguntou Anastasia, fingindo não saber de quem ela falava.

— Lev Levovitch, o conde Romanov! O belo russo branco do Encontro Anual, em Verbier!

— Ah, ele! — exclamou Anastasia, fingindo estar totalmente desinteressada.

Olga se levantou da cadeira e agarrou a filha pelo braço para arrastá-la com ela.

— Lev Levovitch, o conde Romanov! — gritou. — Que bela surpresa!

— Olhe só, cara senhora von Lacht! — exclamou Lev, cumprimentando-a com deferência.

— Lembra-se da minha filha, Anastasia? — perguntou Olga.

— Como poderia esquecer um rosto tão perfeito? — disse Lev, beijando a mão dela.

Anastasia sentiu um arrepio. Teve vontade de se jogar em cima dele, beijá-lo na boca. Mas se conteve para não revelar que tinham combinado tudo aquilo.

— O que está fazendo em Genebra, meu caro amigo? — quis saber Olga.

— Bom, veja só que acabei atendendo os pedidos de meu amigo Abel Ebezner. Ele me queria de todo modo dentro do banco e eu acabei aceitando. Preferia meu difícil trabalho de pensionista — acrescentou ele, sorrindo —, mas fazer o quê? Sou incapaz de dizer *não* a um amigo. E, também, isso vai me ocupar: não dizem que o ócio é o pai de todos os vícios?

— Em todo caso, a lealdade aos amigos é a mais nobre das virtudes — felicitou Olga.

— Por isso, agora sou genebrês, pelo menos por certo tempo.

— E onde está instalado?

— Aluguei uma suíte no Hôtel des Bergues. É prático.

— O hotel mais lindo de Genebra — maravilhou-se Olga.

— É, é realmente confortável. Mas gosto de vir de vez em quando ao Beau-Rivage para tomar chá... Afinal, a imperatriz Sissi!

— Não é mesmo? — exclamou Olga, que tinha a impressão de ter achado sua alma gêmea. — Como jovens com tão bom gosto são raros! Se precisar de um guia que o leve para conhecer Genebra, não deixe de chamar Anastasia. Ela vai ficar muito feliz em mostrar a cidade para o senhor. Será que não seria melhor vocês já combinarem um dia?

— Eu não gostaria de abusar da sua linda filha — disse Lev.

— Não, abuse à vontade, por favor!

— Na verdade, hoje à noite tenho que ir a um jantar na casa do embaixador da Inglaterra e não tenho companhia...

— Anastasia está livre! — decretou Olga.

— Temo que seja extremamente tedioso — avisou Lev.

— A que horas ela tem que estar pronta?

Na suavidade da noite de setembro, na ilha Rousseau, situada no meio do lago Léman — que voltava a ser, naquele ponto, o Rhône —, Lev e Anastasia morriam de rir, abraçados sobre a esteira em que haviam feito um piquenique.

— Um jantar com o embaixador da Inglaterra, não acredito que ela caiu nisso! — disse Lev, rindo.

Os dois contemplaram a fachada majestosa do Hôtel des Bergues, que surgia diante deles.

— Minha mãe me disse que, se você me convidasse para passar a noite na sua suíte, eu devia aceitar. Ela me disse: "Ele é bonito, ele é rico, não há por que dificultar."

Lev então respondeu:

— Você pode passar a noite no conjugado que aluguei na rue des Eaux-Vives.

— É o que eu quero.

— Um dia, vou te oferecer algo melhor — prometeu ele. — Vai ter a vida com que sempre sonhou.

Ela lhe deu um beijo apaixonado, para interromper seu discurso. Depois, disse:

— Não estou nem aí para uma suíte no Hôtel des Bergues, seu bobo. Eu sempre sonhei com alguém como você. Não dou a mínima para o resto. Aliás, por que uma suíte no Hôtel des Bergues? Morar numa suíte de hotel me parece solitário e sem vínculos com ninguém.

— Onde você gostaria de morar? — perguntou Lev.

— Não sei, mas, de qualquer forma, não em um hotel.

— Diga — pediu Lev. — Deve haver algum lugar que faça você sonhar.

— Tem uma casa em Cologny — cedeu ela —, no chemin Byron, que todos dizem ter uma vista incrível de toda Genebra. Eu espio essa propriedade sempre que vou à casa dos Ebezner: só dá para ver a casa através de um grande portão, mas às vezes eu me imagino morando lá, tomando meu café de manhã, em uma varanda com vista para o lago.

— Então vamos ver essa casa agora mesmo — sugeriu Lev.

— O quê? Agora? Mas são quase dez da noite.

— Vamos logo. Não existe hora certa para sonhar.

Os dois pegaram um táxi e foram até a frente da tal propriedade. Ela ficava no alto da colina de Cologny, ao lado do campo Byron, que oferecia uma vista de tirar o fôlego de Genebra e do lago Léman. Lev arrastou Anastasia até lá. Eles se sentaram em um banco e admiraram o panorama.

— Imagine que estamos na varanda daquela casa e que esta é nossa vista.

— Ela é nossa — observou Anastasia —, mesmo sem a casa.

Lev abraçou Anastasia com força. Eles admiraram o brilho do lago e das luzes do centro, que surgia em meio à escuridão.

— Um dia, vou te dar esta casa — prometeu Lev. — Um dia vou ter como pôr os mais lindos tesouros aos seus pés. O Ebezner pai está muito feliz comigo, ele diz que vai me promover até o Natal e ainda me dar um belo bônus de fim de ano. Disse que, se eu continuar trabalhando no banco, logo vou ficar muito bem de vida.

— Eu não ligo para dinheiro, Lev, quantas vezes tenho que dizer? Você está feliz no banco?

— Acho que sim. Por quê?

— Eu estava disposta a ser camareira do Palace de Verbier para ficar com você. Nunca se esqueça disso.

No Banco Ebezner, Lev tinha sido acomodado em um escritório que Macaire e o primo, Jean-Bénédict, dividiam. Uma pequena mesa fora acrescentada a um canto para lhe servir de posto de trabalho e os dois primos, futuros membros do Conselho por hereditariedade, nem tinham se preocupado, em suas belas mesas de ébano, com a presença do novo funcionário que Abel Ebezner lhes tinha encarregado de iniciar na profissão e a quem chamavam carinhosamente de "estagiário".

Anastasia trabalhava na secretaria do departamento jurídico, um andar abaixo. Ela sempre passava para vê-los, para uma pausa para um café, ou às vezes para ir almoçar. Nos corredores do banco, todos só tinham olhos para ela, cuja beleza e inteligência deixavam todos malucos, a começar pelos dois primos. Para manter a discrição, Anastasia pedira que Lev não contasse sobre o relacionamento deles. Ele, de início, não havia entendido por que os dois deviam se esconder.

— Não há mal nenhum no nosso amor — lembrara ele.

— O mal não vem da gente, e sim das outras pessoas — respondera Anastasia. — Acho que é melhor nos protegermos.

— Nos protegermos? Mas de quem?

— Das outras pessoas, justamente! Você não percebe, Lev, mas as pessoas têm inveja de você.

— Por que elas teriam inveja de um simples estagiário?

Quando ele dizia isso, ela se jogava em seus braços em uma onda de amor infinito. Pegava seu rosto, mergulhava o olhar no dele e murmurava:

— Lev Levovitch, você é o único que não vê o que salta aos olhos.

No banco, Anastasia assistia todos os dias à ascensão acidental de Lev. Em poucas semanas, Lev tinha se tornado o novo astro da empresa.

Inicialmente, Lev devia apenas acompanhar banqueiros experientes em reuniões, como simples observador, para ser iniciado nas sutilezas da profissão, mas acabou se vendo diante de clientes, normalmente estrangeiros, dos quais entendia a língua e a cultura melhor do que ninguém. Além disso, sua experiência no Palace lhe deixava muito à vontade com os clientes mais ricos, cujas exigências e extravagâncias nunca o pegavam de surpresa. Rapidamente, Lev passou a ser a pessoa que conduzia as conversas. As reuniões se prolongavam em discussões políticas, culturais e às vezes até existenciais, sob o olhar pasmo do banqueiro que o acompanhava.

Logo, só se falava dele nos corredores do banco. Colegas, diretores e clientes eram unânimes: o jovem tinha todo o talento do mundo.

Obviamente, algumas pessoas discordavam. Alguns tinham sido ofuscados pela chegada do jovem talento e fofocavam que, até ali, ele havia sido apenas funcionário de um hotel de montanha e não tinha nenhuma experiência. A questão acabou chegando ao Conselho do banco, do qual, na época, Abel Ebezner era apenas vice-presidente. Era seu pai, Auguste, quem presidia a instituição. Auguste Ebezner já tinha certa idade e se locomovia com dificuldade, mas ainda era dotado de toda a sua lucidez e extremamente apegado à tradição. Ele só vinha ao banco às quartas-feiras, para as reuniões do Conselho, mas mantinha o cargo e a aura de presidente do banco, por mais que no dia a dia fosse Abel quem comandasse o estabelecimento.

— Estou ouvindo umas histórias estranhas — disse Auguste ao filho Abel durante uma sessão do Conselho que havia seguido um rumo particularmente acalorado. — Me falaram de um sujeito jovem, sem experiência. Um cretino dos Alpes, que trabalha aqui há algumas semanas e já está ganhando responsabilidades enormes.

— Ele se chama Lev Levovitch — esclareceu Abel, achando por bem. — E está longe de ser um cretino dos Alpes. É uma das pessoas mais brilhantes que já pude conhecer.

— Levovitch? — disse Auguste Ebezner, impressionado. — De que gueto esse sujeito saiu?

A observação fez os dois outros membros do Conselho, que, na época, eram Horace Hansen e seu pai, Jacques-Édouard Hansen, começarem a rir.

— Caramba — irritou-se Abel. — Lev é um menino de uma inteligência excepcional! Se ele já está ganhando mais responsabilidades, é justamente porque é muito talentoso. Não sei qual é o problema.

— O problema é que ele era carregador de malas! — retrucou Horace Hansen, visivelmente furioso. — Você foi colocar um carregador de malas na gestão de fortunas. Isso aqui é um banco ou um circo?

— Para sua informação — respondeu Abel —, em junho passado, enquanto Lev ainda era carregador de malas, como você diz, ele antecipou o movimento da Reserva Federal americana, enquanto todos os nossos especialistas tinham se enganado. Todos os nossos clientes perderam dinheiro naquele dia.

— Puro acaso! — sugeriu Horace, lançando o argumento com uma cara feia. — Ele tinha cinquenta por cento de chance de acertar. Além disso, todos os bancos do centro erraram. Não fomos só nós.

— Todo mundo, menos ele! — salientou Abel.

— Mesmo assim — bufou Horace —, eu acho chocante que esse Levovitch esteja em contato direto com grandes clientes!

— São os clientes que pedem — lembrou Abel. — Vocês vão ver que o Lev logo vai ser procurado por todos os nossos concorrentes. Todo mundo vai brigar por ele. Se ele sair daqui, corremos o risco de perder parte da nossa clientela. Quanto a você, Horace, não sei por que está tão irritado com o Levovitch.

— Porque esse sujeito mal chegou e já tem mais responsabilidades que nossos filhos, Macaire e Jean-Bénédict, que já têm alguns anos de experiência!

— Isso é verdade? — perguntou Auguste Ebezner, preocupado.

— Nossos filhos são péssimos! — justificou Abel. — O que vocês querem que eu faça? Um é pior do que o outro.

— O *seu* filho é péssimo! — revidou Horace, irritadíssimo. — O meu tem ótimos resultados.

— Ele tem bons resultados desde que começou a pedir conselhos ao Lev — salientou Abel. — Fica correndo atrás dele, dizendo: "Escute, estagiário, você não pode me dar uma mão com esse dossiê?". Vocês tinham que ver, os dois imbecis, todos os dias almoçando no restaurante, enquanto o Lev se contenta em comer um sanduíche no escritório enquanto estuda seus dossiês!

— Não admito que você chame meu filho de imbecil! — ofendeu-se Horace Hansen.

— Calma! — bradou Auguste Ebezner. — Eu sou o presidente, e sou eu que decido aqui! Não quero que esse Lev tenha mais responsabilidades que dois futuros membros do Conselho. Estou mandando que você, Abel, aja do jeito certo e o restrinja a tarefas de estagiário: fazer cópias, cafés e redigir correspondências.

— Sinceramente, pai — irritou-se Abel Ebezner. — Isso é absolutamente ridículo!

— Não tem nada de ridículo! Segundo o regimento do banco, instaurado à ferro e fogo pelo seu avô...

— Ah, pelo amor de Deus, não me fale desse regimento estúpido! É uma verdadeira piada! É só isso que tem contra o Lev?

— Silêncio, agora! — irritou-se Auguste. — Cansei da sua insolência. Assim diz o regimento: só pode se tornar banqueiro, caso não tenha direito de hereditariedade, a pessoa que trouxer clientes próprios.

— Esse direito de hereditariedade é ridículo e esse regimento também.

— Sem o direito de hereditariedade, você não estaria aqui, onde está hoje — lembrou Auguste ao filho. — Esse comentário foi seguido por um longo silêncio. — Assim que esse garoto trouxer ao banco seu primeiro cliente de peso, ele vai poder se tornar banqueiro.

— Mas isso é loucura! — irritou-se Abel. — Como ele vai conseguir um cliente se não for oficialmente banqueiro? Não faz o menor sentido!

— Já chega! — declarou Auguste para encerrar todas as queixas, sob o olhar pretensioso e satisfeito de Horace e seu pai, Jacques-Édouard Hansen.

Abel foi obrigado a respeitar a decisão do Conselho e Lev foi relegado a tarefas administrativas simples. Macaire e Jean-Bénédict se aproveitaram disso e passaram a usá-lo como empregado. Para não causar mais problemas a Lev, Abel Ebezner o fazia ir em segredo à sua sala, depois do expediente. Lá, ele inculcava nele o que Lev não pudera ler em livro nenhum: as regras da alta sociedade de Genebra, o funcionamento dos bancos privados e os comportamentos adequados naquele universo tão particular.

— Você vai acabar se impondo neste banco, meu filho — confessou Abel, um dia, enquanto os dois estavam no escritório dele.

— Tenho a impressão de que certas pessoas não me querem aqui. Não sou do grupinho deles.

— É exatamente porque você não é do grupinho que vai se impor. Você vai ser um grande.

— Um grande banqueiro?

— Um grande homem. É isso que falta neste banco: grandes homens. Acho que, um dia, você vai mudar o destino deste banco.

Em uma tarde de novembro, quando estava indo encontrar o pai no escritório dele, Macaire parou à porta entreaberta. Ouvindo vozes, ele espionou pela fresta e viu que Levovitch estava na sala, conversando animadamente com Abel, que acabou dizendo a ele:

— No fundo, Lev, eu gostaria de ter tido um filho como você.

— *Um filho como você*, foi isso que ele disse! — irritou-se Macaire alguns instantes depois, em uma mesa do café Remor, onde tinha acabado de encontrar Anastasia. — Pelo jeito, ele esqueceu que tem um filho!

— Tenho certeza de que não foi isso que ele quis dizer — disse Anastasia, apaziguadora.

— Eu ouvi muito bem! Ah, Levovitch, você me paga!

— E o que você fez depois? — perguntou Anastasia. — O seu pai viu você?

— Não, não entrei no escritório, obviamente! Não quis incomodar o papai e o filhinho! Fui embora sem falar nada e vim encontrar você aqui.

Quase todo dia, depois do trabalho, Anastasia e Macaire tomavam um drinque no Remor, que ficava ao lado do banco. Macaire adorava aqueles momentos privilegiados com ela. Eles ficavam muito tempo batendo papo, ela parecia ter todo o tempo do mundo. Ele a devorava com o olhar, subjugado. Estava completamente apaixonado por ela e não conseguia deixar de pensar que os encontros frequentes nos fins de tarde talvez fossem um sinal de que ela sentia a mesma coisa.

Naquela tarde, no Remor, Macaire perguntou a Anastasia:

— O que você acha do Lev, no fundo?

— Acho ele legal.

— Como assim, legal?

— Ué, legal! Não entendi a pergunta.

— Hum, quando vocês voltaram de Bruxelas, pareciam bem próximos.

— Nós somos bons amigos.

— Então vocês não estão juntos? Você teria me contado, de qualquer forma, não teria? Contamos tudo um para o outro.

Ela não queria que Macaire, com ciúmes, criasse problemas para Lev no banco. Ele já tinha sido limitado injustamente. Ela entendia bem que ele era o alvo, não queria comprometê-lo ainda mais. Se Macaire encrencasse com ele, daria um jeito para que seu avô, Auguste, que estava do seu lado, mandasse Lev embora do banco. Ela não queria correr o risco de perdê-lo de novo. Então decidiu mentir:

— Não, não estou com o Lev — garantiu ela, fazendo uma cara de surpresa total.

— Era o que eu achava mesmo — disse Macaire, mais tranquilo. — Para mim, o Lev está com a Petra.

— Com a Petra? — perguntou Anastasia, surpresa. — A morena alta da contabilidade?

— É, tenho certeza. Ela não sai da nossa sala e fica comendo ele com os olhos. Bom, em todo caso, ainda bem que você e o Lev não estão juntos.

— Por que está dizendo isso?

— Por dizer. Acho que eu ficaria chateado.

Ele tentou pousar a mão sobre a dela, mas Anastasia rapidamente a tirou. Na hora, teve vontade de confessar tudo a ele, mas mordeu a língua: não queria complicar tudo. Percebia o modo como ele a olhava e ela não tinha nenhuma vontade de partir seu coração. Não queria fazer mal a ele. Não queria fazê-lo sofrer. Sentia um carinho enorme por aquele jovem, um pouco deslumbrado com o próprio sobrenome, mas gentil e atencioso, espontaneamente prolixo e com o qual ela nunca se entediava.

Anastasia apreciava muito a companhia de Macaire, mas, se ficava todo dia no Remor depois do trabalho, era para não ficar esperando no frio enquanto Lev terminava as reuniões secretas com Abel Ebezner. Aliás, era Macaire que sempre vinha encontrá-la: ela nunca quisera dar a entender nada. Ela sempre se sentava diante da janela: quando Lev terminava, ele parava do outro lado da rua e fazia um pequeno sinal. Ela então dava a desculpa de que estava na hora de ir e encontrava o amante em uma rua paralela. Os dois trocavam longos beijos escondidos, beijos que compensavam o dia que haviam passado tão perto um do outro, mas sem poder se tocar. Depois eles iam jantar, ou iam ao cinema, e terminavam na casa dele. Ela sempre dormia lá: sua mãe passou a dar a ela liberdade total, imaginando que ela estaria em uma suíte do Hôtel des Bergues, consolidando seu futuro.

Naquela noite, enquanto jantavam em um pequeno restaurante do bairro des Eaux-Vives, Anastasia disse a Lev:

— Parece que a Petra está de olho em você.

Ele caiu na gargalhada:

— Está mais do que de olho! Estou quase pensando em ir dar queixa. Quem te falou disso?

— O Macaire. Prefiro que ele ache que você está com a Petra do que ele saiba que a gente está junto.

— Eu acho que você está errada — disse Lev, exasperado.

Ela fez uma falsa cara séria.

— Não fique perto demais dela, está bem?

— Se eu pudesse dizer que a gente está junto ela me deixaria em paz — retrucou ele.

— Basta dizer a ela que você tem uma noiva no exterior.

Ele revirou os olhos, ela caiu na gargalhada. Lev pegou a mão dela e a beijou.

Estavam tão felizes.

Imaginavam ter a vida toda pela frente.

No entanto, tudo estava prestes a desabar.

Capítulo 36

O CHEFE DOS BANQUETES

Na manhã de domingo, primeiro de julho de 2018, Scarlett e eu tentamos nossa chance no café ao lado dos correios. A dona, depois de nos servir dois espressos, nos indicou que o senhor Bisnard ainda não chegara, mas não deveria tardar. De fato, cerca de meia hora depois, um homem entrou no estabelecimento.

— Denis, tem visita para você! — anunciou a dona, nos indicando com o queixo.

Ele se aproximou de nossa mesa e nós nos levantamos para cumprimentá-lo.

— O senhor é o escritor? — perguntou o senhor Bisnard depois que me apresentei.

Eu assenti.

— E eu sou Scarlett Leonas, assistente do Escritor. Na verdade, sou eu que faço todo o trabalho.

— Normalmente é assim mesmo — concordou o senhor Bisnard, apertando a mão dela. — Quem contou a vocês que eu estaria aqui?

— O vice-diretor do Palace — expliquei. — Desculpe por interceptá-lo assim, mas precisávamos conversar com o senhor.

— Sobre o quê? — perguntou Bisnard.

— O assassinato do quarto 622.

O senhor Bisnard pareceu muito surpreso. Nós três nos sentamos à mesa e ele pediu um café. Contamos a ele tudo que sabíamos, o que provavelmente o convenceu de nossa seriedade. Bisnard pediu licença por um instante e deixou o estabelecimento por alguns minutos, o tempo de ir e voltar de seu apartamento, que ficava perto dali, trazendo uma caixa de sapato.

— Eu adorei trabalhar no Palace — disse, abrindo a caixa na nossa frente. — Guardei algumas lembranças de lá.

Ele nos mostrou todas as suas relíquias dos anos passados no hotel, fotos, cardápios e artigos de jornal dedicados aos bailes de gala que tinham acontecido lá. Scarlett examinou atentamente todos os objetos e, de repente, reconheceu dois homens em uma foto.

— É Edmond Rose? — perguntou, fazendo a ligação com o retrato na sala do diretor do Palace.

— É — assentiu Bisnard —, e, ao lado dele, é o...

— Abel Ebezner — disse Scarlett, antes que ele tivesse tempo de terminar a frase.

— Estou impressionado — admitiu Bisnard. — O senhor Rose e Abel Ebezner se conheciam bem. O senhor Ebezner eram cliente habitual do Palace. Aparentemente, foi o senhor Rose quem convenceu o senhor Ebezner a fazer as reuniões anuais do banco no hotel.

— Quer dizer os Encontros Anuais — especificou Scarlett.

Bisnard esboçou um sorriso.

— Realmente se informou muito bem.

Bisnard nos contou sobre os Encontros Anuais do Banco Ebezner no Palace, eventos importantes que não apenas davam muito dinheiro ao hotel, mas também garantiam certo prestígio a ele. Essa conquista se devera essencialmente ao talento do senhor Rose, que havia feito de Abel Ebezner um cliente fiel.

— E por que essa tradição do Encontro Anual acabou?

— O banco mencionou questões de orçamento, mas acho que, na verdade, nada continuou igual depois daquilo.

— Quer dizer depois do assassinato?

— É. Por que vocês se interessaram por esse caso?

— Por acaso. Um detalhe nos deixou intrigados: nós descobrimos que o quarto 621 bis era antes o quarto 622 e que o número havia sido alterado depois que um assassinato tinha acontecido. Isso nos deu vontade de investigar.

— Foi ridículo mudar o número do quarto — declarou Bisnard, com desprezo.

— Quem teve essa ideia? — perguntou Scarlett.

— O senhor Rose. Mas temos que explicar o contexto dessa decisão. Nesta estação de esqui tranquila, onde nunca acontece nada, o caso provocou uma verdadeira onda de choque. E ainda por cima no Palace! No Palace, os clientes se sentiam protegidos de tudo, em outro mundo, em um casulo, como se diz hoje. Da noite para o dia, tudo mudou. Um assassinato, já imaginaram? As semanas seguintes foram desastrosas: os clientes começaram a cancelar as reservas em massa. O hotel ficou vazio e a estação também. Só nos recuperamos na temporada seguinte. O senhor Rose não queria mais ouvir falar do quarto 622. Ele decidiu simplesmente acabar com ele. Ele dizia: "622, um quarto a ser esquecido!". Para evitar o trabalho de trocar todos os números dos quartos daquele andar para colocar o 623 no lugar do 622, ele decidiu rebatizar o 622 como 621 bis. Nós trocamos a placa na porta, a referência no sistema e pronto. Tudo fora esquecido.

— Quem encontrou o corpo, na manhã de 16 de dezembro? — perguntou Scarlett.

— Um estagiário. Coitado... Ele ia levar o café da manhã para o quarto 622. Lembro que vi o pedido chegar, pouco antes de ir embora, na noite da véspera. Aliás, ainda me lembro qual era: muito caviar, dois ovos cozidos e uma dose de vodca Beluga.

— Caviar e vodca? — exclamou Scarlett, impressionada.

— É. Ao chegar à porta do 622, o estagiário a encontrou entreaberta. Como ninguém veio abrir, ele simplesmente a empurrou e então viu o sangue no chão e o cadáver.

— O senhor estava no Palace no momento em que o corpo foi encontrado?

— Não, eu estava em casa. A noite tinha sido estranha no Palace e eu havia voltado tarde para casa, já devia ser quase uma hora da manhã. Foi minha mulher quem me acordou. Ela disse que a polícia estava no Palace.

Continuando a exploração da caixa de sapatos, Scarlett de repente sacou um folheto.

— É a programação do último Encontro Anual! — exclamou.

— Estou vendo que nada lhe escapa — disse Bisnard, rindo.

Scarlett me entregou o folheto para que eu pudesse examinar mais de perto.

Encontro Anual do Banco Ebezner
14 a 16 de dezembro

PROGRAMAÇÃO DA NOITE DO SÁBADO, 15 DE DEZEMBRO

18h: coquetel de boas-vindas
coquetel Beluga

19h: Anúncios oficiais

19h30: Jantar e canapés
Fois gras de pato e geleia caseira
Ravióli de caranguejo
Robalo em crosta de sal e legumes da estação
Torta Saint-Honoré com creme Chiboust

Chá, café e docinhos

22h: Abertura do baile

— Por que o guardou? — perguntou Scarlett.

— Depois do assassinato, durante as grandes recepções, o senhor Rose o brandia para a equipe e dizia: "Nunca esqueçam que as noites mais bem organizadas podem se tornar uma catástrofe. O que aconteceu nesta noite é provavelmente o pior que pode acontecer ao dono de um hotel."

— Mas este é o programa de 15 de dezembro — notou Scarlett. — Achei que o assassinato tivesse acontecido na manhã de 16 de dezembro. O que aconteceu na noite do dia 15?

Bisnard nos encarou por um instante, antes de responder:

— A festa do banco virou uma catástrofe.

Capítulo 37

MUITO DINHEIRO

Sábado, 15 de dezembro, véspera do assassinato

Diante do salão dos Alpes, Macaire, totalmente estupefato, repetiu:
— O Levovitch presidente? Mas... como isso é possível?
— Meu pai votou nele.
— Seu pai? Mas nós tínhamos combinado que...
Jean-Bénédict interrompeu o primo:
— Eu sei muito bem o que a gente tinha combinado! — respondeu, com um ar irritado. — Mas você se esqueceu de nos confessar um pequeno detalhe, seu traidorzinho sujo!
— Caramba, Jean-Béné, o que deu em você?
— Deu que eu sei de tudo! Você quis vender os nomes dos nossos clientes estrangeiros para o fisco para levar o banco à falência!

*

Uma hora antes, no salão dos Alpes

— Tenho uma informação muito grave para compartilhar com vocês — disse Tarnogol. — Recebi isto anonimamente por e-mail há uma hora.
Ele mexeu no computador e, na tela, um vídeo começou a passar.
Dava para ver que as imagens haviam sido feitas com uma câmera escondida. Via-se Macaire em um restaurante vazio (em Milão, segundo a sequência do vídeo). Diante dele, um homem de terno que, graças à conversa e ao sotaque, notava-se que era representante do fisco italiano.
— O senhor ainda está disposto a vender os nomes dos seus clientes italianos que escondem dinheiro na Suíça? — perguntou o homem.

— Com certeza — confirmou Macaire sem titubear.
— Por que faria isso?
— Eu já lhe expliquei: fui afastado da presidência do banco. Há trezentos anos, o banco familiar é passado de pai para filho. Mas meu pai, se é que pode imaginar, sempre me considerou um incapaz.
— Tem noção das consequências que isso trará para o senhor? O banco pode ser processado por outros países por evasão fiscal: pode falir por causa de multas, indenizações e juros e proibido de operar em alguns mercados estrangeiros.

Macaire nem pestanejou. Olhou fixamente para o interlocutor e disse:
— Nossa sucursal de Lugano está cheia de clientes milaneses que atravessam a fronteira todos os dias para depositar dinheiro em espécie. Está interessado ou não?
— Estamos dispostos a pagar muito caro pela sua lista.
— Quanto?

O homem escreveu um número em um pedaço de papel e o entregou a Macaire. Não era possível ver o valor, mas Macaire assentiu, supostamente satisfeito com a soma proposta. Ele acrescentou:
— E não é só isso: quero que garantam a minha segurança. Quero poder me estabelecer aqui em Milão e, principalmente, ter a garantia de que não vou ser extraditado caso seja investigado pela justiça suíça.

A gravação se interrompeu.

Tarnogol fechou a tela do computador.
Jean-Bénédict e Horace Hansen ficaram totalmente estarrecidos.
— Este — disse Tarnogol — é o verdadeiro homem que vocês estão dispostos a eleger presidente do banco.

*

— Eu nunca teria traído o banco! — garantiu Macaire a Jean-Bénédict depois que ele explicou o que tinha acabado de acontecer no salão dos Alpes.
— Então explique esse vídeo!
— Foi uma armadilha para mim. Vou te explicar tudo, eu prometo! Enquanto isso, você tem que me ajudar. Temos pouco tempo.

— Ajudar no quê? — perguntou Jean-Bénédict, que não sabia mais no que devia acreditar.

— A obter a presidência.

— Mas, meu Deus do Céu, você ouviu o que falei? O Levovitch foi eleito! Acabou!

— Não, ainda não acabou! A-in-da-não-a-ca-bou!

— A eleição já aconteceu! Daqui a quarenta e cinco minutos, o Conselho vai sair do salão, seguir para o salão de baile e anunciar a todos que o Levovitch é o novo presidente do banco.

— Talvez a eleição tenha acontecido, mas ninguém sabe do resultado!

— Ninguém, a não ser meu pai e o Tarnogol!

— Seu pai vai saber ser razoável. Quanto ao Tarnogol, ele não vai sair vivo daquela sala.

Jean-Bénédict encarou o primo com um olhar inquieto.

— O quê? Do que está falando? Macaire, você está começando a me dar medo...

— Não é o nome do Levovitch que vai ser pronunciado às sete horas, no salão de baile, e sim o meu!

Com aquelas palavras, Macaire correu para o bar e abriu as portas do armário.

— Você vai levar esta garrafa de vodca para o Tarnogol — ordenou ele ao primo. — Sirva uma bela dose para ele e para o seu pai também, fazer o quê! Mas você não, não beba isso de jeito nenhum!

Macaire se interrompeu e observou, desesperado, as prateleiras à sua frente. Depois de um instante, gritou:

— Não é possível!

— O que foi? — perguntou Jean-Bénédict.

— Sumiu!

— O que *sumiu*?

— A garrafa de vodca sumiu! Ela estava aqui! Exatamente aqui! Tenho certeza, fui eu que guardei.

Macaire estava apavorado. A vodca envenenada tinha desaparecido do bar.

Ele de repente se lembrou: ao voltar do banheiro, onde esvaziara a garrafa de vodca boa, notara de longe um garçom carregando um engradado de garrafas.

— O que está acontecendo com você, Macaire? — perguntou Jean-Bénédict, preocupado e confuso.

— Venha comigo — intimou Macaire, dirigindo-se para a porta de serviço através da qual o funcionário sumira mais cedo.

Jean-Bénédict, que não entendia mais nada do que estava acontecendo, seguiu o primo docilmente. A porta de serviço dava para as despensas e cozinhas. Dezenas de pessoas trabalhavam como em um formigueiro para reabastecer com canapés o salão de baile, onde o coquetel acabara de começar. O senhor Bisnard, o chefe dos banquetes que supervisionava todo aquele balé, viu Macaire e Jean-Bénédict e foi ao encontro deles.

— Posso ajudar os senhores? — perguntou, educado.

— Vodca Beluga! — murmurou Macaire, totalmente atordoado. — Uma garrafa de Beluga, no bar, do lado do salão dos Alpes!

— Querem vodca Beluga no salão dos Alpes? — tentou entender o senhor Bisnard.

— Não, havia uma garrafa de Beluga no armário do bar ao lado dos salões — esclareceu Macaire. — Ela não está mais lá.

— Se precisa de Beluga, não é um problema — respondeu o chefe dos banquetes com um tom tranquilizador.

Ele indicou com um gesto os engradados de garrafas de Beluga empilhados contra a parede.

— O senhor não está entendendo — balbuciou Macaire. — Preciso da que estava no armário do bar! Havia uma garrafa no bar e alguém a pegou!

— Com certeza foi um dos meus colegas. Dei ordem para que eles juntassem aqui todo o estoque de vodca Beluga do hotel para ter certeza de que não ia faltar na hora do coquetel. O drinque de boas-vindas servido aos convidados é feito justamente à base de Beluga, foi um pedido do senhor Tarnogol.

Macaire então se lembrou do que Tarnogol havia dito quando, ao voltar de Basileia, ele fora levar o envelope à sua casa e fora recebido com um banquete digno de reis: "Beluga, a vodca da vitória!". Tarnogol nunca tivera a intenção de eleger ninguém além de Levovitch à presidência.

Macaire puxou o primo para um canto para não ser ouvido e disse:

— Temos que vasculhar esses engradados. Me ajude a encontrar a garrafa, ela está marcada com uma cruz de caneta vermelha no rótulo de trás. Não tem como não achar.

— O que essa garrafa tem de especial? — quis saber Jean-Bénédict.

— Não importa.

— Se não me disser, não vou ajudar!

Macaire foi obrigado a confessar tudo ao primo.

— Ela está envenenada — murmurou.

— O quê? Você queria envenenar o Tarnogol?

— Vou explicar tudo. É mais complicado ainda.

— Então você realmente tinha planejado matar o Tarnogol?

— A gente não tem tempo para lição de moral, Jean-Béné! Me ajude a encontrar a garrafa agora antes que um desastre aconteça. Vire todas elas! Temos que achar a marcada com o feltro vermelho de qualquer jeito.

Os dois homens se lançaram sobre os engradados de vodca e, sob o olhar pasmo do senhor Bisnard, tiraram, uma a uma, todas as garrafas de Beluga das caixas para examiná-las. Em vão.

— Não há mais nenhuma em outro lugar? — perguntou outra vez Macaire ao chefe dos banquetes.

— Temos as garrafas do bar do salão de baile — indicou ele.

Os dois primos correram para o salão de baile e ultrapassaram sem se preocupar a fila de funcionários do banco que se formava diante do balcão. Entre eles, Cristina, em um bonito vestido azul, agitou o copo vazio para cumprimentar Macaire.

— Tem que provar esse coquetel, senhor Ebezner — disse ela.

Macaire não se deu ao trabalho de responder e correu até o barman.

— Você tem vodca Beluga? — perguntou.

— Claro — respondeu o barman. — Todo mundo está me pedindo os coquetéis à base de Beluga. Quer que faça um?

— Quero ver suas garrafas — exigiu Macaire.

O barman, um pouco assustado com o tom brutal de seu interlocutor, obedeceu e entregou a garrafa de Beluga que estava à sua frente e que acabara de usar. Macaire a pegou: ela estava marcada com uma cruz vermelha. Era ela! Consternado, constatou que estava quase vazia.

Metade dos presentes tinha bebido vodca envenenada.

Capítulo 38

O ANÚNCIO

Sábado, 15 de dezembro, véspera do assassinato

Às vinte para as seis da noite, ninguém estava passando mal. No salão de baile do Palace, o coquetel acontece na mais completa tranquilidade. Macaire e Jean-Bénédict, recuados, haviam analisado os fatos e gestos dos convidados, antes de chegar à conclusão: ninguém fora envenenado.

— Alarme falso — acabou por decretar Macaire, aliviado. — Está tudo bem.

Jean-Bénédict estava à beira de um ataque de nervos.

— Está tudo bem? — disse ele, sem fôlego. — Como pode ter tanta certeza de repente? Pode ser que o veneno demore para agir. — Ele apontou um dedo ameaçador para o primo. — Eu estou avisando, se todas essas pessoas morrerem...

— O veneno deveria fazer efeito em menos de quinze minutos — interrompeu Macaire. — Eles já deviam ter morrido! Para mim, o barman serviu doses tão pequenas que foram inofensivas.

— Mesmo em pequenas doses, um veneno mortal é mortal! Você ficou completamente maluco!

— Você não está entendendo — defendeu-se Macaire. — O Tarnogol é uma ameaça para o banco. Você não sabe nem um terço dessa história.

— A única ameaça que estou vendo aqui é você, Macaire. Você não vai me meter nas suas armações criminosas. Não tem mais nada a se fazer, está ouvindo? O Levovitch foi eleito! Ele é o presidente agora! O que você quer fazer? Pegar uma pistola e matá-lo na frente de todo mundo?

E, com essas palavras, Jean-Bénédict saiu do salão.

— Aonde você vai? — perguntou Macaire, seco.

— Vou voltar para o salão dos Alpes e me juntar ao Conselho. O Tarnogol e meu pai devem estar se perguntando aonde eu fui. Além disso, quando tudo isso tiver dado errado, não gostaria muito que alguém se lembrasse de ter me visto com você. Você vai cair sozinho, Macaire. Nesses anos todos, você foi o seu pior inimigo. Se não é presidente do banco, é só por sua própria culpa.

Jean-Bénédict foi embora. Macaire refletiu que o primo tinha razão: ele só podia culpar a si mesmo. Dali a vinte minutos, Levovitch seria eleito. Ele seria expulso do banco, de toda Genebra. Sem contar que agora o viam como traidor, disposto a vender seus clientes aos fiscos estrangeiros. A P-30 não viria socorrê-lo. Pelo contrário, a P-30 o reduziria a cinzas. Sua vida estava perdida...

Ele voltou para sua suíte, derrotado. O serviço de quarto da noite já havia passado: o banheiro tinha sido limpo e o recado deixado por Anastasia no espelho, apagado por uma camareira. Macaire se perguntou onde ela estava. Ele tinha a impressão de que estava perdendo tudo. Sabia o que lhe restava fazer. Já planejava aquilo desde a noite anterior.

Tirou do armário o terno que tinha mandado fazer para sua chegada à presidência. Ele o vestiu. Aplicou suas abotoaduras de ouro. Pôs no pulso um de seus relógios mais caros, trazido para a ocasião. Deu o nó na gravata com cuidado e fechou sobre ela um colete particularmente elegante. Dentro do paletó, mandara bordar: *M.E., Presidente*. Contemplou a inscrição com tristeza. Se olhou no espelho. Nunca tinha se visto tão bonito. Voltou a se olhar. Era assim que ele deveria ter se tornado presidente. Era assim que ele ia morrer. E era assim que iam encontrá-lo. No dia seguinte, uma camareira encontraria seu corpo estendido sobre o carpete todo manchado de sangue coagulado.

Ele se dirigiu para o pequeno cofre do quarto e pegou sua pistola. Carregou a arma e enfiou o cano na boca. O gesto o acalmou. Em alguns instantes, tudo estaria terminado. Enfim. Ele não aguentava mais. Fechou os olhos, empurrou o cano um pouco mais para dentro da boca e apoiou o dedo no gatilho. Seu último pensamento foi Anastasia.

De repente, ouviu batidas na porta. E a voz de Anastasia, justamente, através da madeira:

— Macaire? Macaire, você está aqui?

Ele abriu os olhos e se recompôs, tirou a arma da boca e a pousou na cômoda antes de correr para abrir a porta.

— Anastasia! — gritou ele, antes de ver a mulher diante dele. — Ah, como estou feliz em ver você! Obrigado por estar aqui! Obrigado por ter vindo!

Ele a abraçou demoradamente, depois admirou seu rosto perfeito. Ela parecia abalada, ele também estava.

— Macaire — disse ela. — Tenho que conversar com você sobre o que li no seu diário.

Ele fez sinal para que ela se calasse e a fez entrar no quarto, para que estivessem longe de outros ouvidos.

— Como isso é possível? — soluçou Anastasia depois que Macaire fechou a porta. — Como Tarnogol pôde fazer isso?

— Tarnogol é o diabo! — O que você escreveu é verdade? Vocês fizeram um acordo? Você trocou minha mão por suas ações do banco?

— Perdão, Anastasia! Me perdoe! Mas, na época, eu estava desesperado. Eu queria tanto me casar com você, você tinha me dito que estava apaixonada pelo Lev...

— Mas como isso é possível? — lamentou-se ela, sem entender nada.

Anastasia tentou se lembrar de como tudo havia acontecido.

— O anel de noivado — disse então Macaire. — A safira que dei a você quinze anos atrás. Foi o Tarnogol que me deu. Ele me disse que, graças àquele anel, você aceitaria se casar comigo.

Anastasia continuava totalmente desamparada: aquilo não fazia sentido nenhum. Ela se perguntou se Macaire estava em seu estado normal.

— Você sempre me explicou que tinha cedido suas ações para que a gente fosse feliz, eu e você — lembrou ela.

— Era verdade.

— Eu achava que você queria se afastar do banco, viver uma vida diferente da de todos aqueles banqueiros, porque você sabia que eu nunca tinha sonhado com essa vida.

— Não — corrigiu Macaire. — Dei minhas ações ao Tarnogol para que a gente ficasse junto.

Anastasia não estava entendendo mais nada. Ela tinha a impressão de estar perdendo o controle.

— A eleição vai acontecer daqui a cinco minutos — disse. — Você devia ir logo. É o seu momento de glória.

— Não vou ser eleito.

— O quê?

— O Levovitch vai ser eleito.

— Do que você está falando, Macaire? Isso é impossível.

— Eu perdi — murmurou Macaire.

Com a cara triste e a cabeça baixa, ele decidiu ir enfrentar seu destino. Ver Anastasia tinha lhe dado coragem para enfrentar a derrota com dignidade e não morrer como covarde.

*

Eram quase sete da noite. O salão de baile do Palace estava animado. Dali a alguns instantes, o novo presidente seria anunciado. Todos os funcionários do banco tinham se espremido diante do palco imponente do fundo do salão: o Conselho do banco estava prestes a fazer sua entrada.

Macaire, deslumbrante em seu terno de três peças, entrou no salão. Um garçom o recebeu com champanhe. Macaire pegou uma taça e a bebeu num só gole para se acalmar. Ele se misturou às conversas alegres dos funcionários aglomerados. Virou uma segunda taça de champanhe para garantir a própria compostura.

De repente, um silêncio se fez: Sinior Tarnogol, Horace Hansen e Jean-Bénédict Hansen apareceram no palco. Horace Hansen se aproximou do microfone e declarou: "Senhoras e senhores, o Conselho do Banco Ebezner tomou sua decisão. O novo presidente do nosso banco foi designado, e nós temos o orgulho de anunciar que..."

Ele não conseguiu terminar a frase. pois nesse mesmo instante, uma pessoa da plateia caiu no chão, puxando, ao cair, a toalha de uma mesa cheia de louças. Convidados correram até ela, pediram que os funcionários chamassem um médico. Um silêncio inquieto dominou o salão.

— Vai ficar tudo bem? — perguntou Horace Hansen no microfone, sem saber muito bem o que fazer.

Então um segundo convidado se sentiu mal e desabou no chão. Então outro, e mais um. Logo, as pessoas começaram a cair como moscas, segurando a barriga e agonizando. Em alguns instantes, metade da plateia começou a vomitar.

Capítulo 39

DIAS INFELIZES

Quinze anos antes

Era início de novembro. As primeiras nevascas começavam a salpicar Verbier. O frio tinha se instalado por certo tempo.

Lev chegou à entrada do Palace e contemplou, com um sorriso emocionado, a fachada da construção imponente. Já fazia três meses que ele tinha ido morar em Genebra. Ele vinha regularmente passar o fim de semana em Verbier, para visitar o pai e o senhor Rose.

Lev entrou no grande saguão do hotel. O senhor Rose, ao vê-lo chegar, exclamou:

— O filho pródigo!

Sempre que voltava ao Palace, Lev era recebido como um herói pelo proprietário do hotel.

— Olá, senhor Rose — o cumprimentou Lev, um pouco acanhado com aquele entusiasmo todo.

— Venha comigo, tenho uma boa notícia para você.

O senhor Rose arrastou Lev com animação para sua sala, onde lhe serviu um café.

— Você nunca vai adivinhar quem veio aqui na semana passada — disse o senhor Rose. — Bom, vou contar de uma vez: Abel Ebezner! Ele queria planejar o Encontro Anual. Enfim, nós conversamos um pouco e ele não parava de fazer elogios, muitas vezes efusivos, sobre você!

O senhor Rose parecia maravilhado, mas não surpreso, com a ascensão de seu protegido. Não podia deixar de sentir um orgulho quase paternal por Lev, já que havia sido um pouco graças a ele que o jovem conseguira alçar voo.

— Fui jogado para escanteio — anunciou Lev na hora. — Acho que criaram uma série de barreiras contra mim dentro do banco e agora fui relegado a tarefas de estagiário.

— Eu sei de tudo isso — explicou o senhor Rose. — Abel Ebezner me contou tudo. Ele me falou do pai, que, aparentemente, é bem antiquado. Mas também me disse que o pai está muito doente. Os rins dele não funcionam mais, ele...

— O Ebezner avô é imortal — interrompeu Lev. — Pelo jeito, faz anos que dizem que ele está com o pé na cova.

— Pode me deixar falar? — disse gentilmente irritado o senhor Rose. — O Ebezner avô está morrendo. É uma questão de semanas. Foi o Abel que me contou! Em segredo, claro. Mas eu sei que você não vai falar nada. Um novo presidente vai ser nomeado no próximo Encontro Anual, na presença do Abel.

— Quer dizer que o Macaire vai se tornar o vice-presidente — entendeu Lev.

— Exatamente! — exclamou o senhor Rose, entusiasmado. — E, quando o filho estiver no Conselho, Abel Ebezner não vai ter mais conflitos de lealdade entre o filho e você. Ele me contou tudo, estou falando sério! Já em janeiro ele vai promover você a banqueiro! Vai ter seus próprios clientes! Você já imaginou? Vai ganhar mais dinheiro do que nunca imaginou. Você vai ser um dos grandes banqueiros de Genebra. Na sua idade!

Lev não pôde deixar de sorrir. A promoção lhe abriria as portas da alta sociedade genebrina: ele não teria mais que esconder seu relacionamento com Anastasia, ela não teria mais que mentir para a mãe sobre a identidade dele. Ele não teria mais que esconder suas origens. De agora em diante, seria alguém. Tinha conseguido: seu nome seria um nome importante. E o dinheiro! Ele poderia pedir Anastasia em casamento. Cerimônia dali um ou dois anos, o tempo de economizar um pouco de dinheiro. Podia pensar em um empréstimo para uma casa também. Talvez dali a alguns anos, em função de seus resultados, se fossem como previa Abel Ebezner, ele poderia comprar a casa do chemin Byron, com a varanda com vista para o lago. Até lá, alugaria um lindo apartamento, em um bairro elegante de Genebra, idealmente próximo do banco. Ele adorava a rue Saint-Léger, a alguns passos da Vielle-Ville e bem na frente do parc des Bastions.

O senhor Rose interrompeu seus devaneios.

— Pus você em um belo quarto este fim de semana — disse.

— Não precisava, senhor Rose. Posso dormir no sofá da casa do meu pai. Na última vez já... É demais.

— Pare, demais coisa nenhuma. É um grande prazer. Temos que comemorar seu sucesso!

Sol demonstrava muito menos entusiasmo que o senhor Rose em relação à carreira do filho. Naquele mesmo dia, enquanto os dois almoçavam em um restaurante de Verbier, Sol disse a Lev, em um tom que parecia de censura:

— O banco está mudando você, meu filho. Você está diferente.
— Diferente *como*?
— Diferente — concluiu o pai, sem dar mais explicações.

Lev, querendo mudar de assunto, anunciou com orgulho:
— O senhor Rose me deu um quarto no hotel para o fim de semana.
— É exatamente o que estou falando: agora você fica no Palace como um cliente. Você passou *para o outro lado*. Talvez queira que eu leve suas malas até o quarto?
— Pare com isso, pai. Você está sendo ridículo!
— Enfim... Ande, me conte de Genebra e de sua vida grandiosa lá.
— Não é uma grande vida, pai. Estou me esforçando para me provar no banco, mas todo mundo fica tentando me atrapalhar.
— Achei que você já tivesse recebido responsabilidades.
— Os clientes foram tirados de mim. Me disseram que, enquanto eu não levar pelo menos um cliente importante para o banco, continuarei relegado ao papel de estagiário.
— Você sempre quer dançar mais rápido do que a música — censurou Sol.
— De que lado você está, pai? — perguntou Lev, irritado.
— O que é isso, meu filho, não fique nervoso! E aquela lourinha bonita por quem você foi morar em Genebra, como ela está?
— Anastasia.
— Anastasia, isso mesmo. Que moça charmosa!

Lev falou longamente sobre Anastasia. Contou como ele a amava e o quanto ela o fazia feliz. Contou dos encontros secretos depois do expediente no banco, onde ninguém sabia sobre o relacionamento deles.

O pai de repente fez uma careta de reprovação.
— Você diz que é o Amor da Sua Vida, mas não escondemos o amor da nossa vida dos outros!
— Escondemos, sim — explicou Lev. — É para nos proteger.

— Sei, para *proteger vocês*! Foi ela que te fez engolir isso? Não, se você quer minha opinião, ela tem vergonha.

— Vergonha? — perguntou Lev, sem ar. — Vergonha do quê?

— Vergonha de você. De quem você é de verdade. Olhe só para a gente, Lev, somos da raça dos zé-ninguém.

Lev se revoltou ao ouvir aquela observação.

— Não — protestou. — A Anastasia acha que é melhor assim. As pessoas não vão nos deixar em paz. Todo mundo detesta os casais que se amam. Olhe, por exemplo, para evitar que a mãe dela ficasse no nosso pé, nós fizemos ela acreditar que sou um príncipe russo. O conde Romanov! E funcionou, ela está nos dando uma paz imensa!

Mas Sol, em vez de achar a anedota engraçada, se irritou:

— O conde Romanov? Por quê? Porque Levovitch não é bom o bastante?

— Não, você não está entendendo. Era uma brincadeira. E, além disso, você deveria ficar contente: estou interpretando esse personagem do Romanov muito bem!

— Está vendo? — retrucou Sol. — Você seria um comediante incrível!

— Pai, eu não quero ser comediante. Quero ser banqueiro. Ficar bem de vida. Ter dinheiro.

— É mesmo? — ironizou seu pai. — Porque você acha que o dinheiro vai tornar você melhor e mais tolerado? Não se esqueça de onde você veio, Lev Levovitch, filho de saltimbanco. Banqueiro, sei! Quando penso que está se fazendo passar por um conde!

— O conde Romanov! — disse Olga, feliz, naquele mesmo instante, em sua mesa no Roberto, durante o almoço quinzenal com as filhas.

Irina, sem entender direito do que a mãe estava falando, fez uma expressão encantada. Anastasia, ao lado dela, baixou a cabeça. Olga continuou:

— Preferi esperar um pouco antes de te avisar — disse à Irina —, só para ter certeza de que era sério. Então é isso: sua irmã está namorando o conde Romanov e ele é o amor da vida dela!

— Ele é rico? — perguntou Irina.

— Rico? Se quer dizer rico como Creso, é. Não, melhor: ele dá esmola para Creso! Anastasia, querida, conte à sua irmã onde ele mora.

— Ele mora em uma suíte no Hôtel des Bergues — respondeu Anastasia em voz baixa, se afundando ainda mais em suas mentiras.

— Uma suíte no Hôtel des Bergues! — berrou Olga. — Só isso!

Irina ficou furiosa pela irmã ter encontrado um marido mais rico do que seu gestor de fortunas. Ela ia superá-la de novo.

— Mas, sabe — disse, por fim, Anastasia —, não é o dinheiro que conta. O mais importante é que ele é maravilhoso, carinhoso, generoso, muito inteligente, bonito como um deus...

— Conte como é a suíte! — interrompeu sua mãe. — Você não falou nada para a gente.

— É uma suíte grande — balbuciou Anastasia.

— Conte alguns detalhes para gente, minha filha. Você passa todas as noites lá.

— A Anastasia está dormindo fora? — revoltou-se Irina, que nunca havia tido o direito de dormir fora de casa antes do casamento.

— Toda noite! — anunciou a mãe, orgulhosa. — Por uma boa causa. E então, a suíte?

— É muito bonita, muito luxuosa, com uma vista maravilhosa do Léman.

— Tem cristal e jade por todo o quarto? — quis saber Olga.

— Tem, por todo o quarto.

Olga estremeceu de alegria.

— E esse conde Romanov tem alguma profissão? — perguntou então Irina.

— Tem, justamente — respondeu Olga. — E é a mais linda de todas: ele é o braço direito de Abel Ebezner.

— Ele trabalha no Banco Ebezner?

Anastasia teve vontade de se enfiar embaixo da mesa.

— Ele é um dos grandes patrões do banco! — exclamou Olga. — Abel Ebezner não vai nem ao banheiro sem pedir a opinião dele. Tão jovem e já no topo! Sentado em sua montanha de ouro, chicoteando os funcionários preguiçosos! Pergunte ao seu marido, ele com certeza o conhece. Aliás, vocês podiam ir jantar todos juntos.

Anastasia sentiu o pânico invadi-la.

— É melhor não falar disso — gaguejou ela. — Porque... O Lev e eu não contamos que estamos juntos... Eu sou só uma secretária... Isso poderia afetar a imagem do banco. Ele poderia ter problemas, isso é muito mal visto. Por favor, Irina, não fale com o seu marido, não quero complicar as coisas para o Lev.

— Minha querida — disse então Olga com uma voz tranquilizadora. — Você não tem nada a temer: os grandes chefes saem com quem eles quiserem. Além disso, logo você vai ter que parar com esse capricho de querer trabalhar. Vai largar esse emprego ridículo de secretária assim que vocês estiverem noivos. Cuidar do seu marido é um trabalho em tempo integral!

Depois do almoço, ao sair do restaurante, Anastasia acompanhou a irmã por alguns passos.

— Irina — confessou ela. — Eu menti. Você tem que me ajudar. Lev Levovitch não é o conde Romanov. Ele era funcionário do Palace de Verbier e agora trabalha no banco. Não é o braço direito de Abel Ebezner. Ele é muito talentoso, mas, por enquanto, é só estagiário.

— Então é tudo mentira? A suíte no Hôtel des Bergues e todo o resto?

— É tudo mentira. Era o único jeito de a mamãe não ficar em cima da gente. Por favor, não conte para ninguém! A mamãe me mataria se soubesse a verdade e me proibiria de ver o Lev.

O rosto de Irina se iluminou: estava muito aliviada por saber que a irmã estava saindo com um estagiariozinho, ainda por cima ex-funcionário de um hotel. Sua *villa* com piscina de repente recobrou toda sua elegância.

— Não se preocupe — prometeu a Anastasia. — Seu segredo está bem guardado comigo.

— Obrigada. Vou ficar te devendo essa.

Irina, apreciando sua posição superior, não conseguiu deixar de dar uma pequena lição de moral à irmã mais nova.

— Mas você não deveria perder tempo com uma paixonite que não vale a pena.

— Eu o amo. Amo mais do que tudo no mundo. É com ele que quero ficar o resto da vida.

— Não diga besteira, Anastasia. A vida não é só amor, pense no seu futuro.

— Você não entende. Eu não estou nem aí para dinheiro! Tudo que quero é amar e ser amada.

Manhã seguinte, domingo, em Verbier. Lev tomava café no balcão do bar do Palace. Um homem se sentou ao lado dele. De início, ele não prestou atenção. Até que o homem falou com ele em russo:

— Expulso como um caipira, de volta como um príncipe.

Era Tarnogol. Lev se virou para ele, surpreso, e o cumprimentou com um aceno de cabeça. Tarnogol então disse:

— Ouvi uns boatos de que seu destino é uma grande carreira no Banco Ebezner.

— São só boatos, senhor Tarnogol.

— Você é muito modesto, jovem Levovitch.

Lev não respondeu e voltou à sua xícara de café. Ele não estava com nenhuma vontade de conversar com Tarnogol e, como não era mais funcionário do hotel, não precisava mais falar com ele. Mas Tarnogol não havia terminado.

— Você me deve um favor — disse.

— Como? — respondeu Lev, espantado.

— Eu salvei a sua vida. Permiti que fosse embora daqui. Sem mim, você ainda seria funcionário deste hotel.

— Na verdade, o senhor fez com que me pusessem para fora como um vagabundo!

— Ora, você sabe muito bem que isso não é verdade. Se não quisesse sair daqui, você não teria perdido a paciência comigo, em agosto. Eu ajudei você.

— Mas não é possível! E o que senhor espera de mim exatamente?

— Gostaria que me apresentasse a Abel Ebezner.

A curiosidade de Lev foi atiçada.

— O que o senhor quer com o senhor Ebezner? — perguntou, desconfiado.

— Gostaria de falar com ele. Tenho dinheiro para ser guardado em segurança. Muito dinheiro. Gostaria de depositá-lo no Banco Ebezner.

— Não precisa de mim para abrir uma conta no Banco Ebezner — observou Lev.

— Não tenha tanta certeza assim. Auguste Ebezner tem certos princípios: ele olha a cor do dinheiro. E o meu não tem cor nenhuma, se é que me entende. Sei que, se eu aparecer com você, Abel Ebezner vai prestar menos atenção. Sei que ele confia em você. Nós dois sairemos ganhando: graças a você, vou poder abrir uma conta lá e, em troca, serei seu primeiro cliente importante. Sua carreira vai começar. Tem muito dinheiro em jogo.

Quando Lev voltou ao banco na segunda-feira e propôs a Abel Ebezner marcar uma reunião com Tarnogol, ele ficou encantado. Tinha ouvido falar de Tarnogol e sua fortuna pelo senhor Rose, no Palace de Verbier. Foi assim que, no dia seguinte, terça-feira, no salão rosa do quinto andar do Banco Ebezner, Abel Ebezner e Lev receberam Sinior Tarnogol, que tinha se deslocado a Genebra para a ocasião.

— Eu acredito no seu banco — explicou Tarnogol. — Acredito na estabilidade da Suíça. Ficaria feliz em confiar parte dos meus bens a vocês.

— E nós ficaríamos muito felizes em receber o senhor como cliente — garantiu Abel.

— Este jovem ao seu lado — disse Tarnogol, indicando Lev — é uma joia rara. Eu gostaria que ele fosse meu interlocutor aqui.

— O Lev é uma das grandes esperanças dessa instituição — assentiu Abel. — Mas ele ainda não tem um cargo de banqueiro propriamente dito. Ou seja, ainda não tem clientes próprios.

— Eu sei — disse Tarnogol. — É ainda melhor para mim: ele pode se dedicar inteiramente à minha conta. Aliás, senhor Ebezner, a partir de quanto um cliente é considerado grande no seu banco?

— Não existe cliente grande e pequeno — respondeu Abel Ebezner.

— Este é o montante que eu gostaria de depositar no seu banco. Me diga se isso faz de mim um grande cliente.

Tarnogol pegou um bloco de papel e uma caneta da mesa e escreveu o número 1 seguido por uma sucessão interminável de zeros. O valor escrito deixou Abel Ebezner sem voz.

— Me diga onde tenho que assinar — declarou Tarnogol — e transfiro os fundos imediatamente.

Abel, com um tom diplomático, respondeu:

— Nós ficaríamos mais do que felizes em recebê-lo como cliente, senhor Tarnogol. Mas, antes de aceitar seu dinheiro, levando em conta a quantia, temos obrigatoriamente que ter algumas informações sobre a proveniência dele. Não passa de um simples procedimento. Desculpe por infligir certa papelada ao senhor, mas sabe que as autoridades que fiscalizam os bancos estão sempre atentas para garantir que verifiquemos a origem do dinheiro que os clientes nos confiam.

— Vamos dar nome aos bois! — exclamou Tarnogol, rindo. — O senhor precisa ter certeza de que não estou lavando dinheiro no seu banco. Pode ficar tranquilo. Me dê os documentos, vou mandá-los para meus advogados e trazer tudo de volta até o fim de semana.

Quando a reunião acabou, um boato começou a correr pelo banco: Lev Levovitch estava prestes a trazer para o banco um cliente muito grande, que poderia colocá-lo, de uma vez só, entre os mais importantes gestores da instituição.

A informação foi debatida no dia seguinte no Conselho do banco. Nem os dois Hansen nem Auguste Ebezner poderiam imaginar que Lev encontraria um cliente daqueles tão rápido.

— Você me disse que conhecia esse tal Tarnogol de Verbier? — perguntou Horace a Abel, como se quisesse minimizar o papel de Lev naquela contribuição vantajosa.

— Não, eu não o conheço. Eu realmente já o vi no Palace de Verbier, onde ele se hospeda regularmente, mas foi através do Lev que ele chegou ao banco. Aliás, ele exigiu expressamente que Lev fosse o gerente dele.

— É dinheiro demais para um primeiro cliente — analisou Auguste. — Seu amigo Lev ficaria atolado de trabalho e, se ele se perder, somos nós que vamos arcar com o prejuízo.

— Um cliente é um cliente — protestou Abel. — Você queria que ele trouxesse um cliente para se tornar banqueiro, aí está o cliente dele!

— O Lev é um homem muito bonito — salientou Horace, com um sorriso malicioso. — Talvez ele dê um pouco de carinho masculino a esse tal de Tarnogol.

— Você é deplorável, Horace... — disse Abel.

— Escute — interrompeu Auguste. — Vamos esperar o Tarnogol assinar o contrato antes de deixar que isso nos suba à cabeça. Depois veremos o que esse Lev consegue fazer.

Dois dias depois, Tarnogol estava de volta ao salão rosa. Diante de Lev e Abel Ebezner, ele colocou sobre a mesa de ébano um envelope grosso, contendo os vários formulários do banco.

— Como me pediram, aqui estão todas as informações sobre o meu dinheiro, assim como os documentos para a abertura da conta. Tudo já devidamente assinado.

— Agradeço imensamente por sua diligência — respondeu Abel Ebezner, alegre, pronto para pegar o envelope.

Mas Tarnogol o impediu, pousando a mão sobre o pacote para mantê-lo perto dele.

— Um instante, por favor — disse. — O senhor tinha as suas exigências, eu tenho as minhas. Elas são duas.

Abel franziu a testa.

— Sou todo ouvidos.

— Primeiro, quero ter certeza de que Lev vai ser meu banqueiro.

— Ainda tenho que validar isso com o Conselho do banco — explicou Abel. — Mas isso não vai ser um problema. Tem a minha palavra. Qual é a segunda exigência?

— Comprar parte do seu banco — anunciou Tarnogol, com um sorriso traiçoeiro.

O rosto de Abel Ebezner se fechou na hora. Lev ficou paralisado.

— Meu banco não está à venda — disse Abel, em um tom firme.

— Não sou do tipo que aceita recusas — respondeu Tarnogol.

— E eu não sou do tipo que se deixa chantagear! — trovejou Abel Ebezner.

— Gostaria de lembrá-lo que o valor que estou disposto a depositar vai deixá-lo ainda mais à frente da concorrência. Já imaginou as manchetes dos jornais econômicos no fim do ano, anunciando o aumento astronômico da soma que vocês gerem?

— Estou ciente disso.

— Então me parece justo que eu receba um pedaço desse bolo.

A tensão aumentava lentamente no elegante salão, que normalmente só via conversas cordiais. Lev, sentindo que a situação escapava a seu controle, não sabia mais onde enfiar a cara. Devia ter desconfiado de Tarnogol, tinha caído na armadilha, mais uma vez. E, naquele momento, não podia mais recuar.

Na hora, Abel Ebezner evitou a escalada da discussão sugerindo que Tarnogol aproveitasse o fim de semana para pensar. Ficou combinado que os três se encontrariam na segunda-feira seguinte.

Tarnogol chegou todo sorrisos na terceira reunião.

— O senhor tinha razão — confessou a Abel Ebezner. — O fim de semana foi bom para clarear as ideias. Era uma ideia absolutamente ridícula querer comprar uma parte do seu banco.

Lev suspirou de alívio. Abel sorriu de volta para Tarnogol e disse:

— Fico feliz em saber disso.

— Depois de muita reflexão — continuou Tarnogol com uma voz quase atrevida —, é a totalidade do seu banco que vou comprar.

Abel Ebezner perdeu imediatamente a paciência.

— Como o senhor ousa vir ao meu banco e falar comigo nesse tom? Acho que encerramos nossa conversa por aqui.

— Se acha que pode me subestimar, está muito enganado! — respondeu Tarnogol com um tom ameaçador. — Não sabe do que sou capaz!

— E o senhor está completamente enganado a meu respeito! — retrucou Abel.

Tarnogol soltou uma risada maldosa.

— Sabe qual é a diferença entre o senhor e eu, Abel? É que minha fortuna é ilimitada. Vou acabar comprando seu banco! Vou rebatizar a instituição como Banco Tarnogol e você vai me servir café!

Ao ouvir aquelas palavras, Abel Ebezner, furioso, abriu a porta da sala para convidar Tarnogol a se retirar

Tarnogol, dando as costas, ainda disse a Abel.

— Vai ter notícias minhas. Logo vai se arrepender dessa afronta.

Lev, desesperado, deixou o rosto cair entre as mãos: ele seria a piada do banco.

*

Duas semanas depois do incidente com Tarnogol, na manhã do último dia de novembro, Auguste Ebezner não acordou. O anúncio de seu falecimento, tão perto do Encontro Anual, agitou o banco consideravelmente. Abel Ebezner imediatamente assumiria o cargo do pai, e seu filho, Macaire, como mandava a tradição da instituição, seria nomeado vice-presidente no baile da noite de sábado, tomando posse no dia primeiro de janeiro.

— O mais jovem vice-presidente da história do banco — anunciou Macaire com orgulho para Anastasia, na mesa de sempre do Remor.

— Estou feliz por você — garantiu ela com carinho. — Como está se sentindo com isso?

— É um grande momento da minha vida — confessou ele. — E ao mesmo tempo, estou triste por estar vivendo isso sozinho. Quero dizer que tinha imaginado que chegaria a esse marco já casado. Bom, com alguém do meu lado!

— Você é muito novo para se casar — lembrou ela.

— A gente nunca é novo demais para se casar quando acha a pessoa certa.

Ela entendeu o que Macaire queria dizer. Mencionou um compromisso repentino e se apressou para ir embora.

Naquela noite, Anastasia e Lev tiveram sua primeira grande briga. Ela aconteceu na quitinete de Lev.

— Você tem que contar a ele sobre a gente! — disse Lev, desesperado. — Ele está quase pedindo você em casamento!

— Ele vai ficar muito triste! Isso vai acabar com ele! Não posso fazer isso e estragar a nomeação dele como vice-presidente do banco!

— Então se case com ele, assim não vai deixá-lo chateado!

— Lev, por favor, não seja ridículo. Eu sei que essas duas últimas semanas não foram fáceis para você depois do que aconteceu com o Tarnogol, mas não tem por que descontar em mim e me obrigar a aturar seu mau humor.

— Não estou de mau humor! Acho que você tem que contar a verdade ao Macaire!

— E partir o coração dele? Por que magoá-lo à toa? Só tenho que evitá-lo nas próximas duas semanas. Vou deixar o Encontro Anual passar e depois confessar tudo. A gente pode esperar duas semaninhas, não pode?

— No fundo, eu acho que você gosta dele. Se não, por que passaria tanto tempo com ele?

— Ah, não me diga que está com ciúme! Ele é só um amigo! Eu gosto dele como alguém gosta de um amigo. Ele é doce, gentil, tem um coração de ouro, ele sempre me apoiou, ele é o único que nunca me fez mal!

— O quê? — gritou Lev. — Mas e eu?

— Você tem a mim! Caramba, Lev, eu sou sua! O que mais você quer?

— Acho que é melhor você ir para casa hoje.

— O quê? Lev, pare, não está falando sério.

— Estou falando muito sério. Cansei de ser bonzinho.

— Então, você pode dormir sozinho, já que é assim! — retrucou Anastasia. — Me avise quando recobrar o juízo.

Ela foi embora.

Durante os três dias seguintes, um frio glacial reinou entre Lev e Anastasia, que não se viram. Para não esbarrar com ela no grande saguão do banco, Lev chegava ao nascer do sol e só ia embora quando a noite caía. Já Anastasia parou de sair de seu andar, abrindo mão das visitas habituais ao escritório que Macaire, Jean-Bénédict e Lev ocupavam. Depois do expediente, ela dava um jeito de sair do banco com colegas e voltava imediatamente para a casa da mãe. Enquanto isso, Macaire a esperava, desesperado, no Remor, sem entender por que ela não aparecia mais.

Anastasia nunca havia se sentido tão triste. Ela esperava desesperadamente um sinal de Lev, que ele tomasse a iniciativa e a procurasse. Lutava para não ceder e ligar para ele ou ir até sua casa. Achava que ele tinha sido grosseiro e que era ele quem devia pedir desculpas.

Então, a sexta-feira enfim chegou. Ela tinha certeza de que ele a chamaria para fazer alguma coisa no fim de semana, mas nada dele. Passou os dois dias de folga choramingando em seu pequeno quarto.

— O que está acontecendo, minha querida? — acabou por perguntar sua mãe, preocupada.

— Eu e o Lev brigamos.

— Por que vocês brigaram?

— Não quero dizer no banco que nós estamos juntos. Ele poderia ter problemas.

— De que tipo?

— Macaire vai se tornar vice-presidente.

— O Macaire vice-presidente?

— Sim. E ele está muito apaixonado por mim. Se souber que estou com o Lev, vai dar um jeito de demiti-lo. Fico com medo pelo Lev.

Olga caiu na gargalhada.

— Está com medo por ele? Por favor... Ele vai viver de renda, vocês vão dar a volta ao mundo! Trabalhar é só um hobby para ele.

Anastasia encolheu os ombros. Parecia que era a primeira conversa séria que tinha com a mãe. Ela quis desabafar mais, quis até confessar toda a verdade sobre Lev, dizer que ele era tão Romanov quanto ela era Habsburgo. Mas preferiu não dizer nada.

— Enfim — concluiu Anastasia. — A gente brigou, eu fui embora e, desde então, ele está bravo. É ele quem tem que tomar a iniciativa, não é?

— É ela quem tem que tomar a iniciativa, não é? — perguntou Lev ao pai, com quem tinha ido passar o fim de semana em Verbier. — Não consigo acreditar que ela não me chamou para fazer nada nesse fim de semana.

— Melhor assim — filosofou o pai. — Assim nós podemos passar dois dias juntos. Se não, você teria ficado em Genebra, sem pensar no seu velho pai.

— Estou falando sério — respondeu Lev, que não tinha entendido que o pai não estava brincando. — A Anastasia deveria pedir desculpas, não devia? Quando vejo que ela não quer falar nada sobre nós, fico com a impressão de que ela acha que sou menos do que nada. Quer saber? Eu deveria sair na frente e contar para todo mundo. É isso.

— Para quê? — perguntou Sol. — Se ela não quer contar, é bom que vocês tenham brigado. Talvez ela não ligue para você. Talvez, no fundo, ela goste do outro cara, o Ebezner filho. Você é só um Levovitch, ele é um Ebezner, afinal!

Eles, por fim, se reconciliaram na quarta-feira seguinte, na antevéspera do Encontro Anual. Naquela noite, Abel Ebezner, como de costume, organizou uma festa em sua casa para marcar sua chegada à presidência do banco. Toda a fina flor genebrina se espremia na imensa mansão, onde um farto coquetel fora organizado. Entre os presentes estavam Lev, convidado por Abel, e Anastasia, convidada por Macaire.

Os dois deram de cara um com o outro em meio à multidão de convidados, bem no meio da sala de estar: assim que se viram, foi como se fogos de artifício explodissem dentro deles, um subjugado pelo outro, o coração disparado. Foi a coisa mais difícil do mundo não ceder ao desejo e se beijar com paixão. Fingiram sair para fumar para se encontrar do lado de fora e, assim que estavam longe dos olhares, se jogaram um contra o outro e se beijaram apaixonadamente.

— Eu vim porque sabia que você estaria aqui — murmurou Anastasia, descolando os lábios da boca de seu amante por um segundo.

— Eu também — confessou Lev.

E, depois, no mesmo tom e ao mesmo tempo: "Me desculpe". Os dois caíram na gargalhada.

— Não consigo viver longe de você — disse Anastasia.

— Eu também não — respondeu Lev. — Aliás, preciso falar com você. É importante. Eu pensei muito nos últimos dias...

Lev se interrompeu porque ela tremia: fazia um frio glacial.

— Diga — implorou ela.

— Vai ficar doente assim. Me encontre no escritório do Abel daqui a cinco minutos. É a sala no fundo do corredor. Não vai ter ninguém lá e vai estar quente.

— Está bem — afirmou ela, sorrindo.

Ela voltou a beijá-lo.

Lev entrou primeiro na casa, fingiu se misturar aos convidados, foi para o escritório e esperou.

Anastasia fez a mesma coisa. Mas, acreditando estar sendo discreta, ela não viu que Macaire a seguia. Quando ia abrir a porta do escritório, ele perguntou:

— Está perdida?

Ela levou um susto.

— Macaire? Você me assustou. Eu estava procurando o banheiro.

— É a outra porta. Esse é o escritório do meu pai. Mas venha, entre, eu queria mostrar uma coisa para você.

— Não quer me mostrar na sala?

— Está justamente no escritório — explicou Macaire. — Venha, entre!

Ela sentiu o estômago embrulhar: Lev seria descoberto. Macaire abriu a porta: não havia ninguém. Lev sem dúvida ainda estava com os outros convidados.

Os dois entraram no cômodo: era uma sala aconchegante, toda em madeira escura. Uma das paredes era uma biblioteca; do lado oposto, uma janela enorme dava para o jardim e, diante dela, havia uma grande poltrona de couro propícia à reflexão. No centro, uma imponente escrivaninha de ébano ficava diante de um imenso quadro representando a sede do Banco Ebezner, na rue de la Corraterie.

Macaire fez Anastasia parar diante do quadro e disse:

— Olhe. O que você está vendo?

— Estou vendo... o banco — respondeu ela.

— Meu banco — corrigiu ele. — Em janeiro, vou ser vice-presidente. Sou o único herdeiro. Já imaginou o futuro que nos espera?

— Nos espera? — perguntou Anastasia, ansiosa.

— Quero proteger você, resguardar você, amar você.

— Macaire, não, espere...

Sem ouvi-la, ele se ajoelhou no chão.

— Anastasia von Lacht, eu te amo. Você é a mulher da minha vida. Quero me casar com você.

Ela sentiu um incômodo horrível.

— Olhe, Macaire, você sabe o quanto você é importante para mim. Mas eu...

Ele não a deixou terminar a frase:

— Eu sei o que você vai me dizer: que somos jovens demais, que é loucura. Mas o que isso tem de tão louco? Quer saber? Eu entendo que esteja surpresa. Pense nisso. Amanhã à noite, me encontre no Lion d'Or de Cologny às oito para jantar. Se você for, é porque aceita.

Era a hora de confessar tudo a ele.

— Macaire, eu tenho que ser sincera com você...

A porta do escritório se abriu de repente, interrompendo Anastasia. Era a mãe de Macaire.

— Ah, vocês estão aqui! — disse ela. — Macaire, procurei você em todos os cantos. Venha, por favor. Seu pai vai fazer um discurso!

Os dois saíram da sala. Macaire apagou a luz e fechou a porta. No escuro, Lev saiu de trás da cortina pesada, onde se escondera. Ficou pensativo: será que ela sabia que ele estava ali e tinha ouvido tudo?

Ele acabou se juntando ao resto dos convidados. Viu Anastasia perto do bufê de sobremesas.

— Onde você estava? — perguntou ela.

— Desculpe, fiquei preso com o Abel — mentiu Lev. — Ele queria me apresentar umas pessoas.

Ele cogitou por um instante contar que tinha ouvido todo o pedido de casamento de Macaire, mas esperou para ver se ela contaria a ele.

Ela cogitou por um instante contar que Macaire a havia pedido em casamento e que ela não tivera tempo de recusar, mas, depois do drama anterior entre os dois, preferiu manter segredo sobre o episódio. Ela mesma resolveria tudo na manhã seguinte.

Percebendo que Anastasia não contaria nada, Lev decidira encontrar com ela no mesmo horário que Macaire havia marcado.

— Olhe, o que eu queria te dizer no escritório do Abel...

— É, o que era?

— Aqui, não. Amanhã à noite. Me encontre às oito no restaurante do último andar do Hôtel des Bergues.

— No Hôtel des Bergues? — perguntou Anastasia, impressionada.

— Você vai ver. Você vai me encontrar mais tarde em casa?

— Não, hoje não. Tenho que encontrar uma pessoa amanhã bem cedo.

— Quem?

— Não importa. Mas é muito importante.

*

No dia seguinte, às sete da manhã, Anastasia encontrou Macaire no Remor.

— O que aconteceu para você querer me ver tão cedo? — perguntou ele ao se sentar diante dela.

Ele parecia de ótimo humor. Ela bebeu um grande gole de café para tomar coragem.

— Macaire, você é um cara incrível, eu gosto muito de você, mas não vou ao Lion d'Or hoje à noite. Não quero me casar com você.

Ele pareceu cair do cavalo.

— Você acha que é precipitado demais, é isso?

— Não, eu não estou apaixonada por você. Estou apaixonada pelo Lev, nós estamos juntos. É com ele que quero construir uma vida.

Macaire empalideceu. Estava visivelmente chocado.

— Pelo Lev? — balbuciou ele. — Mas você me disse que não havia nada entre vocês.

— Eu menti. Para não machucar você. E também para que você o deixasse em paz. Eu sei que ele teve problemas no banco porque estava ofuscando você e o Jean-Béné.

Macaire ainda não queria acreditar.

— E os drinques depois do trabalho, aqui no Remor? Porque todo esse circo se não gosta de mim?

— Foi você que veio todos os dias, Macaire. Eu não pedi nada. O que quero dizer é que gosto muito de você, gosto de passar tempo com você. Mas acho que não dei nenhum sinal que pudesse te enganar.

— Então o que você estava fazendo no Remor, se não era para passar tempo comigo?

— Eu ficava esperando o Lev.

A cara de Macaire era pura derrota. Ela percebeu que ele estava prestes a desabar.

— Eu realmente sinto muito, Macaire.

— Nunca imaginei que alguém pudesse me magoar tanto — murmurou ele.

— Sinto muito, você sabe o quanto te considero. Espero que a gente possa continuar sendo amigo. Você é importante para mim.

Ele não respondeu. Simplesmente disse:

— Como sua mãe pode aceitar que você esteja com um zé-ninguém?

— Minha mãe não sabe de nada. Bom, na verdade, ela acha que o Lev é um aristocrata rico.

— Ele não vai te dar a vida que você quer — decretou Macaire.

— Ele é a vida que eu quero.
— Bom, mas está enganada! Pense melhor!
— Já pensei em tudo — garantiu ela.
— Vou fingir que esta conversa nunca aconteceu. Vou estar te esperarando hoje no Lion d'Or às oito.
— Eu não vou. Hoje às oito da noite, vou estar com o Lev.

Ela viu o rosto de Macaire se contorcer em uma careta de dor. Ele não conseguia nem falar. Fugiu, balançando a mesa. Pela janela, ela o viu se dirigir a grandes passos na direção do banco.

Mas, naquela manhã, Macaire não foi para o trabalho. Ele estava abalado demais para se sentar à uma mesa. Depois de perambular pelas ruas da Vielle-Ville, decidiu ir até o Bongénie para conversar com a mãe de Anastasia. Ele a encontrou no segundo andar, em meio a uma coleção de casacos de pele.

Olga, que não o reconheceu imediatamente, achou que fosse um cliente. Quando percebeu que era Macaire Ebezner, pareceu assustada e, na hora, quis esconder o crachá de vendedora.

— Não se preocupe, eu sei de tudo — disse Macaire. — A Anastasia me contou tudo. Eu só estou aqui para lhe contar uma coisa muito séria, senhora von Lacht. É sobre a Anastasia. Ela está mentindo para a senhora sobre a identidade de Lev Levovitch.

Às cinco e meia daquela tarde, Anastasia voltou para a casa da mãe para se preparar para o jantar com Lev às oito no Hôtel des Bergues. Ela se perguntava o que ele estaria preparando.

Ela entrou animada pela porta do apartamento. Sabia exatamente que vestido ia pôr. Só faltavam duas horas e meia para encontrá-lo. Ela foi direto para o banheiro para se arrumar. Quando estava diante do espelho, viu sua mãe atrás dela, emoldurada pela porta.

— Ah, oi, *mamouchka* — disse Anastasia, sorrindo.

Olga a fuzilou com o olhar.

— Estou muito decepcionada, Anastasia — disse com uma voz gélida.

— Decepcionada com o quê? — perguntou Anastasia, preocupada.

— Eu sei de tudo: seu Levovitch não passa de um rato de esgoto! Você está proibida de vê-lo!

— Você não pode me proibir de nada — protestou Anastasia. — Sou maior de idade! Faço o que eu quiser!

— Você mentiu para mim! — gritou Olga. — Você mentiu para mim! Como ousou mentir para a sua mãe?

Em um acesso de raiva, Olga deu um tapa violento no rosto da filha. Anastasia, chocada, caiu no chão.

— Você não vai a lugar nenhum — disse Olga, antes de bater a porta do banheiro e trancar a filha dentro.

Naquela noite, às oito, no restaurante do Hôtel des Bergues.

Sentado a uma mesa, Lev esperava, ansioso. Ele não podia impedir a si mesmo de brincar com o anel de noivado de sua mãe, que ele planejava dar a Anastasia. Naquela noite, era ele quem pediria sua mão em casamento.

Às oito e quinze, Anastasia ainda não estava lá. Ele não se preocupou, a pontualidade não era mesmo o forte dela.

Às nove, ele entendeu que ela não chegaria.

Ele observou o lago Léman. Na outra margem, diante dele, ficava a colina de Cologny. Uma das luzes que brilhavam lá era do restaurante Lion d'Or. Ela com certeza estava lá, com Macaire. Ela tinha escolhido ele. Ele imaginou os dois à mesa, felizes, rindo, provando pratos chiques e grandes vinhos.

Guardou a aliança no bolso e foi embora.

Estava tudo acabado.

Capítulo 40

CARA A CARA

No domingo, 1º de julho de 2018, depois de ter conversado longamente com Bisnard, me tranquei em minha suíte para escrever. Nossa discussão tinha lançado uma nova luz sobre o caso.

Mas eu não contava que Scarlett não me deixaria em paz por algumas horas que fossem. Pouco antes do meio-dia, ela invadiu meu quarto, de roupa de caminhada. Pegou as folhas de minha mesa de trabalho para ver onde eu estava.

— Você ainda não pode ler — expliquei.

— Pare de me enrolar, Escritor! Estou curiosa para ver como você está contando essa história toda.

— Bom, mas então não bagunce minhas folhas — pedi. — Ainda não numerei.

— Não se preocupe. Estou tomando muito cuidado com a sua obra.

Alguém bateu à porta.

— Ah, está pronto — anunciou ela.

— O que está pronto? — perguntei, preocupado.

Ela foi abrir a porta. Um funcionário do hotel entrou na suíte e entregou uma cesta de vime cheia de comida, antes de ir embora.

— Está planejando não sair deste quarto nos próximos dias? — eu quis saber.

— Pelo contrário, planejo tirar você desta suíte de hotel. Está fazendo um dia tão bonito, precisamos aproveitar. Prepare-se, vamos sair.

— Ah, é? E aonde nós vamos?

— Fazer um piquenique na montanha. Vá se preparar, vou pôr a comida na minha mochila.

Scarlett primeiro me levou para pegar o teleférico. Nós subimos até a primeira estação, de onde partimos para caminhar um pouco pelos penhascos. A vista era de tirar o fôlego. Depois, pegamos uma trilha que atravessava a floresta, aproveitando seu frescor agradável. Seguimos acompanhando um pequeno riacho e chegamos a um prado com uma vista ampla para toda a cordilheira dos Alpes. Scarlett, considerando que o local era perfeito para o nosso piquenique, estendeu uma grande esteira à sombra de uma árvore. Nós nos sentamos um ao lado do outro, admirando as montanhas coroadas de neves eternas que se erguiam diante de nós. Uma serenidade absoluta reinava no local.

— Quando você vai voltar para Londres? — perguntei.

— Na segunda que vem, daqui a oito dias. E você?

— Não sei direito. Não tem ninguém me esperando em Genebra. Há quem chame isso de liberdade, eu chamo de solidão.

— Também não tenho ninguém me esperando em Londres. Só meu trabalho. E com certeza o advogado do meu futuro ex-marido para falar do divórcio.

— Então por que vai voltar para Londres?

— Porque tenho que voltar. Tenho que enfrentar a realidade. E você? De que realidade você fugiu vindo para cá?

O momento era propício para confidências. Decidi contar para Scarlett a história de Sloane, uma moça extraordinária que eu não havia conseguido fazer com que ficasse comigo.

— Então ela foi embora e você, em vez de lutar, fugiu — observou Scarlett.

— Você tem razão — respondi.

— Ah, não fique chateado, Escritor. Se ela for a mulher certa, vocês vão se encontrar quando o livro estiver terminado.

— Sei lá.

— Você vai ver — garantiu ela.

Um longo silêncio se fez. Nossos corpos tinham se aproximado. Senti uma tensão elétrica entre nós. Scarlett tocou suavemente minha mão. Depois aproximou o rosto do meu. Eu interrompi seu movimento, pouco antes de os lábios dela encostarem nos meus.

— Não dá, Scarlett — murmurei. — Desculpe...

Capítulo 41

ÚLTIMAS HORAS

Sábado, 15 de dezembro, véspera do assassinato

Eram sete e cinco. O anúncio sobre o novo presidente não havia acontecido.

A festa do Encontro Anual tinha se tornado um caos. Um mal misterioso dizimava os convidados. No salão de baile, o espetáculo era alucinante: as pessoas se contorciam e gemiam no chão. Era uma verdadeira pandemia.

Macaire, em meio aos gritos e ao tumulto, sem saber o que fazer, decidiu se refugiar em seu quarto. Para não ter que esperar o elevador, ele pegou a escada, mas mal começou a subir os degraus e uma voz o interpelou:

— Essa confusão toda é culpa sua?

Era Tarnogol.

Macaire desceu os poucos degraus que o separavam de Tarnogol e o encarou com desprezo.

— É, é culpa minha — explicou ele. — Ou talvez culpa sua, Sinior. Era você que tanto queria me impedir de ser presidente! Por que, no fim das contas? Todas essas pessoas podem morrer por sua causa.

— Tudo começa onde tudo acaba — murmurou Tarnogol.

— Como é?

— Tudo começa onde tudo acaba, Macaire. Olhe onde estamos: no Palace de Verbier, em uma noite do Encontro Anual do banco. Onde nos vimos pela primeira vez há exatamente quinze anos. E é esta noite que tudo vai acabar, aqui mesmo. Não estou me iludindo: sei que a P-30 vai me pegar. Essa é provavelmente a última vez que nos vemos, Macaire.

Tarnogol parecia resignado. Ele estendeu a mão a Macaire para cumprimentá-lo. Este não reagiu e Tarnogol recolheu a mão antes de acrescentar:

— No momento da minha saudação final, diria que passei a vida a perdê-la. Querendo muito ganhar dinheiro, querendo muito comandar o mundo, sempre querendo mais poder. Quando queremos muito determinar o destino de outras pessoas, esquecemos que só podemos influenciar o nosso próprio. Adeus, Macaire. Amanhã, quando o Palace voltar ao normal, só um nome soará entre estas paredes: o de Lev Levovitch. O novo presidente do Banco Ebezner.

Com essas palavras, Tarnogol deu meia-volta e desceu os degraus da escada. Ao fundo, se podia ouvir o caos que reinava no salão de baile e as sirenes das ambulâncias que vinham de toda a região.

Macaire viu o velho homem corroído por arrependimentos se afastar e pensou que não queria terminar como ele. Naquela noite, o destino tinha lhe dado uma última e milagrosa chance: recuperar a presidência. Consertar a falha que ele havia causado em seu destino quinze anos antes, ao ceder suas ações. Ele ainda era jovem, tinha muitos belos anos à sua frente. Podia decidir retomar as rédeas de sua vida naquele instante. As palavras de Tarnogol ecoavam em sua cabeça: não podemos influenciar o destino de outras pessoas, mas podemos influenciar o nosso próprio.

— Sinior, espere! — exclamou então Macaire.

Tarnogol parou e se virou.

— Está bem — disse Macaire.

— Está bem o quê?

Macaire desceu a escada correndo até chegar a Tarnogol.

— Eu aceito a troca, Sinior. Me dê a presidência e recupere o que pertence a você.

— Tem certeza?

— Tenho.

— Está disposto a perder a Anastasia?

— Parte de mim se pergunta se já não a perdi.

Tarnogol o encarou, sério. Macaire continuou:

— Na terça, ela recebeu um buquê gigantesco de rosas brancas. "Foi a vizinha", disse. Mas, bom, eu falei com a vizinha, que disse que não.

Tarnogol assentiu. Como se tivesse pena dele. Então anunciou:

— Amanhã, Macaire, você vai acordar como presidente deste banco.

Os dois se cumprimentaram com um longo aperto de mãos. Depois Macaire subiu a escada até o sexto andar. A voz de Tarnogol o alcançou uma última vez:

— Macaire — disse ele —, você vai ser um bom presidente.

Macaire, sem parar de andar, sorriu. Teve a impressão de ter finalmente ganhado.

* * *

No salão de baile e nos arredores, o tumulto e os gritos não paravam. Em meio à desordem geral, os socorristas corriam para levar os doentes para o saguão do hotel a fim de fazer uma triagem, já que alguns estavam piores do que outros.

Anastasia, no meio daquela confusão de pessoas, procurava por Macaire e Lev desesperadamente. Ela não os encontrou no saguão nem no salão de baile. Por fim, enquanto percorria o corredor que levava ao banheiro, achou Lev, encolhido sobre o carpete. "Lev! — gritou ela, correndo até ele. — Meu Deus, Lev! O que você tem?".

Ele estava tendo convulsões. Não conseguia mais falar. Soltou um longo gemido. Ela entendeu que o estava perdendo.

*

Quinze anos antes, no Encontro Anual

Na sexta de manhã, ao nascer do dia, Lev deixou Genebra para ir até Verbier.

Quase não havia dormido naquela noite. Na véspera, depois de perceber que Anastasia não ia encontrá-lo no Hôtel des Bergues, ele havia voltado para casa, o coração destruído, e ligado para o pai. Tinha contado tudo a ele. A dor de ser rejeitado, de se ver preterido. E Sol Levovitch amaldiçoara a moça que estava fazendo o filho sofrer tanto.

— Venha para Verbier amanhã — sugerira Sol.

Lev tinha dito que não.

— Não estou com nenhuma vontade de participar desse Encontro Anual ridículo. Não quero encontrar todos os meus colegas, Anastasia e Macaire, muito obrigado!

— Venha e vamos viajar. Vou animar você. Podemos ir para Zermatt, passar o fim de semana juntos. Faz muito tempo que não fazemos uma viagem só nós dois.

Lev já não sabia direito o que queria. Mas ele aceitara. Dissera ao pai que pegaria o trem das nove e meia e que chegaria a Verbier perto do meio--dia.

— Vamos almoçar bem, você vai ver, isso vai animar você.

Lev se sentira exausto. Mas, deitado na cama, não conseguira dormir. No máximo, fechara os olhos por algumas dezenas de minutos, mergulhando em um sono leve, antes de acordar com um sobressalto. No mesmo instante, pensava em Anastasia e se contorcia de dor. Ele não entendia. Precisava falar com ela. Antes de ir para Zermatt com o pai, ele ia encontrá-la no Palace de Verbier e pedir uma explicação. Ficara observando as horas passarem. Por fim, às quatro e meia da manhã, terminara de fazer a mala. Às cinco, saíra para a estação de Cornavin.

Às cinco e meia, subira no primeiro trem para Martigny. De lá, pegaria uma conexão para Le Châble e depois o ônibus até Verbier.

Às cinco e meia, deitada no piso gelado do banheiro onde ela acabara dormindo, Anastasia acordou. Percebeu que a porta do cômodo estava aberta.

Ela entrou discretamente em seu quarto, pegou algumas coisas, que jogou no fundo de uma mochila, e correu até a porta do apartamento.

Quando estava prestes a sair do apartamento, ouviu a voz de sua mãe grunhir atrás dela, escondida no escuro:

— Anastasia, se você sair por aquela porta, não vai ter mais uma casa!

— Mamãe, eu...

Olga acendeu a luz e mostrou uma expressão fria à filha.

— Já está na hora de você se comportar como sua classe exige, sua mentirosa nojenta!

Anastasia encarou a mãe longamente. Olga, ao perceber que a filha estava prestes a desafiá-la e ir embora, gritou:

— Vá embora! Vá ficar com o seu vagabundo! Vá viver uma vida de miséria! Mas eu nunca mais quero ver você!

Anastasia fugiu. Desceu correndo a escada do prédio e fugiu pela rua, no frio da manhã, uma pequena bagagem na mão. Ela correu o mais rápido que pôde, torcendo para encontrar Lev. Chegou às margens do lago Léman, depois atravessou a ponte du Mont-Blanc. Naquele horário, tudo estava deserto. Ela passou pelo Jardim Inglês e, por fim, chegou ao bairro Eaux-Vives. Alguns minutos depois, entrou finalmente no prédio em que Lev morava. Subiu a escada, pulando quatro degraus de cada vez, até chegar ao andar dele, então tamborilou várias vezes na porta dele, em vão. Ninguém atendeu. Sem dúvida, ele dormia profundamente. Na correria, Anastasia deixara na casa da mãe a cópia da chave que ele lhe havia confiado. Estava presa para fora. Ela esperou por mais de uma hora, sentada no capacho. Voltou a bater na porta, até entender que não havia ninguém. Ele provavelmente já tinha ido para Verbier. Ela correu até a estação de Cornavin.

Às sete da manhã, desanimada, ela se sentou em um vagão da segunda classe que seguia para Martigny. Assim que encontrasse Lev, ela explicaria tudo a ele.

Sete e quinze. Lev desceu do trem na estação de Martigny. Durante o trajeto, ele recuperara a esperança: se Anastasia não tinha ido ao Hôtel des Bergues, com certeza fora por um motivo sério. Fora impedida ou ficara presa. Estava arrependido de sua reação no calor do momento. Tinha saído de Genebra de maneira muito precipitada. Devia ter ido esperá-la na porta do prédio dela. Será que ela iria para Verbier? E se ela estivesse esperando por ele em Genebra? Ele pensou em pegar um trem no sentido contrário. Mas considerou que era melhor ir até o Palace. Ela com certeza iria para lá.

Em Martigny, como tinha um pouco de tempo para esperar antes do primeiro trem para Le Châble, decidiu tomar um café e se esquentar no Hôtel de la Gare. Sentado no hotel, em meio à agitação dos muitos clientes que tomavam café da manhã, ele observou pela janela a rua deserta e a pequena praça. Tinha acabado de pagar o que consumira e se preparava para sair quando, para sua grande surpresa, viu o pai na rua, de mala na mão. O que seu pai fazia ali, e com uma mala? Será que ia sair de Verbier?

Sol Levovitch entrou justamente no hotel, onde se misturou aos outros clientes. Lev, sem se mostrar para ele, o seguiu com o olhar. Seu pai atravessou o saguão. Lev o seguiu. De repente, teve a sensação de que algo não estava certo. Mas ele estava longe de imaginar o que ia descobrir.

Capítulo 42

A GRANDE VIRADA

Sábado, 15 de dezembro, véspera do assassinato

Eram onze e meia da noite no Palace de Verbier. O local havia recuperado a calma, mas no ar pairava o silêncio desolado que sucede um cataclisma. No salão de baile, os funcionários do hotel se esforçavam para apagar os vestígios do caos que havia reinado ali algumas horas mais cedo.

Todos os envenenados, distribuídos por vários hospitais da região, foram salvos. A maioria ficaria em observação pelo resto da noite, uma simples precaução, já que nenhum deles estava em estado grave. Não era necessário chorar por nenhuma vítima. Os médicos aventavam uma possível intoxicação. Sem dúvida, algo nos canapés. O salmão? O foie gras? A polícia alertara as autoridades sanitárias e amostras estavam sendo colhidas nas cozinhas do hotel. O senhor Rose, a mil, mandara esvaziar todas as câmaras frias e jogar fora toda a comida que estava nelas. "Não quero correr nenhum risco!", repetia ele à equipe de cozinheiros que também prometiam dar uma bronca em seus fornecedores. Entretanto, sem entender muito o que podia ter acontecido: todos os produtos que usam eram extremamente frescos e de primeira qualidade.

Em sua suíte no sexto andar, Lev fechava sua mala, sob o olhar preocupado de Anastasia.

— Você tem certeza de que está bem? — perguntou ela.

Lev acabava de voltar do hospital de Sion. Depois de ter sido analisado pelos médicos, ele logo se sentira melhor. Eles o haviam aconselhado a ficar em observação, mas ele insistira em voltar para o Palace o mais rápido possível.

— Está tudo bem — garantiu ele a Anastasia. — Não se preocupe.

— Você está bem para viajar? Podemos esperar até amanhã.

— Chega de esperar. Faz tempo demais que estamos adiando este momento.

Ela assentiu: ele tinha razão. Ao lado da porta, a mala dela, pronta havia dias, era testemunha de muitas partidas mal-sucedidas. Eles tinham que ir embora naquele instante. Sumir, juntos. Esquecer Genebra e o banco e tudo que havia acontecido nos últimos quinze anos.

— Não sei o que está acontecendo aqui — disse então Lev, mas duvido que esses problemas tenham sido simples intoxicações.

— Por quê? — perguntou Anastasia.

— Porque eu fiquei mal sem ter comido nada. Só tomei uma taça de champanhe e alguns goles de um coquetel de vodca que achei nojento e do qual me livrei bem rápido. Não imagino que o Palace serviria álcool batizado. E o mais estranho: Macaire, Tarnogol, Jean-Bénédict e Horace Hansen não passaram mal.

— Tem certeza? — perguntou Anastasia.

— Absoluta. Eu vi os quatro. Todo mundo estava caído no chão, menos eles.

— Mas o que isso significa? — indagou ela em voz alta, pensando no diário de Macaire, no qual ele detalhava seus planos funestos para retomar as rédeas do banco.

— Sei lá — disse Lev. — Mas acho que tem alguma coisa muito estranha acontecendo, Anastasia. Não sei o que, mas, quanto mais cedo sairmos deste maldito Palace, melhor eu vou me sentir.

Eles iriam embora uma hora depois. Alfred tinha sido avisado. Ele ia pegá-los em uma das entradas de serviço do Palace para que não fossem vistos. Ele os levaria ao aeroporto de Sion. Um avião particular os esperava lá. Tudo tinha sido planejado.

— Um avião particular para onde? — perguntou Anastasia.

— Você vai ver — disse Lev, sorrindo.

Anastasia sorriu de volta. Com a mão no bolso, ela brincava com o anel de noivado que Macaire lhe dera anos antes. De repente, percebeu que não queria fugir covardemente, sem se despedir dele. Queria encerrar a história deles como ela havia começado, ali mesmo, naquele hotel, quinze anos antes.

— Tenho que resolver uma última coisa — disse. — Termine de fazer a sua mala, eu já volto.

Em sua suíte, Macaire comemorava. Sentado em uma poltrona, ele olhava com emoção para ações ao portador que uma mão anônima havia passado por baixo de sua porta. Tarnogol mantivera sua palavra e devolvera o que lhe era devido. Quinze anos depois, Macaire por fim recuperava o lugar que era seu.

Alguém bateu à porta de repente. Macaire guardou as ações no cofre do quarto antes de ir abri-la. Era Anastasia. Ela parecia abatida. Ele entendeu na hora.

— Entre — pediu, como se ela fosse uma estranha.

Ela entrou no quarto, se sentou em uma poltrona e tirou do bolso um objeto que colocou sobre uma mesinha, como se não o quisesse mais. Macaire reconheceu na hora a safira que ele havia lhe dado para pedi-la em casamento. Fazia anos que ele não via o anel.

— Acabou — sussurrou ela.

— Eu sei — respondeu ele, baixinho.

Ela levou um susto com a resposta que não esperava. Ele continuou:

— Eu sei que você está com alguém, Anastasia. No fim de semana passado, você não estava na casa da sua amiga Véronica em Vevey. Sei porque, antes de ir para Madri, quis mandar entregar seu chocolate preferido lá. Achei que você ficaria feliz com isso. Achei o telefone da Véronica na sua velha caderneta de telefones, que você guarda com cuidado, e liguei para pedir o endereço dela. Mas a Véronica ficou surpresa: me disse que fazia mil anos que vocês não se viam. Não foi a vizinha que mandou flores para você. Tem outra pessoa na sua vida.

Macaire falara com uma voz perfeitamente calma, observando Anastasia com tanta intensidade que ela desviou o olhar.

— Por que você não disse nada? — perguntou ela, por fim, a voz baixa.

— Talvez porque, enquanto eu não falasse nada, eu ainda pudesse torcer para que não fosse verdade. Quando voltei de Madri, no domingo à noite, pedi que a Arma ficasse o fim de semana todo em casa com você, supostamente porque você não gostava de ficar sozinha. Mas, na verdade, era para vigiar você. Para que eu pudesse estar aqui sem imaginar que você estava dormindo com outro.

Os dois se encararam em silêncio. Era quase meia-noite. Macaire entendeu que a profecia de Tarnogol se realizara, quase no mesmo minuto, quinze anos antes, e tinha acabado de terminar. Ele tinha cedido. E tinha tomado de volta.

— Eu fui feliz com você — disse Macaire.

— Eu também — garantiu ela.

Depois de hesitar um pouco, ele perguntou, sem ter certeza de querer ouvir a resposta:

— Quem é ele?

— Não importa.

— Você tem razão, não importa. O amor é mais obra do tempo do que alquimia. O amor é, principalmente, esforço. Desejo que você se esforce o bastante para amar e ser amada.

Anastasia deixou uma lágrima rolar por sua bochecha. Ela o amava, mas como se ama um irmão, não como um amante. A moça sorriu e foi tomada por lembranças da juventude dos dois. Do homem bom que ele havia sido. Os dois voltaram a se olhar longamente.

De repente, batidas fortes na porta os assustaram. Através da madeira, Jean-Bénédict anunciou:

— Macaire, abra logo!, ordenou, com um tom intimidador. Eu sei que você está aí!

Macaire empalideceu e mandou Anastasia se esconder no banheiro. Depois foi abrir a porta para o primo, que entrou voando na suíte.

— Quer saber a última novidade? O Tarnogol acabou de vir me procurar. Ele me entregou uma carta de demissão: está saindo do banco agora! Pediu que as ações dele do banco fossem entregues a você e votou para que o Conselho elegesse você presidente! Com o meu voto e o dele, você agora está eleito. Parabéns, senhor presidente!

Macaire abriu um sorriso vitorioso. Anastasia, ouvindo tudo do banheiro, também sorriu. Estava feliz por Macaire. Os dois reconstruiriam suas vidas, cada um na sua. Mas então Jean-Bénédict anunciou:

— Só que quem vai ser presidente sou eu!

Macaire franziu a testa.

— Do que está falando? — perguntou.

— Faz trezentos anos que os Hansen são considerados menores pelos Ebezner. Vocês sempre se acharam superiores. Mas acabou! Porque o Banco Ebezner vai se tornar Banco Hansen a partir de primeiro de janeiro. Vai ser o meu sobrenome que vai ficar exposto no prédio da rue de la Corraterie. Porque você vai me dar as ações que o Tarnogol te entregou. E essas ações, junto com as minhas e as do meu pai, vão nos deixar em uma posição intocável. O banco agora é dos Hansen.

— Você ficou completamente maluco! — exclamou Macaire.

Jean-Bénédict soltou uma risada maldosa.

— É você que está maluco, Macaire. Você sempre foi um perdedor. Quis trair o banco, tentou matar o Tarnogol e envenenou todo mundo, seu doente! Eu deveria denunciar você para a polícia, mas não vou fazer isso se você me entregar as ações agora.

— Você não tem nenhuma prova do que está alegando!

— Você quer mesmo correr esse risco? Por enquanto, todo mundo acha que o salmão defumado não estava fresco. Vai ficar por isso mesmo. Mas é só eu revelar tudo à polícia. O caso vai ser encerrado bem rápido: as câmeras do hotel com certeza filmaram você colocando a garrafa de vodca no bar. O chefe dos banquetes viu você procurá-la depois, como um imbecil. Se eu falar, todo mundo vai confirmar o que eu disser. Já estou vendo as manchetes na imprensa: *Macaire Ebezner, o envenenador*. E claro, também vou divulgar aquele vídeo de você tentando vender a lista de clientes para o fisco italiano. Vai ser um escândalo!

Macaire fechou os olhos e desabou em uma poltrona.

— Acabou para você, Macaire! — disse Jean-Bénédict.

Macaire não tinha escolha. Depois de hesitar por um longo tempo, ele foi até o cofre do quarto e pegou o envelope de Tarnogol. Jean-Bénédict o pegou e verificou, feliz, que os documentos estavam nele.

— Você não vai poder ser presidente — disse, então, Macaire. — Meu pai proibiu expressamente que um membro do Conselho o sucedesse.

— Mas, graças a você, a família Hansen agora tem a maior parte das ações. É ela que vai designar o presidente ou retirá-lo do cargo. A partir de agora temos o controle do banco e podemos decidir o destino dele. Claro, você vai aprovar essas mudanças publicamente. E, claro, vai pedir demissão. Acho até que é bom mesmo você sair de Genebra e ir morar em outro lugar. Com o que seu pai deixou para você, dinheiro não será problema. Devia aproveitar para começar uma vida nova. Bem longe. Nunca mais quero ver você, meu caro primo.

Macaire tremia. Jean-Bénédict deu tapinhas em seu ombro, em um gesto condescendente.

— Você tomou a decisão certa. Amanhã de manhã, vou organizar uma coletiva de imprensa para anunciar as grandes mudanças. Vou ler a carta de demissão que Tarnogol me entregou, explicar que você está saindo do banco por motivos pessoais e vai me confiar o leme do navio. As pessoas vão imaginar que você está com câncer, isso sempre causa pena, não é nada mal. Bom, boa noite, meu caro primo! Durma bem.

Ele foi embora, e Anastasia, que havia ouvido tudo, saiu do banheiro, lívida.

— Xeque-mate — disse Macaire, segurando o choro. — Eu perdi tudo.

Anastasia voltou correndo para o quarto de Lev.

— Anastasia, o que aconteceu? — perguntou ele, preocupado, ao ver seu rosto desesperado.

— Lev, um desastre!

— O que houve, meu Deus do céu?

— É o Macaire, ele fez uma besteira enorme.

Ela começou a chorar, já no limite. Ele a abraçou e a reconfortou.

— O Macaire tentou matar o Tarnogol envenenando a vodca — explicou ela —, mas a garrafa foi usada por engano para preparar os coquetéis.

— Então foi um envenenamento geral?

— Foi.

— Mas então não há nenhuma vítima? — perguntou Lev.

— O Macaire acha que as doses servidas foram muito pequenas para serem mortais, felizmente! Estivemos muito perto de uma tragédia horrorosa. O Jean-Bénédict descobriu o plano do Macaire e o chantageou para obter o controle do banco. Ele acabou de forçá-lo a ceder a presidência do banco.

Anastasia ficou em silêncio por um instante, como se pensasse. Depois, disse:

— Só há uma pessoa que pode impedir isso.

— Quem?

— O Tarnogol. Vou falar com ele.

— Agora?

— Ele pediu demissão — explicou ela. — Sabe que está correndo perigo, deve estar fazendo as malas também. Tenho que falar com ele antes que saia do hotel. O Macaire me disse que ele estava no quarto ao lado.

— O Tarnogol é perigoso — preveniu Lev.

— Eu sei.

A resposta abrupta de Anastasia surpreendeu Lev.

— Me deixe ir com você — disse ele, então.

— Não, Lev. Não se meta nisso, por favor! Isso é entre mim e o Tarnogol. Ele... Ele roubou uma parte da minha vida. Foi por causa dele que me casei com o Macaire! Foi por causa dele que eu e você...

Ela interrompeu a frase. Não queria falar sobre aquilo. Saiu no corredor e bateu na porta vizinha. Ninguém atendeu. Ela então se abaixou: depois de alguns instantes, viu um raio de luz, como se alguém tivesse acordado e acendido a luz.

Anastasia encostou na porta e disse — sem gritar para não alertar o resto do andar: "Tarnogol, eu sei que o você está aí. Abra a porta!".

Depois de alguns instantes, Tarnogol abriu a porta, vestido com um roupão, visivelmente recém-saído da cama.

— O que está acontecendo? — perguntou Tarnogol.

— Está acontecendo que nós dois temos que conversar — respondeu Anastasia, entrando na suíte.

Ela lançou seu olhar de leoa furiosa diretamente aos olhos de Tarnogol. Teve uma breve visão. Estava reconhecendo aqueles olhos. Lembrou-se do que havia dito naquela mesma manhã, em Genebra, para o tenente Sagamore: *"Os olhos não mentem."* De repente, ela entendeu e se atirou contra ele.

Capítulo 43

PESSOAL E CONFIDENCIAL

Quinze anos antes, no Encontro Anual

Anastasia chegou ao Palace de Verbier no fim da manhã. Em vez de se juntar ao grupo alegre de colegas, ela percorreu o hotel de cabo a rabo, à procura de Lev. Procurou no bar, nos salões, na piscina, atravessou todos os andares e subiu até as mansardas, onde ficavam os quartos dos funcionários, aonde ele a levara um ano antes. Onde eles haviam feito amor pela primeira vez. Onde eles tinham prometido nunca se separar. Ela bateu nas portas, mas nenhuma se abriu. Chamou por ele, desesperada: "Lev! Lev!", mas só o silêncio respondeu. Ela desceu para o saguão e conversou com todos os funcionários do hotel e do banco que encontrou: ninguém vira Lev.

Por fim, ela parou na entrada do Palace e ficou observando os carros que iam e vinham. De repente, viu Sol Levovitch chegar em um táxi. Correu para o lado de fora e desceu a escada do hotel às pressas.

— Senhor Levovitch! — gritou.

Ele se virou. Ela o achou mais pálido e magro do que quando o vira, no fim do verão.

— Anastasia?

Ele a encarou com um olhar furioso. Era ela quem estava deixando Lev desesperado. Ela não era uma moça para ele. Tinha vergonha de seu nome, inventava histórias sobre os dois. Antes dela, ele nunca pensara em ir embora. Antes dela, estava feliz com sua vida, sempre sorridente, sempre contente. Tinha sido ela quem o afastara de Verbier, quem o fizera virar banqueiro, que o tornara Outra Pessoa.

Com aquele olhar, Anastasia entendeu que Sol certamente sabia de alguma coisa.

— Senhor Levovitch, preciso falar com o Lev.

— Você o fez sofrer muito ontem à noite.

— Foi um terrível mal-entendido. Eu ia me encontrar com ele ontem, mas fui impedida. É uma longa história, mas preciso muito falar com ele. Onde ele está?

— Receio que seja tarde demais — disse Sol.

— Senhor Levovitch, é muito importante. Tenho que falar com o Lev. Me diga onde ele está, ele é tudo que tenho na vida agora. Por favor!

— Infelizmente, ele foi embora. Não sei onde está. Ele não quis me dizer nada.

Os olhos de Anastasia se encheram de lágrimas.

— Se o vir, por favor, diga que tenho que falar com ele. Minha mãe me prendeu ontem à noite. Diga que foi minha mãe; ele a conhece, vai entender na hora.

*

Dez horas daquela noite, em Verbier. Nenhuma notícia de Lev ainda.

Anastasia passara o dia trancada em seu lindo quarto no Palace, às custas do banco. Ela nunca tivera um quarto igual àquele só para ela. Tinha, até aquela época, dormido em camas de grandes hotéis nas montanhas com jovens de famílias ricas, com os quais a mãe tentara casá-la. Naquele dia, pela primeira vez, tinha um quarto só para ela. Mas ela não aproveitara nada, desesperada por não ter notícias de Lev. Nas semanas anteriores, ela se imaginara com ele naquele quarto, naqueles lençóis, na imensa banheira de mármore. Onde ele estava?

De repente, alguém bateu de leve na porta.

— Anastasia? — disse a voz do outro lado. — É o Macaire. — Ela foi abrir.

— Está tudo bem? — perguntou Macaire. — Não vi você o dia todo.

— Tudo bem.

Ele notou os olhos vermelhos dela.

— Você estava chorando?

Sua única resposta foi começar a soluçar. Macaire entrou no quarto e a abraçou para reconfortá-la.

— Dói tanto, Macaire... — murmurou ela.

— Onde dói? Quer que eu chame um médico?

— Não é nada que um médico possa tratar: estou com o coração partido.

— Eu sei como é, também estou com o coração partido. Eu realmente acreditei que você viria me encontrar no Lion d'Or ontem à noite.

Eles não falaram mais nada. As palavras não eram mais necessárias. Nem suficientes. Os dois se sentaram na beira da cama e ficaram muito tempo abraçados, ela chorando todas as lágrimas que seu corpo continha e ele sofrendo em silêncio, por tê-la tão perto e tão longe dele. Por fim, quando se levantou para ir embora, ele murmurou:

— Anastasia, eu não imagino minha vida sem você.

— Macaire, eu...

— Me diga que você não me ama, que não sou importante para você.

— Você é importante — garantiu ela —, mas não como você gostaria de ser importante para o meu coração.

Ele franziu a testa. Depois, implorou, recusando-se a aceitar a realidade:

— Te imploro, pense mais um pouco. Nós dois podíamos ser tão felizes juntos... Vou te fazer feliz. Vou te proteger. Nunca vai te faltar nada. Diga que vai pensar, que ainda há esperança.

Ela não teve forças para responder. Ele continuou:

— Amanhã à noite, durante o baile, vou viver um dos momentos mais importantes da minha vida. Preciso que você esteja lá, ao meu lado. Pelo menos como amiga.

— Vou estar lá — prometeu ela, a voz baixinha.

Quando, por fim, Macaire saiu do quarto, ela se sentou à pequena escrivaninha. Achou, em uma das gavetas, papel e envelopes timbrados com o emblema do Palace. Ela escreveu duas cartas. Uma para Lev. Outra para Macaire. No fundo, ela percebeu que eles eram as duas pessoas que haviam realmente sido importantes em sua vida.

Duas cartas, curtas, para que tudo fosse dito.

Duas cartas, como se ela pudesse escrever seu destino.

Era perto de meia-noite quando Anastasia saiu do quarto, os dois envelopes na mão, e desceu até o saguão do hotel. O lugar estava deserto. Havia apenas uma silhueta, inquieta, observando o lado de fora pela grande porta giratória. Era Sol Levovitch, que não saía dali havia um tempo, aguardando o filho, desesperado. Os dois haviam brigado em Martigny e Lev fugira, furioso. Tinha que falar com ele. Tinha que contar tudo a ele. De repente, uma voz o chamou:

— Senhor Levovitch?

Ele se virou: era Anastasia. Ela abriu um sorriso triste.

— Senhor Levovitch — disse ela, entregando a carta para Sol. — O senhor pode entregar isto ao Lev assim que o vir? É muito importante. Tem a ver com nosso futuro.

— Conte comigo — prometeu Sol.

— Diga também a ele — acrescentou Anastasia — que vou pedir um emprego de arrumadeira aqui no hotel. Que vou ficar aqui esperando por ele o tempo que for preciso.

Sol Levovitch, sem entender direito, assentiu. Notou o segundo envelope que ela tinha nas mãos e leu o nome que ela escrevera: Macaire.

— Quer que eu entregue a outra carta a alguém? — propôs ele, com um tom de voz inocente.

— É... É para um cliente do hotel. Macaire Ebezner. Não sei o número do quarto dele.

— Posso levá-la para ele. Bom, isso se você quiser.

— Está tarde — lembrou Anastasia.

— Farei isso bem cedo de manhã.

— O senhor precisa entregar diretamente a ele. É muito importante.

— Pode deixar.

Ela hesitou por um instante. Achou que era covarde não entregar a carta a Macaire, mas sabia que ele a leria diante dela e que começaria com suas súplicas. Não tinha mais energia para aguentar todo aquele drama. Entregou a carta a Sol e foi embora.

Sol Levovitch foi se sentar em seu escritório. Abriu os dois envelopes e leu as cartas.

Leu a carta de Anastasia para Lev. Ficou chocado. Sentiu a angústia abalá-lo. Depois leu a carta para Macaire e pensou que podia fazer alguma coisa.

Buscou uma lupa, uma tesoura e um tubo de cola, pegou as duas cartas de Anastasia e cortou com cuidado a primeira linha de cada uma. Depois que terminou, entrou escondido na sala da administração, onde as pôs na fotocopiadora colorida de última geração. Da máquina saíram duas novas cartas: o resultado era perfeito. A não ser que fossem estudadas com uma lupa, ninguém poderia descobrir que o texto escrito com esferográfica azul era apenas uma cópia.

No instante em que Sol voltava a seu posto de observação na entrada do Palace, Lev chegou.

— Lev — disse Sol, recebendo-o no saguão —, finalmente você voltou! Eu estava tão preocupado!

Lev lançou um olhar de raiva para ele.

— Só voltei para cá para ver a Anastasia. Tenho que falar com ela.

— Espere... Nós temos que conversar.

— O que você quer? — perguntou Lev, em um tom seco. — Talvez queira me explicar o que está inventando.

— Estou muito doente, Lev.

— Doente? Que tipo de doença?

— Estou com câncer. Não tenho mais muito tempo de vida.

— Por que eu deveria acreditar em você?

— Porque estou falando a verdade.

Sol sentia que o filho estava furioso com ele. Imaginava que ele iria para muito longe, e essa ideia o assustava. O filho era tudo que ele tinha. Não queria morrer sozinho. Não queria passar seus últimos meses de vida sem ninguém do seu lado. Era seu maior medo. Alguns meses, era tudo que ele pedia. Seu filho depois teria a vida toda para encontrar outra Anastasia. Havia muitas outras mulheres no mundo, mas ele só tinha um filho.

Ao pensar isso, Sol pôs a mão no bolso e decidiu executar seu plano. Sentiu-se covarde.

— Eu não queria chatear mais você — disse Sol —, mas vi a Anastasia essa noite de braço dado com outro homem. Ela estava rindo, parecia feliz. Parecia apaixonada.

— Não acredito em uma palavra do que você está dizendo! — disse Lev, abalado.

— Um tal de Macaire — acrescentou Sol. — Foi dele que você me falou, não foi? O homem que ela encontrou ontem no Lion d'Or, não foi? Agora há pouco, interceptei duas cartas que a Anastasia deixou na recepção: uma para você e outra justamente para esse tal de Macaire.

Sol revelou os dois envelopes que tinha na mão.

— Dá aqui! — exigiu Lev.

— Depois do que vi entre a Anastasia e aquele moço, eu não gostaria que fossem más notícias — avisou o pai.

— Dá aqui! — exigiu Lev, arrancando as cartas da mão do pai.

Ele as abriu com pressa, as leu e desabou. Em um movimento de raiva, amassou as duas cartas e as jogou na parede. O pai recolheu as cartas que havia modificado e fingiu estar lendo pela primeira vez.

Meu Macaire,
É você que eu amo. Vamos fugir juntos. Vamos para longe de Genebra. Não ligo para seu grande destino no banco, não ligo para o dinheiro. Tudo que quero é ficar com você.
Sempre vou amar você.
Anastasia

Lev, meu Lev,
Eu devia ter tido a coragem de dizer isso na sua cara, mas estou escrevendo: não quero ficar com você. Foi por isso que não fui encontrar você ontem à noite. Você devia ter percebido isso. Ao contrário do que você pensa, não temos um futuro juntos.
Não tenha raiva de mim. Você sabe que quero seu bem. Espero que você me perdoe.
Com todo o meu amor,
Anastasia

— Ela quer o cara rico — disse Sol, com uma expressão decepcionada. — Você é só um cara pobre e vai continuar sendo pobre. Eu sinto muito, mas você é só um Levovitch, meu filho.

Levovitch, ao sofrer o golpe, sentiu-se zonzo. Ele se levantou e cambaleou, como se tivesse sido ferido por um tiro, na direção da grande porta do Palace.

— Aonde você vai? — perguntou seu pai.
— Dar uma volta.
— Espere!
— Preciso ficar sozinho.

Ele passou pela porta e desceu a escada do hotel. O pai correu atrás dele.

— Espere, Lev! — suplicou ele, temendo que o filho fizesse uma besteira.

Mas Lev fugiu em meio à noite. Seus passos marcaram a neve fresca, o ar frio chicoteou seu rosto. Ele gritou o mais alto que seus pulmões permitiram. Gritou como se tivesse perdido tudo. Voltou a correr, sem destino, sem motivo, e foi parar na rua principal do vilarejo de Verbier.

Tudo já estava escuro. Ele acendeu um cigarro, deu alguns passos na escuridão e encontrou um bar ainda aberto. Pelo vidro, ele a viu. Sozinha no balcão. Com o coração disparado, ele entrou para se juntar a ela. A moça não o viu de cara. Ele se sentou junto ao bar, ao lado dela. Ela virou a cabeça de repente e sorriu. Ele sorriu de volta.

— Olá, Petra — disse.

— Olá, Lev — respondeu ela.

Lev pediu uma vodca para os dois e a bebeu olhando nos olhos da jovem que ardia de desejo por ele. Se Anastasia queria Macaire, que fosse embora com ele! Ele podia ter qualquer mulher. Iria trocá-la por outra em um estalar de dedos. Mostraria a ela quem era Lev Levovitch e que não precisava ter vergonha de seu sobrenome. Inclinou-se na direção de Petra e a beijou. Ela logo devolveu o beijo com paixão. Apenas o interrompeu para murmurar: "Eu queria isso há tanto tempo!" Voltaram a se beijar.

A noite era deles.

Capítulo 44

NA NOITE

Domingo, dezesseis de dezembro, o assassinato

Na calada da noite. O Palace dormia.

A luz do corredor do sexto andar se apagou de repente. A sombra que havia acionado o interruptor avançou com cuidado no escuro, seus passos abafados pelo carpete espesso. Ela fez uma breve pausa diante das portas de cada quarto para identificar os números, antes de finalmente parar diante de um deles. Era ali. Quarto 622. A sombra pôs a mão no bolso do casaco e sacou uma pistola.

Com a mão enluvada, bateu de leve na porta da suíte. Apenas forte o bastante para acordar o hóspede.

Ela ouviu um barulho. Uma luz surgiu sob a porta. O hóspede se levantava da cama. Então ela ouviu passos dentro do quarto.

A sombra pôs o indicador no gatilho da arma. Assim que a porta abrisse, seria preciso atirar. E acertar a mira.

A morte estava prestes a atacar.

Capítulo 45

ADEUS

Quinze anos antes, no baile do Encontro Anual

No salão de baile do Palace, alguns minutos antes da sete da noite.

Anastasia, resplandecente em um vestido azul escuro, se misturara aos outros funcionários do banco. Ela procurava Lev, sem saber se ele realmente viera para o Palace. Um quarto tinha sido designado para ele, mas, segundo a recepcionista, ele não havia feito *check-in*. Anastasia se perguntou se ele havia voltado a Genebra. De repente, alguém a pegou pela mão. Ela se virou, cheia de esperança: mas era Macaire.

— Estou tão feliz que você está aqui — disse ele, interpretando a presença dela como um sinal de esperança.

Ele tinha um sorriso radiante no rosto.

— Macaire, eu... Você recebeu minha carta?

— Sua carta? Que carta?

Ela olhou no fundo dos olhos dele para tentar ver se estava se fazendo de idiota ou não.

— Você me mandou um cartão-postal? — perguntou ele, de bom humor por estar vendo a moça. — Não precisa de carta quando podemos conversar ao vivo. Queria dizer que você é a mulher mais bonita desta festa, Anastasia.

— Obrigada — disse ela, sem jeito.

— Vai me conceder a primeira dança?

Ela se contentou em assentir.

— Vamos, venha — pediu Macaire. — Vai começar.

Ele a arrastou na direção do palco e eles se misturaram à pequena multidão já reunida na primeira fileira de cadeiras. Logo um silêncio se fez e o Conselho do banco, com Abel Ebezner à frente, entrou no palco por uma porta escondida.

Lev saiu do quarto de Petra, onde havia passado o dia.

— Rápido — apressou ela com gentileza, já esperando-o no elevador. — Ou vamos perder tudo.

Ela sorriu. Ele não reagiu. Estava desanimado e não parecia estar em seu estado normal. Ela culpou todo o álcool que eles haviam bebido durante a noite. Isso não os impedira de fazer amor várias vezes.

— Está tudo bem? — perguntou ela no elevador. — Você parece triste.

— Está tudo bem — garantiu Lev.

Ela voltou a sorrir e o beijou. As portas do elevador se abriram no primeiro andar. Os dois foram até o salão de baile de mãos dadas.

Abel tinha acabado de terminar um discurso solene, o primeiro como presidente do banco. Ele então convidou o novo vice-presidente do banco a se juntar a ele. Quando pronunciou o nome "Macaire Ebezner", o jovem se encheu de um imenso orgulho. Era um dos momentos mais importantes de sua vida. Macaire subiu ao palco para ser entronizado pelo pai, que, segundo a tradição, entregou a ele suas ações ao portador. Seu pai apresentou o novo vice-presidente à plateia formada por funcionários do banco e Macaire recebeu uma longa salva de palmas.

Macaire era o homem mais importante daquela noite. Quando desceu do palco, energizado pelo que acontecera, agarrou a coragem com todas as forças e, ao se aproximar de Anastasia, que ainda estava na primeira fila, ele a pegou pelas duas mãos, puxou-a para junto dele e a beijou.

Ela imediatamente se soltou do abraço, incrivelmente constrangida. Ao olhar em volta, ela o viu: Lev. Ele a fuzilou com o olhar e se inclinou sobre Petra, que estava ao seu lado, antes de dar um longo beijo nela. Anastasia levou um susto e Lev voltou a beijar Petra, feliz com o efeito provocado. Feliz por poder se vingar. Feliz por causar a Anastasia um pouco da dor que ela lhe infligira.

Macaire, que não percebera nada do que estava acontecendo, ficou um pouco envergonhado com sua audácia, pois não sabia se Anastasia havia gostado ou não do beijo (ela não o retribuíra, mas também não fugira). Por outro lado, ficou aliviado ao ver que Lev estava com Petra. Então disse a Anastasia:

— Está vendo, Anastasia? Bem que eu falei que os dois estavam namorando.

Anastasia desabou. Ela reuniu suas forças para não chorar diante de todos. Abriu caminho pelas fileiras de convidados e saiu correndo para fora do salão de baile. Foi dominada por um choro incontrolável e subiu para se refugiar em seu quarto. Ela o havia perdido.

Os dois haviam se perdido.

No salão de baile, Macaire estava surpreso com a reação de Anastasia. Ele tinha nas mãos as ações de um dos maiores bancos privados da Suíça, mas, no fundo, tanto fazia. Tudo que ele queria era ser amado por Anastasia. Ele queria ir encontrá-la.

Teve dificuldade de sair do salão de baile. Todos queriam cumprimentá-lo, parabenizá-lo, beber uma taça de champanhe à sua saúde. Ele teria, de bom grado, mandado todos às favas, mas, incapaz de deixar de lado suas boas maneiras, levou quase quinze minutos para sair do salão de baile.

Ele correu até a escada para ir até o quarto de Anastasia. Foi então que encontrou Sinior Tarnogol, que descia para o salão de baile. Macaire, que inicialmente não o vira, cumprimentou-o com um educado "Boa noite, senhor".

Tarnogol parou e o encarou:

— Aconteceu alguma coisa, meu jovem?

— Coisas do coração — respondeu Macaire, feliz por alguém ter percebido que ele não estava bem.

— Acontece — disse Tarnogol.

Macaire encarou o homem.

— Nós nos conhecemos? — perguntou.

— Não, acho que não — respondeu Tarnogol.

— Nós nos conhecemos, sim — afirmou Macaire, o rosto se iluminando, pois acabara de reconhecê-lo. — O senhor foi até o Banco Ebezner algumas semanas atrás!

— O senhor conhece o banco? — quis saber Tarnogol.

— Se conheço? — perguntou Macaire, rindo da pergunta. — Eu me chamo Macaire Ebezner — disse, estendendo a mão a Tarnogol. — Sou o novo vice-presidente.

Os dois se cumprimentaram com um aperto de mãos caloroso.

— Eu me chamo Sinior Tarnogol. É um grande prazer conhecê-lo. Não gosto de ver um belo jovem como você triste. Há algo que possa fazer por você?

Macaire suspirou.

— Ah, se você pudesse fazer a mulher que amo me amar... — disse. — Ela se chama Anastasia, e eu daria qualquer coisa para ficar com ela.

Capítulo 46
A MANHÃ DO ASSASSINATO (1/2)

Eram seis e meia da manhã. O Palace de Verbier estava mergulhado na escuridão. Lá fora, a noite ainda estava um breu e nevava abundantemente.

No sexto andar, a porta do elevador de serviço se abriu. Um funcionário do hotel surgiu com uma bandeja de café da manhã e dirigiu-se para o quarto 622.

Chegando lá, notou que a porta estava entreaberta. Filtrava luz pela fresta. Anunciou sua presença, mas não obteve resposta. Por fim, tomou a liberdade de entrar, supondo que a porta estivesse aberta para ele. O que ele viu arrancou-lhe um grito de pavor. Correu para avisar os colegas e chamar por socorro.

À medida que a notícia se espalhava pelo Palace, as luzes se acenderam em todos os andares.

Um cadáver jazia no carpete do quarto 622.

TERCEIRA PARTE

Quatro meses depois do assassinato
Abril

Capítulo 47

O NOVO PRESIDENTE

Primeira terça-feira de abril. Era meio-dia e meia, e a sessão de Macaire com o doutor Kazan acabara de começar. A janela dava para a place Claparède, repleta de grandes árvores, cujas folhas cresciam lentamente. Genebra começava a ficar verde de novo. A primavera se instalava.

— Vai fazer quatro meses que meu primo Jean-Béné foi morto e a polícia ainda não tem a menor pista — afirmou Macaire, triste, curvado no divã do consultório.

— Como você se sente com isso? — perguntou o doutor Kazan.

— O assassinato do meu primo ou o fato de a investigação estar muito lenta?

— Os dois.

— Bom — confessou Macaire —, eu não disse isso à polícia, mas não estávamos muito bem.

— É mesmo? — respondeu Kazan, impressionado. — Mas vocês se davam bem, não se davam?

— Pouco antes de ele morrer, nós tivemos uns atritos.

— O que quer dizer?

Macaire não respondeu. Olhou pela janela. Parecia estar muito distante.

— Tem certeza de que está tudo bem, Macaire?

— Tenho, tenho. Está tudo bem. Me desculpe, tenho andado um pouco preocupado. Com o banco e tudo mais. Agora que sou presidente, as obrigações estão me deixando ansioso. Reuniões, coquetéis, jantares de todo tipo.

— O que você acha de ter voltado a fazer apenas uma sessão por semana? Será que é suficiente?

— Certamente — garantiu Macaire. Foi bom ver o senhor duas vezes por semana depois da morte do meu pai. Mas, agora, sinto que consigo enfrentar as coisas.

— Enfrentar o quê? — quis saber Kazan.

— Minha solidão — respondeu Macaire. — Sem a Anastasia, me sinto muito sozinho.

— Sente falta dela?

— Todos os dias. Sabe, não paro de pensar naquele sábado do Encontro Anual, quando ela foi me encontrar em Verbier e eu a perdi. Por minha culpa.

— Continua achando que foi culpa sua?

— Eu já lhe disse, doutor Kazan, Eu fiz um pacto com o diabo! A Anastasia em troca da presidência. Perdi minha mulher e fiquei com a presidência.

O doutor Kazan soltou um suspiro barulhento para marcar sua desaprovação:

— Ora, Macaire, você sabe que não posso aceitar essa história de pacto com o diabo. Até mesmo você é um homem racional demais para acreditar nisso.

— Está vendo — disse Macaire, arrependido —, foi por isso que, nesses anos todos, nunca lhe contei por que cedi minhas ações do banco para o Tarnogol. Tinha certeza de que não me levaria a sério. Achava que, como psicanalista, não devia julgar seus pacientes.

— Muito bem — admitiu Kazan, tomando o cuidado de fazer uma concessão. — O diabo, disfarçado de Tarnogol, propôs a você um pacto quinze anos atrás: suas ações do banco pelo amor da Anastasia.

— Exatamente. Eu aceitei esse pacto. Foi na noite do grande baile. Meu pai tinha acabado de me entregar minha parte das ações e eu encontrei o Tarnogol, que me propôs trocá-las pelo que eu mais queria no mundo: o amor da Anastasia. E, realmente, naquela noite, a Anastasia literalmente caiu nos meus braços.

— E, quinze anos depois — continuou Kazan, que queria desvendar aquela história —, Tarnogol, ou melhor, o diabo, propôs outro pacto a você. Foi isso?

— É, dois dias antes da eleição, em dezembro passado. O Tarnogol me disse que me daria a presidência se eu desistisse da Anastasia. Primeiro, eu não quis, mas acabei aceitando na noite de sábado, no Palace de Verbier. E agora sou presidente, mas estou sozinho. Exatamente como o Tarnogol havia previsto.

— Macaire — interveio Kazan —, estou tentando ajudar você a ser racional. Pelo seu bem. Você acredita mesmo que o diabo, usando a aparência do Tarnogol, pôde fazer isso?

— Eu sei que o senhor não acredita! — disse Macaire, irritado. — Mas então me explique isso: no sábado, enquanto a presidência escapava das minhas mãos pouco a pouco, Anastasia foi a Verbier para me apoiar, para ficar ao meu lado naquele dia tão importante para mim. Ela escreveu, com batom, uma mensagem carinhosa no espelho do meu banheiro. Não me diga que isso não é a atitude de uma mulher apaixonada!

— Realmente — concordou Kazan.

— Naquele momento, era o Levovitch que ia ser eleito presidente do banco pelo Conselho. A proclamação oficial da eleição dele não aconteceu por causa da intoxicação geral, e percebendo que eu ainda tinha uma chance de ser eleito, aceitei o pacto com o Tarnogol. Algumas horas depois, a Anastasia me deixou e eu me tornei presidente do banco. Então agora me explique como isso aconteceu, doutor Kazan, se não foi obra do diabo!

Kazan não soube o que responder e Macaire continuou:

— O que aconteceu naquela noite está além de tudo que podemos imaginar, doutor Kazan. Não posso contar mais nada. O senhor não acreditaria.

— Está falando da noite do assassinato? — perguntou Kazan, repentinamente circunspecto. — O que aconteceu naquela noite? Você sempre me disse que estava dormindo profundamente, que tinha tomado remédio para dormir.

— Eu sei de certas coisas, doutor Kazan. Coisas que até a polícia provavelmente não sabe.

Depois de um instante de silêncio profundo, Kazan perguntou:

— Macaire, por que você aceitou esse pacto se não queria perder sua esposa?

— Porque me deixei devorar pela ambição. E, na época, eu tinha a impressão de já ter perdido a Anastasia.

— Por quê?

— Porque tinha a sensação de que nossa chama de casal já tinha apagado. Que não compartilhávamos mais nada. Eu estava muito ocupado com o banco e ela, com sei lá o quê. Nos últimos anos, só saíamos juntos para ir a festas. Estávamos sempre cercados, sempre com outras pessoas. Nunca sozinhos. No fundo, evitávamos ficar a sós. Fazíamos florescer, cada um em seu canto, nossos jardins secretos, mas fomos incapazes de cultivar uma horta juntos.

— É bonita a imagem — pontuou Kazan.

— No último ano do nosso casamento, me sentia sozinho com minha esposa. E, quando não estávamos juntos, não sentíamos falta um do outro.

— A ausência da falta, se posso dizer, é muito reveladora do estado de um casal.

Macaire assentiu antes de continuar:

— Que estranha invenção é o casamento, que inevitavelmente acaba fazendo com que a gente se sinta sozinho a dois... Então, naquela fatídica noite de sábado, de repente me perguntei por que estava lutando por uma mulher que já tinha perdido. Uma mulher que me traía.

Kazan arregalou os olhos, surpreso.

— Sua mulher teve um caso?

— Teve, doutor.

— Como sabe disso?

Macaire ignorou a pergunta:

— Não tem um dia em que eu não reviva aquela noite de sábado, durante a qual renunciei a Anastasia para obter a presidência. Me pergunto o que teria acontecido com a gente se eu tivesse lutado por ela. Eu não teria sido eleito presidente do banco, e daí? Com certeza teria ido embora de Genebra, com ela. Eu a teria reconquistado, nós teríamos reconstruído nosso casamento. Mas eu a deixei partir...

— Se me permite, Macaire — interveio o doutor Kazan —, sem trocadilhos, vou bancar o advogado do diabo: quem disse que sua esposa não teria ido embora de qualquer maneira, já que você acha que tinha um amante?

— Talvez — assentiu Macaire. — Mas, pelo menos, eu teria tentado lutar. Teria mostrado que estava disposto a sacrificar tudo por ela. Minha renúncia foi minha fraqueza. Sabe, doutor Kazan, achei que minha ambição era me tornar presidente dessa droga do banco, mas agora que sou presidente, vejo que minha ambição é ser amado. E é um objetivo muito mais difícil de atingir.

Quando a sessão terminou, Macaire voltou a pé para o banco. Estava melancólico: caminhar lhe fazia bem. Ele desceu a rue Jean-Sénebier, depois atravessou o parc des Bastions pela alameda principal.

O sol estava radiante. O ar estava suave e delicioso. Nas árvores, os pássaros comemoravam, a plenos pulmões, a chegada da primavera. Tapetes de flor de açafrão coloriam os gramados dos parques, onde surgem blocos de tulipas. As pessoas que passeavam ocupavam os bancos e o terraço do restaurante do parque e, diante da cerca que separava o local da place de Neuve, jogadores de xadrez se enfrentavam.

Macaire, contemplando todas aquelas pessoas, pensou em Anastasia: não tinha notícia dela havia quatro meses.

Aos amigos, parentes e todos que perguntavam sobre ela, ele explicava que Anastasia o deixara e fora embora. Em geral, as pessoas ficavam constrangidas. Nas semanas seguintes a seu desaparecimento, Macaire fora obrigado a enfrentar a mesma conversa desagradável com conhecidos, vizinhos, vendedores, com o carteiro:

— Cumprimente sua esposa por mim, Senhor Ebezner!

— Ela me deixou.

Ele concluíra que não tinha muitos amigos, já que ninguém parecia preocupado com seu estado, ninguém o convidara para sair para jantar, para mudar de ares. A maioria das pessoas não fazia perguntas. Entre as poucas manifestações de curiosidade relativamente gentis, a indiferença reinava.

Macaire atravessou a place de Neuve, depois pegou a rue de la Corraterie, que começava entre o museu Rath e as muralhas da Cidade Velha. Por fim, chegou ao Banco Ebezner.

Quando entrou no imponente edifício, foi saudado com a deferência à qual agora tinha direito todos os dias: "Bom dia, senhor presidente!" entoou o coral de porteiros.

Macaire respondeu com um aceno de cabeça cordial.

"Bom dia, senhor presidente!" disseram animadamente os puxa-sacos muito educados que passavam por ele no saguão do banco.

"Bom dia, senhor presidente!" cacarejaram os que entraram com ele no elevador, emocionados com a proximidade.

Em cada andar, alguém entrava ou saía do elevador e lhe dizia: "Senhor presidente". Macaire, por fim, chegou sozinho ao último andar e seguiu para o antigo escritório de seu pai, que agora era seu.

Na antessala, sentada atrás de sua escrivaninha, Cristina, que se mudara para aquela sala com ele e passara a cuidar dela, cumprimentou-o com um grande sorriso amistoso.

— Bom dia, senhor presidente.

— Cristina — reclamou Macaire —, quando vai parar de me chamar de "presidente"?

— Nunca. O presidente é o senhor agora!

Ele sorriu de volta para ela, antes de entrar em seu escritório — cuja porta fechou para demonstrar que não queria ser incomodado.

Sentou-se em sua poltrona. Sentia-se perdido. Diante de seus olhos, na mesa de trabalho, havia uma foto de Anastasia que ele não tivera coragem de guardar. A polícia não se preocupara muito com a partida dela. Pouco depois do assassinato de Jean-Bénédict, o tenente Sagamore, da polícia criminal de Genebra, fora interrogar Macaire na casa dele em Cologny. A polícia queria saber se era possível estabelecer uma ligação entre o assassinato de Jean-Bénédict, a intoxicação geral e o roubo que havia acontecido na casa dos Ebezner.

— Que ligação vocês veem? — perguntara Macaire, perplexo.

— O roubo, a intoxicação e o assassinato aconteceram em menos de vinte e quatro horas e todos estão ligados ao Banco Ebezner — explicara o tenente Sagamore. — Como está a sua esposa?

— Não sei de nada — respondera Macaire. — Não tive notícias dela.

O policial franzira a testa. Macaire tinha escondido de Sagamore o pacto que fizera com Tarnogol: Anastasia em troca da presidência. Sua mulher desaparecera na noite do assassinato e ele se vira eleito presidente do banco. Claro, ele queria que a polícia a encontrasse, mesmo que fosse apenas para garantir que ela estava bem. Ele contratara uma agência particular, mas, apesar dos copiosos honorários, os detetives não haviam encontrado o menor vestígio de Anastasia. A polícia com certeza seria mais eficaz. Mas Macaire respondera por fim a Sagamore:

— A Anastasia me deixou.

— Eu sinto muito — dissera o tenente.

O policial não insistira.

Se Macaire preferira não envolver a polícia na história, era porque os investigadores não sabiam que Anastasia estava em Verbier na noite do assassinato. Ele não conseguia parar de pensar no recado que ela deixara naquela noite. E de se perguntar: o que Anastasia havia feito?

Capítulo 48

INVESTIGAÇÃO POLICIAL

Segunda-feira, dois de julho de 2018

Eu havia passado a manhã trancado em minha suíte para revisar as pistas da investigação. Ou talvez para evitar Scarlett depois do nosso beijo não dado na véspera. Eu estava fascinado, maravilhado e me sentia atraído por ela. Mas, sempre que fechava os olhos, pensava em Sloane. Cansado de andar em círculos como um leão na jaula, me permiti a primeira pausa para um cigarro naquele dia. Me servi de uma xícara de café e saí para a varanda para fumar e pegar sol. Acabei dando de cara com Scarlett, que também estava na varanda, sentada em uma cadeira, ao sol. Ela lia *E o vento levou*.

— Olhe só! O Escritor saiu da toca! — disse.

Ela se levantou e veio se apoiar na grade que separava as duas varandas. Ofereci um cigarro, ela aceitou.

— Você pode até passar para este lado da grade — falei. Minha cafeteira está cheia e quente. Quer uma xícara?

— Não, obrigada — recusou ela, gentilmente. — Vou ficar deste lado. É mais garantido.

Ela fingiu agarrar a grade com força e soltou uma risada desconfortável. Por fim, me disse:

— Sinto muito por ontem... Por ter tentado... Enfim...

Eu a interrompi.

— Não precisa se desculpar por nada, Scarlett. É tudo culpa minha.

Ela abriu um sorriso triste e se apressou para mudar de assunto:

— Fiz algumas ligações hoje de manhã. O Bisnard falou de um detetive chamado Favraz, da polícia criminal do Valais, que o interrogou na época do assassinato.

— É, eu me lembro.

— Eu o encontrei. Ele ainda trabalha no mesmo departamento. Hoje é chefe da Brigada Criminal. Até consegui falar com ele.

— E aí? — perguntei, ansioso.

— Aí que podemos ir encontrá-lo hoje à tarde, às quatro, em Sion. Bom, se você estiver interessado, claro.

— Claro que estou interessado!

Às quatro da tarde do mesmo dia, Scarlett e eu nos apresentamos na sede da polícia criminal do Valais, em Sion.

— Você é o Escritor? — perguntou Favraz, quando nos acomodamos na sala dele.

— É ele mesmo — respondeu Scarlett por mim, como já era de costume.

— E vai dedicar um livro aos acontecimentos do Palace de Verbier?

— Meio contra minha vontade — expliquei —, mas vou. Estamos tentando entender o que aconteceu lá.

— Se me permite a expressão — disse Favraz —, foi uma zona do cacete. Eu me lembro bem do momento em que cheguei ao Palace com meus colegas. A guarda municipal e as viaturas já estavam lá. O hotel estava isolado. Os curiosos já haviam chegado em massa. Vocês podem imaginar uma notícia daquelas num pequeno vilarejo como Verbier. Metade dos moradores estava reunida na frente do prédio, junto da barreira feita pela polícia. "Um assassinato aqui?", repetiam, incrédulos. No saguão, os funcionários do estabelecimento estavam muito nervosos. O diretor do hotel estava desesperado: os jornalistas iam deitar e rolar com aquele caso, e a temporada ia acabar para ele.

— O que o senhor fez quando chegou? — perguntou Scarlett, que não perdia nem uma vírgula da história.

— Fui direto para o sexto andar. Conferi se o quarto 622 tinha sido bem isolado enquanto esperávamos a perícia, para evitar qualquer alteração na cena do crime. Depois fui analisar todos os quartos do andar com meus colegas, em busca de possíveis testemunhas.

— Então foi o senhor quem chefiou a investigação do assassinato? — perguntei.

— Não. O caso, no fim, ficou com a polícia de Genebra.

— Com a polícia de Genebra? Por quê?

— Porque ficou claro que o assassinato tinha a ver com o Banco Ebezner. O crime havia acontecido em Verbier, mas as origens da investigação estavam em Genebra. Além disso, quando a polícia de Genebra pediu para ficar com o caso, ninguém se opôs.

— Por que o senhor estava tão convencido de que a resolução do caso seria encontrada em Genebra? — eu quis saber.

O policial hesitou. Depois, respondeu de maneira misteriosa:

— Por causa do que foi encontrado no quarto 622.

— E o que vocês acharam?

— Já falei demais — confessou Favraz.

— Ou não falou o bastante — retrucou Scarlett.

— Na época, apenas alguns policiais ficaram sabendo. É a polícia de Genebra que deve revelar essa informação. O caso ainda é deles, já que não foi encerrado. Não quero dar um furo.

— O senhor tem algum contato na polícia de Genebra? — perguntou Scarlett.

— Na época, o detetive encarregado era o tenente Philippe Sagamore. Ele tinha uns quarenta anos, então, com certeza, ainda está na ativa. Digam que fui eu que passei o contato dele.

Anotei o nome. Scarlett continuou:

— Voltando à manhã de dezesseis de dezembro, então o senhor estava no Palace e interrogou as testemunhas? Há algum elemento que possa compartilhar com a gente?

— Olhem, normalmente, uma cena de crime tem um clima particular: pode parecer surpreendente, mas, apesar de todos os policiais andando de um lado para o outro, costuma ser um local calmo e silencioso. É a calma depois da tempestade, ou melhor, depois da morte. Mas, naquela manhã, no sexto andar do Palace, encontrei uma exceção à regra. Uma agitação absurda reinava no hotel.

Capítulo 49

A MANHÃ DO ASSASSINATO (2/2)

A manhã do assassinato

Domingo, dezesseis de dezembro, sete e meia da manhã. Batidas na porta acordaram Macaire. Ele despertou de seu sono com dificuldade. As batidas eram insistentes. Ele acabou por se levantar e vestir um roupão. No corredor de entrada da suíte, quando ia abrir a porta, pisou em um pedaço de papel. Alguém passara um recado para ele por baixo da porta. Macaire primeiro achou que era um recado do hotel, mas reconheceu a letra: era a de Anastasia. Ele leu, o coração disparado, as poucas frases escritas com pressa.

Macaire,
   Estou indo embora para sempre.
   Não vou mais voltar. Não tente me encontrar.
   Me perdoe.
   Vou viver para sempre com o peso do que fiz.
   Anastasia

De repente, ouviu mais batidas na porta. Macaire pôs o bilhete no bolso do roupão antes de abrir: um policial uniformizado apareceu diante dele. Uma agitação tremenda reinava no corredor.

— O que está acontecendo? — perguntou Macaire ao policial.

O homem o encarou com um ar circunspecto.

— O senhor não estava ouvindo a essa barulheira toda, já faz uma hora?

— Tomei um remédio para dormir ontem à noite — explicou Macaire, em um estado visivelmente comatoso.

— Um assassinato aconteceu esta noite — explicou o policial.

— O quê? Como assim?

Macaire não entendia nada do que estava acontecendo. Tudo girava e sua cabeça doía, como num pesadelo.

— Quem morreu? — perguntou Macaire.

— Um cliente que estava neste andar. O senhor não ouviu nada esta noite?

— Não, nada. Mas, como disse, tomo remédio para dormir.

Macaire quis sair para o corredor para ver o que estava acontecendo, mas o policial o impediu.

— O hotel está isolado, as pessoas devem ficar em seus quartos por enquanto. Mantenha a porta aberta, por favor! Um detetive virá falar com o senhor daqui a pouco.

Da porta, Macaire então viu Lev, também à porta de seu quarto, observando a agitação.

— Lev, o que está acontecendo? — perguntou Macaire.

— Foi o Jean-Bénédict — respondeu Lev, pálido. — Ele foi encontrado morto hoje de manhã.

— O quê? Do que você está falando?

— Um funcionário do hotel o encontrou morto, assassinado a tiros.

Chocado, Macaire voltou para o quarto e se sentou no sofá: era a melhor notícia possível. Ele não podia acreditar. Se Jean-Bénédict estava morto, então ele era o presidente? A profecia de Tarnogol tinha se realizado? Ele perdera Anastasia, mas ia se tornar presidente. Finalmente!

Um policial à paisana, com ar juvenil e porte atlético se apresentou na porta da suíte de Macaire.

— Inspetor Favraz, Homicídios — indicou o policial, agitando o distintivo que trazia no pescoço. — Posso lhe fazer algumas perguntas?

Macaire convidou o jovem a entrar na suíte. A pedido dele, mostrou sua identidade e indicou seu cargo no banco. O policial, anotando com cuidado tudo que ele dizia em um bloquinho, explicou então que Jean-Bénédict fora assassinado a tiros durante a noite. Macaire ficou absolutamente horrorizado.

— O senhor não ouviu nada? — perguntou o policial.

— Eu estava dormindo — explicou Macaire.

— Dois tiros foram disparados a alguns metros daqui e o senhor dormindo como uma pedra?

— Tomo remédio para dormir. A que horas isso aconteceu?

— Ainda temos que determinar isso. Fiquei sabendo que houve uma intoxicação geral ontem à noite. O senhor sentiu alguma coisa?

— Não — respondeu Macaire. — Não bebi nenhum drinque.

Macaire mordeu a língua no mesmo instante. O policial o encarou com um olhar desconfiado:

— Por que está falando de drinques? Disseram que foi provavelmente uma intoxicação alimentar.

A conversa foi interrompida naquele instante, pois, de repente, um barulho de agitação foi ouvido no corredor. O inspetor Favraz saiu imediatamente do quarto para ver o que estava acontecendo. Macaire, da porta da suíte, viu o policial correr para o quarto de Horace Hansen, antes de sair, gritando para os colegas: "Ele está infartando. Chamem uma ambulância!" Depois de alguns minutos de confusão, os dois socorristas chegaram ao andar e foram levados até a suíte de Horace Hansen, onde ficaram por muito tempo. Ele, por fim, saiu deitado em uma maca, inerte, pálido como um cadáver, uma máscara de oxigênio no rosto. O inspetor Favraz ajudava os socorristas, segurando o soro no alto, com o braço erguido. Os três entraram no elevador, que se fechou.

No elevador, o policial, encarando o rosto de Horace Hansen, teve a impressão de que o homem murmurava alguma coisa. Ele aproximou a orelha da boca de Horace e ouviu o velho murmurar sem parar: "*Levovitch presidente, Levovitch presidente*". O policial, sem entender o que aquilo podia significar, anotou as palavras enigmáticas para não se esquecer delas.

O dia nascia lentamente em Verbier. As sirenes azuis dos veículos de polícia iluminavam a fachada do Palace. Em torno da entrada principal, movimentavam-se policiais, detetives, cães farejadores e peritos criminais. Atrás deles, contidos por fitas de isolamento, dezenas de curiosos e jornalistas se agitavam, impacientes para saber o que havia acontecido. "Um dos grandes chefões do Banco Ebezner foi assassinado!", diziam. Um assassinato em Verbier. Ninguém nunca vira aquilo!

Contemplando a confusão com tristeza através das grandes janelas, o Senhor Rose e alguns funcionários se lamentavam: as reservas iam cair muito. Era início da temporada e ninguém ia querer ficar em um hotel onde um assassinato acabara de ser cometido. O Palace podia acabar indo à falência.

* * *

Quatro meses depois do acontecido, no início do mês de abril, em seu escritório de presidente do Banco Ebezner, Macaire sempre voltava a pensar naquele domingo sombrio de dezembro que testemunhara a morte de duas gerações de Hansen. Algumas horas após o assassinato do filho, Horace Hansen perdia a vida por consequência de um infarto, no hospital de Martigny. A morte brutal do filho fora um golpe fatal para ele. Já Sinior Tarnogol, terceiro membro do Conselho, havia desaparecido. Tinha deixado uma carta para Jean-Bénédict encontrada no cofre do quarto deste, na qual pedia demissão imediata e passava suas ações e seu poder de voto para Macaire Ebezner.

Com isso, nas semanas seguintes ao assassinato de Jean-Bénédict Hansen, Macaire não apenas recuperara as ações de Tarnogol, mas também as do pai: com o Conselho dizimado, o tabelião encarregado do testamento de Abel Ebezner tivera que constatar que o desejo dele não podia mais ser respeitado, por isso suas ações deviam ser entregues ao único herdeiro.

Macaire assim se tornara, de fato, presidente do Banco Ebezner, já que detinha mais de três quartos do capital, o que fizera dele um dos banqueiros mais ricos e poderosos de Genebra. Ele era admirado e invejado. Mas sua reputação também ficara um pouco manchada: ele devia a glória atual ao assassinato do primo. Para piorar tudo, a investigação parecia parada e, mesmo que nada incriminasse Macaire diretamente, todos que o encontravam na rua sempre se perguntavam o que acontecera na famosa noite de quinze para dezesseis de dezembro, no quarto 622 do Palace de Verbier. Macaire Ebezner matara o primo para assumir o controle do banco da família?

Macaire, consciente dos boatos, se esforçava para não prestar atenção neles. Além disso, todos que o cercavam eram só sorrisos e obséquios. Quem o encontrava na cidade corria até ele para cumprimentá-lo respeitosamente e puxar seu saco. Tudo isso por um motivo muito claro: como Jean-Bénédict era filho único e não tinha filhos, Horace e ele haviam morrido sem deixar herdeiros. Os Hansen tinham sido erradicados. O regulamento do Banco Ebezner previa que, nesse caso, as ações deles seriam compradas pela instituição e cedidas a dois novos membros do Conselho, designados pelo presidente.

Pela primeira vez em trezentos anos de existência, o Conselho do Banco Ebezner não seria composto apenas por membros das famílias Ebezner e Hansen. Para todos os aspirantes do mercado financeiro, era uma chance única. Macaire passara a ser o homem mais importante e mais cortejado de Genebra.

Macaire, o filho mal-amado de Abel, se tornara o mais poderoso dos Ebezner.

O mais rico dos Ebezner.

O maior dos Ebezner.

O que ele sentia agora? Tédio. Desgosto. No fundo, nunca dera a mínima para aquele banco. Agora que tinha chegado ao topo, lembrava por que, quinze anos antes, tinha cedido suas ações.

Só fora feliz com Anastasia.

Sem ela, a vida não tinha mais sabor.

Ele queria reencontrá-la.

Queria reconquistá-la.

Onde ela estava?

Naquele mesmo instante, a alguns milhares de quilômetros de Genebra, na ilha de Corfu, na Grécia.

Anastasia saiu do mar cor de esmeralda e pegou a toalha que havia deixado na praia. Estava mais feliz do que nunca e isso era visível: ela estava sublime, magnífica e esplendorosa, banhada pelo sol e sobretudo pelo amor de Lev. Ela se secou e se dirigiu para a impressionante casa que se erguia atrás dela, protegida por rochedos, de frente para o mar Jônico.

Quando chegaram à ilha, em dezembro, os dois tinham vivido uma louca paixão. A paixão do reencontro, de poder ficarem juntos o tempo todo, de não ter mais que se esconder. Os passeios de mãos dadas na cidade velha de Corfu, as caminhadas ao longo da praia. E aquela casa! Anastasia nunca vira nada parecido.

Lev queria que tudo fosse perfeito, e tudo estava perfeito.

Lev queria que ficassem bonitos: eles haviam esvaziado as butiques de luxo de Atenas. "Vamos nos vestir bem todas as noites!" ele lhe dissera. Ela havia achado a ideia maravilhosa. O quarto deles, do tamanho de uma sala, dava para dois closets, que levavam a dois imensos banheiros. Cada um trancado no seu, eles se separavam para depois se reencontrar, ainda mais bonitos, ainda mais perfumados, ainda mais arrumados. Ainda mais sublimes.

Em um longo ritual, eles se preparavam cuidadosamente. Com os sentidos à flor da pele, eles sentiam crescer a excitação do reencontro à medida que a hora avançava.

Lev começava por algumas flexões, depois um longo banho. Quando saía dele, conferia cada centímetro quadrado de seu corpo esculpido. Ele arrumava, penteava, aparava, buscava qualquer imperfeição, procurava o menor pelinho rebelde.

Anastasia adorava o reino de seu banheiro. Ela mergulhava na imensa banheira, a água agradavelmente pelando e repleta de espuma perfumada. Tinha espalhado velas em volta dela e lia por muito tempo, em um clima tranquilo. Depois vinha o ritual de se pentear, deixar os cabelos ondulados. Para garantir a perfeição de suas unhas, esmalte nas mãos e nos pés. Depois escolher um vestido. "Nunca um repetido!" exigia Lev. "Quando não houver mais, vai ter outros!" Ele mandava entregar presentes sem parar.

De manhã, Lev já estava de pé ao nascer do sol. Ia correr nas colinas da ilha e depois trabalhava no pequeno escritório do térreo.

Anastasia, depois de acordar e se aprontar, se juntava a ele e os dois tomavam café juntos, na sala de jantar no início do ano e no terraço quando os dias quentes chegavam. Eles se regalavam com cheesecakes, doces gregos e croissants ainda quentes de uma padaria que entregava em casa todos os dias.

Depois de caminhar um pouco pela praia deserta, Anastasia subiu a escada talhada na rocha que levava até a casa. Quando chegou à varanda, Alfred lhe trouxe um café, água e frutas já cortadas.

— Obrigada, Alfred — disse ela, sorrindo e pegando a xícara de café.
— Você leu meus pensamentos. A que horas o Lev volta?
— Até o fim da tarde — respondeu Alfred, olhando para o relógio.

Desde que chegaram em Corfu, Lev tinha que ir regularmente a Genebra, a pedido de Macaire, que acreditava que ele estava morando em Atenas. Lev explicara a Anastasia que não podia fugir como um bandido. "Isso levantaria suspeitas" dissera ele. Anastasia não havia entendido de que suspeita ele estava falando. Mas ela não se importava, as curtas ausências de Lev eram deliciosamente insuportáveis: ainda mais desejo quando ele voltava, ainda mais amor, ainda mais paixão. Quem podia acreditar que aquilo seria possível?

E, além do que, era uma questão de só mais alguns meses. Ao menos era isso que Lev havia dito. Primeiro ele quisera pedir demissão rapidamente, depois voltara atrás, dizendo que não podia abandonar seus clientes de um dia para o outro. "Não seria profissional" ele explicara. "De que adianta ser profissional se você vai pedir demissão de qualquer modo?" retrucara ela. "É uma questão de princípio" dissera ele.

A voz de Alfred tirou Anastasia de seus pensamentos:

— O que a senhora gostaria de comer esta noite? Acabaram de entregar peixe fresco e lagostas magníficas.

— Espaguete com lagosta? — sugeriu Anastasia.

— Parece uma ótima pedida.

Ela contemplou o mar que se oferecia para ela. Ainda não conseguia acreditar que era ali que Lev e ela viviam agora, naquela casa dos sonhos, com uma praia particular e empregados para cuidar de tudo.

Ela torcia para nunca ter que deixar aquele lugar.

Em Genebra, no último andar do Banco Ebezner, Cristina abriu com cuidado a porta do escritório de Macaire.

— O Lev chegou — anunciou ela com um tom de importância.

— Peça para ele entrar — respondeu Macaire, levantando-se da cadeira para receber o visitante.

Lev então entrou na sala. Os dois se abraçaram.

— Oi, meu amigo! É um prazer ver você.

— O prazer é meu, senhor presidente! — respondeu Lev, sorrindo.

Macaire caiu na gargalhada.

— Nada disso entre a gente, por favor! Além disso, sei o quanto devo a você. Eu não esqueço que você estava disposto a renunciar à presidência para me ceder seu lugar.

Macaire indicou com a mão as duas poltronas da sala e os homens se sentaram.

— Quer uma bebida? Um *vísque*?

— Quero um uísque, sim — aceitou Lev.

Macaire estendeu o braço e pegou um imponente decanter de cristal. Serviu um pouco em dois copos, depois os dois fizeram um brinde com um ar de cumplicidade.

— Você queria falar comigo? — perguntou Lev.

— Queria — respondeu Macaire, de repente muito sério. — Como estão as coisas em Atenas?

Lev, para justificar sua partida, explicara a Macaire que não conseguia mais se ver ficando em Genebra, agora que o outro era o presidente. Que queria mudar de ares. Ele precisava se renovar, ter novos projetos. Os dois haviam combinado, para garantir uma transição tranquila com os clientes, que Lev não anunciaria a partida imediatamente, que poderia trabalhar em parte a distância, voltaria ao banco regularmente e justificaria as longas ausências com negócios no exterior.

— Olhe — disse Macaire a Lev depois que ele explicou rapidamente a situação. — Eu pensei muito no que você falou: na sua vontade de pedir demissão, na sensação de já ter feito o que queria aqui. Mas, para ser sincero, ainda preciso de você no banco. É uma questão de estabilidade. Você tem alguns dos nossos maiores clientes na sua carteira. Tenho medo de que eles procurem outros bancos se você for embora. O banco já foi muito abalado pelo assassinato de Jean-Bénédict, e o anúncio da sua saída seria prejudicial para o estabelecimento.

— Você quer que eu fique? — perguntou Lev, impressionado. — Para ser bem sincero, não sei se quero ficar.

— Algum outro banco sondou você, é isso? Quanto eles ofereceram? Vou te pagar o dobro! Eu preciso de você!

— Não, eu não quero trabalhar em outro banco. Só quero mudar de ares. Além disso, agora você é o presidente, está no escritório do sexto andar. Se eu voltar, não vai ser a mesma coisa eu ficar sozinho no quinto andar.

— Lev — propôs Macaire —, por que não assume o escritório do banco em Atenas? Você poderia fazê-lo se desenvolver mais. Já tem clientes gregos. Isso vai explicar tudo muito bem. Você pode continuar cuidando de todos os seus clientes de lá. Vai ser fácil voltar para Genebra ou ir para qualquer outro lugar da Europa quando for preciso.

— A sede do banco em Atenas não é lá muito entusiasmante — retrucou Lev. — Não quero passar meus dias lá.

— Pode trabalhar de casa se quiser. Só precisa passar lá uma vez por semana para garantir que está tudo bem.

Lev hesitou. Macaire insistiu:

— Não me deixe na mão! — implorou. — Você é um dos pilares deste banco! Não posso começar a presidência perdendo meu melhor consultor. O que vão achar de mim? Te imploro...

— Está bem — disse Lev. — Mas não vou me comprometer por mais de um ano.

— Um ano já está bom — garantiu Macaire, lançando para ele um olhar cheio de gratidão. — E se a situação te agradar, pode prolongá-la o quanto quiser.

Lev aceitou. Os dois fecharam o acordo com um aperto de mãos e fizeram outro brinde.

Quando Lev foi embora, Macaire abriu um sorriso satisfeito, onde se podia ver uma sensação de superioridade. Ele pensou que a fraqueza de Lev era sua gentileza. A primeira parte da armadilha tinha se fechado sobre ele.

Macaire abriu a primeira gaveta da escrivaninha e tirou a carta que recebera em casa alguns dias antes. Uma carta anônima que o fizera cuspir seu café ao lê-la pela primeira vez. No papel, apenas uma frase:

Anastasia fugiu com Lev Levovitch.

Capítulo 50

EM GENEBRA (1/5)

Graças a Favraz, o chefe da Brigada Criminal do Valais, conseguimos uma reunião em Genebra com o tenente Philippe Sagamore. Foi assim que, na manhã da terça, três de julho de 2018, Scarlett e eu fomos passar o dia em Genebra.

— Entendo por que a polícia do Valais entregou o caso para a de Genebra — disse a ela. — No mínimo para poupar uma hora e meia de trajeto sempre que tivessem que interrogar alguém!

— Você com certeza é o detetive mais resmungão que eu conheço!

A estrada de Verbier para Genebra margeava o lago Léman. Entre duas olhadas rápidas na vista, Scarlett lia em voz alta vários artigos que havia encontrado sobre o assassinato.

— Faz dias que reanaliso todo o caso! — disse ela, irritada. — Tenho a impressão de que tem alguma coisa que não estamos vendo. Todos os jornalistas dizem que todo mundo gostava do Jean-Bénédict Hansen. Todos que o frequentavam só falavam bem dele.

— No entanto, há pelo menos uma pessoa que queria que ele morresse!

— Para descobrir quem, temos que começar descobrindo por quê.

— Espero que esse Sagamore possa nos ajudar. Seja como for, parabéns por tê-lo convencido a nos receber! Você é muito persuasiva, Scarlett.

— Eu não fiz nada! Se quer saber, foi seu nome que abriu a porta dele. No início, por telefone, ele estava muito reticente. Queria saber como eu havia ouvido falar dele. Quando lancei seu nome, ele na mesma hora se tornou muito receptivo. Pelo jeito, ele gostou da série de TV, a adaptação do seu romance. Vou ter que assistir.

Achei a menção divertida.

— Bernard e o cinema, era uma coisa incrível — expliquei. — Foi ele quem deu origem à série.

— Bernard gostava de cinema? — perguntou Scarlett.

— Ele amava cinema. Foi um dos críticos de cinema mais brilhantes do país há algumas décadas. Tinha visto de tudo. Conhecia todos os filmes, todos os atores. Aliás, depois do sucesso do meu segundo romance, vários produtores quiseram comprar os direitos do livro para adaptá-lo para o cinema. Foi ele quem cuidou de tudo e me rendeu boas gargalhadas.

— Me conte essa história! — exigiu Scarlett.

*

Paris, alguns anos antes

Bernard era um homem difícil de impressionar. Por isso, quando os produtores e estúdios de cinema correram para seu escritório em Paris, para comprar os direitos de adaptação do meu segundo romance, ele manteve o sangue-frio, ao contrário de mim, que me maravilhava toda vez com os nomes dos nossos interlocutores e com o valor das ofertas. Já Bernard era muito mais reservado. Sobretudo, por causa de sua imensa cultura cinematográfica, ele encontrava defeitos em todo mundo.

Depois das reuniões, não deixava de tecer críticas sérias aos diversos nomes que haviam sido citados para a produção, a direção ou os atores, me lembrando assim que até os maiores profissionais tinham feitos filmes muito ruins. "É melhor não ter filme do que ter um filme ruim" me dizia ele.

No início, eu não entendia por que ele se mostrava tão desconfiado. Depois, acabei por entender o motivo de sua prudência: eu lhe confiara a missão de cuidar daqueles direitos de adaptação, e ele não queria me decepcionar.

Ao produtor que propositadamente esquecera de deixar uma gorjeta para o funcionário da chapelaria de um grande hotel de Paris, depois de acabar de gastar centenas de euros para nos levar para almoçar, achando que ia nos impressionar, Bernard recusou os direitos porque não queria trabalhar com um pão-duro.

A um dos diretores americanos mais procurados da época, que insistia em comprar os direitos, Bernard não quis entregar nada porque ele não queria ir até Paris almoçar com ele.

— Com certeza ele é muito ocupado — observei a Bernard. — Dá para entender que ele não possa vir de Los Angeles até Paris só para almoçar com você.

— Se ele quisesse mesmo os direitos, ele viria. Se não vem, quer dizer que não quer tanto assim fazer o filme e, sem dúvida, vai abandonar o projeto no meio. E você vai acabar sem nada. Não se deixe impressionar, Joël!

Ao estúdio hollywoodiano que nos fez uma proposta mirabolante, Bernard ofereceu uma carimbada de indeferido no processo.

— Poxa vida, Bernard — falei —, estamos falando de muitos milhões de dólares...

— Nem tudo na vida é dinheiro, Joël: é preciso ter ambição! Todos os últimos filmes produzidos por esse estúdio são lamentáveis.

Mas o melhor dessas aventuras foi a conversa por telefone entre Bernard e um dos diretores mais influentes de Hollywood. Para a ocasião, um representante do escritório parisiense do tal diretor foi enviado para acompanhar Bernard, que não falava inglês, e traduzir a conversa.

Quando a ligação terminou, o representante, visivelmente muito impressionado, disse então a Bernard:

— O senhor tem noção, senhor de Fallois, que acabou de passar quarenta e cinco minutos ao telefone com o senhor Tal? O senhor Tal nunca tem tempo para ninguém e, para o senhor, ele deu quarenta e cinco minutos! Tem noção disso?

E Bernard respondeu com cara de decepção:

— Não, não tenho noção. Eu adoraria que você me explicasse. Porque, se você tivesse me dito que eu tinha acabado de passar quarenta e cinco minutos ao telefone com o grande Alfred Hitchcock, aí sim eu teria ficado muito impressionado. Se você tivesse me dito que eu tinha acabado de passar quarenta e cinco minutos ao telefone com o grande Buster Keaton, aí sim eu teria ficado muito impressionado. Se você tivesse me dito que eu tinha acabado de passar quarenta e cinco minutos ao telefone com o grande Charlie Chaplin, aí sim eu teria ficado muito impressionado. Mas com esse senhor Tal, não, realmente não entendo por que eu deveria ficar muito impressionado.

*

No carro, Scarlett caiu na gargalhada.

— Ele disse isso mesmo?

— Disse.

— E como isso terminou?

— No fim, acabamos optando por um projeto de série de TV. Porque era o formato que seria mais fiel ao romance. O Bernard primeiro ficou um pouco reticente: para ele, as séries de televisão ainda eram inferiores ao cinema. Ele dizia: "Afinal, o cinema é a sétima arte!" Depois, ele percebeu a preponderância das séries modernas sobre os filmes, já que agora elas tinham o dinheiro, os diretores e os atores, além da vantagem de uma duração maior. Ao ver as primeiras imagens da nossa série, Bernard me disse: "As séries são o novo cinema."

Como marcado com Sagamore, Scarlett e eu chegamos à sede da polícia de Genebra no meio da manhã. O policial nos esperava no saguão do prédio. Ele me reconheceu na hora e nos recebeu calorosamente, antes de nos levar ao terceiro andar e nos sentarmos em sua sala.

— Então foi o Favraz quem mandou vocês? — perguntou.

— Estamos tentando entender o que aconteceu no quarto 622 do Palace de Verbier — explicou Scarlett.

— Eu também queria saber a verdade sobre essa história — confessou Sagamore. — O que vocês sabem exatamente?

Decidi revelar um primeiro trunfo:

— Sabemos que a polícia fez uma descoberta no quarto 622 depois do assassinato. O que era?

Sagamore esboçou um sorriso.

— Vocês são diabolicamente perspicazes. Posso lhes oferecer um café?

Capítulo 51

A INFILTRADA

Primeira terça-feira de abril, quatro meses depois do assassinato. No fim da tarde, em Genebra, na sede da polícia, no boulevard Carl-Vogt, o tenente Sagamore levava uma bronca de Hélène Righetti, a comandante da polícia local.

— Ora, tenente — falou, irritada, Righetti. — Faz quatro meses que o assassinato aconteceu e vocês ainda não têm nada?

— É um caso mais complicado do que parece — explicou Sagamore.

— Tenente, só lembrando que foi você quem pediu que a polícia de Genebra ficasse responsável pelo caso...

— Depois da descoberta que fizemos no quarto da vítima — argumentou Sagamore —, ficou claro que a investigação devia ser chefiada por Genebra...

— E eu intervim a seu favor com a polícia do Valais, que aceitou confiar a você as rédeas do caso — interrompeu secamente a comandante Righetti, que queria cortar toda e qualquer desculpa.

— Eu agradeço muito por isso — garantiu Sagamore.

— Demonstre sua gratidão resolvendo o caso, tenente! Porque, por enquanto, estou pagando de idiota, e você também!

— Comandante, eu tenho absoluta convicção de que a solução desse caso está em Genebra e tem a ver com o Banco Ebezner. O roubo na casa de Macaire Ebezner, dois dias antes do assassinato, não foi coincidência. E ainda houve a intoxicação geral no Palace de Verbier, que impediu o anúncio do resultado da eleição do novo presidente do banco. E, na noite seguinte, o assassinato de um dos membros do Conselho. Tudo está ligado, só falta saber como.

— Mas vocês têm um suspeito, não têm?

— Nenhum nome concreto, senhora.

A comandante Righetti suspirou.

— Já revistou o banco? — perguntou ela.

— Não, só a sala de Jean-Bénédict Hansen.

— Se tudo tem a ver com o banco, como você acha, por que não fez uma revista completa no prédio?

— Não é preciso revistá-lo, senhora. Tenho algo melhor: uma agente infiltrada dentro do Banco Ebezner.

— Como é? — perguntou a comandante Righetti, surpresa. — Você pôs uma agente infiltrada dentro do banco sem me consultar?

— Por puro acaso — explicou Sagamore. — A agente está lá há meses. A Brigada Financeira está fazendo uma operação secreta no Banco Ebezner, com o apoio da Polícia Federal. Existem suspeitas de irregularidades na direção do banco.

Righetti olhou para cima e disse:

— Faça como quiser, Sagamore, mas encerre logo este caso!

Com essas palavras, a comandante saiu da sala do tenente. Ele, sentado à mesa de trabalho, contemplou longamente o imenso quadro de avisos no qual escrevera todos os elementos do caso. Depois, olhou para o relógio e imaginou que a infiltrada talvez tivesse voltado do banco. Ele pegou o telefone e ligou para a Brigada Financeira, no andar abaixo dele. Ela estava realmente no prédio. Ele pediu que ela fosse vê-lo para falar da investigação.

Para a agente, tudo começara pouco mais de um ano antes, logo depois da morte de Abel Ebezner, quando a divisão antilavagem de dinheiro da Polícia Federal emitira um alerta sobre movimentações de grandes valores em um banco de Genebra, cuja procedência não havia sido explicada.

A investigação, feita em conjunto com a Brigada Financeira da polícia de Genebra, logo chegara no Banco Ebezner e rapidamente se concentrara em Sinior Tarnogol. Mas, quanto mais a polícia tentava cercar Tarnogol, mais ficava em um beco sem saída: não havia nenhuma prova mais antiga que quinze anos antes, quando Tarnogol se instalara em Genebra, em um palacete, na rue Saint-Léger, 10. Antes disso, nada. Como se o homem não houvesse existido. Seus documentos se resumiam a um passaporte de um antigo país soviético, cujos arquivos haviam sido parcialmente destruídos, o que tornava qualquer rastreamento impossível. Usando o passaporte, Tarnogol obtivera um visto de permanência pagando um funcionário desonesto do serviço de imigração do cantão de Genebra. Como o funcionário havia renovado recentemente o visto por mais um período de dez anos, os detetives tinham conseguido facilmente chegar até ele e o pegaram de surpresa.

Mas o funcionário fora incapaz de dar qualquer informação sobre Tarnogol, que parece totalmente inatingível. Nos meses seguintes, as tentativas de vigiá-lo não tinham dado em nada. Tarnogol parecia capaz de desaparecer. Já suas relações eram muito limitadas, o que parecia pouco comum para um homem tão rico. Ninguém conhecia os amigos, parentes, nem conhecidos dele. As únicas ligações que haviam sido estabelecidas levavam a Macaire Ebezner, que cedera a ele suas ações do banco da família, e Lev Levovitch, que, segundo os elementos à disposição dos investigadores, apresentara Tarnogol a Abel Ebezner quinze anos antes.

No início do verão anterior, depois de investigar Tarnogol por seis meses sem chegar a nenhuma prova concreta, decidiu-se fazer um membro da Brigada Financeira ser contratado pelo banco, para que ele pudesse se infiltrar na instituição. Uma das mais novas recrutas da polícia tinha o perfil perfeito: ela estudara finanças e trabalhara em um banco antes de entrar para a polícia. Tinha toda a experiência necessária para enganar a todos.

Para que a operação acontecesse, era preciso dispor de um cúmplice no alto escalão do Banco Ebezner.

*

Junho do ano anterior

Na grande estufa do jardim botânico de Genebra.

O local estava deserto, a não ser pelo homem que esperava na pequena ponte de madeira que atravessava o espelho d'água. Ele estava nervoso. Se perguntava o que a Brigada Financeira queria com ele. Claro, tinha deixado algumas coisas de fora de suas declarações de imposto de renda. Mas quem não fazia isso? E por que fazê-lo ir até lá? Apoiado na grade, ele observou duas tartarugas nadarem tranquilamente entre as ninfeias brancas.

Os dois detetives — a agente infiltrada e o chefe da Brigada Financeira —, depois de garantirem, através de uma fotografia, que o homem era a pessoa que eles esperavam, saíram de trás do grande arbusto florido onde estavam escondidos e se juntaram a ele na ponte.

Foi Jean-Bénédict quem fora procurado pela polícia, já que seu perfil fora considerado o mais confiável dentro do banco. Escondidos na grande estufa, apenas com as carpas multicoloridas e tartarugas como testemunha, o chefe da Brigada Financeira, depois de abordá-lo, explicou longamente os motivos para o encontro.

— Uma missão de infiltração? — perguntou Jean-Bénédict, impressionado, olhando para ele.

A moça não havia revelado, logicamente, nada sobre a verdadeira natureza de sua missão no banco e deu a ele um pretexto preparado anteriormente:

— É uma investigação sobre uma eventual lavagem de dinheiro de tráfico de drogas feita por clientes do seu banco que ainda não foram identificados. Tudo isso deve ser mantido em absoluto segredo, mesmo dentro do Conselho do banco.

— Pode ficar tranquila — garantiu Jean-Bénédict, repentinamente muito feliz por estar envolvido em um pequeno mistério que não lhe dizia o menor respeito.

— Acha que conseguiria que eu fosse contratada por Sinior Tarnogol? — perguntou a agente.

— É complicado, ele não quer secretária. É um sujeito muito discreto. Além disso, não tem clientes. Não, o melhor é que seja contratada por um consultor. Seria mais discreto. Justamente, meu primo, Macaire, está atolado de trabalho agora. Desde a morte do pai, ele acabou se enrolando. Poderia muito bem dizer a ele que contratei uma secretária para ajudá-lo.

— Está falando de Macaire Ebezner? — perguntou o chefe da Brigada Financeira.

— É, o senhor o conhece?

— De nome.

Naquele mesmo dia, ao voltar para o banco, Jean-Bénédict foi encontrar Macaire na sala dele e repetiu o roteiro preparado com os policiais.

— Meu querido primo — disse, animado —, achei uma pérola rara para você! Uma secretária que vai poder ajudar você a recuperar o controle sobre os seus clientes. Tem muita experiência e coisa e tal. Com ela, seus problemas com os clientes vão acabar.

— Ah, Jean-Béné, você me salvou! — agradeceu Macaire. — Não vou esconder de você, não estou dando conta.

A agente infiltrada chegou ao banco alguns dias depois. De início, ela fora colocada na mesma sala que todas as secretárias do andar da Consultoria Financeira, mas, depois de alguns dias, pedira que Jean-Bénédict a mudasse de lugar. Precisava de um local mais discreto, no meio dos acontecimentos, onde não fosse sempre observada por outras colegas. Ela sugerira a antessala de Macaire Ebezner e Lev Levovitch (os dois únicos elos conhecidos com Sinior Tarnogol). E Jean-Bénédict, levando seu papel muito a sério, fora tentar convencer o primo.

— Me diga uma coisa, Macaire, por que você não sugere que sua secretária nova venha ficar aqui na frente da sua sala? Ela poderia ajudar você sem que as pessoas percebessem muito, se é que me entende. Se alguém perceber que ela está fazendo parte do seu trabalho, isso vai pegar mal. Sabe como o povo fala aqui... E isso não seria muito bom para a sua eleição à presidência do banco.

Macaire fora realmente convencido pelo argumento. A agente vira sua mesa ser deslocada para a antessala. E, durante os meses seguintes, ela tentara, através de Macaire e Levovitch, levantar a ficha de Tarnogol. Em vão.

*

Naquele fim de tarde de abril, na sede da polícia, alguém bateu à porta do escritório do tenente Sagamore.

Era a agente infiltrada.

Cristina.

Capítulo 52

CRISTINA

Cristina entrou na sala de Sagamore. Estava vestida com o tailleur que usara naquele dia no banco. No entanto, retirara o paletó e soltara o coque justo, deixando os cabelos caírem sobre os ombros. Na cintura, trazia presos sua arma, em um estojo de couro, e o distintivo de inspetora.

— Estou exausta — disse a Sagamore. — Estou bancando a secretária-modelo naquele banco desde junho. Parece que estou acumulando dois empregos!

— É só impressão sua! — respondeu ele, com uma risada.

— Fico feliz que isso te faça rir, Philippe. Olhe, eu adoraria ter uma vida, conhecer um cara, enfim, esse tipo de coisa!

— Você vai conhecer um cara, não se preocupe. E vai receber uma bela promoção ainda por cima! Assim que tivermos resolvido esse caso.

— Era por isso que queria falar comigo?

— Era. Quero retomar todas as informações que temos desse caso.

— Ah, tenha dó, Philippe! Eu estava pronta para ir para casa, tomar um banho e jantar tranquila.

— Vai jantar tranquila comigo — disse Sagamore. — Vou pedir umas pizzas.

Cristina se resignou. Fazia dez meses que começara a missão na sede do Banco Ebezner e queria encerrar aquela investigação tanto quanto Sagamore.

Ela observou o grande quadro no qual estavam pregadas os diversos elementos do caso. Pegou uma foto grudada com ímãs e a analisou com atenção.

— Vamos lá — disse ela. — Vamos juntar de novo as peças desse quebra-cabeça.

Algumas horas depois, quando a noite já caíra sobre Genebra, a sede da Brigada Criminal estava toda deserta e escura, com exceção da sala do tenente Sagamore. No canto de uma mesa, Cristina e o tenente terminavam a refeição que haviam pedido: pizzas e tiramisu. Diante deles, estava o imenso quadro branco no qual haviam reconstituído todo o caso, passo a passo.

Cristina, ainda atacando a sobremesa a colheradas generosas, contemplou o primeiro pedaço do quadro, dedicado aos fatos.

O DESENROLAR DO ASSASSINATO

Sob esse título, eles haviam prendido, com pequenos ímãs, fotos do corpo de Jean-Bénédict e uma planta do sexto andar do Palace, na qual tinham escrito os nomes dos ocupantes dos diversos quartos:

621: Horace Hansen
622: Jean-Bénédict Hansen
623: Sinior Tarnogol
624: Lev Levovitch
625: Macaire Ebezner

E, logo abaixo, o seguinte texto:

Jean-Bénédict Hansen foi morto por volta das quatro da manhã, no quarto 622 do Palace de Verbier. Dois projéteis de 9mm praticamente à queima-roupa.
Seu cadáver foi encontrado às seis e meia da manhã por um funcionário do hotel que foi levar o desjejum.

O tenente Sagamore, engolindo um último pedaço de pizza, se levantou e disse:

— De acordo com a posição do corpo, tudo nos leva a crer que o assassino bateu na porta. Jean-Bénédict Hansen se levantou, vestiu o roupão para atender e então: *pow, pow*! Não tinha nenhuma chance de escapar. Não foi uma visita para ameaçar, roubar, nem uma briga que acabou mal: foi um assassinato. Não há dúvidas disso. O homem que fez isso queria eliminar Jean-Bénédict Hansen.

— Ou *a mulher que fez isso* — sugeriu Cristina. — Não podemos excluir uma mulher.

— É verdade — assentiu Sagamore. — Mas as estatísticas mostram que, na maioria dos casos, são os homens que matam.

— E as estatísticas também mostram que, quando uma mulher mata, costuma ser com uma arma de fogo!

— Ponto para você — disse Sagamore. — Seja como for, não dá para saber se o assassino foi embora na hora ou se entrou na suíte de Jean-Bénédict Hansen. Não há vestígios de que ele a tenha revirado, marcas de passos, nem de arrombamento, mas não podemos esquecer que é um quarto de hotel: tem DNA de sobra por todo o lado!

— O que a balística diz? — perguntou Cristina.

— Conseguimos remover os projéteis intactos, mas isso não nos ajuda muito. Se acharmos a arma do crime, pelo menos vamos poder identificá-la com certeza comparando as ranhuras do cano dela com as balas.

Cristina pousou os olhos na parte inferior do quadro, que parecia desesperadamente vazia e exibia, em uma folha inteira, apenas essa interrogação:

TESTEMUNHAS?

— É realmente inacreditável que não haja nenhuma testemunha! — disse ela com irritação.

Sagamore assentiu, antes de ponderar:

— Parte dos hóspedes estava hospitalizado depois da intoxicação.

— Eu, inclusive! — respondeu com raiva Cristina, que passara aquela noite no hospital de Martigny. — Você acha que o envenenamento foi para esvaziar o hotel e deixar a área livre para o assassino?

— Difícil dizer — respondeu Sagamore. — Tudo que sabemos é que nenhum dos clientes presentes no andar naquela noite ouviu nada. Horace Hansen, antes de infartar, teve tempo de explicar à polícia que era completamente surdo e usava aparelho auditivo durante o dia, mas o tirava para dormir. Macaire Ebezner afirmou que havia tomado um remédio poderoso para dormir, o que o médico dele confirmou. Lev Levovitch e um dos diretores de recursos humanos do banco explicaram que não ouviram absolutamente nada. Um outro garantiu ter sido acordado brevemente por um barulho, mas, como não ouviu mais nada, voltou a dormir, sem se perguntar o que poderia ter sido.

O tenente apontou em seguida para a planta do andar térreo do Palace de Verbier.

— A partir das dez da noite — explicou ele —, o acesso ao hotel só pode ser feito pela entrada principal. Ela é vigiada por duas câmeras e um segurança. E ele garante não ter visto ninguém a noite toda. As imagens gravadas pelas câmeras confirmam isso.

— O que sabemos sobre as outras saídas do hotel? — perguntou Cristina, apontando para o que na planta pareciam várias portas que davam para o exterior.

— Todos os acessos abertos durante o dia são trancados à noite. Restam as saídas de emergência, que só podem ser abertas por dentro. Ninguém conseguiria ter entrado no hotel por elas.

— A menos que tivesse um cúmplice! — salientou Cristina. — Alguém que possa ter aberto a porta por dentro para permitir que um terceiro entrasse. Teríamos então pelo menos dois culpados. Mas não acredito nessa ideia. Esse assassinato parece um ato impulsivo. Matar Jean-Bénédict Hansen em um hotel com uma arma de fogo demonstra um tipo de precipitação. Era preciso que ele morresse naquela noite. Parece um gesto de alguém que agiu sozinho, alguém isolado, desesperado.

Sagamore esboçou um sorriso e falou:

— Você concorda com a minha hipótese, então. O único elemento desse caso do qual tenho alguma certeza.

— Que seria?

— Que o assassino estava dentro do hotel. Foi um cliente do hotel, alguém do banco ou um convidado pelo banco. Seja como for, alguém que já estava no local.

— E que depois teria fugido por uma saída de emergência? — sugeriu Cristina.

— É possível. Infelizmente, nevava muito naquela noite e não conseguimos achar pista nenhuma em volta do hotel. Mas acho que o assassino não precisou fugir. Ele matou e voltou para seu quarto, antes de fingir estar estupefato no dia seguinte. O assassino estava lá, no hotel, bem debaixo do nariz da polícia. Tenho certeza disso.

Cristina parou para pensar por um instante e avaliou a situação. Depois, perguntou:

— Quem foi a última pessoa a ver Jean-Bénédict Hansen?

— Sinior Tarnogol — respondeu Sagamore. — Sei disso porque a segurança do Palace interveio no quarto, na noite de sábado, algumas horas antes do assassinato.

Sagamore retirou do quadro um trecho do depoimento feito à polícia, na manhã do assassinato, pelo chefe da segurança do Palace e a entregou para que Cristina pudesse lê-lo.

"Na noite de sábado, quinze de dezembro, às onze e cinquenta da noite, fui chamado por causa de uma confusão no quarto 623. Fui imediatamente para o quarto em questão, onde fui recebido por um homem que me garantiu que estava tudo bem. Achei que talvez não fosse o quarto certo. Não havia barulho nenhum no corredor. Tudo parecia tranquilo. Não insisti e fui embora. Informei o problema ao diretor, caso fosse necessário intervir de novo. Tinha sido uma noite estranha, e era melhor ser prudente. Mas não houve mais nenhum chamado depois. A noite foi calma. Bom, se é que podemos dizer isso: no dia seguinte, um cadáver foi encontrado no quarto 622."

— O chefe da segurança foi claro — continuou Sagamore. — O homem que abriu a porta do quarto 623 para ele era Jean-Bénédict Hansen. Ele o reconheceu depois, por foto. Mas 623 era o quarto de Tarnogol.
— Realmente — admitiu Cristina. — E Jean-Bénédict estava no 622. O que isso significa?
— Você vai ver — disse Sagamore, antes de apontar para a seção seguinte do quadro.

SUSPEITOS

Sob o título escrito em letra de forma, duas fotos estavam presas. Uma de Lev Levovitch e outra de Macaire Ebezner. As duas eram acompanhadas por algumas frases explicativas.

LEV LEVOVITCH
Foi o braço direito de Abel Ebezner, que o considerava um filho.
O Conselho estava a ponto de elegê-lo presidente do banco. Jean-Bénédict Hansen parecia se opor a essa escolha, preferindo seu primo, Macaire Ebezner.
Lev Levovitch tinha decidido deixar Genebra depois do assassinato. Ele deixou a suíte que ocupava havia quinze anos no Hôtel des Bergues. Para ir para onde? Por que partir de maneira tão precipitada?

— Sabemos que Levovitch tem um patrimônio imobiliário grande — indicou mais uma vez o tenente Sagamore. — Uma casa de campo no interior chique de Nova York, um apartamento em Atenas e uma casa em Corfu.

— Segundo minhas informações — disse então Cristina —, ele está morando em Atenas. Disse que precisava mudar de ares. Estava em Genebra hoje. Eu o vi no banco. Foi ver o Macaire, que o convenceu a não pedir demissão. Macaire deu a Lev a direção da filial de Atenas, ele vai continuar cuidando dos clientes de lá. Para mim, a direção da filial de Atenas foi um pretexto encontrado por Macaire Ebezner para não se queimar com a clientela do banco. Macaire pode ser presidente, mas o verdadeiro astro sempre foi Levovitch. Se ele pedir demissão, vai ser um golpe forte para o banco.

Sagamore escreveu com hidrográfica no quadro, ao lado da foto de Levovitch, a menção: "Atenas?" Depois apontou para a ficha de Macaire.

MACAIRE EBEZNER

Roubo em sua casa: ele está mentindo sobre o conteúdo do cofre. Garante que havia seus registros contábeis pessoais e que tinha posto os documentos em um cofre para protegê-los em caso de incêndio, mas isso é pouco crível. Isso pode ter ligação com a morte de seu primo.

Foi visto na cozinha do hotel vasculhando as caixas de garrafas de vodca, com Jean-Bénédict Hansen. Mas nenhuma ligação com a intoxicação geral pôde ser estabelecida.

Também tem uma pistola de calibre 9mm, ou seja, a utilizada no assassinato. Ele cedeu a arma para uma análise balística: as ranhuras do cano não correspondem às da arma usada para matar Jean-Bénédict Hansen.

Nenhuma prova que permita incriminá-lo.

Sagamore tinha incluído apenas os nomes de Lev Levovitch e Macaire Ebezner entre os suspeitos. Cristina ficou impressionada por ele não ter mencionado Tarnogol.

— Você me disse que Tarnogol foi a última pessoa a ver Jean-Bénédict Hansen vivo — lembrou ela. — E podemos acrescentar a isso o fato de a segurança do Palace ter intervindo na "confusão" na suíte dele, onde Jean-Bénédict estava. E, logo depois do assassinato, Tarnogol desapareceu, deixando para trás apenas uma carta de demissão como explicação. Por que Tarnogol não está na sua lista de suspeitos? Duvido que tenha sido um esquecimento seu.

Sagamore deu um sorriso irônico.

— Vou chegar lá — prometeu ele, antes de continuar lendo o quadro.

Dos nomes dos dois suspeitos estabelecidos pelo tenente, uma flecha fora desenhada, levando à última parte do quadro.

MOTIVAÇÃO DO CRIME: A PRESIDÊNCIA?

— Por que querer matar Jean-Bénédict Hansen? — perguntou o tenente Sagamore. — Segundo a mulher dele, ele não tinha inimigos nem tinha recebido ameaças. O único motivo no qual consigo pensar tem a ver com a presidência do banco.

— Era o nome de Lev Levovitch que devia ter sido anunciado pelo Conselho no sábado à noite, no grande salão de baile — lembrou Cristina. — Temos o depoimento do inspetor da polícia do Valais que afirma ter entendido claramente Horace Hansen dizer: "*Levovitch presidente*".

— É verdade, mas ele tinha acabado de ter um infarto — retrucou Sagamore. — Então não tenho certeza de que um juiz levaria esse elemento em consideração.

Cristina não se deixou desanimar por aqueles argumentos e continuou:

— Mas poderíamos perfeitamente imaginar que Levovitch tenha matado Jean-Bénédict porque ele queria impedi-lo de chegar à presidência e colocar seu primo Macaire no cargo. Sabemos que Jean-Bénédict tinha participação minoritária no Conselho já que Sinior Tarnogol e Horace Hansen eram favoráveis a Levovitch. Além disso, depois que Levovitch fosse eleito, mas antes que o anúncio fosse feito, Jean-Bénédict Hansen informa o primo, Macaire Ebezner, da situação. Macaire, que sabia que Levovitch era uma ameaça, tinha previsto essa possibilidade: ele envenenou a vodca servida no coquetel para que o anúncio não acontecesse e ele pudesse ganhar tempo.

— Infelizmente, você não tem nenhuma prova do que está dizendo — repreendeu Sagamore.

— Macaire Ebezner e Jean-Bénédict Hansen foram vistos na cozinha mexendo no estoque de vodca — lembrou Cristina. — Levovitch, depois da intoxicação geral, descobre que Jean-Bénédict estava lutando contra ele nos bastidores e o mata.

— Para depois ir morar em Atenas? — salientou Sagamore. — Sua hipótese não se sustenta.

— Você tem uma melhor? — perguntou Cristina.

— Tenho. Acho que Macaire Ebezner matou Jean-Bénédict Hansen para ficar com a presidência.

— Mas Jean-Bénédict Hansen fez de tudo para ajudar o primo a se tornar presidente — disse Cristina.

— Dois dias antes do assassinato, Anastasia Ebezner, a esposa de Macaire, foi atropelada por um carro na frente do Hôtel des Bergues. Eu interroguei o médico que cuidou dela no hospital: foi Jean-Bénédict Hansen quem a atropelou, afirmando que tinha esquecido de acender os faróis e não a havia visto. Então, dois dias depois, ou seja, na manhã da eleição, Anastasia Ebezner surpreendeu um ladrão. Tudo isso não pode ser uma mera coincidência.

— Você acha que o ladrão podia ser Jean-Bénédict Hansen? — perguntou Cristina.

— É possível. Ele devia estar querendo pressionar Macaire, primeiro atacando a esposa dele, depois forçando o cofre, talvez procurando por provas comprometedoras.

— Tem alguma notícia de Anastasia Ebezner? — quis saber Cristina.

— Não, tentei encontrá-la, mas sem sucesso. Interroguei os conhecidos dela, mas ela não tinha amigos de verdade. E, sinceramente, não vejo a ligação dela com o caso. No dia do roubo na casa dos Ebezner, ela havia deixado um bilhete para o marido, dizendo que ia deixá-lo. Queria aproveitar a ausência dele para fugir. É um problema de casal que não nos diz respeito.

— Voltando ao caso — disse Cristina —, confesso que não entendo por que motivo Macaire Ebezner teria matado Jean-Bénédict Hansen.

— Porque ele teria descoberto a verdade sobre o primo.

— A verdade? — perguntou Cristina, impressionada. — Que verdade?

Sagamore fez uma cara séria:

— Cristina, tem um elemento da investigação que mantive escondida do todos, a não ser de alguns membros da minha brigada e do chefe da polícia do Valais. Foi o principal motivo para a polícia de lá ter nos confiado a responsabilidade pelo caso. Provavelmente é a peça-chave da investigação.

— Fale logo! — apressou Cristina.

— Acho que tudo remonta à investigação inicial, que começou antes do assassinato de Jean-Bénédict Hansen e que te levou, dez meses atrás, a se infiltrar no banco. Acho que está tudo ligado.

Cristina demonstrou certa reticência.

— Não sei aonde você quer chegar, Philippe. Você ainda não me explicou por que o Tarnogol não está no seu quadro, se ele está justamente no centro desse caso.

— Você gosta de surpresas? — perguntou Sagamore.

— Não muito — respondeu Cristina, perdendo a paciência.

— Então você não vai gostar desta aqui.

Sagamore então pousou na última parte livre do quadro um pedaço de papel no qual estava escrito:

QUEM É SINIOR TARNOGOL?

— *Quem é Sinior Tarnogol?* — leu Cristina.

Como resposta, Sagamore foi até um pequeno arquivo de metal no qual guardava suas várias pastas. Ele tirou um grande saco plástico opaco.

— Na manhã do assassinato — contou —, assim que fui avisado do assassinato, fui até o Palace de Verbier.

— Eu sei — admitiu Cristina. — Nós nos vimos lá naquele dia. Você estava chegando de Genebra e eu, do hospital! — ironizou ela.

Sagamore agitou o saco que tinha na mão e então disse:

— Eu descobri isto na suíte de Jean-Bénédict. Escondido, no fundo de um armário do closet.

Sagamore pôs a mão no saco plástico. Tudo que estava dentro dele fora analisado pela perícia, muitos meses antes: eles podiam tocar em tudo sem comprometer nenhuma prova. O primeiro objeto que Sagamore tirou do saco foi um sobretudo, que vestiu. A peça de roupa era forrada de enchimento em vários pontos, por isso dava a quem a usava uma corpulência estranha. Cristina de início não entendeu o que significava aquele disfarce. Então o tenente tirou o que parecia uma máscara de silicone e mergulhou o rosto nela. Cristina então levou um susto: ela estava chocada. Como era possível? O homem que estava diante dela não era mais seu colega Philippe Sagamore, e sim Sinior Tarnogol.

Tarnogol nunca havia existido. Era uma criação de Jean-Bénédict Hansen.

* * *

Naquela noite, na sala do tenente Sagamore, Cristina passou longos minutos estudando a máscara de silicone que tinha nas mãos. Não conseguia acreditar: era um artifício de uma qualidade absolutamente extraordinária, fabricado com uma finesse e um talento anos-luz à frente de tudo que ela já vira. Era muito distante das máscaras vendidas nas lojas especializadas: aquela tinha sido fabricada, cuidadosamente, com detalhes e materiais singulares. As asperezas da pele eram de um realismo impressionante. Os implantes dos cabelos e pelos eram perfeitos. A cor da carne dava a ela uma impressão de vida. Era quase assustador. O silicone usado era de uma fineza extrema e se moldava perfeitamente, inclusive no contorno dos lábios e olhos, ao formato do rosto de quem o usava. Ele reagia aos movimentos como se fosse uma pele natural: o nariz, as rugas e todas as dobras do rosto, assim como o nariz, se moviam de maneira desconcertante. Aquele objeto era obra de um ótimo profissional. Cristina nunca vira nada parecido.

Estava abismada. Depois que o choque passou, ela ouviu Sagamore detalhar as várias pistas que havia recolhido para provar a identidade de Jean-Bénédict Hansen/Sinior Tarnogol. Para cada uma delas, ele prendeu no quadro uma folha de papel.

PROVA Nº 1
A segurança do Palace foi chamada por causa da "confusão" no quarto 623, ou seja, o quarto de Sinior Tarnogol. Do lado de dentro, foi Jean-Bénédict Hansen quem abriu a porta para eles e garantiu que estava tudo bem.

PROVA Nº 2
Um saco plástico contendo roupas e um rosto de silicone representando fielmente Sinior Tarnogol foi encontrado na suíte de Jean-Bénédict Hansen.

PROVA Nº 3
De dentro da máscara, foram retirados cabelos, todos pertencentes a Jean-Bénédict Hansen.

PROVA Nº 4
Tarnogol morava em um palacete na rue Saint-Léger, 10, comprada através de uma empresa de fachada com sede nas Ilhas Virgens, ligada diretamente à JBH SA, a empresa pessoal de Jean-Bénédict Hansen.

PROVA Nº 5
Uma revista feita no palacete da rue Saint-Léger, 10 permitiu descobrir objetos pessoais que pertenciam a Jean-Bénédict Hansen.

PROVA Nº 6
As agendas de Hansen e Tarnogol revelaram que, com frequência, os dois viajavam ao mesmo tempo.

PROVA Nº 7
Foi Jean-Bénédict Hansen quem havia sido encarregado da organização do Encontro Anual, em nome do Conselho. E, por coincidência, ele e Tarnogol estavam em quartos vizinhos. Passando pela sacada, ele poderia ter passado de um para o outro sem que ninguém percebesse nada. Jean-Bénédict entrava no quarto 622 e, alguns minutos depois, Sinior Tarnogol saía do 623.

PROVA Nº 8
O café da manhã que Jean-Bénédict Hansen pediu na manhã do assassinato: ovos, caviar, chá preto e um pequeno copo de vodca Beluga. Ou seja, segundo os funcionários do Palace de Verbier, o café da manhã predileto de Sinior Tarnogol.

PROVA Nº 9
Tarnogol desapareceu misteriosamente depois da morte de Jean-Bénédict Hansen.

PROVA Nº 10
Uma carta de demissão assinada de próprio punho por Tarnogol foi encontrada no cofre de Jean-Bénédict Hansen, assim como as ações cedidas por Macaire Ebezner a Sinior Tarnogol, quinze anos antes. Sem dúvida, Jean-Bénédict queria encontrar um modo de se livrar daquele personagem incômodo e ficar com as ações para si.

Cristina ficou abismada com o que descobria.

— Jean-Bénédict Hansen nos enrolou desde o início — disse, analisando mais uma vez as várias provas expostas no quadro.

— Isso explicaria por que você nunca descobriu nada sobre Tarnogol, em seis meses no banco — lembrou Sagamore.

Cristina fervilhava por dentro: tinha sido enganada como uma iniciante. Desde o início, Jean-Bénédict a manipulara.

Durante quinze anos, ele havia enrolado todo mundo.

Capítulo 53
EM GENEBRA (2/5)

— Até o mês de abril seguinte ao assassinato, ninguém sabia dessa descoberta — explicou Sagamore —, tirando um punhado de colegas das brigadas criminais do Valais e de Genebra, que foram obrigados a manter segredo. A Cristina foi a primeira pessoa com quem abri o jogo diretamente. Devo dizer que ela me ajudou muito a entender melhor as coisas.

Sagamore preparara uma pilha de documentos para nós. Ele os espalhou sobre a mesa para que pudéssemos analisá-los.

— São os documentos da investigação do assassinato? — perguntei.

O tenente Sagamore assentiu.

— Só para consulta. Vocês não podem levar e eu nunca mostrei nada a vocês.

Havia, entre os documentos, fotos da casa dos Ebezner e de um cômodo cuja janela fora quebrada.

— É o roubo que aconteceu na casa dos Ebezner dois dias antes do assassinato, não é? — quis saber Scarlett.

— É. Como sabe disso?

— Nós conversamos com a vizinha dos Ebezner — respondeu Scarlett.

— Mas vamos voltar à investigação. O senhor estava dizendo que, em abril, ou seja, quatro meses depois do assassinato, não tinha nenhuma prova.

— Ou pelo menos muito poucas.

— E nenhuma pista? Ou suspeito?

— Só uma convicção muito pessoal: o assassino tinha percebido a identidade dupla de Jean-Bénédict Hansen.

— E, quando o senhor diz *assassino*, estava pensando em alguém específico?

— Macaire Ebezner. Durante o Encontro Anual, ele descobre que Jean-Bénédict Hansen era, na verdade, Tarnogol e que era manipulado por ele havia quinze anos. Então entende que era seu primo que se opunha a sua chegada à presidência. Ele decide eliminá-lo, percebendo que mataria dois coelhos com uma cajadada só: ao matar Jean-Bénédict Hansen, também se livraria de Sinior Tarnogol. Era, tecnicamente, um assassinato duplo, que deixaria o Conselho incapaz de prejudicá-lo, já que o membro restante do Conselho, Horace Hansen, não era um homem de personalidade forte. Macaire Ebezner sabe que a presidência e o banco seriam dele, caso ele se livrasse do primo. Então, naquela fatídica noite de quinze para dezesseis de dezembro, ele entra em ação. Só precisou sair de seu quarto e bater na terceira porta do corredor. Quando o hóspede a abre, ele dá dois tiros de pistola e volta para seu quarto, a alguns metros dali. Mesmo que o ouvissem, mesmo que alguém naquele andar acordasse e saísse para o corredor para ver o que estava acontecendo, ele já teria tempo suficiente para voltar para o quarto e tomar um remédio para dormir, como toda noite. Álibi sólido, que seria confirmado por seu médico depois. A arma usada no crime? Com certeza comprada de alguém sem registro, como fazem regularmente muitos cidadãos suíços exemplares. Macaire aliás depois indicaria espontaneamente à polícia que tinha um revólver declarado, entregando-o por vontade própria à perícia, bancando o ingênuo para enganar melhor a todos. Mas era um atirador experiente. Sei disso porque descobri que ele treinava sempre em um estande de tiro nos arredores de Genebra.

Alguém bateu à porta do escritório. Era um inspetor que precisava conversar sobre um assunto urgente com seu superior.

— Com licença um instante — pediu Sagamore.

Ele desapareceu com o colega no corredor. Scarlett na mesma hora pegou o celular e começou a fotografar os documentos na mesa.

— Você ficou maluca? — falei, interrompendo-a. — Isso é proibido!

— Isso é uma mina de ouro, Escritor. O Sagamore nos disse que nunca nos deixaria fazer uma cópia desse arquivo. Rápido, me ajude! Tire fotos de tudo que você puder! Cada uma pega uma pilha!

Eu obedeci. Era a chance que tínhamos de obter informações cruciais sobre a investigação.

Capítulo 54

A CAIXINHA DE MÚSICA

Anastasia tinha dormido mal. Pela primeira vez desde que chegara a Corfu, ela acordara muito antes de Lev. Lá fora, ainda estava escuro. Ela observou por um instante o amante mergulhado em um sono tranquilo, depois, por fim, se levantou. Preparou um banho de banheira e, nele, forçou-se a relaxar por muito tempo. Estava inquieta. Pela primeira vez, tinha a impressão de que nuvens começavam a cobrir o pequeno paraíso grego dos dois.

Na noite da véspera, ela ficara feliz ao rever Lev, que voltava de Genebra. Eles haviam jantado na grande sala de jantar iluminada por dezenas de velas. Tudo tinha sido perfeito. No entanto, ela tivera a impressão de que algo estava errado.

— Foi tudo bem em Genebra? — perguntou ela.

— Foi — garantiu Lev.

Pelo modo como ele desviou os olhos ao responder, notou que estava mentindo. Ela decidiu insistir.

— Você me disse que tinha uma reunião no banco, era isso?

— Era.

— Com algum cliente?

— Com o Macaire. Ele queria me ver.

— Macaire? Por quê?

— Ele me pediu para repensar minha demissão. Falou que minha saída pode desestabilizar o banco. Me propôs ficar com a filial de Atenas, cuidar da minha carteira de lá.

— E você recusou, eu espero.

— Fui obrigado a aceitar.

Foi a primeira briga dos dois em Corfu. Ela havia gritado que ele prometera deixar o banco e ele, respondido que aquilo não mudava nada, que ele cuidaria de tudo a partir de Atenas.

— Nós viemos para Corfu para ficarmos juntos — lembrou Anastasia.

— Vamos ficar juntos! Isso não muda nada. Uma vez por semana, posso fazer uma ida e volta de dia até Atenas.

— Estou com uma impressão muito estranha de que você não quer sair do Banco Ebezner!

— Eu simplesmente não quero causar suspeita nenhuma.

— Suspeita? Que suspeita?

Ele manteve o tom evasivo:

— Só quero que a gente fique tranquilo. Longe de problemas.

— Se você quer que a gente fique tranquilo, basta pedir demissão! O banco vai conseguir se virar sem você.

— É mais complicado que isso.

— Lev, às vezes tenho a impressão de que você está me escondendo alguma coisa.

Ele riu, como se o que ela estava dizendo não fizesse sentido algum.

— Mas eu não estou escondendo nada, minha nossa! O que eu poderia estar escondendo? Eu tenho que trabalhar, Anastasia.

— Você tem dinheiro suficiente para não precisar mais trabalhar.

— Então talvez seja isso que esteja escondendo: com certeza sou menos rico do que você imagina.

Para descontrair, ele servira mais vinho para ela. Anastasia sabia que ele estava mentindo. E não fazia o estilo dele falar de dinheiro. Ela então disse a ele:

— Só lembrando que você morava o ano todo em uma suíte do hotel mais famoso de Genebra.

— A suíte nos Hôtel des Bergues não é nada perto desta casa, com os funcionários, os vestidos...

— Lev — interrompeu Anastasia —, eu não dou a mínima para nada disso! Não ligo para o dinheiro, eu sempre disse isso para você. Nós poderíamos morar em um estábulo, sem um tostão, eu seria feliz mesmo assim. E outra, se precisar trabalhar, vou trabalhar. Posso conseguir um emprego em uma loja do centro. Seria muito feliz assim.

Lev soltou uma gargalhada espetacular e fingiu se divertir com o último comentário. Então se levantou da mesa, pegou Anastasia pela mão e a conduziu para o terraço. Na noite morna de primavera, podia-se ouvir o mar e as cigarras. Ao longe, cintilavam as luzes da cidade. Tudo parecia mágico. Ele a havia abraçado e ela voltara a se sentir bem. Até acordar, ao nascer do sol.

No banho, Anastasia estava pensativa. Por que Lev não conseguia cortar laços com Genebra? Ela tinha certeza de que ele estava mentindo. Ela tinha certeza de que ele estava escondendo alguma coisa.

O tenente Sagamore tinha dormido mal. Acordara espontaneamente ao nascer do sol. Primeiro, pensara que estava cedo demais para acordar: ainda tinha duas boas horas de sono. Mas, depois de quinze minutos revirando na cama, os olhos fixos no teto, ele saíra discretamente do leito conjugal.

Na cozinha escura do apartamento da família, Sagamore fizera um café e o bebera à janela, observando a rua deserta. Estava preocupado com a investigação. Pensou na conversa com Cristina, na noite da véspera, em sua sala. Ela, apesar das muitas provas, confessara a ele:

— Não acho que Jean-Bénédict Hansen pudesse ser Tarnogol.

Sagamore ficara surpreso com aquela reação.

— Cristina, com a máscara de silicone e os cabelo encontrados dentro dela, cujo DNA era de Jean-Bénédict Hansen, o palacete de Tarnogol que pertencia a Hansen, os objetos encontrados nela que pertenciam a Hansen e o café da manhã de caviar, ovos e vodca pedido por Hansen em seu quarto, do que mais você precisa para acreditar?

— Realmente, são provas muito concretas — reconhecera ela. — Mas como Jean-Bénédict Hansen podia ser visto na companhia de Tarnogol, se ele o representava?

— Você os via juntos com alguma regularidade? — perguntara Sagamore.

Cristina havia parado para refletir.

— Não, para ser sincera — respondeu ela, repentinamente abalada. — Eu nunca vi os dois juntos... A não ser no sábado à noite, durante o Encontro Anual, no salão de baile. Eles estavam lado a lado no palco, enquanto Horace Hansen se preparava para fazer o anúncio.

— Ele tinha um cúmplice — afirmara Sagamore, que havia pensando nesse caso. — Alguém que pudesse assumir a aparência de Tarnogol colocando o rosto de silicone para aparecer ao lado de Jean-Bénédict e deixá-lo acima de qualquer suspeita.

Cristina se lembrara que, no palco do salão de baile, no momento do anúncio, Tarnogol e Jean-Bénédict tinham ficado em silêncio, enquanto Horace pegara o microfone. Se Tarnogol era apenas uma máscara, qualquer cúmplice podia realmente fazer o papel. Mesmo assim, ela ainda ficara em dúvida.

— Tenho certeza de que você vai achar dezenas de funcionários do banco que vão afirmar ter visto Jean-Bénédict Hansen e Tarnogol juntos. E mais, como Jean-Bénédict teria enganado todo mundo durante as reuniões do Conselho do banco?

— Era justamente o cúmplice dele que participava das reuniões do Conselho do banco. Bastava imitar um sotaque do Leste Europeu e, principalmente, não falar muito.

Cristina, no entanto, não estava totalmente convencida.

— Eu não conheci Abel Ebezner — dissera ela —, mas pelo que me contaram, deduzo que não era do tipo a se deixar facilmente enganar. Tarnogol era o impostor perfeito. Isso exige uma inteligência, um talento, uma presença de espírito fora do comum. Não acredito que Jean-Bénédict fosse capaz disso.

— A menos que a sacada genial de Jean-Bénédict Hansen tenha sido justamente se fazer passar por muito menos brilhante do que era e entediar os conhecidos. Essa é a prova do seu talento: ninguém desconfiava dele.

Cristina havia aceitado aquele comentário.

— Você conseguiu seguir a pista da máscara? — perguntara ela. — Descobrir quem a fabricou?

— Eu tentei, mas não consegui. Os especialistas da região que interroguei afirmam nunca ter visto nada parecido. É tecnologia de ponta. Nível de cinema hollywoodiano.

As dúvidas de Cristina tinham desestabilizado Sagamore. Naquela manhã, em sua cozinha, depois de pensar muito na conversa deles, ele tomou uma decisão que seria uma das reviravoltas da investigação.

Depois, se preparou para o dia de trabalho, pôs a mesa do café da manhã para a esposa e os dois filhos que ainda dormiam e saiu para a sede da polícia, no boulevard Carl-Vogt.

O tenente Sagamore acreditava que apenas um grupo muito limitado de policiais sabia da existência do famoso saco plástico encontrado no quarto de Jean-Bénédict Hansen. Mas estava enganado.

Macaire Ebezner tinha dormido mal. Eram oito e meia naquela manhã em Cologny, quando chegou à cozinha de sua casa, de roupão, os cabelos desgrenhados. Arma estava torrando pão e refazendo os ovos pela terceira vez: seu patrão estava uma hora e meia atrasado na programação normal. Desde que havia se tornado presidente do banco, ele tomava café às sete em ponto toda manhã. Sempre se apresentava em um lindo terno de três peças de seu guarda-roupas totalmente renovado para a nova função. Tomava um café e comia os ovos com uma fatia de pão integral (para manter a boa forma) enquanto lia o jornal do dia. Às sete e vinte no máximo, ele saía de casa para ir para o banco.

— Está tudo bem, *Moussieu*? — perguntou Arma, assustada por ver Macaire acordando tão tarde.

— Acordei de madrugada, voltei a dormir, não ouvi o despertador — resumiu Macaire, com um tom rabugento, sentando-se à mesa.

Arma preparou um café curto para ele na hora.

— Eu não quis bater na sua porta — disse ela a Macaire, pousando a xícara fumegante diante dele. — Devia ter batido. Por minha causa, o senhor está atrasado para o banco.

— Não tem importância — respondeu Macaire. Ele passou a mão no rosto. Estava pálido.

— Está doente, *Moussieu*?

— Não, estou preocupado.

— Problemas?

— De certa forma.

— No banco?

Macaire não respondeu e engoliu o café. Estava cansado. Precisava de uma verdadeira boa noite de sono. Apesar dos remédios, fazia dois meses que ele acordava espontaneamente todo dia antes do amanhecer. Ele abria os olhos, tomado por uma angústia que não o largava mais e o impedia de voltar a dormir.

Arma continuou falando com ele, mas ele já não escutava. Engoliu os ovos em poucas garfadas e foi se isolar em sua saleta. Precisava pensar com calma, mas não tinha calma em lugar nenhum: no banco, era constantemente incomodado e, em casa, Arma o importunava com sua solicitude. Ele se sentou à escrivaninha. Diante dele, alguns documentos bancários pouco importantes que tinha que guardar, fotos de Anastasia e uma caixinha de música em miniatura. Ele a pegou, com um gesto mecânico, antes de voltar a pousá-la, como se o objeto tivesse queimado seus dedos. Pensou então no que acontecera dois meses antes, em uma noite de meados de fevereiro. Fora depois disso que começou a ter aquelas crises de insônia. Desde que fora à ópera de Genebra, depois de ter recebido pelo correio um ingresso para uma apresentação de *O lago dos cisnes*, de Tchaikovsky. Ao encontrar o ingresso, ele entendera na hora: Wagner voltara a fazer contato com ele.

*

Meados de fevereiro, dois meses depois do assassinato de Jean-Bénédict

O intervalo chegava ao fim. Uma campainha soou. Os espectadores do Grand Théâtre de Genebra voltavam rapidamente a seus lugares. O terceiro ato de *O lago dos cisnes* ia começar.

No *foyer* que logo ficaria deserto, dois homens estavam sentados em um banco de mármore, lado a lado.

— Achei que não fosse mais um agente ativo — disse Macaire —, que meu cargo de presidente me expusesse demais.

— É verdade — respondeu Wagner. — Eu só queria parabenizar você pelo sucesso da sua última missão na P-30. Você nos livrou do Tarnogol e agora é o presidente do banco.

— Obrigado — contentou-se em responder Macaire, que de início não havia entendido a alusão a Tarnogol.

Depois de um breve silêncio, Wagner disse:

— Macaire, tem uma pergunta que eu gostaria de fazer, se me permite.

— Pode falar.

— Por que matar Jean-Bénédict com uma arma? Por que se arriscar assim?

Macaire ficou totalmente abismado.

— Mas eu não matei o Jean-Béné, meu Deus do Céu!

Wagner sorriu.

— Está bem, conte outra... Bom, era só uma curiosidade minha. Imaginei que você poderia ter feito como com Horace Hansen. Foi muito mais discreto.

— Horace Hansen morreu de infarto — lembrou Macaire.

— Infarto! — repetiu Wagner, que pareceu achar a resposta divertida.

— Eu não estou entendendo aonde você quer chegar — falou então Macaire irritado.

— Não venha bancar o inocente! — disse Wagner. — Eu sei que você tem muito talento para esconder o jogo. Você matou Horace Hansen! Usou o frasco de veneno, o primeiro frasco que dei a você. O infarto doze horas depois, totalmente indetectável, o crime perfeito. Você cometeu o crime perfeito com o pai. Por outro lado, com o filho, foi um massacre.

— Meu Deus, Wagner! Eu não tive nada a ver com isso! Se tivesse que dar um tiro em alguém, teria dado em Tarnogol!

Wagner deu uma risadinha.

— Estou por dentro disso também, Macaire. Não ache que sou idiota.

— Por dentro do quê?

— Que seu primo Jean-Bénédict era Sinior Tarnogol.

— O quê? O que está dizendo?

— Por favor, Macaire, para cima de mim, não. Sei que Tarnogol nunca existiu: era só uma criação de Jean-Bénédict Hansen. Era ele que representava Tarnogol desde sempre!

— Mas do que você está falando? — balbuciou Macaire.

Diante da incredulidade do outro, Wagner percebera que ele não sabia de nada.

— A polícia não disse nada para você? — perguntou Wagner, impressionado. — Havia, na suíte de Jean-Bénédict, um rosto de silicone, o de Tarnogol. O Tarnogol nunca existiu! Tudo aquilo era só uma enorme invenção.

Macaire encarou Wagner: ele se perguntou por um instante se o agente não tinha sido enviado pela polícia para contar mentiras e fazê-lo confessar o que sabia sobre o assassinato de Jean-Bénédict.

— Não acredito em uma palavra do que você está dizendo, Wagner. Passei quinze anos com Tarnogol, acredite em mim, ele existiu de verdade. E, se o que você está dizendo é verdade, por que a polícia não falou nada sobre tudo isso?

Wagner não insistiu. Ele se levantou e estendeu uma mão para um cumprimento amistoso:

— Não vim aqui procurar pelo em ovo. Eu queria, sobretudo, pedir desculpas pelo modo como agi com você em dezembro: você tem muito mais coragem do que imaginei. Saiba que, se precisar da P-30 um dia, para o que for, estaremos aqui para você.

Com essas palavras, Wagner tirou do bolso um pequeno pacote que entregou a Macaire. Como Macaire se contentou em contemplar o objeto, Wagner disse a ele:

— É um presente. Abra.

Macaire abriu a embalagem, revelando uma caixinha de música de madeira, acionada por uma pequena manivela. Na tampa, estava gravado: *O lago dos cisnes, Ato II, Cena 10.*

— Se um dia você precisar de mim — disse Wagner, antes de ir embora —, toque a caixinha de música. Virei em seguida.

*

Em sua saleta, dois meses depois, Macaire se lembrava da última conversa com Wagner. Desde aquele dia, a presidência tinha um gosto amargo. A sensação inebriante de poder tinha sido estragada: será que a P-30 havia orquestrado a morte de Jean-Bénédict e Horace Hansen? Será que ele estava envolvido, mesmo que indiretamente, em um terrível complô? Estava sentado em um trono de sangue? Ele não sabia mais no que acreditar. Tudo aquilo o preocupava. Ele não dormia mais o sono dos justos. Como se tivesse feito algo errado.

Macaire voltou para o quarto para se arrumar, depois saiu de casa para ir ao banco. Estava extremamente atrasado. Inventaria uma desculpa. Quando seu carro passou pelo portão da propriedade, eram nove e meia.

Eram nove e meia. Sagamore julgou que era uma hora decente para fazer uma visita não planejada e apertou a campainha do interfone do palacete da rue des Granges, no centro da Cidade Velha de Genebra. Depois que o policial mostrou a identidade, o portão de madeira maciça se abriu e ele entrou no pátio da casa, trazendo consigo o saco plástico que fora buscar na sede da polícia.

Nos fundos do pátio, ficava a porta principal do palacete. Uma empregada da casa recebeu o tenente. Ele, apresentando o distintivo de detetive, repetiu o que dissera ao interfone:

— Tenente Sagamore, Brigada Criminal. Vim falar com Charlotte Hansen.

A empregada respondeu com um aceno respeitoso de cabeça e pediu que o policial a acompanhasse. Os dois atravessaram um corredor longo: o piso era de mármore branco, as paredes cobertas por tecidos luxuosos. Sagamore já tinha ido muitas vezes à casa dos Hansen, mas toda vez ficava impressionado com a decoração luxuosa do interior. A sala na qual pediram que esperasse parecia um museu. A empregada ofereceu um chá ou um café — que ele recusou educadamente —, depois o deixou sozinho para ir avisar a patroa.

Sagamore tinha vindo falar com Charlotte Hansen para revelar o que descobrira sobre seu marido. Tinha sido a decisão que ele tomara naquela manhã, ao nascer do sol. Considerara que era o melhor jeito de dar um novo gás à investigação. Afinal, se Jean-Bénédict tivesse realmente encarnado Tarnogol durante quinze anos, Sagamore não imaginava que ele pudesse ter escondido isso da mulher. Talvez ela fosse inclusive sua cúmplice. Ele sabia que a reação de Charlotte Hansen ao ouvir a revelação entregaria a verdade. Era hora de usar seu maior trunfo.

A porta da sala se abriu e Charlotte Hansen apareceu. Fazia certo tempo que Sagamore não a via, e ela lhe pareceu mais magra.

— Bom dia, tenente — disse ela, apertando com força a mão do policial. — Alguma novidade sobre a morte do meu marido?

Os dois se sentaram um diante do outro em poltronas da sala e, depois de repassar rapidamente a investigação, Sagamore decidiu ir com tudo.

— Sra. Hansen — disse, em um tom sério —, eu me pergunto se a senhora conhecia de verdade seu marido...

— Como assim? — perguntou Charlotte Hansen, preocupada.

Como resposta, Sagamore tirou do saco plástico a máscara de silicone e cobriu seu rosto com ela. A reação de choque de Charlotte fora à altura do susto que Cristina levara na véspera.

— Tarnogol — murmurou ela, abismada. — O que... O que isso significa?

Sagamore retirou a máscara.

— Nós encontramos isto no quarto do seu marido no Palace de Verbier. Temos bons motivos para acreditar que ele e Tarnogol eram a mesma pessoa. Que ele inventou e interpretou este personagem durante todos esses anos. Que ele enganou todo mundo, inclusive a senhora, claramente.

Charlotte ficou imóvel por alguns instantes. Depois reagiu ao choque questionando todas as afirmações do policial, que ela garantiu que estava enganado. Sagamore contou então a ela sobre o palacete da rue Saint-Léger, comprada por uma empresa de fachada cujo proprietário era Jean-Bénédict Hansen. Charlotte, caindo do cavalo, não podia se impedir de rejeitar todas as alegações. Para embasar o que dizia, Sagamore então mostrou os extratos bancários que levara consigo. Ele espalhou vários objetos guardados em sacos plásticos transparentes: cartões de visita, alguns em nome de Jean-

-Bénédict, outros em nome de Sinior Tarnogol, uma camisa bordada com as iniciais *JBH*, um isqueiro, charutos e um frasco de perfume.

— A senhora reconhece tudo isso?

— Sim — afirmou Charlotte Hansen. — São o perfume que meu marido usava, os charutos que ele fumava, uma das camisas dele, seu isqueiro — eu o reconheço, é um Dupont de que ele gostava muito. Se achou isso no quarto do hotel, é absolutamente normal.

— Achamos estes objetos no palacete da rue Saint-Léger, 10 — explicou então Sagamore. — Senhora Hansen, o palacete fica a alguns minutos daqui a pé e o banco também fica muito perto. A senhora há de convir que é tudo muito prático. Seu marido podia ir de um lugar para o outro, com outra aparência, sem que ninguém desconfiasse de nada.

Quando a visita terminou, Sagamore voltou a seu carro, que estava estacionado na place du Mézel. No banco do passageiro, Cristina o esperava. Tinha pedido folga no banco naquela manhã, alegando estar doente, para poder trabalhar no caso.

— E agora? — perguntou ao colega, que tinha se sentado no banco do motorista.

— Agora vamos ver como ela vai reagir — respondeu ele, observando a cancela do palacete dos Hansen, a alguns metros dali.

Capítulo 55

CONFIDÊNCIAS

Naquele mesmo dia, no fim da tarde, na casa dos Ebezner em Cologny.

Arma andava de um lado para o outro em frente à porta da saleta, fingindo limpar o chão, tentando de todo jeito escutar a conversa que acontecia dentro do cômodo. Mas, para sua grande tristeza, ela não conseguia ouvir nada. Tudo que sabia era que aquilo tinha a ver com o assassinato do primo do *Moussieu*.

Médéme Hansen chegara à casa mais cedo, muito nervosa. Trêmula. Não parecia em seu estado normal. *Moussieu* a havia arrastado imediatamente para a saleta e se fechado com ela no cômodo. Devia ser alguma coisa séria. *Moussieu* nunca havia recebido ninguém na saleta.

Dentro da saleta, Macaire e Charlotte sussurravam, conscientes da gravidade da situação.

— Como Jean-Béné podia ser Tarnogol? — repetiu Macaire, que não conseguia acreditar. — Isso é impossível. Eu já vi os dois juntos.

— Muitas vezes?

A pergunta abalou a certeza de Macaire. Ao parar para pensar bem, percebeu que, nos quinze anos anteriores, raras tinham sido as vezes em que vira os dois juntos.

— Tarnogol ia pouco ao banco — indicou Macaire. — Ele sempre parecia estar indo e vindo, o que faz sentido agora. Mas havia os Conselhos do banco. Jean-Béné e Tarnogol participavam das reuniões. Como eles podiam ser a mesma pessoa? Será que Jean-Béné tinha um cúmplice, alguém que fingia ser Tarnogol junto com ele?

— Então você acredita que foi mesmo o Jean-Béné que inventou tudo?

— Sei lá — confessou Macaire. — Tendo em vista o que a polícia mostrou para você, eu adoraria ter elementos que provassem o contrário. Infelizmente, nenhum outro membro do Conselho está vivo para nos ajudar a entender isso melhor.

Um silêncio inquieto se fez. Então Macaire perguntou a Charlotte:

— Você pegou a agenda do Jean-Béné?

Com um gesto nervoso, ela sacou uma caderneta de couro da bolsa. Macaire a abriu na semana que havia antecedido o Encontro Anual.

— Na noite de segunda, dia dez, para terça, dia onze de dezembro, eu vi o Tarnogol — explicou. — Fui à casa dele, às três da manhã, quando voltei de Basileia, onde fui fazer um favor para ele.

Macaire pôs o dedo na faixa correspondente da agenda.

— Ele escreveu que estava em Zurique. Eu me lembro bem dessa segunda-feira. Foi o dia em que toda essa confusão começou. Lembro que ele tinha saído do banco para ir a uma suposta reunião em Zurique. E então, pouco depois, Tarnogol entrou na minha sala, dizendo que queria falar com Levovitch e me pediu para buscar um envelope para ele em Basileia.

— Será que foi Jean-Bénédict que se trocou rapidamente?

— Você me disse que o palacete da rue Saint-Léger, 10, era dele...

— Foi o que a polícia descobriu. Ele nunca me disse.

— Ele tinha todo o tempo do mundo para sair do banco como Jean-Bénédict, mudar de aparência na rue Saint-Léger e voltar como Tarnogol. São pelo menos dez minutos de caminhada entre os dois lugares... Então, naquela noite, ao voltar de Basileia, achei que estava com o Tarnogol, mas era o Jean-Béné...

— E eu achei que ele estava em Zurique — murmurou Charlotte.

Macaire estava chocado. Ainda com a agenda de Jean-Bénédict aberta, ele deslizou o dedo para a terça-feira, onze de dezembro, onde estava escrito: *jantar na casa do Macaire*. Ele então confessou:

— Nessa terça, Jean-Béné e eu bolamos, na minha sala de jantar, um plano para neutralizar o Tarnogol na noite de quinta, treze de dezembro.

— *Neutralizar o Tarnogol*? — perguntou Charlotte, assustada. — O que quer dizer com isso?

— Depois do jantar da Associação dos Banqueiros — explicou Macaire —, íamos caminhar juntos pelo cais, que estaria deserto e escuro naquela época do ano. O Jean-Béné, no volante do carro, fingiria não ver a gente e eu evitaria o acidente do Tarnogol quando o puxasse na minha direção. Ele ficaria me devendo essa e me elegeria presidente.

Charlotte encarou Macaire com um olhar preocupado.

— E o que aconteceu nessa noite?

— Por algum motivo misterioso, o Tarnogol não foi ao jantar da Associação dos Banqueiros de Genebra. Que coincidência, não é? Como se ele soubesse do nosso plano!

— Foi na noite em que a Anastasia foi atropelada pelo Jean-Bénédict — entendeu Charlotte. — Eu estava no concerto de órgão com minha irmã e o Jean-Béné estava, supostamente, doente, de cama.

— Ele não estava nada doente — revelou Macaire. — A que horas você saiu para o concerto?

— Cedo, porque jantei com minha irmã antes do espetáculo.

— Assim que você saiu, o Jean-Béné foi para o Hôtel des Bergues disfarçado de Tarnogol. Eu o encontrei quando cheguei. Ele passou na minha frente, fingiu estar passando mal de repente e pediu para ser substituído por Lev Levovitch. Agora que estou pensando, sei que não foi coincidência. Depois de sair do hotel como Tarnogol, o Jean-Béné se escondeu no carro no quai des Bergues, onde voltou à aparência normal e esperou, como tínhamos previsto no nosso plano.

— Mas por quê?

— Por um lado, para que eu o visse no fim do jantar e não pudesse duvidar do segredo dele. Ele teria bancado o bobo, me perguntado onde estava o Tarnogol. Mas acho que ele esperou porque estava planejando uma coisa: se livrar do Levovitch.

— Do Levovitch?

— Acho que o Jean-Béné, ou Tarnogol, pediu para o Levovitch substituí-lo no jantar por um motivo bem claro. Ele desconfiava de que o Lev, depois da festa, ia sem dúvida caminhar um pouco pelo cais para esticar as pernas. E não deu outra. Quando Jean-Béné nos viu juntos diante do hotel, não hesitou nem um segundo e pisou no acelerador. Ele queria eliminar o Levovitch. Era o crime perfeito. Não havia nenhuma testemunha. Se alguém o interrogasse, ele teria um álibi muito sólido, que você teria confirmado: tinha passado a noite doente, de cama. Para mim, ele teria garantido que havia pensado que era Tarnogol e que estava executando o roteiro que eu tinha orquestrado: eu então não poderia dizer nada, já que estava envolvido até o pescoço. Mas o plano dele não deu certo: a Anastasia passou na frente do carro na hora que ele passava pelo cais e foi atropelada.

— Mas por que ele ia querer matar o Levovitch?

— Para se tornar presidente do banco. O Jean-Béné já tinha o controle do banco porque comandava dois membros do Conselho. Ou até três, por causa do pai. Ele com certeza tinha um plano para não seguir o testamento do meu pai e tomar o controle oficial do banco. Mas não poderia dar um golpe de Estado com o Levovitch como adversário. O Lev sempre foi poderoso demais.

Sentindo o peso das explicações, Charlotte Hansen empalideceu e ficou muda por um longo tempo.

— Eu não consigo acreditar — murmurou.

Macaire então deu o último golpe:

— Na famigerada noite de treze de dezembro, depois do acidente, você se encontrou conosco no hospital e depois todos viemos para cá, lembra?

— Lembro, claro.

— Como você foi para o hospital?

— Peguei o carro da minha irmã. Ela tinha estacionado do lado do Victoria Hall. Eu queria chegar rápido ao hospital, então ela me deu a chave e nós combinamos que eu o devolveria no dia seguinte.

— Então, quando vocês saíram da minha casa naquela noite, o Jean-Béné estava no carro dele e você, no da sua irmã. Vocês foram um atrás do outro?

— Já não sei dizer... Por que essa pergunta agora?

— Logo depois que vocês foram embora, o Tarnogol apareceu no meu portão para conversar comigo. Ele, que estava supostamente doente, me pareceu bem. Depois, durante todo o fim de semana no Palace de Verbier, eu só vi Jean-Béné e Tarnogol juntos no último Conselho, no fim da tarde de sábado. Desde o início, era o Jean-Béné que estava armando tudo.

Quando Charlotte Hansen saiu da casa de Macaire, estava ainda mais assustada do que ao chegar. Ao deixar a propriedade ao volante do seu carro — que deixou morrer várias vezes, revelando seu nervosismo —, ela não notou o carro do policial, discretamente estacionado no chemin de Ruth, que a seguira o dia todo.

Na saleta, Macaire estava abismado. Pensou na última conversa com Wagner, em fevereiro: ele não mentira ao falar de Jean-Bénédict.

Macaire pegou a caixinha de música à sua frente e a observou. "Se um dia você precisar de mim, toque a caixinha de música", dissera Wagner. Macaire pegou a pequena manivela e a girou.

Depois de algumas voltas, quando, com um conjunto de notas metálicas, soou a famosa melodia do segundo ato, cena 10, de *O lago dos cisnes*, um pedaço de papel saiu lentamente de dentro do rolo do mecanismo musical. Havia um número de telefone escrito nele.

Macaire achou que estava na hora de pedir ajuda.

* * *

No mesmo instante, em Corfu, sob o sol do fim da tarde, Anastasia e Lev se banhavam nas águas azul-turquesa do mar Jônico.

Anastasia ficou alguns minutos contemplando a praia e o vilarejo que se erguia ao longe, ao longo das falésias. Parecia pensativa. Lev se aproximou dela e a envolveu com braços enrugados.

— Está tudo bem? — perguntou. — Estou achando você muito quieta hoje.

— Está tudo bem — garantiu ela.

— É por causa da nossa discussão de ontem? Se você não quiser mesmo que eu fique com a filial de Atenas, vou recusar.

— Não se preocupe. Está tudo bem, eu prometo.

Ela o beijou para que ele não falasse mais nada.

Era ele que a preocupava. Anastasia sentia que ele estava escondendo alguma coisa. Não conseguia deixar de pensar em sua pistola, a pistola dourada que pusera na bolsa em Genebra e que não encontrara mais ao chegar em Corfu. A única pessoa que tivera acesso à bolsa havia sido Lev, em sua suíte do Palace.

Ela nunca se atrevera a falar com ele sobre isso. No fundo, não queria saber. Pois, toda vez que pensava na pistola dourada, voltava a se lembrar do que havia acontecido quatro meses antes, no Palace de Verbier, quando Jean-Bénédict fora ameaçar Macaire para garantir que ficaria com a presidência do banco e ela em seguida descobrira a verdade sobre Sinior Tarnogol.

Capítulo 56

SOB VIGILÂNCIA

Era início do mês de maio. No calor do meio da tarde, Anastasia passeava sozinha pelo centro histórico de Corfu. Lev não estava na cidade naquele dia. Desde que aceitara a direção da filial ateniense do Banco Ebezner, um mês antes, Lev saía de Corfu toda terça de manhã, bem cedo, e voltava para jantar. Naquela terça, a pedido de Macaire, Lev fora para Genebra para fazer um relatório da situação do escritório.

A mil e quinhentos quilômetros dali, em Genebra, banhada por um generoso sol de primavera.

No terraço da Red Ox Steak House, no boulevard des Tranchées, Macaire e Lev terminavam de almoçar. Eles eram os últimos clientes: tinham chegado tarde, já que Macaire não quisera deixar de comparecer à sessão semanal com o doutor Kazan, e ele tinha escolhido aquele restaurante porque ficava ao lado do consultório do psicanalista.

— Estou muito feliz que você esteja gostando de Atenas — disse Macaire. — E a cidade é agradável, não é?

— Muito. Me sinto muito bem lá.

— Onde você mora exatamente?

— No bairro de Kolonaki, no Monte Licabeto. Não muito longe do centro.

Macaire lançou um olhar falsamente cúmplice para ele. Lev olhou para o relógio.

— Tenho que ir logo mais para o aeroporto — disse. — A não ser que ainda tenha alguma coisa para discutir.

— Não, acho que falamos de tudo. Obrigado por ter vindo até aqui.

Os dois homens trocaram um aperto de mãos e Lev foi embora.

Macaire também saiu do restaurante, mas, em vez de ir para o banco, subiu a rue de l'Athénée até o parc Bertrand. Depois se sentou em um dos bancos, como indicara Wagner. Este apareceu alguns minutos depois e se sentou ao lado dele. Os dois fingiram que não se conheciam e Wagner se escondeu atrás do jornal que trouxera com ele.

— Pus o estojo na bolsa dele — murmurou Macaire.

— Ele não notou?

— Estava no banheiro.

Wagner abriu um sorriso satisfeito.

— Daqui a algumas horas, vamos saber se Levovitch está em Atenas mesmo e se Anastasia está com ele.

— Obrigado pela sua ajuda, Wagner.

— A P-30 devia isso a você, Macaire.

*

Naquela noite, em Corfu, enquanto o sol se punha, Lev e Anastasia tomavam uma taça de vinho na varanda, admirando o pôr do sol. Uma empregada acendia dezenas de velas ao redor deles. O jantar logo seria servido.

Os amantes estavam envolvidos demais um com o outro para notar, a alguns metros dali, o homem que os observava dos grandes rochedos acima da casa e os fotografava com uma lente teleobjetiva.

Àquela mesma hora, em Cologny. Na casa dos Ebezner, Arma terminava de preparar o jantar.

— Está com fome, *Moussieu*? — perguntou ela ao patrão, que abria uma garrafa de vinho.

Ele encheu duas taças e entregou uma a Arma.

— Estou — respondeu —, mas não quero jantar sozinho. Me faria companhia?

Arma, surpresa com a proposta, primeiro ficou muda. Depois, se recompondo, disse, atrapalhada "*Ubrigadu*" e foi buscar mais um prato para colocar na mesa.

— Vamos lá, Arma — disse então Macaire. — Você já trabalhou demais por hoje, deve estar cansada. Vou levar você para jantar fora. Que tal no Le Lion d'Or?

— É chique demais para mim — respondeu Arma, imediatamente preocupada. — Estou de avental.

— Não, você está ótima. Você vai ver.

— Não posso ir jantar assim — insistiu ela. — Lhe farei companhia outro dia.

— Por que você não dá uma olhada no armário da Anastasia? Todas as coisas dela ainda estão lá. Vocês são mais ou menos do mesmo tamanho, não são? Pegue tudo que você quiser. E pode se arrumar com calma, não estou com pressa.

Arma obedeceu e foi para o segundo andar. Ela entrou no grande banheiro do casal, onde tudo ficara no mesmo lugar. Se maquiou, depois se penteou. Em seguida, escolheu um vestido no armário, algo simples e elegante. Achou um par de sapatos que combinava com a roupa, de salto, mas não muito alto. Quando teve coragem de se olhar no espelho, primeiro teve medo de estar ridícula. Mas nada disso. Estava até muito *bounita*.

— Uau, Arma! — exclamou Macaire, que viera observá-la pela porta entreaberta.

Ela ficou roxa de vergonha.

— Tem certeza de que está bom, *Moussieu*?

— Você está... maravilhosa.

O coração dela estava disparado. Emocionada, ela acompanhou solenemente o patrão, que a levou em seu carro esporte até o restaurante no centro de Cologny e, ao chegar, abriu a porta para ela como um perfeito cavalheiro.

Eles se sentaram a uma mesa no terraço, com uma das vistas mais lindas de Genebra.

— Então era aqui que *Moussieu* vinha sempre com *Médéme*? — quis saber Arma, observando a paisagem.

— Era — assentiu Macaire.

Arma na hora se arrependeu de ter mencionado *Médéme*. Mudar de assunto, rápido!

— Eu nunca vi um lugar tão lindo — acrescentou.

Ela sorriu para Macaire, que retribuiu o sorriso.

* * *

Dez anos antes

Arma passou pelo portão aberto e descobriu a imensa casa que se erguia no fim do caminho. Ela nunca tinha ido a Cologny e muito menos ao chemin de Ruth. No caminho, ficara muito impressionada com o tamanho e o estilo das casas que pudera observar.

Tocou a campainha e uma jovem muito bonita a recebeu com um sorriso. Era Anastasia.

— Olá, *Médéme* — se apresentou Arma, tímida. — Eu vim por causa do anúncio.

— Pode entrar. Estávamos esperando você.

Arma foi levada à sala de estar. Ficou incomodada ao ser ver sentada em um sofá tão bonito. Um homem entrou na sala e Arma o achou lindo.

— Este é meu marido, Macaire — explicou Anastasia.

— Olá, *Moussieu* — cumprimentou Arma, impressionada. — Eu me chamo Arma.

— Obrigado por ter vindo, Arma — respondeu Macaire, sorrindo. — A agência de empregos nos disse que você é uma joia rara. Acabamos de nos mudar para esta casa e precisamos de alguém que trabalhe aqui em tempo integral para cuidar dela. Você é jovem, mas tem referências ótimas. Está disposta a fazer um período de experiência?

— Seria uma honra, *Moussieu* — respondeu Arma.

*

Dez anos depois, Arma não conseguia acreditar que estava diante do *Moussieu* no restaurante do qual tanto ouvira falar. Ficou maravilhada com os pratos servidos naquela noite, com o vinho e o carrinho de sobremesas. Queria que aquele momento nunca acabasse, mas, na hora de ir embora, Macaire disse a ela:

— Obrigado, Arma.

— Por hoje? — perguntou ela, impressionada.

— Por tudo.

Ele a acompanhou até sua casa, no bairro das Eaux-Vives, e foi com ela até a entrada de seu prédio, na esquina da rue de Montchoisy e a rue des

Vollandes. Ela entrou em seu apartamento arrepiada. Ele voltou para casa sorrindo.

De volta a Cologny, Macaire passou certo tempo em sua saleta. Fumou um charuto, pensativo. De repente, o telefone da casa tocou. Apesar de já estar tarde. Ele atendeu e, do outro lado da linha, ouviu a melodia facilmente reconhecível: *O lago dos cisnes*. Era Wagner.

Sem perder nem um segundo, Macaire entrou no carro e foi até a cabine telefônica do centro de Cologny. Discou o número escondido na caixinha de música. Depois de tocar uma vez, Wagner atendeu.

— Estou em Corfu — disse ele a Macaire. — Achei os dois.

— Em Corfu? Anastasia e Lev estão juntos em Corfu?

— Estão. Eu tirei fotos deles. Vou mandar para você.

Macaire desligou, o coração disparado. A carta anônima era verdade: Anastasia o havia deixado para ficar com Lev. Sentiu a raiva dominá-lo.

O momento da vingança chegara.

E ele sabia exatamente o que ia fazer.

Capítulo 57
EM GENEBRA (3/5)

Quando Sagamore voltou à sala, Scarlett e eu já havíamos tido tempo de fotografar tudo. Estávamos sentados, bem comportados, como duas crianças que tinham acabado de aprontar.

— Desculpem pela interrupção — disse Sagamore. — Tive uma pequena emergência a resolver.

— Nós entendemos perfeitamente — garantiu Scarlett.

— Onde estávamos?

— O senhor estava falando da investigação que não avançava, das suas dúvidas, da pressão dos seus superiores...

Ele notou que havia, bem na nossa frente, uma grande foto do quadro branco no qual ele havia reconstituído toda a investigação.

— Deixei esse quadro assim por quase dois anos — falou Sagamore. — Antes de desmanchá-lo, tirei esta foto para me lembrar de tudo que havia colocado nele.

Scarlett e eu tínhamos decorado com cuidado cada elemento do quadro, o que se provaria muito útil para o que aconteceria depois.

— Que anel é este? — perguntou então Scarlett, apontando para uma imagem do quadro: uma foto de uma joia que parecia uma safira.

— Na época, foi uma das peças essenciais para o avanço da investigação. Como eu estava dizendo, durante quatro meses, ficamos em um impasse total. Até que, em meados de abril, nós encontramos esse anel. Foi Cristina quem o achou.

Capítulo 58

ADEUS, LEVOVITCH

Ao chegar ao banco naquela manhã, Macaire se sentia mais sereno do que nunca. Desde a morte de Jean-Bénédict, apesar de sua ascensão à presidência, ele tinha a impressão de estar perdendo o controle de tudo. Estava abalado pela sucessão de acontecimentos: o desaparecimento de Anastasia, a carta anônima que revelara que ela o traía com Levovitch, depois o fato de Tarnogol ser uma invenção de Jean-Bénédict. Ficara tão chocado que perdera o sono e o apetite. Fizera mil perguntas a si mesmo, repassara o filme dos quinze anos anteriores, se esforçando para convocar as lembranças mais distantes e entender como toda aquela farsa fora possível.

Ele havia imaginado as teorias mais improváveis. Chegara até a se perguntar se Anastasia e Jean-Bénédict não haviam sido amantes durante todo aquele tempo e se, quinze anos antes, os dois não haviam criado um plano horrendo: com a aparência de Tarnogol, Jean-Bénédict teria trocado as ações dele pelo amor de Anastasia e ele, como um idiota, tinha sido totalmente enrolado. Anastasia, sabendo do acordo, fingira se apaixonar perdidamente por ele e Jean-Bénédict ficara com as ações. Por amor? Por dinheiro? Os dividendos que Tarnogol recebia todo ano eram colossais! O banco gerava centenas de milhões de francos suíços de lucro por ano, e grande parte deles era redistribuída aos quatro membros do Conselho! Jean-Bénédict prometera parte do valor a Anastasia?

Durante todas aquelas semanas, Macaire havia se torturado. Sentia-se um fantoche. Mas, desde a noite da véspera, desde a ligação para Wagner, ele tinha a impressão de que as coisas finalmente estavam dando certo: ele se preparava para recuperar o controle da situação. Tinha localizado Anastasia e, especialmente, tivera a confirmação de que ela fugira com Levovitch. A carta anônima era verdade. Ele se perguntou quem podia saber daquilo. E quem enviara a carta. No fundo, ele não dava a mínima. O que importava naquele momento era a vingança. Macaire ia finalmente poder canalizar sua raiva.

Levovitch o subestimara. Tomara-o por um idiota. Estava rindo dele havia meses: não deixara Genebra porque precisava se afastar, não tinha ido morar em Atenas. Estava morando em uma casa à beira-mar em Corfu, onde se engraçava com a esposa dele! Levovitch previra tudo desde o início: tinha recusado a presidência para poder fugir com Anastasia. Será que estava de conchavo com Jean-Bénédict? Seria um trio do mal? Será que tinham eliminado o Jean-Bénédict?

Macaire se esforçou para não ficar ruminando demais. Para se concentrar no que estava a seu alcance: destruir Levovitch, acabar com seu nome e sua reputação.

Naquela manhã, Macaire pôs friamente em execução seu plano, batizado de Operação *"Adeus, Levovitch"*. Sua ideia era muito simples: segundo o que Charlotte contara, a polícia tinha certeza de que Jean-Bénédict, vulgo Tarnogol, tinha um cúmplice dentro do banco. Ele não podia ter orquestrado aquela farsa sozinho, mesmo que fosse apenas para se desdobrar nas reuniões do Conselho. Macaire então ia fazer de Levovitch o cúmplice de Jean-Bénédict. Graças a sua armadilha, Levovitch seria acusado imediatamente. A polícia iria buscá-lo rapidinho em sua mansão dos sonhos em Corfu. Ele seria extraditado com os pulsos algemados. Seria seu fim! Depois disso, as primeiras páginas dos jornais não teriam mais Levovitch acompanhado pelo presidente da França, e sim saindo de um camburão diante do Palácio da Justiça de Genebra. Talvez o culpassem pelo assassinato de Jean-Bénédict também, quem sabe? Levovitch seria condenado à prisão perpétua e Anastasia, agora sozinha, voltaria correndo para pedir desculpas a ele.

No banco, ele esperou pacientemente que Cristina saísse de sua sala para seu intervalo habitual. Assim que o caminho estava livre, Macaire desceu um andar sem que ninguém o visse. Ele entrou na sala de Levovitch, que, apesar de ter ido para a Grécia, fora mantida como ele deixara. Abriu uma das gavetas da escrivaninha e pôs as provas que destruiriam Levovitch: o lenço bordado com o nome de Sinior Tarnogol, que Macaire roubara na famigerada noite em que havia voltado de Basileia. Dentro do lenço, Macaire havia escondido o anel de noivado devolvido por Anastasia antes que ela fugisse. O anel que selara, quinze anos antes, o pacto com Tarnogol. Fora Tarnogol quem o dera a Macaire na noite do encontro deles no Palace de Verbier, garantindo que a moça que o recebesse o amaria. E ele, tão apaixonado, tão desesperado, acreditara. Macaire escondeu o lenço por entre uma pilha de arquivos e saiu da sala rapidamente.

Quando Cristina voltou do intervalo, Macaire estava ao telefone. A porta de sua sala estava bem aberta e ela ouviu a conversa.

— Tenho certeza, Lev — disse Macaire para o aparelho, que soava o toque de discar em seu ouvido. — Eu te dei o dossiê Stevens. Tem certeza que você não levou para Atenas com você?... Bom... Isso está me atrapalhando... Está bem, me avise...

Macaire desligou e suspirou alto, como se estivesse extremamente contrariado.

— Algum problema? — Cristina não pôde deixar de perguntar.

— O Levovitch perdeu o dossiê de um cliente. Esse é o problema quando a pessoa fica para um lado e para o outro. Eu tinha entregado documentos muito importantes para ele e agora não estamos conseguindo achar. Ele disse que não estão no escritório dele em Atenas.

— E na sala dele aqui? — sugeriu Cristina. — Quer que eu desça rapidinho para dar uma olhada?

— Ah, é verdade. Não tinha pensado nisso! — confessou Macaire. — Vou com você, vai ser mais fácil.

Alguns minutos depois, Macaire e Cristina chegaram ao quinto andar e aos antigos escritórios deles. Os dois entraram na sala de Levovitch. Macaire começou a procurar pela estante. Cristina foi para as gavetas da escrivaninha. De repente, ficou imóvel. Macaire, que a observava, perguntou:

— Está tudo bem, Cristina?

— Não sei.

Macaire ficou extasiado. Ele se aproximou dela.

— Achou o dossiê Stevens?

— Não — disse ela. — Achei este lenço, com um anel dentro.

— *Sinior Tarnogol?* — leu Macaire no bordado do lenço. — O que isso quer dizer? E este anel? Por que o Levovitch guardou um lenço e um anel do Tarnogol na mesa dele?

— Parece mais um anel de mulher — percebeu Cristina, observando o diâmetro da joia. — E a pedra é mais feminina. Parece uma safira. Não me lembro de ver o Tarnogol usando uma safira.

Macaire, sentindo que a armação não daria certo, quis embasar sua mentira.

— Mas agora que estou vendo esse anel, tenho certeza de ter visto o Tarnogol usá-lo como pingente, em uma corrente de ouro. Se me lembro bem, eu estava na casa dele e fiquei impressionado com a joia. É por isso que me lembro.

Cristina encarou o chefe.

— Você foi à casa do Tarnogol?

Macaire mordeu a língua: tinha acabado de falar demais.

*

No fim da tarde daquele mesmo dia, na sede da polícia, no boulevard Carl-Vogt.

— Obrigado, senhor Ebezner, por ter se dado ao trabalho de vir aqui — disse o tenente Sagamore ao levar Macaire a uma sala de interrogatório. — Me desculpe por receber o senhor em um lugar tão pouco acolhedor, mas não temos nenhuma sala de reunião disponível.

— Não se preocupe, tenente. É sempre interessante ver o contrário do cenário. Parece que estamos em uma série policial.

Sagamore sorriu.

— Então o senhor achou um anel que pertence a Sinior Tarnogol na escrivaninha de Lev Levovitch, no banco, foi isso?

— Bom — explicou Macaire —, foi minha secretária quem achou. Nós estávamos procurando um dossiê no escritório dele e ela o encontrou. Aliás, foi ela quem sugeriu que eu entrasse em contato com o senhor.

— É, eu falei com ela há pouco. Ela me disse que o senhor reconheceu a joia, é isso?

Macaire pensou que era preciso jogar com cuidado para sair daquele vespeiro.

— Pois bem, primeiro preciso dizer que Charlotte Hansen, a viúva de Jean-Bénédict Hansen, me informou algumas semanas atrás que parece que o marido dela era Sinior Tarnogol, que tudo não passava de uma imensa fraude.

— É, é o que nós achamos — confirmou Sagamore.

— Não posso negar que essa notícia me deixou muito abalado. Especialmente porque eu era muito próximo do meu primo. Desde então, não paro de pensar em todas as vezes que estive com Tarnogol para tentar juntar as peças desse quebra-cabeça. Foi por isso que, quando vi esta joia, na hora me veio um flash.

— O senhor reconheceu que esta joia era a mesma que Tarnogol usava, foi isso?

— Isso mesmo.

— E onde o senhor o viu com esta joia? — perguntou Sagamore. — No banco?

Macaire hesitou. Ele não tinha a mínima vontade de explicar à polícia o que estava fazendo na casa de Tarnogol. Mas também não podia mudar a versão que dera a Cristina: se Sagamore a tivesse interrogado sobre esse assunto, as duas versões precisavam bater.

— Vi Tarnogol usando esse anel como pingente num dia em que tive que ir à casa dele. Fiquei impressionado com essa joia de mulher que ele carregava como um talismã, por isso me lembro. Na hora, pensei que era uma lembrança de um amor perdido ou algo do tipo.

— Em que ocasião o senhor foi à casa do Tarnogol? — indagou Sagamore.

Macaire fingiu não se preocupar com a pergunta:

— Ele tinha me convidado. Não me lembro de ter sido uma ocasião especial. Foi pouco antes da eleição para presidente do banco. Imagino que ele quisesse conversar com vários possíveis candidatos.

— Senhor Ebezner — disse então Sagamore —, me desculpe por incomodar o senhor com isso, mas poderia me descrever em detalhes o interior do palacete de Sinior Tarnogol?

Macaire ficou surpreso com a pergunta. Ele pensou se não seria um teste para confirmar o que ele dizia. Sagamore com certeza revistara o palacete de Tarnogol e, por isso, conhecia a disposição dos cômodos. Ele decidiu então descrever tudo em detalhes precisos:

— Foi à noite, nós jantamos. Bem tarde. Um bufê frio. Muito elegante. Salmão, caviar, enfim, pratos muito finos. Tudo era muito chique.

— A casa — interrompeu Sagamore. — O senhor poderia descrever a casa? Os móveis, os diversos cômodos?

— Lembro que, ao entrar, dávamos direto no elevador e em uma imensa escada de mármore branco. Eu só vi a sala na qual o Tarnogol me recebeu. Era no primeiro andar. Havia pelo menos três salas, uma ao lado da outra. Separadas por divisões móveis. O salão em que estávamos tinha tapeçarias magníficas. Eu me lembro dos sofás em que nos sentamos, muito confortáveis, de veludo azul. Havia uma mesa redonda perto da janela em que o bufê tinha sido disposto. Uma mesa no estilo Luís XVI. Bom, algum Luís, mas enfim, era uma antiguidade!

— Alguma coisa específica chamou sua atenção? Por exemplo, um objeto, um quadro, uma obra de arte...

Macaire parou para pensar um segundo, depois disse:

— Ele tinha um quadro enorme em uma das paredes, que a cobria toda, de uma paisagem de São Petersburgo. Eu me lembro bem do quadro porque Tarnogol falou muito sobre ele, me contou sobre a origem de sua família.

Quando Macaire terminou o depoimento e saiu da sala de interrogatório, Sagamore entrou na sala ao lado, de onde, através de uma transmissão de vídeo, Cristina pudera assistir a tudo.

— E então? — perguntou Sagamore. — O que você acha?

— Não sei. Ele parece estar dizendo a verdade. Ou então é um ator incrível. Mas não consigo deixar de me perguntar: e se ele fosse o cúmplice de Jean-Bénédict Hansen? E se fosse ele quem encarnasse Tarnogol quando o personagem tivesse que aparecer junto com Jean-Bénédict? Agora que sabe que o primo foi desmascarado, ele pode estar pondo objetos no escritório de Levovitch para se safar. Foi uma incrível coincidência ele ter me pedido para revistar as gavetas do escritório e eu ter encontrado o anel e o lenço. Não consigo acreditar que foi por acaso.

Sagamore assentiu.

— Você acha que a descrição que ele fez do palacete é correta?

— Não dá para saber — concedeu Cristina.

Durante a revista no palacete, depois do assassinato, a polícia encontrara o local vazio. Os móveis tinham desaparecido, como se alguém não quisesse deixar vestígios. Tudo que tinham achado fora uma caixa esquecida no fundo de um armário, com objetos de Jean-Bénédict Hansen. Um vizinho indicara que caminhões de mudança tinha levado tudo na quinta-feira anterior ao assassinato. Mas eles não haviam conseguido localizar a empresa de mudança.

Sagamore fez uma careta.

— Faltam muitos elementos concretos para comprovar as diversas teorias — disse.

— Se a gente conseguisse fazer este anel falar! — exclamou Cristina, sacudindo um saco plástico com a joia encontrada na gaveta de Levovitch.

Sagamore achou a ideia ótima.

— Eu conheço alguém que pode nos ajudar! — gritou ele de repente. — Venha, vamos!

Dez minutos depois, o carro de Sagamore estacionava diante de uma pequena loja de joias usadas do bairro de Pâquis. Apesar do avançado da hora, a loja ainda estava aberta. O proprietário, um tal de Frank, era uma figura, de corpo desajeitado, que havia sido implicado no passado em casos de receptação de diamantes. Desde então, ele entrara na linha e, ocasionalmente, agia como informante para a polícia quando antigos conhecidos tentavam repassar alguma joia roubada para ele.

Sagamore e Cristina entraram na loja deserta e Frank e os cumprimentou, alegremente.

— Tenente, que prazer ver o senhor! Veio comprar um relógio?

— Eu vim atrás de informações — respondeu Sagamore, pousando o anel no balcão.

— O que o senhor gostaria de saber?

— Você poderia achar a origem deste anel?

Frank pareceu em dúvida:

— A princípio, me parece difícil, tenente. Mas me deixe dar uma boa olhada.

Frank pegou a joia e a analisou com uma lupa.

— Não é um anel de grande valor — constatou. — A safira não é verdadeira.

— O que mais? — perguntou Sagamore.

Frank passou certo tempo analisando a pedra com cuidado. Ele se sentou à sua mesa de trabalho, trocou de lupa, colocou o anel sob várias fontes de luz e afirmou:

— Tenho a impressão de que há uma inscrição no friso, mas está escondida pela pedra.

— Você consegue ler alguma coisa?

— Não, só se eu tirar a pedra.

— Vá em frente — ordenou Sagamore.

Frank se apressou. Ele descolou a pedra da base e leu o que havia sido gravado por dentro do anel.

Joalheria Kaham, Genebra — 4560953

* * *

Kaham era um velho joalheiro instalado havia décadas na rue Étienne--Dumont, no coração da Cidade Velha de Genebra.

O horário de funcionamento de sua loja era aleatório, e Sagamore teve que esperar muito tempo até o comerciante decidir por fim abrir a joalheria. O local era empoeirado e escuro: ao entrar, Sagamore imaginou que devia fazer muito tempo que o velho Kaham não vendia grande coisa.

— Sou o tenente Philippe Sagamore — apresentou-se o policial, mostrando o distintivo.

— Polícia? — perguntou o velho, cerrando os olhos, assustado.

— É. Da Brigada Criminal. Estou investigando um assassinato.

O velho ergueu os ombros sem dar a entender se aquilo não lhe interessava ou se não havia entendido. Sagamore mostrou a ele o anel, cuja pedra não estava mais presa à base.

— Quer consertá-lo? — perguntou Kaham.

— Não — respondeu Sagamore —, o anel veio da delegacia! Preciso saber quem o comprou do senhor.

Por incrível que pareça, a resposta para aquela pergunta foi particularmente fácil de encontrar. Kaham, que considerava cada uma de suas criações única, tinha numerado com cuidado cada uma delas. A referência, associada ao nome do comprador, estava registrada em imensos livros de contabilidade, que haviam se acumulado com o passar do tempo. Depois de voltar no tempo acompanhando seus inventários intermináveis, Kaham de repente pousou o dedo em uma linha e soltou um grito de vitória. Tinha finalmente achado.

Sagamore correu para ler o que estava escrito:

4560953 – anel em ouro com zircônia azul.
Comprador: Sol Levovitch.

Àquela mesma hora, em Corfu. Era fim da manhã, Anastasia tomava um café tardio no terraço de casa. À sua frente, Levovitch lia o jornal. Parecia feliz e tranquilo. Ela não conseguia falar com ele sobre o que a preocupava cada vez mais. Não parava de pensar no que havia acontecido algumas horas antes do assassinato, quando descobrira que Tarnogol era um impostor.

Capítulo 59

SINIOR TARNOGOL

Cinco meses antes, sábado, quinze de dezembro, pouco antes da meia-noite, quatro horas antes do assassinato

Anastasia acabara de assistir à chantagem que Jean-Bénédict fizera com Macaire: ele devia ceder a presidência e, em troca, Jean-Bénédict não diria nada sobre o fato de seu primo ter envenenado a vodca usada nos coquetéis.

Ela voltara em seguida para o quarto de Lev e, depois de contar tudo a ele, dissera:

— Só há uma pessoa que pode impedir isso.

— Quem?

— Tarnogol. Vou falar com ele.

— Agora?

— Ele pediu demissão — explicou ela. — Sabe que está correndo perigo, deve estar fazendo as malas também. Tenho que falar com ele antes que saia do hotel. O Macaire me disse que ele estava no quarto ao lado.

— Tarnogol é perigoso — preveniu Lev.

— Eu sei.

A resposta abrupta de Anastasia surpreendeu Lev.

— Me deixe ir com você — disse ele, então.

— Não, Lev. Não se meta nisso, por favor! Isso é entre mim e Tarnogol. Ele... Ele roubou uma parte da minha vida. Foi por causa dele que me casei com Macaire! Foi por causa dele que eu e você...

Ela interrompeu a frase. Não queria falar sobre aquilo. Saiu no corredor e bateu na porta vizinha.

Lev, que ficara na suíte, sentiu o pânico dominá-lo. Pela primeira vez em quinze anos de farsa, seu roteiro perfeitamente orquestrado escapava ao seu controle. Ele não tinha escolha a não ser ir lá e abrir a porta. Correu para a sacada e pulou a grade para passar para a sacada do quarto vizinho, o de Tarnogol, cuja janela ficava sempre entreaberta.

Anastasia, no corredor do sexto andar, batia na porta. Ninguém atendeu. Ela então se abaixou: depois de alguns instantes, viu um raio de luz, como se alguém tivesse acordado e acendido a luz.

Lev tinha se despido depressa e vestia um roupão quando ouviu a voz de Anastasia do outro lado da porta:

— Tarnogol, eu sei que está aí. Abra a porta!

Lev pegou o rosto de silicone e o enfiou rapidamente. Manteve o roupão fechado cruzando os braços para esconder a diferença entre o silicone e a pele de seu pescoço. Aquilo estava longe de ser perfeito, ele estava sendo negligente com as regras básicas que seu pai lhe ensinara. Mas estava encurralado. Foi até a porta. Sabia, no fundo, que era a hora da verdade.

A porta se abriu e Anastasia se viu diante de Tarnogol, vestido com um roupão, visivelmente recém-saído da cama.

— O que está acontecendo? — perguntou Tarnogol.

— Está acontecendo que nós dois temos que conversar — respondeu Anastasia.

Tarnogol se afastou para deixar que a moça entrasse. Ela lançou seu olhar de leoa furiosa nos olhos de Tarnogol. Teve uma breve visão. Estava reconhecendo aqueles olhos. Lembrou-se do que havia dito naquela mesma manhã, em Genebra, para o tenente Sagamore: *"Os olhos não mentem."* De repente, ela entendeu e se jogou contra ele.

Na suíte 622, o quarto vizinho ao de Tarnogol, Jean-Bénédict Hansen comemorava: o banco era dele. Estava guardando as ações que tomara de Macaire no cofre do quarto quando ouviu um barulho do outro lado da parede. Alguma confusão parecia estar acontecendo na suíte de Tarnogol. Ele ouviu gritos de mulher e uma batida contra a parede. Correu para o telefone para avisar a segurança do hotel, depois foi até o corredor ver o que estava acontecendo. A porta da suíte de Tarnogol estava aberta: uma briga acontecia dentro do cômodo. Ele se aproximou lentamente e descobriu dentro do quarto uma cena que não esperava. Anastasia sacudia Lev pelo colarinho do roupão. No chão, sobre o carpete, havia uma máscara de silicone parecida com o rosto de Tarnogol.

— O que está...? — murmurou Jean-Bénédict.

Anastasia, ao perceber a presença do primo Hansen, soltou Lev. Ele viu Jean-Bénédict pegar o rosto de silicone, sem poder fazer nada.

— Era você? — perguntou Hansen, estupefato. — Esses anos todos, era você? Tarnogol era uma farsa?

Jean-Bénédict levou a máscara à altura do rosto de Lev, que se manteve imóvel. Seu segredo tinha sido descoberto.

— É inacreditável — exclamou Jean-Bénédict com uma pitada de admiração. — É absolutamente inacreditável!

Ele se aproximou mais dos dois, um brilho ameaçador no olhar. Nesse instante, um vigia do tamanho de um armário chegou à porta do quarto.

— Está tudo bem? — perguntou. — Um cliente disse ter ouvido gritos.

— Ah, está tudo muito bem — garantiu Jean-Bénédict, abrindo um sorriso largo. — Estávamos ensaiando uma esquete. Será que fizemos barulho demais? Se for isso, mil desculpas.

Jean-Bénédict se aproximou do segurança para tranquilizá-lo com outro sorriso e um tapinha no ombro, antes de fechar a porta em sua cara. Então, se virou para Lev e Anastasia e os encarou com um ar diabólico, enquanto os dois pareciam aterrorizados.

— Mas que reviravolta extraordinária essa noite teve! — exclamou.

Com essas palavras, pôs o rosto de silicone e contemplou sua aparência no reflexo do espelho preso à parede.

— Fantástico! — exclamou. — É simplesmente fantástico! Você nos enganou por quinze anos, Lev. Quero saber de tudo! Quero saber como fez isso.

Jean-Bénédict retirou a máscara e foi até a sala da suíte.

— Vamos, sentem-se — ordenou para Lev e Anastasia.

Os dois foram obrigados a obedecer. Eles se sentaram um ao lado do outro no sofá. Anastasia estava com medo, teve o reflexo de pegar rapidamente a mão de Lev. Jean-Bénédict percebeu o gesto.

— Mas que maravilha, dois pombinhos! — gritou. — Isso está cada vez melhor! Ca-da-vez-me-lhor!

Ele abriu o minibar e pegou uma garrafa de champanhe.

— Posso me servir? — perguntou a Lev. — Ou tenho que pedir ao Tarnogol?

Agitou a membrana de silicone e caiu na gargalhada, antes de abrir a garrafa e beber direto do gargalo. Com um gesto repugnante da língua, enxugou os lábios e berrou:

— Champanhe! Champanhe para Sinior Tarnogol, a maior farsa de toda a História! E agora, Lev: me conte! Quero saber de tudo!

*

Quinze anos antes,
Manhã da sexta-feira do Encontro Anual

Naquela manhã, Lev havia deixado Genebra de madrugada para ir até Verbier. Na noite da véspera, Anastasia o tinha rejeitado e não fora ao encontro dele no Hôtel des Bergues.

Ao chegar em Martigny, como tinha um pouco de tempo para esperar antes do primeiro trem para Le Châble, de onde seguiria para Verbier de ônibus, Lev decidiu tomar um café e se esquentar no Hôtel de la Gare. Sentado no hotel, em meio à agitação dos muitos clientes que tomavam café da manhã, ele observou pela janela a rua deserta. De repente, para sua grande surpresa, viu o pai aparecer, caminhar pela penumbra com uma mala na mão e entrar justamente no hotel, onde se misturou aos outros clientes. Lev, sem se mostrar para ele, o seguiu com o olhar. Sol Levovitch atravessou o saguão e foi até os banheiros, onde desapareceu. Lev decidiu segui-lo. De repente, teve a sensação de que algo estava estranho. Ele entrou no banheiro, por sua vez: ninguém. Notou então que uma das cabines estava fechada. Seu pai estava dentro dela. Com a mala. Fazendo vários movimentos. O que será que ele estaria fazendo ali?

Lev esperou alguns minutos.

De repente, a porta da cabine se abriu.

Lev ficou imóvel. Não conseguia acreditar. O homem que estava diante dele era Sinior Tarnogol.

— Pai... — murmurou Lev, chocado.

Tarnogol levou as mãos ao pescoço e descolou com cuidado a máscara de silicone que usava. A operação levou alguns instantes: lentamente, por trás da máscara, o rosto de Sol surgiu.

— Você é o Tarnogol? — balbuciou Lev. — Esse tempo todo, era você? Sol assentiu.

— Tarnogol e alguns outros. Foi para isso que o senhor Rose me contratou no Palace. Para me tornar, com várias identidades, um cliente do hotel e observar as imperfeições no atendimento.

Foi assim que Lev descobriu, estarrecido, que alguns dos clientes que servira por anos nunca haviam existido. Ou melhor, eram apenas uma única pessoa: seu pai.

Sol Levovitch era um ator genial. Ele havia enganado absolutamente todo mundo. Durante todos aqueles anos, criara personagens mais reais que os de verdade. Graças ao senhor Rose, ele pudera enfim dar asas ao seu talento. Tinha mandado fabricar rostos de silicone sob medida com o melhor artesão da região, situado em Viena, que trabalhava para os maiores estúdios de cinema do mundo.

Lev pegou a máscara nas mãos e a analisou. O realismo era impressionante: o nariz, a implantação dos cabelos, o modo como o silicone se misturava à pele em torno dos olhos e da boca. A ilusão era perfeita.

Depois que o choque passara, Lev voltou a pensar na atitude de Tarnogol em relação a ele no ano anterior e exigiu explicações do pai.

— Mas se você é o Tarnogol, por que me denunciou para o senhor Bisnard na noite do grande baile do banco, no ano passado?

— Todos os outros funcionários do Palace tinham visto você: eles estavam furiosos. Decidi dar fim àquela questão enquanto ainda era tempo. Antes que você fizesse um espetáculo ou um escândalo acontecesse. Isso teria custado o seu emprego... Além disso... Para ser sincero, vi o modo como você olhava todos aqueles banqueiros, todos aqueles homens poderosos. Eu me senti minúsculo. Tive inveja deles. Quando fiquei sabendo que você estava mentindo sobre quem era para que acreditassem que fazia parte daquele mundo, eu não aguentei.

— E depois? — exigiu saber Lev.

— Na primavera passada, depois que a Anastasia foi embora para Bruxelas, você estava triste como um cachorrinho abandonado. Eu não conseguia falar com você. Eu estava frustrado. Propus várias vezes que saíssemos para jantar, mas você não queria. Lembra?

— Lembro — respondeu Lev.

— Então achei que Tarnogol poderia conseguir o que eu não conseguia. Escolhi Tarnogol e não outro dos meus personagens porque ele me parecia corresponder mais ao mundo dos bancos. O Tarnogol chamou você para jantar e você aceitou.

— Eu não podia recusar o convite dele — defendeu-se Lev.

— Não importa — respondeu seu pai. — O importante é que eu passei uma noite ótima na sua companhia. Descobri que, ao vestir a fantasia de Tarnogol, eu podia ser o pai cheio de bom senso que não sei ser quando sou eu mesmo, na sua frente. A prova é que, no verão passado, quando você me disse que tinha recebido uma oferta do banco, eu fiquei doido. Não queria que você saísse daqui. Fiz uma cena ridícula para convencer você a não ir e você ficou. Mas me arrependi porque eu sabia que seu lugar não era mais no hotel, e sim em Genebra.

— Então você voltou para o Palace como Tarnogol e deu um jeito de fazer com que eu fosse demitido.

— É, o senhor Rose sabia de tudo. Falei que ia fazer você perder as estribeiras e exigir sua demissão.

— Então tudo isso era só uma grande peça de teatro? — perguntou Lev.

— Podemos dizer que sim. O acaso quis que Anastasia chegasse naquele momento e levasse você com ela. Fiquei triste por mim e o Tarnogol ficou feliz por você.

— Mas por que essa farsa no banco? — quis saber Lev então. — Por que essa história de abrir uma conta e depois comprar o banco?

— O senhor Rose me disse que você tinha sido posto na berlinda pelo Ebezner avô e precisava de um primeiro cliente importante para se tornar consultor pleno. Achei que o Tarnogol seria a melhor pessoa para isso. Todos os meus personagens têm um verdadeiro passaporte falso, fabricado em Berlim por um falsário excepcional. Isso era necessário para o check-in no hotel. Achei que bastaria um horário no banco para abrir a conta, tinha meu passaporte no bolso, parecia uma brincadeira de criança. Planejei que iria enrolar para fazer o depósito do dinheiro, que não existia. Mencionaria problemas com os outros bancos. Até lá, já oficialmente consultor, você teria atraído outros clientes e se tornado intocável.

— Mas a reunião no Banco Ebezner acabou não saindo como o esperado, não é?

— Exatamente. Eu inventei um valor astronômico e Abel Ebezner me pediu para assinar todos aqueles documentos. Eu não esperava aquilo. Mas, ao mesmo tempo, eu tinha que ir até o fim. Voltei na reunião seguinte com todos os documentos em branco no envelope. Eu sabia que nenhuma conta seria aberta. Só queria ganhar tempo, por você, para te ajudar. Então tive a ideia de fazer uma exigência que Abel Ebezner não poderia cumprir: que ele vendesse parte do banco para Tarnogol.

— Mas você me fez passar por um grandessíssimo de um idiota! — exclamou Lev.

— Sinto muito. Eu só queria ajudar você. Vou resolver tudo, você vai ver. Estou me preparando para voltar ao Palace como Tarnogol. O senhor Rose reservou um quarto para mim ao lado da suíte de Abel Ebezner e eu vou dizer a ele...

— Você não vai fazer nada! — explodiu Lev. — Vai esquecer esse personagem!

— Vou convencer Abel Ebezner a nomear você consultor. Me deixe fazer isso, por favor!

— Mas eu vou ser consultor a partir de janeiro de qualquer forma, assim que o Macaire se tornar vice-presidente oficialmente! Não preciso da sua ajuda, entendeu? Não preciso da sua ajuda!

— Esse é exatamente o problema — murmurou Sol.

— O quê?

— Você não precisa mais da minha ajuda. Você sempre precisou de mim. Sou seu pai. Mas agora você voa com suas próprias asas. Não precisa mais de mim, e é difícil aceitar isso.

Lev ainda não podia acreditar.

— Eu não consigo acreditar, tudo isso foi uma gigantesca comédia!

— Não era uma comédia! — protestou o pai.

— Chame de circo, se preferir — retrucou Lev, muito abalado por aquela mentira. — Todos os clientes que ficavam me fazendo elogios, que fizeram com que me sentisse orgulhoso do meu trabalho, era tudo uma grande farsa. Ah, como você deve ter rido com o senhor Rose, como devem ter zombado de mim!

— Não — protestou Sol. — Os personagens serviam para controlar a qualidade do serviço do Palace.

— Era um jeito de me manter no Palace! — atacou Lev.

— Não — garantiu seu pai.

Lev estava fora de si. Sentia-se traído e humilhado ao mesmo tempo.

— Ah, essa sua obsessão ridícula por ser ator! — disse ele, deixando-se levar. — Não foi um banqueiro que matou minha mãe, foi um ator!

Por causa de você e dos seus espetáculos ridículos, minha mãe foi embora! Por causa de você, ela morreu!

— Lev, não, por favor! Me perdoe, achei que estava fazendo a coisa certa.

— Você estragou tudo! — berrou Lev. — Você não passa de um palhaço!

— Não sou um palhaço! — berrou Sol.

— Se não é um palhaço, quem é você, com essa fantasia?

— Sou seu pai.

— Não tenho certeza se você é o pai que eu queria.

Ao ouvir aquelas palavras, o pai, ferido de morte, deu um tapa no filho. Mais atingido pelo gesto do que pela força do golpe, Lev pôs a mão na bochecha.

— Me perdoe... — implorou Sol, que se arrependeu imediatamente de seu furor.

Lev recuou na direção da porta.

— Espere! — gritou o pai. — Tenho um bom motivo para estar fazendo tudo isso. Tem uma coisa que nunca contei para você...

Mas Lev não queria mais ouvir nada. Ele fugiu. Queria desaparecer. Precisava, sobretudo, de carinho. Precisava de Anastasia. Tinha que encontrá-la. Pegou o primeiro trem para Genebra. E, enquanto viajava de Martigny para lá, o trem que cruzava no sentido contrário, vindo da cidade na ponta do lago Léman, levava Anastasia a Martigny, de onde ela seguiria para Verbier para encontrar Lev.

Lev passou o dia vagando por Genebra. No apartamento de Olga von Lacht: ninguém. Na casa dele: ninguém. Ele esperou por muito tempo no Remor: ninguém. Ele foi a todos os lugares que ela gostava de ir em Genebra. Em vão. Desesperado, voltou para a casa da mãe de Anastasia. Ainda não havia ninguém. Ele esperou por muito tempo, na escada, que alguém chegasse. Perto das sete da noite, Olga von Lacht apareceu, chegando do trabalho. Assim que a viu, Lev se levantou para fazer seu papel de Romanov. Mas, antes que pudesse abrir a boca, Olga começou a berrar:

— Como você ousa vir até aqui? Seu animal! Rato de esgoto!

Ela uniu os gestos às palavras e começou a bater em Lev com a bolsa.

— Senhora von Lacht! — gritou Lev. — Pare com isso, meu Deus! O que deu na senhora?

— Saia daqui, seu idiota! Seu verme! Impostor! Eu sei de tudo!

— Senhora von Lacht — implorou Lev —, eu preciso muito falar com a Anastasia. Passei o dia todo procurando por ela.

Olga conteve a última bolsada: Anastasia não estava com Lev? Para onde ela tinha ido então? Decidiu aproveitar a ocasião para afastar Lev da filha.

— A Anastasia não quer mais ver você — disse então. — Ela ama outro homem. Um rico! Um poderoso! Não um carregador de malas miserável! Saia daqui, entendeu?

Lev foi embora sem perguntar mais nada.

Naquela noite, depois de horas vagando, Lev, abalado pelos acontecimentos das últimas vinte e quatro horas, finalmente voltou ao Palace de Verbier.

Já era mais de meia-noite quando um táxi o deixou diante do hotel. No saguão deserto, ele encontrou o pai, que parecia esperá-lo. Foi assim que o velho, desesperado para manter seu filho por perto, deu a ele as cartas que havia falsificado para fazê-lo acreditar que Anastasia amava Macaire.

O pai se achou covarde ao fazer aquilo. Tarnogol com certeza teria feito melhor. Mas ele não era mais Tarnogol. Era apenas Sol.

E Lev, com o coração ferido pelo que achava ser uma carta de término, fora esquecer a tristeza nos braços de Petra.

*

Quinze anos depois, no quarto 623 do Palace de Verbier, Jean-Bénédict interrompeu o relato de Lev.

— Que história é essa de carta? — perguntou.

Anastasia repetiu as explicações que dera a Lev quando os dois haviam enfim se reencontrado, um ano antes, no velório de Abel Ebezner.

— Eu tinha escrito duas cartas — disse. — Uma para Lev, para dizer que o amava, e outra para Macaire, para fazê-lo entender que eu não sentia nada por ele. Mas o pai do Lev, a quem entreguei as cartas, as alterou.

— Ele cortou os dois nomes e os inverteu — acrescentou Lev. — Eu fiquei com uma carta de término, e achei que a Anastasia queria ficar com o Macaire. Na noite do dia seguinte, durante o grande baile, vi Anastasia e Macaire se beijarem, o que, para mim, confirmou tudo.

— Foi o Macaire que me beijou! — protestou Anastasia, que ainda sentia necessidade de se defender, mesmo quinze anos depois dos acontecimentos. — Eu nem percebi!

— Não me lembro de você ter ficado chocada! — resmungou Lev.

— Por favor, pombinhos — interveio Jean-Bénédict. — Não briguem! Quero saber o que aconteceu depois e, sobretudo, porque seu pai, Lev, inverteu os nomes nas cartas para fazer você duvidar do amor da Anastasia.

— Porque ele estava muito doente e não queria morrer sozinho.

*

Quinze anos antes,
no salão de baile

Depois de ver Anastasia e Macaire se beijando, Lev quis se vingar fazendo o mesmo com Petra. Anastasia, abalada ao descobrir a nova conquista dele, deixara o local correndo.

No meio da multidão alegre, Lev, a quem Petra estava estreitamente enlaçada, sentiu que ia desmaiar. Rever Anastasia, e especialmente ser testemunha daquele beijo entre Macaire e ela, minara suas forças. Uma coisa era saber pelas cartas que ele havia lido, outra era ver os dois juntos.

Lev também saiu do salão de baile. Seu lugar não era entre os banqueiros. Pensou que o pai tinha razão: o banco o mudara. Quis voltar a ser funcionário do hotel. Voltar a morar ali. Naquela bolha. Nunca mais deixar o Palace. Admitiu que, no fim das contas, a única pessoa que sempre quisera seu bem era seu pai.

Ao sair do salão de baile, encontrou o senhor Rose. O diretor do hotel claramente estava sabendo do que acontecera entre Sol e o filho.

— Lev — disse. — Preciso falar com você. É sobre seu pai.

— Eu sei, ele quis fazer algo bom e me ajudar através do personagem do Tarnogol.

— Não é disso que eu quero falar. Lev, seu pai está com câncer.

Lev empalideceu: seu pai não havia mentido daquela vez.

— Então isso não foi uma invenção dele — murmurou.

— Ele vai morrer — confessou o senhor Rose.

— Por que ele nunca me contou?

— Ele não queria preocupar você. Achava que ia sair dessa. Infelizmente, não há mais nada a fazer. Ele vai morrer e só tem você. Restam apenas mais alguns meses de vida.

Lev, de repente, teve vontade de ir procurar o pai, de abraçá-lo com força. De não perder mais nenhum segundo do tempo que os dois ainda tinham juntos.

Naquela noite do baile do Banco Ebezner, Sol deveria estar no Palace. Mas Lev não o encontrou em sua sala e nenhum dos funcionários a quem perguntou o vira. Lev imaginou que ele certamente estaria em seu apartamento. Foi até a casa do pai, bateu na porta por muito tempo, mas ninguém abriu. A porta não estava trancada, e Lev tomou a liberdade de entrar. Mas o local estava deserto. Ele chamou: nenhuma resposta. Seu pai claramente não estava lá. Ele decidiu checar no quarto de novo. Vazio também. Mas, em vez de sair do cômodo, Lev quis entrar na intimidade do pai. Ele abriu o grande armário embutido que ficava diante da cama. E qual não foi sua surpresa: ele descobriu, em uma prateleira, uma série de rostos de silicone dispostos em cabeças de manequins. Os rostos dos clientes que ele servira. Embaixo deles, vários objetos que serviam como acessórios para os personagens: relógios, joias, óculos, charutos... E, entre tudo isso, o famoso livro costurado que o pai conservava com tanto cuidado, no qual anotava todas as suas ideias. Lev o abriu e descobriu ao longo das páginas, na forma de croquis e anotações, todos os clientes que ele havia servido no Palace. Seu pai esboçara os rostos antes de fazer moldes e, depois, as máscaras de silicone. Lev entendeu que os personagens realmente existiam: Sol Levovitch tinha escrito suas histórias pessoais, seus tiques de linguagem, suas preferências e suas exigências no hotel, para manter a coerência em todas as temporadas deles no Palace.

Lev, analisando os rostos de silicone, ficou observando demoradamente o de Tarnogol. Estava fascinado. Ele o pegou e se sentou diante da penteadeira que reinava no cômodo, a mesma em que, durante anos, seu pai se transformara para frequentar, anonimamente, o Palace. Lev percebeu que o pai lhe ensinara tudo: ele conhecia os gestos e atitudes, sabia como transformar sua voz impostando-a mais. Pensou que, havia um ano, ele mesmo interpretava uma farsa ao se fazer passar por Lev Romanov. No fundo, só tinha que pôr em prática o que o pai lhe ensinara. Ele era um ator. Vinha de uma linhagem de atores. Eles eram os Levovitch.

Metade do armário era usada para guardar as roupas dos personagens. Lev identificou sem dificuldade as roupas de Tarnogol e as vestiu: eram forradas com pedaços de tecido e espuma sintética de maneira a dar corpulência e curvar sua silhueta. Era impressionante.

Em, seguida, aplicou a máscara de silicone sobre o próprio rosto. O plástico adquiriu o contorno de sua mandíbula, se adaptou a seus olhos e lábios. Ele arrumou os cabelos grisalhos e as sobrancelhas grossas. O resultado era chocante: ele era Sinior Tarnogol. Passou alguns minutos treinando o modo de falar e se movimentar com aquele novo envelope corporal. Percebeu que podia imitar perfeitamente o personagem que Sol criara com o nome de Tarnogol: sua voz, seus movimentos, suas expressões. Exatamente como o pai lhe ensinara. Lev entendeu que o pai o havia preparado para substituí-lo. Também viu que o pai não era apenas um ator muito talentoso: era um grande dramaturgo, a alma do teatro personificada. Um artista genial.

Lev, impressionante como Tarnogol, ficou muito tempo se olhando no espelho. Sentia-se orgulhoso. Orgulhoso de ser um Levovitch. Quis então que o pai o visse daquele jeito. Quis mostrar que era como ele. Que não era diferente.

Se seu pai não estava em casa, com certeza estava no Palace. Lev voltou para o hotel. Ao sair do apartamento, tomou o cuidado de levar consigo seu bem mais precioso, que não saíra do bolso de sua calça desde a noite anterior: o anel de noivado de sua mãe, que queria oferecer a Anastasia, no Hôtel des Bergues.

Ao voltar ao Palace, Lev imediatamente percebeu o realismo da nova identidade: os funcionários viram apenas o personagem, e o cumprimentaram com respeito. Lev se divertiu ao tratá-los com um desprezo tarnogolesco. Foi a chance de usar sua voz e seu sotaque, lançando um "Saiam da minha frente!" a todos que perguntavam "Como vai o senhor?". Sob o rosto de silicone, Lev estava maravilhado: que cara seu pai faria ao vê-lo daquele jeito! Mas ele não conseguiu encontrar o pai. Depois de caminhar por certo tempo no saguão, Lev saiu pela porta de entrada do hotel para fumar um charuto.

No mesmo instante, Macaire deixou o salão de baile do primeiro andar, com as ações do banco nas mãos e entrou no saguão. Sem Anastasia, sua noite já era. Sentia-se triste. Sozinho. Estava disposto a dar todo o ouro do mundo para ficar com ela. Precisava arejar a cabeça, por isso saiu do hotel.

Lev, ao ver Macaire passar pela porta do Palace, lançou um olhar furioso para ele, antes de perceber que Macaire obviamente não o reconhecia.

— Boa noite, senhor — cumprimentou educadamente Macaire ao passar por ele.

Lev percebeu que ele tinha uma expressão triste no rosto. Então, o interpelou, reproduzindo a voz e o sotaque de Tarnogol:

— Aconteceu alguma coisa, meu jovem?

Macaire se virou, feliz por alguém ter percebido que ele não estava bem.

— Coisas do coração — respondeu.

— Acontece — disse Tarnogol.

Macaire encarou o homem.

— Nós nos conhecemos? — perguntou.

— Não, acho que não — respondeu Tarnogol.

— Nós nos conhecemos, sim — afirmou Macaire, o rosto se iluminando, pois acabara de reconhecê-lo. — O senhor foi até o Banco Ebezner algumas semanas atrás!

— O senhor conhece o banco? — quis saber Tarnogol.

— Se o conheço? — perguntou Macaire, rindo da pergunta. — Eu me chamo Macaire Ebezner — disse, estendendo a mão a Tarnogol. — Sou o novo vice-presidente.

Os dois se cumprimentaram com um aperto de mãos caloroso.

— Eu me chamo Sinior Tarnogol. É um grande prazer conhecê-lo. Não gosto de ver um belo jovem como você triste. Há algo que possa fazer por você?

Macaire suspirou.

— Ah, se você pudesse fazer a mulher que amo me amar... — disse. — Ela se chama Anastasia e eu daria qualquer coisa para ficar com ela.

Ao ouvir aquilo, Lev entendeu que Macaire não sabia que tinha sido escolhido por Anastasia. Não recebera a carta de amor que ela lhe escrevera. Anastasia queria fazer sua vida com ele, mas Macaire não sabia. E, como ela fugira do salão de baile depois do beijo, ele devia estar se sentindo desprezado.

Lev viu que tinha uma oportunidade de usar Macaire, sem imaginar nem por um segundo aonde tudo aquilo iria chegar. Com a aparência de Tarnogol, ele revelou, como se fizesse uma confidência:

— Posso ajudar você a conquistar essa tal de Anastasia.
— Como? — implorou Macaire, visivelmente disposto a tudo.
— Vai custar muito caro — avisou Tarnogol. — Não sei se você tem dinheiro suficiente.

Macaire, sem se deixar impressionar, agitou o envelope que tinha na mão.
— Está vendo isto? São ações do Banco Ebezner! Sabe o quanto elas valem, mesmo que apenas os dividendos anuais? Então, pode acreditar: tenho como pagar pelos seus serviços. Quanto o senhor quer?
— Você está disposto a fazer um pacto com o diabo? — perguntou Tarnogol.

A palavra diabo assustou Macaire, mas ele não desanimou.
— Estou disposto a tudo! — garantiu.

Tarnogol, reagindo de bate-pronto, disse então:
— Suas ações pela Anastasia.

Um silêncio se fez. Macaire pareceu hesitar, mas se recompôs e respondeu com um tom firme:
— Eu aceito. Se conseguir fazer com que Anastasia me ame, terá minhas ações. Não sei o que fazer com o dinheiro, senhor Tarnogol! Tudo que eu quero é o amor de Anastasia.

*

Quinze anos depois, Lev se sentia quase aliviado por poder revelar o segredo que carregara durante todos aqueles anos. Ele explicou a Jean-Bénédict Hansen:
— Eu não tinha nada a perder. Primeiro eu só pensei em fazer uma brincadeira de mau gosto, mas percebi que talvez estivesse dando um golpe de mestre. Podia ficar com o cargo de vice-presidente do banco. Vocês imaginam a puxada de tapete que isso seria para Macaire, que achei que havia roubado Anastasia de mim. E ainda por cima, se funcionasse, eu me tornaria, ainda muito jovem, infinitamente rico. Naquela noite, achei que estava ferrando Macaire. Na verdade, eu que me ferrei.

* * *

Quinze anos antes

Macaire entrou em seu quarto no Palace, seguido por Tarnogol.

— Sente-se — disse, mostrando uma poltrona ao velho, antes de se instalar atrás da pequena escrivaninha da suíte.

Abriu uma gaveta, pegou papel e caneta e começou a redigir um contrato de praxe. Algumas linhas através das quais cedia suas ações a Sinior Tarnogol.

— Esse contrato é válido? — perguntou Tarnogol, preocupado. — Não quero nenhuma gracinha.

— Não se preocupe — garantiu Macaire. — Estudei direito na universidade, sei o que estou fazendo. Esse contrato é totalmente válido.

Ele pôs o documento no cofre do quarto, junto com as ações. Em seguida, disse:

— Se, como prometeu, eu conseguir o amor de Anastasia graças ao senhor, lhe entregarei o contrato assinado e minhas ações.

— Como posso ter certeza de que vai cumprir com o combinado? — perguntou Tarnogol.

— Sou um homem de palavra — disse Macaire. — Pode confiar em mim.

A oportunidade era boa demais e Lev decidiu agarrá-la. Se aquilo funcionasse, seria o golpe do século! Ele pôs a mão no bolso e, tocando no anel da mãe com a ponta dos dedos, disse:

— Me encontre daqui a quinze minutos em frente aos elevadores do terceiro andar.

Quinze minutos depois, Macaire esperava, ansioso, no corredor do terceiro andar, onde ficava o quarto de Anastasia. De repente, uma porta secreta se abriu e Tarnogol apareceu.

— O senhor é o diabo! — exclamou Macaire, arrepiado.

— Me siga — ordenou Tarnogol, arrastando Macaire por um corredor de serviço, conhecido apenas pelos funcionários.

Longe do olhar dos hóspedes, Tarnogol tirou do bolso o anel e o pôs na mão de Macaire. Lev hesitou em se separar do anel da mãe. Mas pensou que, se o plano fracassasse, ele poderia recuperar o anel. E, se funcionasse, teria dinheiro para comprar os maiores diamantes do mundo até o fim da vida.

— Ofereça este anel a Anastasia — disse a Macaire. — Peça ela em casamento. Ela vai aceitar.

Macaire correu até o quarto de Anastasia. Ao chegar à porta, ficou alguns segundos imóvel, sem coragem de bater.

Do outro lado, Anastasia, sozinha, prostrada na cama, chorava, desesperada. Enganada por Lev, que preferira Petra a ela, rejeitada pela mãe, ela se sentia abandonada por todos. Quando o Encontro Anual terminasse, ela não teria nem mais onde ficar. Não sabia o que seria de si mesma. Tinha chegado ao ponto de pensar em se jogar pela janela para acabar com tudo aquilo.

De repente, ouviu batidas na porta. Levantou-se com dificuldade para abri-la. Diante dela, ajoelhado, Macaire lhe apresentou um anel com uma safira.

— Anastasia von Lacht, quer se casar comigo? — perguntou.

Ela quase nem hesitou. Não foi seu coração que respondeu, e sim o medo de ficar sozinha e, sobretudo, sua necessidade de gentileza, uma necessidade visceral de ser amada. Ela já sofrera muito, depois de anos sendo forçada pela mãe a arranjar um marido, depois dos fracassos sucessivos nos casos com Klaus e Lev, ela queria ser bem tratada e viver em paz.

— Sim! — gritou, puxando Macaire para que se levantasse, antes de se jogar nos braços dele. — Sim!

A alguns passos dali, escondido em um canto da parede, Tarnogol observava a cena. Sob a máscara, Lev chorava.

*

Quinze anos depois, no quarto 623 do Palace de Verbier, Anastasia entendeu de repente. Ela disse a Lev:

— O anel que o Macaire me deu era o mesmo que você ia me dar?

— Era. Era a aliança da minha mãe.

Ela tapou a boca com as mãos em um gesto desesperado.

— Eu a entreguei ao Macaire agora há pouco...

— Não tem problema — garantiu Lev.

Anastasia não conseguiu conter as lágrimas, enquanto Jean-Bénédict Hansen parecia estupefato com a história que acabara de ouvir.

— O Macaire cumpriu a promessa — continuou Lev. — Na mesma noite, ele me entregou o contrato e as ações. Um mês depois, Tarnogol dava seus primeiros passos como membro do Conselho do banco, enquanto eu, Lev Levovitch, era promovido a consultor por Abel Ebezner, que nunca desconfiou de nada. Devo dizer que Tarnogol costumava estar supostamente viajando e eu, muitas vezes, em reuniões com clientes, fosse em alguma sala do banco, em Genebra, ou no exterior. Não era difícil conciliar as duas agendas. Nós praticamente não tínhamos chance de nos encontrar. O dinheiro dos dividendos ajudou no resto da criação do personagem: bastou molhar as mãos de um funcionário da Imigração para obter, com o passaporte falso de um país soviético que meu pai tinha mandado fazer, um visto verdadeiro para Tarnogol, que se instalou definitivamente em Genebra. Ele foi morar em um palacete na rue Saint-Léger, 10, primeiro alugado, que pude comprar depois. Era só um cenário, só a entrada, as escadas e as salas do primeiro andar, visíveis da rua, eram mobiliadas. O resto continuou sempre vazio e desocupado.

Jean-Bénédict se levantou e deu alguns passos pela suíte.

— É impressionante, Lev! Você é um gênio! Um gênio absoluto! Tem noção de que enganou a nós todos? Há uma semana, você estava aterrorizando o coitado do Macaire dizendo que a presidência do banco ficaria com Lev Levovitch. Foi brilhante: uma vez você eleito presidente, bastaria Tarnogol pedir demissão do Conselho e ninguém jamais teria ficado sabendo de nada. E você seria presidente do Banco Ebezner, o primeiro dirigente do banco a não ser da família Ebezner.

— De jeito nenhum — retrucou Lev. — Eu queria pressionar Macaire para convencê-lo a fazer a troca contrária: ficar com a presidência em troca da Anastasia. Eu a tinha finalmente encontrado, depois de quinze anos difíceis como atravessar um deserto. Queria que Macaire nos deixasse em paz. Se ela o deixasse, ele faria um escândalo, chantagearia dizendo que ia se matar, poderia estragar tudo.

Jean-Bénédict lançou um olhar condescendente para Lev.

— O Macaire quase matou você.

— Eu sei.

Jean-Bénédict caiu na gargalhada:

— Essa história é uma maluquice. Bom, o mais importante é que agora tenho as ações do Tarnogol, que o Macaire me cedeu gentilmente. Quanto a você, Lev, ou devo dizer Tarnogol, você me entregou sua carta de demissão há pouco. Fico muito feliz em saber que você quer dar o fora. Macaire também vai deixar o banco, me nomear presidente no lugar dele e me passar as ações do Abel. Quando meu pai morrer, vou ficar com todo o capital do banco! Serei o banqueiro mais poderoso da Suíça! Então é assim que vai ser, Lev: você vai fazer o papel de Tarnogol mais uma vez amanhã. Vamos convocar uma coletiva de imprensa, com Tarnogol, Macaire, meu pai e eu. Vamos anunciar que o Macaire foi eleito presidente, mas ele vai pedir demissão ali na frente de todo mundo e me passar as ações dele, e você, por último, também vai anunciar que vai embora. Se os jornalistas fizerem perguntas e quiserem saber por que, invente uma história. Depois, vou deixar você ir embora, Lev, e nunca mais quero ver você na vida. Vou deixar você em paz, deixar você viver sua vida em algum lugar do mundo com a Anastasia, é isso que você quer, não é?

— Negócio fechado — disse Lev. — É só isso que eu peço.

Jean-Bénédict saiu do quarto 623 para voltar para a sua suíte.

— E agora? — murmurou Anastasia quando os dois ficaram sozinhos no cômodo.

— Agora temos que ir embora e nunca mais voltar. Não se preocupe, eu cuidei de tudo.

Às três da manhã daquela noite, pouco antes da chegada dos primeiros funcionários do Palace, duas sombras saíram da suíte 624, ocupada por Lev.

Sem fazer nenhum barulho, desceram a escada, os passos abafados pelo carpete espesso. Foram até o térreo e seguiram por um corredor de serviço, no fundo do qual havia uma saída de emergência. Lev empurrou a porta: do lado de fora, nevava muito e um vento glacial penetrou no prédio. Adiante, havia uma pequeno caminho coberto de neve. Alfred estava lá, esperando os dois no frio. Atrás dele, um grande sedã preto com o motor ligado. Lev, segurando a porta, quis deixar Anastasia passar, mas ela pediu:

— Me espere aqui, preciso voltar.

— O quê?

— Tenho que fazer uma coisa. É importante!

— Anastasia, não... Nós temos que ir embora antes que alguém nos veja.

— Lev, por favor... É importante!

Ele suspirou.

— Ande logo, então!

Ela voltou para dentro do hotel. Lev deixou a porta se fechar e ficou do lado de fora com Alfred. Ali, ninguém os veria.

Eles esperaram por um bom tempo. Seus cabelos estavam cobertos de neve e eles tremiam, o pescoço enfiado no casaco. Então a porta se abriu outra vez e Anastasia apareceu. Lev a segurou para que ela não se fechasse.

— Finalmente! Onde você estava? — disse ele, irritado.

Ela o encarou por um instante, antes de responder:

— Eu tinha que fazer isso.

— Vamos! — permitiu-se sugerir Alfred, abrindo a porta traseira do carro. — Não podemos ficar enrolando.

Anastasia entrou correndo no carro, antes de se virar e constatar que Lev não se mexera e ainda segurava a porta aberta.

— Alfred, você sabe o que tem que fazer.

O motorista assentiu.

— Não vai vir comigo? — perguntou Anastasia com um tom inquieto.

— Tenho que ficar aqui — explicou Lev.

— Não, Lev — implorou ela. — Não fique aqui. Você vai ter sérios problemas!

— Não vou deixar o banco ficar nas mãos de Jean-Bénédict Hansen! Devo isso a Abel Ebezner.

Apesar dos protestos de Anastasia, ele voltou para o Palace, fechando a porta atrás de si. O carro partiu com Anastasia e deixou, escondido pela noite, o Palace, depois Verbier, e desceu pelo vale até o aeroporto de Sion, onde entrou diretamente na pista. Um jatinho particular esperava, pronto para decolar.

Alguns minutos depois, a aeronave decolava com Anastasia a bordo, em direção a Corfu.

Capítulo 60

SÃO PETERSBURGO

Sagamore tinha ido de Genebra até Verbier. Sua primeira parada foi na delegacia da guarda municipal.

— Você está caçando um fantasma — disse o chefe da guarda municipal, um homem rechonchudo, cujos cabelos grisalhos lembravam que ele estava a alguns meses da aposentadoria.

— Por quê? — perguntou Sagamore.

— Sol Levovitch morreu há alguns anos.

— Eu sei. Eu queria saber quem ele era. Você me disse por telefone que o conhecia.

— Estamos em um vilarejo, tenente, todo mundo conhece todo mundo. Sol Levovitch era um homem gentil e simpático, apreciado por todos. Ele morreu já há um bom tempo. Por que está interessado nele?

— Porque me pergunto se há alguma ligação entre ele e o assassinato de Jean-Bénédict Hansen.

O chefe de polícia ergueu a cabeça, intrigado.

— O assassinato do quarto 622? — perguntou.

— É. Encontramos, durante a investigação, uma joia que pertenceu a Sol Levovitch.

— Sol Levovitch? Mas ele morreu há pelo menos dez anos.

— Quatorze — precisou Sagamore.

— O senhor sabe que ele tem um filho, que era consultor do Banco Ebezner e estava no hotel na noite do assassinato?

— Eu sei — respondeu Sagamore. — Foi exatamente por isso que vim até aqui.

Sagamore tinha certeza de que o anel encontrado na gaveta de Levovitch tinha ligação com o caso. Já Cristina não pensava da mesma forma. Na véspera, eles haviam discutido muito.

— Encontramos em uma gaveta do escritório de Levovitch um anel que era do pai dele: nada que nos permita incriminá-lo — lembrara Cristina.

— Um anel que estava embrulhado em um lenço de Tarnogol e que Macaire Ebezner garantiu ter visto sendo usado como pingente por Tarnogol.

— E se Macaire estiver mentindo? — sugerira Cristina.

Sagamore considerara que era mais um motivo para continuar investigando. Ou Macaire estava dizendo a verdade, e Levovitch estava envolvido no caso, ou Macaire podia estar mentindo, o que o incriminaria.

Ao constatar que o chefe da guarda municipal não seria de grande ajuda, Sagamore anunciou que iria até o Palace para interrogar o diretor do estabelecimento.

— Vou com o senhor — anunciou o chefe da guarda municipal, encantado por poder participar de uma investigação sobre um assassinato, algo diferente dos problemas de estacionamento de sempre.

Em seu escritório, o senhor Rose mandou trazer café para os dois policiais.

— Sol Levovitch? — perguntou ele. — Claro que o conheci. Era um funcionário muito querido. Eu o conheci em Basileia. Ele trabalhava no bar do hotel Les Trois Rois. Ofereci um emprego para ele e para o filho, e os dois vieram morar aqui. Lev, o filho dele, também trabalhou no Palace, antes de entrar no banco. Era um menino muito talentoso.

— Qual era a função de Sol Levovitch aqui no hotel? — perguntou Sagamore.

— Ele controlava a qualidade do serviço — explicou o senhor Rose. — Ele era meus olhos, por assim dizer. Era maravilhoso nessa função. Nada escapava a ele.

— Segundo minhas pesquisas, ele havia sido ator, não é?

— É. Tinha tentado fazer sucesso por muito tempo, mas nunca havia conseguido. Por isso, deixou a carreira artística para ter um trabalho, digamos, mais estável.

— Encontrei um antigo colega de Sol Levovitch da época em que ele trabalhava no Les Trois Rois. Sol Levovitch contou a ele que tinha sido contratado pelo Palace de Verbier para trabalhar como cliente surpresa, usando seu talento como ator e várias fantasias para flagrar as negligências e falhas da equipe do hotel.

O senhor Rose tentou segurar a risada:

— Isso me parece totalmente fantasioso, tenente! Eu tenho um hotel, não um circo.

Sagamore não insistiu e continuou com as perguntas:

— Que tipo de homem era Sol Levovitch?

O senhor Rose franziu a testa, como se não entendesse o sentido daquelas perguntas.

— Era um homem simpático, trabalhador e honesto. Confesso que não estou entendendo aonde o senhor quer chegar, tenente.

Sagamore então apresentou o anel ao senhor Rose.

— O senhor reconhece essa joia?

— Não. Eu deveria?

— Ela pertencia a Sol Levovitch.

— Onde vocês a encontraram?

— Não importa.

O policial havia respondido de maneira mais seca do que devia e o senhor Rose entendeu que havia algo de errado. No entanto, não insistiu. Simplesmente perguntou ao policial:

— Há mais alguma coisa que possa fazer pelo senhor?

— Por enquanto não — respondeu Sagamore, agradecendo. — Fique com o meu cartão. Caso se lembre de alguma coisa, me ligue.

— Sobre o quê? — perguntou o senhor Rose, um pouco confuso.

— Sobre Sol Levovitch.

Sagamore e o chefe da guarda municipal saíram do Palace. Da janela de sua sala, o senhor Rose os viu entrando no carro. Então o famoso anel ressurgira, pensou. O anel que fizera Lev e Sol brigarem e desperdiçarem o tempo que lhes restava juntos.

*

Quinze anos antes

Era final de janeiro. O senhor Rose e Sol Levovitch estavam sentados na pequena sala particular do restaurante L'Alpina. De repente, a porta se abriu e Tarnogol entrou no cômodo. Ele fechou a porta atrás de si, para ter certeza de que ninguém os veria, e, desabotoando a camisa para pegar a ponta do rosto de silicone, retirou-o da cabeça, fazendo Lev aparecer.

O senhor Rose e Sol caíram na gargalhada. Lev se juntou aos dois na mesa e o senhor Rose serviu champanhe a ele.

— O que estamos comemorando? — perguntou. — Você me disse que tinha uma grande notícia.

— Consegui! — anunciou Lev. — Na quarta-feira, Sinior Tarnogol participou pela primeira vez do Conselho do banco!

Os dois aplaudiram. Sol transbordava de orgulho:

— O aluno superou o mestre! — disse.

— Ninguém notou nada? — perguntou o senhor Rose.

— Ninguém. Vocês precisavam ver Abel Ebezner, ele ficou furioso. Disse que contratou advogados e vai contestar a cessão das ações pelo filho.

— Cuidado para não criar problemas! — avisou Sol.

— Não se preocupem! — garantiu Lev. — Eu queria ver até onde eu poderia ir. Consegui participar do Conselho, a piada já durou o bastante. Eu pensei bem: vou devolver as ações ao Macaire. Ou revendê-las por uma bela soma. Depois, Tarnogol vai desaparecer para sempre.

Os dois homens aprovaram o plano, aliviados por verem que Lev daria fim à farsa antes que fosse desmascarado.

— De qualquer forma — disse Sol, o olhar cheio de admiração —, é incrível que tenha conseguido convencer Macaire a ceder as ações! Tem noção disso? Isso prova que você é um grande ator! Como você conseguiu fazer isso, caramba? Me conte.

— Eu as troquei pelo anel — disse Lev.

— Que anel? — perguntou Sol, que imediatamente pareceu perturbado.

— A aliança da mamãe.

O rosto de Sol empalideceu.

— A... A aliança da sua mãe? Você deu a aliança da sua mãe para Macaire Ebezner?

— Você sempre me disse que não era uma safira verdadeira, que não valia um centavo.

Sol se irritou:

— Tinha valor sentimental, seu banqueiro safado! Está vendo? Este é o homem que você se tornou! Um materialista, obcecado por dinheiro!

— Mas claro que não, pai! Não era isso que você queria?

Um silêncio mortal se fez. Sol tremia de raiva. Tomado por um acesso de fúria, deu socos na mesa, fazendo um copo virar.

— O que eu queria, meu Deus do Céu? Que você se desfizesse da única lembrança que nos restava da sua mãe?

— Não, que eu fosse ator! Eu assumi seu papel e o desenvolvi ainda mais. Não estou fazendo o maior número teatral de todos? Uma peça em tamanho real!

— Você fez isso pelo dinheiro! — acusou Sol. — Você queria ter o controle do banco!

— Mas claro que não, pai! Fiz isso para provar que éramos da mesma linhagem, que eu também era ator.

— Calado! — gritou Sol. — Não quero ouvir mais nada. O filho que criei nunca teria feito isso! Vá embora, Lev. Volte para o seu banco! Vai lá contar o seu dinheiro! Volte para a sua vida de banqueiro sem valores!

*

Enquanto o tenente Sagamore estava em Verbier, Cristina tinha tirado folga do banco para ir investigar no Hôtel des Bergues. Desde a descoberta do anel, Sagamore parecia se agarrar às pistas contra Levovitch.

Ela se apresentou na recepção do hotel de Genebra e se armou de seu melhor sorriso, preferindo não revelar sua função na polícia para ser mais discreta.

— Olá, senhor. Sou secretária de Lev Levovitch, que morou por muito tempo em uma das suas suítes.

O funcionário assentiu, demonstrando saber de quem ela estava falando.

— Como posso ajudá-la, senhora?

— É sobre a suíte que o Senhor Levovitch alugava e entregou recentemente. Parece que ele não levou todas as coisas dele.

— O que ficou faltando?

— Algumas pastas. Papelada. Sem dúvida, ficaram no fundo de alguma gaveta. Será que eu poderia dar uma olhada? O senhor Levovitch agradeceria muito.

— Impossível, senhora. A suíte está ocupada. Mas vou perguntar agora mesmo aos meus colegas. Se as arrumadeiras tiverem achado alguma coisa, com certeza foi guardado. Seria estranho que algo assim não tivesse sido entregue ao senhor Levovitch.

O funcionário pegou o telefone para falar com a governanta. Cristina praguejou em silêncio. Depois de uma conversa rápida, ele desligou e anunciou:

— Nada foi encontrado na suíte do senhor Levovitch depois que ele foi embora. Segundo minha colega, todos os seus bens foram levados pela transportadora responsável pela mudança.

A transportadora, pensou Cristina. Era essa a pista que ela procurava.

— Muito obrigada — disse ela. — Vou falar com eles agora mesmo. Por acaso, o senhor tem o nome da empresa? Tenho todas as informações no escritório, mas, se não precisar voltar até lá, vou ganhar um tempo precioso.

— Peço que pergunte ao concierge do hotel. Foi ele quem cuidou de tudo isso.

Cristina ficou esperando no bar do hotel enquanto o concierge procurava no computador as mensagens trocadas com a transportadora. Ele logo veio até ela e pousou uma folha sobre o balcão.

— Anotei tudo para você.

— Obrigada — disse Cristina, pegando imediatamente o celular para ligar para a empresa em questão.

Ela falou com uma assistente administrativa, que passou para ela rapidamente todas as informações que tinha. Depois, ligou para Sagamore.

— Philippe, onde você está?

— Voltando de Verbier. Estou quase pegando a autoestrada em Martigny.

— Então, segure firme o volante, porque tenho uma boa notícia.

Duas horas depois, o carro de Sagamore estacionava diante de um grande guarda-móveis, na zona industrial de Carouge. Foi para cá que a transportadora trouxe, a pedido do cliente, todos os objetos pessoais retirados da suíte do Hôtel des Bergues.

Sagamore e Cristina só tiveram que mostrar os distintivos para convencer o responsável pelo local a levá-los ao depósito alugado por Levovitch para guardar suas coisas. Uma lâmpada no teto iluminava mal os objetos empilhados.

— Há móveis aqui — constatou Cristina na hora. — Mas a transportadora me disse que só trouxe caixas do hotel.

Sagamore deu uma geral no local com a lanterna: o local tinha mesas, luminárias, tapetes e, principalmente, sofás de veludo azul.

— Estes objetos correspondem à descrição feita por Macaire Ebezner da sala de Tarnogol — revelou.

Em um canto, ele viu antigos cartazes emoldurados anunciando os espetáculos de Sol Levovitch. E, ao lado deles, sobre uma mesa em estilo Luís XVI, ele encontrou um grande livro costurado, com as folhas amareladas. Ele o folheou e descobriu croquis de personagens, acompanhados por muitas anotações. Virou as páginas até achar uma representação de Sinior Tarnogol.

— Acho que encontrei algo — explicou a Cristina.

— Eu também — respondeu ela. — Venha iluminar aqui, por favor!

Sagamore foi até Cristina e levou a luz da lanterna a um quadro pousado sobre duas cadeiras. Os dois policiais reconheceram a obra na hora.

— A famosa paisagem de São Petersburgo de que Macaire falou! — murmurou Cristina.

Naquele instante, eles entenderam que estavam errados. E que na verdade, tinha sido Lev Levovitch que encarnara Sinior Tarnogol durante todos aqueles anos.

Capítulo 61
EM GENEBRA (4/5)

Em sua sala, Sagamore fez uma pausa e tomou um copo d'água.

— Então foi Lev Levovitch quem encarnou Tarnogol durante aquele tempo todo? — perguntou Scarlett.

— Foi. A intuição de Cristina estava certa. Ele havia confundido muito bem as pistas. Eu ia acabar descobrindo por que e como, mas, antes disso, durante semanas, Levovitch sumiu. Depois que descobrimos o guarda-móveis, tentei pegá-lo, mas não consegui. Tinha a impressão de que ele escapava por entre nossos dedos como areia. Ele havia desaparecido completamente: não tinha ido mais à filial de Atenas, onde a polícia local havia intervindo. Seu apartamento na capital grega tinha sido vendido havia muito tempo. Seus deslocamentos eram impossíveis de rastrear, ele não aparecia nos registros de nenhuma companhia aérea, com certeza viajava com uma identidade falsa. Em Genebra, o banco estava sendo vigiado e Cristina estava em alerta. Mas nada. Acabei entendendo que o último a vê-lo havia sido Macaire Ebezner.

Capítulo 62

DOR(ES) DE CABEÇA

Em Genebra, no Banco Ebezner, Sagamore interrogava Macaire em seu escritório.

— Como eu já falei — repetiu Macaire —, Lev pediu demissão há um mês.

— Como ele anunciou isso para o senhor? — perguntou o policial.

— Ele me disse que não podia mais continuar — respondeu Macaire, que não entendera a pergunta. — Que havia tentado por algum tempo, para me agradar, mas que já estava cansado.

— Eu quis dizer: o Levovitch pediu demissão pessoalmente?

— Sim.

— O Levovitch estava em Genebra? — indagou Sagamore, impressionado.

— Estava, claro. Por que essa pergunta agora?

— Quando foi isso?

— Eu já falei, há cerca de um mês. Não me lembro mais da data exata.

— Ele veio até o banco?

— Não, nós nos encontramos na cidade.

— Onde?

— No restaurante do parc des Eaux-Vives. Depois do almoço. Tomamos um café no terraço.

Macaire sentiu o ritmo do coração se acelerar, mas se esforçou para manter a calma. Claro, ele não podia contar ao policial o que realmente acontecera naquele dia, nem como Levovitch o condenara ao silêncio.

*

Um mês antes

Macaire tinha acabado de terminar a sessão com o doutor Kazan. Quando saiu do prédio, um homem de terno o esperava.

— Bom dia, senhor Ebezner — cumprimentou ele.

Macaire encarou o homem. Precisou de alguns instantes para reconhecê-lo.

— O senhor é o motorista do Levovitch...

— Sou — respondeu Alfred. — O senhor Levovitch quer falar com o senhor.

Alfred apontou para o sedã estacionado atrás dele e abriu a porta do passageiro. Não havia ninguém no banco traseiro.

— Cadê o Levovitch? — perguntou Macaire.

— Ele está esperando o senhor.

Macaire se irritou.

— Que modos de bandido são esses? Que o Levovitch se dane! Ele pode ligar para a minha secretária e marcar uma reunião! Afinal, sou o presidente do Banco Ebezner!

Alfred, sem hesitar, estendeu para Macaire uma pequena carta. Ela tinha Sinior Tarnogol como remetente. Abaixo do nome dele, estava escrito: *A hora da verdade.*

— O que isso significa? — balbuciou Macaire.

— Venha, senhor Ebezner — convidou Alfred, gentil. Macaire se conformou, ainda reticente.

O carro atravessou o centro, chegou ao quai Gustave-Ador e depois ao parc des Eaux-Vives. Eles passaram pelo portão e seguiram até a altura do restaurante. Como o serviço do almoço já havia terminado, o estacionamento estava deserto. Não havia ninguém ao redor, a não ser, a alguns passos dali, sentada em um banco, uma silhueta familiar. Era Sinior Tarnogol.

Macaire saiu do carro e se aproximou, estupefato. Tarnogol descolou a máscara de silicone e o rosto de Lev apareceu.

— Então era você! — gritou ele para Lev. — Tarnogol era você?

Lev assentiu. Macaire continuou:

— A polícia tem certeza de que era Jean-Bénédict... Eu... Eu não sei como você fez isso, mas...

— Ainda bem — interrompeu Lev. — Assim todo mundo fica feliz. Você se tornou presidente, que era o que tanto queria. E eu pude pôr um ponto final nessa farsa.

— Foi você que matou o Jean-Béné?

— Eu ia fazer a mesma pergunta para você.

Um silêncio se fez enquanto os dois homens se encaravam. Depois Lev disse:

— Estou me demitindo do banco, Macaire. Vim me despedir.

— Se despedir? — bradou Macaire. — Espero que esteja brincando. Não vai se safar assim, Lev! Eu sei que você está com a Anastasia!

Lev pareceu abalado:

— Como sabe disso?

— Não importa — respondeu Macaire, triunfante. — Eu também tenho algumas cartas na manga!

— Olhe, Macaire, eu só queria dizer que vou pedir demissão imediata do banco. De minha parte, está tudo certo. Já faz algum tempo que venho repassando meus clientes para os colaboradores da filial de Atenas. Vou embora de vez. Não tente me encontrar.

Macaire riu:

— Acha que vou simplesmente deixar você desaparecer assim? E ainda por cima com a minha esposa?

— Nós fizemos um acordo, Macaire. Anastasia pela presidência. Você ficou com a presidência.

— Eu fiz um acordo com o Tarnogol — lembrou Macaire.

— Eu sou Tarnogol.

— Não, você é só Lev Levovitch!

Lev deu de ombros, como se tudo aquilo não tivesse importância. Fez menção de se dirigir para o carro, mas então Macaire lhe disse:

— Eu sei que vocês estão em Corfu. Em uma casa à beira-mar.

— Então venha nos visitar, já que sabe o endereço — respondeu Lev, que não se deixara desanimar.

— É a polícia que vai — ameaçou Macaire. — Para pegar você.

— Você não vai fazer nada — respondeu então Lev. — Pela Anastasia.

— Pela Anastasia?

— Na noite do assassinato, eu a ajudei a fugir do Palace. Quando já estávamos lá fora, ela quis entrar de novo. Disse que tinha que "voltar lá para cima", como se estivesse falando do sexto andar. Eu a esperei do lado de fora e ela demorou para voltar.

— Então você está querendo dizer que...

— Não sei — disse Lev. — Mas vamos deixar a polícia fora disso.

Macaire, abalado com aquela confissão, disse então a Lev:

— Na manhã do assassinato do Jean-Béné, eu achei, embaixo da porta do meu quarto no Palace, um bilhete escrito pela Anastasia que dizia mais ou menos o seguinte:

Macaire,
   Estou indo embora para sempre.
   Não vou mais voltar. Não tente me encontrar.
   Me perdoe.
   Vou viver para sempre com o peso do que fiz.
   Anastasia

*

Ao tenente Sagamore, Macaire se contentou em contar que tinha encontrado Lev no restaurante do parc des Eaux-Vives e que Levovitch tinha pedido demissão.

— Lev está com problemas? — perguntou Macaire ao policial.

— Há um mandado de prisão contra Lev Levovitch — anunciou Sagamore, sério. — Se falar com ele, se o vir, é essencial que me informe na mesma hora.

No mesmo momento, no centro da animada e alegre Cidade Velha de Corfu. Anastasia estava sentada no terraço de um pequeno café de que gostava. Uma vez por semana, no fim da manhã, ela ia até lá. Sentava-se a uma mesa, almoçava uma salada de tomate, pepino e queijo feta, depois pedia um café grego. Observava os transeuntes que atravessavam a pequena praça florida. Podia passar toda a tarde ali, analisando as silhuetas que desfilavam, os moradores sempre apressados, os turistas se arrastando pelas calçadas e, especialmente, os casais. Eram eles que a moça analisava com mais atenção. Casais que caminhavam, casais que se beijavam, casais que brigavam. Casais vivos.

Havia algum tempo que ela tinha uma impressão desagradável de que Lev e ela estavam presos em um mundo de formol. Não sabia quanto tempo aquela sensação já durava. Mas se pegava imaginando que Lev e ela logo iriam embora de Corfu. Claro, ela adorava a casa, a ilha, sentia-se bem ali e ficaria muito feliz se pudesse voltar regularmente nas férias. Ela estava feliz, era inegável, mas já fazia quase seis meses que os dois estavam em Corfu, e ela não podia se imaginar morando ali para o resto da vida. O que iam fazer no longo prazo? Pela primeira vez, sentia uma pontada de dor de cabeça.

Fazia seis meses que eles ficavam lindos, arrumados de manhã à noite, seis meses de uma vida perfeita, fora do tempo, seis meses de uma partitura que Lev e o exército de funcionários da casa que cuidavam deles tocavam sem nenhuma nota errada. Seis meses de uma perfeição absoluta. Mas a perfeição, pensou Anastasia, enjoa.

Seis meses de caviar no café da manhã. Às vezes, ela pensava com uma pitada de nostalgia, em Macaire mergulhado em seu jornal, do qual ele lia, de tempos em tempos, trechos que pontuava com: "Você já imaginou, benzinho?", enquanto devorava uma torrada, os dedos cheios de geleia. Seis meses de balé dos empregados mudos. Às vezes, ela pensava em Arma e sua impertinência jovial. Ela se perguntava como os dois estavam. Se perguntava o que estaria acontecendo em Cologny.

Ela adorava cozinhar, mas, em Corfu, havia uma cozinheira e uma confeiteira que não a deixavam fazer nada. Em Cologny, ela estava sempre envolvida com as coisas da casa e costumava ajudar Arma em seu trabalho. Em Corfu, Lev era contra. "Não perca seu tempo com isso", dizia ele, "nós temos um monte de empregados."

Ela se pegara sonhando em ter um projeto com Lev. Abrir uma taverna, ela na cozinha e ele no salão. Chez Lev & Anastasia. Eles fariam uma dupla fantástica. Ela havia falado sobre isso, mas Lev não a levara a sério. Estava obcecado demais criando o que acreditava ser um paraíso. Mas o paraíso era um tédio mortal no longo prazo. Eva só tinha comido aquela maçã porque estava procurando uma boa desculpa para se mandar!

Então, uma vez por semana, quando Lev saía para trabalhar em Atenas, ela pegava a bicicleta e ia até a cidade. Alfred insistia em levá-la, mas ela não queria nem saber. Sozinha na sua bicicleta, ela se sentia livre. Passeava pelas ruelas da Cidade Velha, depois se sentava à sua mesa e observava os casais, se perguntando qual deles queria ser.

Naquele dia, no terraço do restaurante, Anastasia tirou da bolsa uma folha de papel e uma caneta e terminou a carta que começara naquela manhã. Foi tomada por uma vontade repentina e decidira não a reprimir. Depois que terminou, releu a carta várias vezes. Depois, a dobrou e a pôs em um envelope, antes de ir até o correio.

Atrás do guichê, o funcionário perguntou:

— Para onde?

— Para Genebra, na Suíça — respondeu ela.

Capítulo 63

CORRESPONDÊNCIAS

Uma semana havia acabado de passar. Naquela tarde, Macaire voltou para casa cedo, mas de mau humor. Ele ainda tinha que ir a um coquetel naquela noite e não estava com nenhuma vontade.

Ao passar pela porta de entrada, encontrou Arma polindo o corrimão da escada.

— Olá, *Moussieu* — cumprimentou ela, lançando um olhar terno para ele.

Macaire a observou por um instante.

— Me diga uma coisa, Arma. Você está livre hoje?

— Estou, Moussieu! Quer que eu fique até um pouco mais tarde?

— Não, eu queria que você fosse comigo a um coquetel.

— Um *coquetele*? — repetiu Arma, desconfortável. — Onde?

— No Museu de Arte e História. É para os grandes patronos da instituição, e o banco é um deles. Vai ser no pátio interno do museu. Vai ser bonito.

— Minha nossa — exclamou Arma, preocupada. — Vai ser chique!

— É, um pouco — assentiu Macaire.

— Eu não tenho nada para vestir! Precisaria de roupas *luxousas*!

— Vá procurar no armário da Anastasia.

— Vou roubar da *Médéme* de novo?

— É, vai *roubar da Médéme de novo*. A *Médéme* não está mais aqui. A *Médéme* nunca mais vai voltar.

Depois de hesitar um pouco, Arma perguntou:

— *Moussieu*, posso me arrumar no banheiro grande? Tem *prudutos* de beleza e eu...

— Use o quarto e o banheiro o quanto você quiser, Arma. Eu não preciso deles.

Arma não se fez de rogada. Ela correu para o segundo andar e começou uma peregrinação pelo enorme closet de Anastasia. Analisou os vestidos, tocou nos tecidos caros, admirou os sapatos de pele de cobra. Então escolheu um conjunto que lhe pareceu chique, mas não exagerado. Conferiu para ver se cabia nela. Era perfeito!

— Agora, um banho — declarou ela, decidida a ficar brilhando como uma panela para a ocasião.

Ela se trancou no banheiro. Encostou o rosto nos penhoares macios que havia tantas vezes lavado e passado, sempre maravilhada com o conforto da textura deles. Depois cheirou os sais de banho e a coleção de óleos para o corpo. Preparou um banho de banheira e, nele, relaxou por muito tempo, escondida por uma montanha de espuma, aplicando todos os cremes e sabões que encontrava.

Na hora de sair para o coquetel, quando ela decidiu se mostrar para Macaire, ele não escondeu sua emoção.

— Arma — disse ele. — Você está...

— Ridícula — concluiu ela.

— Sublime — corrigiu ele.

Ela sorriu. O que a deixou ainda mais bonita.

Quando chegaram ao Museu de Arte e História, os dois se juntaram à multidão de convidados que conversava animadamente no pátio interno. Velas haviam sido espalhadas em torno da fonte.

— Que maravilha! — sussurrou Arma. — Acho que nunca vi nada tão *bounito*.

Enquanto se misturavam aos convidados, Macaire deu o braço a Arma, e todo mundo quis saber quem era a mulher que acompanhava o presidente Ebezner.

Naquela noite, pela primeira vez em muito tempo, Macaire não apenas não se sentiu sozinho, mas também se divertiu, apesar de coquetéis como aquele costumarem ser monótonos e repetitivos. Arma imediatamente atacou o champanhe, que, nela, surtira um efeito libertador. Depois, se jogou sobre o bufê, fascinada pelos sabores, formas e apresentações. Ela não hesitava em interromper as conversas de Macaire, enfiando na boca do patrão sua última descoberta. ("Prove isto, *Moussieu!*").

Ela o fez rir. Iluminou sua noite. Tanto que, quando o coquetel chegou ao fim, como ele não queria que a noite acabasse, ele a levou para caminhar pelas ruas de paralelepípedos da Cidade Velha de Genebra. Os dois encontraram um bar, se sentaram ao balcão e pediram mais bebidas. Macaire não tinha a lembrança de já ter feito aquilo com Anastasia.

Perto da meia-noite, Arma anunciou:

Moussieu...

— Pare de me chamar de *Moussieu*. Não sou mais o *Moussieu*.

Ela o encarou, curiosa.

— Então quem é o senhor?

— Sou o Macaire.

—Ah! E como devo chamar o senhor?

— De Macaire.

Ela voltou a falar:

— Macaire...

— Oi.

— Acho que bebi de *monton*.

Arma pegou no sono no carro no trajeto de volta para sua casa, na rue de Montchoisy. Macaire a carregou até o elevador e, encontrando a chave do apartamento em sua bolsa, a levou até a cama. No dia seguinte de manhã, quando abriu os olhos, ela o viu sentado em uma cadeira, dormindo em uma posição desconfortável.

— Macaire? — o chamou, baixinho.

Ele abriu um dos olhos. Ela olhou para ele com carinho e estendeu a mão para tocar em seu braço.

— Você passou a noite de olho em mim? — perguntou.

— Passei.

— Foi *rumântico*?

— Não, não foi nada *rumântico*. Fiquei com medo que você se afogasse no seu vômito.

Os dois caíram na gargalhada. Macaire percebeu que fazia muito tempo que não ria daquele jeito. Então, num impulso espontâneo, se inclinou sobre Arma e a beijou.

No mesmo dia, em Corfu.

Na agência do correio, o funcionário atrás do guichê indicou para Anastasia que ela havia recebido uma carta. Ele respondera para aquele endereço, como ela sugerira.

Ela pegou a carta e voltou ao café costumeiro para lê-la. Sentou-se à mesa, fez seu pedido e abriu o envelope.

Anastasia,

Sua carta me deixou muito feliz.

Fazia meses que eu me perguntava aonde você tinha ido parar. Se você estava bem.

Fazia meses que eu me fazia milhares de perguntas.

Por que não me deu nenhuma notícia? Por que você foi até Verbier durante o Encontro Anual e entrou no meu quarto do Palace para me deixar um recado amoroso, e depois me tratar com tanto desprezo?

Espero rever você um dia. Conversar sobre tudo isso.

Eu esperei por você, mas não espero mais.

Mas há uma pergunta que me assombra e que quero fazer aqui, Anastasia: foi você quem matou o Jean-Béné?

Espero que você me responda.

Nem sei se você continua em Corfu. Talvez tenha ido para outro lugar, agora que o Lev saiu do banco.

Com carinho,

Macaire.

Ela ergueu o olhar. Lev tinha pedido demissão do banco? Mas então para onde ele ia, já que continuava indo toda semana a Atenas?

Àquela mesma hora, em Genebra. Lev estava brincando com fogo. Ele sabia. Se a polícia o prendesse, tudo estaria terminado. Estava pensativo. Não sabia como tinha podido chegar até ali. Voltou a pensar naquele mês de dezembro, quatorze anos antes.

*

Quatorze anos antes, em dezembro

O Encontro Anual se aproximava.

Fazia quase um ano que Lev perdera Anastasia e ficara com as ações de Macaire.

Fazia quase um ano que Lev mantinha sua dupla identidade, sendo ao mesmo tempo ele mesmo e Sinior Tarnogol, membro do Conselho do banco.

Fazia quase um ano que ele e o pai mal se falavam. Sol visivelmente estava ficando mais fraco, não conseguia mais trabalhar e recebia cuidados paliativos em uma casa de repouso em Martigny.

Lev vivia em uma solidão extrema. Era o primeiro a chegar ao banco e o último a sair. O personagem tomava todo seu tempo e toda sua energia. Mas ele ia chegar a seu objetivo: dali a um mês, os dividendos do banco permitiriam que ele comprasse a casa do Pré Byron, aquela casa com uma vista extraordinária que tanto fizera Anastasia sonhar. Ele prometera comprá-la para ela. Estava prestes a conseguir.

A casa ia consertar tudo. Ele levaria seu pai para lá e o instalaria confortavelmente. Diria a ele: "Foi meu talento de ator que me permitiu comprar isto, pai." E, graças àquela casa, poderia reconquistar Anastasia. Aquela casa era a promessa que eles tinham feito um ao outro.

Ela ia se casar com Macaire em fevereiro. Ele tinha certeza que ela diria "não". Perceberia seu erro e romperia o noivado. Ele não conseguia imaginar que outra coisa aconteceria. Não conseguia imaginar que eles não terminariam juntos. Eles tinham prometido um ao outro.

Para a vida toda.

*

Quatorze anos depois, lembrando aqueles momentos, Lev sempre sentia uma dor no fundo do coração. Anastasia e ele finalmente tinham voltado, mas quanto tempo teriam que ficar juntos para apagar todo o sofrimento do passado? Especialmente se levasse em conta a virada que a investigação sobre o assassinato de Jean-Bénédict daria, alguns dias depois.

Naquele dia, o chefe da guarda municipal chegou ao Palace de Verbier alguns minutos depois do telefonema. Foi um jardineiro que estava refazendo os canteiros quem notara o objeto na terra. Os funcionários do hotel haviam se reunido em torno do pequeno montinho.

— Não toquem em nada! — ordenou o policial, trotando a silhueta redonda até lá.

O jardineiro apontou para a descoberta, e o chefe de polícia se agachou para observá-la mais de perto.

— Cacete, mas não é possível! — murmurou.

Pegou o rádio e pediu que a central o passasse imediatamente para a polícia.

Capítulo 64
EM GENEBRA (5/5)

— Foi a polícia do Valais que nos avisou — explicou Sagamore, lembrando dos acontecimentos. — Fui correndo para Verbier. Queria ver com meus próprios olhos.

— O que o jardineiro tinha descoberto? — perguntou Scarlett, que estava perdendo a paciência.

— Uma pequena pistola dourada, com um nome gravado no punho: *Anastasia*.

— Anastasia de Anastasia Ebezner?

— Exatamente. Podem imaginar que não podia ser uma coincidência! Imediatamente mandamos a arma para análise no laboratório da perícia de Genebra. O estado de corrosão provava que ela havia ficado vários meses no tempo, debaixo de neve, sob o efeito dos elementos. Infelizmente, isso impedia uma perícia completa da balística. Mas era um calibre 9mm.

— Igual à arma do crime — falei.

— Igual à arma do crime — confirmou Sagamore.

— E o que o senhor fez? — perguntou Scarlett.

— Eu tinha que achar Anastasia. Ela estava totalmente fora de circulação havia meses.

— Isso não parecia suspeito até então? — quis saber Scarlett.

Antes de responder, Sagamore procurou entre seus documentos e encontrou um relatório sobre o roubo, que nos entregou para ler.

— O sumiço de Anastasia não me deixou intrigado — explicou — porque, no dia do assalto na casa dos Ebezner, eu havia encontrado um bilhete deixado por ela para o marido, no qual anunciava que ia deixá-lo. Isso, aliás, tinha sido confirmado pela empregada da casa, uma tal de Arma, que explicou que a patroa estava tendo uma aventura extraconjugal muito séria com outro homem e que tinha planejado ir embora com ele. Para mim, tudo se isso se encaixava.

— O senhor sabia quem era o amante dela? — perguntei.

— Na época, não. Para ser sincero, não investiguei mais porque não vi ligação com o caso. Mas depois descobri que era Lev Levovitch. Que coincidência, não é? As duas pessoas que eu estava procurando estavam juntas. Mas, na época, como eu ainda não sabia de nada, tive que pressionar meu suspeito número um.

— Macaire Ebezner — disse Scarlett.

— Exatamente.

Capítulo 65

A MULHER DA PISTOLA DOURADA

Na sala de interrogatório da sede da polícia de Genebra, Macaire encarou o tenente Sagamore com preocupação. O policial acabara de pousar diante dele uma pistola dourada embalada em um saco plástico. Macaire a reconhecera na hora.

— Pela cara que o senhor está fazendo — disse Sagamore —, imagino que esta arma seja familiar.

Macaire baixou a cabeça, incrédulo.

— Esta pistola é da minha esposa, Anastasia. Onde o senhor a achou?

— No jardim do Palace de Verbier. Perto de uma saída de emergência. Pelo estado, ela ficou alguns meses lá fora.

— É a arma do crime?

— É o que estamos tentando determinar. Senhor Ebezner, por que sua esposa tinha uma arma de fogo?

— Fui eu que dei a ela. Depois de uma série de roubos em Cologny. Ela estava com medo, queria poder se defender, especialmente quando eu tinha que me ausentar por causa de viagens de negócios e ela ficava sozinha em casa.

— Esta arma não foi declarada — lembrou Sagamore, demonstrando sua atenção.

— Como a maioria das armas vendidas de particular para particular — indicou Macaire. — A lei não me obriga a declará-la. Eu a comprei num leilão em Zurique.

— Quando?

— Alguns anos atrás.

Sagamore analisou por um instante o homem à frente dele. O silêncio deixou Macaire incomodado.

— Senhor Ebezner — continuou o policial —, tem alguma ideia de como a arma da sua esposa pode ter ido parar em Verbier?

— Nenhuma. Estou tão surpreso quanto o senhor.

— Ah, por favor, o senhor tem que admitir que é prático: sua mulher tem uma arma não declarada. O senhor a leva para Verbier, sabendo da eleição. Sempre podia ser útil.

— Ora, tenente — irritou-se Macaire —, eu não permito esse tipo de insinuação!

— Então me dê uma explicação melhor!

— Eu não tenho. Não entendo como esta arma pode ter ido parar em Verbier.

Sagamore então perguntou:

— Sua esposa foi até Verbier durante o Encontro Anual do banco?

— Minha esposa? Não, por quê?

Sagamore não respondeu à pergunta diretamente.

— Senhor Ebezner, onde está sua esposa?

Macaire ficou imóvel.

— Não sei — mentiu. — Ela me deixou, como o senhor sabe. Não tenho notícia dela desde dezembro.

Sagamore sabia que não conseguiria nada com Macaire. Aliás, não o havia convocado para obter uma confissão, e sim para analisar seu comportamento nas horas seguintes. Se Macaire Ebezner estivesse envolvido no assassinato, ele descobriria rapidamente.

Depois que Macaire saiu da sede da polícia, Sagamore ligou imediatamente para Cristina.

— O Macaire acabou de sair daqui. Pus uma equipe na cola dele e outra vigiando sua casa. Não tire os olhos dele no banco.

— Entendido. Alguma novidade da perícia sobre a arma?

— É mesmo uma 9mm, como a arma do crime, mas a ferrugem e a corrosão do cano não nos deixam provar nada.

— Merda! — xingou Cristina. — Você tem alguma hipótese?

— Acho que o assassino só poderia ser Macaire Ebezner ou Anastasia Ebezner.

— Que motivo Anastasia Ebezner teria?

— Não sei direito, mas a arma é dela e ela sumiu depois do assassinato. São pistas suficientes para desconfiar. Bom, eu intimei a mãe e a irmã de Anastasia Ebezner. Talvez elas possam me ajudar.

Sagamore desligou o telefone e observou o quadro branco diante de sua mesa, ao qual acrescentara a foto de Anastasia. A pistola havia sido descoberta perto de uma das saídas de emergência do Palace. Segundo a planta do hotel, era a saída mais próxima para alguém que descesse de escada do sexto andar. Ela dava para uma pequeno caminho que permitia que a pessoa fugisse do Palace sem ser vista, a pé ou de carro. Para Sagamore, o assassino passara por aquela porta. Será que a deixara ali sem querer ao fugir? Ou a jogara na neve para que corroesse, garantindo que ela não seria encontrada antes do fim do inverno, quando ele já estivesse longe?

Sagamore encarou a foto de Anastasia outra vez. Será que ela havia matado Jean-Bénédict Hansen?

Quando Sagamore a interrogou, Olga von Lacht garantiu que não tinha a menor ideia de onde a filha estava.

— Em todo caso, acho deplorável que ela tenha deixado o marido — disse Olga. — É realmente lamentável.

— A Anastasia avisou à senhora que estava planejando ir embora?

— Não — mentiu Olga.

— Então como a senhora sabe que ela deixou o marido? — perguntou Sagamore.

— O Macaire, marido dela, me informou, claro.

Olga não entendeu o porquê daquela pergunta. Mas, para Sagamore, ela tinha fundamento: ele achava que Macaire podia ter se livrado da mulher. Será que ela havia sido uma testemunha incômoda do que acontecera? No entanto, Sagamore deixou a hipótese de lado depois de falar com Irina, a irmã de Anastasia.

Irina contou que Anastasia sempre fora a preferida da mãe.

— Ela passou a vida toda mimando e protegendo minha irmã! — explicou Irina. — Tudo era para ela!

— Você sabe onde sua irmã pode estar agora?

— Não tenho ideia. Com certeza em algum lugar quente, no bem bom com o banqueiro dela.

— O banqueiro dela? Que banqueiro?

— Lev Levovitch. Eles tinham um caso. Em um almoço, a Anastasia nos mostrou uma pulseira de ouro que ele tinha dado a ela. Ela dizia que queria ir embora com ele. Tenho certeza de que estão juntos. Aliás, falei isso para Macaire Ebezner.

— É mesmo?

— Escrevi uma carta anônima para ele, no início da primavera. Eu o encontrei uma ou duas vezes, todo triste, ainda muito apaixonado. Achei que ele tinha o direito de saber.

*

Naquela tarde, em Corfu.

Anastasia se banhava no mar Jônico. Lev a observava com amor do terraço onde lia o jornal e tomava um café. Ela também o observava e acabou caindo na gargalhada.

— Vamos ficar muito tempo nos olhando assim? — gritou. — Vá pôr a sunga e venha nadar comigo!

— Eu já vou — prometeu ele. — Vou terminar de ler o jornal e já vou.

No mesmo instante, em Cologny, Macaire chegava em casa correndo.

— Já voltou? — perguntou Arma, impressionada, ao vê-lo entrar às pressas no saguão.

Macaire nem se deu ao trabalho de responder. Foi direto para sua saleta e se trancou lá. A coisa estava feia. As provas se acumulavam contra Anastasia: a presença dela no Palace no fim de semana do assassinato, sua arma encontrada lá... Além disso, Macaire não parava de pensar no que Lev confessara quando os dois tinham se visto pela última vez no parc des Eaux-Vives: Anastasia e ele tinham fugido por uma saída de emergência, mas ela voltara repentinamente para dentro do hotel. Tinha subido para matar Jean-Bénédict, depois deixara o bilhete embaixo de sua porta, voltara a passar pela saída de emergência, se livrara da arma e fugira.

Ele abriu seu cofre e tirou o bilhete passado por baixo da porta na manhã do assassinato, assim como as cartas enviadas de Corfu. Jogou tudo na lixeira de ferro e pôs fogo. Era preciso destruir tudo. Ao ver as cartas serem consumidas, Macaire sentiu uma tristeza profunda invadi-lo. Ele a havia amado tanto. Ela tinha sido o amor de sua vida. Não conseguia suportar a ideia de que ela tivesse problemas. Tinha que avisá-la. Ele precisava de ajuda.

Ele pegou a caixinha de música deixada em uma prateleira e a fez tocar para pegar o número de telefone. Decorou-o, depois saiu da saleta a passos largos.

— O que está havendo, Macaire? — perguntou Arma, vendo-o passar como um furacão.

Ele foi embora sem dar explicações. Entrou rápido no carro e saiu cantando os pneus. Pegou o chemin de Ruth e seguiu na direção do vilarejo de Cologny.

Os policiais que esperavam diante da casa logo começaram a persegui-lo.

Sagamore estava em sua sala na sede da polícia quando foi avisado.

— Tenente, Macaire Ebezner voltou para casa correndo, ficou dez minutos e acabou de ir embora de novo. Ele parece estar com pressa.

— Está fugindo! — decretou Sagamore. — Sigam o cara discretamente, precisamos ver aonde ele vai! Vou encontrar vocês.

O tenente saiu do escritório a toda velocidade e desceu a escada pulando quatro degraus de cada vez, até o estacionamento no subsolo. Ele pegou seu carro, pôs a sirene no teto e atravessou a cidade voando, a sirene tocando alto.

Mas Macaire não foi muito longe. Ele estacionou perto da praça central do vilarejo de Cologny e atravessou o gramado do pequeno parque que havia ali para chegar a uma cabine telefônica.

Sagamore estava subindo a rue de la Confédération quando foi informado da situação.

— Uma cabine telefônica? — perguntou, surpreso. — Achem alguém para rastrear a ligação. Temos que saber com quem ele está falando.

— Wagner — disse Macaire na cabine. — Preciso da sua ajuda. É sobre a Anastasia.

— O que está acontecendo? — perguntou Wagner.

— A polícia achou uma arma que pertencia a ela perto do Palace de Verbier.

— O quê? — perguntou Wagner, impressionado. — Como isso é possível?

— É uma longa história. Tudo aponta para ela, Wagner. Ela estava no Palace no fim de semana do assassinato, a arma dela foi encontrada e ela me deixou um bilhete que parece uma confissão. Mas eu sei que ela não é culpada.

— Como pode ter tanta certeza?

— Ela me disse. Bom, ela me escreveu de Corfu. Nós trocamos várias cartas, eu mando tudo para a agência do correio.

— Anastasia escreveu para você?

— É, ela queria me dizer que pensava em mim, que torcia para que eu perdoasse o que ela tinha feito.

— *O que ela tinha feito*? Quer dizer matar Jean-Bénédict Hansen?

— Não, eu perguntei se tinha sido ela. Ela me garantiu que não.

— Me deixe ver o que posso fazer — respondeu Wagner. — Eu volto a entrar em contato.

Os dois desligaram.

— Ele desligou — anunciou para Sagamore um dos detetives que observava a cena. — Estamos tentando rastrear a ligação, mas vai demorar um pouco.

O tenente já estava passando com tudo pelo quai Gustave-Ador.

— Vão pegá-lo — ordenou.

Em Cologny, os policiais de tocaia foram até Macaire, que saía da cabine telefônica.

Wagner ficou pensando, o telefone ainda na mão. Não tinha visto a silhueta atrás dele, que ouvira a conversa. Era Alfred.

— O que o senhor está fazendo, senhor Levovitch? Tinha prometido que ia parar com isso.

Lev baixou a cabeça. Pigarreou para recuperar a voz:

— Não posso fazer de outro jeito, Alfred.

— Mas, meu Deus! O senhor vai perder tudo! Está brincando com fogo e vai queimar os dedos!

— Você não entende, Alfred. Não posso parar...

*

Quatorze anos antes

Em meados de fevereiro, no dia em que o contrato de compra da casa do Pré Byron foi assinado, Macaire e Anastasia se casavam na prefeitura de Collonge-Bellerive.

Lev, voltando do cartório, os vira sair da prefeitura, de dentro do carro. Eles pareciam felizes.

Então, ela havia dito sim. Tudo estava acabado mesmo. Ele nunca seria o homem que viveria ao lado dela. Nunca seria seu marido.

Lev, de coração partido, foi embora e seguiu para a imensa casa do Pré Byron que agora era sua. Os cômodos estavam todos vazios. Com exceção de um quarto, no meio do qual havia uma mesinha e um telefone pousado sobre ela. Ele pegou o fone e decidiu ligar para a única pessoa que ainda tinha na vida: seu pai.

No centro de cuidados paliativos de Martigny, a enfermeira que atendeu Lev falou com uma voz séria:

— Senhor Levovitch, estamos tentando falar com o senhor desde hoje de manhã. Seu pai está muito mal. O senhor tem que vir para cá imediatamente!

Lev entrou correndo no carro e pisou fundo até Martigny, sem se preocupar com os limites de velocidade. Quando entrou no quarto do pai, o senhor Rose já estava lá. Ao ver as lágrimas que corriam sobre o rosto do diretor do hotel, Lev entendeu que seu pai estava vivendo seus últimos instantes. Ele se aproximou da cama e beijou o rosto do homem que ele não veria mais.

— Eu te peço perdão pela aliança da mamãe — disse Lev. — Eu me arrependo tanto do que fiz...

— Não se arrependa de nada, Lev — respondeu Sol, articulando com dificuldade. — Estou muito orgulhoso de você. Você sublimou o personagem de Tarnogol. Fez o que poucos atores são capazes de fazer: deu vida a um personagem.

— Nós somos os Levovitch — murmurou Lev. — Uma grande linhagem de atores.

— Uma grande linhagem de atores — afirmou o pai, sorrindo.

Sol segurava com força o grande livro de couro costurado no qual descrevera todos os seus personagens. Usando o pouco de força que lhe restava, o entregou ao filho.

— Faça meus personagens, filho.

— Prometo que farei.

— Mantenha todos sempre vivos. Assim, sempre vou viver em você.

O pai, fraquinho, sorriu e dormiu para sempre, tranquilo.

* * *

Naquela noite, ao voltar a Genebra, Lev derramou um galão de gasolina por todo o primeiro andar de sua nova casa e pôs fogo nela. Depois, sem esperar os bombeiros, foi para o Hôtel des Bergues.

— Eu gostaria de alugar a sua maior suíte — disse ao recepcionista.
— Por uma noite?
— Para sempre.

Capítulo 66

RUPTURAS

Anastasia, enrolada em uma toalha de banho, saiu da praia e subiu para casa. Se perguntava por que Lev não se juntara a ela na água. Ela o vira sair da varanda, achara que ele estava indo se trocar, mas ele não havia voltado.

Entrou na casa e ficou surpresa por não ver ninguém. Nem Lev, nem Alfred, nem nenhum empregado da casa. Como se todo mundo tivesse desaparecido. Aquilo era muito estranho. Ela chamou, ninguém respondeu.

Decidiu então subir até o quarto e encontrou Lev sentado na cama. Na hora, percebeu que havia algo de errado.

— Lev, o que está acontecendo? Por que você não foi para a praia?

Sem dizer nenhuma palavra, ele a encarou com um ar quase malvado. Ela ficou preocupada:

— Lev, o que está acontecendo? Por que está com essa cara?

Ele brandiu as cartas de Macaire que havia encontrado escondidas em uma gaveta de roupas e disse:

— Então você escreve para ele?

— Você mexeu nas minhas coisas?

Lev ergueu o tom de voz:

— Você ainda o ama, é isso?

— O quê? Mas claro que não!

— Então sentiu que precisava escrever para ele?

— Porque queria dar notícias.

— Notícias? Não, mas não é possível! Por que queria dar notícias para ele?

— Ele é meu amigo há quinze anos — justificou ela.

— Ele é seu marido!

— É uma pessoa que sempre me tratou com respeito e carinho, me sinto mal por tê-lo deixado desse jeito.

— Ah, então a madame está arrependida...

— Lev, não me venha com esse tom arrogante! Não estou arrependida, mas às vezes sinto remorso por ter magoado alguém que sempre me quis bem.

— Sabe, Anastasia, é estranho, porque faz seis meses que você não toca no assunto de se divorciar dele.

— Talvez seja porque faz seis meses que você nem pensa em me pedir em casamento! Apesar de fazer quinze anos que só espero isso! O que estamos fazendo em Corfu, afinal? Trancados nesta casa, fazendo essa cena do grande amor de manhã à noite. Não temos projetos juntos, Lev!

— Temos o projeto de nos amar.

— Nos amar não é um projeto! O que estamos construindo juntos?

— O que você construiu com o Macaire? — retrucou Lev, grosseiro.

— Pois é, mas justamente, eu não estou mais com o Macaire! O seu maior defeito, Lev, é que não confia o bastante em você mesmo! A única pessoa que não admira você é você mesmo!

Um longo silêncio se fez.

— Anastasia, você matou Jean-Bénédict Hansen?

— Se eu... *O quê?* — perguntou ela, ofendida. — Claro que não! Mas que ideia!

— A polícia encontrou, nos jardins do Palace, uma pistola com seu nome gravado!

— Minha pistola dourada?

— O que sua arma estava fazendo em Verbier?

— Estava na minha bolsa quando saí de Genebra. Eu não queria deixá-la lá. Foi só ao chegar aqui que percebi que não estava mais comigo.

— Então a sua pistola desapareceu misteriosamente? — perguntou Lev, com um tom irônico.

— Ela sumiu no seu quarto no Palace — lembrou Anastasia. — Minha bolsa não saiu de lá. Talvez tenha sido Sinior Tarnogol que a pegou. Ah, já ia me esquecendo, o Tarnogol era você!

— O que você está insinuando? *Que eu matei o Jean-Bénédict?*

— É disso que você está me acusando, não é? Aliás, você tem muita coragem em vir me criticar! Quando estava pensando em me contar que pediu demissão do banco?

— Quem contou isso para você? O Macaire?

— Desde quando a gente esconde as coisas um do outro, Lev? Você pediu demissão e não me contou? Aonde você vai toda semana, quando diz que vai a Atenas trabalhar na filial do banco?

— Vou trabalhar por mim, pela gente.

— Ou seja?

— Cuidar do meu dinheiro, dos meus investimentos. Ou melhor, dos nossos investimentos. Estou fazendo tudo isso pela gente, para podermos viver sem nos preocupar na nossa ilha.

Os dois se encararam por um bom tempo. Anastasia parecia triste.

— Acho que estou me sentindo sufocada na nossa ilha — confessou ela.
— Tenho a impressão de que estamos perdendo um ao outro, Lev.

Ela saiu do cômodo.

*

Na sede da polícia, Sagamore interrogava Macaire sem rodeios. O número discado na cabine era um celular anônimo pré-pago. Era impossível identificar o proprietário do aparelho e de localizá-lo após o telefonema.

— Para quem você ligou? — repetiu Sagamore. — Para a Anastasia? Você a está protegendo?

— Não, eu já falei! Não sei onde ela está.

— Então para quem foi? Quem era ele? Estou avisando, Macaire: vou acusar você do assassinato de Jean-Bénédict Hansen!

— Mas não fui eu que o matei! Por que teria feito isso?

— Para se tornar presidente do banco. Era o Levovitch que tinha sido eleito pelo Conselho. Mas eis que a morte de Jean-Bénédict Hansen vira a situação a seu favor.

— Eu não matei meu primo — garantiu Macaire.

— Então me diga para quem ligou.

Macaire não tinha outra opção a não ser dizer a verdade:

— Liguei para um homem chamado Wagner, um agente do serviço de inteligência suíço. Fiquei desesperado com a descoberta da pistola no Palace, queria ajudar a Anastasia e achei que o Wagner podia intervir.

— Por que queria ajudar a Anastasia?

— Porque ela estava em Verbier no fim de semana do assassinato — explicou Macaire, acuado.

— Sua esposa estava no Palace na hora do assassinato?

— Estava.

Sagamore se sentou diante de Macaire.

— Agora você tem que me dizer quem é esse Wagner.

Macaire não aguentava mais: toda aquela história o estava deixando maluco. Ele não conseguia mais dormir e quando tomava remédios e finalmente adormecia, tinha pesadelos. Estava na hora de tirar esse peso da sua consciência.

— Por minha causa, pessoas morreram! — gritou.

— Então foi você que matou Jean-Bénédict Hansen? — perguntou Sagamore.

— Não! Claro que não! Participei, sem querer, do assassinato de um casal de aposentados em Madri.

Sagamore não estava entendendo mais nada. Ele abriu a porta da sala de interrogatório e lançou um olhar decepcionado para Macaire:

— Pode ir embora.

— De verdade? — exclamou Macaire, surpreso, se levantando.

— Falei por telefone com o casal de aposentados que você assassinou friamente. Eles estão muito bem. Aliás, mandaram um abraço.

Macaire parecia tão surpreso quanto Sagamore. Aquilo confirmou a intuição do policial: ele não estava mentindo. O que tudo aquilo significava? Ninguém, entre seus contatos na polícia federal e no serviço de inteligência da Confederação, havia ouvido falar da P-30. E menos ainda de operações de vigilância dos fiscos de países estrangeiros. Sua única certeza era que Macaire, conscientemente ou não, estava no centro daquele caso. Sagamore tinha decidido vigiá-lo discretamente, convencido de que o levaria a uma pista. Ele só teve que esperar até a terça-feira seguinte.

Naquele dia, perto do meio-dia, Macaire saiu do banco a pé. Um inspetor da Brigada de Observação o seguiu, mantendo distância. Os dois percorreram a rue de la Corraterie até a place de Neuve, depois atravessaram o parc des Bastions, antes de subir até a place Claparède, onde Macaire entrou em um prédio. Ele subiu até o terceiro andar e desapareceu atrás de uma porta.

Alguns instantes depois, Sagamore, avisado pelo colega, parou diante da mesma porta. Ele leu a placa que indicava o nome do psicanalista que atendia naquele consultório.

Ele não ligou os pontos imediatamente.

Então, de repente, teve um *insight*.

Ficou totalmente estupefato.

Tinha acabado de entender tudo.

Capítulo 67

LE DÔME

Naquela terça, três de julho de 2018, Scarlett e eu voltamos a Verbier à tarde. Nosso encontro com Sagamore havia sido muito frutífero. Scarlett mandou imprimir, na recepção do Palace, todas as fotos que havíamos tirado das provas na sala do policial, depois nós nos sentamos ao balcão do bar para analisá-las juntos.

De repente, falei para Scarlett:

— Foi neste mesmo balcão de mármore preto que eu vi você pela primeira vez, dez dias atrás.

Ela sorriu.

— E olhe só como nós estamos: mergulhados em uma investigação criminal. E aí, vai me mencionar em alguma parte do seu livro?

— Não sei se vou publicar esse livro, Scarlett.

— Ora, Escritor, tem que publicar! Tenho certeza de que estamos prestes a resolver este caso.

— E descobrir o que a polícia não viu?

— Somos bons detetives — lembrou ela. — Além disso, todo mundo vai disputar o seu livro! Já imaginou? Um romancista decidido a resolver um crime em um hotel nos Alpes suíços.

— Lembre-se de que não tenho mais editor.

— Vai achar um — garantiu Scarlett.

— De jeito nenhum! Depois do Bernard, qualquer editor me pareceria insignificante.

— Então o que vai fazer? Parar de escrever?

— Sei lá.

Ficamos um instante em silêncio. Então me levantei para voltar para o quarto.

— Vamos jantar juntos, Escritor? — propôs Scarlett. — Eu te convido para um drinque aqui antes. Lá pelas oito da noite? E depois jantamos. Estou sonhando com a massa da outra noite.

— Não, é gentileza sua — recusei —, mas tenho que trabalhar no livro.

Seu olhar oscilou entre a tristeza e a decepção.

— Por que você sempre faz isso, Escritor? Eu ofereço companhia e você recusa sistematicamente.

— Sabe por que faço isso, Scarlett...

— Eu sei. Mas queria que as coisas fossem diferentes.

— Se as coisas fossem diferentes, eu não seria Escritor.

— Bom, às vezes eu gostaria que você não fosse Escritor.

— Se não fosse, não estaríamos juntos agora.

Voltei para meu quarto e fui para a sacada fumar um cigarro.

Estava pensando em Bernard.

A penúltima vez que o vi foi uma segunda-feira em meados de dezembro, em Paris. Tínhamos almoçado no restaurante Le Dôme e, como sempre, comido Saint-Peter acompanhado de uma taça de vinho. Conversamos sobre nossos planos. Lembro-me de ter dito a Bernard:

— Tenho várias ideias para novos livros. De qualquer forma, o próximo vai ser sobre você.

Ele caíra na gargalhada antes de responder:

— Vou ter que viver por muito tempo.

Depois, entramos em sua velha Mercedes e ele me levou até a gare de Lyon.

No dia seguinte àquele dia repleto de promessas, ele passou mal. No café Le Mesnil, embaixo da sua editora. O local onde, toda manhã, ele mergulhava as torradas no café.

Os bombeiros, que haviam sido chamados, o levaram imediatamente para o hospital.

Capítulo 68

XEQUE-MATE

Em Corfu, em uma manhã ensolarada de meados de junho.

Anastasia e Lev tomavam café da manhã no terraço de casa. De repente, um grupo de policiais gregos uniformizados chegou, vindo da praia. À frente deles, havia um homem em roupas comuns. Anastasia e Lev se encararam, inquietos. Os policiais pararam e o homem continuou avançando sozinho, subindo os degraus que levavam à casa. Anastasia o reconheceu.

— Tenente Sagamore... — disse ela.

— Bom dia, senhora Ebezner, bom dia, senhor Levovitch.

Pelo modo como o policial o observava, Lev entendeu que ele viera buscá-lo.

— Como o senhor me achou? — perguntou.

— O segui de Genebra até aqui, na terça. Da place Claparède ao aeroporto, ao terminal da aviação particular.

— Você foi à Genebra na terça? — indagou Anastasia, surpresa. — Lev, você me disse que estava em Londres. O que você foi fazer em Genebra?

Lev não respondeu. Sagamore continuou:

— Desde o início do ano, senhor Levovitch, o senhor vai a Genebra toda terça-feira. Em um avião particular. Consegui rastrear suas idas e vindas.

— Eu tinha sessões com o doutor Kazan — respondeu Lev, por fim.

— Você vai no doutor Kazan? — perguntou Anastasia, embasbacada. — Por que nunca me contou?

— Senhor Levovitch, o senhor não se consulta com o doutor Kazan — interveio Sagamore. — O senhor é o doutor Kazan.

Naquele dia, Levovitch demonstrou enorme surpresa com as insinuações de Sagamore e a presença da polícia. No entanto, garantiu estar muito preocupado com tudo aquilo e disposto a ajudá-los. Pediu que servissem um café a Sagamore e também aos policiais gregos na praia.

— Parece que foi o senhor que recomendou o doutor Kazan a Macaire Ebezner — disse Sagamore.

— Realmente — confirmou Lev. — Ele é um excelente terapeuta.

— E como o conheceu?

— Em uma festa no Palace de Verbier. Foi há muitos anos. O achei fascinante. Ele me aceitara como paciente, apesar de estar com os horários lotados.

— Me dê o nome de outros pacientes dele — exigiu Sagamore.

— Como eu poderia saber isso? O doutor Kazan é obrigado a manter sigilo profissional.

— Pare com suas histórias, senhor Levovitch. O doutor Kazan nunca existiu!

— Não entendo o que está insinuando. Ele tem um consultório na place Claparède, 2.

Sagamore pousou uma pasta sobre a mesa e a abriu. Dela, tirou três folhas que apresentou a Lev e Anastasia. Eram três fotocópias.

— Isto são páginas de um livro de anotações e croquis que pertencia ao seu pai, Sol Levovitch. Nós o encontramos em um guarda-móveis alugado pelo senhor.

Cada página incluía um desenho e uma descrição.

A primeira representava Sinior Tarnogol.

A segunda representava o doutor Kazan.

A terceira representava Wagner.

Ao ver os desenhos, Anastasia estremeceu, o que Sagamore notou. Lev continuou imóvel.

— São realmente desenhos que meu pai fez. Ele tinha um bom traço e gostava de observar as pessoas.

— Então me explique — pediu Sagamore. — Quem era Sinior Tarnogol?

— Um membro do Conselho do banco — respondeu Lev, muito tranquilo. — E um cliente antigo do Palace, como o senhor com certeza sabe.

— Pare de achar que eu sou idiota! — gritou Sagamore. — Tarnogol era um personagem que foi inventado pelo seu pai, Sol Levovitch, que era ator! Assim como o doutor Kazan e esse tal de Wagner!

— Não conheço esse senhor Wagner — disse Lev. — Está escrito aqui que ele é funcionário do serviço de inteligência. Não me surpreende. Houve uma época que, com todos os grandes empresários estrangeiros que se hospedavam no Palace, o lugar virou um verdadeiro ninho de espiões. Todas essas pessoas claramente eram clientes do Palace. Mas por que não os interrogar diretamente?

— Porque eles desapareceram misteriosamente — afirmou Sagamore. — Junto com o senhor.

— Tenente Sagamore — disse Lev, com um tom perfeitamente relaxado —, receio que o senhor esteja enganado.

Anastasia olhava para o nada, pálida. Tinha entendido tudo. Não disse nada, para não correr o risco de comprometer o amante. Mas seu rosto lívido falava por ela. Sagamore então disse:

— Senhora Ebezner, encontramos uma arma que pertence à senhora no local do crime.

Anastasia continuou calada. Estava morrendo de medo. Sagamore continuou:

— Sei que a senhora estava no Palace de Verbier na noite do assassinato. Vai ter que se explicar.

Ela começou a desabar. Estava à flor da pele. Começou a chorar. Sagamore se levantou da cadeira. Fez sinal para os policiais gregos, que se juntaram a ele na varanda. Sagamore então disse:

— Anastasia Ebezner e Lev Levovitch, vocês estão presos pelo assassinato de Jean-Bénédict Hansen.

Os policiais cercaram Lev e Anastasia e os algemaram, antes de levá-los embora.

Lev estava com medo, mas não demonstrou. Anastasia chorava.

Estava tudo acabado.

As portas do paraíso grego se fecharam atrás deles.

QUARTA PARTE

Três anos depois do assassinato
Setembro

Capítulo 69

QUEDAS

O outono se instalava em Genebra.

Em um supermercado do centro, Anastasia abastecia as gôndolas de frutas. Sua irmã Irina se juntou a ela. As duas trabalhavam na mesma loja. Fora Irina quem encontrara o emprego.

— Venha me ajudar — pediu Irina com afeto. — Estamos precisando de gente no caixa.

Anastasia seguiu a irmã de maneira dócil. Irina tinha sido muito carinhosa com ela. Depois de todos os acontecimentos, a irmã a havia abrigado por certo tempo, até que ela encontrasse um pequeno apartamento no bairro de la Servette. Agora Anastasia começava a refazer sua vida aos poucos.

O fim de Corfu, três anos antes, havia sido o fim de tudo. Desde então, ela deixara Lev. E se divorciara de Macaire. O procedimento tinha sido de uma simplicidade absoluta: ela tinha renunciado a tudo e não pedira pensão nenhuma. Só queria a dissolução do casamento e poder esquecer os quinze anos anteriores de sua vida.

Ela se sentia muito sozinha. Irina sempre dizia a ela: "Logo você vai conhecer alguém. Não se preocupe." Mas ela não queria encontrar *alguém*. Ela queria reencontrá-lo. Queria reencontrar Lev, o jovem carregador sonhador do Palace de Verbier. Não queria Lev Levovitch, o banqueiro, nem o doutor Kazan, nem Wagner, nem Sinior Tarnogol.

*

Três anos antes,
meados de junho

Imediatamente depois da prisão em Corfu, Lev e Anastasia foram extraditados para Genebra. Mas o processo não se mantivera. Lev, com o talento dos melhores advogados, conseguira derrubar, peça por peça, todas as acusações feitas contra eles.

Não existia nenhuma prova concreta que os incriminasse no assassinato de Jean-Bénédict Hansen. Sim, eles estavam no Palace de Verbier naquela noite, assim como muitas outras pessoas. A pistola de Anastasia encontrada no local? Ela garantia tê-la perdido e, de qualquer maneira, a corrosão a danificara demais para que fosse possível comprovar formalmente que era a arma do crime.

— Como vocês, eu gostaria de entender o que aconteceu no quarto 622 do Palace de Verbier — garantiu Lev ao tenente Sagamore.

— Não zombe da minha cara, Levovitch! Jean-Bénédict tinha descoberto que você era o Tarnogol, não tinha?

— Que eu era o Tarnogol? — perguntou Lev, surpreso. — O senhor está repetindo essa insanidade desde que chegou a Corfu. Como assim "eu era o Tarnogol"? O senhor é o senhor e eu sou eu.

— Pare de palhaçada, Levovitch! Nós sabemos de tudo!

— O senhor não tem nenhuma prova do que está dizendo!

— Nós encontramos este anel, que lhe pertence.

— O senhor realmente achou um anel meu, que ganhei da minha mãe, e estava na gaveta da minha escrivaninha no banco. Não vejo nada de extraordinário nisso.

— Uma testemunha afirma que Tarnogol estava em posse deste anel.

— Sua testemunha está enganada. Uma única testemunha é um argumento meio fraco, aliás. Pode até ser um depoimento combinado.

— Os móveis que pertenciam a Sinior Tarnogol foram encontrados em um guarda-móveis alugado pelo senhor. Os funcionários responsáveis pelo transporte deles identificaram os objetos.

— Eu emprestei meu guarda-móveis para o Tarnogol.

— O senhor é o Tarnogol! — repetiu Sagamore, se mantendo firme.

— Ele era um personagem que foi inventado pelo seu pai. Assim como o tal de Wagner e o tal doutor Kazan. Temos as descrições deles no livro do seu pai.

— Eu já expliquei isso várias vezes. Ele eram clientes do Palace. Vá verificar os registros das reservas do hotel. O senhor vai ver que estou dizendo a verdade. Meu pai fazia croquis dos clientes. Em todo caso, estou chocado por saber que Kazan não tinha um diploma de médico. Espero que peguem esse charlatão.

— Você está piorando sua situação, Levovitch!

— Pelo contrário, eu lamento esta prisão arbitrária, que vai ter consequências desastrosas para o senhor, tenente.

Anastasia respondera às perguntas de Sagamore com a mesma postura:

— O que eu fazia no Palace na noite do assassinato? Eu e o Lev tínhamos planejado fugir. Achei que seria covardia deixar meu marido apenas com um bilhete ridículo na nossa cama. Então fui até Verbier contar isso a ele.

Sagamore teve que aceitar que as afirmações de Anastasia correspondiam ao que Macaire Ebezner declarara antes.

— A senhora admite que é estranho desaparecer no meio da noite — lembrou ele.

— Depois de falar com o Macaire, eu não queria mais ficar no Palace. Para quê? Para ele suplicar e fazer um escândalo para me segurar lá? Para que me chantageasse dizendo que ia se matar? Eu quis ir embora imediatamente.

— Por que Lev Levovitch não foi embora com a senhora naquela noite?

— Ele queria ficar até o fim do Encontro Anual. A eleição ainda não tinha acontecido por causa da intoxicação geral. Além disso, ele queria sair do banco com elegância, não fugir como um bandido.

Os interrogatórios logo passaram a andar e círculos. Por fim, Sagamore não teve outra escolha a não ser liberar Anastasia e Lev. Os dois saíram juntos da sede da polícia de Genebra, no boulevard Carl-Vogt. Eles deram alguns passos na calçada. Quando estavam longe de ouvidos indiscretos, Anastasia encarou Lev com um olhar cheio de raiva e disse:

— Quem é você? Lev Levovitch? O doutor Kazan? Sinior Tarnogol? Wagner? Não sei mais quem está diante de mim. Sei que você mentiu para a polícia, Lev. Mas suas armações nem sempre vão funcionar! Quero saber por que fez tudo isso.

Lev fez uma cara séria.

— No começo, eu não contava fazer o personagem do Tarnogol viver por muito tempo — explicou ele. — Mas, no dia da morte do meu pai, decidi prolongar a farsa. Enquanto Tarnogol estivesse vivo, meu pai também estaria, de certa forma. Fui me envolvendo com o jogo aos poucos. Ser Tarnogol, enganar todo mundo no banco me fazia sentir emoções extraordinárias, inebriantes. A cada reunião do Conselho, me sentia tomado por ondas de adrenalina. Além disso, Abel Ebezner tinha ficado furioso com o

Macaire por causa daquela situação e confesso que aquilo não me incomodava nem um pouco.

— Mas isso não bastou e você acrescentou o doutor Kazan!

— O Macaire estava procurando um psicólogo. Na hora, vi a oportunidade de dar vida a outro personagem do meu pai: o doutor Kazan, médico e psicanalista de Berlim. Na época, eu tinha uma grande vantagem: as ações de Tarnogol no banco me davam muito dinheiro. Por isso, aluguei, sob uma identidade falsa, um apartamento na place Claparède, que transformei em consultório. Pus uma placa na porta e contratei uma linha de telefone. Quem ia checar?

Anastasia estava abismada.

— E o Wagner? — quis saber ela. — E essa história de serviço de inteligência? Era você também?

Lev assentiu. Para que negar?

— Era tudo mentira. O Wagner, a P-30, as missões falsas... Nunca houve um duplo assassinato em Madri. O coitado do analista de dados está muito bem. Em troca de um pouco de dinheiro, a mulher e ele aceitaram simular a própria morte e tirar uma foto, com ajuda de sangue falso. Eu inventei um pretexto.

— Mas o que você ganhava com tudo isso? — perguntou Anastasia.

— A satisfação de controlar a vida do Macaire, já que achava que ele tinha me tomado o que eu mais queria, você. Graças ao doutor Kazan, eu conhecia a intimidade dele. Quanto ao Wagner, toda vez que ele mandava Macaire para uma missão fora de Genebra, isso o afastava um pouco de você. E, quando eu e você nos encontramos no enterro do Abel, decidi acabar com toda aquela farsa. O Wagner tinha explicado ao Macaire que, quando ele se tornasse presidente, teria que renunciar às missões.

Anastasia, abalada, murmurou:

— Mas, se você me amava tanto, por que me ignorou durante todos esses anos?

— Porque eu achava que era você que estava me ignorando. Que era você que não queria me ver. Quinze anos de silêncio. Veja o que isso fez com a gente.

— Lev, você matou Jean-Bénédict Hansen porque ele descobriu seu segredo?

— Não.

— Não sei mais se acredito em você. Foram tantas mentiras...

— Faça todas as perguntas que quiser.

— O que aconteceu na semana anterior ao assassinato? Você estava mesmo planejando ir embora comigo?

— Eu só sonhava em fugir com você, Anastasia. Mas eu sabia que o Macaire tornaria nossa vida impossível. A menos que eu conseguisse que ele trocasse a presidência por você.

— Quer dizer, do mesmo jeito que ele havia cedido as ações?

— É. Eu sabia o quanto ele queria a presidência. Estava disposto a tudo para consegui-la. Era o melhor jeito de fazê-lo nos deixar em paz. Eu conhecia bem o chefe de reportagem da *Tribune de Genève*. Prometi que conseguiria para ele uma entrevista com o presidente francês em troca da divulgação de um furo na edição do fim do semana.

— O artigo que dizia que Macaire ia ser eleito presidente?

— É, eu queria que Macaire ficasse nas nuvens. Para que ele despencasse depois. No dia seguinte, na segunda bem cedo, fui ao banco como Tarnogol e dei um jeito de nossa secretária, Cristina, interceptar um telefonema falso, a partir do qual ela deduziria que Macaire não seria eleito presidente. Ainda me restavam cinco dias antes da nomeação do novo presidente.

— Mas nós estávamos juntos nessa manhã — lembrou Anastasia.

— Você ainda estava dormindo — explicou Lev. — Eu voltei para o Hôtel des Bergues assim que terminei meu número. Depois disso, só tive que esperar e usar Macaire. Tudo funcionou perfeitamente. Graças ao personagem de Tarnogol, pude pressioná-lo até ele explodir. Graças ao personagem de Wagner, pude descobrir o plano que ele e Jean-Bénédict criaram para destruir Tarnogol depois do jantar com a Associação dos Banqueiros de Genebra. Foi por isso que o Tarnogol não foi ao jantar.

— Mas eu vi vocês dois juntos, você e o Tarnogol, no saguão do Hôtel de Bergues! — exclamou Anastasia.

— O Alfred usou o disfarce de Tarnogol naquela noite — explicou Lev.

— Então, na sexta de manhã — perguntou Anastasia —, quando nos encontramos na estação Cornavin para fugirmos e você me disse que o Tarnogol estava supostamente impedindo a eleição do Macaire, você na verdade não tinha a intenção de ir embora comigo?

— Era o Macaire que estava impedindo a própria eleição. Porque estava resistindo a mim. Na sexta de manhã, com a ajuda do personagem de Wagner, descobri que ele estava convencido de que poderia fazer Tarnogol nomeá-lo presidente. Ele não parecia nem um pouco decidido a aceitar o acordo com Tarnogol e trocar a presidência por você, Anastasia. Eu tinha que dar um jeito de fazê-lo ceder. Então tive que adiar nossa fuga. E me aproveitei disso para procurar provas que comprometeriam o Macaire armando um roubo.

— O quê? O roubo, foi você?

— Alfred, para ser exato. Sob minhas ordens.

— O Alfred? — perguntou Anastasia, assustada, entendendo que, naquele dia, ela reconhecera os olhos de Alfred, mas não o identificara. — Como você pôde...

Lev continuou:

— O Alfred tinha espiado o Macaire e viu a combinação do cofre. Eu queria pegar a caderno dele, para pressioná-lo. Não sabia o que havia naquele caderno, mas imaginava que devia ser importante, já que ele dedicava tanto tempo a ele e o guardava no cofre. Então, o Alfred ia aproveitar nosso encontro na estação para pegá-lo. Mas o caderno não estava mais no cofre. Ele então me telefonou para saber o que devia fazer. Como eu imaginava que você ia voltar para casa, pedi que ele esperasse e assustasse você. Eu quis fazê-lo acreditar que o serviço secreto ia atacá-lo se ele não recuperasse a presidência.

— Como pôde fazer isso, Lev?

— Fiz tudo isso por nós.

— Você fez isso por você — retrucou Anastasia.

Os dois se encararam em silêncio. Lev viu um táxi e fez sinal para que parasse.

— Venha — pediu ele a Anastasia. — Vamos a outro lugar para conversar sobre tudo isso com calma.

Mas ela continuou recuando.

— Não vou com você, Lev.

— Anastasia...

— Vá embora! Por favor!

Ele obedeceu, a cabeça baixa. Entrou no táxi que o esperava e desapareceu. Ela esperou que ele estivesse longe para começar a chorar. Estava sozinha, de novo. Anastasia caminhou sem destino e logo chegou à place du Cirque. Viu então o Remor, o café onde passara tanto tempo na época do início do namoro com Lev. Sem saber para onde ir nem o que fazer, ela entrou no estabelecimento: parou imediatamente à porta, ao ver um dos clientes sentados, que, por sua vez, a encarava, estupefato. Era Macaire.

Ela se sentou diante dele. Os dois ficaram calados por um longo tempo. Então Anastasia sussurrou:

— Sinto muito por tudo.

— Também sinto.

— Como você está?

— Muito melhor. Eu refiz minha vida. Estou muito apaixonado.

— Estou feliz por você.

Os dois conversaram por um bom tempo. Decidiram se divorciar logo. Os dois queriam virar a página rápido. Antes de se separarem, Macaire perguntou em tom de confidência:

— Anastasia, tem uma coisa que preciso saber... Foi você que matou o Jean-Béné?

— Não — garantiu ela. — Por que teria feito isso?

— Por causa do bilhete que passou por baixo da porta do meu quarto.

— Na hora em que estava fugindo do Palace, em que ia deixar tudo, quis deixar um último recado para você. Para dizer que você tinha sido importante, apesar de tudo.

— *Apesar de tudo*? — revoltou-se Macaire, irritado. — Que gentil.

— Eu não tive a vida que queria, Macaire. Não devia ter me casado com você. Fiz você perder tempo e me arrependo disso. O tempo é tão precioso, a vida é tão curta. Temos que dedicá-los a amar de verdade. A amar com todo o nosso coração.

— Então você nunca me amou?

— Nunca amei você como você queria que eu amasse. É por isso que eu queria pedir perdão.

Ela deu um beijo no rosto de Macaire e foi embora.

Três meses se passaram.

Em uma linda noite no início de setembro, na Place de Neuve, onde ficava o Grand Théâtre, o público se reunia para assistir à estreia de *Nabucco*. Se dizia que a nova montagem de Verdi era absolutamente excepcional e toda a classe alta de Genebra tinha corrido para a ópera.

Entre os espectadores, Macaire e Arma, esplendorosos, chegaram de mãos dadas para ocupar seus lugares em um dos melhores camarotes da sala. No intervalo, Macaire quis sair para tomar um ar, enquanto Arma preferiu ficar no camarote. Ele saiu sozinho pela porta de entrada e acabou dando de cara com Lev. Os dois caíram na gargalhada.

— Um cigarro? — propôs Lev.

— Por que não? — aceitou Macaire.

Eles se isolaram dos outros espectadores e foram se sentar nos degraus de pedra, admirando o parc des Bastions. Então, Macaire disse a Lev:

— Obrigado, Wagner.

Lev sorriu.

— Obrigado pelo quê? — quis saber.

— Graças a você, fui feliz. Vibrava a cada missão. Tinha a impressão de existir com mais força. Eu realmente vivi aqueles momentos, mesmo que não tenham existido.

Depois de hesitar um pouco, Lev perguntou:

— Não tem raiva de mim?

— Pelo contrário! — garantiu Macaire. — Olhe, fiquei mal quando a Anastasia foi embora. Depois percebi que era minha chance de reconstruir minha vida, de aprender com meus erros e viver mais como eu queria. Estou noivo da Arma. Estou feliz.

— Que notícia boa! — entusiasmou-se Lev. — Estou muito feliz por você!

— Obrigado, fico contente de saber. — Com Arma, é um amor diferente de tudo que já vivi. Espero que você venha no casamento.

— Claro — prometeu Lev.

— Obrigado, meu irmão. No fundo, nós somos quase como irmãos, não?

— É verdade — admitiu Lev. — Estive mais próximo de você nos últimos quinze anos do que de qualquer outra pessoa. Aliás, vai convidar o Tarnogol também para o casamento?

Macaire caiu na gargalhada:

— Como você conseguiu criar tudo aquilo? É incrível.

— Meu pai tinha me ensinado tudo — confessou Lev. — Mas, sobretudo, as circunstâncias me ajudaram. Você não me reconheceu quando nos encontramos na entrada do Palace e eu queria saber até quando a farsa duraria. Mas tudo acabou indo muito mais longe do que eu planejava.

— E o doutor Kazan? — perguntou Macaire. — Também era um personagem do seu pai?

— Era. Um dia, você se abriu comigo, não sei se você se lembra. Estava abalado pelas consequências do acordo com Tarnogol: se sentia menosprezado por seu pai e sofria muito por causa disso. Na mesma hora, vi a oportunidade de dar vida ao doutor Kazan.

— E nos demos bem de cara — disse Macaire.

— E durou mais de uma década.

Macaire sorriu.

— E o Wagner? Como você teve essa ideia?

— Um dia, você contou ao doutor Kazan que sonhava com uma vida menos monótona do que a sua. Que queria ação, e não passar a vida toda atrás de uma mesa. Então, na reunião do Conselho de que meu personagem, Tarnogol, participava, o Abel nos explicou que a polícia federal tinha solicitado a ajuda do banco em uma investigação da Scotland Yard sobre lavagem de dinheiro.

— A Operação Bodas de Diamante — entendeu Macaire.

— Exatamente. O Conselho decidiu aceitar o pedido da Scotland Yard, o que era altamente sigiloso. E isso me deu a ideia de fazer surgir do livro do meu pai o personagem de Wagner, um agente do serviço de inteligência que costumava se hospedar no Palace para espionar os clientes estrangeiros ricos. O Wagner pedia que você entregasse informações que o Conselho, na verdade, já tinha entregado à verdadeira polícia federal.

— Então foi daí que veio o artigo de jornal que deu toda a credibilidade ao Wagner.

— Exatamente — confirmou Lev. — Foi um golpe de sorte. Depois disso, decidi criar todo um universo em torno do Wagner e, especialmente, da P-30, que, por ser um serviço clandestino, me permitiu evitar qualquer prova de existência oficial.

— Mas, mesmo assim, você sabia que eu tinha comprado uma arma — lembrou Macaire.

— Você tinha contado ao doutor Kazan, logo a mim e a Wagner.

— E a carta do presidente da Confederação?

— Era falsa. Eu a criei.

— E os relatórios que mandei para o Conselho Federal?

— O que Wagner chamava de "relatórios" eram apenas longas cartas enviadas por correio, às quais a administração respondia com cartas padrão, como faz com todos os cidadãos que escrevem para o governo. E quanto às missões, eu simplesmente fiz você passear por toda a Europa às custas do banco. Suas prestações de contas sobre os prédios dos fiscos terminavam, normalmente, em uma lixeira do Grand Théatre. Como sabe, o assassinato em Madri nunca aconteceu. E os advogados usados como intermediários dos agentes do fisco no exterior eram meus advogados naqueles países e sabiam de tudo.

— E os agentes do fisco?

— Atores.

— E o Perez, o agente do serviço de inteligência em Madri?

— Ator também.

— Caramba — disse Macaire, rindo —, como a gente consegue ser idiota às vezes...

— Não — disse Lev. — Quando queremos acreditar de verdade em alguma coisa, só vemos o que queremos.

Macaire assentiu:

— Sabe, Lev, não me arrependo de nada do que aconteceu nesses quinze anos. Graças a você, eu vivi!

— Me faz bem poder contar tudo a você — confessou Lev.

— Você conseguiu viver quatro vidas.

Lev esboçou um sorriso. Houve um pequeno instante de silêncio, até que Macaire perguntou:

— Lev, o que aconteceu no quarto 622 naquela famigerada noite de dezembro?

— Não sei. Não sei quem matou o Jean-Bénédict.

No *foyer*, a campainha do início do espetáculo soou.

— Antes de voltar lá para dentro — disse Macaire —, tenho uma última pergunta. Foi o Wagner que me fez encontrar você em Corfu. Mas, se o Wagner era você, por que fez isso?

Lev suspirou. Abriu um sorriso triste.

Ele sabia desde o início que fugir com Anastasia podia mudar a relação deles.

Também sabia que a paixão do reencontro que tinham sentido em Genebra, a paixão do proibido, da novidade, aquela necessidade que os dois tinham de se ver sempre, de se adorar quando estavam juntos e de se desesperar quando estavam separados, tudo aquilo seria manchado pela convivência quando eles estivessem finalmente juntos em Corfu. Era preciso admitir: estando à toa, os dias ficam longos. Às vezes, os dois ficavam entediados. Então, para prolongar a paixão mútua, eles precisaram lutar: a graça das roupas chiques, o refinamento e as velas, se preparar, se lavar, estar sempre lindos. Era preciso se submeter àquele carnaval indispensável, o único remédio contra a fatalidade do amor e o poder destruidor da rotina que atinge todos os apaixonados quando, depois de serem dois distintos amantes, se tornam apenas um casal. Era o início da grande acomodação, o grande esquecimento de si e do outro, o fim da grande mentira que lhes havia permitido, até ali, serem perfeitos, belos, impecáveis e perfumados, e que de repente os autoriza a se largar: roupas confortáveis, calças com elástico, barriga aumentando, pelos desagradáveis, mau hálito. "Querida, traz mais papel higiênico, por favor?" Comer na bandeja vendo um filme à noite. Dormir como dois sacos de batata no sofá, com a televisão no máximo, a boca aberta, rocando e toda essa lenga-lenga. "Jamais!", tinha prometido Lev a si mesmo. Não com Anastasia! Era melhor morrer.

Para se precaver, era preciso ter um inimigo. Era preciso que o marido ciumento chegasse a Corfu, criasse um drama e permitisse que eles fossem para outro lugar e voltassem a se encontrar. Recomeçar tudo do zero. Um casal sempre novo é um casal que nunca se cansa um do outro, pensara Lev.

A Macaire, ele simplesmente disse:

— Acho que Corfu estava fadada ao fracasso.

Os dois se levantaram.

— Sem nenhum rancor? — perguntou Lev.

— Imagina! — respondeu Macaire, sorrindo.

Os dois deram um aperto de mão fraternal. Macaire tinha algo de triunfal no olhar. De repente, ele desabotoou a camisa e mostrou para Lev um microfone colado ao peito com fita adesiva. Policiais à paisana surgiram da escuridão e prenderam Lev. Entre eles, estava Sagamore.

— Isso é o que chamo de confissão, senhor Levovitch — disse, antes de colocá-lo em um carro comum.

*

Três anos depois, Anastasia frequentemente voltava a pensar naqueles acontecimentos. Tinha ficado sabendo da prisão pela imprensa, como todo mundo. Tinha acompanhado o processo em todos os seus detalhes: fora às audiências sempre que pudera e guardara todas as atualizações sobre o caso publicadas no jornal. Ela esperava que Lev fosse se safar. Afinal, ele sempre havia se safado. Ela, que não acreditava em Deus, tinha se surpreendido ao se pegar rezando.

Três anos depois e, apesar de nunca mais tê-lo visto, não conseguia deixar de pensar nele sem parar. Aos domingos, ela saía a pé do bairro de la

Servette e descia a rue de Chantepoulet para chegar ao lago Léman e ao Hôtel des Bergues. Ela encontrava um banco e ficava um bom tempo sentada, observando o majestoso edifício. Analisava o quinto andar da fachada, mirando as janelas da suíte onde havia vivido. Ela se perguntava quem estaria morando ali. Depois voltava a caminhar e margeava o quai du Mont-Blanc até o hotel Beau-Rivage. Sentava-se em uma poltrona do salão e pedia um chá preto. Ainda pensava nele. Via-o ali, dezoito anos antes, fingindo ser o conde Romanov para sua mãe. Depois desdobrava o artigo da *Tribune de Genève*, da época do processo, que levava na bolsa. Havia nele uma grande foto de Lev, sempre maravilhoso, chegando ao Tribunal de Justiça. Abaixo dela, a manchete:

A QUEDA DO FAMOSO BANQUEIRO LEV LEVOVITCH

Lev Levovitch foi considerado culpado pelo tribunal de primeira instância de Genebra por fraude, exercício ilegal da medicina e abuso de confiança. O banqueiro também participara, usando uma identidade falsa, do Conselho do Banco Ebezner e enganara durante anos Macaire Ebezner, atual presidente do banco que leva seu sobrenome. Ele foi condenado a quatro anos de prisão e à apreensão de todos os seus bens. Levovitch está proibido para sempre de trabalhar no setor bancário.

Capítulo 70

INTOXICAÇÕES

Quarta-feira, quatro de julho de 2018.

Em minha suíte do Palace de Verbier, Scarlett estava mergulhada nos recortes de jornais. Tinha analisado todas as notas sobre o processo contra Levovitch, com o qual a imprensa deitou e rolou. Percebi que ela estava impaciente: ela tinha a impressão de que estávamos perto do fim.

— Eu revi tudo do zero, Escritor, e continuo chegando sempre à mesma conclusão: Levovitch é o assassino.

— Mas a justiça o inocentou dessa acusação.

— Por, abre aspas, falta de provas — lembrou ela.

— Não precisa abrir aspas: se não há provas, ele não é culpado. Conhece a expressão: inocente até que se prove o contrário?

— O que eu não entendo é por que a fantasia do Tarnogol foi encontrada no quarto do Jean-Bénédict Hansen. O que Jean-Bénédict Hansen sabia? Qual era a ligação dele com Levovitch? A solução para o caso está aí, tenho certeza..

— No que você está pensando? — perguntei.

— Por exemplo, não sabemos quem provocou o envenenamento geral na noite do sábado do Encontro Anual. Aliás, nem por quê. Sabemos que Macaire e Jean-Bénédict mexeram nas garrafas de vodca, mas Macaire Ebezner disse à polícia que estava procurando um frasco específico e Jean-Bénédict Hansen não está mais aqui para dar sua versão dos fatos.

Scarlett queria muito interrogar Macaire Ebezner, mas, desde quando ele nos recebera rapidamente no banco, nossos telefonemas para marcar uma reunião com ele ficavam sem resposta. Ela continuou:

— Uma coisa é certa, nem Macaire Ebezner nem Jean-Bénédict Hansen foram intoxicados: o nome deles não está na lista das pessoas hospitalizadas naquela noite.

Ela sacudiu a lista em questão, encontrada no registro da polícia.

— E Lev Levovitch? — perguntei.

— Ele foi intoxicado — respondeu ela, mostrando seu nome sublinhado em uma das páginas.

Scarlett voltou a mergulhar por um instante na lista. De repente, o rosto dela se contraiu.

— Ai meu Deus! — gritou.

— O que você descobriu?

— Ai meu Deus! — repetiu ela. — Veja só!

Ela circulou um nome com uma caneta vermelha e me passou a folha.

— Arma, a empregada dos Ebezner — disse Scarlett. — Ela foi vítima da intoxicação. A Arma estava no Palace de Verbier no fim de semana do assassinato!

Capítulo 71
ARMA (2/2)

A descoberta de Scarlett nos valeu outro bate e volta a Genebra no dia cinco de julho, para falar de novo com Arma. Nós a encontramos no início da tarde às margens do lago Léman. Fazia muito calor. Caminhamos um pouco juntos para chegar à pont des Bergues e nos sentamos em um banco à sombra das árvores da île Rousseau. Genebra nunca ficava tão linda quanto no verão, verdejante e banhada pelo sol que dava à água do lago reflexos esmeralda e um ar de mar caribenho.

— Nós sabemos de tudo, Arma — disse Scarlett.

— O que vocês sabem?

— Você estava no Palace de Verbier no fim de semana do assassinato. Foi intoxicada no sábado à noite e foi parar no hospital. Parece que esse detalhe escapou à polícia na época porque isso não aparece em nenhum lugar da investigação.

Arma baixou a cabeça.

— Por que você foi a Verbier naquele fim de semana? — perguntei.

— Eu queria assistir à eleição do Macaire. Era para ser um dos momentos mais importantes da vida dele. Eu queria estar lá. Fazia quase um ano que eu estava derretida por ele.

— Ele sabia que você tinha ido?

— Não, claro que não. Ele provavelmente não teria me autorizado a estar presente. Tudo que eu queria era ficar discretamente em um canto da sala para assistir ao triunfo dele. Aliás, tinha tirado folga para fazer isso, muito tempo antes. Então fui para Verbier na sexta, onde havia reservado um pequeno quarto em um albergue. No sábado à noite, eu me arrumei e entrei de penetra no coquetel no salão de baile do Palace. Ninguém me perguntou nada.

— E o que aconteceu depois?

— Confesso que estava um pouco nervosa e pedi um coquetel. Um pouco depois, no momento do anúncio, de repente comecei a passar muito mal. Todo mundo começou a passar mal. Fui parar no hospital. Só saí na segunda de manhã, foi aí que soube do assassinato.

— Então ninguém nunca ficou sabendo que você estava no Palace naquela noite? — perguntou Scarlett.

— Ninguém. Além do Macaire. Foi por isso que ele me deixou. Como falei para vocês quando nos vimos no outro dia, foi por causa de todos esses acontecimentos que perdi o Macaire.

— Ele deixou você porque descobriu que tinha ido para Verbier?

— Não, ele me deixou porque achou que eu tinha matado Jean-Bénédict Hansen.

Arma começou a chorar. Scarlett e eu nos encaramos com um ar intrigado.

— Por que o Macaire achou que você tinha matado o Jean-Bénédict?

Mas Arma não nos respondeu. Ela pegou a bolsa e fugiu, chorando.

Precisávamos esclarecer aquilo de qualquer maneira. A única pessoa que podia responder nossas perguntas era Macaire Ebezner. Sabíamos que ele não nos receberia no banco. Segundo o que Arma nos dissera, ele agora morava em um apartamento no quai du Général-Guisan. Por isso, ficamos de tocaia na porta do prédio dele até o fim da tarde, esperando que ele chegasse do banco. Quando chegou, Macaire se irritou ao nos ver:

— Vocês de novo? Achei que tinha sido claro.

— Senhor Ebezner, precisamos muito falar com o senhor.

— E eu não tenho nada a dizer a vocês.

— É sobre a Arma. Sabemos que ela esteve em Verbier no fim de semana do assassinato.

Macaire Ebezner não podia recusar a conversa. Ele nos levou até seu imenso apartamento e, depois, nos recebeu na sala, com uma vista impressionante para o Jet d'eau.

— Então vocês continuaram fuçando — disse Macaire, com um tom muito desagradável.

— Nós investigamos — respondeu Scarlett. — E descobrimos que sua antiga empregada e companheira, Arma, estava no Palace de Verbier no fim de semana do assassinato.

— Como vocês ficaram sabendo? — indagou Macaire.

— Ela está na lista de pessoas hospitalizadas depois do envenenamento. A polícia perdeu esse detalhe. Estou curiosa para saber como o senhor entendeu que ela estava em Verbier.

* * *

Um ano após o assassinato,
dezembro

Era quinta-feira, fim de tarde. Na casa de Cologny, Arma, com diamantes nas orelhas e vestida com um conjunto de estampa de leopardo, implicava com a empregada:

— Ande, esfregue melhor este piso, fazendo o favor.

— *Perdon, Médéme* — gemeu a empregada.

— *Perdon, perdon*. É muito gentil pedir *perdon* a torto e a direito, mas tem que se dedicar um pouco.

A porta da casa se abriu e Macaire apareceu, visivelmente muito bem-humorado. Arma pulou nos braços dele e o encheu de beijos. Sempre que ela o recebia, Macaire pensava que ele nunca tivera aquilo com Anastasia. Sentia-se tão mais feliz hoje. Era um novo homem.

— Como foi seu dia, benzinho? — perguntou Arma.

— Ótimo. Olhe, eu cancelei todas as minhas reuniões de amanhã. Vamos tirar um fim de semana prolongado. Nevou nos Alpes e eu quero aproveitar. Além disso, os compradores vêm visitar a casa no sábado, não quero ter que ficar lidando com eles. Vou deixar o corretor se virar sozinho.

Ela se pendurou no pescoço dele e perguntou:

— Para onde nós vamos?

— Eu estava com vontade de ir a Verbier — explicou Macaire.

— Isso, Verbier! Onde? No Palace?

— Para ser sincero, não tenho certeza. Só faz um ano que o Jean-Béné foi assassinado lá.

— Você tem que esquecer toda essa história. Deixar essas lembranças horrendas para trás. Você não pode se privar do Palace para o resto da vida!

— Sei lá...

— Vamos, meu querido! Todo aquele *louxo* maravilhoso! Vamos nos trancar em um quarto, depois acender a lareira e ficar observando do sofá.

— Bom, se é o que você quer... — consentiu Macaire.

Depois de tirar o casaco, ele foi até a sala e se serviu de um uísque. Bebeu diante da janela, contemplando a neve que caía lentamente sobre o gramado congelado. Deixou seus pensamentos irem longe. Pensou em

Anastasia. Isso acontecia com frequência. Macaire se perguntava onde ela estava, o que ela fazia. Se estava feliz. Não a amava mais, mas a amava apesar de tudo. Quando amamos, é para sempre.

Provavelmente porque tinha acabado de falar do Palace de Verbier, ele se lembrou do bilhete escrito com batom no espelho do banheiro:

Estou aqui, meu bebê.
A.

De repente, se perguntou por que aquele simples "A." Ela sempre havia assinado as cartas enviadas de Corfu com Anastasia. O bilhete passado por baixo da porta também. Então, de repente, se lembrou de um trecho delas. "Fui a Verbier para terminar com você, não para deixar recados amorosos". Então pensou no que Arma dissera há pouco: "Vamos nos trancar em um quarto, depois acender a lareira e ficar observando do sofá". Eles nunca tinham ido ao Palace juntos. Como ela podia saber que todas as suítes tinham uma lareira, diante da qual havia um sofá confortável? Com o choque, o copo escapou de suas mãos.

Arma, ao ouvir o barulho de vidro quebrado, correu para a sala. Encontrou Macaire pálido.

— Meu querido, o que houve?

— Foi você! — disse ele. — Você estava no Palace no fim de semana do assassinato! Você se fez passar pela minha mulher, entrou no meu quarto e deixou o recado com batom para me fazer acreditar que era Anastasia.

— Não. Eu ouvia você dizer como você adorava aquele batom. Consegui um, através de uma prima que mora em Paris. Eu o usava aqui para que você me notasse, mas você nunca me via. Tinha acabado de escrever o bilhete no espelho quando ouvi a porta do quarto. Eu me escondi em um armário e esqueci o batom na pia.

— Mas o que você estava fazendo no Palace, meu Deus do Céu?

— Eu queria assistir à sua eleição. Estava tão orgulhosa de você. Era o seu grande dia. Foi por isso que eu tinha pedido folga: eu queria estar lá para ver sua coroação. Eu tinha reservado um quarto em uma pousada do vilarejo meses antes. Nesse meio tempo, eu descobri que a Anastasia ia deixar você, que você não ia encontrá-la em casa quando voltasse. Então eu queria declarar meu amor por você. Que você pudesse ficar com alguém que amava você de verdade! Eu me apresentei na recepção do Palace, disse que era sua esposa. O funcionário não me fez nenhuma pergunta e me entregou uma cópia da chave. Mas você não estava no quarto, então deixei o bilhete no espelho do banheiro e fui me esconder para ver a sua reação. Mas, quando você finalmente voltou para o quarto, eu hesitei. Tive medo de você me achar ridícula. E aí, de repente, um cara chamou você da sacada e eu, obviamente, não apareci. Achei que era melhor admirar você de longe, que com certeza você me rejeitaria. No fim das contas, eu era só sua empregada.

Macaire estava embasbacado. Precisou se servir de outro copo de uísque, que virou de uma vez. Ele então perguntou, a voz trêmula:

— Arma, foi você que roubou a pistola dourada da Anastasia? Ela olhou para ele, primeiro em silêncio. Depois começou a chorar: — Eu achei a pistola na bagagem que a Anastasia tinha escondido no armário, prevendo fugir com o Levovitch. Não sei por que mexi na coisas dela, sem dúvida porque queria descobrir para onde eles iam. Eu esperava achar uma passagem de avião ou um recado. Mas encontrei aquela arma. Primeiro, tive medo de que a Anastasia quisesse se matar. Ela estava tão frágil na época, achei que ela fosse fazer alguma coisa horrível, como em *Rumeu e Joulieta*. Primeiro, quis me livrar da pistola. Jogá-la no lago, ou alguma coisa assim. Mas tive medo de que alguém me visse, que parecesse uma criminosa. Pensei em um penhasco na montanha, onde ninguém a encontraria. Então a levei comigo para Verbier.

— Arma — murmurou Macaire, assustado —, foi você quem matou o Jean-Bénédict?

— Não! Juro que não o matei.

— Então o que você fez, meu Deus do Céu? — quis saber Macaire, que sentia que Arma não estava contando tudo.

— Na tarde de sábado, quando estava escondida no seu quarto, eu ouvi você falar do Tarnogol. Sabia que ele estava causando muito problemas, ameaçando a sua eleição. Ao voltar da sacada, você disse que ia matá-lo. Mas eu não queria que você acabasse preso. Você seria incapaz de aguentar a prisão. Teria perdido tudo, teria acabado se matando! Eu não podia deixar você fazer isso. Tinha que agir. Preferia mil vezes ser condenada no seu lugar. Achei que era um sinal divino: se tinha achado a pistola e a levado comigo, era porque eu devia usá-la. Tinha chegado a hora de provar o quanto eu te amava. De iluminar sua vida com um ato de coragem. Além disso, todo mundo ficaria sabendo! Eu teria dito ao juiz e aos jurados, sairia escrito nos jornais. Que prova de amor seria maior que essa? Eu não seria mais só uma simples empregada, seria a terrível apaixonada! A Bonnie do amor! Senti que aquele dia marcaria uma virada em minha vida. Então, às seis da tarde, me misturei aos funcionários do banco no salão de baile. Levei a arma na bolsa e decidi que, assim que Tarnogol aparecesse no palco, eu ia atirar nele. Por você, meu amor! Mas, claro, eu estava muito nervosa, então pedi um coquetel de vodca para tomar coragem. Tomei vários, é preciso bastante para matar um homem. Só que comecei a me sentir muito mal. Pouco depois que o Conselho subiu no palco, comecei a vomitar. Quando a ambulância chegou, eu me arrastei para fora do salão, precisava me livrar da arma antes que desmaiasse e alguém a encontrasse comigo. Perambulei pelos corredores até achar uma janela, pela qual arremessei a arma em um arbusto coberto de neve. Naquele momento, não pensei que a neve acabaria derretendo. Não pensei em nada. Me livrei da arma e desmaiei. Quando abri os olhos de novo, estava no hospital de Martigny.

Sem saber no que acreditar, Macaire expulsou Arma de casa e se trancou em sua saleta. Dentro dela, com o telefone na mão, ele olhou fixamente para o cartão de visita do tenente Sagamore.

*

— Mas o senhor não chamou a polícia no fim das contas — disse Scarlett, na sala de Macaire. — Por quê?

Antes de responder, Macaire se levantou da poltrona para procurar algo na gaveta de um móvel trancado a chave. Tirou uma pasta de dentro dela e a entregou a mim.

— Preferi eu mesmo checar. Esta é a ficha da internação da Arma na noite do assassinato. Também tenho um relatório do médico que a examinou. Eu guardei tudo, imaginando que essa história poderia ressurgir um dia.

Scarlett analisou os documentos:

— Está escrito que a Arma foi internada no sábado, quinze de dezembro, às oito e quinze da noite, e só saiu do hospital na segunda de manhã. A intoxicação foi muito grave e ela ficou tomando soro durante todo esse tempo.

— No horário do assassinato — continuou Macaire —, Arma estava no hospital de Martigny, a meia hora de Verbier, com uma seringa intravenosa no braço. Me parece um álibi suficientemente forte.

Scarlett assentiu e disse:

— O senhor investigou tudo depois. Isso não explica por que, naquele momento, não quis avisar a polícia.

— Porque, se Arma tivesse matado Jean-Bénédict, se ela o tivesse matado para me proteger, eu teria sido amado como nunca tinha sido.

— Mas, depois de descobrir que não tinha sido ela, não quis reatar com ela?

Macaire olhou para um ponto distante. Como se tivesse vergonha da resposta:

— Percebi que estava com ela pelo motivo errado: ela era apenas uma imitação barata da Anastasia. O fantasma dela. A única mulher que amei foi Anastasia. Mas o Tarnogol tinha razão, a profecia dele estava certa: eu me tornei presidente do banco, mas acabei ficando sozinho.

— O Tarnogol nunca existiu — lembrei.

— E no entanto — respondeu Macaire — ele estava lá.

Capítulo 72
FIM DE JOGO

Scarlett e eu deixamos Macaire Ebezner e Genebra sem ter avançado muito na investigação. Ainda não tínhamos identificado o assassino. De volta a Verbier, nos trancamos em minha suíte para tentar juntar, mais uma vez, todas as peças do quebra-cabeça. Passamos horas reanalisando todas as provas do caso. Pedimos cheeseburguer com fritas para o jantar e comemos no quarto, discutindo e relendo documentos do dossiê que já havíamos estudado inúmeras vezes.

Um detalhe nos escapava, mas qual?

Às duas da manhã, encarávamos a parede na qual havíamos prendido três folhas de papel, com os nomes dos possíveis suspeitos do caso escritos:

ANASTASIA   LEV   MACAIRE

Scarlett suspirou, olhando para uma foto do quadro criado na época pelo tenente Sagamore, que indicava os mesmo nomes como suspeitos.

— Chegamos à mesma conclusão que a polícia — afirmou. — Estamos parados exatamente no mesmo ponto.

Nós estávamos exaustos. E, devo confessar, um pouco desanimados. Mas tínhamos que aguentar firme.

— Quer um pouco de café? — propus.

— Quero, sim.

Liguei a cafeteira. Scarlett reorganizou metodicamente todos os elementos do quadro de Sagamore, usando as provas que havíamos fotografado ilegalmente. Por mais de uma hora, ela revisou todas as pistas obtidas por Sagamore na época. Foi assim que voltamos à intervenção da segurança no quarto 623 e ao trecho do depoimento feito à polícia, na manhã do assassinato, por um homem chamado Milan Luka, o chefe da segurança do Palace.

"*Na noite de sábado, quinze de dezembro, às onze e cinquenta da noite, fui chamado por causa de uma confusão no quarto 623. Fui imediatamente para o quarto em questão, onde fui recebido por um homem que me garantiu que estava tudo bem. Achei que talvez não fosse o quarto certo. Não havia barulho nenhum no corredor. Tudo parecia tranquilo. Não insisti e fui embora. Informei o problema ao diretor, caso fosse necessário intervir de novo. Tinha sido uma noite estranha, e era melhor ser prudente. Mas não houve mais nenhum chamado depois. A noite foi calma. Bom, se é que podemos dizer isso: no dia seguinte, um cadáver foi encontrado no quarto 622.*"

Depois de ler o depoimento em voz alta, Scarlett acrescentou:
— O relatório explica que o homem que recebeu o chefe da segurança no quarto 623 era Jean-Bénédict Hansen, que foi reconhecido através de uma foto.
Ela se interrompeu, repentinamente pensativa.
— O que houve? — perguntei.
— O chefe da segurança falou de "confusão".
— É, e daí?
— Isso supõe algum tipo de briga, não?
— É, realmente. É uma discussão acalorada.
— Então isso implica que Jean-Bénédict Hansen não estava sozinho no quarto 623. Na época, isso não chamou a atenção de Sagamore porque ele achava que Jean-Bénédict Hansen era o Tarnogol. Então a presença de Jean-Bénédict Hansen no quarto 623, a suíte do Tarnogol, não tinha nada de surpreendente. Mas o Tarnogol, na verdade, era Lev Levovitch. O Sagamore não pegou esse detalhe.
— Então o Jean-Bénédict brigou com o Tarnogol, ou seja, com o Levovitch! — respondi, entendendo aonde Scarlett queria chegar.
Ela assentiu:
— No sábado, quinze de dezembro, Jean-Bénédict Hansen estava brigando com Levovitch. Algumas horas depois, foi encontrado morto.

*

Milan Luka não trabalhava mais no Palace havia alguns anos, mas bastou que fizéssemos uma pesquisa rápida na internet para encontrá-lo: ele agora dirigia a própria empresa de segurança, batizada de Luka Sécurité, sediada em Sion.

Foi assim que na manhã do dia seguinte, sexta, seis de julho de 2018, depois de uma curta noite de sono, nós fomos encontrá-lo na sede da empresa, no centro de Sion. Era um homem na faixa dos cinquenta anos, parrudo e de aparência um pouco incômoda, mas muito simpático. Ele nos recebeu gentilmente, mesmo sem termos marcado uma reunião. Percebemos que ele se emocionava ao lembrar dos anos no Palace.

— Fui muito feliz lá — confessou. — Cheguei à Suíça ainda muito jovem e tive a sorte de conhecer o senhor Rose. Ele sabia fazer as pessoas confiarem nelas mesmas para que dessem o melhor de si. Fui contratado para a equipe de segurança e acabei me tornando chefe dela. Devo muito a ele.

— Por que saiu do Palace?

— Fui embora depois da morte do senhor Rose. Não era a mesma coisa sem ele. E, para sem sincero, fazia tempo que queria sair e montar minha empresa. Mas eu ficava porque era fiel ao senhor Rose. Bom, mesmo que, depois do assassinato, o clima tivesse mudado totalmente.

— O que o senhor quer dizer? — perguntou Scarlett.

— O Palace era um lugar especial, um refúgio de paz para os clientes. Uma sensação de serenidade absoluta reinava ali. Depois do assassinato, tudo ficou diferente. O senhor Rose ficou muito abalado com o que aconteceu e, sobretudo, pelo que aconteceu em seguida: o processo contra Lev Levovitch e a condenação dele. Isso deixou o senhor Rose devastado. Ele sentia muito orgulho dele. Se vocês ouvissem como falava de Lev na época: era o herói dele. Achava até que ele ia se tornar presidente do Banco Ebezner. Mas o herói dele, infelizmente, teve a pior das degradações. Aquilo foi um choque enorme para o senhor Rose. Aliás, isso o matou.

— Como assim?

— Ele se matou, alguns meses depois da condenação do Levovitch. Um tiro na boca com sua pistola da época do exército. Uma coisa horrorosa. Nós achamos ao lado dele alguns artigos de jornais sobre a queda de Levovitch. Foi um período muito difícil para mim.

— O que o senhor pode nos dizer sobre o assassinato do quarto 622, senhor Luka? — perguntei, então.

O ex-chefe da segurança primeiro nos contou sobre o caos do sábado, com a intoxicação geral, e depois com a descoberta do cadáver no dia seguinte.

— Fui um dos primeiros a ser avisado — explicou. — Na hora, liguei para a polícia e proibi o acesso ao sexto andar para não destruir possíveis provas.

— O senhor estava no Palace na manhã do assassinato? — indaguei, surpreso.

— Estava, por quê?

— Porque já estava lá no sábado à noite, sabemos que o senhor interveio no quarto 623 às onze e cinquenta.

— Eu realmente devia ter ido para casa naquela noite, no fim do meu turno, mas, depois da intoxicação geral, o senhor Rose estava muito nervoso e eu resolvi ficar. Durante a noite, nós tínhamos apenas um segurança, o que sempre havia sido suficiente. Mas, por causa das circunstâncias, achei que era mais prudente reforçar a vigilância, por via das dúvidas.

— Onde o senhor ficou naquela noite? — perguntei.

— O vigia noturno estava na recepção, como sempre, para cuidar da entrada principal, o acesso possível. Eu fui dormir na sala da administração, precisava me recuperar um pouco, porque o dia havia sido difícil.

— Então ninguém pode ter entrado pelo lado de fora?

— Não, só pela entrada principal. Era a regra à noite no Palace, que nenhum acesso fosse possível pelo lado de fora. Era preciso ficar atento, havia muitos clientes muito ricos, com joias e dinheiro vivo.

— Mas era possível entrar por uma saída de emergência se tivesse um cúmplice do lado de dentro — observei.

— *Se tivesse um cúmplice do lado de dentro* — repetiu o ex-chefe de segurança, antes de ironizar: — Bandidos também podiam ter aterrissado de helicóptero no telhado do Palace. Éramos razoavelmente prudentes para um vilarejo tranquilo como Verbier. Aonde vocês querem chegar com todas essas perguntas?

— Senhor Luka — disse, então Scarlett —, nós achamos que o senhor pode ter visto alguma coisa importante algumas horas antes do assassinato.

— Como assim?

Ela mostrou o trecho do boletim da polícia.

— Na noite de sábado, quinze de dezembro, o senhor interveio no quarto 623.

— Sim, eu me lembro disso. Um cliente ligou para a recepção, que nos avisou. Algo tinha acontecido, uns gritos, eu acho.

— Quem era o cliente que ligou para a recepção?

— Eu nunca soube. Aliás, acho que ele nem se anunciou. E, na época, a rede ainda não era digital, não dava para saber de qual quarto era a ligação. Não estou entendendo aonde vocês querem chegar.

— Quem estava no quarto 623?

— O senhor Hansen. Eu já disse isso à polícia.

— Não achou estranho ver que não era o senhor Tarnogol? — perguntei. — Era o quarto dele, não o do senhor Hansen.

— A equipe de segurança não precisava saber exatamente quem estava em cada quarto. A gente recebia o número da suíte e ia ver o que estava acontecendo, só isso.

Scarlett então jogou nosso trunfo:

— Nós achamos que havia outra pessoa naquele quarto. O senhor leu os jornais da época, então sabe que Sinior Tarnogol nunca existiu: era Lev Levovitch quem interpretava o personagem. Então achamos que Lev Levovitch estava no quarto 623. Naquela noite, quando o senhor interveio, viu Jean-Bénédict Hansen e Lev Levovitch. Estou certa?

O ex-chefe de segurança suspirou longamente. Ele se levantou e parou diante da janela, como se quisesse evitar nosso olhar.

— É verdade — confessou. — Lev Levovitch estava no quarto. Junto com uma mulher.

— Por que não contou isso à polícia? — quis saber Scarlett.

— Porque o senhor Rose me pediu para não falar nada. Depois do incidente, informei a ele o que tinha acontecido e ele ordenou que eu não dissesse que o Lev estava no quarto. Ele sempre quis protegê-lo.

*

Todas as pistas levavam a Lev Levovitch.

Na parede de minha suíte, Scarlett e eu observamos os nomes dos três suspeitos.

ANASTASIA   LEV   MACAIRE

Mesmo que, segundo Milan Luka, Anastasia — era nosso palpite da identidade da mulher mencionada pelo ex-chefe de segurança — estivesse no quarto 623 com Lev e Jean-Bénédict Hansen, nós a considerávamos fora do páreo.

— Como sabemos agora que foi a Arma que levou a pistola da Anastasia, podemos tirá-la da lista de suspeitos — sugeriu Scarlett.

— É verdade — admitiu ele. — E também sabemos que Arma se livrou da pistola de Anastasia durante o envenenamento geral, ou seja, por volta das sete da noite. Então temos certeza de que não foi a arma do crime.

Scarlett tirou o nome de Anastasia da parede. Restavam apenas Macaire e Lev. Continuei:

— Nosso suspeito devia ter acesso a uma arma. Sabemos que Macaire tinha acesso a armas.

— É, mas Levovitch não pode ser descartado — lembrou Scarlett. — Tendo em vista esses quinze anos de farsa, se precisasse de uma arma, teria conseguido sem dificuldade.

Nesse ponto, Scarlett tinha razão. Ela continuou:

— Concordo com Sagamore: o suspeito estava no hotel e não saiu de lá depois do crime. Enquanto a polícia imaginava que ele estivesse do lado de fora, ele estava do lado de dentro dos muros do Palace.

— Ele pode ter fugido pela saída de emergência, como Anastasia — retruquei.

— Nós investigamos e analisamos juntos as plantas do prédio. O trajeto que Anastasia fez para sair do Palace era o único jeito de fugir sem que ninguém visse. Era preciso estar muito informado.

— Podemos supor que o assassino tinha preparado minuciosamente a execução — observei.

Scarlett fez uma cara de reprovação.

— Fala sério, Escritor! Se o assassino tivesse planejado eliminar Jean-Bénédict Hansen muito antes, não teria feito isso com um revólver no meio de um hotel. Parece um gesto brutal e improvisado. Aliás, foi isso que Sagamore achou e me parece totalmente lógico.

— No que está pensando, então? — perguntei.

— Se o assassino usou a saída de emergência para fugir, significa que conhecia muito bem o hotel. Como só um funcionário poderia conhecer. Então ou ele não saiu do Palace depois do assassinato, ou ele conhecia o lugar como ninguém. Ora, isso não deixa muitas dúvidas. Quem tinha acesso a uma arma? Quem conhecia o Palace como a palma de sua mão?

— Levovitch — respondi.

— Levovitch — confirmou Scarlett. — E o motivo é muito simples: Jean-Bénédict tinha descoberto na véspera do assassinato que Levovitch era Tarnogol. Levovitch o matou no meio da noite para proteger seu segredo.

— Sua hipótese quase se sustenta — respondi. — Mas, se Lev Levovitch matou Jean-Bénédict porque ele havia descoberto a verdade sobre Tarnogol, por que foram encontrados na suíte de Hansen elementos que levavam justamente a Tarnogol?

— Levovitch os deixou lá para colocá-los em seguida — sugeriu Scarlett.

— Não tenho certeza disso — falei. — Tenho a impressão de que há algo que não estamos vendo.

Precisamos de muitas horas para entender. Reviramos as pistas de todos os lados e realmente havia um detalhe que não se encaixava. Até que, tarde naquela noite, enquanto estava mergulhada em um mar de documentados espalhados pelo chão, Scarlett deu um grito, o rosto de repente iluminado:

— Mas é claro! Como a gente não pensou nisso antes?

— Nisso o quê? — perguntei.

— Estava bem na nossa cara esse tempo todo!

Sem me dar mais explicações, ela correu para o computador e digitou no teclado. Depois de terminar a pesquisa, ergueu os olhos da tela, ao mesmo tempo orgulhosa e abismada com a descoberta. Depois saiu de minha suíte e desceu correndo a escada, como se não aguentasse esperar o elevador. Eu a segui, ainda sem entender. Nós chegamos ao térreo e atravessamos o saguão deserto. O vigia noturno tinha se ausentado momentaneamente do balcão da recepção e Scarlett aproveitou para passar por trás dele e entrar no corredor da administração do hotel. Logo, encontrou o escritório do diretor do Palace. Empurrou bruscamente a porta, certa de que não havia ninguém ali àquela hora. Mas fomos surpreendidos pela luz acesa. E por um homem, sentado em uma poltrona.

Scarlett o encarou, surpresa. Reconheceu-o na hora: apesar do passar dos anos, ele não mudara. Estava igual às fotos dos jornais.

— Lev Levovitch... — murmurou Scarlett. — O que está fazendo aqui?

— Então vocês descobriram tudo — disse ele.

Capítulo 73

O ASSASSINO DO QUARTO 622

Naquela noite, Lev Levovitch contou para mim e para Scarlett o que havia acontecido nos meses anteriores ao assassinato.

— Depois da morte de Abel Ebezner — explicou —, eu tinha reencontrado Anastasia. Estava finalmente feliz. Eu só pensava em uma coisa: encerrar a carreira de ator com aqueles personagens e construir minha vida com Anastasia. Mas eu sentia que ela hesitava quando pensava em deixar Macaire. Ela não queria fazer mal a ele, tinha medo de que ele se matasse. Então decidi agir usando o personagem de Tarnogol. Quinze anos antes, eu havia conseguido dar o que acreditava ser o golpe do século: tinha obtido as ações de Macaire Ebezner ao empurrar Anastasia para os braços dele. Estava convencido de que bastaria pressionar Macaire para que ele aceitasse deixar a esposa em troca da presidência. Cinco dias antes do Encontro Anual, quando tinha certeza de que seria nomeado presidente, Macaire descobriu que Tarnogol queria colocar Levovitch em seu lugar. Primeiro, ele reagiu como eu imaginei: ficou derrotado. Eu queria brincar com ele, deixá-lo com os nervos no limite para que ele não tivesse outra opção a não ser trocar Anastasia pela presidência. Mas Macaire não tinha a intenção de renunciar nem à esposa, nem à presidência. Ele se agarrou aos dois, apesar das minhas armações. Então tive que acionar meu último recurso: fazer Levovitch ser eleito pelo Conselho, mas impedir o anúncio no último minuto. Para encurralar Macaire.

— Deveria ter fugido com a Anastasia! — disse Scarlett, pragmática.

Lev sorriu, achando aquilo engraçado:

— Tem toda razão. Acho que me apeguei demais por causa de um orgulho ridículo. Eu queria ganhar do Macaire.

— E então seu plano para impedir o anúncio no último minuto — perguntei — foi a intoxicação geral?

— Exatamente. Fui eu mesmo que envenenei todas aquelas pessoas, coitadas. Tinha deixado Macaire sem saída. Dois dias antes, Wagner tinha entregado veneno a ele, que era apenas água e que ele devia usar para se livrar de Tarnogol. Eu tinha todo o espaço para fazer aquele falso envenenamento fracassar e forçar Macaire a finalmente aceitar o pacto com Tarnogol. Mas Macaire não agiu. Então, Wagner, afirmando que o veneno demoraria demais para agir, deu a ele uma garrafa de vodca supostamente envenenada, para que guardasse no bar dos salões do primeiro andar, onde o Conselho ia se reunir. Só precisei de um momento de distração de Macaire para recuperar a garrafa e fazê-lo acreditar que ele a tinha perdido.

— Mas a garrafa estava realmente envenenada? — perguntou Scarlett.

— Claro que não — respondeu Lev. — Eu não queria correr risco nenhum. Tinha preparado tudo com antecedência, meses antes. Eu tinha garantido que os coquetéis à base de vodca Beluga seriam servidos antes do baile para causar confusão para Macaire, caso fosse necessário. Depois, dei um jeito de uma garrafa de vodca com um laxante bastante forte chegar às mãos do barman. Tinha marcado a garrafa com uma cruz, como a do Macaire, para que ele achasse que tinha sido tudo culpa dele. O laxante devia ter agido rapidamente e o caos teria impedido a realização da festa. Mas devo ter calculado errado a dose. Quando me dei conta, às seis e meia, de que o laxante estava demorando a agir, chamei o Alfred para me ajudar. Ele se misturou aos convidados, instruído a desmaiar escandalosamente na hora do anúncio. Mas ele não teve tempo de fazer isso porque, antes dele, um primeiro convidado finalmente desabou, arrastando com ele uma toalha e tudo que havia sobre a mesa. Logo, outras pessoas vomitaram em torno dele e, rapidamente, todo mundo começou a cair como moscas. Eu mesmo fingi ter sido atingido para afastar qualquer suspeita. O plano funcionou perfeitamente: depois disso, Macaire finalmente aceitou desistir da Anastasia em troca da presidência. Só nos restava fugir. Mas Jean-Bénédict Hansen se meteu na história e foi uma catástrofe.

— Como assim? — perguntei.

— Macaire, certo de que quase tinha matado todos os funcionários do banco com a vodca envenenada, se abriu com o primo. E Hansen decidiu chantageá-lo. A presidência em troca de seu silêncio. Só que a Anastasia ouviu a conversa deles e, quando foi chamar Tarnogol para que ele interviesse, ela entendeu que era eu que interpretava o personagem. Nós brigamos e Jean-Bénédict nos flagrou. E ele também descobriu meu segredo.

Lev parou por um instante. O silêncio reinou no cômodo. Então ele se virou para Scarlett e perguntou:

— Como vocês descobriram?

— Que o assassino era o senhor Rose? Porque ele era o único que podia ir e vir pelo Palace sem que ninguém o notasse. Porque ele tinha uma arma. (Ela apontou o quadro que representava o senhor Rose com uniforme de tenente-coronel.) Eu acabei de checar na internet: todas as altas patentes do exército suíço têm uma pistola Sig Sauer P210, de calibre 9mm, como a arma do crime. Mas, principalmente, ele tinha um motivo: queria protegê-lo. Algumas horas antes do assassinato, a segurança do hotel tinha intervindo no quarto 623. Aparentemente tinha sido um alerta falso. Mas o chefe da segurança contou à polícia que havia relatado o incidente ao diretor do Palace, por causa dos acontecimentos singulares da noite. Imagino que, assim que o senhor Rose soube que um incidente havia acontecido no quarto 623, ela tenha ficado preocupado. Ele sabia que o quarto 623 era o quarto do Tarnogol. E também sabia que o Tarnogol era o senhor. Nós sabemos, pelos registros do seu processo por fraude, que Tarnogol era um personagem inventado pelo seu pai a pedido do senhor Rose para que ele pudesse se passar por um cliente. Como seu pai tinha morrido, o senhor Rose era então o único que sabia que o senhor agora era o Tarnogol. Então, quando o senhor Rose ficou sabendo que Jean-Bénédict tinha descoberto seu segredo, ele achou estava em perigo.

*

Sábado, quinze de dezembro
Algumas horas antes do assassinato

O senhor Rose andava de um lado para o outro em seu escritório no Palace. Estava visivelmente muito preocupado. Lev o observava, um pouco desorientado.

— Não se preocupe, senhor Rose, tenho a situação sob controle.

— Sob controle? Já faz tempo que te peço para parar de brincar com fogo com essa história do Tarnogol. Eu sabia que você ia acabar sendo pego. Tem noção de que pode ser preso e levar uma multa colossal? Sua carreira vai acabar! Vão tirar tudo que você tem!

— O Jean-Bénédict aceitou não revelar nada se eu fizer o papel de Tarnogol uma última vez amanhã, durante uma coletiva de imprensa, quando vamos nomeá-lo presidente do banco. Depois, vou desaparecer para sempre.

— E você acha que a justiça não vai encontrar você?

— Ninguém nunca vai ficar sabendo de nada — garantiu Lev.

— Meu Deus, Lev — disse o senhor Rose, irritado —, você, que é tão inteligente, como pode ser tão ingênuo? Você acha que Macaire Ebezner vai aceitar ter o banco roubado pelo primo por causa de uma chantagem grotesca? Isso vai acabar muito mal!

Depois de um longo silêncio, Lev acabou respondendo:

— Senhor Rose, fique tranquilo, eu planejei tudo.

— Não fico nem um pouco tranquilo. O que você planejou?

— Você vai ver, toda essa história vai explodir na cara do Jean-Bénédict Hansen — indicou Lev. — Bem feito para ele, sempre foi um falso. Queria dar um golpe no banco havia anos, principalmente depois da morte de Abel Ebezner. Então criei um, como chamar... Um seguro de vida contra ele.

— Um seguro de vida?

— Eu sabia que o personagem do Tarnogol ia acabar sendo desmascarado. Em quinze anos, as práticas dos bancos mudaram muito. Quinze anos atrás, ninguém fazia muitas perguntas sobre os fluxos de caixa, não é mais assim hoje em dia. Eu estava entendendo que a fiscalização ia acabar se metendo. Então decidi me proteger. Reuni alguns objetos que pertenciam ao Jean-Bénédict e os coloquei no palacete do Tarnogol. Dei um jeito de fazer com que as agendas dos dois coincidissem. Como naquela famosa noite de segunda-feira, em que mandei Macaire para Basileia, eu sabia que Jean-Bénédict estava em Zurique. Também vendi o palacete da rue Saint-Léger, que tinha comprado com uma empresa de fachada, para Jean-Bénédict, por uma merreca. Ele achou que estava investindo em um fundo imobiliário: falei de um rendimento sensacional, ele confiou completamente em mim. Então, mandou o dinheiro para a empresa de fachada e acabou se tornando proprietário de um imóvel em Genebra, sem saber. Nunca fez pergunta nenhuma, especialmente porque dava muito dinheiro. Mas era dinheiro que eu mesmo depositava para que ele não fizesse perguntas. Enfim, tudo isso para dizer que eu queria apagar as pistas, se fosse necessário. Só me resta uma coisa a fazer.

— O quê? — perguntou o senhor Rose.

— Esconder uma máscara de Tarnogol na suíte de Jean-Bénédict.

***

Alguns instantes depois, Lev foi encontrar Jean-Bénédict Hansen em seu quarto, fingindo querer se preparar para a coletiva de imprensa do dia seguinte.

— Sobre o que você quer conversar uma hora dessas? — falou irritado Jean-Bénédict Hansen. — Eu estava indo dormir.

— Temos que garantir que está tudo perfeitamente alinhado — explicou Lev. — Os jornalistas vão fazer muitas perguntas, precisamos saber o que responder.

De repente, alguém bateu à porta da suíte. "De novo? exclamou Jean-Bénédict Hansen, irritado. Mas que história é essa de vir incomodar as pessoas no meio da noite?". Ele abriu a porta, furioso, e se tranquilizou ao ver que era o senhor Rose.

— Me desculpe, senhor Hansen — disse o senhor Rose. — Sei que a hora não é apropriada, mas as circunstâncias são excepcionais. Como está encarregado, em nome do Conselho, da organização do Encontro Anual preciso muito falar com o senhor.

— O que houve?

Lev, aproveitando que a atenção de Jean-Bénédict tinha sido desviada pela visita, abriu discretamente a porta da sacada do quarto.

— Os inspetores da vigilância sanitária ainda estão nas nossas cozinhas. Gostaria muito que o senhor falasse com eles para que possam lhe confirmar que o envenenamento não teve nenhuma relação com a comida que preparamos.

Jean-Bénédict não pareceu muito animado, mas o senhor Rose insistiu e ele acabou aceitando. Lev saiu do quarto 622 e voltou para o seu, enquanto os dois homens seguiram na direção dos elevadores.

No escuro, Lev, levando uma sacola na qual tinha posto a máscara de silicone de Tarnogol e um paletó usado por ele, passou de sua sacada para a do quarto 623 — o quarto de Tarnogol —, depois seguiu para o 622, entrando na suíte de Jean-Bénédict Hansen pela porta destrancada. Ele pegou fios de cabelo do pente de Jean-Bénédict e os colocou dentro da máscara, depois a escondeu no alto de um armário do closet. Por fim, usou o telefone do quarto para ligar para a recepção e pedir um café da manhã para o dia seguinte idêntico ao que Tarnogol costumava tomar: ovos, caviar e um pequeno copo de vodca.

* * *

— Qual era o objetivo dessa manobra? — perguntou Scarlett.

— Durante a coletiva de imprensa do dia seguinte que Jean-Bénédict queria convocar, eu ia acusá-lo publicamente de ter encarnado Tarnogol durante quinze anos e traído o banco. De Genebra a Verbier, todas as provas estavam nos lugares certos. Eu diria que havia passado meses investigando e descoberto que ele era o proprietário do palacete da rue Saint-Léger, que bastava vasculhar seu quarto e ver o que estava escondido no armário e no cofre (onde estavam as ações de Macaire). Ele teria caído na armadilha.

Então falei:

— Mas o senhor Rose sabia que, graças ao seu plano, se ele eliminasse Jean-Bénédict Hansen, o protegeria para sempre, porque todos pensariam que ele havia fingido ser Tarnogol. Então, no meio da noite, sem que ninguém visse, ele foi matar Jean-Bénédict com dois tiros. Ele o protegeu como se fosse filho dele. Foi um gesto absoluto de amor.

Lev assentiu, comovido. Então confessou, por fim:

— O senhor Rose acabou me confessando tudo numa noite em Genebra, quando foi me apoiar durante o processo. O crime que havia cometido o estava deixando doente. Pior ainda, ele achava que era tudo culpa dele, que ao matar Jean-Bénédict, ele tinha adiantado minha desgraça. Ele se sentia muito culpado. Ficava dizendo que eu ia perder tudo por sua causa. Minha condenação o destruiu. Ele acabou se suicidando um dia antes de eu ser solto. Tinha me deixado como seu único herdeiro.

— Ele lhe deixou o Palace — disse Scarlett. — Então o senhor é o diretor do hotel, o diretor inacessível com quem eu não conseguia falar desde que cheguei aqui.

— Sou. Quando soube que vocês estavam investigando o assassinato do quarto 622, primeiro fiquei preocupado. Depois achei que era a chance de esclarecer todo o caso.

Então perguntei:

— Senhor Levovitch, onde está o revólver do senhor Rose agora?

Levovitch esboçou um sorriso:

— Foi apreendido pela polícia depois do suicídio do senhor Rose. Ninguém nunca fez a ligação com o assassinato no Palace. Como eu era herdeiro dele, um policial um dia me procurou, muito tempo depois que saí da cadeia, para dizer que eu podia ir buscar a arma. Falei que não queria. O policial então explicou: "Se o senhor não a pegar, vamos destruí-la". Então eu disse: "Podem destruir". E foi o que eles fizeram. A polícia destruiu a única prova que incriminava o senhor Rose. Foi minha maneira de protegê-lo. Do que somos capazes para defender as pessoas que amamos? É assim que se mede o sentido da nossa própria vida.

Capítulo 74

SABER VIRAR A PÁGINA

Segunda-feira, nove de julho, no Palace de Verbier.
 Alguém bateu à porta de minha suíte. Era Scarlett. Senti uma pontinha de tristeza no sorriso que ela abriu para mim. Atrás dela, um funcionário do hotel levava suas malas.
 — Já está indo embora? — perguntei.
 — Já.
 — Vou acompanhar você até o saguão — sugeri para adiar um pouco a despedida.
 No elevador, Scarlett me disse:
 — Você não me contou o que aconteceu depois que Bernard passou mal, embaixo do prédio da editora.

*

Paris, primeiro de janeiro de 2018

Bernard tinha ficado brevemente internado. Depois havia sido liberado para voltar para casa. Os médicos o aconselharam a descansar. Mas, de repente, seu estado piorou e ele teve que ser levado de novo para o Hôpital Américain de Neuilly.
 Naquele dia primeiro de janeiro, peguei um dos primeiros trens em Genebra para chegar rapidamente a Paris, Pois tinham me avisado que Bernard estava muito mal. Ao chegar à capital, corri para o hospital. Estava preocupado com o estado em que iria encontrá-lo. Tive medo de encontrá-lo agonizando, de camisola, desgrenhado em uma maca — ele, que sempre tivera tanto charme. Ao abrir a porta do quarto, meu coração estava disparado. E eis que o encontro em plena forma, sentado em uma

poltrona, de camisa e gravata, sorrindo. Parecia nunca ter estado tão bem.

— Joël — disse —, você se deu ao trabalho à toa. Como pode ver, estou ótimo.

Eu me perguntei por que tinham me dito que ele estava tão mal, enquanto me tranquilizava ao constatar que não era o caso. Nós conversamos por certo tempo, e depois, como recebeu outra visita, ele me aconselhou a ir aproveitar o resto do dia.

— Fique tranquilo, Joël — garantiu Bernard, com um sorriso que nunca vou esquecer. — A gente se vê amanhã.

Foi nosso último momento juntos.

Na manhã do dia seguinte, ele se foi.

Ele, que adorava palhaços, tinha feito um último número magnífico para mim.

*

Scarlett enxugou uma lágrima em seu rosto.

As portas do elevador se abriram no térreo do Palace. Nós atravessamos o saguão.

— No fim, não ficamos sabendo o que aconteceu com Lev e Anastasia — lembrou Scarlett. — Eles simplesmente foram cada um para o seu lado? Que coisa mais triste!

— Acho que foi um bom fim.

E justamente, quando chegávamos ao balcão da recepção, Lev Levovitch veio ao nosso encontro.

— Senhora Leonas — disse ele à Scarlett —, foi um prazer conhecê-la.

— O prazer foi meu — respondeu ela, apertando a mão dele.

Nesse instante, o diretor-adjunto, que tínhamos encontrado alguns dias antes, apareceu.

— Este é o senhor Alfred Agostinelli, diretor-adjunto do Palace — explicou Lev.

— Seu antigo motorista? — perguntou Scarlett.

— Ele mesmo — disse Lev, sorrindo. — E, se me permite também, eu gostaria de apresentar minha esposa, que também trabalha aqui comigo.

Uma bela mulher loura se aproximou. Era Anastasia. Nós nos cumprimentamos, em seguida duas crianças de cerca de dez anos entraram correndo no saguão e se juntaram aos pais. Edmond e Dora, filho e filha de Lev e Anastasia.

— Como vocês se reencontraram? — quis saber Scarlett.

Anastasia pegou a mão do marido e abriu um sorriso feliz.

*

Anos antes
Alguns meses depois que Lev foi solto

Eram os primeiros dias do ano novo. Numa tarde ensolarada de inverno em Genebra, Olga von Lacht apareceu no salão do hotel Beau-Rivage. Ela se sentou em uma poltrona e pediu um chá preto. A mulher que estava na poltrona vizinha, ao ouvir sua voz, levantou os olhos do jornal que lia.

— Mãe? — perguntou Anastasia, surpresa.

— Olá, filha.

Fazia muito tempo que elas não se falavam. Desde a partida de Anastasia para o último Encontro Anual, quando ela fugira para encontrar Lev.

— Como sabia que eu estaria aqui? — perguntou Anastasia.

— Tal mãe, tal filha.

Depois de um momento de silêncio, Olga continuou:

— Eu queria falar com você, Anastasia. Dizer que eu gostaria que você estivesse feliz. Você não parece estar.

— Obrigada, mãe. Estou tentando.

— Tente mais.

Anastasia desviou o olhar. Sua mãe não conseguia deixar de criticá-la.

— Você não tem filhos — acrescentou Olga —, mas espero que um dia tenha.

— Com quem? — perguntou Anastasia.

Ela não conseguiu conter o choro. Olga abraçou a filha e murmurou:

— É ele que você ama. Sabe, eu acho que só amamos uma vez na vida, é uma oportunidade que não podemos desperdiçar.

Olga então pôs as mãos no rosto de Anastasia, enxugou suas lágrimas e disse:

— Sabe o que eu sempre quis para você e sua irmã?

— Que a gente se casasse com um homem rico.

— Não. Que vocês ficassem tranquilas.

Alguns dias depois, Olga chegou ao Palace de Verbier para procurar Lev.

— Parece que é você o novo diretor — disse.

— Como soube?

— Não me subestime, eu sempre soube de tudo.

Levovitch não conseguiu conter o sorriso. Em silêncio, ela o observou por um instante, antes de continuar:

— Sabe, Lev, para mim, você não passa de um rato de esgoto. Mas, para minha filha, você é o conde Romanov. No fim das contas, não é isso que importa? (Pela primeira vez, Olga sorriu.) Vocês foram feitos para ficar juntos. Vá para Genebra, vá reconquistar minha filha! Vocês serão felizes aqui! A vida é curta, Lev! Precisamos dar um jeito para que ela termine bem!

*

Era a hora de Scarlett ir embora. Um táxi a esperava diante do Palace. Nós descemos juntos os degraus da entrada.

— Eu me apeguei a você, Scarlett — falei.

— Eu também, Escritor. Sei que ainda vamos nos rever um dia.

Ela me deu um beijo na bochecha. Depois, acrescentou:

— Graças a você, parece que conheci o Bernard.

— Se os leitores desse romance tiverem essa mesma sensação, então vai ter valido a pena escrever esse livro.

Ela sorriu.

— Posso fazer uma pergunta, Escritor?

— Claro.

— Você está com o coração partido? É por isso que está escrevendo?

— Talvez. E você — perguntei de volta —, também está com o coração partido?

— Se você está, então também estou, já que sou um dos seus personagens.

— Scarlett, eu queria dizer que...

Nesse instante, um barulho de porta interrompeu minha frase.

— Joël, você está aí?

Era Denise, que voltara das férias. Já fazia quinze dias. Eu não tinha visto o tempo passar. Eu a ouvi gritar: "Mas que bagunça nessa cozinha!" Então ela apareceu em meu escritório:

— Joël, o que aconteceu aqui? O apartamento está de cabeça para baixo! Parece que você não sai daqui há quinze dias.

Ela olhou para a tela do computador, as folhas sobre a mesa e as fichas presas na parede.

— Eu escrevi um romance — confessei. — Mergulhei completamente nele.

Ela pareceu chocada.

— Você não saiu de casa nas últimas duas semanas?

Ela pegou um monte de folhas.

— Ainda não tive tempo de revisar.

Ela leu:

O ENIGMA DO QUARTO 622

No sábado, 23 de junho de 2018, ao amanhecer, pus minha bagagem no porta-malas do carro e tomei o rumo de Verbier. O sol despontava no horizonte, envolvendo as ruas desertas do centro de Genebra num forte halo alaranjado. Atravessei a ponte Mont-Blanc, segui ao longo dos cais floridos até o bairro das Nações Unidas, e então peguei a autoestrada em direção ao cantão do Valais.

Tudo me deslumbrava naquela manhã de verão: as cores do céu me pareciam novas, as paisagens que desfilavam de um lado e de outro da estrada tinham um ar ainda mais bucólico que de costume, os pequenos vilarejos espalhados entre os vinhedos nas encostas do lago Léman compunham um cenário de cartão postal. Saí da autoestrada em Martigny e peguei a estradinha em zigue-zague que, a partir de Le Châble, sobe serpenteando até Verbier.

— Você se imaginou na montanha? — perguntou Denise. — Você é terrível, Joël.

Pela janela, de repente, ela viu o cinzeiro da varanda, transbordando de bitucas.

— Quantos cigarros, que nojo! Você podia pelo menos ter esvaziado o cinzeiro!

— Passei muito tempo na varanda.

— Isso não é motivo para não esvaziar o cinzeiro — disse, me dando bronca. — E a cozinha está em um estado lamentável.

Ela então observou as fichas que eu havia aprendido na parede.

Sloane
22/6: um dia a ser esquecido

622: um quarto a ser esquecido

— Meia-dois-dois corresponde à data do seu término com a Sloane, mas invertida? — perguntou Denise.

— Isso. Muitos elementos do livro têm a ver com ela — confessei. — Você vai entender quando ler.

Denise leu outra ficha e me disse então:

— Imagino que essa personagem, Scarlett Leonas, de Londres, também foi inspirada na sua ex-namorada inglesa.

— Na mosca — admiti. — Leonas é um anagrama de Sloane.

— E por que a chamou de Scarlett?

— Scarlett, como Scarlett O'Hara. *E o vento levou* era o romance preferido do Bernard. O romance também está cheio de referências a ele. Por exemplo, escolhi Verbier, um lugar que ele adorava. E o nome do personagem do motorista do Lev, Alfred Agostinelli, veio do assistente de Proust. E Scarlett começa com S, de Solidão. Essa solidão que sempre me acompanha e que me faz escrever. Acho que, com o Bernard, eu me sentia menos sozinho. Então Bernard se foi e Scarlett chegou.

Denise me mandou dar uma volta no parc Bertrand para que eu saísse de casa pela primeira vez em quinze dias. Ela deu a desculpa de que queria dar uma ordem no apartamento, mas, na verdade, queria ler meu romance novo.

Fui passear pelas alamedas do parque. Eu sabia que, ao terminar o livro, uma parte de mim se despedia de Bernard. Eu teria adorado que ele estivesse comigo, naquele parque, e que nós pudéssemos caminhar juntos, lado a lado, uma última vez. Em meio ao canto dos pássaros, de repente senti que ouvia sua voz respondendo à pergunta que eu me fazia desde sua partida.

Para onde vão os mortos?

Para todos os lugares onde possamos nos lembrar deles. Especialmente para as estrelas. Pois elas nunca param de nos seguir, elas dançam e brilham na noite, bem em cima de nós.

Ergui os olhos para o céu azul. Estava sozinho, mas tranquilo. Foi então que dei de cara com Sloane, no meio da sua caminhada, vindo na minha direção. Ela parou, sorriu para mim e tirou os fones dos ouvidos.

— Acabei de voltar de quinze dias de férias — disse ela. — Eu pensei muito. Acho que fiz uma besteira.

— Eu também.

Senti meu coração bater forte. Então ela me propôs:

— Talvez a gente possa sair para beber alguma coisa juntos, hoje à noite. Bom, se você estiver livre... Sei que está muito ocupado com o livro agora.

— Eu terminei o livro. Tenho a vida toda pela frente.

Ela sorriu de novo.

— Vejo você mais tarde, então — disse ela.

Ela retomou a caminhada. Eu me sentei em um banco, observei a natureza ao meu redor e me reconectei com o mundo. De repente, me senti muito feliz.

A vida é um romance que já sabemos como termina: no fim, o herói morre. Por isso, o mais importante não é como nossa história acaba, mas como preenchemos as páginas. Pois a vida, como um romance, deve ser uma aventura. E as aventuras são as férias da vida.

1ª EDIÇÃO

REIMPRESSÃO
Abril de 2021

PAPEL DE MIOLO
Pólen® Soft 80g/m²

TIPOGRAFIA
Minion

IMPRESSÃO
Ipsis